더 누드
the Nude

더 누드 The Nude

1판 1쇄 찍음 2020년 8월 4일
1판 1쇄 펴냄 2020년 8월 14일

지은이 | 엠피디
펴낸이 | 정 필
펴낸곳 | (주)뿔미디어

기획·편집 | 이영은, 심은지, 배지은
표지·디자인 | 우 물

출판등록 | 2002년 9월 11일 (제1081-1-132호)
주소 | 경기도 부천시 원미구 소향로17, 303(두성프라자)
전화 | 032)651-6513 팩스 | 032)651-6094
E-mail | dahyangs@naver.com
블로그 | http://blog.naver.com/dahyangs
비북스 | http://b-books.co.kr

값 13,000원

ISBN 979-11-6565-366-8 04810
ISBN 979-11-6565-365-1 04810 (세트)

더 누드 I

the Nude

엠피디 장편 소설

FEEL PREMIUM EDITION

contents

한강 어딘가에는, '생명의 다리'라는 별명을 가진 다리가 있다고 한다.

여의도와 마포를 잇는 마포 대교, 그 다리의 난간에는 자살하려는 사람들을 막기 위한 따뜻한 문장들이 가득 적혀 있다고 한다. 그래서 생명의 다리라는 별명을 갖게 되었다 한다.

하지만 그곳에서 자살 시도자가 폭증하고 있다는 이야기를 읽었을 때, 나는 그것이 생명의 다리에 예정된 운명이었다는 생각이 들었다. N극은 S극을 끌어들이고, 좋은 일에는 마가 끼며, 사람을 믿는 사람에게 사기꾼이 꼬이듯, 희망의 글귀는 절망에 빠진 자들을 끌어당기게 되어 있으니까.

나는 생명의 다리를 만든 사람들의 마음에 사랑이라는 감정이 존재했음을 안다. 다만, 그 선하고 아름다운 감정은 자연의 법칙대로 부패했을 뿐이다. 그것은 쇠못이 산소를 끌어들여 녹이 슬고, 맛있는 음식이 균을 끌어들여 썩는 것과 마찬가지로 자연적인 현상에 불과하다.

남녀 간의 사랑도 마찬가지다. 사랑이 아름답고 열렬할수록 실망과 권태, 증오를 끌어당기며 맹렬히 부패한다. 시간은 기어이 그것을 증명해 내고야 만다.

사람들은 사랑을 오래 간직하기 위해 결혼을 한다. 그것은 맛있는 음식을 냉동실에 넣어 두는 행위와 비슷하다. 사람에게는 뭔가 오래 보존하고 싶은 게 있으면 냉동실에 처박아 두는 본능이 있으니까.

하지만 그들이 모르는 게 있다. 냉동실에 오래 놔둔 음식은 온갖 더러운 냄새를 스펀지처럼 흡수해서 결국 썩은 것과 다름없는 상태가 되어 버린다. 내가 열 살 때 엄마 아빠는 서로를 향해 10년 된 냉동 돈가스를 먹는 듯한 표정을 짓곤 했고, 내가 스무 살이 된 지금은 토하기 직전의 표정을 거리낌 없이 보여 준다.

하지만 두 사람은 이제 그런 표정엔 상처조차 받지 않는다. 말과 주먹에 의한 상처만으로도 충분히 아파서 표정만으로 상처를 받을 겨를이 없다. 두 사람은 운명적으로 열렬히 사랑해서 결혼했고, 사랑을 이루기 위해 나를 낳았지만, 지금은 아무도 서로를 사랑하지 않는다.

그래서 나는 운명적인 사랑이라는 말을 믿지 않는다. 그 개같은 최후만 믿는다. 엄마 아빠의 삶이, 그리고 주변에 널린 수많은 아줌마 아저씨들의 삶이 그 개같은 최후를 증명한다. 혼례식 날 처음 만나 백년가약을 맺든, 불같은 사랑에 빠져 결혼식을 올리든, 참담하거나 시시한 결말은 비슷하지 않은가. 로미오와 줄리엣도 그렇게 일찍 죽지만 않았다면, 서로의 눈만 마주쳐도 지긋지긋 몸서리치는 날과 반드시 맞닥뜨리게 됐을 것이다.

그래서 가끔 궁금했다. 어느 날 문득 내 곁으로 그따위 것이 찾아오면, 가장 아름다운 모습을 하고, 가장 달콤한 향을 풍기며, 도저히 거부할 수 없는 강력한 힘으로 찾아와서 내 목줄을 틀어쥔다면…….

……나는 어떻게 할까?

속지 않을 것이다. 나는 그 사기꾼 같은 감정이 결혼이라는 종착점까지 다다르지 못하도록 필사적으로 막을 것이다. 조금씩 썩고 썩어 가다가 결국에는 온몸을 문드러지게 하는 나병과 같은 그 감정이, 우리 엄마나 아빠 혹은 수많은 연인을 농락했던 것처럼 나를 농락하지 못하게 할 것이다. 내가 온 힘을 다해 그것을 걷어차고 짓밟고 밀어낼 것이다.

한강 어딘가에는, '생명의 다리'라는 별명을 가진 다리가 있다고 한다.
나는 아름다운 별명을 가진 그 다리에 가고 싶었다.
그리고 그곳에서 그를 만났다.

생명의 다리

그날은 우연이 고등학생으로서 맞이하는 마지막 날이었다.

살다 보면 '반드시 지켜야 할 일'인 줄 알았는데, 실제로는 '지키지 않아도 되는 일'들이 있다. 가령, 스테이크 대신 수프를 먼저 먹어야 한다든가, 학생은 열심히 공부해야 한다든가, 사랑 행위는 사랑하는 사람하고만 해야 한다든가, 졸업식 때는 꼭 학교에 가서 꽃다발을 들고 사진을 찍어야 한다든가 하는 것이 그렇다.

그래서 우연은 졸업식 날 아침, 학교에 가서 꽃다발을 들고 엄마 아빠와 사진을 찍는 대신 마포 대교에 가서 멋지게 번지 점프를 하기로 결심했다. 그런 나쁜 짓을 하면 절대 안 된다고 믿고 살아왔는데, 생각해 보니 안 될 이유가 전혀 없었다. 결심하기까지만 어려웠지, 정작 집에서 마포 대교까지 오는 것은 코를 풀듯 쉬웠다.

물론 원하던 미대에 무사히 합격하고, 한껏 자유로운 시간을 만끽할 예비 대학생의 행선지로 마포 대교가 썩 어울린다는 생각이 들진 않았다. 그것도 새파랗게 멍들고 새빨갛게 얼어 터진 얼굴로, 영하 12도의 칼바람 속에, 코트도 걸치지 않은 홑교복 차림으로는 더더욱.

우연은 어깨를 움츠리고 힘없이 웃었다. 이 마당에 얼굴이 예쁜지 안 예쁜지, 옷이 어울리는지 안 어울리는지 생각하다니. 엄마 말마따나, 정신이 나간 것 같긴 하다.

……이젠 아무래도 상관없지만.

포기하면 편하다는 말은 사실이다. 이제는 무슨 일이 터질지 걱정 안 해도 되니까.

물론 마음 한구석이 분한 것은 어쩔 수 없었다. 미안하다 우연아, 내가 잘못했다, 몸부림치며 통곡하는 엄마 아빠를 보고 싶긴 했다. 그 꼴을 딱 5분만 볼 수 있다면 악마에게 영혼을 팔 수도 있을 것 같다.

바보야. 바랄 걸 바라야지.

그들의 뇌 속에는 후회나 반성의 기능이 없다. 엄마는 '부모 가슴에 대못을 박은 년'이라 원망하며 울 것이고, 아빠는 학교로 달려가 '어떤 개같은 연놈들이 우리 애를 괴롭혔느냐.' 하며 길길이 날뛸 것이다. 그 꼴을 보느니 아무것도 못 보는 게 낫다.

우연은 난간에 손을 짚고 아래를 내려다보았다. 설을 앞두고 갑자기 날이 추워져서 한강은 가장자리부터 허옇게 얼어들고 있었다.

이제 남은 희망은 단 하나였다. 되도록 빨리, 되도록 안 아프게.

찬물에 심장이 멎는 게 빠를까, 머리가 깨져서 죽는 게 빠를까.

……어느 쪽이든 좋아. 익사만 아니면 돼.

우연은 의식이 있는 채로 겪어야 할 일이 분의 고통이 너무 무서웠고, 이런 생각이나 해야 하는 자신이 너무 처량했다.

"별거 아니야. 겁먹을 거 없어. 번지 점프랑 다를 게 뭐야?"

……발에 줄이 안 묶인 거 빼고.

"그냥, 하나 둘 셋! 점프! 하고 뛰면 되는 거야. 실제로 해 보면 하나도 안 무서울 거야."

번지 점프 안 해 봤잖아.

"멍청아, 그래도 자이로드롭은 타 봤잖아."

아, 맞다. 작년에 롯데월드 갔을 때 타 봤었지.

비명도 지를 수 없을 만큼 짧은 시간에 모든 것이 끝났다. 그런 경험은 난생처음이었다. 놀랍도록 깔끔한 결말이었고, 내려오고 나니 너무 허망해서 주변을 한참 두리번거렸다.

이번에도 그럴 것이다. 비명은커녕 찍소리가 나오기도 전에 모든 것이 끝날 것이다. 그러니 촌스럽게 질질 울거나, 듣지도 못할 누군가의 이름을 부르는 대신 팔을 활짝 벌려 만세를 부르며 뛰어내리면 되는 것이다.

죽음이 반드시 슬픈 것만은 아닌데 사람들은 그걸 잘 모른다. 평생 죽도록 고생하고 죽을 만큼 아파하다 돌아가신 할아버지 할머니의 장례식에서 왜들 그렇게 야단스레 울어 댔는지 모르겠다. 물론 보고 싶을 때 못 보게 되면 섭섭하긴 하겠지. 하지만 당사자가 고통에서 벗어날 권리는 남들이 보고 싶어 하는 권리보다 우선해야 옳다. 그러니까 존엄사라는 말이 나오는 것이겠다.

우연은 자신의 죽음이 존엄사인지 아닌지 잠시 생각해 보다가 눈물이 핑 도는 바람에 얼른 포기했다. 아무리 허세를 부리고 쿨한 척해도 입에서는 자꾸 울음이 터져 나오려 한다.

추위는 더 이상 느껴지지 않는다. 벌겋게 언 손이나 스타킹조차 신지 않은 맨다리, 얇은 교복으로 감싸인 피부에서 느껴지는 것은 온통 아프다는 감각뿐이었다. 생각해 보면 오래전부터 통각만 존재했던 것 같다. 미각이든, 후각이든, 촉각이든, 청각이든, 우연의 모든 감각은 아파, 더 아파, 죽을 만큼 아파, 라고만 말했다. 이제 간신히 스무 살이 되었는데, 느낌으로는 이백 살쯤 처먹은 것 같았다.

자꾸 이렇게 우울하고 나쁜 생각만 하는 자신이 너무 싫었다. 힘들어도 건강하게 생각하고 밝게 웃어야 좋은 일이 생긴다고 하는데, 아무리 애를 써도 나쁜 생각만 든다. 알코올 중독, 담배 중독처럼 나쁜 생각만 하는 것도 중독이 아닐까 싶다.

……그래. 어차피 난 정상이 아니라니까, 뭐.

병신, 정신병자, 미친년, 사이코패스. 엄마와 아빠는 우연을 그렇게 불렀다. 친구들도 우연을 '4차원 또라이', '우와 저 미친!', '헐, 대박!'이라는 말로 표현했다. 우연은 그 말이 욕인지 칭찬인지, 좋다는 건지 싫다는 건지, 따돌림인지 피해망상인지 늘 헷갈렸다.

자신의 행동이나 말이 옳은지 그른지, 상황에 맞는지 안 맞는지도 늘 헷갈렸다. 말을 하고도 후회하고 삼키고도 후회했다. 일을 저질러 놓고도 후회하고, 포기하고도 후회했다. 후회는 쉴 틈 없이 반복되었다. 그래서 우연은 늘 겁에 질려 있거나, 분노가 끓어오르거나, 짜증이 나거나, 어디론가 도망치고 싶었다.

모든 것을 다시 시작하고 싶었다. 모르는 몸에 들어가 새로운 삶을 살게 된 운 좋은 영혼처럼, 리셋 버튼을 딱 누르자마자 되살아나는 게임 캐릭터처럼. 자신의 삶은 난도가 너무 높은 극악 코스로만 이루어져 있으니, 이런 코스에는 리셋 버튼이나 비상 탈출 버튼이 어딘가 숨겨져 있어야 할 것 같았다.

그리고 얼마 전, 우연은 드디어 숨겨진 버튼을 찾아냈다. 비상 탈출 버튼이었다. 이제 버튼을 눌러서 잠긴 문을 열고 안전하게 탈출할 일만 남았다……고 생각했다.

하지만 그 버튼은 오늘 아침 폭발했다.

"됐어, 괜찮아. 진짜 최후의 탈출 버튼은 남아 있으니까."

생각해 보면 희망을 품고 버틴 기간만큼 더 손해였다. 판도라의 상자에 남은 희망이야말로 인간에게 남겨진 가장 끔찍한 저주 아니었을까?

눈앞을 가로막고 있는 하얀 난간으로 시선을 옮겼다. 두 손 사이로 단정한 명조체의 글자가 붙잡혔다. 자신의 절망을 끌어들인 희망, 마포 대교에 생명의 다리라는 별명을 선사해 준 아름다운 문장 조각들이 하나씩 하나씩 앞으로 다가오기 시작했다.

「잘 지내지?」

아, 씨…….

눈이 송곳에 콱 찔린 것 같다. 바보예요? 잘 지내는 사람이 여기 왜 오겠어요. 억지로 눌러둔 눈물이 그 한마디에 꾸역꾸역 기어 나온다. 어떡해. 어떡해. 우연은 발을 동동대며 눈을 꽉 감았다. 이제 송곳이 목구멍을 쑤셔 댄다. 도망치듯 걸음을 옮기자 난간에 적힌 글자들이 꼬리 치며 졸졸 따라온다.

「3년 전에 제일 힘들었던 게 뭐였는지 기억나? 기억 잘 안 나지?」

기억이 안 날 리가요. 지금도 현재 진행형인데요.

「아무튼, 바깥바람 쐬니까 좋지?」

이 글을 쓴 분은 아마 마포 대교에 혼자 와서 겨울바람을 맞아 보지 못한 모양이다. 그 바람은 지금 우연의 얼굴을 사과 껍질처럼 깎고 있었다.

그래, 까짓것 하면 되는 거야. 핵 버튼도 아니고 고작 탈출 버튼이야. 지구가 멸망하거나 그러지 않아. 그냥 누르면 돼. 번지 점프는 올라서자마자 바로 뛰어내려야 덜 무서운 거야.

하지만 우연은 자꾸 꾸물거렸다. 뱃속에 숨은 어떤 똥멍청이가 '날 뜯어말려 줄 문장이 하나라도 나오면 좋겠다…….' 하면서 자꾸 다음 문장을 읽고 있었다. 문장은 대책 없이 아름답고 낭만적이었으며, 한강은 넓고, 다리는 길고, 난간의 높이는 하필 우연의 눈높이 정도였다.

「비밀 있어요?」

……있어요.

「가슴 아파서, 누구한테도, 하지 못한 얘기」

「시원하게 한번, 얘기해 봐요」

가슴 아파서 못 한 게 아니고 무서워서 못 한 거예요…….

난…… 너무 무서워요.

결국 멈춰 서서 손등으로 눈을 문질렀다. 울면서 처량하게 죽기 싫은데, 상상 속에서 나는 멋지게 팔을 벌리고 번지 점프를 했는데, 현실은 난간의 글자

따위에 붙잡혀서 질질 짜고 있을 뿐이다.

어차피 이렇게 될 거였으면, 한 번쯤은 시원하게 털어놔도 좋았을 텐데. 친구, 선생님, 경찰, 상담 전화, 왜 한 번도 속 시원하게 말해 본 적이 없었을까. 하다못해 아무에게든 인사라도 하고 왔으면 좋았을 텐데.

그래. 남겨 두어야 할 말이 있다. 이대로 죽으면 엄마 아빠는 경찰서에 가서 철철 울면서 딸년이 철이 없어서 부모 마음에 대못을 박았다고 몰아갈 것이다. 진우연은 그렇게 홧김에 죽어 버린 철없는 년이 될 것이다.

그래선 안 된다. 엄마 아빠는 딸이 왜 시체로 돌아왔는지 제대로 알 권리가 있다. 눈물을 쏟아 내면서 반성하고 죽을 때까지 후회할 의무가 있다.

가방을 뒤져 연습장을 꺼냈다. 항상 갖고 다니는 그림 연습장이었다. 연습장을 편 우연은 시커멓게 언 손을 후후 불어 가며 글자를 적기 시작했다. 손이 너무 얼어서 글자가 제대로 써지지 않는다. 아이 씨, 아이 씨! 볼펜을 쥔 손을 치맛자락에 힘껏 비볐다. 이걸 쓰지 않으면, 엄마 아빠가 끝까지 발뺌할 텐데! 죽는 것보다 그게 더 분하다. 분하다고 또 눈물이 난다. 눈알 속 어딘가가 고장 난 것 같다. 자신을 졸랑졸랑 따라왔던 글자들이 비뚤비뚤 찌그러져 보인다.

「그럴 때 있잖아요, 모르는 사람, 지나가는 사람」

「아무나 붙잡고, 막 하소연, 하고 싶을 때」

「지금 한번 해 봐요, 옆에, 전화기 있잖아요.」

글자 위로 물방울이 툭툭 떨어진다. 전화기는 없다. 집에 놓고 왔다. 지금처럼 마음 약해질까 봐. 누가 한마디만 해 주면 질질 울면서 집에 돌아갈까 봐.

이럴 줄 알았으면 휴대 전화 가져올걸. 마지막 리셋 버튼 누르기 전에, 선생님에게라도 전화해서 속 시원하게 얘기라도 다 해 볼걸. 아니, 아무 번호라도 막 눌러서 누구라도 받는 사람 있으면 맺힌 거나 다 털어 내 볼걸. 어차피 이렇게 될 거였으면 창피할 것도 무서울 것도 없는데.

손으로 눈물을 문지르며 고개를 든 우연은 멍하니 입을 벌렸다.

"……어?"

망치로 뒤통수를 얻어맞은 것 같다. 정말로 눈앞에 공중 전화기가 서 있었다.

「자, 당신의 얘기, 한번 해 봐요.」

……그리고 거짓말처럼, 그 옆에 사람이 한 명 서 있었다.

□ ■ □

평범한 아저씨였다. 강 건너 닥지닥지 포진한 고층 건물에 딱 어울릴 법한, 재미없고 어두침침한 양복 차림으로 강물을 바라보며 서 있었다.

위기에 처한 누군가를 구하기 위해 뿅 나타날 거면, 차라리 슈퍼맨 코스프레가 나왔을 텐데. 삼원색의 발랄함이라도 있었으면 조금은 유쾌했을지도 모른다. 우연은 머릿속에 떠오른 생뚱맞은 생각을 얼른 지웠다. 이런 심각한 상황에서 이따위 생각이나 하고 있으니 정신병자 소릴 듣는 것이다. 우연은 이렇게 시도 때도 없이 튀어나오는 황당한 생각이 너무 싫었다.

아저씨는 얼어붙은 것처럼 움직임이 없었다. 코트 자락이 찬 바람에 휘말려 퍽퍽 소리를 내며 다리를 후려갈기는 것이 그에게서 보이는 유일한 움직임이었다. 회색 털 코트와 목도리, 장갑과 신발로 온몸을 치밀하게 감싸고는 있지만, 난간에 기댄 채 강바람을 온몸으로 맞고 있는 꼴을 보니 별로 따뜻할 거라는 생각은 들지 않았다. 하지만 그는 추위를 제대로 느끼고 있는 것 같지도 않았다. 그 모습을 보니, 조금 전에 보았던 문장이 다시 떠올랐다.

「자, 당신의 얘기, 한번 해 봐요.」

혹시 저 아저씨도 누군가 그렇게 말해 주길 기다리고 있는 걸까?

인물화를 자주 그리는 우연은 대상을 주의 깊게 관찰하는 습관이 있었고, 그 표정이나 동작의 속뜻을 유추하는 일에도 익숙했다. 사람의 몸은 혀만큼이나 풍부한 언어를 갖고 있는데, 혀와 달리 거짓말에는 미숙했다. 거짓에 미숙한 몸의 언어를 읽는 것은 대인 관계를 무서워하는 우연에게 세상을 읽는 하나의 창이 되어 주었다.

혹시 저 아저씨도 지금 나처럼 번지 점프를 꿈꾸는 걸까?

우연은 계속 흘끔대며 그를 곁눈질했다. 때마침 강 쪽에서 바람이 훅 밀어닥 쳤고, 긴 코트 자락이 크게 펄럭였다.

……어?

눈이 번쩍 뜨였다. 두꺼운 코트에 감춰져 있던 몸의 실루엣이 드러나는 순 간, 그를 지배하던 칙칙한 분위기가 오간 데 없이 사라지면서 미끈하고 유려한 선이 눈에 확 감겨 왔다.

우연은 그림을 많이 그릴수록 인간의 몸이 가진 선(線)에 집착하게 되었는데, 저 아저씨에게서는 원초적일 만큼 뚜렷한 선의 아름다움이 느껴졌다. 우연은 여기까지 왜 왔는지 깜박 잊은 채 대놓고 그를 관찰하기 시작했다.

일단, 아저씨는 키가 컸다. 아주 컸다. 마포 대교 난간은 우연의 눈높이 정도 였는데, 저 아저씨는 난간에 팔꿈치를 대고 있었고, 149.7센티인 우연보다 머 리 두 개는 더 커 보였다.

그는 키에 비해 얼굴이 작은 편이었고 몸의 비율도 좋았다. 아니, 좋은 정도 가 아니라 완벽했다. 벨트 선을 기준으로 상반신과 하반신의 비율이 5 대 8, 소 위 말하는 황금 비율이었다. 우연은 저렇게 완벽한 황금비를 가진 몸을 한 번 도 본 적이 없었다. 게다가 잡지에서 보는 모델들처럼 비정상적으로 마른 체형 이 아니라 적당한 부피감까지 느껴졌다. 아마 저 옷 속에는 분명 우아한 선과 풍부한 양감을 가진 몸이 숨어 있을 것이다.

찰칵.

머릿속에서 셔터가 터진다. 우연은 번지 점프 계획을 깜박 잊은 채, 손에 들 고 있던 연습장을 황급히 넘겼다. 조건 반사처럼 손끝에서 미끈한 선이 흘러내 리기 시작했다. 길고 짧고 굵고 가는 선들이 미끄러진다, 달린다, 날아간다, 화 악 감겨 맺힌다. 사악, 사그락, 삭. 타타타탓. 몇 개의 선으로 머리, 등, 엉덩이, 다리의 뼈대를 순식간에 잡아 낸 우연은 저도 모르게 감탄사를 내뱉었다.

……와, 라인 진짜 예술이다.

어깨에서 등, 허리, 다리로 뻗어 내려가는 몸의 선은 굳건하면서도 물 흐르듯 유려했다. 다만 코트의 어깨 덮개 때문인지 어깨 폭이 지나치게 넓어 보이는 게 조금 아쉬웠다.

사그락, 삭, 삭, 사악, 스스스, 탓탓탓탓.

점점 궁금해졌다. 저 아저씨는 왜 여기 온 걸까. 이런 추위에 마포 대교 한복판까지 나와 강을 들여다보며 서 있으려면 어지간한 이유로는 안 될 텐데.

저 아저씨도 혹시 누군가에게 머리채를 잡히고 쌍코피 터지도록 따귀를 맞았을까? 백치, 머저리, 정신병자, 사이코패스 소리라도 들은 걸까? 남에게 들키고 싶지 않은 몹쓸 짓을 당해 왔을까?

눈을 깜박거리며 고개를 숙였다. 그럴 리가 없다. 저 아저씨는 나처럼 작고 약해 빠진 여고생이 아니다. 저런 아저씨를 때리려면 저도 반 죽을 걸 각오하고 덤벼야 할 것이다.

하지만 거기까지였다. 그 이상은 아무것도 읽어 낼 수 없었다. 아쉬웠다. 저 얼굴을 좀 더 가까이, 정면에서 볼 수만 있다면 좀 더 많은 것을 읽을 수 있을 텐데. 하지만 더 가까이 다가갔다간 바로 들키겠지. 그럼 끝장이다.

우연은 빠르게 스케치를 마무리하기 시작했다. 오른쪽으로는 한강이 느릿하게 흘렀고 왼쪽으로는 차들이 무서운 속도로 지나갔다. 그 사이로 시간은 느릿하거나 빠르게 흘러갔다.

갑자기 낮고 묵직한 목소리가 귀에 떨어졌다.

"거기 학생, 지금 뭐 하는 겁니까?"

헉, 드, 들켰나?

우연은 화들짝 놀라 고개를 들다가 빳빳하게 얼어붙었다. 차갑게 날이 선 눈동자가 우연을 정면으로 노려보고 있었다. 반듯하고 수려한 얼굴이었지만 눈가엔 그늘이 짙었고, 표정은 오금이 쪼그라들 정도로 써늘했다. 머리가 핑그르르 돌았다.

……어떡해. 나 어떡해.

우연은 허둥지둥 뒷걸음질하다가 난간에 부딪쳐 연습장을 놓쳤다. 연습장은 저 앞쪽으로 튕겨 바닥에 떨어졌다. 공포에 휩싸인 우연은 주우러 가지도 못하고 어정쩡하게 서서 울상만 지었다. 턱이 달달 떨렸다.

"어, 아, 아저, 아저씨, ……그게."

그의 미간에 굵직한 주름이 잡혔다. 순간 우연은 긴 코트 안에 감춰져 있던 양복이 아무 무늬도 없는 검은색이고, 턱 끝까지 바짝 졸라맨 넥타이 역시 새까만 색임을 뒤늦게 발견했다.

……그럼 혹시?

조폭이 아닌 다음에야 까만 양복, 까만 넥타이로 출근하는 사람은 드물 것이다. 저런 복장은 회사보다 장례식장 같은 곳에 더 어울릴 것이다. 살벌한 목소리가 재차 튀어나온다.

"지금 뭐 하냐고 물었는데?"

눈앞이 새하얗게 물들기 시작했다. 겁에 질리면 머리가 텅 비어 버리는 것 같다. 몰래 훔쳐보고 그리는 게 그렇게 큰 잘못인가? 몰카도 범죄니까 몰래 그림을 그리는 것도 범죄일까? 그럼 나 지금 경찰서에 끌려가는 건가? 두 손 모으고 싹싹 빌어야 할까?

……제발 누가 알려 줬으면 좋겠다.

공포는 걷잡을 수 없이 부풀었다. 당장에라도 저 키 큰 아저씨가 달려와 머리채를 붙잡고 주먹질을 할 것만 같다. 아빠처럼 배를 펑, 걷어찰 것도 같다. 그때마다 우연은 붕, 날아가 화장실 문에 부딪치곤 했다. 그러니 아빠보다 훨씬 덩치 큰 저 사람에게 얻어걸렸다간, 분명 대륙 간 탄도 미사일처럼 날아갈 것이다. 미지근한 눈물이 때 묻은 운동화 끝으로 툭툭 떨어진다.

그런데 이상하다. 캐묻는 소리가 더 이상 들리지 않는다. 발발 떨며 고개를 드니 우연을 노려보던 눈이 크게 벌어져 있다. 그의 시선이 퉁퉁 부은 눈과 새빨갛게 얼어 터진 얼굴, 스타킹도 안 신은 맨다리, 얄따란 교복을 차근차근 짚어 나간다.

"……이런."

아저씨는 혀를 차며 고개를 젓더니 우연을 향해 다가오기 시작했다. 우연은 황급히 뒷걸음질했다. 그가 한 걸음 다가오면, 우연은 두 걸음 뒷걸음질했다. 그의 보폭은 우연의 두 배쯤 되는 것 같았다. 다시 한 걸음, 또 한 걸음. 우연은 서너 걸음 후다닥 뒤로 뛰었다.

아저씨는 다가오기를 멈추고 어색하게 손을 들었다. 알았어. 겁을 주려는 건 아니야. 그냥 거기 서 있어요. 어색하게 내민 손이 그렇게 말했다.

마, 맙소사, 안 돼!

소리 없는 비명이 튀어나왔다. 그가 허리를 굽혀 연습장을 주워 펼친 것이다. 안 돼요, 제발 보지 마세요! 우연은 입을 틀어막은 채 발을 동동 굴렀다.

다른 사람이 그림을 구경하는 것이 두려웠다. 조금 전 그린 아저씨의 모습은 그나마 러프 스케치 상태지만, 앞에는 그동안 그려 둔 그림이 수십 장이나 들어 있었다. 사진처럼 정밀하게 묘사된 인물화가 대부분인데, 그로테스크한 구도와 묘사 때문에 '정신병자의 그림', '증오를 유발하는 그림'으로 불렸다. 그림의 모델이 된 친구들은 눈썹을 우그리며 '미친……'이라는 말로 소감을 끝내곤 했고, 엄마 아빠는 대놓고 그림을 찢으며 화를 냈다.

아 맞다!

우연은 속으로 다시 한번 비명을 질렀다. 그것 말고도 방금 엄마 아빠에게 남겨 둔 말이 있었다. 앞으로 영원히 안 볼 거라 생각해서 그동안 못 했던 말을 속 시원하게 다 갈겨 놨는데. 어떡해. 난 몰라. 눈앞이 노래졌다.

「김현주

엄만 좋겠다. 하나뿐인 딸이 미친년이라……

……백치 천치 머저리 정신병자 사이코패스라……

……태어난 게 내 탓이야? 둘이 좋아서 낳아 놓……

……소원대로…… 나가 죽을 테니까 엄마도……

진형식

……왜 사람을 맨날 개 패듯…… 뱀술 처먹더니 눈에 뵈는 게……

……탬버린 아줌마…… 체육관 아줌마…… 같이 자니까 좋아?

……채팅 앱…… 더러운…… 확 에이즈 성병에 잔뜩 걸려서 뒈져……

성교육 안 해도 돼…… 드럽고 소름 끼쳐, 재수 없는……

미대 보내 준다더니…… 울면서 비니까 신나지? 정말 돼지니까 신나지?」

이럴 줄 알았으면 쓰지 말걸. 죽어도 쓰지 말걸.

우연이 입술과 손톱을 번갈아 물어뜯는 동안, 아저씨는 연습장을 뒤적이며 자신의 그림을 찾기 시작했다. 다행히 다른 그림에는 관심이 없는 듯, 연습장을 넘기는 속도는 빠른 편이었다.

드디어 움직임이 멎었다. 자기 그림을 찾은 것이다.

그는 눈 한번 깜박이지 않고, 난간에 기대서 있는 자신의 러프 스케치를 한참 동안 들여다보았다.

잠시 후 아저씨가 연습장을 덮고 고개를 들었다. 표정은 여전히 딱딱하고 눈썹도 계속 찌푸린 상태였다. 하지만 눈물로 얼룩지고 퉁퉁 부어터진 우연의 꼬락서니를 보더니, 하려던 말을 지그시 삼켜 넣는다.

잠시 후, 그의 입술 사이로 조심스러운 목소리가 흘러나왔다.

"춥지 않아요, 학생?"

"아? 네?"

어찌나 뚱딴지같은지, 우연은 몹시 당황했다. 아저씨의 팔이 고무고무처럼 뻗어 나와서 뺨을 후려갈겼어도 이보다는 덜 당황했을 것 같다.

"오늘 영하 12도인데 옷이 너무 얇아 보여요. 바람도 이렇게 센데."

"아, 안 추워요. 괘, 괜찮아요. 하나도 안, 안 추……."

"혹시 무슨 일이 있어요?"

제기랄. 눈치챘나 보다. 세종 기지 앞에서 발가벗겨진 기분이었다. 우연은 숨겨 둔 이야기를 실제로 털어놓는 것이 이렇게 부끄러울 줄은 몰랐다.

"……정말 괜찮아요! 오늘이 졸업식이라 그냥 기념으로 한번 와 본 거예요. 저, 저는 굉장히 괜찮고, 아주 정상이에요."

"글쎄, 이렇게 어린 학생이, 이렇게 추운 날, 그런 얼굴로…… 졸업식 날 학교 대신 한강에 오는 걸…… 아주 정상이라고 하긴 ……좀 어려울 거 같은데……."

아저씨는 신중하게 말을 고르는 것 같았다. 부모님이 여기 온 거 알아요? 그런 이야기를 하지 않는 걸 보면 생각과 배려가 깊은 사람인 것 같기도 했다.

하지만 정상이니 비정상이니 판단당하는 일은 아팠다. 그것은 우연의 아킬레스건이었고, 아빠, 엄마, 친구들이 하는 말로도 충분했다. 우연은 바늘에 찔린 고양이처럼 목소리를 높였다.

"저 그렇게 어리지 않아요. 키가 좀 작아서 그렇지, 고등학생이에요."

"음, 중학교 졸업이 아니었나요? 미안해요. 그래도 고등학생 정도는 보통 어리다고 하지 않을까?"

아저씨가 가볍게 웃는 모습에 짜증이 치솟았다. 나이 적다고 무시하나? 아저씨 아줌마들은 교복 입은 학생이라면 일단 꼰대질부터 하려는 경향이 있다.

"아뇨, 절대 어린 거 아니에요. 저 오늘이 졸업이고, 아저씨랑 똑같은 성인이에요. 아저씨네 애들이 몇 살인지는 모르겠지만요, 교복 입었다고 무조건 어린애 취급 하면 꼰대 아재 소릴 듣게 될 거예요."

아저씨의 입이 살짝 벌어진다. 입술이 잠시 들썩이더니 이내 짧은 헛웃음이 튀어나온다.

"학생, 나 그렇게 나이 많지 않아요. 애도 없고, 아니, 일단 결혼도 안 했어. 아직 젊어요. 겨우 서른둘이야."

뭐, 젊다고? 나이를 서른둘이나 먹어 놓고? 진심 뻔뻔하다. 우연은 저도 모르게 속의 말을 해 버리고 말았다.

"그거 보세요. 중년 맞잖아요."

"……허."

아저씨는 장갑을 낀 손으로 입을 문지르며 고개를 옆으로 돌렸다. 아마 저 동작은 당황했다는 뜻이겠지. 그런데 왜? 사실을 사실대로 말한 것뿐인데 왜 저런 반응일까?

아, 설마 자기가 중년인 걸 모르나?

……아, 아니, 혹시 중년이라고 대놓고 말하면 버르장머리 없는 건가?

우연은 바로 겁에 질렸다. 누군가와 대화를 할 때면, 분위기에 맞게 제대로 대답을 한 건지 몰라서 늘 긴장했다. 아빠의 반응은 일관성이 없어서 똑같은 말을 해도 어떤 때는 재미있다며 웃었고, 어떤 때는 아가리에서 나오는 대로 씨불인다고 손을 올렸다. 대답을 바로바로 안 해도 화를 냈다. 저 아저씨도 아빠처럼 화를 내려나. 우연은 우물쭈물 눈치를 보다가 조심스럽게 양보했다.

"그럼, 아저씨 나이도 있으시니깐 제가 어린 거로 칠게요……."

"이봐요, 학생."

학생이라는 호칭도 어쩐지 마음에 들지 않는다.

"아저씨, 저 이제 학생 아니에요. 오늘 졸업했다니까요."

"그럼 뭐라고 부를까요?"

"제 이름은 진우연이라고 해요."

"……좋아요, 진우연 씨."

아저씨가 말을 멈추고 우연을 내려다보며 눈을 몇 번 깜박이더니 짧게 웃었다. 불러 놓고 보니 좀 어색했던 모양이다. 하지만 우연은 그를 마주 보며 실쭉 웃는 것으로 새로운 호칭을 받아들였다. 생전 처음 보는 사람이 자신을 진우연 씨, 하고 불러 준 느낌이 너무 특별하고 좋았다.

"그래요, 나는 한이원이라고 해요. 저 여의도에 있는 회사에 근무해요."

불렀던 용건을 잊어버리고 난데없이 통성명을 하게 된 아저씨가 뒤늦게 머쓱하게 웃는다. 이원, 한이원, 우연은 큰 비밀이라도 알게 된 것처럼 고개를 숙인 채 입속으로 몇 번 이름을 불러 보았다. 입술에 순하게 올라가고 혀에 부드럽게 스며드는 이름, 예쁘고 착하게 느껴지는 이름이었다. 고작 이름을 알게 된 것뿐인데, 거리가 껑충 가까워진 것 같다.

고개를 드니 이원 아저씨가 웃고 있는 모습이 보인다. 가슴에 모락모락 열기가 핀다. 그러고 보니 아저씨의 홍채 색깔이 특이하다. 세피아, 초콜릿을 연상시키는 어둑하고 부드러운 갈색, 우연이 가장 달콤하고 따스하게 느끼는 색이었다.

……어쩐지, 눈웃음이 유난히 부드럽고 따뜻해 보인다 했더니.

"잠시만요."

아저씨가 조심스럽게 다가오더니 입고 있던 코트를 벗어서 우연의 어깨에 조심스레 걸쳐 주었다. 아까부터 이걸 해 주려고 기회를 노리고 있었던 것 같다. 안에 털이 덧대어진 코트는 따뜻하다기보다 무거웠고, 생각보다 훨씬 길어 바닥에 닿았다. 허수아비가 된 것 같았다.

아저씨의 목에 걸려 있던 검은 목도리까지 얼굴에 감기자 우연은 당황했다. 비싸 보이는 목도리에 눈물 콧물 따위를 묻힐 수는 없었다.

하지만 아무리 고개를 저어도 아저씨는 기어이 목도리를 칭칭 감아 주었다. 목도리엔 그의 체온과 달콤하고 나른한 향이 조금 남아 있었다. 우연은 목도리에 더러운 것을 묻히지 않으려고 목을 쭉 빼고 고개를 하늘로 쳐들었다. 하, 하하, 괜찮아요. 아저씨가 다시 웃는다.

"손 좀 줘 봐요."

아저씨의 입에서 나오는 입김이 뺨에 와 닿는다. 하얀 입김 속에는 옅은 민트 향기, 아마도 치약이나 구강 청정제의 냄새일 것이 분명한 산뜻한 냄새가 섞여 있었다.

우연이 코트 소매에 손을 넣어 내밀자 아저씨는 한쪽 무릎을 접고 앉아 허수아비처럼 늘어진 소맷단을 걷어 주었다. 그리고 어린아이의 옷을 입히듯 코트의 단추도 하나하나 목 끝까지 바짝 채워 주더니 장갑까지 벗어서 끼워 주었다. 장갑 안쪽은 새하얗고 보드라운 털로 덮여 있었는데 아저씨가 두 손을 꼭 쥐자 느낌이 이상했다. 따뜻한 것 같기도 하고 아픈 것 같기도 했다. 손을 꼼틀거렸지만 아저씨는 손을 놔 주지 않았다. 갑자기 난간을 뛰어넘을까 봐 그러는 것 같았다.

우연은 드디어 용기를 내서 그의 눈을 바라보며 물었다.

"아저씨, 아, 아까 아저씨 그림 보고…… 화 안 나셨어요?"

"안 났어요. 그림 멋지던데, 왜 화가 나야 할까?"

"사람들은 제 그림을 싫어해요. 증오를 유발하는 그림이고, 정상적인 그림이 아니래요."

갈색 눈동자가 눈꺼풀에 반쯤 가려지면서 음, 하는 낮은 한숨 소리가 흘러나온다.

"사람은 누구나 일반적이지 않은 구석이 있어요. 대체 누가 그런 험한 말을 해요?"

아저씨의 말투는 여전히 침착하고 안정적이었다. 그 안정감은 단순히 목소리가 굵다거나 낮다거나 하는 데서 오는 느낌만은 아니었다. 스스로에 대한 자신감과 오랫동안 다듬은 품위, 그리고 어리고 겁에 질린 상대에 대한 염려와 배려가 고스란히 스며든 결과물이었다.

"저기 아저씨, 이…… 있잖아요, 엄마가 그러는데."

"그래요, 어머니가."

"제, 제가, 정신……, 사이코패스고…… 정신 분열증이래요. 흐으, 씨."

말을 맺기도 전에 눈물이 굴러떨어졌다. 정신 병원에 평생 갇혀 지내거나, 귀를 자르거나, 남을 죽이거나, 자살하거나. 우연은 엄마가 예언해 준 찬란한 미래를 생각보다 많이 무서워하고 있었음을 깨달았다.

"아, 앞으로 그, 그림 그리지 말래요. 내, 내가 그림 때문에 미치는 거래요. 더 그리면 손모가지를 잘라 버린대요……."

아저씨의 얼굴이 당혹감으로 물들기 시작했다. 그쯤에서 멈춰야 했다. 저 아저씨는 오늘 나를 처음 만나, 나에 대해 아무것도 몰라, 누군가의 장례식장에

25

갔다 오는 길이라면 즐거운 기분은 아닐 거야. 그러니 이쯤에서 이놈의 주둥이를 닫아야 해.

그런데 한번 쏟아지기 시작한 울음은 도저히 멈춰지지 않았다. 짠물을 잔뜩 채운 풍선이 뇌 속에서 터진 것 같았다. 피가 나도록 입술을 깨물면서 안간힘을 써 보았지만, 눈물은 끝도 없이 쏟아져 나왔다.

난간이 주절대던 말이 맞았다. 가슴 아파서 누구한테도 하지 못한 말이 숨어 있던 거였다. 진짜 마음은 번지 점프 같은 거 하기 싫었던 거였다. 지나가는 사람 아무라도 붙잡고 하소연하고 싶었던 거였다.

그리고 이 아저씨는 재수 없게, 혹은 개같은 운명에 의해 이 자리에 있었던 것뿐이다.

우연은 그렇게 손을 잡힌 채 한참 흐느꼈고, 아저씨는 그 자세 그대로 꼼짝 않고 기다려 주었다. 우연이 우는 걸 1초도 참지 못하는 엄마 아빠만 봐서 그런지 아저씨의 차분한 기다림은 너무나 신기했다.

"무슨 일이 있었는지 천천히 말해 봐요. 얼마든지 울어도 괜찮으니까, 숨 길게 들이쉬고, 그렇지. 길게 내쉬고, 그래요. 잘했어요."

우연은 그가 시키는 대로 울고, 시키는 대로 숨을 길게 들이쉬고 내쉬기를 반복했다. 울음소리가 잦아들자 그는 그제야 허리를 펴고 자리에서 일어섰다. 거대한 나무가 하늘로 훅, 치솟는 것 같았다.

"이쪽 끝으로 내려가면 핫초콜릿이 맛있는 카페가 있어요. 그쪽으로 가면서 찬찬히 얘기해 주는 건 어때요? 하고 싶은 얘기, 전부 다."

눈앞에서 일렁이는 초콜릿색 홍채가 황홀하게 아름다웠다.

□ ■ □

다리에서 내려온 아저씨는 택시를 잡아 우연을 태웠다. 빌딩 숲 사이, 좁은 골목 속에서 '민트코코'라는 촌스러운 이름의 나무 간판이 나타났다. 아저씨가 김이 보얗게 서린 유리문을 열어 주자 딸랑, 하는 풍경 소리가 나며 따뜻한 기운이 훅, 밀려 나왔다.

온기란 신기한 것이었다. 우연은 자신의 장대한 계획이 실패하고 아저씨의 음모가 성공했음을, 이 따끈한 온기로 실감할 수 있었다. 계획이 어그러진 것이 너무 고맙고 안심이 되어 눈시울이 후끈 더워졌다.

"어렸을 때 어머니 아버지와 함께 와 봤던 곳이에요. 난생처음 핫초콜릿을 먹어 봤는데 세상에서 그렇게 맛있는 건 처음이었죠."

코트를 양보하고 다리 끝까지 걸어왔던 아저씨의 얼굴은 푸르게 얼어 있었지만 웃음은 여전히 따뜻했다.

난로 곁에 앉아 작은 커피 잔을 받아 든 그의 얼굴에 천천히 혈색이 돌아오는 것이 보인다. 핫초콜릿이 담긴 커다란 머그잔을 쥔 우연의 손도 점점 따뜻해진다. 구름처럼 부풀어 오른 거품 속에 새하얀 마시멜로가 동실동실 떠 있었다. 열기에 녹진녹진 녹아 흩어지는 하얀 마시멜로가 자신의 마음과 비슷하다는 생각이 들었다.

달콤하고 진한 음료가 입과 목을 타고 배 속으로 흘러 들어간다. 따끈따끈한 열기가 혹혹 퍼지며 우연의 언 몸을 달군다. 달고 따뜻한 것에는 마력이 깃들어 있는 게 틀림없다. 사람이든, 물건이든, 음식이든, 그 무엇이든.

아저씨 역시 난로 옆에서 불을 쬐며 조용히 커피를 마신다. 지금 우연의 이야기를 들으려는 게 목적이 아니라 몸을 녹이는 게 목적이라는 듯 무심하고 담담하다. 참 신기했다. 침묵이 한참 이어지는데도 편안했고, 대답을 재촉당하는 기분도 들지 않는다.

드디어 잠겨 있던 입술이 천천히 움직였다.

"……오늘은 서림예대 등록 마감일이에요."

유언

아버지의 장례식이 끝났다.

하지만 남은 꼬리는 길었다. 이원은 손이 조촐한 집안의 유일한 상주였고, 아버지인 한세경 회장은 두루두루 발이 넓었다. 이름을 대면 알 법한 정재계 인사들의 조문 행렬이 밤새도록 이어져, 이원은 3일 내내 잠시도 쉬지 못한 채 자리를 지켜야 했다. 그러잖아도 밤마다 아버지 곁을 지켰던 이원은 장례 미사를 드릴 때쯤 되자 몸도 제대로 가누기 어려운 상태가 되어 있었다.

아버지의 투병은 길고 고통스러웠다. 탁월한 승부사 기질로 승승장구 사업을 키워 나가던 아버지는 10년 전에 갑작스럽게 간암 진단을 받았고, 지금까지 수술과 항암 치료, 재발의 과정을 반복해 오는 중이었다.

사제가 되기 위해 신학교에 재학 중이던 이원은, 아버지의 와병에 결국 뜻을 꺾고, 본격적인 후계자 수업을 받기 시작했다. 아버지의 이름을 딴 세경그룹의 지주사(持株社)인 세경홀딩스와 휘하 11개 계열사에 대한 실무 교육이 강도 높게 이어졌다. 마지막 1년 동안은 대표이사직 승계 작업까지 빠르게 추진됐다.

공동 창업주 고 우영석 회장의 아들이자 차기 대표이사를 자처하던 우일혁 상무와의 전면전이 시작되었다. 주주들과 이사진을 설득해 가며 승계 작업을 강행하는 동안 아버지의 병세는 급격히 나빠졌다. 나중에는 마약성 진통제도 거의 듣지 않아 극한의 고통에 시달렸다.

이원은 통증에 몸부림치는 아버지의 손을 잡고 밤마다 기도를 올렸다. 아버지는 그의 유일한 가족이었지만 그렇게 고통스러운 연명을 위해서는 차마 기도할 수 없었다. 다만 이 끔찍한 통증이 온전히 자신에게 옮겨 오기를, 그러지 못하면 이 고통에서 아버지를 속히 해방시켜 주십사 기도를 올렸다.

가끔 정신이 돌아온 아버지는 이원의 손을 움켜쥐고 힘겹게 중얼거렸다.

'대신 아프게 해 달라고 함부로 기도하지 마라. 얼마나 아픈지도 모르고.'

'혼자 남는 게 더 아픕니다, 아버지.'

'이렇게 외로움 많이 타는 놈이 혼자 남아 어쩌누. 진작 장가들었어야 했는데. 좋아하는 여자 정말 없어?'

'없습니다.'

'눈이 하늘에 붙은 것도 아니고, 어디가 작동을 안 하는 것도 아니고, 어떻게 지금까지 한 명도 없었지? 혹시 나 죽은 다음에 다시 신학교로 돌아갈 거냐?'

쓸개즙이라도 삼킨 듯 미간을 접고 고개를 숙이는 아들에게 낮은 속삭임이 들려왔다.

'미안하다 이원아. 내가 너한테 못 할 짓을 했어…….'

'무슨 말씀이세요. 결국 제가 선택한 일 아닙니까.'

병자 성사를 마친 직후, 그는 마지막으로 몰려오는 고통 속에서도 필사적으로 당부했다.

'울지 마라. 웃으면서, 웃으면서 보내 다오. 의사 부르지 마라, 나는 괜찮다.'

이원은 아버지의 말을 지켰다. 그가 자신의 손을 움켜잡은 채 천천히 굳어 갈 때, 이원은 오열하며 눈물을 쏟는 대신 당신께서 안식의 땅으로 떠나셨음에 대해 조용히 감사드렸다.

아버지의 죽음을 기뻐하는 것은 어려웠지만, 고통에서 해방되었음을 감사할 수는 있었고, 슬퍼하는 대신 행복했던 기억을 떠올리는 것 역시 어렵지 않았다. 아버지와 아들의 사이가 보통 그렇듯 두 사람은 엄마와 딸처럼 살갑거나 별스럽게 다정하지는 않았지만, 그는 주관적인 기준으로도 객관적인 기준으로도 나쁘지 않은 아버지였고, 추억은 넉넉했다.

그동안 많이 힘드셨으니, 이제 좋은 곳에서 평안하세요.

이원은 목구멍을 찢을 듯 치받는 비탄과 상실감을 그렇게 갈무리해 넣었다. 아프지만 평온하고 조용한 작별이라 생각했다.

"현재 한이원 전무는 한세경 회장님의 상속 지분을 행사할 수 없습니다!"

회사 중역들과 이사, 주주들이 모인 본사 회의실에서, 정서형이라는 젊은 변호사가 나타나 날벼락을 터뜨리기 전까지는 그랬다.

□　■　□

"아니 이게 무슨 소리야, 한 전무가 상속을 받을 수 없다니?"

"뭐야? 회장님한테 혹시 숨겨 둔 자식이 있었나?"

여기저기서 웅성대는 소리가 터졌다. 이원은 헛웃음을 지으며 징징 울리는 머리를 흔들었다. 이게 무슨 헛소리지. 유산 상속엔 아무 문제가 없었고, 아버지는 세금 문제까지 깔끔하게 정리해 놓고 가셨다.

하지만 정 변호사가 아버지의 자필 유언장을 마패처럼 들어 올린 후 큰 소리로 읽어 내려가자 분위기가 얼음처럼 싸늘해졌다.

「한세경의 상속분 (주)세경홀딩스의 보통주 785,500주, 25%의 지분에 대하여 상속인 한이원은 우성희 이사의 딸 유미현과의 혼인 신고를 필하기 전까지 상속 지분을 행사할 수 없음.」

이원은 말 한마디 없이 유언장 내용을 듣고 있었다. 모인 사람들의 시선이 화살처럼 자신에게 와서 꽂히는 것이 느껴진다. 공개를 마친 정 변호사가 유언장 원본을 책상에 내려놓으며 이원에게 물었다.

"혹시 이 내용을 알고 계셨습니까?"

"아닙니다. 지금 처음 들었습니다."

여기저기서 숨을 들이쉬는 소리와 술렁대는 소리가 흩어진다. 이원은 분노하거나 당황하기보다 의아했다.

대체 아버지는 왜 일언반구 의논도 없이 이런 유언을 남기셨을까?

신학교에서 기껏 끌어낼 때는 언제고, 지금 와서 지분 상속을 못 해 주겠다?

미현은 공동 창업주 우영석 회장의 손녀딸이면서 한국에서 꽤 이름이 알려진 뮤지컬 배우다. 어릴 때부터 알고 지내는 사이이긴 했지만, 신학교 입학 후로는 교류가 거의 없었다.

물론 이 바닥에선 철저하게 재산과 권력에 따라 이합집산이 이루어졌고, 결혼을 이합집산의 도구로 쓰는 일은 흔하다 못해 당연한 일이긴 하다. 아버지 역시 세경건설을 키우기 위해, 불임 판정을 받아 이혼당했던 여섯 살 연상의 어머니와 결혼했으니까.

부동산 재벌 소리를 듣던 외조부의 무남독녀였던 어머니는 아버지를 정말로 사랑했던 듯했다. 그녀는 물려받은 전 재산을 세경건설에 밀어 넣었고, 사업이 궤도에 오르는 것을 보기 전에 세상을 떠났다. 일곱 번의 시험관 시술 끝에 얻은 어린 외아들에게 지분과 재산을 모두 넘기면서, '이원이를 위해서라도 절대

재혼하지 말라'는 유언을 남겼다. 이원은 아버지가 어머니를 정말 사랑했는지 여부는 알 수 없었지만, 적어도 돌아가실 때까지 다른 여자를 한 명도 두지 않았다는 것은 알고 있었다.

대체 아버지는 왜 이런 무리한 조건을……?

이원은 무거운 머리로 여러 가지 계산을 돌려 보았지만, 확실한 답은 나오지 않았다. 돌아가시기 전에, 나에게 사귀는 여자가 있는지 확인하셨던 이유가 이건가? 그래도 당사자에게 미리 언질은 해 두어야 하는 거 아닌가?

어느 부모도 성인 자녀의 혼인을 강제할 순 없다. 자유 의지를 제한하는 유언 역시 유언으로서 효력을 상실한다는 것도 모르셨을 리가 없다.

맞다. 엄밀히 말하면, 아버지는 혼인을 강제한 게 아니다. 이 유언은 부담부(조건부) 유증이며, 그래서 여전히 유효하다. 조건을 거절하려면 상속받은 지분을 포기하면 되는 것이다.

그렇지만 내 지분만으로는 우 이사 일가와 절대 맞설 수 없다.

세경그룹은 모두 비상장사로, 모회사인 홀딩스 출자 지분은 이원의 집안에 45%, 우 상무 집안에 55%로 나뉘어 있었다. 한세경 회장 25%, 한이원 전무 20%, 우일혁 상무 25%, 우성희 이사 20%, 나머지 10%는 우씨 집안에 분산되어 있다. 그래서 그쪽에서 우 상무를 홀딩스 대표이사로 밀어 올리겠다고 결심하면 자신은 쫓겨날 수밖에 없는 상황이었다.

만약 유언의 조건을 받아들이면 반대의 상황이 펼쳐진다. 이원은 65%, 과반의 지분을 확보하면서, 앞으로 그룹 지배권을 놓고 힘겨루기를 할 필요가 없어진다.

아버지는 우 이사 일가와의 오랜 힘겨루기를 버거워하셨다. 특히 우일혁 상무의 끝없는 공격과 견제에 극도로 피곤해했고, 경영권 방어를 위해 불필요한 에너지를 너무 많이 낭비해 왔다. 아들에게는 안정적인 경영권을 넘겨주고 싶으셨을 것이다. 그것까지는 충분히 이해한다.

하지만…….

이원은 우성희 이사를 향해 천천히 눈을 돌렸다. 그녀는 팔짱을 낀 채 냉랭하게 앞만 바라보고 있었다. 반응을 보아하니, 아버지와 우 이사 사이에 물밑 협상이 있었던 것 같긴 하다.

우 이사님, 미현이에게 동의는 받으신 겁니까?

물론 미현만큼 조건이 잘 맞는 여자도 드물고, 미현만큼 매력적인 여자도 찾기 힘들리라는 것은 안다. 그녀는 재벌 3세라는 선입견이 무색하리만치 실력 있는 뮤지컬 배우였다. 천의 얼굴, 천의 목소리라는 별명을 가진 그녀는 드라마틱한 가창력에 카리스마 있는 무대 장악력, 그리고 화려한 외모와 농염한 분위기로 많은 이들의 찬탄을 불러일으켰다.

하지만 문제는, 이원이 그녀에게 이성적인 호감을 전혀 느낄 수 없다는 점이었다.

그리고 그가 가진 정보가 정확하다면, 미현은 지금 뉴욕 산타바바라 극장의 프로듀서 모리스 첸과 비밀리에 동거 중이었다. 해외에서 이제 막 이름을 알리기 시작한 미현에게 관록 있는 기획자 모리스 첸은 큰 힘이자 든든한 발판이었고, 모리스 첸에게 재벌 3세인 미현은 산타바바라 극장의 미래의 투자자로 보였을 것이다.

그와 별개로 두 사람이 사랑에 흠뻑 빠져 있는 것도 사실이었다. 그런 미현이 아버지의 제안을 수락했을지는 아무래도 의심스러웠다.

하지만 이원은 우성희 이사에게 아무것도 묻지 않았다. 우 이사와 아버지의 담합이 확실하다면, 그가 가장 먼저 대화해야 할 대상은 우 이사가 아닌 유미현이었다.

그리고 우 이사에게 길길이 날뛰며 따져 줄 사람은 따로 있었다.

"씨발! 뭐 이런 좆같은 일이 다 있어? 누나! 죽은 한가 놈이랑 둘이서 짰어?"

아니나 다를까. 완전히 얼어붙은 회의장에 거센 욕설이 터져 나온다. 우일혁 상무였다.

"욕하지 마, 우 상무! 나는 모르는 일이야."

"우 상무님! 돌아가신 회장님께 말씀이 좀 심하십니다!"

"신 이사는 입 닥쳐! 감히 어디서 끼어들어, 엉?"

신철희 사외이사 쪽을 향해 생수병이 날아갔다. 아슬아슬하게 피하지 않았으면 머리를 정면으로 맞았을 것이다. 얼굴이 시뻘게진 신 이사가 벌떡 일어나는 것을 억지로 찍어 누르려는 듯, 우 상무의 고함이 더욱 커졌다.

"모르긴 뭘 몰라? 돌아가신 아버지가 누나는 출가외인이라고 경영권 안 준다고 하니까, 이젠 딸 팔아서 내 호텔 경영권 뺏어 가려는 거잖아! 누나 정말 미쳤어?"

"시끄러워! 둘이 결혼할지 안 할지 내가 어떻게 알아? 둘이 눈 맞아서 결혼한다면 그걸 또 내가 무슨 재주로 말려?"

"씨발, 시침 떼지 마! 우리 집안 말아먹으려고 작정했어? 아버지 유언 기억 안 나? 우씨 성을 받은 건 미현이가 아니고 내 아들 지민이란 말이야!"

"우일혁 상무! 입 닥치고 자리에 앉으라고 했어!"

동생을 향해 날카롭게 소리를 지르는 우성희 이사의 표정은 험악했다. 우 이사의 반응을 보니 그녀가 남동생보다는 딸에게 판돈을 걸었다는 것이 확실해 보인다. 성일호텔의 적자 행진, 동생의 온갖 스캔들과 비리를 뒷수습하다 지친 반작용일 수도 있다.

"어쨌든 세경홀딩스 현 이사회는 한 회장님의 후임으로 한이원 전무님을 이미 승인했단 말입니다! 그러니 이사회는 그만 들볶으시고, 이따위 거 겁도 없이 함부로 던지지도 마시고! 정 아니꼬우면 주총 소집해서 이사진들이랑 대표이사랑 싹 밀어 버리시고 한번 해 보시든가! 내가 정말 이 꼴 보기 더러워서, 집어치운다 진짜!"

크게 다칠 뻔한 신철희 이사가 생수병을 집어 던지며 고함을 질렀고, 우 상무는 그의 앞으로 달려가 멱살을 잡았다. 다혈질인 신 이사도 기다렸다는 듯 멱살을 잡아 올렸다. 우 상무의 쇳소리가 꽥꽥 치솟는다.

"이 개새야, 놔, 안 놔? 네까짓 게 뭔데 큰소리야, 고작 사외이사 주제에, 잘라 버려 아주!"

"자르라고! 내가 돌아가신 한 회장님 부탁만 아니었으면, 어이구, 진짜 한주

먹감도 안 되는 걸!"

"씨발, 낼모레면 무덤에 들어갈 새끼가 어디서 틀니 딸그락대는 소리나 하고 자빠져서! 쳐 봐, 아주 관짝에 눕게 해 주지! 쳐 보라고, 엉?"

주변에 있던 사람들이 기겁을 하며 팔다리를 하나씩 끌어안고 한 덩어리로 엉겨 붙었다. 회의장은 이내 왁자한 고함과 함께 아수라장이 되었다.

이원은 딱히 말릴 생각도, 상황을 정리할 생각도 없이 팔짱을 낀 채 내버려 두었다. 머리는 깨질 것 같은데 눈앞에 벌어지는 광경은 영 현실감이 없는 것이, 개그 영화를 보는 기분이었다. 그는 남은 힘을 끌어모아 입 밖으로 튀어나오려는 실소를 막았다.

[전무님. 유미현 씨가 지금 막 본사 정문을 통과했다는 전언이 왔습니다.]

[일단 접빈실로 모시고 차를 대접해 드리면서 시간을 끌라고 해 두었는데요.]

[지금 가 보시겠습니까?]

문가에서 대기하던 최홍연 비서실장이 휴대 전화를 확인하더니 이원 쪽으로는 시선을 돌리지도 않은 채 문자를 보낸다. 당연히 미현은 지금 회의실에 들어오면 안 된다. 최 실장은 가끔 지나치게 격의 없었지만, 감이 좋고 눈치 빠른 것만큼은 요긴하고 고마웠다. 특히 이럴 때.

이원은 답문을 보내는 대신 조용히 자리에서 일어나 문을 열고 밖으로 나왔다. 최 실장이 기척 없이 따라오는 것을 물릴까 하다가 그대로 두었다. 증인이 필요할 수도 있다. 미현이가 아버지, 우 이사와 무슨 이야기를 했는지는 모르지만, 지금 유언장이 공개된 이상 자신과 가장 먼저 만나야 했다.

"후우우……."

무거운 한숨이 닿은 거울에서 부연 안개가 번져 나간다. 접빈실에 가기 직전, 급하게 세면실에 들른 참이었다. 아니나 다를까, 거울에 비친 몰골이 아주 볼만했다.

헝클어진 머리를 정리하고, 충혈된 눈에 안약을 넣었다. 뺨을 몇 번 쳐서 창백한 안색도 감추고, 꺼칠한 피부에 로션도 바르고, 향수를 뿌리고, 가글까지

한 후 차근차근 옷매무시를 가다듬었다. 하지만 손끝이 떨리는 것은 끝내 감춰지지 않았다.

"최 실장님, 카페인 캡슐 하나만 부탁합니다."

최홍연 실장의 입가가 들썩거린다. 걱정과 잔소리가 많은 성격상 안 됩니다, 위험합니다, 떠들어 댈 것 같아 지레 피곤해졌다. 하지만 눈치 빠른 사내답게 짧게 한숨만 쉴 뿐 잠자코 약을 내주었다. 지금 미현과의 만남은 너무나도 중요했고, 피곤에 지쳐 빈틈을 보여서는 안 된다는 것을 그 역시 잘 알고 있었다.

약은 여전히 독했고, 속은 여전히 아팠다.

□ ■ □

"……내용을 알고 있었다니 놀랍구나. 유언장은 15분 전에 공개됐는데."

상하이 공연을 마치고 바로 귀국했다는 미현은 화장기 하나 없이 청초하고 입술만 선명하게 붉었다. 지친 시신경은 그 화려한 색을 통증으로 감각했다.

"오빠, 이 마당에 서로 순진한 척은 하지 말자. 어차피 엄마하고 한 회장님 사이에 시크릿 서밋이 있었던 건 오빠도 알 거 아냐. 엄마가 뒤에서 협조 안 했으면, 오빠는 이번에 홀딩스 대표이사에 절대 못 올라갔고, 앞으로 자리를 지키지도 못할 거야."

이원은 고개를 끄덕였다. 그 말은 사실이었다. 아버지의 후광 없는 이원의 위치는 우 상무보다 훨씬 취약했다.

"그래, 이제 어떻게 할 생각이야?"

"뭐야. 나 취조당하는 거야? 멋진 반지나 프러포즈를 기대한 건 아니었지만, 그래도 이건 좀 심한데?"

미현은 짧게 웃더니 결론을 툭 집어 던진다.

"결혼하자, 오빠."

순간, 당황한 기색을 숨기지 못하고 숨을 받게 들이쉬었다. 미현이 팔짱을 끼며 투덜거린다.

"매력적인 레이디의 프러포즈에 반응이 이게 뭐야? 세경그룹을 외삼촌 안 주고 오빠한테 주겠다는 건데, 좀 더 열광적으로 반응해 줘야 하는 거 아니야?"

"호텔 경영권을 뺏어 오고 싶은 게 아니고?"

"까놓고 말하면 그렇지, 뭐. 아무리 능력이 있어도 출가외인에겐 안 된다고 하니, 출가외인에게 이런 식으로 뺏겨 보는 것도 좋지 않겠어?"

미현은 시원하게 인정하며 덧붙였다.

"그리고 경영 능력도 외삼촌보다 오빠가 몇 수 위인 것 같고. 저번에 정우건설 박살 낸 실력 보면."

몇 해 전 세경건설은, 6천억 규모의 수주전에서 온갖 루머를 풀어 가며 집요하게 방해 공작을 하던 정우건설을 물리치고 기어이 시공권을 낙찰받은 적이 있었다. 그때 악성 루머에 일일이 반박하는 전면 기사를 내고, 치밀한 뒷조사와 대대적인 법적 대응으로 맞불을 놓고, 검찰에 온갖 자료를 쑤셔 박아 대규모 세무 감사가 떨어지게 한 끝에 정우건설을 파멸로 밀어 넣은 것이 바로 이원이었다. 정우건설의 부도, 대표와 일가족의 동반 자살, 거리로 나앉은 직원들과 가족들이 울면서 시위하는 장면이 뉴스에 오르내렸지만 주변에선 그것을 이원의 '화려한 승리'로만 기억했다.

이원은 쓸쓸한 표정을 감추지 않고 물었다.

"이 결혼은 누가 제안한 거니? 우 이사님? 우리 아버지?"

"나."

"……아하."

"회장님도 무척 반가워하시던데? 그동안 골머리 앓던 경영권 문제가 한 방에 해결되는 거잖아. 오빠 신학교 가기 전까지만 해도, 나만 보면 며느리 삼고 싶다고 하셨는걸."

"……."

"그리고 오빠도 나하고 굉장히 친하게 지냈잖아. 어렸을 때 주말마다 우

37

리 집에 놀러 와서 나랑 강아지들이랑 재미있게 놀았던 거, 기억 안 나?"

그래. 그렇게 멋대로 오해할 줄 알았다. 이원은 쓴웃음을 지그시 삼켰다.

미현은 어릴 때 강아지를 무척 좋아했었다. 특히 꼬물꼬물 귀여울 때는 물고 빨고 애지중지 야단도 아니었다. 하지만 1년 정도 지나 몸집이 커지면 '개가 아직도 똥오줌을 못 가리네, 말썽을 부리네.' 따위의 핑계를 대며 다른 집으로 보내 버렸다.

이원은, 강아지가 말썽을 부리지 않으면 미현이가 끝까지 키워 줄 거라고 믿고, 주말마다 찾아가서 강아지를 보살피고 차근차근 교육을 시켜 주었다. 하지만 미현은 6년 동안 네 마리의 강아지를 기어이 파양했고, 그 후 이원은 미현의 집에 완전히 발을 끊었다.

"아기까지 생기면 그야말로 양가 대통합 아냐. 회장님이 손주 한번 안아 보고 싶어서 얼마나 애를 태우셨는데. 오빠 진짜 불효자 소리 들어도 할 말 없다."

저 말은 대놓고 가책감을 유발하려는 걸까. 장례식을 막 끝내고 돌아온 자신에게 손주니 불효자니 운운은 꽤 모질기도 했다.

"아무리 그래도 나하고 상의 하나 없이 그런 결정을 하실 분은 아닌데."

"오빠랑 어떻게 상의를 해? 신학교로 다시 튈 생각만 하고 있는데. 그때 그런 말을 꺼내셨으면 당장 회사 그만둘 테니 전문 경영인 영입하라는 대답이나 들으셨겠지."

이원의 눈썹이 확 찌푸려졌다. 미현의 한쪽 입가에 비죽이 웃음이 걸린다.

"회장님이 모르셨을 거 같아? 지금까지 여자 한번 안 사귀고 선도 죄다 거절하더니, 작년부터 예비 신학생 모임에 꼬박꼬박 나가고 있었다며?"

"그래."

이원은 잠자코 시인했다. 맞다. 아버지는 늘 불안해하셨다. 그러니 미현의 제안이 얼마나 기꺼우셨겠는가. 결혼을 하면 사제가 될 수 없고, 경영권 분쟁도 자연스럽게 사라질 테니.

"그렇구나. 그러면 상속 제한은 왜 걸린 걸까?"

이원의 감춰진 분노를 짐작한 듯, 미현의 말투가 조심스러워진다.

"일단, 회장님께 두 가지 조건을 걸었어. 첫 번째가 성일호텔 경영권은 나한테 달라는 거."

역시 예상대로다. 다만 관록 있는 우성희 이사가 아니라 경영 수업도 제대로 받지 않은 미현이라는 게 의외이긴 했다. 하긴, 미현은 어릴 때부터 당차고 욕심도 많고 사람을 부리는 데 익숙했다.

"그래. 그러면 두 번째는?"

"오빠가 우리 제안을 거절하고 신학교로 돌아갈 생각이라면, 아예 처음부터 그룹 경영에서 손 떼게 해 달라는 거. 언제 튈지 모르는 사람만 믿고 외삼촌을 배신할 순 없잖아? 그러느니 애초에 외삼촌 쪽으로 줄을 서서 콩고물이라도 얻어먹는 게 낫지."

"……."

"특히, 신부님들 중에선 개인 재산을 교단에 희사하는 분들이 많다고 들었어. 하지만 우린 종교 재단에서 지분을 45%나 갖고 그룹 전체를 좌지우지하는 건 절대 용납 못 해. 전문 경영인은 외삼촌한테 씨알도 안 먹힐 소리니 말도 꺼내지 말고."

"아하. 그래서 조건 이행을 보장할 안전장치로 지분 상속에 조건을 걸어 달라 한 거니?"

미현은 웃음기를 거두고 고개를 끄덕였다.

"응. 정말 미안한데 그럴 수밖에 없었어. 우리도 모든 패를 다 거는 거잖아. 오빠만 입맛에 맞게 선택할 수 있는 상황은 아니라서. 회장님은 그 요구가 타당하다고 받아들이셨고."

이원은 눈을 감은 채 잠시 말을 골랐다. 아버지가 왜 그따위 유언을 남겼는지 드디어 알게 되었지만, 속이 후련하지는 않았다.

미현과 아버지의 염려가 기우는 아니었다. 이원은 정우건설 대표 일가의 동반 자살 이후 극도의 죄책감과 고통을 겪었고, 경영 쪽이 자신의 길이 아닌 것 같다는 불안감에 시달리고 있었다. 길을 잘못 들었다, 내게 주어진 길은 이게 아니다, 기도하고 숙고할 때마다 그는 점점 초조해졌다.

자퇴 경력도 있고, 나이도 서른이 넘은 상태로 신학교에 다시 돌아가기는 쉽지 않았다. 하지만 이원은 마지막 기회라도 잡고 싶었다. 너무 늦은 것은 없다. 지금이라도 돌이킬 수만 있다면, 나에게 가장 맞는 길로, 간절히 원하는 길로, 그분께 약속한 길로 가는 것이 옳지 않을까.

아버지를 원망하고 싶진 않았다. 평생 일군 기업을 뺏기지 않으려는 본능과 아들에게 안정적인 경영권을 만들어 주고 싶었던 절박한 마음은 충분히 이해가 되었다. 미현의 현명함과 야심도 비난할 순 없었다. 그녀가 제시한 조건은 충분히 합리적이었고, 서로에게 유익했다.

"그래. 상당히 괜찮은 거래구나."

신랄한 말을 부드러운 목소리로 포장하는 것에는 익숙했지만, 미현은 그 신랄함을 알아차릴 만큼 눈치가 좋았다. 붉고 날렵한 입매가 무겁게 가라앉는다.

"굳이 거래라고 자조할 건 없어, 오빠. 다들 그렇게 조건 맞춰 결혼하고, 정 붙이면서 살지. 솔직히 이 바닥에서 누가 연애결혼을 해. 그래도 다들 잘 살잖아."

"그렇지."

"오빠가 원래 혹독하고 까다로운 사람인 거 알아. 솔직히 나만큼 오빠 성격 잘 알고, 잘 맞춰 줄 사람이 있을까? 이거야말로 윈윈이지."

"……."

"결혼하면, 아이도 많이 낳고, 마당에 큰 강아지들도 키우자. 오빠 동물이랑 아이들 좋아하잖아. 다 오빠 하고 싶은 대로 해. 주말마다 아이들한테 둘러싸여서 오붓하게 시간 보내는 것도 좋고, 나 공연 없을 때 길게 휴가 내서 가족 여행도 다니자. 솔직히 우리가 맘만 먹으면 못 할 일이 뭐가 있겠어?"

미현은 그가 사랑하는 것들을 정확하게 알고 있다. 다만, 도회적이고 강한 도전과 자극을 즐기는 미현은 그 소박함을 진저리나게 싫어하고 경멸하기까지 했다. 그래서 이원은 미현의 말에 깊은 모욕감을 느꼈다.

하지만 모욕감을 굳이 드러내지는 않았다. 이미 가부의 선택지가 주어진 상황에서 굳이 미현과 싸울 필요는 없다.

다만 마지막으로 확인해야 할 것이 있었다.

"산타바바라의 프로듀서, 모리스 첸이던가? 그 사람하고 찍힌 사진이 가끔 뜨던데. 혹시 브로드웨이로 진출할 계획이 있나?"

가볍게 찌른 말에, 미현은 놀란 내색조차 없이 웃는다.

"옐로 페이퍼에서 떠드는 걸 뭘 신경 쓰고 그래? 어차피 죄다 쓰레기 소설인데."

"NYT가 옐로 페이퍼에 쓰레기 소설은 아니지."

이원은 고소(苦笑)하며 맞받아쳤다. 미현이 모리스와의 관계를 밝히고 결혼을 거절할지도 모른, 혹은 다 정리하고 왔다, 하는 상식적인 대답을 기대했던 게 우스워졌다. 그의 표정을 본 미현은 한숨을 쉬며 제대로 된 설명을 시작했다.

"이거 그쪽에서 엠바고 요청했던 건데 할 수 없네. 내가 주연을 맡은 '여왕 마고'가 산타바바라 극장에 입성하게 됐어. 2년 계약. 그 일로 요새 미스터 첸하고 의논할 게 많아."

"……."

"그런 비즈니스 미팅까지 일일이 신경 써야 하면 나 이쪽 일 못 해. 그런 건오빠가 좀 이해해 줘야지. 오빠도 사업상 누구를 만났는지, 왜 만났는지, 언제어디서 만났는지 나한테 일일이 허락받아야 하면 일이 되겠어? 안 그래?"

……이런.

이원은 그녀가 연인과 헤어질 생각이 전혀 없음을 알아차렸다. 대놓고 드러내진 않겠지만, 이원이 눈치채도 판만 깨지 않으면 상관없다고 생각한다. 아니, 이원이 이 판을 깨지 못할 것이라 확신하고 있다.

서로 협조해서 공생한다 해도 관계가 동등한 것은 아니다. 거래를 받아들이지 않을 경우, 미현은 잃을 것이 없지만, 이원은 가진 것을 대부분 잃어야 하는 처지였다.

이원은 눈을 가늘게 뜨고 미현을 내려다보았다.

물론 이 결혼은 윈윈 계약이 맞다. 그것도 이원에게 유리한 계약. 재벌가의 결혼은 이런 형태가 당연한 것도 맞다. 결혼 생활 중 불륜을 저지르는 경우도 많다. 그래도 이렇게 처음부터 정부를 두고 쇼윈도 부부로 시작하자는 경우는 많지 않다.

이원은 다른 이들보다 도덕적 잣대가 엄한 편이었다. 적어도 미현보다 결백하거나 순진했고 '이 바닥의 결혼'에 어울리지 않을 법한 케케묵은 명제들도 여전히 신뢰하고 있었다. 그는 결혼 생활이란 사랑과 신뢰를 토대로 이루어지는 것이며, 배우자에 대한 정조의 의무도 성실하게 지켜야 한다고 믿었다.

"내가 너보다 많이 고리타분하고 순진한 모양이야, 미현아."

눈치 빠른 여자는 차분한 대답 뒤에 숨은 가시를 감지했다. 잠시 망설이던 미현이 한숨을 쉬며 속삭이듯 말했다.

"이원 오빠. 내가 계산만으로 이런 제안을 했다고 생각하면 오해야. 섭섭해."

"그게 무슨 말이니?"

"실은 나 오래전부터 오빠 좋아했었어. 오빠가 신학교에 입학하지만 않았으면 고등학생 때 진작 고백했을 거야."

……이 말은 안 하는 게 더 좋았을 텐데.

이원은 이마를 짚은 채 고개를 흔들며 웃었다. 정결하게 남겨 두어야 할 어떤 부분에 구정물이 쏟아진 것 같다. 사랑이라는 감정까지 거래의 장식품으로 기어이 써먹어야 직성이 풀릴까? 컨디션이 평소와 같다면 역겨움을 제대로 감출 수 있었을 텐데, 안타깝게도 지금은 버틸 힘이 부족했다. 이원은 조용히 자리에서 일어났다.

"그랬구나. 알았으니 생각해 보고 대답 줄게. ……브로드웨이 진출 축하하고."

이원은 대화를 더 이어 가려는 미현을 뒤로하고 밖으로 빠져나왔다. 이런 말까지 들어야 하는 상황이 비참해서 견딜 수 없다. 속에서 불이 치미는 것 같다. 급히 1층으로 내려가 택시를 잡았다. 찬 바람이라도 받아야 정신이 들 것 같다.

"바람 쐴 만한 곳으로…… 제일 가까운 한강 다리, 마포 대교로 가 주세요."

"전무님! 전무님! 몸도 안 좋으신데, 잠깐만요!"

최 실장이 급하게 따라오는 것을 손을 저어 만류했다. 주렁주렁 매달린 목줄과 천근의 족쇄, 등 뒤로 화살처럼 박히는 시선들까지 다 지긋지긋했다.

혼자 있고 싶었다.

팔에 두른 베 완장과 발목의 행건을 발견한 것은 마포 대교 한가운데에서였다. 이원은 완장과 행건을 거칠게 빼내 강으로 집어 던졌다. 이젠 머리가 끊어지는 것처럼 아프다.

제안을 거절하면?

저절로 신음이 흘러나왔다. 이원은 학교로 돌아가기를 간절히 원하지만, 재입학이 허락될지는 장담할 수 없었다. 일단 나이 문제도 있고, 예전에 자퇴도 했었다. 사제성소(司祭聖김)의 확신이나 열망과는 별개로, 상황이 용이치 않았다. 자칫하면 돌아가지도 못한 채 빈손만 남게 된다.

제안을 받아들이면?

결혼을 생각하지 않았던 건 아니었다. 어렸을 때부터 외로움을 심하게 탔던 그는 가족들로 북적이는 집을 무척 부러워했다. 아내가 될 여자는 어떤 사람일까. 보기만 해도 가슴이 떨린다는 그 감정도 조금은 궁금했다.

나의 유전자를 물려받은 작은 생명들이란 또 얼마나 신비로울까. 그 아이들은 나처럼 외롭게 두지 않을 것이다. 사랑을 넘치도록 주어 가며 기를 것이다. 그는 캠핑카를 몰고 가족 여행을 다니는 꿈도 꾸었고, 작은 수도원에서 아이들과 머무르며 세상에 가득한 하느님의 손길을 느끼게 해 주고도 싶었다.

그런데 이 결혼에서, 그런 게 가능할까? 나는 미현에게 손도 대고 싶지 않은데?

세경그룹이, 그곳의 수만 명 직원과 가족들이, 그들에 대한 책임이 내 인생과 내 행복보다 중요할까?

……아무것도 모르겠다.

이원은 차가운 난간을 움켜쥔 채 눈을 감았다. 돌아갈 시간이 가까워지고 있었다.

사실 이성적인 결론은, 유언이 공개되었을 때부터 정해져 있었다. 미현과의 결혼 외에는 마땅한 선택지가 없었고, 예상외 변수는 끝까지 나오지 않았다. 그러니 이제는 결론을 받아들이고 자신을 설득해야 한다. 설득이 안 되면 세뇌라도 해서 받아들이게 해야 한다.

"······후우."

고개를 저으며 왔던 길을 물끄러미 바라보았다. 옆으로는 자동차들이 차가운 바람을 일으키며 지나가고 있었고, 다리의 끝은 까마득히 멀었다.

이제 이 길을 되짚어 나가는 순간, 더 이상 같은 고민을 되풀이하면 안 된다.

그나마 다행인 건, 미현이와 달리 자신은 진심으로 사랑하는 사람이 없다는 점이다. 그런 사람이 있었다면 미현과 동일한 선택을 하기는 어려웠을 것이다.

만약 진심으로 사랑하는 사람이 있어서, 모든 걸 다 포기하고 사랑만 택한다면 덜 비참할까? 덜 아플까? 더 행복할까?

······이것 역시 알 수 없다. 이원은 결국 실소를 터뜨렸다.

그는 불같은 사랑 따위 전혀 겪어 보지 못했다. 그런 감정이 들지 않게 스스로 경계하기도 했고, 성격상 그런 감정이 가능할 것 같지도 않았다. 성욕이나 외로움은 결코 적은 편이 아니었지만, 그의 감정과 본능은 이성에게 철저하게 복종했다.

그리고 그 이성은 '이제 돌아가서 네게 주어진 길을 받아들여라.' 라고 말하고 있었다.

하지만 이원은 길을 되짚어가는 대신 오랫동안 난간 앞에 서 있었다. 강바람은 생각보다 많이 아팠다.

"······음?"

얼마나 시간이 지났을까. 이원은 바람 속에 감춰진 무언가를 감지했다. 차가운 바람이 온몸을 후려치는 중에, 날카로운 바늘로 찌르는 듯, 혹은 작은 발톱으로 긁어내리는 듯한 느낌이 숨어 있었다. 너무 피곤해서 그런가? 손으로 뺨을 탁탁 내리쳤다. 통증은 거의 느껴지지 않았지만, 그 이상한 느낌은 점점 강해졌다. 이원은 눈썹을 찌푸린 채 고개를 돌렸다.

아하. 드디어 원인을 알았다. 교복 차림의 키 작은 여자아이가 연습장을 든 채 서 있는 것이 보인다. 아이는 시선이 마주치자마자 겁에 질려 뒷걸음질을 시작했다.

지금 뭘 하는 거지? 설마 나를 그리고 있었나?

왜? 왜 하필 지금? 왜 하필 여기서? 왜 하필 나를?

이원은 극도로 짜증이 났고, 이제는 그 표정을 도저히 숨길 수 없었다.

왜 저 아이는 학교도 안 가고 예까지 와서 사람이 괴로워하는 꼴을 구경하고 있을까? 대체 뭘 끄적인 거지? 내 꼴이 그리 재미있어 보였나?

이원은 저 연습장을 뺏어서 자신의 그림을 갈기갈기 찢어 버리고 싶은 충동에 휩싸였다. 아이는 믿을 수 없을 만큼 무서워하며 도망치다 연습장을 놓쳤다. 그러고는 새파랗게 질린 채 주우러 오지도 못하고 와들와들 떨었다.

지금 내 표정이 그렇게 험악한가? 왜 저렇게 무서워하지?

당황한 이원은 가까이 다가가는 대신 손을 내밀어 아이를 진정시켰다. 아이가 엉거주춤하며 뒷걸음질을 멈췄고, 이원은 그제야 허리를 굽혀 연습장을 주워 들었다. 연습장의 주인이 기겁하며 입을 틀어막는 모습이 보였지만, 이원은 기어이 그것을 펼쳤다.

순간, 머릿속을 꽉 채우고 있던 것들이 하얗게 증발했다.

증오를 유발하는 그림

그림 그리는 것이 좋았다. 어릴 때부터 사물을 똑같이 그릴 줄 알았다. 미술학원에 다닌 것도 아닌데 구도가 좋다는 말, 형태를 잘 잡는다는 말을 자주 들었다. 표현이 대담하고 감각적이라는 칭찬도 항상 따라다녔다. 사물이나 사람들을 관찰하고 특징을 잡아내는 과정이 특히 재미있었다.

친구들을 관찰하면서, 우연은 '입으로 하는 말'과 '몸이 하는 말'이 다르다는 것을 알게 되었다. 미간과 눈꼬리의 미세한 주름의 움직임, 눈썹의 떨림, 눈동자의 움직임, 입술 끝의 미묘한 움직임, 손가락과 손의 움직임, 어깨의 각도, 몸의 기울임, 발의 움직임, 그 작은 단서들을 합치면 '몸이 하는 말'을 어렵잖게 읽을 수 있었다. 그것들은 대체로 그 사람의 진짜 속마음을 말하고 있었다. 재미있었다.

거기서 멈출걸, 뭐가 좋다고 조금 더 나간 게 문제였다. 더, 더, 조금만 더 집중해서 바라보다 보면 가끔씩 이상한 현상이 나타나기 시작했다.

눈앞의 장면이 현실에서 분리되어 붕, 떠오르는 것처럼 느껴졌다. 보이는 것은 분명 익숙한 장소, 잘 아는 친구들인데 이세계에 뚝 떨어진 기분이 들었다.

반대로, 사물의 윤곽이나 색들이 눈이 아릴 정도로 또렷하게 느껴질 때도 있었다. 색깔은 바글바글 끓어오르듯 선명해지고, 사물의 윤곽선은 파르라니 날이 선다. 컵에 흘러내리는 물방울, 낡은 스웨터 소매에 이슬처럼 조롱조롱 매달린 보풀, 친구의 얼굴에 스며 나오던 땀방울, 뺨의 미세한 솜털, 눈썹의 그림자, 햇빛 속에 부유하던 먼지 알갱이들이 눈이 시릴 정도로 또렷하게 각인된다.

찰칵.

순간, 그 장면은 사진처럼 뇌리에 들이박힌다.

머릿속에는 그렇게 저장된 사진첩이 차곡차곡 쌓이기 시작했다. 남들에게는 그런 기억력이 없다는 것을 나중에야 알았다. 자랑스럽다기보다 무서웠다.

우연은 저장된 장면을 떠올리며 그림을 그렸다. 이 정도로 똑같이 그리면 다들 감탄하고, 좋아해 줄 거라 생각했다. 하지만 그 애처로운 노력은 실패로 돌아갔다. 그림 좀 그린다 하는 친구들이 앞장서서 우연을 거짓말쟁이로 몰아갔던 것이다. 그들은 이 그림이 트레이싱이라 단언했다.

그렇지만 우연은 자신의 말을 증명할 수 없었다. '그려 봐! 우리 눈앞에서 지금 그려 보라고!' 하는 친구들에게 둘러싸이면 눈앞이 하얗게 되어 손끝 하나 움직일 수 없었다.

우연이 할 수 있는 일이라곤, 집에 와서 펑펑 울며 자신을 거짓말쟁이로 몰아간 친구들의 초상화를 갈기갈기 찢으며 분풀이하는 것뿐이었다. 너무 분하면 칼질도 했다. 나쁜 짓이라는 가책이 일면서도, 꽉 막혔던 가슴이 조금은 뚫리는 것 같아 그만둘 수 없었다. 난도질당하는 그림은 엄마, 아빠, 자신을 미워하던 선생님으로 점점 늘어났다.

묘사 테크닉이 늘어나면서 우연은 좀 더 고차원적인 방법을 찾아냈다. 인물화를 직접 칼질하는 대신 머릿속에서 찢거나 칼질을 한 후 그것을 종이 위로 옮기게 된 것이다. 새로운 복수 방법은 가책이 덜하면서도, 좀 더 영구적이고 세련되게 느껴졌다.

"너 미쳤지! 너 정말 정신이 어떻게 됐지! 엉!"

숨겨 놓은 스케치북 더미를 발견한 엄마는 쇠 갈리는 소리로 비명을 질렀다.

"이 그림은 뭐야! 엄마 아빠 사진에 칼질해서 그려 놓은 거야? 네년이 사람 이야?"

"아, 아니야 엄마. 칼질 안 했어. 찢지도 않았어. 그냥, 머릿속에서 이리저리 상상하다 보면 이렇게 보여⋯⋯."

"그거 환각이잖아!"

엄마의 입에서 다시 찢어지는 비명이 튀어나오며 우연의 말허리를 끊어 버렸다.

"아아, 환각이라니, 내가 너 때문에 미쳐 죽겠다. 지금까지 속 썩인 것도 모자라서 이젠 정신 분열증이야? 가지가지 한다! 가지가지 해! 이제 어떡해!"

"정⋯⋯신 분열?"

"실제로 없는 게 똑똑히 보이고, 멀쩡한 게 이상하게 비틀려 보이는 게 환각이야! 빼도 박도 못 하는 정신 분열 증세라고! 나중엔 이상한 소리도 듣고, 칼 들고 자기 귀도 자르고 남도 죽이고 그러는 거야!"

엄마는 그림을 갈기갈기 찢으며 날카롭게 고함을 질렀다.

"우연이 너 그림 그리는 거 당장 집어치워! 그림 그리다 미친 사람이 한둘이야? 너도 정신 병원 끌려가고 싶어? 더 그리면 손모가지 잘라 버릴 줄 알아!"

엄마는 자신의 팔자를 한탄하며 오래오래 울었고, 우연은 파랗게 질린 채 오래오래 떨었다.

그날 우연은 인터넷을 밤새 찾아본 후, 자신의 인생이 나아지리라는 희망을 포기했다.

그래도 우연은 그림을 계속 그렸다. 다만, 비틀리고 파괴된 형태의 그림을 그릴 수 없게 된 후, 그녀의 그림은 좀 더 간접적인 형태로 바뀌게 되었다. 극도로 사실적인 묘사와 기이한 구도만으로 사람들의 내면을 표현하게 된 것이다. 우연은 사람들이 은연중에 드러내는 '몸의 언어'를 통해, 그들의 부정적인 감정과 음습한 악의, 비열한 우월감과 열등감 따위를 적나라하게 까발리고 박제하는 데 집중했다.

실물처럼 정밀하게 그려진 우연의 인물화들은 기괴하고 섬뜩한 사진처럼 보였다. 이제 우연의 그림을 좋아하는 친구들은 아무도 없었다. 처음에는 사진처럼 정밀하고 생생한 그림을 신기해했지만 이내 소름 끼친다, 무섭다, 하는 반응이 돌아왔다. 자신을 모델로 그린 그림을 보고 대놓고 화를 내는 아이들도 한둘이 아니었다.

인물을 그리지 못하면 정물을 그리기도 했다. 하지만 정물화 역시 이상한 감정을 불러일으키는 것은 마찬가지였다. 원형을 닮았으나 기이하게 변형된 크기와 과장된 구도, 지나치게 선명한 색감과 지독하게 정밀한 세부 묘사로 인해 피사체는 도리어 초현실적인 이질감을 얻곤 했다. 친구들은 우연이 그린 말라비틀어진 꽃잎 하나에서도 맹렬한 적의를 느꼈다. 친구들은 우연을 슬슬 피하거나, 머리에 대고 손가락을 빙빙 돌리며 수군거렸다.

그때부터 우연은 남에게 보여 주지 않고 혼자 그림을 그렸다. 하루 열두 시간 넘게 그림만 그린 적도 많았다. 이제 우연에게 남은 것은 그림밖에 없었다. 그림 그리는 동안은 시간 감각도, 공간 감각도 없었다. 더위도 배고픔도 소음도 잘 느끼지 못해서 현기증, 탈수로 쓰러진 적도 있었다. 그럴 때는 엄마 말대로, 자신이 백치나 정신병자처럼 느껴졌다.

친구들은 더 이상 우연에게 접근하지 않았다. 선생님들도 건드리지 않았다. 우연은 유령처럼 투명한 존재로 변해 갔다. 그림은 현실에서 도망칠 수 있는 유일한 길이었다. 연습장과 스케치북은 아무도 들어오지 못하는 결계이자 신성한 도피처였다. 우연은 자신의 결계를 선과 색으로 가득 채웠다. 그림이 하나하나 완성될 때마다 마약이라도 맞은 것처럼 아찔한 황홀감이 치솟았다. 우연은 이 황홀한 마약에 점점 깊이 빠져들었다. 그림은 단순한 취미가 아닌, 강력한 진통제이자, 마약이자, 산소 호흡기이자 구명줄이었다.

"우연아, 너 혹시 서림예대에 원서 넣어 볼 생각 있니?"

탈출의 기회는 엉뚱한 쪽에서 찾아왔다. 고3 여름 방학이 끝난 직후, 담임 선생님이 보여 준 것은 경기도 안성에 있는 작은 예술 대학 모집 요강이었다.

"그 학교 회화과에 '실기 100% 특별 전형'이 있어. 그거라면 한번 해 볼 만하잖니? 뭐 대학 평가 점수가 좀 나빠서 학자금 융자나 국가 장학금은 당분간 안 될 것 같지만, 아르바이트 같은 거 하면 될 거고."

담임 교사는 미술을 가르치고 있었는데, 그녀는 우연의 놀라운 재능을 늘 아까워했다. 그녀는 미술실 구석에 숨어 그림만 그리던 우연에게 이론과 회화의 기초를 잡아 주고, 아르쉬 수채 패드나 비싼 물감도 예산 안에서 빠듯하게나마 지원해 주었으며 아크릴과 유화의 다양한 기법도 가르쳐 주었다. 우연은 하나를 알려 주면 열이 아니라 백, 이백을 껑충껑충 배워 나갔다.

"경기도 안성……? 기숙사? 실기 100%?"

다른 내용은 하나도 보이지 않았다. 성적을 안 본다는 것과 기숙사라는 말만 대문짝만하게 보였다.

그러잖아도 우연은 졸업하면 아빠가 운영하는 체육관에 나가서 일을 하기로 되어 있었다. 24시간 아빠와 붙어 지내야 하는 것이다. 그것만 생각하면 목이 졸리는 것 같고 숨을 쉴 수 없었다.

그 일을 안 하겠다고 말이라도 꺼내 보려면, 대학에 입학하거나, 체육관보다 번듯한 직장에 취직이라도 해야 했다. 그래야 씨알이라도 먹힐 것이다.

하지만 변변한 능력도 없고, 숫자에 유난히 약한 데다 늘 주눅이 들어 말 한 마디 야무지게 못 하는 처지니 알바 자리 하나 제대로 구할 수 없을 것이고, 모의고사든 학생부든 8등급 9등급으로 도배해 놓은지라 대학도 포기 상태였다.

하지만 실기 100%라면 해 볼 만했다. 입시 미술을 해 본 적은 없었지만, 그림 그리는 건 자신 있었다.

손끝이 가늘게 떨렸다. 집에서 정당하게 탈출할 수 있는 처음이자 마지막 기회라는 것을 직감했다.

"원서 한번 넣어 봐라. 네가 그렇게 그림을 잘 그린다니."

입시 면담을 하고 돌아온 아빠의 입에서 믿을 수 없는 말이 나왔다.

"네 담임이, 거 머리 길고 예쁘장한 선생님 있잖냐. 안성 근처 서림예대인가, 거기에 실기로만 입학하는 특별 전형이 있다고, 원서 꼭 넣어 보라더라. 네가 미술 천재라고 하면서."

담임 교사는 어쩌면 지혜로웠고, 어쩌면 교활했다. 한때 학부모회 임원으로 딸바보 행세를 하던 아빠의 명예욕을 건드렸다.

"입에 발린 말이지만 기분은 좋네. 아무렴 우리 딸이 고졸인 것보단 대졸인 게 훨씬 좋지. 우리 딸 합격하면 내가 콩팥을 떼서라도 보내 주마."

우연은 그날 밤 베개가 흥건해질 정도로 울었다. 아빠가 허락해 줬다는 게 믿어지지 않았다.

"우연이 너, 그 먼 데 꼭 가야겠니? 졸업해 봐야 어차피 이름도 모르는 학교 잖아. 그러느니 그냥 아빠 체육관에서 일하지 그래. 사람 자꾸 그만둬서 구하기도 힘든데."

졸업식 날 아침, 급하게 밥을 욱여넣던 손이 엄마의 말 한마디에 딱딱하게 굳었다.

오늘은 졸업식이기도 했지만 서림예대 등록 마감일이기도 했다. 아빠는 분명 오늘 직원들 명절 보너스 미리 주고 등록금을 넣어 준다고 했다. 불길한 예감이 머릿속을 후려치고 지나간다.

"알아보니 너희 학교 학자금 대출 안 되는 학교더라? 얼마나 학교가 후지면 그래? 너 학비 내려면 생돈 다 내야 하는 거더라?"

"그, 그거…… 말했잖아. 말했는데……."

우연은 필사적으로 목소리를 쥐어짰다. 분명히 말했다.

"그래서? 네가 말하면 이번 학비 498만 원이 뚝 떨어지냐고. 엉? 아빠도 학자금 대출, 국가 장학금 한 푼도 안 된다는 얘기 듣고, 뭐 그따위 학교가 다 있냐고 하더라."

"……."

"이번 학기로 끝도 아니잖니. 학비만 498만 원인데 그게 끝이 아니라 시작이잖니. 기숙사는 2학기부터 성적순으로 자른다는데 네가 거기 될 것 같아? 그럼 방 월세에 밥값에 용돈에 생활비에, 그 비싼 재료비에, 아빠 버는 돈이야 매달 뻔한데 어떻게 그 돈을 다 대? 예술은 돈 많은 집 애들이나 하는 거야."

"어, 엄마……, 이번만 대 주면 내, 내가 알바할 거야."

"알바 좋아하시네. 학비 빼고 방값 밥값 생활비로만 한 달 150은 있어야 할걸? 네가 무슨 재주로 그 돈을 벌어? 150은커녕 15만 원도 못 버는 게?"

목이 콱 메었다. 지금 엄마가 이러면 안 된다. 도망치게 도와주지는 못할망정. 시끄럽고 귀찮게 하면 홧김에 일을 뒤엎는 게 버릇인 아빠가 어떻게 나올지 모른다.

"아니야, 그래도 아빠가 보내 준다고 했잖아……."

"너 진짜 이기적이다. 집안이 거덜 나든 말든 너 꼴리는 대로 해야 직성이 풀리겠어? 정말 엄마 아빠 콩팥 떼서 팔아? 응? 팔까?"

"내가, 내가 갚을게. 돈 벌어서, 나중에 돈 벌어서 다 갚을게 엄마!"

"환쟁이들이 무슨 재주로 돈을 버니? 환쟁이, 연극쟁이, 시인, 굶어 죽기 딱 좋은 직업인데! 알아 몰라?"

쯔으읏, 혀 차는 소리가 들린다. 엄마는 혀를 찰 때 쯔으으…… 하고 길게 꼬리를 빼는 놀라운 기술을 갖고 있었다. 그 뒤로 독기 어린 혼잣말이 쟁강쟁강 달라붙었다.

"저거 참 못됐어. 아픈 엄마 두고 제 몸뚱이만 쏙 빠져나갈 생각만 해. 못된 년."

아아, 이제야 알겠다. 엄마는 애초에 자신을 놓아 보낼 마음이 전혀 없었다. 엄마가 턱을 들고 자애롭게 웃는다. 목소리마저 솜털처럼 보들보들해진다.

"우연아. 그냥 아빠 일 도우면서 공무원 공부 해, 응? 공무원은 여자 직업으로 최고고, 시집도 그렇게 잘 간다더라. 어젯밤에 아빠한테도 너 체육관 일 하는 틈틈이 공무원 공부나 시켜 보자 했더니 그게 나을까, 대출도 안 나오는데, 그러시더라고."

눈물이 왈칵 치밀었다. 불길한 예감은 어쩌면 이렇게 어긋나는 법이 없을까. 울면 안 되는데, 지금 시끄럽게 해서 아빠 비위까지 거슬리면 끝장인데. 그래도 멍청하게 벌어진 입에선 꺽꺽 소리가 자꾸 기어 나왔다.

"어머어머, 얘 좀 봐. 얼굴이 왜 그래? 다 너 잘되라고 하는 말인데? 울어? 너 우니?"

엄마가 눈썹을 찡그린다. 엄마는 우는 소리도 싫어했지만, 밥을 물고 입을 벌리는 것은 끔찍하게 증오했다. 목소리가 바늘 뭉치처럼 날카로워졌다.

"더러워. 얼른 입 다물어……. 얼른 입 다물고 밥 삼키라니까?"

하지만 울음덩어리가 자꾸 치받아 입이 다물어지지 않았다. 엄마의 눈썹머리가 꿈틀거린다. 엄마의 신경은 항상 바이올린 현처럼 팽팽하게 당겨져 있고, 우연이 신경을 긁는 것을 조금도 견디지 못했다. 어흑, 으, 흐어엉, 눈물이 된장국 속으로 줄줄 떨어지자 엄마가 머리를 후려치며 날카롭게 고함을 질렀다.

"쌍년아 입 좀 닥치라고! 고막이 터질 거 같아! 이 씨발년이, 왜 엄마 말을 이렇게 안 들어 처먹어! 밥 먹으면서 입 벌리지 말라고 했어, 안 했어! 왜 입맛 떨어지게 밥상머리에서 처울고 지랄이야! 엉! 그 밥 얼른 안 삼켜? 침 떨어지잖아아악! 더러우니까 입 벌리지 마! 구역질 난다고! 더러워, 더러워어어어! 혓바닥을 확 뽑아 버려야, 씨발년아, 그 더러운 아구창 좀 다물라니까! 호치키스로 아가리 콱콱 박아 버리기 전에에에에!"

결국 신경줄이 튕겨 나간 엄마는 우연의 뺨을 움켜잡고 미친 듯이 흔들어 대기 시작했다.

"입 좀 닥쳐! 이 빌어먹을 여편네는 왜 이렇게 아침부터 시끄러워!"

엄마의 발작은 순식간에 멈췄다. 숙취로 앓던 아빠가 방문을 걷어차고 나온 것이다. 아빠는 아침부터 계집년들이 깽깽대고 짖으면 온종일 재수가 없다는 신념을 갖고 있었다. 우연은 덜덜 떨면서 빌듯이 말했다.

"아, 아빠. 오늘 드, 등록 마감인데……."

"여보, 안 돼. 어제 내가 말했잖아. 얘를 뭘 믿고 기숙사에 혼자 보내. 폰에 별별 이상한 앱 다 깔아 놓던 애를 어떻게 믿고. 거기서 더러운 새끼들하고 이상한 짓 하다가 애나 덜렁 배서 들어오면 어쩌라고."

"아냐, 엄마, 여자 기, 기숙사에는, 남자, 모, 못 들어와. 나 이제 이상한 앱 안 깔아. 그때는 모르고 깐 거야. 다 지웠어, 정말이야."

아빠는 눈썹을 잔뜩 찡그렸다. 하지만 엄마는 집요했다.

"여보, 그래도 미대는 안 돼. 얘가 그림 그리면서 정신이 점점 이상해지는 것 같아. 이거 봐."

엄마는 옷장 위에서 먼지가 잔뜩 얹힌 스케치북을 끄집어내 아빠 앞에서 확 펼쳤다. 우연은 멍하니 눈만 껌벅거렸다.

……저게 왜 저기 있지?

오래전 엄마가 버린 줄 알았던 스케치북. 그 안에는 엄마 아빠를 비틀고 찢은 형태로 그린 그림들이 가득했다. 우연은 엄마가 왜 저 스케치북을 남겨 두었는지 이해할 수 없었다.

아니나 다를까, 하나하나 그림을 넘겨 보던 아빠의 얼굴이 점점 험악하게 구겨진다.

"씨발, 저거 정말 미친년 아냐? 이따위 그림이나 그리려고 그 많은 돈을 처들이겠다고 한 거야? 집에서 돈이 썩어 나가?"

얼굴 위로 스케치북이 확 날아들었다가 바닥에 떨어졌다. 아빠는 그것을 발끝으로 콱콱 짓밟았다.

……다 끝났다.

뺨으로 천천히 눈물이 흘러내렸다. 이젠 정말 끝이구나. 정말 이렇게 허무하고 황당하게 끝장이 날 수도 있구나.

엄마의 자분자분한 목소리가 이어졌다.

"저거 언제나 철이 들까. 엄마 아빠 속 문드러지는지도 모르고 집 나가서 멋대로 놀 생각에 정신이 빠져선. 집에 들어오는 돈이야 간신히 입에 풀칠할 정도인데, 개나 소나 대가리에 똥만 처박혀서는 미대니 뭐니……."

"뭐가 어째?"

순간 밥이 차려져 있던 식탁이 뒤집혔다. 와장창, 퉁그렁. 벽과 천장으로 벌건 김칫국물이 착 뿌려지며 사금파리 튀는 소리가 요란하게 터졌다. 엄마가 새파랗게 질린 얼굴로 주춤주춤 물러선다.

"왜 이래, 여보! 식탁은 왜…… 악!"

"간신히 입에 풀칠? 쌍년아, 집에 퍼질러 자빠져서 300만 원씩 꼬박꼬박 받아 처먹을 땐 언제고? 대가리에 똥만 차? 씨발, 네년 대가리부터 깨부숴 줄 테니 어디 똥이 처들었나 오줌이 처들었나 한번 보자, 엉! 보자고!"

아빠는 바로 엄마의 머리채를 붙잡았다.

아빠는 기분이 좋을 때는 무척 다정했고, 동네에선 공처가 애처가 딸바보로 소문이 나 있었다. 하지만 조금이라도 무시당하는 말을 들으면 바로 폭발하곤 했다. 그리고 엄마는 신경줄이 터져 나갈 때면 그 폭발 스위치를 자주 밟았다. 엄마의 머리통이 산지사방 흔들릴 때마다 입에서는 까마귀 울음소리가 튀어나왔다.

자신이 얻어맞을 줄 알았는데, 불똥은 엄마에게 튀었다. 이럴 때 우연은 뭘 어떻게 해야 할지 알 수 없었다. 말릴 수도 없고, 도망쳐서 아빠를 자극할 수도 없고, 경찰 신고는 더더욱 할 수 없었다. 생각이 빠르게 무너지며 머릿속이 새하얗게 물들기 시작했다. 이럴 때는 정상적으로 생각을 연결할 수 없었다.

나 지금 뭘 어떡해야 하지? 드, 등록은? 서, 선생님이라도 만나서 얘기해야 하나? 엄마는? 말리면 나도 맞겠지? 그, 그냥 모르는 척, 하던 일이나 계속해야 하나? 일단, 하, 학교? 그래, 졸업식이니까, 학교에 가서, 그러면, 바, 밥부터 먹어야…….

우연은 눈앞으로 굴러온 밥그릇을 끌어안고 맨밥을 입속으로 퍼 넣기 시작했다. 생각이 아예 멈춰 버린 것 같다. 제발 누구라도 좋으니, 이럴 때 뭘 어떻게 하면 된다고 말 좀 해 주면 좋겠다. 식칼로 배를 가르라고 해도 좋으니 제발 무슨 말이라도. 눈물이 밥그릇으로 줄줄 떨어져서 반찬 없이도 짠맛이 났다.

"다 집어치워! 십 원 한 푼 줄 수 없어. 그렇게 가고 싶으면 네년이 돈 벌어서 네 꼴리는 대로 가!"

아빠가 화를 내며 방문을 쾅 닫고 들어간 후, 엄마는 깨진 반찬 그릇 사이에 걸레처럼 널브러져 끽끽 깩깩 칠판 긁히는 소리로 울기 시작했다.

우연은 화장실로 엉금엉금 기어 들어가 먹던 밥을 토했다. 습관이 된 구토는 수월했다. 반찬 없이 맨밥을 퍼먹은 덕에 변기에 토사물의 붉은 자국은 남지 않았다. 속에 남은 것도 없는데 자꾸 쓴 물이 올라와서 우연은 계속 헛구역질을 했다.

"문 열어. 너란 년은 어떻게 엄마가 맞고 있는데 밥을 처먹어? 너 때문에 엄마가 맞고 있는데 밥이 넘어가? 너도 사람이니? 미친년, 넌 정말 사이코패스야! 저걸 자식이라고. 나와, 나오라니까⋯⋯."

드륵, 드윽, 끼기기. 엄마는 화장실 문을 긁으며 숨죽여 울부짖었다.

우연은 불현듯, 생명의 다리라는 별명을 갖게 된 한강의 어떤 다리를 떠올렸다.

4

다섯 개의 초상화

긴 이야기를 듣는 내내 아저씨는 어딘가 고통스러워 보였다. 그림에 대한 이야기를 들을 때는 눈이 살짝 커지거나 눈썹이 꿈틀거렸고, 부모님과 친구들에 관한 이야기를 들을 때면, 숨이 잠시 거칠어지거나 커피 잔을 쥔 손가락 끝이 새하얗게 변했다. 하지만 말을 중간에 끊지는 않았다.

우연의 이야기가 끝나자, 아저씨는 그제야 눈을 감고 가는 한숨을 쉬었다.

"진우연 씨."

"네."

"혹시 경찰에 신고를 하거나 선생님에게 도움을 받아 본 적 있어요?"

"……아뇨."

"그래요."

아저씨는 왜 그러느냐 묻지 않았다. 가만히 고개를 끄덕일 뿐이었다. 그리고 팔을 내밀어 어깨만 조심스럽게 두드려 주었다. 톡톡. 톡톡톡. 우연은 그 손길에 깃든 위로의 의도보다 '왜 신고하지 않는지' 따지지 않는 것이 더 고마웠다. 목숨 걸고 신고할 용기가 없었다고, 그것마저 죄인처럼 변명해야 한다면 너무 비참할 것 같았다.

신고는 말 그대로 목숨을 걸어야 하는 일이었다. 경찰들은 가정의 파탄보다 가정의 회복을 당연히 우선시했다. 자신과 비슷한 처지의 친구들이 112, 1366 번호를 몰라서, 손가락이 부러져서 신고를 못 하는 게 아니었다. 신고를 해도 결국 훈방 조치 된 엄마 아빠를 그날 저녁 집에서 다시 마주해야 한다. 우연은 집으로 돌아간 그들이 눈물로 반성하며 그 후로 잘 먹고 잘 살았다는 감동적인 해피 엔딩을 단 한 번도 듣지 못했다.

"아저씨, 그런데 저, 엄마 말대로 정말 사이코패스인지도 몰라요."

아저씨가 시선을 조용히 맞댄다. 왜 그렇게 생각해요? 그가 소리 없이 묻는다.

우연은 어느 순간부터 엄마의 고통에 공감하기가 어려워졌다. 때리는 아빠를 말리지도, 고통스러워하는 엄마를 위로하지도 못했다. 어릴 때는 엄마를 끌어안고 같이 울거나, 엄마 때리지 말라고 아빠 다리에 매달리다가 같이 맞았던 것도 같은데, 지금은 최대한 눈에 띄지 않게 숨어서 폭풍이 지나가기만 기다릴 뿐이었다. 알록달록 물든 엄마의 얼굴이나 자신의 몸뚱이를 보며, '샤갈처럼 화사하다'고 생각했고, 그때마다 확실히 내가 제정신은 아니구나 싶었다. 하지만 그렇게라도 생각하지 않으면 그 당시의 공포와 숨 막히는 느낌을 덮어 버릴 수 없었다.

'엄마가 이렇게 맞는데 넌 뭐 하고 있었어! 내가 눈앞에서 콱 뒈져야 직성이 풀리겠지!'

우연은 '아빠가 죽었으면 좋겠다.' 생각하기도 했고, 어떤 때는 '엄마랑 아빠가 둘 다 죽었으면 좋겠다.' 생각하기도 했다. 하지만 한국인 평균 수명은 83세나 되었고, 엄마 아빠는 너무 젊은 데다 둘 다 지나치게 건강했다. 좀 억울하긴 해도 자신이 죽는 게 제일 쉽고 간단할 것 같았다.

강도가 들어와 엄마나 아빠를 죽이는 상상도 해 보았다. 핏자국으로 엉망이 된 집의 풍경을 떠올려도, 두 사람이 칼에 난자당한 채 널브러진 광경을 상상해도, 아무 느낌이 없었다.

정말 그런 상황이 되면 난 무서울까, 안심할까, 개운할까.

결론을 내리지 못하고 생각을 접었다. 어떤 결론이 나올지 두려웠다. 그 강도가 혹시 자신일지도 모른다는 달콤한 상상은 더욱 무서웠다.

그래서 우연은, 엄마가 '저 눈깔 좀 봐. 네가 무슨 생각 하는지 모를 줄 알아?', '솔직히 말해 봐……. 지금 나 죽이고 싶지? 그래 안 그래? 이 사이코패스야.' 하고 속삭이듯 중얼거릴 때마다, 한 번도 부인하지 못했다.

"엄마가 좀 심하게 돌팔이신데……. 아니라고 싸워도 될 걸 그랬어요."

이야기를 듣던 아저씨가 눈썹을 찌푸리며 단언했다.

"네? 아저씨가 그걸 어떻게 아세요?"

"남을 죽이는 상상만으로도 겁에 질리고, 차근차근 계획 잘 잡아서 복수하는 대신 울면서 한강에 뛰어오는 사람이 어떻게 사이코패스가 돼요? 엄마가 뇌과학자도 의사도 아닌데, 진우연 씨가 돌팔이 진단을 너무 심하게 믿었네요."

"그치만, 아, 아저씨도 의사 선생님은 아니시잖아요. 의사 선생님이세요?"

"아, 의사는 아니에요. 물론 나도 돌팔이지만 그래도 사이코패스 범죄자들을 연구한 교수님한테 주워들은 내용이니 좀 덜 돌팔이죠."

우연은 멍청한 얼굴로 눈만 깜박거렸다. 사이코패스가 아니라는 말은 반가웠지만, 뭔가 수상하긴 마찬가지였다. 대체 이 아저씨는 뭐 하는 사람이기에 '사이코패스 범죄자를 연구한 교수님'에게 이런 이야기를 들을까? 그러고 보면 가족 살인이나 유혈 낭자 칼부림 이야기에 이렇게 태연한 것도 이상하긴 마찬가지였다.

"아저씨 경찰이에요?"

"아니요."

"조폭이에요?"

"……아니에요."

아저씨는 눈썹을 찡그리며 짧게 웃었다. 재미있어서 웃은 것 같지는 않았다.

"그럼 뭐 하시는 분이에요?"

"그냥…… 요 근처에 있는 건설 회사 다녀요."

우연은 눈을 깜박이며 창밖으로 시선을 돌렸다. 조금 전까지는 살벌하고 칙칙하게 보이던 빌딩 숲이었는데, 아저씨가 근무한다는 말을 들으니 갑자기 건물에 발그레하게 생기가 도는 것처럼 느껴졌다. 이 근처 어떤 빌딩일까. 무슨 일을 하실까. 난데없는 궁금증이 꼬리를 물었지만, 얌전히 입을 다물었다. 우연은 어릴 때부터 이리저리 4차원으로 튀는 호기심이 무척 많았지만, 그것을 입 밖으로 냈을 때 좋은 반응이 돌아왔던 적이 없었다.

아저씨의 신중한 목소리가 들린다.

"그럼, 진우연 씨 어머니가 정신 분열, 아니 조현병이라고 했던 것도 의사 선생님 정식 진단은 아닌 거죠?"

"네."

"조현병이면 심각한 병인데 왜 병원에 데려가지 않았을까요?"

"병원 기록으로 남으면 나중에 취직도 못 하고 시집도 못 간다고 했어요. 그림만 안 그려도 훨씬 나아질 거라면서요."

"아아, 저런. 시집가는 게 그리 중요해서?"

아저씨가 헛웃음을 짓는다. 그 짧은 웃음에서도 아저씨가 엄마의 말을 얼마나 황당하게 생각하는지 고스란히 느껴졌다.

"내 생각인데, 어머니는 사실 우연 씨를 조현병이라고 생각하지 않았을 수도 있어요. 홧김에 나오는 대로 말했을 수도 있고, 겁을 주면 딸이 좀 고분고분해지지 않을까 해서 그랬을 수도 있어요. 그런데 어릴 때부터 그런 말을 계속 들으면 당사자는 정말로 믿게 되겠죠."

너무 기가 막혀 입이 떨어지지 않았다. 우연이 마포 대교까지 끌려온 가장 큰 이유는 암담한 미래 때문이었고, 그 암담함 중 큰 이유가 바로 정신 분열증이라는 말이었다. 그럴 리가 없어, 그게 사실이면 너무너무 좋겠지만, 설마 그럴 리가.

아저씨가 연습장을 들어 올린다.

"이 그림들은 보고 그린 건가요, 기억해서 그린 건가요."

"기, 기억해서……."

"그럼 떠올린 장면이 실제 눈앞에 있는 게 아니고 기억이라는 인식은 있어요?"

우연은 어이없는 눈으로 아저씨를 바라보았다. 하지만 아저씨의 얼굴은 웃음기 하나 없이 진지했다.

"당연하죠. 제가 그 정도로 바보는 아니에요."

"혹시 기억을 떠올리는 거 말고, 실제로 없는 물건들이 보이거나, 없는 사람이 보이거나 그런 적은?"

"아뇨. 그런 적은 없는데요."

"혹시 환청은? 아무도 없는데 엄마 아빠나 친구들이 막 욕하는 소리라든가."

"그런 건 없는데요……. 실제로 욕을 처듣죠. 차라리 그 욕이 환청이면 좋겠어요."

후우, 아저씨가 눈썹을 찌푸리며 긴 한숨을 쉬었다. 왜인지 모르지만 깊은 분노가 느껴졌다.

"우연 씨, 내가 보기에 우연 씨는 조현병이 아니라 특별한 장면 기억력을 갖고 있는 거 같아요. 물론 내가 정신과 의사는 아니지만, 어쨌든 조현병 증세 같지는 않아요."

"네? ……아저씨가 그걸 어떻게 알아요?"

우연은 덜덜 떨리는 목소리로 물었다. 혹시? 설마?

"조현병 환자들은 환각과 실재를 구별하지 못해요. 이렇게 제대로 된 대화를 이어 가지도 못하고, 그림도 제대로 못 그려요. 하물며 하이퍼리얼리즘 회화라니, 말도 안 돼."

"그, 그렇지만, 갑자기 매일 보던 애들이 막 이상하게 느껴지고, 다른 세계에 떨어진 거 같고 그럴 때도 있는데요?"

"나도 매일 보던 장소나 사람들이 낯설고 이상하게 느껴질 때가 가끔 있었어요. 낡은 흑백 사진처럼 느껴질 때도 있었고. 다른 세계에 떨어진 것 같기도 하고. 하지만 그런 건 환각이 아니라 비현실감이라고 들었어요."

"……예? 아저씨도요? 정말이에요? 진짜요?"

아저씨는 쓰게 웃으며 고개를 끄덕였다.

"상담해 주신 선생님이, 스트레스 때문에 일시적으로 그럴 수 있다고 했어요. 물론 비현실감도 좋은 증세는 아니지만, 조현병처럼 심한 것도 아니고 불치병도 아니에요. 스트레스가 사라지면 호전되고, 주변에 물어보니 힘들 때 이런 증세를 겪은 사람이 의외로 꽤 있었어요."

멍하니 눈을 깜박거렸다. 비현실감? 정신 분열증인지 뭔지 그거 아니라고?

의사도 아닌 사람의 말을 바로 믿기는 어려웠지만, 그렇게 따지면 사실 엄마도 의사는 아니었다. 게다가 눈앞에 멀쩡하게 서 있는 아저씨도 겪었고, 다른 사람들도 종종 겪는다는 말을 들으니 갑자기 안심이 되었다.

"어, 어……?"

갑자기 왈칵 눈물이 쏟아졌다. 등을 짓누르던 바윗덩어리 하나가 갑자기 사라진 건데, 웃음이 나와도 시원찮을 판에 눈물만 미친 듯이 쏟아졌다.

"……."

소리도 기척도 없이, 눈앞으로 손수건이 내밀어진다. 네 귀가 칼날처럼 반듯하게 접힌, 검고 흰 프랙털 패턴의 손수건이었다. 손수건을 가지고 다니는 남자들이 있긴 있구나. 설마 이런 것까지 옷이랑 색깔 맞춰서 갖고 다니는 걸까. 이런 상황에서 드는 생각마저 병신 같았다. 손수건에 얼굴을 파묻자 목도리에서

옅게 풍기던 향기가 훅, 머릿속으로 치고 들어온다.

"그렇게 걱정되면 검사를 받아 보면 되지. 원한다면 이쪽 전문 선생님을 소개해 줄 수도 있어요. 아마 큰 이상은 없을 거예요. 아직 어린 학생이 속으로만 이리 앓으면 어떡해. 그동안 얼마나 힘들었어요."

우연은 그렇게 한참 흐느꼈고, 아저씨는 말없이 어깨를 토닥여 주었다. 아저씨는 조용한 기다림에 익숙한 것 같았고, 침묵을 편안하게 만들어 주는 신비한 재능이 있었다.

흐느낌이 잦아들 때가 되자, 아저씨가 조금 머뭇대며 입을 열었다.

"음, 그런데 물어볼 게 하나 있는데."

"……네."

"아버지의 성교육이라는 게…… 어떤 건지 말해 줄 수 있어요?"

어찔했다. 아까 대충 획획 넘기는 것 같더니 연습장에 써 놨던 말을 죄다 읽었나 보다. 혹시 신고라도 하려고? 우연이 당황해 하자 아저씨는 난감한 듯 눈썹을 찌푸리더니 짧게 한숨을 쉬었다.

"……미안. 불편하면 말 안 해도 돼요."

아저씨의 얼굴을 물끄러미 올려다보았다. 그늘이 짙게 내려앉은 눈가와 실핏줄이 터진 눈은 많이 피곤해 보였지만, 깊고 어두운 갈색 홍채는 여전히 부드럽고 따뜻했다. 우연은 잠시, 아주 잠시 그 따뜻함에 넘어가고 싶었다.

"별건 아니에요."

하지만 우연은 넘어가지 않았다. 최후에 남은 이성 한 자락이 입을 틀어막았다. 아무리 모르는 사람이라도, 그 지경까지 비참해지고 싶지는 않았다.

짙은 갈색 홍채가 우연을 조용히 응시한다. 할 말이 많은 눈이었다. 하지만 그는 아무것도 묻지 않았다. 그저 손을 뻗어 핫초콜릿 컵을 꼭 쥐고 있는 우연의 손을 가만히 토닥일 뿐이었다. 그래요. 그래요. 그 손길이 너무 조심스러워서 우연은 아저씨가 자신의 말을 전혀 믿지 않는다는 것을 알게 되었다.

"남의 집안일에 함부로 관여하면 안 된다는 건 알지만, 안타까우니까 조금만 얘기할게요."

"네."

"진우연 씨는 그림에 재능이 있어요. 물론 사람들이 그 그림들을 싫어하는 이유는 알 것 같아요. 자기도 인정하고 싶지 않던 속마음이 갑자기 모든 사람 앞에 까발려지면, 부끄럽기도 하고, 화도 나지 않겠어요?"

"나쁜 재능인가요?"

"아니, 멋진 재능이에요. 신의 선물이죠. 예술에는 인간의 노력만으로는 도저히 성취할 수 없는 영역이 있어요."

아저씨는 웃음기 없는 얼굴로 단언했다.

"계획대로 미대에 가면 좋을 것 같아요. 미대에서는 우연 씨의 능력을 제대로 평가받을 수 있을 거예요. 그림도 마음껏 그리고 상담 치료도 받으면 마음도 훨씬 안정될 거고, 기숙사 생활이라고 하니 집에서 벗어날 좋은 기회가 될 거예요."

다시 눈 안쪽에서 욱신, 통증이 치밀었다. 그것이 좋은 기회라는 걸 몰라서 마포 대교까지 갔던 건 아니었다.

"하지만 오늘이 등록 마감일인데요. 아빠가…… 십 원 한 푼도 안 준다고……. 구, 국가 장학금도, 안 나오는 학교라는데, 학……비랑 기숙사비만 498만 원이고……."

우연의 흐느끼는 말에 아저씨는 고개를 끄덕이더니 안쪽 주머니에서 손바닥 정도 되는 작은 종잇조각을 꺼냈다. 저게 뭐지? 메모지인가? 무슨 말을 써 주려고? 우연이 고개를 갸웃하는 사이 아저씨는 탁자에 종이를 놓고 무언가를 적어 넣기 시작했다.

잠시 후 눈앞으로 작고 얇은 종잇장이 다가왔다.

"자, 일단 받아요."

"이, 이게 뭔가요?"

우연은 두 손으로 종이를 받았다. 글자를 읽는데 손이 바들바들 떨렸다. 이,

이게 뭐야? 너무 황당하니 글자를 아무리 되풀이해 읽어도 여전히 정체가 이해되지 않았다.

「일금 오백만 원정 ₩5,000,000」

금액이 적혀야 할 부분이 공란으로 남아 있는 수표였고, 아저씨가 적어 넣은 것은 '오백만 원정'이라는 글자와 숫자였다. 그리고 그 아래쪽으로 한이원, 이라는 흘려 쓴 듯한 이름과 서명이 꼬리처럼 달려 있었다.

"나도 주제넘은 짓이란 건 아는데, 그래도 진우연 씨에게 어떻게든 기회가 주어져야 한다는 생각이 들었어요."

이상하다. 뭔가 얼떨떨하고 정신이 없다. 지금 다시 다른 차원의 세계로 이동해 버린 걸까? 눈앞에 보이는 핫초콜릿과 나무 탁자, 김이 서린 유리창, 그 너머로 보이는 빌딩 숲, 풍경이 달린 낡은 유리문, 그리고 아저씨의 모습이 무서울 정도로 낯설게 느껴졌다.

"이거…… 돈 맞아요?"

"맞아요. 입학금 넣는 계좌에 그대로 입금하면 돼요."

"아저씨…… 돈 많아요?"

얼빠진 말이 튀어나오자마자 아저씨는 픽 실소를 터뜨렸다. 아, 이런 말은 해서는 안 되는구나 하는 생각이 뒤늦게 따라왔다.

하지만 우연은 고맙다는 말도, 왜 주느냐는 말도 하지 못했다. 눈물이 다시 폭포처럼 쏟아졌던 것이다. 우연은 입을 벌린 채 그를 올려다보며 하염없이 울었다.

왜요? 왜, 왜 주시는 거예요? 아저씨는 나 오늘 처음 만났는데? 아저씨는 내 이름밖에 모르고, 어디 사는지도 모르고, 어떤 애인지도 모르는데? 5백 원도 아니고, 5천 원, 5만 원도 아니고, 불쌍하다고 턱 쥐여 주기엔 너무 큰돈 아니에요?

아저씨 정말 뭐 하는 사람이에요? 위기에 처한 누군가를 구하라는 사명이라도 받았어요? 왜 이렇게 쓸데없는 곳에 돈을 막 뿌리고 그래요?

우연의 소리 없는 질문 무더기에 아저씨는 덤덤한 어조로 대답했다.

"살다 보면, '이 순간에 이 일은 꼭 해야 하는구나.' 하고 확신이 드는 일이 있어요. 그리고 세상에선 전혀 모르는 사람끼리 도움을 주고받는 일들도 종종 일어나요. 물론 지금 500만 원보다 더 필요한 건 진우연 씨의 용기겠지만."

수표를 쥔 두 손이 주체할 수 없을 만큼 떨린다. 저 아저씨는 진심이다. 알량한 동정심이나 우월감 한 자락 없이, 우연이 비굴함을 느끼지 않도록 최선을 다하고 있었다.

"용기를 강요하는 건 아니에요. 어느 쪽이든 원하는 길을 선택할 기회가 생겼다고만 생각하면 돼요. 받지 않고 집으로 돌아가도 괜찮아요. 내가 데려다줄 테니까."

집이라는 말을 듣는 순간, 등으로 소름이 쫙 끼쳤다.

안 돼. 절대 안 돼.

이제 집에 돌아가면 반드시 죽게 될 것이다. 어떤 형태로든. 재수가 좋으면 몸이 먼저 죽을 것이고, 재수가 없으면 정신이 먼저 죽을 것이다. 재수가 더럽게 없으면, 내 인생이 산 채로 썩어 가는 꼴을 관찰하며 몇십 년에 걸쳐 서서히 죽어 가게 될 것이다.

이런 기회는 아마 다시 오지 않을 거다.

우연은 이 순간의 결단이 남은 평생을 바꾸리라는 것을 직감했다. 위험하고 한 치 앞이 보이지 않는 결정이었다. 아빠는 가려면 네 돈으로 가라고 했지만 정말 이 돈으로 서림예대에 입학해 버린다면 어떻게 반응하실지 알 수 없었다.

무서워서 목이 졸리는 것 같았다. 죽으려고 결심했을 때는 죽을 때 얼마나 아플까 하는 것만 무서웠는데, 살아남으려고 결심하니 모든 것이 무서워서 죽을 지경이었다.

"저, 아저씨."

"음?"

아저씨가 시선을 맞추며 웃는다. 숨이 턱 막힌다. 어떻게 사람이 저렇게 선하게 웃을 수 있을까. 어떻게 사람이 저렇게 눈부시게 아름다울 수 있을까. 가슴이 꽉 막히는데, 왜 막히는지 알 수 없었다. 슬픈 것도 아니고 아픈 것도 아닌데 눈시울이 자꾸 시큰대고, 심장이 터질 것처럼 아팠다. 우연은 한마디씩, 속삭이듯 물었다.

"엄마 아빠가, 가지 말라는 길로, 억지로 가면…… 저는…… 어떻게 될까요?"

아저씨의 눈꼬리가 부드럽게 접힌다.

"진우연의 길이 새로 생기겠죠."

진……우연의 길?

진우연의 길. 나의 길. 우연은 입속으로 몇 번이나 되풀이했다. 너무나도 상식적이고 당연한 말이 가슴을 후려갈겼다. 아빠 엄마가 멋대로 파헤치고 꺾고 뒤집는 길이 아닌, 나를 위한 길, 한 걸음 내디딜 때마다 더 밝아지고 넓어지는 진우연의 길.

방법은 어떻게든 생길 거야. 마음만 먹는다면, 차근차근, 하나하나, 어떻게든.

첫 번째 걸음만 디디면, 두 번째 걸음은 더 쉬워질 거야. 세 번째는 더, 더 쉬워질 거야.

두 손으로 수표를 꼭 쥐었다. 입술이 벌벌 떨리는 것이 불안 때문인지 흥분 때문인지 구별도 되지 않았다.

"아저씨, 저 이거 못 갚는데 어떡해요?"

"갚으라고 빌려주는 거 아니에요."

아저씨의 덤덤한 대답에 오히려 겁이 덜컥 났다. 무슨 카드론, 무슨무슨 머니, 돈 빌려준다는 광고는 다 사기야. 덥석 받았다간 나중에 어디로 끌려가서 눈깔 뽑히고 콩팥 잘리고 심장 떼여서 죽는 거야. 아빠 엄마의 위협적인 목소리가 왕왕거렸다.

하지만 우연은 그 목소리에 필사적으로 저항했다. 진우연의 길로 한 걸음 내디디려면, 엄마 아빠의 말이 아닌, 오늘 처음 만난 이 아저씨의 말을 믿어야 했다. 이 호의가 순수한 것이라고 믿어야 했다. 지금껏 배운 상식대로라면 생판 모르는 사람의 호의는 절대 믿어선 안 되는데, 잘 아는데, 그래도 우연은 간절히 믿고 싶었다.

"그래도, 이 큰돈을 어떻게 공짜로 받아요? 이, 일단 너무 이상하고, 무섭고, 저, 저도 거지는 아닌데…… 그게."

정신이 없으니 말이 걸러지지 않고 횡설수설한다. 아저씨는 가늘게 한숨을 쉬며 조금 맥 빠진 목소리로 대답했다.

"내가 그렇게 이상하고 무서운 사람으로 보여요?"

"아, 아뇨, 절대 그런 건 아니고요, 그냥……."

"……하긴, 오늘 처음 봤으니 그럴 수도 있겠네요. 그래요. 정 갚고 싶으면, 나중에 돈 많이 벌어서 천천히 갚아요. 그럼 되겠죠?"

"아, 아니에요! 돈 많이 안 벌어도, 조금만 벌어도 갚을게요. 대학 가면 알바도 하고, 아, 그림도 팔아서 갚을게요."

아저씨의 한숨 소리가 좀 더 길어진다.

"아르바이트로는 학비는 고사하고 생활비 대기도 정신없을 텐데, 그림 팔아서 어떻게 갚으려고요?"

"그래도, 싸게 내놓으면 팔리지 않을까요? 그림 한 장에 얼마쯤 하는지 모르지만……."

"뭐, 미대 졸업 전시회쯤 되면 컬렉터들이 가능성 있어 보이는 작품을 가끔 사 두기는 한다고 들었어요. 아주 가끔. 호당 2만 원이나, 잘 받으면 호당 3만원 정도? 10호짜리 그림이면……. 아, 그림 호수 몰라요? 4절 스케치북 비슷한 사이즈 그림이면 2-30만 원쯤 받을 수도 있겠죠. 하지만 재학생 그림은 시세도 없어요. 그걸 누가 사."

아저씨는 의외로 미술에 관심이 많은 듯했다. 우연은 너무 속상하고 안타까워 조금 더 우겨 보았다.

"그, 그래도, 반값 세일 하면? 그럼 오십 장 팔면 500만 원 나오잖아요."

"갤러리 대관료나 판매 수수료도 있는데? 수수료 막 절반씩 떼어 주고 그러는데?"

"그, 그럼…… 백 장? 저, 그, 그림 엄청 빨리 그릴 수 있어요. 아, 아니면…… 갤러리 말고 인터넷에서 팔면 되지 않아요? 경매 사이트 같은 데서……."

"경매 사이트 어디요? 서울 옥션? 케이 옥션? 그런 데서 전시회 한번 안 한 학부생 그림을 팔……."

하지만 뭔가 신랄한 말을 부다다다 내뱉을 것 같던 아저씨는 우연이 겁먹은 얼굴로 어깨를 움츠리는 것을 보자마자 금방 고개를 저으며 이마를 짚었다.

"미안해요. 이런 말을 하려던 건 아니었는데. 정말 갚으라고 주는 돈 아니에요. 학교 다니는 것도 힘든데 왜 그런 고생을 사서 하려고 해."

"……."

"정 부담스러우면 내가 우연 학생 그림을 사 줄 테니까, 그걸로 갚는 거로 해요. 그건 어때요?"

갑자기 눈앞으로 구원의 서광이 촤르르 내려오는 것 같다. 우연은 아저씨가 말을 무르기 전에 얼른 고개를 끄덕였다.

"네, 네네네! 얼마든지 말씀만 하세요! 아저씨가 원하는 그림은 다 그려 드릴게요."

"그래, 그래요. 알았으니까……."

"저, 수채, 아크릴, 유화도 배웠어요. 인물화, 풍경화, 정물화도 잘 그릴 수 있어요. 초상화 같은 거 원하시면, 네, 저 인물화 잘해요! 좋아하시는 포즈, 구도, 분위기, 다 맞춰서 해 드릴게요! 백 장이든 천 장이든 말씀만 하세요. 정말이에요!"

가슴이 둥둥 뛰기 시작했다. 그렇다. 초상화! 저 아저씨라면 아주 멋진 초상화가 나올 것이 분명하다. 멋진 그림도 그리고 빚도 갚고. 이거야말로 꿩 먹고 알 먹기 아닌가.

아저씨는 보면 볼수록 매혹적인 피사체였다. 희고 깨끗한 피부, 선이 수려하면서도 단정하게 조화를 이룬 이목구비, 저 절제된 표정에 진짜 감정이 담기면 어떤 그림이 나올까. 사람을 빨아들이는 듯한 저 황홀한 색깔의 눈동자를 그려볼 수만 있다면.

특히 완벽한 비율과 양감이 조화를 이룬 저 몸을 그려 보고 싶었다. 볼수록 기가 막히게 아름다운 몸이라는 확신이 왔다. 허여스름한 모조 석고상 따위가 아닌 살아 움직이는 모델의 전신상. 대형 캔버스에 제대로 그린다면 굉장한 것이 나오리라는 감이 왔다.

"물론 아무 데나 되는대로 걸기엔 풍경화나 정물화가 좋겠지만요, 이야기를 상상하게 만드는 건 역시 인물화죠! 아저씨 초상화들로 가득한 방을 상상해 보세요! 그, 루이 몇 세더라, 베르사유 궁전에 살던, 로커처럼 파마머리를 찰랑찰랑 흔드는 그 왕이 된 것 같지 않겠어요? 그럼 방을 둘러볼 때마다 기분이 엄청 좋겠죠!"

"좋지 않아요. 동서남북이 내 얼굴로 꽉 찬 방이라니, 그런 무서운 곳이 어디 있어요."

아저씨가 낮게 한숨을 쉬며 덧붙였다.

"그리고 루이 14세는 대머리고, '찰랑찰랑'은 가발이었어요. 게다가 똑같은 인물화만 줄줄이 그리다니, 그게 말이 돼요?"

"말이 왜 안 돼요? 모네 할아버지도 똑같은 수련 그림을 수백 개나 그려 댔는 걸요. 사람은 울지도 웃지도 못하는 꽃보다 훨씬 다양한 얼굴을 갖고 있다고요."

우연의 반박에 아저씨가 눈을 둥그렇게 뜬다.

"그래도, 음, 벽에, 초상화를 100개나 걸려면 집이 베르사유 궁전처럼 커야 할 텐데 우리 집은 콩알만 해서……."

"그, 그럼…… 베란다나 창고 같은 데 쌓아 두셔도 되지 않나요? 그것도 안 되면 침대 밑이나, 소파 밑이나……."

"베란다? 창고? 침대 밑? 그림 다 망가질 텐데?"

우연은 풀이 죽었다. 왜 자꾸 안 받으시려고 하는 걸까?

"아, 저기, 혹시 아저씨 초상화도 연습장 그림처럼 무섭게 비틀어서 그릴까 봐요?"

"……."

"안 그럴게요. 절대 안 그래요. 아저씨처럼 멋진 모델을 이상하게 그렸다간 천벌을 받아서 열 손가락 열 발가락, 손모가지 발모가지 죄다 부러지고 말 거예요."

"아니, 왜 이렇게 말이 과격해……."

푸, ㅎㅎㅎㅎ, 드디어 포기했는지 아저씨가 웃으며 새끼손가락을 내민다.

"그래요, 알았어요, 알았어. 그래도 5만 원짜리 초상화 100점은 양심상 너무 후려치는 것 같으니까, 100만 원짜리 초상화 다섯 점으로 바꿔서 통칩시다. 크기는 20호 이상, 오케이?"

우연은 손가락을 마주 거는 대신 아저씨를 시무룩하게 올려다보았다. 아저씨는 이 약속을 진지하게 생각하지 않는 것 같다. 저놈의 손가락을 보아하니 아주 자알 알겠다.

어른들의 약속, 특히 이렇게 엄청난 돈이 걸린 계약을 새끼손가락으로 하는 법은 없다. 아직 사회 경험이 없는 우연도 그 정도는 안다. 거지한테 적선하거나 호구에게 작정하고 돈 뜯는 게 아니고서야.

물론 우연은 거지가 될 생각도 없었고, 아저씨를 호구로 만들 생각은 더더욱 없었다.

"이러시면 안 되죠, 아저씨. 이런 건 제대로 계약서를 써야죠."

"계약서?"

아저씨는 순간적으로 어이없다는 표정을 짓더니 얼른 고개를 돌리고 짧게 헛기침을 했다. 자존심이 확 상한 우연은 목소리를 높였다.

"고등학생이라고 무시하세요? 키가 조금 작아서 그렇지, 저도 아저씨랑 똑같은 성인이에요!"

"아니, 무시한 건 아니고, 굳이 그럴 필요가……."

"자, 자꾸 이런 식으로 나이 어린 사람들을 무시하니까, 중년 아저씨들이 꼰대니 아재미 뿜뿜이니 그런 말을 듣는 거예요."

아저씨의 입가가 순간적으로 굳는다. 어떡해. 괜히 말했다. 조금만 참을걸. 심장이 쿵쿵대며 뛴다.

하지만 그는 화를 내는 대신 시큰둥한 얼굴로 연습장을 내밀었다.

"……허참, 그럼 파릇파릇한 진우연 씨가 써서 주시죠, 계약서."

우연은 꽃분홍색 형광 볼펜을 꺼내 아저씨를 스케치한 그림 뒷장에 계약 내용을 적었다.

「서울 선광여고 3학년 7반 15번 진우연은
한이원 아저씨에게 초상화를 다섯 개 그려 준다. (20호 이상)」

한 문장을 적고 나니 다음에 뭘 어떻게 해야 할지 몰랐다. 진땀을 흘리며 머뭇거리자 머리 위에서 "주민 등록 번호, 주소, 날짜, 서명. 주민 번호는 외우고 있죠?" 하는 목소리가 들린다. 목소리에 조금 웃음기가 섞였다. 알아요 아저씨. 나도 그 정도는 안다고요. 계약서 처음 써 보면 좀 헤맬 수도 있죠. 고개를 폭 숙인 우연은 창피한 것을 덮어 버릴 만큼 최대한 예쁘게 사인을 했다.

"좋아요. 그럼, 이 연습장은 내가 보관할게요."

아저씨는 군말 없이 계약서를 받았다. 우연은 고개를 끄덕이고는 조심스럽게 손에 쥐어진 것을 내려다보았다.

일금 오백만 원정.

주먹을 꽉 쥐었다. 수표 속 글자가 드디어 현실감을 갖기 시작했다.

이제 나는 집에 들어가기 전에 은행에 들를 것이다. 그래서 이 돈으로 입학금을 낼 것이다. 그리고 두 달 후에 그렇게나 꿈꾸던 서림예대에 입학할 것이다. 4년 동안 그곳에 틀어박혀 좋아하는 그림만 원 없이 징글징글하도록 그릴 것이다. 이것을 기회로 운 좋게 아빠 손에서 벗어나게 되면, 이제 한강에서 끈없는 번지 점프를 하는 대신 서른, 마흔, 혹은 그 너머까지 어쩌면 재미있게, 어쩌면 신나게 살 수 있을지도 모른다.

그 이후에 일어날 일은 그때 가서 생각하면 돼.

그러니까 지금은 여기까지. 딱 여기까지만.

우연은 두 손으로 수표를 꼭 쥔 채 고개를 들었다. 하얗게 녹아 가는 마시멜로 위로 짠물이 떨어졌다. 통, 통통. 이번에도 아저씨는 울지 말라는 말 대신 눈물이 멈출 때까지 조용히 어깨만 토닥여 주었다.

고맙습니다, 아저씨. 정말 고맙습니다.

우연이 깊이 고개를 숙이자 아저씨는 고개를 살짝 숙이고 인사를 받아 주었다. 그는 이런 작은 동작까지도 품위 있고 아름다웠다.

우연은 문득, 아저씨가 왜 마포 대교에 와야 했는지 궁금해졌다. 위기에 처한 사람들을 구하기 위해 불쑥불쑥 나타나는 어벤져스 히어로들이나 성냥팔이 소녀를 한껏 행복하게 해 주었던 환상이 아니고서야, 저 아저씨도 이렇게 추운 날 마포 대교 위에 서 있어야 했던 이유가 있었을 것이다.

"아저씨, 뭐 하나 여쭤봐도 돼요?"

"음? 그래요."

초콜릿색 홍채가 사르르 눈꺼풀에 잠기면서 눈가에 웃음이 가득 스며든다. 주변은 어느새 달콤한 초콜릿 향기로 가득해졌다.

"아저씨는 무슨 고민이 있어서 오신 거예요?"

5

도망쳐도 괜찮아요

"아저씨는 무슨 고민이 있어서 오신 거예요?"

"왜 고민이 있다고 생각해요? 시원하게 바람 쐬러 올 수도 있는 거고⋯⋯."

픕. 우연은 고개를 옆으로 돌리고 입을 비쭉였다. 동태처럼 얼어붙어 있던 주제에 말씀 하난 시원하게 하신다. 아저씨도 그건 좀 아니다 싶었는지 다른 이유를 댔다.

"⋯⋯글쎄요. 하느님께서 우연 학생을 구하시려고 보낸 것 같기도 해요."

예상외의 대답에 눈물이 쏙 들어갔다. 아저씨는 하느님을 믿는 사람인가? 그럼 하느님은 내가 죽을 때까지 얻어터질 때는 뭐 하시다가 막상 죽으려고 작정하니까 멀쩡하게 길 가던 아저씨를 질질 끌어와서 세워 놓으시나? 우연은 마구잡이로 튀어 나가려는 말을 간신히 누르고 최대한 조심스럽게 반박했다.

"저, 그, 그건 좀. 저는 하느님도 부처님도 알라님도 안 믿는데요."

"아, 그래요. 듣기 거슬리면 진우연 씨하고 나하고 그냥, 오늘 마포 대교에서 만날 운명이었다고 해 두지요."

"으의! 그건 더 싫어요! 전 운명적인 만남이 세상에서 제일 싫어요! 소름 끼처요!"

반사적으로 진저리를 치다가 아차 하며 어깨를 움츠렸다. 기껏 좋은 의미로 해 준 말에 소름 끼친다니. 아빠한테 이딴 식으로 대답했으면 바로 따귀로 손이 날아왔을 것이다. 하지만 아저씨는 화를 내는 대신 담백하게 대답했다.

"……하긴, 그런 말은 노티 나게 들릴 수도 있겠어요."

"저, 그게, 노티가 문제가 아니고, 운명적으로 만나는 거 자체가 절대 싫어요."

"왜요?"

"우리 엄마 아빠가 운명적으로 만나서 운명적으로 사랑에 빠져서 운명적으로 저를 낳았거든요. 운명적으로 만나면 모든 게 끝장이에요."

우연이 와다다다 쏟아 내는 말에 아저씨는 웃었다. 웃어 보이려 했다. 하지만 억지웃음은 이내 멎었고, 입가가 천천히 일그러지기 시작했다. 우연은 아저씨가 그랬던 것처럼 한참 기다려 주었다.

"그저께 아버지가 돌아가셨어요. 오늘 새벽에 선산에 모시고 오는 길이었어요."

말투는 여전히 평이했지만, 우연은 아저씨가 힘들게 입을 열었다는 것을 짐작했다. 가만히 아저씨의 눈을 응시하며, 그의 마음을 느껴 보려 애썼다.

"혹시…… 울고 싶어서 여기 오신 거예요?"

"아니."

"아버지 생각이 나서요?"

"……아니에요."

아저씨가 빙그레 웃는다.

어쩐지 아닐 거라고 생각했다. 우연은 잘 연습한 웃음 뒤로 나타난 짙은 어둠과 혼돈의 기색을 어렵지 않게 알아차렸다. 당연히 앞서야 할 슬픔마저 잠식해 버릴 정도로 강력한 감정이 보인다. 그것은 억눌린 분노와 비슷한 색깔을 갖고 있었다. 우연은 이런 말을 해도 될까 머뭇대다가 조심스럽게 물었다.

"아버지가 혹시…… 뒤통수라도 거하게 치고 가셨어요?"

아저씨의 눈이 커졌다. 짙은 갈색의 홍채가 둥그렇게 온전히 드러날 정도로. 그는 더 이상 웃지 않았고, 우연은 자신의 짐작이 맞았다는 것을 알아차렸다. 하지만 그는 우연의 말을 시인하지 않았다.

"아버지는 나쁜 분이 아니에요. 나를 정말 사랑하셨고, 좋은 분이었어요."

다만 우연의 말을 완전히 부인하지도 않았다. 낮게 가라앉은 목소리가 덧붙었다.

"그리고 내 고민은…… 배부르고 호사스러워서 고민이라고 말할 거리도 못 돼요."

우연은 그를 말끄러미 올려다보았다. 따뜻하고 달게 느껴지던 세피아의 홍채는 이제 깊은 고통을 머금고 있는 것처럼 보였다.

"그래도…… 누군가 나를 전혀 모르는 사람이 옆에 있으면 한번 물어보고는 싶었어요."

가만히 눈을 깜박였다. 시선이 맞닿는다. 고통을 고요히 인내하는 데 익숙한 눈빛이었다.

……저한테 털어놓으세요, 아저씨. 저도 아저씨도, 서로 전혀 모르는 사람 맞잖아요.

결국 아저씨의 입술이 조심스럽게 열렸다.

"'나와 잘 맞고 내가 간절히 원하는 일'과, '내가 반드시 책임지고 해야만 하는 일' 중에 하나만 선택해야 한다면."

그게 왜 고민이에요, 아저씨? 잘 맞고 간절히 원하는 일을 하시면 되죠.

당연한 듯 튀어나오려는 대답을 얼른 삼켰다. 그런 당연한 대답을 몰라서 마포 대교로 나오지는 않았을 것이다. 우연이 눈을 깜박이자 그는 신중하게 생각을 다듬어 말을 덧댔다.

"아니, 그보다…… '나 자신이 행복한 길'과 '많은 사람이 행복한 길' 중에서 골라야 한다면."

우연은 그의 얼굴이, 온몸이 말하는 것을 찬찬히 읽으며 두 개의 문장을 잠시 생각했다.

두 개의 문제는 결국 똑같았다.

아저씨와 잘 맞고 아저씨가 간절히 원하는 길은, 아저씨가 행복한 길.

아저씨가 책임지고 해야만 하는 일은, 많은 사람은 행복하지만 아저씨는 불행한 길.

……그리고 아저씨의 뒤통수를 치고 돌아가신 아버지.

우연은 드디어 그의 얼굴이, 몸이 하는 말이 천천히 읽히기 시작했다. 대체 왜 아저씨가 장례식을 마치고 마포 대교까지 나와서 서 있어야 했는지.

아저씨는 나처럼 도망치고 싶어서 온 것이었다. 아버지가 떠넘기고 간 짐이 뭔지는 모르겠지만, 그 짐을 지고 가야 할 길이 너무 힘들어서.

하지만, 나와 달리 아저씨는 자신이 도망치고 싶어 한다는 사실조차 모른다. 저도 모르게 입술이 떨리기 시작했다. 이런 말을 해도 정말 괜찮을까. 우연은 걱정했고, 아저씨는 기다렸다. 떨리는 목소리가 속삭이듯 흘러나왔다.

"……아저씨. 하기 싫으면 도망쳐도 돼요."

순간 아저씨의 눈이 커졌다.

"남들은 아저씨가 얼마나 힘든지 신경도 안 써요. 백만 명이 행복하든 천만 명이 행복하든 아저씨가 힘들면 그게 무슨 상관이에요. 인생에 리셋 따위 없는데, 아저씨가 행복한 것만큼 중요한 게 어디 있어요."

"도망? 지금…… 도망이라고 했어요?"

아저씨의 얼굴이 크게 일그러졌다. 전혀 예상하지 못한 대답인 듯했다. 우연은 자신의 느낌이 맞았다는 것을 알아차렸다. 얼른 고개를 끄덕였다.

"네. 도망이요. 매는 피할 수 없을 때나 맞는 거예요. 이번만 참고 넘기면 돼, 그렇게 버티다가 아빠나 남편한테 맞아 죽는 거예요. 피할 수 있으면 피하고, 도망칠 수 있으면 도망치고, 도망친 데서 행복할 수 있으면, 그렇게 행복하게 살면 되잖아요."

아저씨는 눈을 크게 뜬 채 망설이다가 천천히 고개를 저었다.

"제대로 된 어른이라면, 평생 그렇게…… 도망……치기만 하면서 살 수는 없어요. 책임과 의무라는 것도 있고, 나보다 남을 먼저 생각할 수도 있어야죠."

우연은 아저씨가 '도망'이라는 말에 필요 이상으로 예민하게 반응하는 것을 알아차렸다. 이유는 알 수 없었다. 다만 책임이니, 의무니, 나보다 남이니, 하는 꼰대 범생이 같은 대답을 듣자 분하고 안타까웠다. 말을 다듬을 틈도 없이 격한 반응이 튀어 나갔다.

"아저씨, 그건 '제대로 된 어른'이 아니라 '호구'라고 해요!"

아저씨의 눈썹이 크게 꿈틀거린다. 흠칫, 발가락이 오그라든다. 어떡하지? 너무 대놓고 말했나? 그렇지만 이렇게 정확한 사실을 어떻게 더 돌려서 말하지?

우연은 적당하게 둥글려서 애매하게 표현하는 것이 싫었다. 차라리 입을 다문다면 모를까, 말을 하려면 확실하고 정확하게 표현하는 것이 옳다고 생각했다. 아빠에게 아무리 맞아도 끝까지 고쳐지지 않는 걸 보면 타고난 성격 같기도 했다.

"호구가 되어야만 제대로 된 어른이 되는 거라면, 제대로 된 어른 말고 가짜 어른 하세요. 그럼 또 주변에서 다 알아서 맞춰 줘요."

"그게 좋아 보여요?"

"물론 남들 눈엔 좋아 보이지 않죠. 하지만 당사자는 세상 편해요. 우리 아빠만 봐도, 자기 꼴리는 대로 다 하면서 살아도 아무도 뭐라고 못……."

순간, 우연은 황급히 입을 다물고 고개를 숙였다. 미쳤다. 어떻게 아빠를 저런 아저씨에게 갖다 댈 수 있지? 아니나 다를까, 아저씨가 어처구니없다는 얼굴로 묻는다.

"그럼 우연 학생도 아빠 같은 사람이 되고 싶어요? 그런 부모가 될 생각이에요?"

고개를 흔들었다. 아빠 같은 팔자가 상팔자라는 주장과 달리 자신은 그러고 싶지도 않고, 그렇게 될 수도 없었다.

"아뇨. 저는 그런 부모가 될 일은 절대 없어요. 왜냐하면 전 결혼도 안 하고, 아기도 안 낳을 거거든요. 애가 없는데 어떻게 나쁜 부모가 되겠어요."

"아하, 결혼을 안 한다……라."

아저씨가 씁쓸하게 웃으며 고개를 끄덕인다. 그 말을 믿어서 웃는 것 같지는 않다. 어른들은 여자들이 결혼 안 한다는 말을 왜 덮어놓고 안 믿는지 모르겠다.

우연은 반박하는 대신 잠자코 남은 핫초콜릿을 마셨다. 말실수를 하긴 했지만, 우연은 여전히 아저씨가 행복한 길로 도망치기를 바랐다. 매일매일 좋아하는 일만 골라서 해도 아까운 인생인데, 싫은 일만 실컷 하다가 죽으면 저 착한 아저씨는 얼마나 분하고 억울하겠는가.

잠시 후 아저씨는 굳은 표정을 풀고 웃기 시작했다.

"그래요. 호구가 되는 대신 도망쳐서 가짜 어른으로 행복하게 살 수도 있겠네요."

"……어어?"

우연은 입을 벌린 채 말을 멈췄다. 웃음소리를 듣자마자, 아저씨가 자신의 바람과는 반대 방향으로 가기로 결정했다는 것을 알아차렸다.

……내 대답이 너무 한심하고 우스꽝스러워서.

우연은 아저씨의 얼굴을 물끄러미 올려다보았다. 여전히 웃음을 머금고 있는 얼굴이었지만 아까 잠깐 보았던 우울하고 피곤했던 표정이 차라리 덜 슬퍼 보였다. 우연은 고개를 숙이고 입술을 깨물었다. 내가 그따위로 대답만 하지 않았어도. 그따위로 초만 치지 않았어도. 난 아저씨를 어떻게든 도와주고 싶었던 것뿐인데. 저도 모르게 울먹이는 소리가 흘러나왔다.

"아저씨, 미안해요."

"……뭐가 미안해요?"

우연은 무슨 말을 해야 할지 몰라 고개를 숙이고 손만 쥐어뜯었다. 이렇게 고마운 아저씨에게 손톱만큼도 도움이 될 수 없다는 게 너무너무 미안했고, 아저씨가 안타까워 죽을 지경이었다.

"……제, 제가, 대답을, 조금만 더 잘했어야 했는데. 새, 생각이라는 걸 하고 대답했어야……. 나, 난 그냥, 아저씨가 행복해지면 좋을 것 같아서, 흐으…… 미안해요."

아저씨의 시선이 우연의 눈으로 와 닿는다. 순간, 두 사람 사이로 설명할 수 없는 많은 이야기가 후드득 지나갔다.

"……정말 고마워요. 그리고 나는…… 괜찮아요."

아저씨가 고개를 숙이고 입술을 일그러뜨리며 웃는다. 우연은 아저씨가 결심을 바꾸지 않았음을 알았다.

□ ■ □

후우, 후우. 심호흡을 하고 도어록 숫자판 위에 손가락을 올렸다. 손끝이 가늘게 떨리는 것이 보인다.

괜찮아. 할 일은 다 했어. 이제 기다리는 일만 남은 거야.

애써 용기를 북돋웠지만, 자꾸 숨이 막히고 가슴이 쪼그라들었다.

미리 돈을 내고 오길 잘했어.

카페에서 나온 아저씨는 근처 은행까지 우연과 함께 가 주었다. 용기가 모조리 날아가 버리기 전에 일을 해치워야 했다. 가방 안에는 등록금 계좌 번호가 적힌 안내문이 있었다. 은행의 직원 언니가 건네주는 영수증을 두 손으로 받아 들고 열 번쯤 확인한 후에야 안도의 한숨이 흘러나왔다.

'이건 내 전화번호예요. 무슨 일 있으면 바로 전화해요.'
'……네.'

'아빠가 돈 어디서 난 거냐 의심하면 꼭 전화해요. 내가 잘 설명할게. 알았죠?'

아저씨는 우연에게 몇 번이나 당부한 후, 택시를 잡아 아파트로 데려다주고, 입구로 걸어 들어가는 것까지 뒤에서 지켜봐 주었다.

우연은 아저씨를 향해 활짝 웃어 보인 후, 아저씨한테 잘 보이도록 어깨를 힘껏 펴고 배에 힘을 주고 씩씩하게 걸어 들어갔다.

"됐어. 이젠 엄마 아빠가 아무리 화를 내고 소리를 질러도 무를 수 없어. 오늘만 무사히 넘기면, 난 이 집에서 벗어나게 되는 거야."

4년은 짧지 않다. 이 기회에 자연스레 독립하게 될지도 모른다. 그동안 엄마, 아빠, 혹은 나에게 무슨 일이 생길지 아무도 모르는 것이다.

그때 일은 그때 생각하면 돼.

우연은 열 번쯤 심호흡을 하고, 남은 용기를 모조리 끌어올려 숫자판을 눌렀다.

띠띠띠띠띳, 삐로롱.

문을 열자마자 여전히 뒤집혀 있는 식탁과, 마루 가득 널린 밥풀, 반찬, 사금파리, 그리고 천장과 벽에 빼곡한 음식 얼룩이 보였다. 새로운 멍 자국으로 얼굴이 시퍼레진 엄마가 부엌 구석에서 막걸리를 마시다가 비틀비틀 일어났다.

"너 졸업식인데 학교 안 가고 어디 싸돌아다니다 오는 거야? 학교에서 전화 왔었어! 근데 너 전화기도 놓고 갔더라?"

"……한강에 갔었어."

"한강? 아주 지랄을 해라. 등록금 안 준다고 데모해? 똑바로 말 안 해?"

"정말 한강에 갔었다고!"

엄마는 잠시 움찔했지만 이내 얼굴로 뻘겋게 피가 몰리기 시작했다. 우연은 엄마가 화를 내기 전에 빠르게 덧붙였다.

"엄마. 나 서림예대 가게 됐어."

어차피 숨길 수 있는 일도 아니고, 이 고비를 정면으로 돌파해야 한다는 건 알고 있었다. 각오도 단단히 하고 왔다. 엄마는 웃기지도 않는다는 듯 콧방귀를 뀌었고, 안방에 있던 아빠가 고개를 비죽 내밀고 이죽거렸다.

"이건 또 무슨 말씀이신가. 돈 한 푼 없이 가긴 어딜 가."

우연은 주먹을 피가 나도록 움켜잡고 더듬더듬 말했다.

"아, 아빠가…… 네, 네가 알아서 가라고…… 하셨잖아요. 그, 그래서, 도, 돈 빌려서 입학금 내고……."

"뭐? 그게 무슨 소리야?"

엄마의 눈이 주먹만큼 커다래진다. 아빠가 허리춤에 손을 얹은 채 으르렁거렸다.

"시발, 이게 말이야 방귀야. 네가 돈이 어디 있어서? 한두 푼도 아니고 500만 원을! 그 학교 국가 장학금도 안 나온다며. 삥 뜯었어? 훔쳤어? 어디서 났냐고!"

아빠의 말이 떨어지기도 전에 몸이 와들와들 떨리기 시작했다. 집에 들어온 지 1분밖에 지나지 않았는데, 가슴 가득 채워 왔다고 생각한 용기는 벌써 깨알만큼 쪼그라들었다. 입학금을 미리 내고 와서 정말 다행이다. 집에 먼저 들렀으면 절대 그 결심을 유지하지 못했을 것이다.

이 고비는 넘겨야 한다. 각오하고 왔다. 우연은 덜덜 떨면서도 끝까지 말했다.

"안 훔쳤어요. 어떤 아저씨가 도와주셨어요, 학비 하라고. 그래서 은행에 가서 내고 왔어요. 전 서림예대에 갈 거예요. 가서 그림을 그릴……."

"뭐? 뭐가 어째?"

아빠가 득달같이 달려와 멱살을 움켜잡는다. 핏발 선 눈이 이글이글 불타오르고, 입술 사이로 부드득, 하는 소리가 튀어나온다.

"아저씨? 어떤 아저씨? 그게 누구야?"

발이 대롱대롱 허공에 떠올랐다. 아까 아저씨가 무슨 말을 하라고 알려 주셨는데, 머리가 하얘지면서 아무 생각도 나지 않는다. 눈물만 미친 듯이 흘러내리기 시작했다.

"모, 몰라요. 오, 오늘 처음 만난 아저씨……, 마포…… 대교에서, 500만 원을 주셔서……."

"미친년! 또 시작이야? 처음 만난 아저씨가 왜 그 큰돈을 줘! 솔직히 말 안 해?"

갑자기 뺨에 엄청난 통증이 일면서 몸이 붕 떠올랐다.

싸구려 동정, 그 결과

— 한 전무님 오셨습니다.

인터폰을 통해 들려온 경비원의 말에 최홍연 실장은 튕기듯 홀로 튀어 나갔다. 이곳저곳에서 문이 열리며 사람들이 급하게 튀어나온다. 그들은 유언장이 공개된 직후 잠적한 한이원 전무를 초조하게 기다리던 중이었다.

상복 차림의 도우미와 직원들이 소리 없이 현관문 앞에 열을 맞추어 섰다. 도우미들을 관리하는 송인희 여사가 바짝 틀어 올린 백발을 매만지며 앞에 섰고, 홍연은 넥타이를 바투 올리며 그 맞은편에 섰다. 송 여사가 한숨을 쉬며 중얼거렸다.

"차라도 갖고 가시지, 아무리 혼자 있고 싶으셔도 이 추운 날……."

홍연은 고개를 저었다. 물론 그랬다면 위치 추적도 가능했겠지만 그럴 수 없었을 것이다.

"운전하실 만한 상태는 아니었을 겁니다. 임종 때까지 내내 회장님 곁을 지키시고, 장례식 때도 거의 못 주무셨잖습니까. 카페인 보충제까지 드시면서 버티셨는데, 장례 미사 때는 초 들고 서 계시면서 휘청휘청하시더라고요."

"거참. 틈틈이 눈이라도 붙이시지. 어째 그리 요령이 없으신지."

홍연의 뒤에 서 있던 김형기 경호실장이 딱하다는 듯 혀를 찼다.

한 전무는 매사에 지나치게 엄한 잣대로 자신을 다스리는 경향이 있었다. 자신이 해야 할 일이면 아무리 힘들어도 불평 한마디 하는 법이 없고, 요령을 피우는 일도 없었다. 편안함이나 호사에 대한 욕구는 가혹할 정도로 억누르는 습관이 배어 있었다. 그러니 어려운 조문객들이 계속 들이닥치는데 어디 가서 몰래 쪽잠이라도 주무시라는 말이 먹힐 리가 없었다.

삐르르, 삐르르릉, 띵.

현관의 보안 해제음과 함께 회색 코트 차림의 키 큰 사내가 안으로 들어선다. 모여 있던 사람들이 일제히 고개를 숙였고 송인희 여사가 위로의 말을 전했다.

"다녀오셨습니까, 전무님. 얼마나 상심이 크셨습니까."

"염려해 주신 덕분에 많이 위로받았습니다. 고맙습니다."

목소리는 갈라지고 잠긴 상태였지만, 말투는 안부 인사를 하듯 평이했다. 한 전무는 유일하게 남은 가족을 잃었고, 송인희 여사 역시 30년간 모시던 어르신의 부고에 크게 상심한 상태였지만, 두 사람의 대화는 담백했다. 그나마 뒤에 서 있던 젊은 가사 도우미 한 명이 가늘게 훌쩍거리는 소리를 냈으나 그마저도 송 여사의 엄한 시선에 곧 사그라들었다.

홍연이 걱정스럽게 물었다.

"몸은 괜찮으십니까, 전무님? 정 박사님이라도 모셔서 진찰 좀 받으시면, 아니, 일단 수액이라도 맞으시면 어떨까요?"

"아뇨. 괜찮습니다. 이 정도는 견딜 만합니다."

그가 내민 코트를 받아 든 송 여사는 눈을 둥그렇게 떴다. 회색 캐시미어 코트의 밑자락은 온통 흙투성이에 나달나달 해어져 있었다. 일부러 바닥에 대고 질질 끌고 다닌 것 같았다. 대체 한나절 동안 어디서 뭘 어떻게 하면 코트가 저 모양이 되지? 하지만 아무도 이유를 캐묻지 못했다.

한 전무는 부하 직원이나 집에서 일하는 도우미들에게 깍듯이 예의를 지켰지만, 사람들은 길길이 날뛰는 분노 조절 장애형 상사보다 한 전무를 훨씬 더 조심스러워했다. 오래 일한 사람들일수록 그 정도는 더 심했다. 송 여사가 조심스럽게 물었다.

"밖에서 한기가 드신 것 같은데 목욕이라도 좀 하시고 쉬시겠어요?"

한 전무는 잠시 눈을 문질러 피곤한 기색을 눅인 후 고개를 끄덕였다.

"그러면 욕조에 뜨거운 물 좀 채워 주시고, 그리로 차하고 과일 좀 올려 주시면 고맙겠습니다. 그리고 최 실장님은 박원주 이사님께 이리로 오십사고 연락 넣어 주신 후에, 저에게 연락 온 것들 좀 알려 주시고……."

"예, 전무님."

"카페인 보충제도 챙겨 주세요. 의논이 길어질 것 같습니다."

�口 ■ 口

이원은 뜨거운 물에 몸을 푹 담그고 눈을 감았다. 온몸이 버터처럼 녹아내리는 것 같다. 보름 가까이 쌓였던 피곤이 백만 대군처럼 몰려와 정신이 아득해진다. 살을 저미듯 파고들던 매서운 한기가 그제야 몸을 빠져나가려는지 때늦은 소름이 두어 번 몸을 훑고 지나간다. 그때마다 다리 위에서의 기억이 뇌를 할퀴듯 긁어 댔지만, 이원은 고개를 흔들며 애써 털어 냈다. 밀도 높은 일상으로 다시 플러그인 해야 할 시간이었다.

똑똑똑.

깜박 졸았나 싶을 때 욕실 문을 두드리는 소리가 난다. 보드랍고 향긋한 차 냄새가 코를 간질인다. 최 실장이 티 포트와 찻잔, 그리고 곱게 장식된 사과가 얹힌 쟁반을 들고 들어온다. 그는 샤워 커튼을 살짝 열고, 욕조를 덮고 있는 편백목 덮개 위에 쟁반을 내려놓은 후 다시 커튼을 치고 뒤로 물러났다.

"감사합니다, 최 실장님."

송 여사의 차 우리는 솜씨는 확실히 일품이었다. 평소에는 숙면을 위해 카모마일차를 올리곤 했지만, 지금은 일정이 남아 있는 것을 감안한 듯, 홍차가 올라왔다.

송 여사는 자신의 필요와 취향을 잘 헤아려 주는 몇 안 되는 사람 중 하나였다. 적자색 장미 문양이 화사한 작은 티 포트와 찻잔은 붉은 차에 잘 어울렸다. 최적의 농도임을 나타내는 투명한 카민 컬러, 코끝에 감기는 달고 우아한 향기는 가장자리의 금장과 화려한 붉은 꽃문양과 어우러져 오감의 만족도를 최대치로 끌어올렸다.

그는 욕조에 몸을 담근 채 천천히 차를 마셨다. 맛이 잘 느껴지지 않으니 나긋나긋한 차 향기만으로 만족해야 했다. 접시에 얹힌 사과도 입에 넣었다. 입 안은 모래를 채운 것같이 껄끄러웠지만, 칼집을 곱게 내서 꽃 모양으로 장식한 사과를 눈으로, 아삭아삭하는 식감으로 천천히 음미하는 것은 그가 누릴 수 있는 얼마 안 되는 호사 중 하나였다.

이원은 자극과 쾌락에 한계 효용의 법칙이 강력히 작용함을 일찍이 배워, 말초적인 즐거움을 절제하는 삶을 살려고 노력하고 있었다. 다만 타고난 기질상 섬세하고 탐미적인 호사까지 포기하기는 어려웠다.

"최 실장님, 제가 전화기 꺼 둔 사이 착신으로 연락받아 두신 게 있습니까?"

"예, 전무님. 100통가량 전화가 왔습니다."

"콜센터가 따로 없군요. ……급한 것부터 알려 주세요."

"아까 회의실에 계셨던 이사님들과 우성희 이사님, 우일혁 상무님, 세경중기 왕철성 대표이사, 이원메세나재단의 김민석 사무장, 미술관의 강석주 관장, 서울 지역 장학관 정재경 관장에게도 연락이 왔습니다. 세경홀딩스 김석우 상무님과 홍보기획부의 최경식 부장님, 나언희 차장님께서 유언장 내용이 사실인지 확인 여부와 보도 자료 가이드라인을 정해야 할 것 같다고 전화 주셨습니다."

"예."

"정상용 본당 신부님께 연락이 왔습니다. 시간 괜찮으실 때 뵈었으면 하신 다고요."

"아, 예. 아까 유언장 내용 대략 말씀드렸습니다. 그 일 때문일 겁니다."

"전무님 괜찮으신지 걱정하시면서, 아무리 늦어도 괜찮으니 언제든 사제관 으로 오십사 하십니다."

"예, 신부님께는 제가 직접 연락드리고 가 뵙겠습니다."

"그리고 필동의 재종 백부님과 백모님께서 들어오면 바로 알려 달라고 하셨 습니다. 몸도 안 좋으실 텐데 연락이 안 된다며 걱정이 많으셨습니다. 그리고 신원을 밝히지 않고 전무님을 찾으시던 분도 일곱 분이나 있었습니다. 미등록 번호에 하나같이 예의 없고 막무가내였던 걸 보면 아마 기자들이 아닐까 싶습 니다만, 기자라 하면 차단될 게 뻔하니까……."

"아아…… 예."

일일이 기억해 두어야 하는데 벌써 어질어질 가물가물하다. 연락이 안 돼서 걱정? 지나가던 개가 웃겠다. 그중에서 진짜 내 걱정을 하는 사람은 과연 몇이 나 될까. 다들 지금 우 상무와 나 중에서 어느 쪽에 줄을 대야 할지 간보고 있 는 거겠지.

뭐라고 연락을 해야 할까. 충성도를 시험할 기회로 잡기엔 유언장에 담긴 지 뢰가 너무 치명적이었다. 그리고 왜 미등록 번호가 함부로 접근을 하는 걸까. 어디에서 보안이 뚫렸을까.

"그리고 유미현 양에게서 다섯 번 전화가 왔습니다. 이곳에 와서 기다리시 겠다는 걸, 도착하시면 연락드리겠다고 일단 막아 두었습니다만……."

"네, 잘……하셨습니다. 일단……."

이원은 혼몽한 중에도 우선순위를 제대로 잡으려 필사적으로 노력했다.

"친척들에겐 제가 들어왔다고 기별부터 주세요. 필동에는 일이 정리되는 대 로 전화드린다 해 주시고, 미현이가 집으로 찾아오면 1층 접빈실에서 기다려 달라고 하시고, 2층으로는 올라오지 못하게……."

홀과 접빈실, 식당, 객실이 있는 1층은 외부인들도 내왕이 잦은 곳이었지만, 2층은 한 전무의 침실과 서재 등으로 구성된 개인 공간이었다. 허락받지 않은 이들은 발을 들일 수 없는 곳으로, 미현 역시 이곳에 단 한 번도 올라와 본 적이 없었다.

"홀딩스 이사님들은 직접 만나 설득해야 하니…… 개별 면담 시간을 잡아 주세요. 우일혁 상무님은 이사회 전까지는 만나지 않습니다. 최 부장님, 나…… 차장님께는 철저하게 보안 유지…… 엠바고 요청을, 음, 그리고 우성희 이사님께는…… 제가, 바로 전화드린, 으음……."

퐁, 하는 소리가 들리더니 말소리가 툭 끊어졌다.

잠시 기다리던 홍연은 커튼을 살짝 걷고는 한숨을 쉬었다. 물 위에는 반쯤 먹다 만 사과 한 조각이 동동 떠 있었고, 한 전무는 고개를 숙인 채 그대로 잠에 녹아 버렸다.

어지간히 피곤하셨나 보다. 홍차를 드셨는데도 이렇게 잠에 떨어지는 걸 보면.

한 전무는 몇 해 전부터 끔찍한 불면증으로 고생하고 있었다. 수면 유도제 없이는 잠드는 게 쉽지 않아, 뜨거운 물에 몸이 녹진녹진 녹아 버릴 때까지 앉아서 카모마일차를 마시는 습관이 있었다. 집에서 일하는 사람들은 그가 자는 걸 보면 하늘이 두 쪽 나도 깨우지 않았다.

"아무리 바빠도 일단 좀 주무시는 게 좋겠습니다. 전무님."

홍연은 물속에서 사과를 건져 내고 물 온도를 살짝 낮춰 세팅한 후 조용히 욕실 문을 닫았다.

ㅁ ■ ㅁ

욕실에서 나온 후부터 찜찜한 기분이 스멀스멀 기어 올라온다. 불안, 초조함이 뒤섞인 이 감정은 이유가 없었고, 그래서 더 불길하게 느껴졌다. 이원은 거실을 오락가락했다. 하지만 불길한 예감은 걷잡을 수 없이 커지기만 했다.

혹시……?

이원은 차를 몰고 바로 마포 대교로 되짚어 나갔다가, 기겁하며 브레이크를 밟았다.

"이, 이런 맙소사!"

이원은 비상등을 켜고 다리 가장자리에 차를 세웠다. 예감은 적중했다. 교복 차림의, 키가 자그마한 여자아이가 한강을 향해 몸을 기울인 모습이 눈에 확 들어온다. 진우연, 아까 보았던 그 아이였다. 아까 서 있던 그 자리, 아까보다 훨씬 위태로운 모습. 얼굴을 감싸고 있는 단발머리가 바람에 요란하게 팔락거리며 그녀의 뺨을 후려갈긴다.

"잠깐만, 기다려 봐요. 하지 마, 잠깐만!"

이원은 인도로 훌쩍 올라가 달리기 시작했다. 목이 잠겨 목소리가 잘 나오지 않았다.

"아저씨, 틀렸어요. 아저씨 말은 다 틀렸어……!"

"그게 무슨 소리예요? 이봐, 진우연 씨!"

"물에 빠지는 걸 잡아만 놓으면 될 줄 아셨죠? 알아서 잘 먹고 잘 살 줄 알았죠? 돈만 주면 문제가 다 해결될 줄……."

"왜 이래! 잠깐, 내 말 좀 들어 봐요. 잠깐만, 기다려 봐! 방법이 있을 거야!"

이원이 다급하게 고함을 질렀지만, 우연은 처량하게 고개를 저었다.

"아니에요, 아저씨! 그렇게 간단하게 해결될 문제라면 애초에 생명의 다리 같은 데 찾아오지도 않았을 거예요!"

……이런 맙소사.

가까이 다가간 이원은 걸음을 멈추고 이를 물었다. 이제 우연의 얼굴은, 갖가지 아이섀도와 립스틱을 멋대로 뭉개 놓은 것처럼 변해 있었다. 그녀는 여전히 외투를 입지 않았고, 여전히 맨다리였다. 저 앙상한 종아리에 찬 바람이 휘감길 때마다, 이원은 자신의 다리에 채찍질을 당하는 것 같았다.

정말 이렇게 될 걸 몰랐어?

쓰디쓴 자책이 뒤늦게 몰려왔다. 안일함이 후회스러웠다. 경찰에 신고까지 해 줘야 했을까. 안전한 쉼터에 인계해 주고, 학교와 집에 연락해 줘야 했을까. 새로 정착할 때까지 책임지고 보호해 줘야 했을까.

……나는 너를 어디까지 도와줘야 했을까.

남을 돕는 일에는 한계가 없고, 개인의 능력과 에너지와 시간에는 한계가 있다. 그리고 도움을 청하는 이들은 베푸는 자의 한계를 생각하기 싫어한다. 호의가 원망으로 돌아오는 이유가 그것이다.

그렇다면 나는 참견하지 말아야 했을까. 너는 아까 죽었을 수도 있지만, 겁이 많아 자살을 포기했을 수도 있다. 집으로 돌아갔을 수도 있다. 나는 이런 원망 따위 안 들었을 수도 있다.

"아저씨는 나를 왜 살렸어요?"

우연의 목소리가 점점 잠겨 들어가는 것이 느껴진다. 이원은 고개를 수그렸다. 가슴에 둔통이 인다. 솔직하게 대답할 수 있는 내용이 아니었다.

"알량한 동정심으로? 돈이 썩을 만큼 많아서? 아저씨가 하느님이라도 된 거 같았어요?"

이원은 여전히 한마디도 대답할 수 없었다. 우연의 말은 틀린 게 별로 없었다.

"왜 목숨을 건져 주고도 이런 욕을 먹는지 이해가 안 되시죠! 왜 이런 꼴을 두 번이나 봐야 하는지 궁금하시죠!"

……맞다. 궁금하다. 대체 너하고 나는 무슨 악연으로 엮여서.

"운명적인 만남이라 그래요! 운명적인 만남은 원래 끝이 지랄 같거든요! 이렇게!"

우연이 앳된 목소리로 외치며 난간을 짚고 풀쩍 뛰어오른다. 작고 몹시 마른 아이는 몸이 지나치게 가벼웠다. 휘청, 바람에 휘감긴 가냘픈 몸이 난간 너머로 기울어진다.

……하느님, 제발.

이원은 그대로 몸을 날려 난간을 타고 올랐다. 급하게 손을 뻗어 팔을 잡는 순간, '아, 잡았다!' 하며 안도하는 순간, 몸이 휘청하며 강 쪽으로 고꾸라졌다. 붕, 몸이 빙글 돌더니 발이 허공으로 떠올랐다.

이런, 맙소사.

이원은 눈을 크게 뜬 채, 순식간에 눈앞으로 들이닥치는 얼어붙은 강물을 노려보았다. 비명조차 나오지 않았다. 손에 꽉 잡힌 우연의 몸은 무게감이 전혀 느껴지지 않는다. 새애액, 차가운 바람이 뺨을 치고 지나가며 허여스름한 얼음이 위로 확 치솟듯 다가왔다.

파삭.

허옇게 얼어붙은 강물이 가벼운 파열음을 내며 작고 가는 몸을 먼저 집어삼킨다. 이원은 왜인지 끝까지 손을 놓을 수가 없었다.

첨벙.

얼음 아래의 강물은 차갑다기보다 극심하게 아팠다. 몸이 깊이 가라앉는다. 팔다리가 아령을 매단 것처럼 무거워 움직일 수가 없다. 온통 검고, 어둡고, 숨이 막혔다. 새까만 물속에서 우연의 손을 꽉 붙잡고 위로 끌어당기는 순간, 폐가 찢어질 듯한 통증이 느껴졌다.

"푸우우, 푸우, 허, 헉!"

이원은 간신히 수면 위로 고개를 내밀고 크게 숨을 헐떡였다. 멍하고 정신이 없다.

"……이게 무슨?"

우연을 끌어안았던 팔은 어느새 비어 있고, 자신은 실오라기 하나 걸치지 않은 나신이었다. 사방을 둘러봐도 온통 새하얀 것이, 부드럽고 따뜻한 솜털 구름 속에 폭 파묻혀 있는 것 같다. 앞이 전혀 보이지 않는다. 이원은 아연해졌다.

설마, 죽어서 하늘에 올라온 건가?

팔다리를 움직이자 뜨거운 무언가가 온몸을 휘감는다. 똑똑똑. 똑똑. 가느다란 소리가 들린다. 느릿하게 눈을 깜박이던 이원은 희미하게 들리는 목소리에 크게 소스라쳤다.

"전무님, 전무님⋯⋯? 괜찮으십니까?"

아, 이런, 맙소사. 꿈인가?

⋯⋯왜 이런 꿈을?

이원은 힘껏 고개를 흔들었다. 머리가 웅웅 울린다. 욕실은 뿌얀 수증기로 가득해 앞이 보이지 않았고, 피부는 물을 잔뜩 먹고 퉁퉁 불어 있었다. 목욕을 하다가 깜박 잠이 든 것을 아무도 깨우지 않았던 모양이다. 시계를 보니 어느새 한 시간이 지나 있었다.

이런, 이런, 제기랄!

가운만 걸치고 급하게 밖으로 나와 보니, 아버지의 오랜 친구이자 대법 판사 출신 변호사이기도 한 박원주 이사가 소파에서 일어나더니 빙긋 웃으며 인사를 한다.

"좀 쉬셨습니까. 몸은 어떠십니까?"

"죄송합니다. 피곤해서 깜박 잠이 들었습니다."

이원은 급하게 고개를 숙였다. 머리카락에서 물이 뚝뚝 떨어져 카펫을 흥건하게 적신다. 머리는 여전히 징징 울렸다.

"아닙니다. 많이 피곤하신 것 같아서 최 실장한테 깨우지 말라고 했습니다."

박 이사는 소탈하게 웃으며 손사래를 쳤지만, 이원은 고개를 들 수 없었다.

"저만 그리 피곤하겠습니까. 정말 죄송합니다. 옷 좀 갈아입고 오겠습니다."

방에 들어가서 급하게 옷을 갈아입고 나온 이원은 결국 최홍연 실장에게 한마디 쏘아붙였다.

"최 실장님, 다음에 이런 일 있으면 바로 깨워 주세요. 이건 저에 대한 배려가 아닙니다."

홍연은 알겠습니다, 하고 대답하면서도 들리지 않게 혀를 찼다.

한 전무는 자신을 너무 볶아 대는 경향이 있다. 주변 사람들이 자신에게 필요 이상의 배려를 한다고 생각했고, 그것을 거북하게 여겼다. 이런 상황이면 누구라도 잠시 눈 붙일 정도의 배려는 받을 만한데 당사자는 그렇게 생각하지 않았다.

"회장님께서 이런 핵폭탄을 남겨 놓고 가실 줄 누가 알았겠습니까. 그것도 저한테는 감쪽같이 숨기시고 생판 처음 보는 새파란 변호사 따위에게."

박 이사 역시 유언장 내용에 충격받은 것을 숨기지 않았다. 그는 오랜 친구인 한세경 회장에게 배신감까지 느끼는 듯했다. 옆에서 들리는 목소리가 점점 희미해진다.

"……전무님이 자리 비우신 후에 한바탕 난리가 났습니다. 살인나는 줄 알았다니까요."

"결국 우 이사님이 상무님을 살살 달래시더라고요. '이달 내로 한 전무 쪽 결론 안 나오면 바로 임시 주총 소집해라. 그때 이사회랑 대표이사 갈면 되지.' 하시면서……."

"그 말을 듣고 이젠 이사님들끼리 패가 갈려서 싸움이 붙었지요. 경찰 부를 뻔했습니다."

눈을 뜬 채 깜박 졸던 이원은 퍼뜩 정신을 차렸다. 최 실장이 회의장에서 있었던 일을 손짓 발짓 해 가며 열심히 보고하는 중이었다. 그는 우 상무 패거리를 대놓고 싫어했고 직속 상사인 한 전무를 진심으로, 열렬히 지지하고 있었다.

박 이사가 한숨과 함께 말했다.

"그냥 이참에 날 잡고 결혼하시죠. 미현 양만큼 참한 재원도 드물죠. 집안도 잘 어울리고. 사실 회장님께서도 미현 양을 얼마나 예뻐하셨습니까. 혼자 남은 전무님께서 얼마나 적적하실지 걱정도 많으셨고요."

"……그렇습니까."

"갑작스러운 일이라 불쾌하신 마음 이해합니다. 차라리 전무님께 사귀는 분이 있었으면 회장님께서 그런 유언을 남기진 않으셨을 겁니다. 그러게 지금까지 선 한번 안 보고 뭐 하셨습니까. 신학교 나오셨을 때, 다들 선부터 부지런히 보라고 하지 않았습니까."

"에이, 전무님 정도면 당연히 연애를 하셔야지 왜 선을 봅니까? 서른둘, 황금처럼 좋은 나이에?"

옆에서 최 실장이 눈을 둥그렇게 뜨고 묻는다.

"이사님. 생각해 보세요. 전무님 정도 되는 사나이를 거절할 여자가 세상에 몇이나 되겠습니까. 키 크고 섹시하죠, 돈 많고 능력 있죠, 성품 좋고 교양도 안목도 학예사급인데요. 이야, 조물주께서 이렇게 불공정 거래를 하셨으면, 예의로라도 당연히 연애를 하셔야죠, 연애를!"

홍연은 현재 미현이 모리스 첸과 오랫동안 동거하고 있다는 것도 알고 있었다. 아니, 아는 정도가 아니라 이원의 지시대로 그 정보를 캐 준 게 바로 최 실장이었다. 하지만 대놓고 말하지는 못하니 농담을 빙자해 딴죽을 걸어 대는 것이다.

같이 분노해 주는 마음은 고마웠지만, 아무 말도 듣고 싶지 않았다. 이원은 이렇게 팔려 가듯 결혼을 해야 하고, 그것이 사람들 앞에 까발려지는 상황이 몹시 치욕스러웠다. 아내의 애인까지 눈감아야 할지도 모른다는 상황만큼은 끝까지 숨기고 싶지만, 그것도 언제 알려질지 모르는 일이다.

"아, 내 말이! 그 연애를 한 번도 안 하셨으니까 하는 말 아닌가, 최 실장!"

"제가 부족한 사람이라 그렇습니다. ……이제 그만들 하시죠."

피곤한 내색을 하지 않으려 애썼지만, 목소리가 갈라져 나오며 정신이 자꾸 흩어진다. 이 자리에 그대로 고꾸라져 자고 싶다. 그냥 도망치고 싶다.

……안 되는데. 뭔가 해결해야 할 일이…….

이원은 해일처럼 몰려드는 피로와 싸우며 생각의 꼬리를 잡으려 안간힘을 썼다. 마포 대교 위에서 온몸을 난도질하던 매운바람이 그리울 지경이었다. 순간 머리가 띵, 울리며 어떤 목소리가 후루룩 머리를 훑고 지나간다.

'……아저씨, 하기 싫으면 도망쳐도 돼요.'

아아, ……제기랄.

작고 파리한 얼굴이 떠오른다. 얼굴이 파랗고 빨갛고 노랗던 여자아이. 꿈에서도 나왔는데 혹시 그 아이에게 무슨 일이 생긴 걸까. 한참을 기다려도 연락이 없는 걸 보니 괜찮은 것도 같은데 왜 그런 심란한 꿈을 꾸었을까.

쟁강대는 목소리가 귓가에서 사그락댄다. 도망쳐도 돼요. 그것 봐요. 완전 중년이잖아요. 초상화 다섯 장, 아저씨, 하기 싫으면 도망, 제대로 된 어른, 호구, 매는 피할 수 없을 때나, 아저씨, 중년, 아재미 뿜뿜…… 그 사이로 박 이사, 최 실장의 목소리가 모기 날갯소리처럼 잉잉거린다. 눈은 억지로 뜨고 있는데 의식은 자는 것도 깨 있는 것도 아닌 것처럼 몽롱했다. 간신히 입술을 뗐다.

"……음, 박 이사님. 여쭤볼 게 있는데요."

"예, 전무님."

"중년……이 몇 살 정도를 말하는 겁니까?"

왕왕대던 목소리들이 갑자기 사라진다. 눈을 뜨니 얼빠진 얼굴로 자신을 응시하는 두 사람이 눈에 들어온다. 퍼뜩 정신을 차리고 고개를 흔들었다. 이런, 내가 지금 제정신인가?

"한 쉰 살부터? 좀 늦나요? 마흔다섯?"

환갑을 훌쩍 넘긴 박 이사는 중년의 기준이 꽤 높았다. 이원과 같은 나이인 최 실장은 고개를 갸웃하며 대답했다.

"글쎄요. 마흔 정도부터 아닐까요?"

"……서른두 살……은 아니겠죠?"

조금 자신 없는 목소리로 묻자 최 실장이 펄쩍 뛴다.

"아니 대체 누가 전무님한테 그런 벼락 맞을 소릴 했습니까!"

이원은 한 손으로 얼굴을 쓸어내렸다. 두 사람의 얼빠진 얼굴은 여전히 변함이 없다. 이원은 기왕 창피를 당한 김에 내내 걸리던 것을 한 가지 더 물어보기로 했다.

"이사님. 만약 길 가다가 가정 폭력을 겪는 학생을 봤다면 어떻게 하시겠습니까?"

"바로 경찰에 신고하셔야죠. 섣불리 끼어들었다간 전무님이 엉뚱하게 뒤집어쓸 수 있으니 그러진 마시고요."

"현장에서 본 건 아니고 가정 폭력 사실을 알게 된 거라면요? 그런데 피해 학생이 신고를 원하지 않는다면요?"

"물론 저야…… 원하지 않는 참견은 안 하자는 주의입니다만, 경찰이나 보호 센터에 전화 한 통 남기셔야 하지 않을까요? 전무님은 신고 의무자까지는 아니지만, 그래도 이원메세나재단의 이사장 아니십니까. 그곳에 청소년 장학관이 포함되어 있으니까요."

"그렇습니까."

"혹시 아까 자리 비우셨을 때 무슨 일이 있으셨습니까?"

최 실장이 걱정스러운 얼굴로 물었다.

□ ■ □

"안타까운 마음은 이해합니다만, 그런 방식의 도움은 권할 만하지 않습니다."

박 이사는 500만 원 이야기가 나오자 한숨을 쉬며 고개를 저었다.

"이유가 뭡니까?"

"값싼 동정……. 아 죄송합니다. 자립을 위한 체계적인 지원이 아닌 일회성 호의는 삶에 유의미한 변화를 일으키기 어렵습니다. 그리고 전무님께선 순수한 호의로 하신 일이지만, 자칫하면 남의 집 일에 함부로 참견한다고 뒷욕이나 듣기 십상이에요. 그럴 때는 바로 신고하고 신경 끄시는 게 낫습니다."

이원은 눈을 감은 채 생각에 잠겼다.

……순수한 호의라.

내가 그렇게 행동한 이유가 정말 순수한 호의뿐이었을까? 안타까워하는 마음은 분명 있었으나 그 동인이 순수했는지는 자신할 수 없었다.

그럼 그 아이를 도우려 마음먹은 진짜 이유는 뭐였을까?

이원은 연습장을 처음 열었을 때의 충격을 떠올렸다. 도저히 부인할 수 없는 선명한 감정. 그랬다. 이 아이를 도와야 한다는 마음을 단번에 불러일으켰던 것은 바로 그 연습장이었다.

그는 몸을 일으켜 책상 구석에 놓아둔 우연의 연습장을 두 사람 앞에 펼쳐 보였다.

"헉, 이건."

두 사람의 입에서 짧은 신음이 흘러나왔다. 특히 학예사 출신인 최 실장은 그림을 한 장 한 장 넘길 때마다 눈꺼풀을 바르르 떨었다.

"……전무님. 이, 이거 그린 사람, 대체 누굽니까?"

"방금 말한 그 고등학생입니다. 지금은 안성 근처의 서림예대에 합격한 상태고요."

"고등학생이 이렇게 소름 끼치는 묘사를요? 이 미친 구도를요? 소묘 전공 졸업생 중에도 이런 그림 그릴 수 있는 사람은 많지 않습니다."

"그 500만 원에 대한 대가로 저한테 그림을 다섯 장 그려 주기로 했습니다. 20호 이상으로."

최 실장의 벌어진 입을 보며, 이원은 어이없게도 우쭐함과 안도감을 느꼈다. 그의 반응으로 보아, 일회성 호의라지만 그래도 대단한 재능을 가진 한 아이의 인생을 옳은 길로 인도한 게 틀림없었다. 그것도 결정적이라 할 만큼 중요한 역할을 한 것이다.

이원은 진지하게 덧붙였다.

"다섯 장의 그림을 받는 동안, 그 학생을 후원하며 다각도로 인연을 만들어 두면 어떨까 합니다. 가장 도움이 필요한 시기에 적절한 투자를 해 두면, 나중에 그 대가가 크게 돌아오지 않겠습니까. 이원미술관 전속 작가로 계약을 할 수 있다면 금상첨화겠죠."

이원의 예술적인 안목은 잘 다듬어진 편이었지만 재능은 비참할 정도로 부족했다. 석고상 하나를 수십 장 되풀이해서 그릴 만한 근성은 있었지만, 고작 선 몇 개로도 드러나는 번득이는 감각은 도저히 얻을 수 없었다.

이원은 소위 '천재 화가'들의 초창기 작품들을 찾아보며, 신께서 극히 일부의 사람에게만 창조적인 영감과 재능을 허락하셨음을 알게 되었다. 그것은 노력으로 성취할 수 있는 영역 밖에 있었고, 오로지 '신의 선물'로서만 인간에게 주어지는 것이었다.

이원은 그것을 질투하는 대신 그들이 부여받은 재능을 꽃피우도록 도울 수 있음을 기꺼워하기로 했다. 미켈란젤로, 라파엘로, 보티첼리, 다 빈치가 신에게 눈부신 재능을 받았다면, 메디치가의 사람들은 그 재능을 꽃피우게 돕는 자로서 돈과 권력을 허락받은 것이라 믿었다. 미켈란젤로, 라파엘로, 보티첼리, 다 빈치는 살아생전 메디치의 그늘에 기생했지만, 이제는 메디치가 그들의 이름에 기생한다. 그것이 예술과 돈의 속성이다. 이원이 메세나재단의 활동에 심혈을 기울였던 이유 역시 그것이었다.

다행히 그가 이끄는 세경그룹은 소리 소문 없이 순항 중으로, 메세나재단의 활동을 지원하는 데 큰 부족함이 없었다.

이원은 차분한 목소리로 결론을 내렸다.

"이 학생은 장기적으로 투자할 만한 가치가 있습니다."

그랬다. 다리 위에서, 연습장을 펼치자마자 확신했다. 이 아이는 시류만 잘 타면, 그리고 제대로 된 후원자만 붙으면 대한민국 화단(畵壇)을 훌쩍 뛰어넘어, 한 시대를 대표하는 화가로 이름을 남길 것이다.

그리고 나는 그 빛나는 이름에 기생하여 밀레니엄의 시간을 뛰어넘는 자가 될 것이다. 코시모 데 메디치, 로렌초 데 메디치. 고흐의 동생이자 든든한 지지자였던 테오 반 고흐. 낯선 화풍의 신진 화가들을 끝까지 후원해 결국 인상파를

19세기 유럽 화단의 승자로 이끌었던 폴 뒤랑 뤼엘. 모네, 세잔, 피카소, 마티스를 일찌감치 알아본 모던 아트 컬렉터 세르게이 슈킨. 신이 내린 천재들의 이름 한 귀퉁이에 자신의 이름도 영구히 박제한, 더없이 지혜로웠던 투자자들처럼.

아마도 그 아이는 약속을 지킬 것이고, 그녀의 놀라운 재능은 시간에 따라 열매를 맺어 내 앞에 창대하게 쌓일 것이다. 훗날 역사책에선 조금 전에 있었던 만남을 재미있는 에피소드로, 혹은 그 아이가 그렇게 몸서리를 쳤던 운명적인 만남이라는 말로 써 놓을지도 모르겠다.

띠리릿, 띠리리리.

짤막한 벨 소리가 퍼졌다. 전화를 대신 받은 최 실장이 미간을 구기며 수화기에서 귀를 뗐다.

"전무님, 전화기 주인 당장 바꾸라고 합니다. 미등록 번호고, 이름과 용건은 대지 않는데…… 전무님 성함도 모르는 걸 보면 기자는 아닌 듯합니다."

"이름도 모르는 사람끼리 무슨 용건이 있겠습니까. 받지 않겠습니다."

순간, 어떤 남자의 욕설이 고막을 터뜨릴 듯한 기세로 울려 퍼졌다. 시발, 뭐가 어째! 콩밥 처먹기 전에 당장 안 바꿔! 뒤이어 누군가가 울부짖는 소리가 흘러나왔다.

— 아빠! 정말 도둑질한 거 아니야! 나쁜 짓 안 했어. 정말 처음 만난 아저씨가, 도와주신 거, 아니 빌려주신 거, 그, 그럼, 거짓말 아냐, 아무, 아무 짓도, 아악, 악! 아니야, 악, 정말이야! 잘못했어요. 손 자르지 마, 안 훔쳤어, 이상한 짓도 안, 아빠, 아빠아아!

갑자기 전화가 탁 끊어진다.

이원은 자리에서 벌떡 일어났다. 머리가 핑그르르 돌면서 잠이 확 달아난다.

……제기랄. 아까 꿈자리가 사나웠던 게 이 때문이었구나.

'물에 빠지는 걸 잡아만 놓으면 될 줄 아셨죠? ……돈만 주면 문제가 다 해결될 줄……'

'그렇게 간단하게 해결될 문제라면 애초에 생명의 다리 같은 데 찾아오지도 않았을 거예요.'

'아저씨는 나를 왜 살렸어요? ……아저씨가 하느님이라도 된 거 같았어요?'

꿈속에서 들었던 날카로운 목소리가 화살처럼 가슴에 박힌다.

……하느님 맙소사. 나는 대체 그 아이한테 무슨 짓을 한 거지?

"무슨 일이십니까, 전무님? 혹 아는 사람입니까?"

눈앞에 있는 두 사람의 낯빛도 새하얗게 변했다. 이원은 어찔어찔하는 머리를 짚으며 빠르게 말했다.

"아까 만났던 그 학생입니다. 최 실장, 얼른 그 번호로 전화해서 그 아이가 도둑질한 게 아니고, 제가 500만 원 준 게 맞다고 확인해 주세요. 그리고 바로 경찰에 신고하세요. 지금 당장."

"예. 전무님."

침착하려고 애를 썼지만 입술이 부들부들 떨려서 말이 제대로 나오지 않았다. 띠르르르, 띠르르르, 벨 소리가 길어지다가, 지금은 전화를 받을 수 없사오니, 하는 안내 멘트로 넘어간다. 입속이 바작바작 마르기 시작했다.

손 자르지 마, 라니. 대체 이게 무슨 소리야.

당사자는 자각하지 못하는 것 같지만, 그 아이는 신의 선물을 받고 태어난 게 틀림없다. 그 재능이 너무나 선명해서 당황스러울 정도인데, 주변 사람들은 다들 눈이 멀었나? 그저 방치하기만 해도 저절로 개화할 만큼 재능이 넘쳐흐르는데, 제대로 키워 내기만 하면 척 클로스나 론 뮤익 같은 세계적인 하이퍼리얼리즘 작가로 대성할 수도 있는데, 그런 아이의 손을 자른다고?

얼굴 한번 본 적 없는 그녀의 부모에 대해서 살심이 치밀었다. 입술을 얼마나 세게 깨물었는지 쇠 맛이 혀로 스며들었다.

"……청소년 보호 센터, 제기랄, 학교에도 바로 연락하세요. 선광여고 3학년, 아니, 졸업했나? 그래도 일단 학교로, 아니, 여기 경호원을 바로 보내는 게 나을까요?"

"전무님, 진정하십시오. 경호원보다 경찰에 신고하는 게 빠를 겁니다. 최 실
장!"

"바로 신고하겠습니다, 전무님. 혹시 이 학생 인적 사항 아십니까?"

이원은 연습장을 확확 뒤져 우연이 써 놓은 연락처와 주소를 찾아냈다. 이가
갈린다. 이 전화가 아니었으면, 나는 어쭙잖은 동정심, 혹은 무의식적인 계산이
가져온 결과를 끝내 모르고 오랫동안 흐뭇한 우월감에 잠겨 있었을 것이다.

"등촌동 이수 아파트 101동, 거기 관리실 번호부터 알아내서 전화하세요.
403호! 아파트 관리인한테 지금 올라가서 벨부터 누르게 하세요! 이웃 주민 신
고 들어왔다고 하고, 아이 격리부터 시키세요. 당장!"

일회성 호의, 싸구려 동정은 결과가 좋지 않다. 그 말이 맞다.

도움을 받을 자격

101동 정문 앞에는 경찰차 한 대가 서 있었다. 사이렌 소리는 없었지만, 경광등은 번쩍번쩍 요란하게 돌았다. 날이 추워서인지 나와서 구경하는 사람은 얼마 없었다. 하지만 창문 너머로 흘금대는 시선들이 바늘 뭉치처럼 따가웠다.

홍연은 짙게 선팅한 차창 너머로 가만히 상황을 살폈다. 조금 전 아파트 정문을 통과하면서 앰뷸런스 한 대와 경찰차 한 대를 지나쳐 보냈다. 상황은 정리된 것 같다. 한발 늦은 걸까. 아이는 손목이 잘렸을까. 설마, 딸의 손목을 정말 자를 아버지가 있을까. 겁주려고 위협만 한 거라면 모를까.

……일단, 경찰차가 왔으면 그 아이의 안전은 확보가 된 거겠지.

"최 실장님은 차에서 잠시만 기다리세요."

한 전무가 문을 열고 경찰차 쪽으로 다가선다. 그는 이곳까지 오는 내내 깍지 낀 손을 무릎 위에 올려놓은 채 눈을 감고 조용히 앉아 있었다. 침착한 것을 넘어 움직임조차 없었다. 입술만 보일 듯 말 듯 계속 달싹였던 걸 보면 절박하게 기도문을 외우던 게 아닐까 싶다.

"추운데 고생 많으십니다. 피해 학생은 괜찮습니까? 크게 다치진 않았습니까?"

어이구, 일을 벌어요, 일을.

홍연은 핸들에 이마를 대고 한숨을 쉬었다. 막 출발하려는 경찰차를 잡아 세운 한 전무는 허리를 굽히고 운전석의 경찰과 이야기를 나누고 있었다. 경찰의 미심쩍은 시선이 한 전무를 아래위로 훑어 내린다.

"실례지만 피해 학생과 어떻게 되십니까?"

"제가 신고한 사람입니다. 한이원이라고 합니다."

"아, 그러시군요. 그러잖아도 신고자분께 몇 가지 확인할 게 있었는데."

이원의 신분증을 확인한 경찰이 반색하며 차에서 내린다. 홍연의 등 뒤로 스멀스멀 불길한 느낌이 올라온다.

신고자분은 피해 학생과 어떤 관계십니까. 폭행 사실을 어떻게 알고 신고해 주셨습니까. 몇 가지 묻던 경찰은, 두 사람이 전혀 모르는 사이이며, 한강에서 몇 시간 전에 처음 만났다는 이야기까지 나오자 묘한 표정으로 바뀌었다. 뒤에 있던 다른 동료와 몇 마디 주고받은 경찰이 조금 딱딱해진 목소리로 말했다.

"이야기가 좀 길어질 것 같은데, 서까지 잠시 동행해 주시겠습니까?"

"전무님, 지, 지금 경찰서에 가신다고요? 박 이사 부르겠습니다. 이게 무슨! 전무님!"

"됐습니다. 가면 그 아이 상황을 좀 알 수 있을 겁니다. 차 몰고 따라오세요."

기겁하는 홍연은 돌아보지도 않은 채, 한 전무는 경찰차 뒷좌석에 올라탔다.

조사 시간은 길었고, 내용은 간단하지 않았다. 중간에 무슨 일이 있었는지 모르겠지만, 이원은 참고인이 아니라 피의자라도 된 것처럼 오랫동안 조사를 받았다. 특히 그 500만 원을 왜 주었는지에 대해서 집요하게 추궁당해야 했다.

이원이 마포 대교 위에서 있던 일을 설명하자 조서를 쓰던 형사는 피식피식 웃으며 같은 설명을 계속 반복하게 했다. 잠자코 조사에 응하던 이원은 휴대 전화를 보여 줄 수 있느냐는 말에 짤막하게 한숨을 짓더니 대기하고 있던 홍연에게 고개를 돌렸다.

"박원주 변호사님 호출하세요."

그 말을 끝으로 이원은 입을 다물고 말았다.

"지금 이게 뭡니까! 기껏 죽을 목숨 건져 주고, 등록금도 대신 내 주고, 폭행 신고까지 해 준 사람에게 이게 뭐 하는 짓입니까? 감사장을 주진 못할망정 왜 범죄자 취급이냐고! 아이를 팬 건 이 사람이 아니고 아버지 아닙니까! 게다가 오늘 아침에 장례식 마치고 온 사람한테!"

여의도에서 등촌동까지 20분 만에 달려온 박원주 이사가 길길이 날뛰며 상황을 정리했다. 변호사가 온 후, 이원이 누구인지 알게 된 형사가 갑자기 태도를 바꾼다.

"아, 변호사님, 그게, 그게 아니고, 그저 피의자 진술 사실 확인차 참고인에게 협조를 부탁한 것뿐입니다. 그게……."

"잠시만요."

뒤에 조용히 앉아 있던 이원이 일어나 나직이 물었다.

"피의자라면, 진형식 씨겠군요. 대체 무슨 말을 했기에 그러십니까. 대체 제 전화기에서 뭘 확인하고 싶으신지, 납득 가능한 이유를 알려 주시면 협조해 드릴 수 있습니다."

"전무님. 서면 답변으로 충분합니다. 전무님은 참고인이지 피의자가 아니십니다. 가해자가 아니고 피해자를 구해 주신 분이란 말입니다!"

박 이사가 고함치는 것을 뒤에 있던 홍연이 쩔쩔매며 뜯어말린다. 순간 안쪽 방에서 진형식의 쇳소리가 터져 나온다.

"씨발, 그 애가 원조 교제로 돈 500만 원을 받아 왔는데, 어떤 아비가 머리가 안 돌아? 500을 거저 줬다고? 어떤 미친 새끼들이 그런 큰돈을 거저 줍니까? 지가 만수르야? 중동 석유 왕이야? 500이면 한두 번 만나서 까이는 돈도 아니야. 형사님도 그 정돈 아시잖소, 엉?"

순간, 홍연과 박 이사의 얼굴이 허옇게 떴다. 이원 역시 망치로 뒤통수를 맞은 것 같았다. 원조 교제? 진우연 그 애가?

잠시 후 다시 커다란 고함이 터진다.

"걔 그딴 짓 하고 돌아다닌 게 이번이 처음이 아냐! 고1 때부터 채팅 앱으로 남자들 만나고 돌아다녔어. 내가 그때 신고도 한번 했었잖아요."

"이런 말 하기 쪽팔리지만, 사실 관계를 밝혀야 하니 다 말하는 거요. 그때 다리몽둥이 부러지도록 혼나고 다시는 안 할 줄 알았는데. 등록금 못 준다니까 애가 또 철없는 짓을……."

"우리 애랑 만난 새끼 이번이 처음 아닐 거요. 지금 당장 폰 압수해서 뒤져 봐야 한다니까! 틀림없이 우리 애 전번이나 채팅 앱이랑 연결돼 있을 거고, 통화 내역도 있을 거라고! 바로 조사 안 하면 다 지울 거니까 지금 당장 확인해 보라니까요! 그 새끼 변태야. 애한테 교복 입고 한강으로 나오라고 한 거 보라고!"

"성매매? 채팅 앱? 이 무슨 미친……. 전무님을 뭐로 보고……."

뒤에서 중얼거리는 소리가 들린다. 이원은 헛웃음조차 나오지 않았다. 담당 형사는 구구절절 변명을 늘어놓기 시작했다.

"정말 죄송합니다. 사실 저 아버지가 없는 말을 하는 건 아니라서, 조금이라도 미심쩍으면 철저하게 확인을 하려다 보니……. 양해 부탁드립니다."

"그게 무슨 말입니까. 없는 말이 아니라뇨."

"저 사람이 딸 전화기에 성매매용 앱이 깔려 있으니 엮인 놈들 조사해 달라고 신고한 적이 있어서요. 바로 취하하긴 했지만, 전화기에 이상한 게 깔려 있었던 것도 사실이었고……. 또 가출한 여자애들, 잘 데 없으면 그런 앱으로 남자 만나서 숙식 해결하는 경우도 꽤 있거든요."

이원은 눈을 감고 숨을 가다듬었다. 꽤 충격적인 이야기였다.

우연이라는 아이를 어떻게 봐야 할지 혼란스러워졌다. 그런 이상한 짓을 하고 다닐 아이로 보이지 않았는데. 물론 겉모습만으로 사람을 판단할 순 없지만, 적어도 이원은 자신의 사람 보는 눈이 썩 나쁘지 않다고 생각하고 있었다.

잔뜩 주눅 들고 겁에 질려 있던 그 아이는 생각보다 훨씬 되바라지고 영악했던 걸까. 아버지의 성교육이라는 건 그 일로 아버지에게 호되게 야단맞았던 거였나.

입맛이 쓰다.

범죄자처럼 취급당했던 이유를 확인하고 나니 화가 나는 것을 넘어 허탈할 뿐이었다. 이상하게 그 아이에게 배신을 당한 기분도 들었다. 형사의 태도가 옳다는 것은 아니지만, 아버지 포지션에 이입한 상식적인 사람이라면, 미성년 성매매자로 지목된 사람에 대한 경멸을 숨기기는 쉽지 않았으리라.

만에 하나, 저 아이가 정말 그런 행동을 일삼고 다니던 아이라면.

……괜히 도와준 걸까?

순간 이원은 눈을 크게 뜨고 생각을 멈췄다. 머리가 띵, 울리는 것 같다.

지금 이게 무슨 말이야. 그게 이번 일과 무슨 상관이라고.

그 아이가 어릴 때 남자들과 자고 다녔는지 여부는 문제의 본질이 아니다. 우연이라는 아이는 아버지에게 폭행을 당한 피해자다. 그런데 내가 뭐라고 감히 '되바라지고 발랑 까졌으니 도움을 받을 자격이 없다'고 판단한단 말인가. 이원은 잠시나마 그런 생각을 한 것이 부끄럽고 미안했다.

이원은 전화기를 꺼내 앞으로 내밀었다. 목소리가 꺼져 들어가는 것 같다.

"선의로 도와주고도 이런 취급을 당하니 기분이 좋진 않군요. 오해가 생기지 않도록 협조는 하겠습니다만, 변호사와 제 앞에서 확인해 주시기 바랍니다."

세 명이 달라붙어 검사를 마친 후, 형사는 시커멓게 변한 얼굴로 몇 번이나 사과했다. 우연과 이원 사이에는 접점이 먼지만큼도 없었다. 정말 우연히, 다리 위에서 만나 호의로 도와준 게 전부였다. 게다가 신인 예술가들을 꾸준히 후원해 온 이원메세나재단의 이사장이라는 입장을 감안하면 도와준 상황이 전혀 이상하게 느껴지지 않았다.

때마침 쉼터에 들어가 있다는 피해자의 진술이 전달됐고, 그녀의 진술은 이원의 진술과 정확하게 일치했다. 결국 가해자의 개소리 헛소리에 도와준 사람만 쥐 잡듯 잡은 꼴이 되고 말았다. 결론이 그렇게 나고 보니, 나중에는 서장까지 와서 몇 번이나 사의를 표해야 했다.

"피의자에게 제 개인 정보가 절대 들어가지 않도록 해 주십시오."

그나마 우연이 손목을 잘리지 않고 쉼터에 안전하게 들어간 것과, 그녀가 생각보다 순진하지 않다는 것을 알게 된 것이 이 고생을 하고 얻은 수확이라면 수확이었다.

홍연과 이원이 경찰서에서 나온 것은 저녁 8시가 넘어서였다. 이원의 목소리는 꺼질 것 같았고, 발은 바닥에 질질 끌렸다. 운전대를 잡은 홍연이 조심스럽게 물었다.

"괜찮으십니까, 전무님."

"……답답하네요."

뒷좌석에 등을 기대고 눈을 감고 있던 이원은 한참 만에야 조용히 덧붙였다.

"괜찮습니다."

물론 홍연은 그의 '괜찮다'는 말을 믿은 적이 없었다. 그는 늘 괜찮다, 라고 대답했고 힘들다는 내색을 한 적이 없었다. 하지만 그는 경영 일선에 뛰어든 후부터 괜찮았던 적이 별로 없었다. 불면증이 너무 심해져 잠을 자는 것 자체가 전쟁이었고, 비밀리에 상담 치료를 받거나 약을 받아 오곤 했다.

집에 도착하자마자 대기하고 있던 정형기 박사가 바로 따라 올라왔다. 간단한 진찰을 마친 그는 한숨을 쉬며 수액 팩을 꺼내 들었다. 이원은 옷도 갈아입지 못하고 침대에 늘어진 채 수액을 맞았다.

"이젠 정말 주무셔야 합니다. 그러잖아도 불면증이 심하신 분이 카페인까지 내리 드셨다고요."

"예. 죄송합니다."

"저한테 죄송할 일이 아니지요. 사람이 잠을 못 자면 졸려 죽겠다, 로 끝나는 게 아니라 정말 죽습니다. 아시겠습니까."

"예. 앞으론 안 그러겠습니다."

"어휴, 대답은 또 잘하시죠!"

정 박사가 투덜거린다. 이원은 한 손으로 눈을 가린 채 가물가물 촛불이 꺼지듯 웃었다.

"……그런데 전무님. 미현 양께서 지금 접빈실에서 와 계십니다. 오늘 뵙기 어려우실 것 같다고 몇 번이나 말씀드렸는데 기어이 찾아오셔서……. 어떻게 할까요, 전무님."

송 여사는 언짢은 기색을 숨기지 않고 말했다. 홍연은 지글지글 화가 치솟았다.

그래, 마음이 급한 건 알겠다. 어머니의 평생 숙원이었던 성일호텔의 경영권이 손에 들어올지 말지 결정되는 판이니 흥분이 될 만도 하겠지.

그래도 생각할 시간을 달라고 했으면, 다만 하루 이틀이라도 편히 쉬게 해 주면 안 되나. 막 장례식 마치고 와서 이렇게 힘들어하는 사람을, 오밤중에 쫓아와서 기어이 이렇게 볶아쳐야 하나.

눈을 감고 누워 있던 사내의 미간이 깊이 찌푸려진다. 긴 한숨, 짧은 신음. 하지만 그는 이내 눈을 뜨고 힘들게 몸을 일으켰다.

"박사님, 바늘 좀 빼 주세요. 잠시만 내려갔다 오겠습니다."

박 이사와 정 박사는 한숨을 쉬었지만 말리지 않았고, 홍연과 송인희 여사는 한숨조차 쉬지 않았다. 그에게는 아랫사람의 한숨조차 짐이라는 것을 두 사람은 잘 알고 있었다.

□ ■ □

"연락 안 돼서 걱정했어, 오빠. 잘 생각해 보고 대답해 준다더니, 정말 그것 때문에 잠적할 줄은 몰랐지."

접빈실의 창가에 서서 기다리던 미현은, 장례식보다 레드 카펫에 더 어울릴 만한 우아한 블랙 실크 드레스 차림이었다. 하얀 대리석 바닥, 화려한 샹들리에 조명, 그리고 별이 총총한 하늘이 보이는 창문 옆에서 검은 드레스 차림으로 서 있는 여자는 화보 속 모델처럼 보였다.

"많이 피곤해 보여, 오빠."

"괜찮아."

"괜찮다니 다행이네. 그래, 결론은 내렸어?"

'……아저씨, 하기 싫으면 도망쳐도 돼요.'

갑자기 귀에 날카로운 목소리가 쟁, 하고 울린다. 이원은 잠시 눈을 감았다. 그 아이를 떠올리는 순간, 가슴에서 뜨거운 것이 치밀어 올랐다. 치밀어 오른 감정의 정체는 단일하지 않았다. 당혹, 연민, 안도, 고마움, 미안함, 혹은 실망, 배신감, 그 모든 감정은 다만 강렬했다.

'피할 수 있으면 피하고, 도망칠 수 있으면 도망치고, 도망친 데서 행복할 수 있으면, 그렇게 행복하게 살면 되잖아요.'

'……아저씨가 행복한 것만큼 중요한 게 어디 있어요.'

그 작은 아이는 깊이 숨겨진 본심을 단번에 찍어 내 수면 위로 끌어올렸다. 도망, 이라는 말을 듣는 순간, 이원은 가슴이 찢어지는 듯한 격통을 느꼈다.

왜 그리 아팠는지 잘 알고 있다. 그 말이 진실이었기 때문에.

맞다. 나는 지금 서 있는 자리에서 도망치고 싶었다. 어깨에 지워진 짐과 족쇄들을 다 벗어 던지고 싶었다. 나에게 더 잘 맞는 길, 내가 갈구했던 길, 평화롭고 안온한 길로 가고 싶었다.

그것을 사제성소, 그분의 부르심이라고 생각했다. 아니, 저도 모르게 그렇게 세뇌했다. 그래서 지금이라도 그 거룩하고 평화로운 길로 되돌아가려고 발버둥 쳤다.

하지만 진실은 그게 아니었다.

이원은 눈을 반쯤 감고, 예비 신학생 모임에서 들었던 사제성소 확인 조항들을 떠올렸다. 오랜 시간, 외울 정도로 반복해서 자문자답했던 그 질문들은 그가 기억하기로 열 개가 훌쩍 넘었고, 그중 두 번째 내용은 이러했다.

「너는, 사회생활과 인간관계의 어려움을 극복하지 못하고 도피하려는 건 아닌가?」

너는, 사회생활과 인간관계의 어려움을 극복하지 못하고……

눈을 힘껏 감았다. 누가 가슴을 송곳으로 찍어 대는 것 같아서 눈을 뜨고 있을 수가 없다. 진실을 인정하는 것은, 종종 이렇게 심하게 아팠다.

……그래. 인정한다. 나는 도피하려 했던 게 맞다. 힘든 길에서, 압사할 듯한 책임감에서 꼴사납게 도망치려 했었다.

다만, 나는, 지금까지 그 마음을 인정하지 않고 외면하고 부인하고 있었을 뿐이다. 그 아이가 그 마음을 환한 햇빛 아래 질질 끌어내기 전까지.

그것을 안 이상, 학교로 돌아가면 안 된다. 절대 안 된다. 그분의 길은 힘들면 이리로 도망치라고 열려 있는 비상구가 아니다. 편하다는 이유로 선택하는 길이 되어서도 안 된다. 온 인생을 걸고 그분께 삶을 헌신하는 분들만이 감당할 수 있는 거룩하고 어려운 길이다.

나는 그분의 뜻을 더 깊이 헤아리려 노력해야 했고, 내 이기적인 욕심과 도피하려는 마음을 좀 더 일찍 직시했어야 했다.

그분께서 그 아이를 우연히 만나게 한 이유가 혹시 이것 때문일까.

알 수 없다. 그분의 뜻은 늘 인간의 지혜와 계산을 뛰어넘는 곳에 존재했다. 다만 확실한 것은, 나는 이제 내가 있는 이 자리에서, 나에게 주어진 책임을 감당해야 한다는 사실이다.

이원은 다섯 발짝쯤 떨어진 곳에 서 있는 미현에게 시선을 돌렸다. 뭇 사람들의 찬탄대로, 미현은 여신처럼 당당하고 우아하며 지적인 아름다움을 가진 여자였다.

……그래. 이 정도면 과분하다 생각해야겠지.

쇼윈도 부부에게는 그 나름으로 통용되는 룰이 있다. 사랑이 없어도 계약은 이어져야 하며, 부부간의 의무 역시 성실히 수행해야 할 것이다. 계약은 서로에게 필요한 지지 기반을 제공할 것이고, 부부로 함께 살다 보면 당연히 아이들도 생길 것이다. 그러다 보면 정이 들 수도 있고, 어쩌면 정말로 사랑하는 날이 올 수도 있을 것이다.

……그렇게 되든 안 되든, 이젠 선택의 여지가 없지 않은가.

마음을 결정한 이원은 빙그레 웃으며 고개를 끄덕였다.

"과분한 청혼을 받게 돼서 민망하고 낯이 없다. 진심으로 고맙고, 기쁘게 받아들일게."

미현의 입술이 살짝 벌어진다. 깜박깜박, 긴 속눈썹이 곱고 우아하게 움직였다. 이원은 그녀에게 다가가 손을 내밀었다.

"좋은 남편이 되도록 최선을 다할게. 잘 부탁해, 미현아."

"이럴 때는 사랑해, 라고 해 주어야 하지 않아?"

미현은 살짝 떨리는 목소리로 물으며 이원의 손에 자신의 손을 얹었다. 눈동자가 살짝 젖어 드는 것이 보였다.

저 눈물은 그래도 조금쯤은 믿어도 되는 걸까?

순간 저도 모르게 쓴웃음이 스며 나왔다. 그걸 믿기엔 미현은 너무나도 연기력이 출중한 배우였다. 불필요하게 감정을 자극하면 역효과만 나리라는 것을 잘 알고 있으며, 눈물조차 가장 적절한 선에서 멈출 수 있을 만큼.

하지만 이원은 미현만큼의 연기력을 끌어올릴 자신이 없었다. 그래서 미현이 원하는 대로 대답하는 대신, 허리를 깊이 숙이고 하얗고 보드라운 손등 위에 입을 맞췄다.

"아직은 그런 표현이 낯설어서…… 좀 쑥스럽네. 미안해."

"뭐, 충분히 이해해. 그럼 나 없는 동안 거울 보고 연습 열심히 해 줘."

미현은 화사하게 미소 지으며 그의 어깨에 손을 얹었다.

"후회하지 않게 해 줄게. 오빠."

나른한 향기가 이원의 코에 훅 끼친다.

"염려하지 마. 내가 전부 다 조용하게 정리해 놓을 테니까. 외삼촌이 아무리 엄마를 들볶아도 내가 결혼하겠다는데 무슨 재주로 판을 뒤집겠어?"

"여기저기 정리할 게 많을 텐데 조용히 해 주겠다니 고맙구나. 내가 시끄러우면 잠을 잘 못 자서."

예상외의 대답에 미현이 얼굴을 잠시 굳힌다. '여기저기 정리할 것'이 외삼촌뿐만 아니라 모리스와의 관계도 의미한다는 것을 바로 알아차린 것이다. 끝까지 그의 이름을 언급하지 않은 것은 이원의 구차한 자존심이었다. 아마 앞으로도 영원히 그의 이름을 언급할 일은 없을 것이다.

"걱정 마, 오빠. 요새는 층간 소음용으로 성능 좋은 귀마개도 나온다더라."

소문과 기사는 귀에 들어가지 않게 해 주겠다, 극도로 오만한 배려였다. 순간적으로 이원의 입가가 딱딱하게 굳는 것을 본 미현이 빠르게 덧붙였다.

"오빠가 힘들지 않도록 나도 최대한 노력할게. 우리 재미있게 잘 살아 보자."

검은 옷의 조커는 매혹적으로 웃으며 이원과 이마를 맞댔다. 속삭임에 섞인 날숨이 달짝지근했다.

모리스와의 관계를 정리하겠다는 대답은 아니었다. 하지만 결혼 생활에 충실하기 위해 노력하겠다는 말 정도는 되는 것 같다. 이 눈치 빠르고 현명한 여자는 이원을 오래 알았고, 그의 결백함과 자존심이 감당할 수 있는 마지노선을 세심하게 가늠하는 중이었다. 여기서 더 욕심을 내면 이원이 판을 엎을 수도 있다는 것을 알고 한 걸음 물러선 것이다.

……여기까지가 내가 얻을 수 있는 선이구나.

이원은 참담함을 누르고 조용히 여자의 뺨에 입을 맞췄다. 바짝 말라서 꺼풀이 일어난 입술에서 건조한 소리가 났다.

그날 밤, 이원은 지친 몸을 끌고 사제관을 찾아가 주임 신부에게 아버지의 유언과 자신의 약혼 소식을 고했다. 괜히 무리한 청을 드려 주임 신부님과 주교님까지 번거롭게 해 드려서 면목이 없다고 사죄하던 그의 얼굴은 담담하고 차분했다.

집에 돌아온 그는 며칠 동안 식사도 거른 채 몹시 앓았다. 체온은 39.3도에서 쉽게 떨어지지 않았다. 그는 가끔 흐느끼는 것처럼 오래오래 신음했다.

8

꿈☆은 이루어진다

꿈☆은 이루어진다.

낡고 오래된, 멍청할 정도로 낙천적인 이 문장은, 우연이 유치원에 다닐 때 유행했던 마법의 주문이었다. 우연은 월드컵 광풍 따위는 몰랐지만, 사람으로 꽉 찬 광장이 빨간 것들로 가득했던 장면과 리듬감 있는 박수 소리, 그리고 아빠가 열심히 세뇌했던 저 마법의 주문만큼은 똑똑히 기억하고 있었다.

우연은 마법의 주문대로, 자신의 꿈이 이루어지기를 간절히 기원했다. 아빠엄마가 없는 곳에서 살고 싶어요. 경희네 집에서 살고 싶어요. 미연이로 다시태어나면 좋겠어요. 유치원 선생님하고 살고 싶어요.

하지만 시간이 흐르면서 엄마 아빠가 없어졌으면 좋겠어요, 하는 소원이 불쑥 치받아 오를 때가 많아졌다. 그럴 때마다 화들짝 놀라 얼른 반성하고 잊으려 애썼지만, 불쑥불쑥 치솟는 횟수는 점점 많아지고 죄책감은 점점 희미해졌다.

그러다가 루돌프와 산타의 정체를 알게 될 때쯤, 우연은 빌기를 그만두었다. 저 멋진 마법의 주문이 당시 대한민국을 매혹하고, 지금까지 이어질 수 있었던 진짜 이유를 알아차리고 말았던 것이다.

원래 꿈이란 '이루어지지 않는 것'이었다. 그래서 사람들이 열광했던 거였다. 소원이 원하는 대로 이루어지면 사람들이 열광할 리가 없다. 밥을 먹으면 똥이 나오는 것처럼 당연한 일에 대체 누가 열광한단 말인가? 한국말에서 꿈과 꿈이 같은 발음인 데는 다 이유가 있다.

그렇다 보니, 우연은 난데없이 꿈이 이루어지면 당황스러웠다. 요정이 눈앞에 뿅 나타나 호박 마차를 만들어 주는 것과 비슷한 느낌이었다. 꿈이란 깨지라고 있는 것이고, 꿈속에만 처박혀 있어야 옳은 것이다. 꿈이 현실에서 이루어지면, 그 현실이 꿈 같고, 정상이 아닌 것 같고, 12시가 되면 다시 찌그러진 호박이 되어 버릴 것만 같았다.

아마 그래서일 것이다. 우연은 쉼터에 숨어 있는데도 불안감에서 벗어날 수 없었다. 아빠는 뒤끝이 길고 집요하기로 소문이 파다했다.

언제가 엄마가 우연까지 버리고 도망을 친 적이 있었다. 아빠는 생전 처음 가보는 강원도 찜질방에서 기어이 엄마를 찾아내 끌고 왔다. 만용의 결과는 참담했다. 엄마는 코뼈가 주저앉고 세 군데 뼈가 부러졌다. 어떤 새끼랑 눈이 맞았느냐, 눈깔을 파 버리겠다, 신고하거나 또 가출하면 그때는 처가 식구 사돈의 팔촌까지 사시미칼로 쑤셔 놓겠다, 기름 붓고 불 질러서 셋 다 같이 죽고 말겠다……. 그 협박이 실제 상황이 될 수 있다는 것을 우연은 너무나 잘 알고 있었다.

엄마는 아빠를 신고하는 대신 주변 사람들에게 아파트 계단에서 굴렀다고 말했고, 우연은 엄마 말이 맞다며 옆에서 고개를 끄덕여야 했다.

아빠는 그때 엄마를 어떻게 찾아낸 걸까.

우연은 아직도 그것이 궁금했다.

아빠가 나를 찾아내면 난 어떻게 될까.

……그것은 전혀 궁금하지 않았다.

불안감이 휘몰아칠 때마다 우연은 연습장을 꺼내 그림을 그렸다. 이제는 아저씨를 그렸다. 아저씨만 그렸다. 지금까지 딱 한 번 만난 것뿐인데 어쩌면 그렇게 생생하게 기억이 나는지 몰랐다.

아저씨의 얼굴은 선이 정갈하고 아름다웠으며, 표정은 온화했다. 그 깊고 따뜻한 갈색 눈동자를 생각하면 불안감이 천천히 가라앉았고, 낮고 부드러운 목소리를 떠올리면 괜히 눈물이 났다. 손끝에서 나오는 아저씨의 얼굴은 다른 사람들의 그림과 달리 늘 따스하고 평화로웠다.

"너무 걱정하지 마. 엄마 아빠는 여기가 어딘지 몰라. 알려 주지 말라고 신신당부했어."

나이가 지긋한 신민희 복지사는 우연의 등을 다독이며 달랬다.

— 우연아, 너 대체 어디에 있는 거니? 밥은 잘 먹고 있니? 이 불쌍한 게 대체 어디에서 무슨 고생을 하고 있는 거야.

아빠의 울먹이는 목소리를 듣는 순간 소름이 쫙 끼쳤다.

……올 게 왔구나.

엄마 아빠와 관계된 번호는 다 차단해 놨는데, 031 번호라서 서림예대인 줄 알고 전화를 받은 게 화근이었다. 수화기에서 흘러나온 소리가 귓가에 친친 거미줄을 친다.

— 우연아, 너 잘 있는지만 확인할게. 제발 얼굴 한 번만 보자, 응? 있는 데가 어디냐.

— 아빠 화 안 났어. 우리 딸 학비를 왜 안 주겠니. 그림을 그렇게 잘 그리는데. 그날 아침에 엄마가 쓸데없는 말을 지껄여서 홧김에 한 말이지. 4년 치 학비에 기숙사비에 미술 도구들도 다 준비해 놨어.

익숙한 패턴이었다. 아빠는 평소에 얼마나 다정한지 모른다. 만약 집에 있었다면 이런 말을 듣고 눈물을 흘리며 안도의 한숨을 쉬거나, 다음엔 아빠 기분을 잘 맞춰 줘야지, 다시는 아빠 화 돋우지 말아야지, 하고 결심했을 것이다. 저녁때 죽을 것처럼 맞다가 아침에 다정하게 달래 주면 허겁지겁 그 말을 믿을 수밖에 없었다. 왜인지는 모르지만 하여간 그랬다. 다른 사람들의 생각과 달리,

믿음에는 선택의 여지가 없었다.

놀랍게도 지금은 믿어지지 않았다. 저런 뻔뻔한 사탕발림에 번번이 넘어가고 희망을 걸었다니, 믿을 수가 없었다. 단지 집을 떠났고, 며칠 동안 떨어져 있었던 것뿐인데, 심 봉사가 개안이라도 한 것처럼 또렷하게 보였다.

— 우연아, 요새 엄마가 많이 아파. 지난번에 너 찾는다고 돌아다니다가 길에서 쓰러져서 입원했었어. 자칫하면 죽을 뻔했다 우연아…….

끌려가면 끝장이다. 우연은 본능적으로 깨달았다. 저 애걸에 한마디라도 휘말렸다가는 물귀신에게 발을 잡힌 것처럼 지옥으로 질질 끌려갈 것이다.

그리고 인생에서 마포 대교 같은 이상한 행운은 두 번씩 찾아오지 않을 것이다.

우연은 한마디 대답 없이 전화를 끊고, 전화기를 쉼터에 맡겼다. 우연은 죽지 않고 살고 싶었고, 그러기 위해서라면 천륜이든 만륜이든 가차 없이 잘라 내야만 했다.

"진우연 너 어디 있어! 다 때려 부수기 전에 나와! 안 나와!"

결국 아빠는 쉼터를 찾아냈다. 어떻게 찾아냈는지는 알 수 없었지만 이제 중요한 건 그게 아니었다.

아빠는 정문에서 큰 소리로 우연의 이름을 불러 대기 시작했다. 진우연! 우연아! 고래고래 악을 써 대는 소리는 고막을 터뜨릴 것처럼 끔찍했다. 직원들이 뛰어나가서 만류했지만 소용없었다.

"우리 애긴 들어 보지도 않고 딸을 못 만나게 하다니 세상천지에 이따위 법이 어디 있어!"

결국 아빠가 직원들을 밀치고 쉼터 안으로 들이닥쳤다.

"내가 개 아빠야! 먹여 주고 입혀 주고 지금껏 기른 친아빠라고! 당신들 나한테 이러면 안 돼!"

"애 엄마, 우연이 없어지고부터 시름시름 죽어 가는데, 왜 철도 안 든 애 말만 믿고 이래? 왜 부모 얘기는 들어 보지도 않아! 애 엄마 죽으면 당신들이 책임질 거야?"

"애 키울 때 그 속 끓는 사정을 남들이 어떻게 알아? 당신들이 우리 우연이 친자식처럼 돈 싸발라서 키울 거야? 끝까지 학비 대고 생활비 대고 결혼 자금까지 대 주면서 키울 거냐고! 아니잖아! 엉!"

직원 서너 명이 달라붙었지만 그의 난동을 쉽게 막을 수 없었다. 다른 아이들이 여기저기서 술렁대는 소리, 날카롭고 신경질적인 비명이 복도 이곳저곳에서 간헐적으로 튀어나왔다.

방문을 걸어 잠그고 숨어 있던 우연은 나가지 못했다. 안 나간 게 아니고 못 나갔다. 복도에서 고함 소리가 쩡쩡 울리자마자 온몸이 뻣뻣하게 굳으면서 숨을 쉴 수가 없었다. 목을 감싸 쥐고 컥컥대며 바닥에 엎어졌다. 눈앞이 새하얗게 물들었다.

□　■　□

정신을 차리니 병원이었다. 시간이 얼마나 흘렀는지 모르겠고, 뒷일이 어찌 되었는지 알고 싶지도 않았다. 우연은 6인실 가장 구석에 놓인 침대에서 이불을 머리 꼭대기까지 뒤집어쓴 채 덜덜 떨며 시간을 보냈다. 문이 열릴 때마다 목이 졸리는 것 같았다.

아빠를 너무 만만하게 봤다. 세상을 너무 대책 없이 믿었다.

아빠가 그 깽판을 치고 갔으니, 쉼터에서 더 이상 머무를 수도 없을 것이다. 그런데 나가면 당장 갈 곳도 없다. 생각해 보니 돈도 없다. 새터비니 회비니 돈 나갈 구석만 점점 많아진다. 우연은 무릎을 끌어안고 멍하니 생각에 잠겼다.

이, 일단 아르바이트를 해야⋯⋯.

'아르바이트로는 학비는 고사하고 생활비 대기도 정신없을 텐데.'

아저씨가 안타깝게 혀 차는 소리가 들린다. 아저씨를 생각하니 조건 반사처럼 다시 눈물이 고인다.

아저씨 말이 맞다. 알바를 죽어라 해도 문제가 해결되는 게 아니다. 엄마가 한 달 사는 데만 150은 들 거랬다. 학비랑 비싼 재료비랑 저 잡다한 고지서들만 따져도 한 달에 100만 원은 모아야겠지. 학교는 지금 국가 장학금, 학자금 융자가 안 되는 상태고, 나중에 된다고 해도 부모님 동의가 없으면 신청 못 한다고 했으니까.

"흐으, 씨, 알바로 한 달에 250을 어떻게 벌어, 25만 원도 아니고……."

눈물이 멎지 않는다. 500만 원 내는 것만도 꿈같았는데 두 달마다 500만 원을 벌어야 한다니. 아빠 체육관에서 밤 10시까지 개쌍욕을 먹으며 일하는 현미 언니도 한 달에 145만 원밖에 못 받는데, 숫자에 약하고, 일도 야무지게 못 하고, 인사 하나 싹싹하게 못 하고, 말도 어물어물하는 내가 어떻게 그 큰돈을 벌어. 하다못해 이제는 무서워서 병실 밖에도 못 나갈 지경인데 무슨 재주로.

결국 잘 버틴다고 해도 한 학기가 끝인 건가?

마포 대교 위에서 아저씨에게 울며불며 고맙다고 할 때까지만 해도 미래는 온통 장밋빛으로 보였는데, 이제 눈앞에 보이는 것은 지옥도의 맹렬한 불꽃뿐이었다. 그러고 보면 장밋빛과 지옥도의 불꽃 색깔은 꽤 비슷하기도 했다.

생명의 다리 위에서 느꼈던 감정도 그와 비슷했다. 한강의 색은 얼핏 보기엔 푸르고 싱싱한 생명의 색으로 느껴지지만, 눈을 잠시 착각하게 만드는 화이트 몇 조각의 반짝임을 제외하면 블랙, 다크 그레이, 인디고, 프러시안블루 따위로 분해되는, 죽음에 어울리는 색깔이었다. 다리에 씌어 있던 아름다운 문장들은, 어두운 색깔을 잠시 망각하게 하는, 작게 반짝이는 하이라이트 조각일 뿐이었다.

□ ■ □

"우연아, 좀 어떠니? 지금 좀 일어날 만해?"

"시, 신민희 선생님······. 어?"

멍하니 눈을 깜박거렸다. 복지사 선생님 뒤로, 검은 양복 차림의 낯익은 사람이 따라 들어오고 있었다.

······이원 아저씨?

우연은 인사도 하지 못하고 이불을 확 뒤집어썼다. 놀라서인지, 반가워서인지, 창피해서인지, 하여튼 심장이 크게 벌떡거렸다. 아저씨는 가까이 오려다 우연을 보고는 눈을 크게 뜨고 움직임을 멈췄다.

"부······모님께서 쉼터까지 찾아오셨다고 들었어요. ······쓰러졌다고 해서 걱정 많이 했어요. 팔은 좀 괜찮아요?"

"······네. 골프채에, 마, 맞았는데, 다행히 왼손만 부러졌어요."

"그······래요, 다행이네요."

"아빠가, 술이 덜 깨서, 그, 빡대가리가, 오른쪽 왼쪽을 헷갈렸나 봐요······."

간신히 이불 밖으로 얼굴을 내민 우연은 아저씨를 향해 애써 웃어 보였다. 하지만 웃음소리는 영 이상했다. 아저씨는 입 밖으로 튀어나오려는 말을 참으려는 듯 입을 꽉 다물었다. 어금니에 힘을 얼마나 주었는지 턱에 복숭아씨 같은 무늬가 자잘하게 생겼다.

— 혹시 전화받으시는 분이 한이원 씨 맞습니까? 저는 신민희 복지사라고 합니다.

이원은 삼우제 미사가 끝난 후에도, 며칠 동안 자리에서 일어나지 못할 정도로 심하게 앓던 중이었다. 하지만 우연이 입원한 병원에서 연락이 왔다는 말에는 정신이 번쩍 들었다.

"병원이요? 쉼터가 아니고 병원이란 말입니까?"

복지사는 우연의 부모가 쉼터에 찾아와 난동을 부린 일과, 우연이 '한이원 아저씨'와의 만남을 강력히 원하고 있다는 의외의 소식을 전했다.

— 아저씨에게 꼭 드려야 할 말씀이 있다면서 몇 번이나 신신당부했어요.

이원은 우연에 대한 이야기를 듣는 순간 가슴이 눌리는 듯 둔통이 일었다.

그 아이는 나에게 무슨 말이 하고 싶은 걸까.

……아니. 나야말로 할 말이 있는데.

나는, 자리를 지키기로 결정했다는 말을 해 주고 싶다. 내가 돌아가려 했던 그 길은, 네가 도망치라고 했던 길은, 힘들 때 도피하라고 만든 길이 아니라고. 그래서 미안하지만 네 충고를 받아들이진 못하겠다고.

그래서 난 네가 원망스럽고…… 진심으로 고맙다고.

이원은 눈을 감으며 짧게 대답했다.

"내일 바로 병원으로 찾아뵙도록 하겠습니다."

마, 맙소사. 이게 무슨!

병실에 들어선 이원은 벼락을 맞은 것처럼 충격을 받았다. 우연의 팔다리는 차마 눈 뜨고 볼 수 없을 만큼 새까맣게 물들었고, 왼쪽 팔에는 깁스까지 하고 있었다. 그런데도 우연은 아빠가 오른쪽 왼쪽을 헷갈려서 다행이라며 웃는다.

하지만 이원은 따라 웃을 수가 없었다. 목이 잠기고 입술 끝이 일그러진다. 이제는 남의 아픔에 이입하게 되는 것이 너무 고통스러웠다. 그녀는 고개를 숙여 머리카락으로 멍든 얼굴을 가리려고 애쓰며 중얼거렸다.

"아저씨, 미안해요. 시, 실은 아저씨 전화번호 아빠한테 알려 줄 생각은 없었어요. 귀찮게 해 드릴 생각은 없었는데……."

"귀찮기는 무슨, 내가 분명히 무슨 일 생기면 바로 전화하라고 했잖아요."

이원은 말을 하다 말고 입술을 피가 나도록 깨물었다.

내 잘못이다. 내가 도와준 방식이 얼마나 어리석었는지 이런 방식으로 알게 될 줄은 몰랐다.

그때 나는 저 아이를 도와야 한다는 당위는 인식했지만, 안전하게 보호해야 한다는 것까지는 헤아리지 못했다. 집에 가서 속수무책의 상황에 부딪치리라는 것까지 계산해서 대책을 세웠어야 했다.

적선하듯 500만 원을 주는 대신 경찰에 신고를 하고, 대학에 연락해서 지정 장학금 형식으로 전해지도록 했으면 아무 문제가 없었을 것이다. 그러면 저렇게 끔찍하게 얻어맞을 일도 없고, 신학기가 되면 안전하게 집에서 벗어날 수도 있었을 것이다.

나는 그때 몹시 지친 상태였고, 문제를 그 자리에서 쉽게 해결하고 싶었던 것뿐이다. 혹은 이 아이에게 인상적인 기억을 남기면서 가장 유리한 형태로 투자를 하고 싶었던 건지도 모른다.

"나한테는 미안해하지 않아도 돼요. 난 아무 일 없었어. 괜찮아요."

"괜찮기는 뭐가 괜찮아요! 아저씨까지 경찰에 잡혀갔었잖아요. 누가 모를 줄 알아요?"

우연이 울먹이며 빽 소리를 높인다. 이원은 고개를 갸웃했다.

"경찰에 잡혀간 적 없는데……?"

"거짓말하지 마세요! 엄마가 톡으로 다 남겨 놨어요. 아저씨가 경찰서 구석에서 조사받는 거 봤대요! 경찰 아저씨는 인상 빡빡 쓰고, 아저씨는 한마디도 못 하고 앉아 있었다면서요! 엄마가 거봐라, 뒤가 구리니까 대답 안 하는 거다, 경찰한테 저렇게 버티면 감방에 처박혀서 천년만년 썩을 거라고 그랬단 말이에요……."

우연은 두 손으로 얼굴을 가리고 울기 시작했다. 이원은 허둥허둥 변명을 늘어놓았다.

"아니야, 아니라니까. 붙잡혀 간 게 아니고, 걱정돼서 따라가 본 거예요. 정말이야, 설명도 충분히 했고, 별일 없이 잘 끝났어요. 그냥, 변호사 입회시키느라고 기다렸던 것뿐이에요."

울음소리가 멈춘다. 아이가 천천히 고개를 들자 얼룩덜룩 멍든 얼굴이 흩어진 머리카락 사이로 드러났다. 짠물에 잠긴 새까만 눈동자가 깜박깜박한다.

"경찰이 물어봐도 대답 안 해도 돼요? 그럼 감옥에 가지 않아요?"

"하기 싫으면 안 해도 돼요. 진술 거부권, 아니, 어쨌든 법적으론 아무 문제가 없어요."

"아저씨, 변호사도 사셨어요? 저 때문에요? 변호사 사는 데 돈 엄청 많이 든 다는데, 막 몇백만 원씩 들지 않아요?"

목소리가 안절부절못한다. 그런 건 또 어디서 들었어. 설마 그 돈까지 갚겠 다고 하는 건 아니겠지. 이원은 황급해 둘러댔다.

"……아니, 변호사는 음, 그, 그러니까 아버지, 친구분이에요. 돈…… 걱정 안 해도 돼요."

"정말이요? 그럼 아저씨 돈은 안 드는 거예요?"

이원은 경찰의 조사를 받을 때보다 더 난감한 기분이 들었지만, 잠자코 고개 를 끄덕였다. 물론 박 이사의 몸값이 고작 몇백만 원 단위는 아니었고 친구 아 들이라 공짜, 그런 말이 통하는 바닥도 아니었지만, 어쨌든 회사에서 월급을 주 는 거니 '아저씨 돈은 안 드는 거.'라는 말이 틀린 건 아니었다.

"아저씨 정말 감옥 가는 거 아니죠? 괜찮으신 거죠?"

우연은 바르르 떨리는 목소리로 재차 확인한 후에야 안도의 한숨을 쉬며 손 등으로 눈물을 훔쳤다.

신 복지사가 곁에 앉아 등을 토닥토닥 두드렸다.

"우연아, 오늘 병원에서 퇴원하고, 쉼터에서도 퇴소해야 하지 않을까 싶어. 아무래도 아빠가 쉼터 위치를 아셨으니 언제 또 오실지 모르고……."

올 게 왔구나. 각오는 하고 있었지만 머릿속이 써늘해진다.

"선생님, 그럼 전 이제 어디로 가요? 혹시 다른 쉼터에 갈 수 있나요?"

"다른 쉼터에 가는 건 아니고, 사실 이 문제로 너하고 의논할 게 있는 데……."

복지사 선생님이 살짝 웃으며 말꼬리를 길게 끌었다.

순간 겁이 더럭 났다. 서, 설마, 개강 전까지 집에 가 있으라는 건가? 혹시 복지사 선생님도 아빠를 잘 설득했다거나, 그래서 집에 돌아가도 된다는 말씀 을 하시려는 건가? 그리고 보면 임시 쉼터에 온 아이들은 대부분 가정으로 되돌아간다고 들었다.

우연은 신 복지사의 손을 뿌리치고 침대 구석으로 물러앉았다.

"다, 다시 집에 다시 가야 하나요?"

"우연아. 잠깐만……."

"가기 싫어요. 아빠가 이번엔 진짜 가만 안 둘 거예요. 옛날에 엄마도 도망 쳤다 강원도 찜질방에서 끌려왔는데 뼈가 개박살 나서 왔어요. 일주일 넘게 오줌 봉지 차고 기어 다녔단 말이에요. 돌아가면 전 끝장이에요. 이번엔 진짜로 손목 자를지도 몰라요. 으 씨……."

"맙소사. 우연아, 잠깐, 잠깐만."

뒤에 서 있던 아저씨가 지그시 주먹을 움킨다. 선생님이 허둥지둥 고개를 젓는다.

"아니야 우연아. 그게 아니라, 어떤 회사에서 너를 4년간 후원하기로 했다고 연락이 왔어. 오늘 아침에."

"네?"

우연은 입을 멍하니 벌린 채 복지사 선생님의 설명을 들었다. 그 알지도 못하는 회사는 우연이 대학을 졸업할 때까지 학비, 기숙사비, 식비, 미술 재료비 뿐 아니라 개인 생활비도 지급할 것이고 필요하다면 심리 치료비까지 전액 제공할 거라 했다. 그뿐만이 아니었다.

"그리고 기숙사 입소 전까지, 회사에서 운영하는 장학관에서 지내도 된대. 신학기 전 봄 방학이라 공실이 있다더라. 거기는 경호원이 상주하는 곳이라 걱정할 거 하나도 없어."

뭔가 이상했다. 우연은 눈물 맺힌 눈으로 복지사 선생님을 물끄러미 바라보았다.

이건 꿈일까, 아니면 거짓말일까.

마포 대교 때부터 믿을 수 없는, 아니, 이해할 수 없는 일들이 종종 일어나는 것 같다. 실감이 안 나니 감격이 다가오는 속도도 더뎠다. 우연은 얼빠진 목소리로 물었다.

"……왜요? 왜 그 회사에서는 그런 이상한 짓을 해요?"

대답은 바로 나오지 않았고, 우연의 목소리는 조금 더 커졌다.

"그 회사는 땅 파서 그런 일 하는 거 아니잖아요. 세금 걷어서 그런 일 하는 거 아니잖아요. 자기 지갑의 돈을 써서 하는 거잖아요. 그런데 왜 그런 이상한 짓을 해요?"

그것이 궁금해진 이유는 뒤에 서 있는 아저씨 때문이었다. 사람이든 회사든, 아무 대가 없이 생판 모르는 사람을 도와주려는 이유, 그 이해할 수 없는 호의의 정체를 알고 싶었다.

복지사 선생님은 대답하는 대신 묘한 얼굴로 뒤를 흘낏거리기만 한다. 아저씨한테 대신 대답해 달라는 건가? 왜?

아저씨는 두어 번 헛기침을 하더니, 내키지 않는 목소리로 대답하기 시작했다.

"음……. 기업의 복지 사업엔 여러 가지 이유가 있어요. 원하는 인재에 대한 선투자일 수도 있고, 세금 절감의 목적도 있고……."

그리고요?

"종업원이나 지역 사회와 장기적으로 상생하려는 목적도 있겠고……."

아저씨의 목소리는 점점 낮아졌다.

"……기업의 이미지 상승효과도 감안할 거고……."

설명이 길어질수록 우연은 점점 처량해졌다. 이따위 대답을 기대한 건 아니었다.

"아저씨…… 그냥 도와주고 싶어서 도와준 거라고 하면 안 되나요?"

아저씨는 말을 멈추고 우연을 빤히 내려다보았다. 어쩐지 '왜?'라고 따지는 것 같아서, 우연은 저도 모르게 어깨를 움츠리고 조그만 소리로 대답했다.

"아저씨처럼 순수하게 착한 마음으로 도와준 거라고 믿고 싶어서요. 오래오래, 많이많이 고마워하고 싶어서……."

아저씨의 미간이 깊이 일그러졌다. 우연은 아저씨가 왜 저런 표정을 짓는지 이해할 수 없었다. 가는 한숨 소리에 이어 내키지 않는 듯한 목소리가 흘러나왔다.

"어쩌죠. 나는 진우연 씨 생각만큼 순수하고 착하지 않은데."

마, 말도 안 돼! 목소리가 저절로 팩 치솟았다.

"다들 진짜 웃겨요. 착한 사람은 자기가 못된 줄 알고, 못된 사람은 자기가 착한 줄 알아요. 아빠는 자기가 너무 착해서 마누라가 무시한다고 엄마를 패고, 엄마는 자기가 너무 착해서 맞고 사는데 딸년까지 무시한다고 저를 패죠. 저를 살려 주고 도와준 사람은 착하지 않다고 자학이나 하고 있고요."

"착한 사람인지 아닌지, 그런 건 간단하게 판단하기 어려워요."

"어려울 게 뭐가 있어요. 남을 아프게 하는 건 못돼 처먹은 거고, 남을 행복하게 하는 건 착한 거예요. 그 간단한 걸 괜히 꼬아서 생각하니까 세상이 엉망진창이 된 거라고요. 재미로 친구들 왕따 시키는 애들만 봐도 알아요. 걔들요, 착한 척, 불쌍한 척 얼마나 쩌는지 아세요?"

이원은 우연의 날카로운 대거리를 나무라는 대신 희미하게 웃어 주었다. 잔뜩 주눅이 들고 말할 때마다 심하게 눈치를 보던 아이가, 자신 앞에서는 이렇게 싱싱하고 솔직하게 마음을 드러내는 것이 기특했다.

비록 날이 바짝 서고 다듬어지지 않은 반응이었지만 그것도 나쁘지 않았다. 상처가 안에서 곪다가 인격마저 망가뜨리는 것보다는 이쪽이 나았다. 드러난 상처는 감추어진 상처보다 치료하기 수월하다 들었다.

"그래요. 약한 것과 착한 것을 혼동하는 사람이 꽤 있긴 하죠. ……어쨌든 나는 착하다는 말을 듣기엔 너무 많이 부족해요."

"그래도 아저씨는 아무 이유도 없이, 생판 모르는 저를 도와주신 거 맞잖아요."

"그리 생각해 주니 고맙지만……. 그 얘기는 이쯤 할까요."

이원은 불편한 기색을 살짝 드러내며 말을 끊었다. 우연은 대놓고 거절당한 기분에 다시 풀이 죽었다. 시무룩한 얼굴로 복지사 선생님을 향해 고개를 돌렸다.

"선생님, 근데 그 회사 이름이 뭔가요?"

"이원메세나재단이라고 해. 세경그룹이나 얼마 전에 돌아가신 한세경 회장님 들어 봤지? 그 그룹 계열사인데, 예술인이나 어려운 학생을 돕는 사업을 전문적으로 하고 있어."

"이원? 이원이요? 우와."

우연은 눈을 동그렇게 뜨고 그 이름을 되풀이했다. 흥분한 목소리가 한껏 높아졌다.

"아저씨, 대박이에요! 그 회사 이름도 이원이래요. 아저씨하고 이름이 똑같아요. 아셨어요? 진짜 대박! 아저씨도 들어 본 적 있어요?"

아저씨가 한 손으로 턱을 매만지며 난처한 표정을 짓자, 복지사 선생님이 실룩실룩 웃음을 참으며 대신 대답을 해 주셨다.

"우연아. 네가 그 후원을 받아들인다고 하면 이 아저씨가 네 후견인 신청도 같이 해 주실 거야. 네 생일 전까지 서너 달 정도는 법정 후견인이 필요해서."

엥? 우연의 눈이 동그래졌다. 뭔가를 잘못 들은 것 같다.

"왜요? 왜 아저씨가……?"

"후견인은 학생이 속한 곳의 시설장이나 후원받는 곳의 운영자로 지정되는 경우가 꽤 있거든. 그럼 부모님 접근 금지 명령도 바로 신청할 수 있고."

"그러니까, 그런데, 그래서 왜요?"

문득 말을 멈췄다. 갑자기 어떤 생각이 불쑥 치솟았다. 어? 뭔가? 뭐지? 머릿속에서 수백 개의 퍼즐 조각이 한꺼번에 후다닥 맞춰진 것 같은데, 짠 하고 나타난 그림이 너무 현실감이 없었다. 이원메세나, 한이원, 세경그룹, 얼마 전에 돌아가신, 한세경 회장, 아버지 장례식, 계열사, 이원 아저씨, 후견인, 돈 많은 어벤져스, 엄마야 맙소사. 온몸에 소름이 쫙 끼치면서 저도 모르게 고함이 튀어나왔다.

"아, 아저씨! 대체 정체가 뭐예요!"

"내 정체는 음…… 아재미 뿜뿜하는…… 중년 꼰대 아저씨예요."

눈 색깔이 아름답고, 웃는 모습이 멋지고, 몸의 비율이 근사한 황금비인 아저씨는 조금 뒤끝이 있었다.

"그럼 앞으로 잘 부탁해요."

아저씨가 머쓱하게 웃으며 손을 내민다. 살짝 웃는 아저씨는 이제 보니 꽃중년이라기보다 수줍음 많은 소년처럼 보였다. 우연은 홀린 듯 손을 내밀어 그의 손을 맞잡았다. 우연의 손을 다 감싸 안을 만큼 크고 따뜻한 손이었다.

꿈☆은 이루어졌다.

9

두 개의 거래

"정말 더 안 사도 괜찮아요? 장학관 방에는 침대하고 책상, 옷장밖에 없어요."

"하지만, 3주도 안 돼서 기숙사 갈 건데요."

"어차피 기숙사에서도 필요한 거 아니에요? 사람이 사람답게 살려면 기본적으로 필요한 게 은근히 많을 텐데. 옷이나 침구 말고도, 하다못해 손톱깎이, 머리빗, 반짇고리까지 살다 보면 다 필요해요."

이원은 우연을 장학관에 데려다주는 길에 인근 백화점에 들러 필요한 물건을 사들이는 중이었다. 일단 멍든 얼굴을 가릴 야구 모자를 사고, 목도리를 사고, 당장 잠을 자야 하니 간단한 침구와 잠옷, 티셔츠와 막 입을 옷가지도 몇 개 샀다. 샴푸, 비누, 수건, 컵, 바닥의 냉기를 막을 러그와 슬리퍼를 사고 벽시계와 책상에 놓을 스탠드도 골랐다.

필요한 것은 자꾸 늘었다. 얼굴이 발갛게 상기된 채 뒤를 졸졸 따라오는 우연을 보면 자꾸 사야 할 것이 떠올랐다. 다리 위에서 얇은 교복 차림에 맨다리로 발발 떨며 서 있던 모습이 계속 생각나서, 이원은 안에 털이 빽빽하게 차 있는 코트와 긴 패딩, 무릎까지 오는 털 부츠, 두꺼운 양말 세트를 기어이 사게

했다. 거칠거칠하던 손등을 생각해서 바셀린과 좋은 로션, 가죽 장갑을 사고, 눈물과 땟물로 얼룩져 있던 신발이 떠올라 쿠션감이 좋은 운동화와 편한 구두도 한 켤레씩 신겨 보았다. 구두에는 정장이 필요할 거고, 그러면 맞는 가방도 한두 개는 있어야 할 거고, 정장에 어울릴 장신구도 한두 개는 있어야 할 것이다. 본래 피부가 흰 편이니 심플하고 세련된 로즈 골드 계열 주얼리가 잘 어울릴 것 같다.

일단 노트북은 몇 년은 편하게 써야 하니 사양 좋은 것으로, 지하 화방에도 들러서 기본 미술용품이라도 사 두라고 할까…….

……이건 뭘 어쩌자는 거지?

뒤에서 짐을 몇 뭉치씩 들고 따라다니던 홍연은 눈앞에서 벌어지는 사태를 도무지 이해할 수 없었다.

그래, 저 책임감 강한 상사께서, '후견인의 맡은 바 소임'을 충실히 이행하기 위해 노력하시는 건 잘 알겠다. 저 딱하고 재능 많은 예비 화가를 애틋하게 여기시는 것도 알겠다.

하지만 후견인이나 후원자는 부모가 아니다. 이런 건 그냥 정 관장에게 일임하거나 필요한 것을 정해진 범위 안에서 알아서 구매하라고 비용을 보내 주면 되는 일이다.

그렇다고 이원이 원래 쇼핑을 즐기는 족속이었느냐 하면, 그건 절대 아니었다. 그는 물욕이 거의 없었고, 필요가 넘친다고 느껴야 구매 목록에 올렸는데, 그나마 한번 사면 오래오래 아껴 가며 사용하는 스타일이었다. 그러다 보니 뭔가를 충동적으로 지르는 일도 드물었고, 어지간하면 퍼스널 쇼퍼를 통해 조용히 구매할 뿐이었다. 지금처럼 매장을 층층마다 휩쓸고 돌아다녔던 적은, 홍연이 알기로 단 한 번도 없었다.

물론 그렇다고 이원을 검소하고 소탈한 절약가로 보기는 어려웠다. 그의 구매 기준은 깐깐한 심미안을 충족시키는지 여부와 물건 자체의 품질로, 일단 마음에 들면 가격이나 브랜드 네임 따위에는 큰 의미를 두지 않고 반드시 손에 들였다. 그는 평상시의 식사에 앤틱 알빈의 은식기나 방짜 순은 반상기를 아무 위화감 없이 사용하면서도 양복은 소공동의 오래된 양복점에서 유행을 타지 않는 스타일로 맞추었고, 굽이 닳은 구두를 수선해 신는 일에도 거부감이 없었다. 심지어 신학교에 입학할 때 대부님께 선물받은 가죽 가방을 정성껏 길들이고 수선해 가며 12년째 곱게 사용하는 중이었다. 이원은 그것을 합리적이라 여겼고, 홍연은 그것을 귀족적인 마인드라 생각했다.

그런데 오늘은 아무래도 뭔가 좀 이상하다.

홍연은 두 번이나 짐들을 차에 옮겨 놓고 온 후, 우연이 화장실에 들어간 틈을 타서 최대한 정중하게 말했다.

"전무님. 지금이라도 채이정 실장을 콜하면 어떨까요. 바로 내려올 텐데요."

휴게실 소파에 앉아 허브차를 마시던 이원이 고개를 갸웃한다.

"피곤하십니까?"

"아뇨, 그건 아닙니다만, 전담 쇼퍼가 있는데 왜 굳이."

"그랬다간 저 애가 부담스러워할 것 아닙니까."

아니 지금은 안 부담스러울까요? 다 똑같은 돈지랄로 보일 텐데요.

……라는 말이 입 밖으로 튀어 나가지 않도록 홍연은 흠, 헛기침을 했다. 이원의 눈이 가느스름해진다.

"이상해 보입니까?"

"아닙니다."

홍연이 예의 바르게 웃으며 침묵하자 이원이 풀풀 웃으며 속을 털어놓았다.

"볼 때마다 불안하고, 걱정되고, 그러면서도 기특하고 애틋하고. 그래서 필요한 게 있으면 다 해 주고 싶은 마음이 드네요. 누이동생이 대학에 들어가면 기분이 이렇지 않을까 싶어요."

홍연은 얼빠진 얼굴로 상사의 얼굴을 바라보았다. 실제 누이동생이 있는 홍연은 저 말에 도저히 동조를 해 줄 수가 없었다. 상사의 궁금한 듯한 목소리가 이어졌다.

"그러고 보니 홍연 씨도 여동생이 있다 했죠. 동생이 대학에 들어갔을 때 어땠습니까?"

"이러지 않았던 건 확실합니다."

현실 남매의 진실은 상상하신 것과는 엄청 다릅니다. 홍연이 예의 바르게 말을 삼키며 어깨만 으쓱대자 이원이 재미있다는 표정을 짓는다.

"터울이 꽤 있다고 했었죠?"

"예, 일곱 살 터울입니다. 일전에 임용 고시 합격했다고 발령 대기하면서 아버지 매장에서 알바를 하는데, 일을 하러 가는 건지, 뻥을 뜯으러 가는 건지 모르겠습니다."

하, 하하하하, 이원이 유쾌하게 웃는다.

"홍연 씨는 동생 자랄 때 챙겨 주는 재미가 있었겠어요. 예쁜 옷이나 신발도 사 주고, 용돈도 주고, 출근할 때 학교까지 태워 주고, 외근 나갈 때 들러서 밥도 사 주고……. 제가 동생이 없어서 그런지 그런 모습이 참 부럽더라고요."

콜록, 콜록콜록, 홍연은 급하게 입을 가린 후, 속으로 맹렬히 부르짖었다. 아닙니다! 전무님이 모르셔서 그러는 겁니다! 실물 여동생이라는 생물은 결단코 그런 따사롭고 애틋한 감정을 불러일으키는 존재가 아닙니다아!

그래, 없어서 저러시는 게지. 몰라서 저러시는 게지. 어머니와 여동생 사이에 끼어 샌드백처럼 얻어터지며 살아온 홍연은 저 말도 안 되는 로망을 너그럽게 이해하기 위해 최선을 다했다. 자신은 그런 로망 따위는 눈곱만큼도 남지 않은 욜로 비혼족 사나이가 되어 버렸지만, 월급을 주는 상사의 로망까지 뭐라 할 수는 없지 않은가.

하긴, 한 전무라면 정말 그랬을 수도 있겠다. 엄마도 형제도 없이 엄하고 바쁜 아버지 옆에서 외롭게 자라서, 형제자매가 바글바글한 집을 늘 부러워했다고 들었다. 원래 정도 많고 동물이나 아이들도 그렇게 좋아하니, 우연 또래의 동생이라도 하나 있었으면 얼마나 예뻐하며 살갑게 챙겨 주었을까.

"아까 노트북을 사서 보냈어야 했는데. 가격표를 미리 치웠어야 했어요. 아니…… 그냥 좀 저렴한 쪽에서 골라 보라고 할걸."

이원이 한숨을 쉬며 말했다. 목소리에서 아쉬움이 뚝뚝 떨어졌다.

조금 전 디지털 가전 매장에 들른 그는 노트북 코너로 가서 원하는 사양의 프로세서와 메모리, 그래픽 카드 등을 쭉 적어 판매원에게 내밀었다. 그는 원하는 가격보다 원하는 사양을 우선하는 쪽이었다. 때마침 매장에는 그에 딱 부합하는 물건이 디스플레이되어 있었다.

다만 문제는, 등록금과 동일한 숫자의 가격표가 '눈에 잘 띄게' 붙어 있다는 점이었다.

"어, 아저씨, 이거, 가격 이상한 거 아니에요……?"

우연은 옷이나 이불, 가방을 살 때까지는 크게 부담스러워하는 기색이 아니었고—가격표가 안 보였으니까.—, 원하는 것도 망설임 없이 바로바로 낙점했다. 아저씨, 고맙습니다. 어떡해, 이거 너무 예뻐요. 잘 쓸게요. 와, 너무 좋아요. 완전 좋아요. 우연은 눈물을 글썽글썽, 발을 동동거리며, 고마워서 어쩔 줄 모르는 자신의 마음을 숨김없이 표현했다.

그녀는 취향이 뚜렷했고, 호불호의 표현도 확실했다. 무난한 것보다는 인상적인 것, 강렬한 톤의 포인트, 심플한 바탕에 파격적인 요소가 가미된 디자인을 좋아했다. 본인의 스타일이 확고하니 유행 따위도 전혀 신경 쓰지 않았다. 이게 더 예쁜 거 같아요? 저게 더 예쁜 거 같아요? 하고 의견을 묻는 일도 전혀 없었다. 특이하다면 꽤 특이했다.

하지만 그것은 어디까지나 '가격을 몰랐을 때'의 일이었다. 디지털 가전 매장에 들어설 때만 해도 달뜬 표정을 숨기지 못하던 우연은 가격표를 보자마자 파랗게 질린 얼굴로 걸음을 멈췄다.

"안 사도 돼요. 필요하면 제가 나중에 살게요."

우연에게 '500만 원'은 자신의 힘으로 도저히 갚을 수 없는 금액의 분기점

정도로 여겨지는 듯했다. 이원은 얼른 따라가 달래듯 말했다.

"어차피 필요하니까 불편하게 지내지 말고 구매해요. 처음에 저렴한 걸 사면 금방 사양이 낮아져서 바꿔야 하니까, 처음부터 제대로 된 물건을 들이는 게 나아요."

"안 필요해요, 하나도 안 필요해요. 정말이에요."

"포토샵이나 일러스트 같은 프로그램은 안 배울 거예요? 아예 프로그램까지 깔아서……."

전무님, 프로그램들도 몇십이 아니라 백 단위인데요. 홍연이 뒤에서 입을 뻐끔거리기 무섭게 우연이 단호한 얼굴로 고개를 저었다.

"저는 회화과니까 괜찮아요. 포토샵 그런 거 안 할 거예요. 그리고 기숙사에 공용 컴 있대요. 그거 쓰면 돼요."

이원은 우연의 눈썹이 파르르 떨리는 것을 보며 잠자코 물러났다. 우연이라는 아이는 늘 겁에 질려 있었지만 자기 의견만큼은 확실했고, 적어도 이원에게는 그 의견을 두려움 없이 표현하고 있었다.

그 행동은 어쩌면 '신뢰'라는 이름으로 부를 수도 있을 것 같았다.

그리고 저 아이가 부담스러워하는 일은, 그게 무엇이든 하고 싶지 않았다.

쇼핑을 끝낸 이원은 장학관까지 따라가 짐 정리 하는 것을 도와주었다. 장학관의 정재경 관장이 화들짝 튀어나와 직접 방으로 안내해 주었다. 1인실은 꽤 좁았지만 창문이 커서 환했고, 깨끗하게 청소가 되어 있었다. 다만 가구는 정말 침대와 책상, 옷장 말고는 아무것도 없었다.

우연은 짐 정리를 시작한 지 1분 만에 작업에서 퇴출당했다. 팔이 불편해서 제대로 일을 하지 못하는 것도 있었지만, 정리 정돈 능력이 심각하게 부족했다. 이원이 하나를 정리하면 우연은 다섯 개를 어질렀다. 강박에 가까운 정리벽이 있는 이원이 보기에, 우연은 그냥 가만히 있는 게 도와주는 거였다.

결국 우연은 의자에 꼼짝 말고 앉아 있으라는 벌을 받았다. 그녀는 잘생긴 정리 요정이 침구를 구김 없이 쫙 펴서 네 귀퉁이 각을 잡아 빠르게 침대를 세팅하고, 옷을 크기대로 착착 걸어 놓고, 욕실 수건을 백과사전처럼 각 맞춰 꽂아 넣는 것을, 눈을 반짝이며 열심히 구경했다. 한 가지 정리가 끝날 때마다 아낌없는 환호와 박수가 터져 나왔다.

"와……. 아저씨는 어쩌면 그렇게 정리를 잘하세요? 세탁소나 청소 요정 알바 같은 거 하시면 돈 진짜 많이 버실 것 같아요."

"맞아요. 호텔에서 하우스키핑을 반년 동안 해 봤는데 적성에 잘 맞더라고. 내 생각에도 그쪽으로 나갔으면 대성했을 것 같아요."

두 사람의 해맑은 대화를 들은 홍연은 뒤에서 쓴웃음을 지었다.

이원이 후계자 수업을 위해 성일호텔에 순환 배치를 받았을 때였던가. 우 상무가 그를 골탕 먹인답시고 반년간 하우스키핑과 세탁만 시킨 적이 있었다. 이원은 그 일을 불평 한마디 없이 묵묵히 해냈고, 한 회장 역시 아들이 그곳에서 수모를 당하는 것을 알고 있었지만, 이원이 한마디도 하지 않았기 때문에 잠자코 지켜보기만 했다.

1년의 순환 근무 기간 동안, 그는 호텔 핵심 직원들을 절반 넘게 자기편으로 만든 후 온갖 자료와 정보를 산더미같이 확보해 홀딩스로 되돌아갔다.

2개월 후 한 전무는 세경홀딩스에 '성일호텔 영업 이익 개선 방안'이라는 보고서를 제출하며, 성일호텔과 우 상무의 경영상 문제점을 그야말로 가을철 볏단 타작하듯 맹렬하게 두들겨 댔다. 동일 매출 가정에서, 적자 상태의 호텔에 22%의 영업 이익 상승 방안도 함께 제시했다. 우 상무는 새파란 게 아무것도 모르고 날뛴다고 이를 갈며 펄펄 뛰었지만, 누나인 우성희 이사와 대판 싸운 끝에, 제안의 일부를 슬그머니 수용할 수밖에 없었다.

어쨌든 그때 배운 가닥이 여전히 남아 있는지, 이원이 직접 정리한 방은 20분도 되지 않아 호텔 스위트룸처럼 반드르르해졌다.

그가 이 방에서 저지른 단 한 가지 실수는 보일러 온도를 무려 27도로 세팅해 놓았다는 점이었다. 무슨 이유인지 모르지만, 이원은 저 아가씨를 쪄 죽일 작정인 듯했다. 정리를 마쳤을 때 그의 이마에는 땀방울이 숭얼숭얼 얽혔고, 창문에는 보얗게 습기가 차 있었다.

최 실장이 음료수라도 사 오겠다며 나간 틈을 타서, 이원은 우연에게 사과했다.

"그때 많이 놀랐죠. 얼마나 아팠어요."

"……네. 정말 죽는 줄 알았어요. 마포 대교에서 간신히 살아왔는데, 하마터면 집에서 죽을 뻔했지 뭐예요."

우연이 배슬배슬 웃으며 살그머니 고개를 숙였다.

이원은 의외의 대답에 빙긋 웃었다.

아까부터 생각한 건데, 이 아이는 말하는 방식이 꽤 독특했다. 보통은 이럴 때 괜찮아요, 라거나 이제 많이 나았어요, 라고 할 텐데. 쉽게 겁에 질리고 눈치를 보는 태도와 달리 자기주장이 확고하고 표현도 거침이 없었다. 본래 타고난 성격이 그런 걸까. 그렇게 짓눌린 환경에서도 이런 성격이 살아남는구나. 놀랍다면 놀라웠다.

"이렇게 다치게 한 거 미안해요. 내가 생각이 짧았어요. 학교에 얘기해서 지정 장학금 같은 거로 처리할 수도 있었을 텐데. 그럼 아버지도 의심 안 하고 이런 고생도 안 했을 텐데."

우연이 고개를 반짝 든다. 못 들을 말이라도 들은 듯, 눈이 커다라니 벌어져 있다. 길고 진한 속눈썹이 파들파들 떨리는 것이 보인다.

"왜…… 아저씨가 사과를 하세요? 때린 아빠는 찍소리도 안 하는데? 아저씨는 저한테 사과를 하실 게 아니라 고맙다는 인사를 받으셔야 하는 거 아니에요?"

"……자, 잠깐만."

"아저씨가 신고도 해 주셨다면서요? 신고 안 해 주셨으면 저 정말 손모가지가 아니라 모가지가 부러져서 죽었을지도 몰라요. 지금까지 저나 엄마가 맞을 때 신고해 준 사람은 한 명도 없었단 말이에요……."

분노로 파들파들 떨리던 눈에는 어느새 눈물이 그렁그렁했다.

"아저씨는, 저, 저한테 무슨 짓을 하셨는지 제대로 아셔야 해요. 아저씨는요, 제 목숨을 구해 주고, 인생을 완전히 새로 시작하게 해 주신 거예요."

"알았어, 알았어요. 그런 말 안 할게요. 그만."

이원은 의자를 끌어당겨 우연의 어깨를 가만히 두드려 주었다. 하지만 우연은 목을 쥐어짜듯 끝까지 말을 이었다.

"저, 저는 리셋…… 버튼 누르고 인생…… 새로 시작한 거예요. 저, 저는 어, 어떻게 은혜를 갚을지도 모르겠는데, 고맙다고, 정말 고맙고 죄송하다고 말씀이라도 드리려고, 복지사 선생님한테, 얼마나 부탁을, 근데, 아저씨는 왜 계속 뭔가를 해 주면서, 자꾸, 미안하다고, 제발 그러지 마세요……."

아저씨, 고맙습니다. 정말 고맙습니다. 정말 고맙습니다. 그녀는 이원의 무릎 위로 짠물을 뚝뚝 떨구며 하염없이 같은 말을 되풀이했다.

이원은 명치가 점점 묵직해지는 것을 느꼈다.

이러지 마. ……나는 이런 감사를 받을 자격이 없어.

목숨을 구해 준 건 사실이다. 재능을 꽃피울 수 있도록 첫걸음을 떼게 해 준 것도 사실이다.

하지만 그것은 온전한 호의나 조건 없는 순수한 도움이 아니었다. 잘만 키우면 거대한 이익을 가져다줄 작은 천재, 대형 화가가 되리라는 기대, 신이 허락한 놀라운 재능을 돈으로 지배하려는 욕망이 숨어 있었다. '너는 저 아이의 재능을 꽃피우고, 그 눈부신 이름에 기생하는 제2의 메디치가 될 것이다.' 라고 속삭이는 목소리를 분명히 자각하고 있지 않았던가.

감정의 한쪽 끝이 당겨지자, 뱃속에 엉겨 있던 자괴감 덩어리가 폭포처럼 쏟아져 내렸다.

나는 그날 두 개의 거래를 했다. 아버지의 시신 뒤에서는 내 몸뚱이와 남은 인생을 돈으로 맞바꾸는 거래를 했고, 생명의 다리 위에서는 그렇게 얻은 돈으로 신이 내린 재능을 포획하듯 거래했다. 너절한 욕망은 호의와 동정이라는 가면으로 매끈하게 가려졌을 뿐이다. 호의와 동정이 실제로 없었던 것은 아니니

가면은 더욱 그럴듯했을 것이다.

나의 생각과 행동은 얼핏 보면 호의와 헌신, 희생으로 가득 차 있는 것 같지만, 한 겹만 들추어 보면 더러운 욕구와 이기적인 계산으로 꽉 들어차 있다. 심지어 그것을 인식조차 못 하도록 스스로를 세뇌하기도 한다. 나는 속물덩어리일 뿐 아니라 위선자이기도 하다.

네가 그날 내 속을 파헤쳐서 알려 주지 않았으면, 나는 여전히 진실을 깨닫지도 못하고 아버지나 미현이를 원망하며 갈팡질팡하고 있었을 것이다.

어느새 우연은 허리를 구부리고 이원의 가슴에 머리를 댄 채 울고 있었다. 이원은 작은 어깨를 밀어 내지 못하고 망설였다. 우연은 날개가 부러진 작은 새처럼 떨며 흐느꼈다. 와이셔츠가 축축하게 젖는 것이 느껴졌다.

이원은 그녀의 어깨를 밀어 내는 것을 포기했다.

"……그래. 지금까지 잘 견뎌 줘서 장해요. ……고맙고."

이원은 한참 만에야 잠긴 목소리로 더듬더듬 말을 이었다. 최 실장이 얼른 와야 할 텐데, 싶다가도 지금은 절대 오면 안 되는데, 하는 생각도 들었다. 제발 이 아이의 눈물만 멈출 수 있다면, 아니 이 자리를 피할 수만 있다면 무슨 짓이든 할 수 있을 것 같았다.

우연이 눈물로 뒤덮인 얼굴을 들고 살그머니 묻는다.

"그런데 아저씨, 여쭤볼 게 있는데요."

"그래요."

"아저씨는 제가 싫으세요?"

……뭐?

이원은 이 상황에서 어떻게 이런 질문이 나올 수 있는지, 아이의 사고의 흐름이 진심으로 궁금했다. 이 아이의 생각은 가끔 난데없는 방향으로 튀는 듯했다. 왜 4차원 또라이라는 별명이 생겼는지도 이해가 될 듯하다.

"싫을 리가 있어요? 왜 갑자기 그런 말을 해요?"

"그런데 왜 자꾸 존댓말 하세요? 혹시 제가…… 마음에 안 드세요?"

"진우연 씨…… 잠깐만요, 뭐?"

"왜 아직도 저한테 진우연 씨라고 해요? 드라마에 나오는 노티 나는 부장님 같잖아요."

방문 앞에서 짧게 헛웃음 삼키는 소리가 들린다. 최 실장이 들어오려다 우연이 우는 소리에 못 들어오고 있었던 모양이다. 이원은 당황한 것을 넘어 어이가 없었다.

"그게 무슨 말이에요? 분명 그때 학생이라는 말이 싫다고 해서……."

"이제는 우연아, 라고 하실 수도 있잖아요. 친구들처럼 우연아, 4차원 또라이 진우연, 이렇게."

잠시 말문이 막혔다.

"……나는 원래 모르는 사람한테는 나이가 어려도 말 내리지 않아요. 존댓말 듣는 게 더 기분 좋지 않아요?"

"이젠 좋지 않아요! 아저씨하고 저하고 이제 모르는 사이도 아니잖아요."

뭐 썩 잘 아는 사이도 아니잖아. 이원의 당황한 얼굴에 우연은 눈을 내리깔고 중얼거렸다.

"아저씨 존댓말은 너무 정중해서 느낌이 이상해요. 너와 가까워지기 싫다, 하는 것처럼 들려요."

이런 맙소사. 뒤통수를 정통으로 맞은 것 같다.

맞다. 정중한 말에 깃든 격식과 예의는 사람들 사이에 거리를 만든다. 이원은 이 적절한 거리감을 사랑했다. 공감이 너무 지나쳐 남의 고통마저 깊게 이입하던 소년 이원의 애처로운 방어 기제에서 시작된 습관이었다.

다만, 만난 지 얼마 되지 않은 우연이 그런 것까지 느끼고 있을 줄은 몰랐다.

하긴, 이 아이는 처음 만났을 때, 나조차 모르는 내 마음을 가장 먼저 읽어 준 사람이었다.

이원은 당황한 마음을 제대로 감추지 못한 채 대답했다.

"어……. 그, 그래요. 그럼 말 내릴게요."

"우연아, 해 보세요."

"우연아."

우연이 흡족하게 고개를 끄덕인다. 우연아, 4차원 또라이 진우연. 낯선 느낌이 익숙해지도록 몇 번 되풀이했다. 우연은 손바닥으로 눈가를 빡빡 문지르더니 살그머니 웃으며 네에, 아저씨, 네, 이원 아저씨, 하고 대답한다. 우연의 눈매는 이럴 때 꽤 순진하고 귀여워 보였다. 이원 아저씨, 자신의 이름이 붙은 호칭이 귀에 간지럽게 감겼다.

"거봐요. 얼마나 듣기 좋아요. 한 뼘쯤 더 가까워진 것 같죠?"

"그러네."

최 실장이 뒤늦게 들어와 탁자 위에 음료수 몇 가지를 내려놓는다. 과일주스 몇 개가 두서없이 튀어나온다. 이미 방은 후끈후끈 더웠고, 목이 마른 이원은 주스를 달게 마셨다. 우연의 목에서도 꼴락꼴락 경쾌한 소리가 났다. 이원은 왜인지 저 소리에도 가슴이 지끈거렸다.

"오늘 바로 접근 금지 가처분 신청할 거고, 정식 명령도 금방 나올 거니까 걱정하지 말고 편히 지내. 메세나재단에서 정식으로 후원 들어가니까 이따 정 관장님한테 인적 사항 알려 드리고."

"네."

"하고 싶은 거 있으면 이제부터 눈치 보지 말고 다 해. 이젠 말릴 사람 아무도 없으니까."

"당연히, 당연히 그럴 거예요……."

입은 웃고 있는데 입꼬리는 가늘게 떨리고 있었다.

"이제부터는 하고 싶은 건 다 하고, 하기 싫은 건 하나도 안 할 거예요. 엄마 아빠는 절대 만나지 않을 거고, 집 근처는 가지도 않을 거고……."

"그럼."

"하루 종일 맘껏 그림만 그릴 거예요. 친구도 사귀고, 미팅도 하고, 놀 때는 신나게 놀고, 알바, 알바도 할 거예요. 돈 열심히 모아서 아저씨한테 빚진 거 얼른 갚을 거예요."

"……그래."

대답을 하는데 자꾸 목이 잠기는 것 같다.

"술도 마셔 보고, 담배도 한번 피워 보고, 화, 화장도 하고, 머리 하얗게 탈색도 하고, 배꼽 같은 데 피어싱도 해 볼 거예요."

"……그래, 그래."

이원은 우연을 내려다보며 잠시 생각에 잠겼다. 희한한 일이다. 어지간히 반듯하고 의지 굳은 학생이나 너드 모범생이 아니라면, 술이나 담배, 화장 따위를 시작하는 건 보통 중·고등학생 때 아닌가? 물론 성매매 채팅 앱까지 깔았었다는 저 아이가 반듯하고 의지 굳은 모범생이었다고 보기엔 상당히 무리가 있지만, 자신이 생각했던 '되바라지고 발랑 까진 아이'와도 꽤 거리가 있는 듯했다.

"이제부터는 하고 싶은 말도 겁내지 말고 해 봐. 다른 사람들은 엄마 아빠처럼 멋대로 화내고 때리지 않아. 남에게 피해를 주거나 마음 아프게 하는 말은 안 되지만, 남과 다른 의견을 말한다고 비난받을 이유는 없어."

"……네."

우연이 시선을 똑바로 맞추며 비장하게 고개를 끄덕인다.

아마 저 아이는 다른 사람과 편하게 이야기하고, 제대로 된 대인 관계를 형성하기 위해 많은 노력을 해야 할 것이다. 그 과정이 생각보다 힘들 수도 있다. 하지만 저 아이는 그것을 피할 생각은 없는 듯했다.

'걱정하지 마세요. 열심히 해 볼게요.'

'제가 잘하나 봐 주세요. 끝까지 봐 주세요.'

우연이 그를 향해 다짐하는 말이 똑똑히 들리는 것 같다. 비장한 각오와 눈물, 웃음이 뒤섞인 그녀의 표정은 설명하기 어려운, 이상한 감정을 불러일으켰다.

새까맣게 젖은 눈이 반짝거리며 빛을 내기 시작했다. 얼룩덜룩 멍든 얼굴인데도 생동감이 넘쳐흐른다. 신에게 놀라운 재능을 선물받은 저 아이는 이제 손목 발목의 족쇄를 모조리 끊고 세상으로 날아가려고 하고 있었다.

이원은 새 인생을 시작한 저 아이의 반짝이는 미래가 부러웠다. 반면 자신에게 남은 것은, 길고 지루한 시간. 거룩한 사명도 잃고, 삶의 기쁨도 잃고, 행복에 대한 기대마저 사라진 황량한 미래와 원치 않았던 것들뿐이었다. 이원은 잠시 헛기침을 했다. 저 아이를 볼 때마다 느껴지던 목이 죄는 듯한 통증의 정체가 이걸까. 확실치 않았다.

'그래도 잘했다, 이원아.'

누군가가 속에서 새로 말하기 시작했다.

'넌 옳게 행동한 거야. 저 얼굴을 보렴.'

'너는 저 아이에게 날개를 달아 준 거야. 잘한 거야. 정말 잘한 거다.'

돌아가신 아버지의 목소리 같기도 하고, 엄하게 보속을 명하며 부드럽게 위로하던 신부님의 목소리 같기도 하고, 혹은 어렸을 적에 들었던, 아주 높은 곳에서 내려오는 깊고 부드러운 울림 같기도 했다.

지금껏 태연한 척 삼켜 넣었던 오열이 때를 모르고 튀어나오려 한다. 꿀꺽, 꿀꺽, 이번에도 이원은 목구멍을 넘어오려는 덩어리를 필사적으로 삼키고 웃어 보였다. 서른둘은 눈물에 자유로울 수 있는 나이가 아니었다.

"자 그럼 피곤할 테니 오늘은 푹 쉬자. 다른 준비는 내일부터 차근차근 하면 되니까. 입학 선물로 받고 싶은 건 없어?"

새까만 눈이 다시 동그래지더니 사방을 빙 돌아본다. 아니 지금까지 사 주신 이것들은 다 뭐고요? 쟁강쟁강 따지는 목소리가 들리는 것 같다. 이원은 싱긋 웃으며 고개를 저었다.

"이것들은 네 생활용품인 거고. 내가 개인적으로 하는 입학 선물과는 엄연히 다르지."

우연은 도대체 뭐가 뭔지 모르겠다는 얼굴로 눈만 깜박거린다. 이원은 아까 본 컴퓨터를 입학 선물이라고 하면서 그냥 보내 버리면 어떨까, 잠시 궁리했다. 화를 내지는 않겠지만 그래도 부담스러워하려나.

나도 참.

이원은 혼자 고소했다. 그는 물욕이 거의 없지만 한번 마음에 담은 것은 기어이 손에 넣고야 마는 이상한 고집이 있었는데 오늘은 그게 저 아이를 위한 선물에 꽂혀 버린 모양이다.

"입학 선물, 제가 원하는 거 말해도 돼요?"

고개를 들어 올린 우연의 발갛게 젖은 눈이 깜박깜박한다. 생생한 기대감이 화르르 뻗쳐오르고 있었다. 의외였다. 원하는 게 있었나? 그럼 아까 말해도 됐을 텐데.

"당연하지. 원하는 게 있으면 알려 줘. 최대한 구해 볼 테니. ······물론 너무 비싼 건 안 돼. 경복궁, 노이슈반스타인성, 만리장성, 그런 건 곤란해."

이원의 농담을 알아들은 우연은 눈가에 물방울을 매단 채 키득키득 웃었다.

"아저씨, 제가 나중에 아저씨한테 그림 그려 드린다고 약속했잖아요. 초상화."

"그랬지."

"그러면 당연히······ 모델도 해 주실 거죠? 어, 저기, 제가 아무리 기억력 상상력이 좋아도 전부 다 상상으로 그릴 순 없으니까요."

"······그야 그렇지. 그럼 선물이란 게, 나중에 모델······ 해 달라는 거니?"

어리둥절했다. 고작 그런 걸 선물로? 초상화를 원한다면 당연히 해 주어야 하는 건데?

대답은 바로 나오지 않는다. 이원이 화를 낼까 봐 겁내는 것처럼 작은 어깨가 둥그렇게 움츠러든다.

그래도 우연은 작은 목소리로, 도저히 잘못 듣지 못할 만큼 또렷하게 대답했다.

"누드모델······ 한······ 번만 해 주세요, 아저씨."

10

논 템타비스
(Non Temptabis, 시험하지 마라)

기가 막혀서.

이원은 창밖을 내다보며 혀끝에서 맴도는 말을 집어삼켰다. 우연의 맹랑한 대답은 회사에 돌아와서도 머릿속에서 맹렬하게 소용돌이치고 있었다.

'누드모델…… 한…… 번만 해 주세요, 아저씨.'

……살다 살다 정말 별소리를 다.

앞에서 서류철을 내려놓고 있는 최 실장도 평소와 달리 조용하기 짝이 없다. '알바 경력 15년에 성인군자 싸패 진상 삼천세계 인간 군상 종류별로 다 겪었다.' 하는 자칭 만렙 수행 비서도 그 제안에는 꽤 충격을 받은 눈치였다.

이원이 만년필만 빙빙 돌리는 것을 보고, 최 실장이 슬쩍 묻는다.

"아까 쉼터에서 들으셨던 말이 신경 쓰이십니까?"

"아뇨. 괜찮습니다."

그 대답이 나올 줄 알았다는 듯, 최 실장이 어깨를 으쓱하며 싱긋 웃는다. 이원의 '괜찮다'는 말은 최 실장에게 부도 수표와 다름없었다.

"그래도…… 기분은 좋으시겠습니다. 그렇죠?"

이런. 최 실장은 충격을 받은 게 아니었나? 나만 충격이었나?

이원은 실소하며 가장 위에 얹힌 결재 서류를 끌어당겼다. 하지만 아무리 들여다봐도 내용은 머리에 들어오지 않는다. 이원은 애꿎은 만년필만 집적거리다가 결국 서류철을 덮었다.

기분이 이상했다. 뭔가 한바탕 휘둘린 것 같은데, 아주 불쾌했던 것만은 아닌, 좀 종잡을 수 없는 기분이었다.

"실장님, 우연이가 그린 연습장 좀 가져와 보세요."

□ ■ □

"누드모델……? 글쎄. 그건 좀 어렵겠는데."

이원이 그 순간 태연하게 대답할 수 있었던 이유는 감정 표현을 절제해 온 습관 덕이었다. 우연이 자신에게만 말문을 열고 있다는 점과 의외로 당당한 태도도 그에 한몫했다. 뒤에서 숨을 몰아쉬는 소리가 들리는 걸 보면 홍연도 이원만큼 놀라기는 한 모양이다.

새까만 눈이 소르르 아래로 내려간다. 해 주실 수 있는 건 다 해 주신다면서. 실망에 잠긴 목소리가 들리는 것 같다.

"아무리 선물이라도 주는 사람이 내키지 않으면 못 주는 거지. 너도 누가 그런 부탁 하면 선뜻 들어준다고는 못 할 거 아니니."

"네. 그건 맞아요……. 혹시 아저씨도 몸에 흉터나 멍이 많아요? 그래서?"

우연이 풀 죽은 목소리로 대답한다. 이원은 한숨을 쉬며 고개를 저었다. 그녀의 사고 흐름은 독특한 것을 넘어 따라잡기가 좀 버겁다.

"다른 사람한테 맨몸을 보여 주고 싶지 않아서 그래. 난 집에서도 민소매 옷이나 짧은 바지 안 입는걸."

"꼭꼭 숨겨 두고 아저씨만 보시면 되잖아요. 어차피 다른 사람에겐 절대 안 보여 주고 바로 아저씨 드릴 건데."

우연은 자신 역시 '다른 사람'에 포함된다는 생각을 하지 못했다. 그녀는 고개를 갸웃하더니 미련이 남은 목소리로 조그맣게 묻는다.

"그런데 아저씨, 아저씨는 집에서도 나시나 러닝셔츠나 반바지 안 입어요?"

"왜 그게 궁금…… 안 입어."

이원은 집에서도 늘 제대로 옷을 갖춰 입고 지냈다. 어렸을 때부터 그랬다. 어려운 손님이 워낙 많은 집이었고, 가정 교육도 몹시 엄한 편이었지만 제 성격대로 스스로 가하는 통제가 가장 심했다. 아무리 집이라도 덥다고 웃통을 벗는다든가 속옷만 입고 거실을 활개 치고 돌아다니는 건 상상도 하지 못할 일이었다. 그게 이상하다고 생각한 적도 없었다.

"여름에 안 더워요?"

"냉방기 잘 돌아가서 괜찮아."

"수영 같은 것도 안 하세요?"

"전신 수영복을 입지."

대답을 하나씩 할 때마다 바보가 되어 가는 기분이었다. 우연의 시선도 점점 이상해진다. 뭐지 이 또라이 아저씨는? 속으로 중얼거리는 말이 들리는 것 같다.

"아저씨, 연애 같은 건 대체 어떻게 하셨어요?"

이쯤 되면 뭐라 말이 나오지 않는다. 그나마 '섹스는 대체 어떻게 하세요?' 하고 까발려 묻지 않은 게 다행이라 해야 할 지경이었다.

이원은 도를 넘어간 질문이라고 언짢은 내색을 할까 하다가 잠자코 입을 다물었다. 적어도 지금은 저 아이의 속에 맺힌 것을 최대한 끌어내는 게 우선이지, 말버릇과 예의를 따지며 훈계를 할 때는 아니었다. 행동 교정보다는 치료가 절대적인 우선순위임을 이원은 잘 알고 있었다.

무엇보다, 우연에게 화를 낼 자신이 없었다. 그러면 저 겁 많은 아이가 바로 눈물을 쏟을 텐데, 이원은 우연의 우는 모습을 보는 것이 유달리 힘들었다.

"그 이야기는 이쯤 하자. 대체 멋진 모델이나 배우들 사진 놔두고 왜 나 같은 사람 누드를 그리겠다는 건지 이유를 모르겠구나."

"네? 이유를 모르신다고요? 그 당연한 걸 정말 모르시는 거예요?"

'그 이야기는 이쯤 하자.' 라는 부탁은 어디로 날려 먹었는지, 우연이 믿을 수 없다는 표정으로 눈을 깜박거린다. 이원이야말로 날벼락을 맞은 기분이었다. 내가 누드모델이 되는 게 왜 당연한 거지?

"아저씨, 저…… 샤워하고 거울 안 보세요?"

이제 대화는 완전히 예측할 수 없는 방향으로 흘러가기 시작했다.

"……보는데."

"좀 잘빠지고 훤칠하고 멋지다…… 하는 생각 안 드세요?"

"안 드는데……?"

조금 전까지 눈물로 와이셔츠를 적셔 놓던 아이가 이제 도발적으로 눈꼬리를 발끈 치켜세운다. 이원은 저도 모르게 찔끔 말을 멈췄다. 공포가 사라진 상황에서 우연의 반응은 빛처럼 빠르고 즉물적이며 솔직했다. 앳된 목소리가 쨍 치솟았다.

"아저씨는 자신의 몸에 대해 어쩌면 그렇게 자각이 없으세요?"

"뭐, 뭐?"

"아저씨는 반성 좀 하셔야 해요. 거울에 비친 훤칠한 키나, 얼굴 몸통 1대 7, 배꼽 상하 5대 8이라는 퍼펙트 황금 비율에 대해서 정말 아무 생각도 없으세요? 거울 보시면서 오, 이 잘생긴 사나이는 누구지, 오, 오! 이렇게 황금 비율로 미끈하게 빠진 사나이는 대체 누구지, 하는 소리 안 나오세요?"

"아, 안 나와. 잠깐잠깐, 이봐, 우연아, 진우연 씨, 그, 그게."

"안 나온다고 하지 마세요! 나와야 정상이에요! 아저씨는요, 제가 이십 평생 봐 왔던 오빠들 아저씨들 중에서요, 몸매가 최고로 잘빠진 데다 근육의 양감도 훌륭하고 얼굴도 겁나 잘생긴 사람이에요! 아저씨에 비하면 다른 남자들은 죄다 말라비틀어진 꼴뚜기 같단 말이에요!"

푸우, 뒤에서 갑자기 웃음소리가 터졌다. 최 실장이 뒤늦게 입을 틀어막고 황급히 시선을 돌린다. 이원은 이런 상황은 난생처음 겪는 일이라 어물어물 꼬리를 내렸다.

"어, 그래. 내가 조, 좀 잘생기긴 했다⋯⋯는 건 안다."

등으로는 진땀이 쪼르르 흘러내리는데, 우연은 고개를 들고 따박따박 따지기까지 한다.

"그럼 왜 솔직하게 인정을 안 하고 자꾸 빼세요! 잘생겼으면 잘생겼다, 잘빠졌으면 잘빠졌다, 사람이 사실을 인정할 줄 알아야죠!"

"그럼 안 되지, 사람이 재수 없고 교만해 보이잖아."

"아닌 척하는 게 더 재수 없고 교만해 보이지 않아요?"

"아닌 척이 아니고, 사람은 원래 겸손해야 하는 거야."

"겸손하면 호구밖에 더 돼요? 그리고 잘생긴 사람이 잘난 척하는 건 교만한 게 아니에요. 있는 그대로의 사실이고 근거 있는 자신감이니까 괜찮아요."

"넌 외모 지상주의자냐. 사람을 공평하게 판단해야지 왜 외모로 차별해?"

"외모로 판단하는 게 불공평한 거예요? 그럼 머리 좋은 사람이 공부 잘하는 건 공평한가요? 목소리 좋은 사람이 성악가가 되는 건 공평한가요? 좋은 부모님 밑에서 태어나 사랑받으며 행복하게 사는 건 공평한가요? 그런 식으로 따지면 세상에 공평한 게 뭐가 있어요?"

"외면의 아름다움은 오래가지 않아. 진짜 오래가는 건 내면의 아름다움이야."

"아 진짜, 왜 자꾸 80살 할아버지 같은 말씀만 하세요? 아저씨같이 멋진 사람이 꽃중년이란 소리 대신 꼰대 아재 소리나 듣고 다니면 그 얼마나 비극이에요?"

충격을 받은 이원이 입을 벌린 채 대답도 못 하자 우연이 눈치를 보며 슬금슬금 말을 돌린다.

"아저씨가 저한테 그러셨잖아요. 하느님이 저한테 그림 재능을 선물로 주셨다면서요. 그럼 아저씨한테는 외모를 선물로 주신 거예요. 현대 사회에선 몸매나 얼굴이야말로 최고의 재능 아닌가요?"

눈치를 보는 주제에 속의 말은 또 다 한다. 말문이 터지니 자유분방하게 튀는 생각도 고스란히 튀어나오는데, 이 뒷감당이 보통 일이 아니다. 친구들에게 겁먹지 않고 이야기를 잘할 수 있을까 하는 걱정은 조금 접어 둬도 될 것 같다.

"그리고 하느님께서는 선물을 준 두 사람을 운명처럼 만나게 하셨죠! 이유가 뭐겠어요. 내가 준 환상의 재능으로 내가 준 환상의 몸매를 그려라, 그거 아니겠어요? 정 쪽팔리면 주요 부위 한 뼘만 살짝 가리면 되잖아요, 네?"

머릿속이 매시트포테이토가 되어 가는 것 같다. 이건 뭐, 건방지고 되바라지고 그런 수준을 넘어 놓으니 화도 안 난다. 우연이 성격이 원래 이런가? 세상에 다중 인격도 아니고 비포 애프터가 이렇게 다를 수가 있나. 최 실장은 뒤에서 입을 틀어막고 필사적으로 웃음을 참고 있었다.

이게 웃을 일은 아닌데……

제기랄. 이원은 고개를 숙이고 입을 가린 채 몇 번 헛기침을 해 보았다. 하지만 웃음을 너무 누르고 있으니 어깨가 자꾸 꿈틀거린다. 조금 전까지만 해도 안타깝고 비장한 마음뿐이었는데, 이젠 귀신에 홀린 기분이었다.

많은 천재 예술가들이 그렇듯, 우연 역시 호기심이나 생각을 적당한 선에서 끊지 않고 거침없이 가지를 뻗도록 내버려 두는 것 같았다. 이쯤이면 더 묻지 않겠지, 이 선까지 넘어오진 않겠지, 하는 안전거리가 아예 없었다. 먼 거리에서 흘끔대며 관찰하는 듯하다가 어느 순간 훅, 들이닥친다.

게다가 우연은 '상식적으로' '예의 바르게' '적당히' 걸러 말하는 법을 몰랐다. 모 아니면 도, 아예 입을 다물거나 생각하는 것을 모조리 쏟아 내거나 둘 중 하나였다. 원래 성격 탓인지, 불안정한 가정 환경 탓인지는 알 수 없었다. 물론 함묵증보다는 백배 낫지만, 이대로 놔둬도 되나 싶기도 했다.

"그러니까 아저씨, 딱 한 번만 해 주시면 돼요. 금방이면 돼요. 사진 같은 것도 필요 없어요. 아무도 안 보여 주고 혼자 그릴게요. 완성되자마자 바로 아저씨 드릴게요. 맹세해요. 비너스, 라오콘, 다비드상보다 질 좋은 몸매, 아니, 비율하고 양감이 이렇게 퍼펙트한 바디를 그림으로 남겨 두지 않는 건 범죄예요."

이원은 잠시 생각에 잠겼다. 사실 우연의 말은 거칠었지만, 의도는 불순하지 않았다. 채팅 앱이니 뭐니 하는 선입견을 제하고 생각한다면, 그냥 아름다운 육체를 그려 보고 싶다는 화가다운 욕심만 투명하게 읽혔다.

신의 선물을 받은 화가들 중 육체의 아름다움에 심취한 자들은 적지 않았다. 그들은 모델이 된 청년들의 젊음과 아름다움을 탐욕적으로 박제했다. 그리스, 로마, 르네상스, 신고전주의 시기 미술가들의 작품에서 보이는, 인간의 몸에 대한 노골적인 찬미. 이원은 그것 역시 인간을 빚은 하느님의 솜씨에 대한 찬가가 될 수 있다고 생각했다.

수백 년 전, 몇몇 운 좋은 청년들은 천재 화가의 모델이 되었다는 이유만으로 영원한 젊음과 불멸의 아름다움을 얻었다. 지금 나에게도 그런 기회가 온 것이다. 눈부신 재능이 없어도 돈으로 그 재능을 살 수 있고, 그 재능에 편승해 영원히 이름을 남길 수 있다고 생각하지 않았던가?

그래. 그 정도 수준의 작품이 나온다고 장담할 수만 있다면, 그리고 비밀리에 개인 소장만 할 거라면, 완전한 전라(全裸)도 아니라면.

눈 딱 감고 한번 해 볼 수도 있지 않을…….

"……!"

순간 이원은 번쩍 정신을 차렸다. 저도 모르게 고개를 끄덕이려 했던 자신을 믿을 수 없었다. 민망하고 창피하고 그런 건 둘째 치고, 누드모델을 해 주었다는 게 들통이라도 나면 그야말로 끝장이었다.

……내가 정신이 나갔구나.

"멋지게 봐 줘서 고맙다만, 그래도 안 되겠다. 이제 그 얘긴 그만하자."

작은 입술이 멍하니 벌어진다. 쉽게 흥분했던 우연은 풍선의 주둥이가 풀린 것처럼 금방 풀이 죽었다.

이원은 입학 선물에 대해서는 더 이상 묻지 않는 게 안전하겠다는 결론을 내렸다.

아까워.

이원은 기안 서류철을 건성으로 뒤적거렸다. 우연의 목소리가 다시 불쑥 치민다.

'누드모델…… 한…… 번만 해 주세요, 아저씨.'

방울새 소리처럼 가늘고 맑은 목소리. 그녀의 목소리를 떠올리면 트라이앵글 진동음이 길게 꼬리를 끌며 귓가에 사르르 감겨드는 기분이 들었다.

안쓰럽고, 걱정스럽고, 고맙고, 원망스럽고, 되바라지고, 실망스럽고, 기특하고, 맹랑하고, 어찌 보면 대단하고. 우연에 대한 감정은 처음 만났을 때부터 한 번도 단일한 적이 없었다. 그녀에 대한 느낌은 무엇이든 강렬했고, 독특했고, 극과 극을 오갔다.

……맹랑하다.

아까워.

아까워, 아까워, 아까워.

……정신 나갔지, 너.

이원은 자리에서 일어나 책상 앞을 오락가락했다. 와이셔츠를 새로 가져오게 해서 갈아입기까지 했지만, 아까의 거슬리던 감촉은 완전히 사라지지 않았다.

최 실장이 곁으로 다가오더니 캐비닛에 놓아둔 우연의 연습장을 서류철 위에 얌전히 얹어 놓는다. 비서실을 보니 다른 직원은 퇴근했고, 최 실장 혼자였다. 이원은 자신 때문에 최 실장까지 퇴근이 늦어지고 있다는 걸 알고 미안해졌다. 먼저 퇴근하세요, 하려던 이원은 잠시 망설였다.

"홍연 씨. 묻고 싶은 게 있는데요."

홍연은 눈을 실긋, 가늘게 떴다.

홍연…… 씨라.

한 전무는 자신을 부를 때 보통은 최 실장, 이라는 직함으로 불렀지만, 가끔 '홍연 씨'라고 부를 때가 있었다. 처음에는 입에서 나오는 대로 부르는 줄 알았는데 알고 보니 이 섬세하고 점잖은 상사께서는 두 가지 호칭을 의식적으로 구별해서 사용하고 있었다. 연봉은 딱 1인분밖에 안 주면서 눈치껏 모드 전환까지 요구하다니, 고약한 일이었다.

모시기 편한 성격이라 생각했는데, 한 전무는 의외로 말 붙이기 어려운 사람이었다. 쓸데없이 진지했고, 시답잖은 수다나 농담을 즐기지도 않았으며, 사적인 이야기를 하는 경우도 드물었다.

다만 '홍연 씨'라고 부를 때가 바로 그 '드문 때'였다. 그것은 비서실장에게 어울릴 법한 대답 대신 사적이고 친밀한, 혹은 솔직한 반응을 원한다는 뜻이기도 했다. 한 전무가 홍연의 스스럼없는, 어떻게 보면 지나치게 격의 없는 태도를 적절한 선까지 용인하는 이유는 바로 이렇게 모드 스위치를 요구할 때가 있기 때문이었다.

홍연은 이원미술관 입사 면접을 아직도 기억하고 있다. 연예인 뺨치게 생긴 젊은 면접관이 나이 지긋한 면접관들 틈에 끼어 앉아 단체 면접으로 들어온 지원자들을 주의 깊게 살펴보고 있었다.

그는 다른 면접관들의 소위 '압박 면접'에 당황해 제대로 대답하지 못한 지원자들을 웃음기 어린 인사 한마디로 편안하게 만들고, 그들의 숨겨진 장점을 잘 끌어내는 희한한 재주를 가지고 있었다. 그와의 대화는 시종일관 부드럽고 따뜻한 분위기였는데, 이상하게 마음에도 없는 모범 답변 대신 솔직하게 말하는 게 좋을 것 같다는 기분이 들게 만들었다. 실제로 앞선 면접자들의 거짓말이나 허풍을 기가 막히게 잡아내기도 했다.

홍연은 그 면접에서 했던 답변도 아직 기억하고 있다. '상사의 사적이고 부당한 갑질이 있을 경우 어찌 대응하겠느냐.'하는 질문에, 홍연은 뭐에 홀리기라도 한 듯, 속에 있는 말을 고스란히 늘어놓았었다. 거대 흑역사가 탄생하던 순간이었다.

'사랑하는 이원메세나재단의 무궁한 발전과 이원미술관의 건강한 조직 문화를 위해, 언제든지 잘못된 것을 알려 드리고, 그래도 안 되면 충심으로 따지고, 그래도 안 되면 성실하게 싸우고, 그래도 안 되면 충만한 애사심으로 윗선에 조목조목 일러바칠 것이며, 그래도 안 되면 때려치우고 나가겠다, 나는 비혼족이라 굶어 죽어도 꿀릴 것 없다!'

그야말로 전무후무 용기백배한 대답이었지만, 사실 합격하기 글러 먹은 대답이기도 했다. 홍연은 미술관 문을 나서며 내가 무엇에 홀렸던고, 나는 망했다, 망했다를 골백번 복창하며 머리를 쥐어뜯었다.

며칠 후 홍연은 재단 이사장에게 직접 합격 전화를 받았다. 홍연은 그제야 그 젊은 면접관이 재단 이사장인 것을 알고 일주일 동안 정신을 차릴 수 없었다. 젊은 이사장은 몇 년간 홍연을 눈여겨본 후, 세경홀딩스 비서실로 발탁했다. 그의 취업 및 인사이동은 한동안 세경그룹의 인사 미스터리 혹은 괴담으로 회자되었다.

이제 홍연은 자신이 발탁된 이유를 어느 정도 짐작하고 있다. 자기 자신에게 유난히 엄한 상사께서는 홍연의 반권위적 태도와 유쾌하면서도 거침없는 직언을 기껍게 여겼다. 그것이 높은 직위에 달라붙기 쉬운 권위 의식과 교만을 막아 주리라 기대하는 듯했다. 가끔은 눈높이가 맞는 수준 높은 대화 상대를 원하기도 했고, 친구처럼 편하게 이야기할 상대를 필요로 하는 듯도 했다. 이원은 홍연과 동갑이었고, 상사라는 점을 빼놓으면 꽤 좋은 대화 상대이기도 했다.

"예, 전무님. 말씀하십시오."

"음, ……제가 정말 잘생겼습니까? ……아니, 몸 비율이 좋은 편입니까?"

홍연은 자신의 상사를 무례하게 쳐다보지 않기 위해 최선을 다했다. 이건 자각이 없는 걸까, 신종 자랑법일까. 어쨌든 멀티태스킹이 잘 안 되는 상사께서 오늘 기안 서류에 서명을 한 개도 하지 못한 이유를 알게 됐으니 속은 시원했다.

"무슨 대답을 원하시는지는 모르겠지만, 키가 15센티나 작은 부하 직원에게 묻기엔 적절하지 않은 질문 같습니다."

"어…… 이런. 미안합니다. 아, 미안하다고 하는 게 더 미안한 일일까요?"

한 전무는 건성으로 사과하며 연습장을 열었다.

홍연은 그림이 한 장 한 장 넘어갈 때마다 부르르 진저리를 쳤다. 이 빌어먹을 연습장 안에는 뭐 하나 무난한 그림이 없다. 모델은 다양한 편이고, 전신상, 반신상, 두상, 흉상, 혹은 손이나 발, 정면, 측면 등 형태와 구도도 가지각색이었지만 어느 그림이든 미친 존재감이 뻗쳐오르고 있었다.

일반적이지 않은 구도, 신체의 일부만 극단적으로 확대한 형태, 불안정한 배치, 렌즈를 투과해서 그린 듯 일그러지고 왜곡된 형상들이 소름 돋을 정도로 정밀하게 묘사되었다. 그래서 모든 그림에는 사진처럼 익숙하고 일상적이면서도 초현실적인 분위기가 공존했다.

"아무리 봐도 지독한 그림들입니다. 척 클로스에게 프랜시스 베이컨하고 살바도르 달리가 동시에 빙의한 게 아니고서야."

한 전무가 빙긋 웃으며 고개를 끄덕였다.

"듣고 보니 그렇네요. 이런 실력을 갖고 있으니 저한테도 그리 맹랑한 제안을 했겠죠."

"지금까지 누드화는 그려 본 적도 없을 텐데 말이죠. 아, 혹시 몰래 해 봤으려나? 하긴, 야동으로 인체 데생 연습하는 애들도 있다 하니까요."

"그럼 어, 음…… 포즈가 너무 한정되지 않겠습니까?"

한 전무가 진지하게 되물었다. 왜 이런 것까지 진지할까 이 사람은. 홍연은 비죽 치미는 웃음을 참으며 대답했다.

"왜 이러십니까. 세상은 넓고 체위는 많습니다. 온 세상 사람들이 밤마다 심혈을 다해 새로운 동작을 개발하고 있을 텐데요. 지금까지 개발된 포즈만 해도 10만 8천 종쯤 될걸요? 전무님, 설마 18세기 미국의 퓨리턴도 아니고, 정상위

한 가지만 알고 계신 건 아니죠?"

"설마요."

이원이 난처하게 웃는 것을 보며, 홍연은 정말 그럴지도 모른다는 불길한 생각이 들었다. 그의 상사는 성적으로 절제하는 훈련을 너무 오래 해 왔다. 그의 휴대 전화나 컴퓨터는 증류수처럼 맑고 청정했고, 그는 남자들 사이에서 흔히 오가는 화장실 농담마저 거북해했다.

"홍연 씨, 사실 이 연습장에 누드화가 없다곤 할 수 없어요. 어떻게 보면 우연이는 그쪽 방면으로 전문가라고 할 수 있을 것 같아요."

"네? 처음부터 끝까지 다 봤는데 누드는 한 장도 없었는데요."

이원은 연습장의 중간 부분을 잡아 펼쳤다. 살짝 달아오른 동그스름한 얼굴에 희미한 미소를 띠고 있는 곱상한 여자 얼굴이 나타났다.

"이게 누군지 아시겠습니까?"

홍연은 고개를 갸웃했다. 누드화가 아닌데?

"……아……마도 우연 학생의 어머니, 김현주 씨 아닐까요?"

"맞습니다. 어떻게 아셨죠?"

"그냥 알았습니다."

느슨하게 풀어진 옷차림, 좌우로 흐트러진 머리카락, 지치고 짓눌린 듯한 표정과 광기에 어스름하게 잠식된 눈동자, 옆으로 살짝 비틀린 고개의 각도. 미소를 짓고 있는 예쁜 외모와 달리 그림 전반에서는 기괴하고 불안정한 분위기가 뭉클뭉클 솟구쳤다.

이원은 연습장을 몇 장 더 넘겼다. 이마가 좁고 광대뼈가 불룩하며 턱이 뾰족한 사내가 나타난다. 눈은 부리부리 큰 편인데 눈동자는 작았고, 그 와중에 무언가를 노려보는 바람에 흰자위가 더 넓어 보였다. 두툼한 입술의 한쪽 끝이 조금 비틀려 위로 올라가 있었고, 목은 굵고 짧았다.

"이 그림은요?"

"……아마, 진형식 씨? 우연 학생의 아버지 같습니다."

"그렇죠. 홍연 씨는 어떻게 아셨습니까?"

"그냥, 그럴 것 같았습니다."

"맞습니다. 그냥 알게 되죠. 저도 그랬습니다."

이원은 연습장을 한 장씩 빠르게 넘기기 시작했다.

"다른 그림들도 그냥 알겠습니다. 우연이를 좋아하는 친구, 싫어하는 친구, 탐색하는 눈, 호기심 어린 눈, 경계하는 눈, 호의의 몸짓, 악의의 몸짓, 배경으로 쓰인 물건, 분위기……. 그림들을 보고 있으면 모델이 어떤 사람이구나, 우연이에게 어떤 마음을 갖고 있구나, 하는 것이 확 느껴지죠."

홍연은 천천히 고개를 끄덕였다. 한 전무가 제대로 본 것이 맞다. 그녀는 외면을 관찰하는 눈이 훌륭했지만, 내면을 관찰하는 시선은 더욱 매서웠고, 그것을 그림으로 형상화하는 솜씨는 그야말로 무시무시했다.

"그 아이는 그림으로 한 사람의 내면을 다 까발려 놓습니다. 예의 바르고 점잖게 위장하고 있는 것들을 모조리 벗겨서 맨살을 드러내죠."

"내면의 누드……라는 말씀이십니까."

이원이 자리에서 일어나 팔짱을 낀다. 얼굴에선 웃음기가 사라졌다. 무거운 침묵 속에서 홍연은 끈덕지게 기다렸다.

"홍연 씨, 나는 아까 그 아이가…… 나를 어떻게 그릴지 궁금했어요."

낯선 욕망이 은은하게 끓어오르는 이원의 얼굴이 생소하게 느껴졌다. 그는 창밖으로 시선을 돌린 채 조용히 말을 이었다.

"내가 과연 어떤 모습으로 그려질지, 두렵고 걱정이 됐습니다. 그 아이가 내 속에서 어떤 모습을 보았는지, 내 어떤 부분이 박제되어 버릴지."

그래서였나. 확실히, 아까 한 전무가 우연이라는 아이에게 보여 주었던 모습은 평소와 달리 이상한 점이 많았다.

홍연이 그간 관찰해 온 한 전무는 '이기적이고 안하무인인 재벌 2세'라는 선입견을 무색하게 만드는 사람이었다. 그는 다른 이들의 고통에 진심으로 공감하며 같이 아파할 줄 알았지만, 자신의 고통에는 단호하고 혹독했다. 인간을 추잡하게 만드는 여러 욕구를 철저하게 절제할 줄 알았고, 어떤 길이 안락한 길인가 대신 어떤 길이 옳은 길인가를 늘 고민했다. 어떻게 사람이 저럴 수 있을까 싶은 정도였다. 멀리 떨어져서 볼 때는 사람 괜찮네, 멋지네, 정도였지만, 가까이서 모시게 되니 안타깝고 안쓰러울 때가 더 많았다.

저 사람을 그리게 된다면 어떤 그림이 나올까. 홍연 역시 궁금했다. 뒤에서 후광이 비치는 성화나 탱화 비슷한 게 나오지 않을까, 뻘쭘하게 그런 생각도 잠시 했다.

"하지만 지금은 궁금하지 않습니다. 차라리 정물화나 풍경화로 해 달라고 하는 게 낫지 않을까 싶어요. 홍연 씨라면 어떻게 하시겠습니까?"

내면이 드러나는 것이 두려운 걸까?

하긴. 그는 내면이 복잡하고 억눌러 둔 마음이 깊었다. 원하는 답을 정해 놓고 물어보는 인간들은 짜증스러웠지만 원하는 대답을 눌러 달라 요구하는 사람은 늘 흥미로웠다.

"맨몸을 드러내는 것보다, 맨마음을 드러내는 게 더 신경 쓰이십니까?"

"숨겨 둔 치부가 박제된 채 천년을 흘러간다 생각하면 아찔하죠."

"치부가 아니라 아름다움이 박제될 거라고 생각하면요? 외면의 아름다움이든, 내면의 아름다움이든. 그것만큼 남는 장사가 어디 있습니까."

홍연은 장난스럽게 덧붙였다.

"전무님. 생각해 보세요. 다비드상의 모델도 미켈란젤로 앞에서 창피하지 않았을 것 같습니까? 하지만 쪽팔림은 순간이고 아름다움은 영원한 거죠. 자신의 몸이 먼 훗날 약동하는 젊음과 육체의 아름다움을 상징하는 아이콘이 되었다는 걸 알면, 그 모델은 지금 지하에서 얼마나 뿌듯하겠습니까."

"……."

"순간의 쪽팔림만 넘기는 게 관건이죠. 전무님도 제2의 다비드가 되지 말란 법이 있습니까? 게다가 화가 선생께서! 너그럽게도! 한 뼘은 가려도 된다잖습니까. 설마 한 뼘으로 모자라서 그러세요?"

"홍연 씨, 이거 참······."

난처하게 웃던 이원은 이내 진지한 표정이 되어 고개를 저었다.

"홍연 씨. 민망하고 창피하고, 그런 것만 문제는 아니잖습니까. 이럴 때 단호하게 안 된다고 해 주셔야 할 분이 이렇게 유혹하고 부추기기만 하면 어떻게 합니까."

"민망하고 창피한 게 문제가 아니라면, 대체 뭐가 문젭니까, 전무님?"

"그런 짓을 했다는 말이라도 잘못 나오면 저도 회사도 끝장입니다. 이제 갓 대학생이 된 여학생에게 서른두 살 먹은 사업가 후견인이 누드모델을 해 주었다는 소문이라도 돌아 보세요. 사람들이 '아, 저 학생이 그림에 대한 열정이 대단하구나.', '아, 저 남자는 사정이 어려운 화가를 도와주려는 마음이 충만하구나.' 하고 생각할 것 같습니까?"

"그럼 기도를 하셔야죠! 성당에 그렇게 열심히 다니시면서, 이럴 때 도와 달라고 안 하면 언제 하십니까? 하느님, 제 살아생전엔 이 뻘짓을 들키지 않게 해 주시옵소서. 제 살아생전엔 이 요망한 그림을 저어어얼대 들키지 않게 해 주시옵소서. 하느님, 대신 제가 죽은 다음엔 더 이상 쪽팔릴 것도 없으니 그때부터 제 멋짐이 퍼펙트한 그림을 통해서 찬란하게 빛나고 천년만년 이어지게 하소서."

결국 이원은 길게 한숨을 쉬며 고개를 저었다.

"그런 유혹적인 기도에 대해, 주님께서 미리 좋은 대답을 남겨 두셨죠. 논 템타비스 도미니움 데움 툼(Non Temptabis Dominum Deum Tuum, 주 너의 하느님을 시험하지 마라)이라고."

"제가 확신하건대, 그분께선 라틴어 같은 거 안 배우셨을걸요?"

홍연은 유쾌하게 웃었고 이원은 어깨를 으쓱했다.

11

키다리 아재

[1] 수강 신청

"음? 외출 허가증? 오늘 어디 나갈 일이 있니?"

우연에게 전화가 온 것은 아침 8시, 여의도에 거의 도착했을 무렵이었다. 뒷좌석에 앉아 있던 이원이 직접 전화를 받는다.

홍연은 고 콩알만 한 아가씨가 전무님에게 아무 어렵성 없이 전화를 해 대는 것이 영 마땅치 않았다. 계열사 부장이나 이사들도 이원에게 이 정도로 함부로 연락하지는 않는다. 그런데 어디 쥐눈이콩만 한 게 겁도 없이! 지주사 대표이사라는 호칭을 듣고도 딱 감이 오는 게 없나?

"그리고 외출 허가증 같은 건 내가 아니라 장학관 정 관장님한테 말씀드려야지. 외출 허가 내주시는 분은…… 응? 나한테 물으랬다고?"

정 관장 이 사람 진짜. 왜 이런 것까지. 이원이 들릴락 말락 혀를 찬다. 하지만 홍연은 정 관장이 왜 이렇게 과민 반응인지 알 것 같았다. 지금까지 이원에

세나재단은 숱한 예술인과 영재들을 후원했지만, 재단 이사장이 직접 개인 후견을 맡았던 적은—아무리 단기라지만— 한 번도 없었던 것이다. 게다가 이사장이 직접 장학관에 데려와 안전하게 보호하라고 신신당부까지 했으니, 원리원칙 주의자에 쫄보인 정 관장이 진땀이 날 만도 했다.

"그래. 무슨 일로 외출이니? 뭐? 피시방? 그러게 내가 그때⋯⋯! 아, 그래, 피시방엔 무슨 일로?"

침착하던 이원의 목소리가 확 높아지다가 얼른 가라앉는다. 홍연도 잔뜩 부아가 났다.

지금 접근 금지 처분이 빨리 안 나와서 전무님이 노심초사하고 있는 거 알면서 뭐? 고작 피시방에 가려고 외출 허가? 왜, 호기롭게 노트북 거절할 때는 언제고? 왜애? 장학관 멀티미디어실 컴퓨터가 너무 연로하셔서 게임이 팽팽 안 돌아간다더냐. 네가 혼자 나갔다가 문제라도 생기면 그 책임을 다 전무님이랑 정 관장이 져야 하는데 너 혼자 덜렁 내보낼 수 있을 거 같으냐.

— 있잖아요, 그게요⋯⋯.

우연이 열을 내어 가며 열심히 설명을 늘어놓는데 들리는 거라곤 '있잖아요, 있잖아요.' 뿐이다. 아하, 하하하, 한 전무가 유쾌하게 웃음을 터뜨린다.

"그럼, 처음이면 잘 모를 수도 있지. ⋯⋯그러니까 수강 신청 하는 데 광클릭이 필요하다 이거지?"

순간 홍연의 입에서도 풀썩, 웃음이 터졌다. 그런 이유라면야, 백번 납득하고말고.

바야흐로 수강 신청 시즌이로다. 그렇지, 제대로 된 수강 신청을 위해서는 반드시 최고 사양과 빛의 반응 속도가 보장된 피시방에 가야만 한다. 그것이 인기 과목 신청에 성공하기 위한 첫 번째 조건이었다.

하지만 이어지는 한 전무의 말에 웃음이 싸악 가라앉았다.

"갈 피시방이 어디니?"

그들이 차를 되돌려 러시아워를 헤치고 도착한 곳은 장학관 인근의 '여우와 고양'이라는 피시방이었다. 아침 7시 20분에 서초동에서 나와 8시에 여의도를 찍은 후, 다시 러시아워를 헤치고 9시를 훌쩍 넘겨 교대 앞을 찍노라니 홍연은 기분이 아주 산뜻했다.

출근 시간의 피시방은 사람이 거의 없었고 그나마 몇 있는 손님은 흡연실 칸막이 안에 있어서 조용했다. 아저씨, 여기요! 여기요! 야구 모자를 쓰고 앉아 있던 우연이 발딱 일어나더니 입을 벙긋벙긋 손을 팔락팔락한다.

이원은 그녀의 옆자리를 신청해 앉았다. 아침을 못 먹고 왔는지 책상에는 라면 그릇과 콜라와 과자 봉지가 수북했다. 아침부터 이런 걸 먹으면 속 버릴 텐데. 이원이 그릇을 반납하고 책상 정리를 하자 우연이 입가를 우글쭈글 구기며 중얼거린다.

"귀찮게 해서 죄송해요. 새터에 가면 신청하는 방법 다 알려 준다고 하는데, 못 갔더니⋯⋯."

이런 것 하나 야무지게 처리하지 못하다니, 날 얼마나 바보라고 생각하실까. 표정이 너무 빤해서 속이 훤히 읽혔다.

그 모습을 보니 자꾸 웃음이 나온다. 수강 신청을 부모가 대신 해 주는 학생들도 있다고 들었는데 자신이 그 신세가 될 줄은 몰랐다. 그런 아이들을 보면 한심할 줄 알았는데 정작 눈앞에서 진땀을 쫄쫄 흘리면서 낑낑대는 모습을 보니 마냥 귀엽고 우습기만 했다.

"새터는 왜 안 간 거니? 친구하고 선배들도 사귀고, 수강 신청 방법도 배우고, 도움이 많이 됐을 텐데."

혹시 비용 때문일까? 사람 만나는 게 아직은 겁이 나서? 시간이 더 필요할까? 개강이 코앞인데 아직도 그러면 어쩌나. 자꾸 잔걱정만 가지를 친다.

이원은 자신이 이 아이에 대해 과민하게 반응하고 있다는 건 알고 있었다. 후견인 신청은 접근 금지 명령을 위해서였고, 후원 업무는 결국 돈을 대는 것이다. 그런데 이 아이의 경우는 전화만 오면 무슨 일이 생겼나 긴장부터 되고,

말 한 마디 한 마디 들을 때마다 신경이 곤두선다. 물론 상황이 상황이다 보니 과민할 수밖에 없긴 한데 그래도 가끔은 자신이 지나친 게 아닐까 하는 생각도 들었다.

우연은 대답하는 대신 고개를 반짝 들더니 장난스러운 얼굴로 되묻는다.

"아저씨, 제 얼굴 어때요?"

"……네 얼굴? 예쁜데? 왜?"

우연의 얼굴이 멍해지더니 갑자기 입을 틀어막고 캑캑 웃기 시작했다. 이원은 열이 오르는 뺨을 쓰다듬으며 헛기침만 했다. 뭔가 대답을 잘못한 것 같은데, 이걸 어째야 할지 알 수 없었다. 홍연의 당혹스러운 시선과 알바생의 짜증스러운 눈초리가 따가웠다. 한참 웃어 대던 우연이 발개진 눈을 문지르며 고개를 들었다.

"예쁘기는 뭐가 예뻐요. 이 색깔 좀 보세요. 살짝 덜 익은 바나나 같지 않아요?"

"그게 무슨…… 아."

이원은 그제야 우연의 얼굴을 살펴보고는 저도 모르게 눈썹을 찡그렸다. 멍 자국이 제법 깨끗해졌다 싶었는데 햇빛 아래서 보니 여전히 푸르스름한 티가 났다.

그랬겠구나. 이원은 무겁게 고개를 끄덕였다. 모든 것을 새로 시작하는 마당이니 이런 흔적을 완전히 지운 후에 가고 싶었을 것이다. 우연은 그를 안심시키려는 듯 제 손으로 뺨을 쭉 잡아당기며 씩 웃었다.

"제 경험상 요 색깔은 딱 일주일이면 괜찮아져요. 입학할 때면 우유처럼 뽀얗게 변해 있을 거예요. 그러니까 너무 걱정하진 마세요."

이원은 웃고 있는 아이를 가만히 내려다보았다. 자신에게 환하게 웃어 보이려 노력하는 모습이 예뻤고, 솔직하고 밝게 말하려고 애쓰는 모습이 가슴 저릿하게 고마웠다. 우연은 종달새가 지저귀는 소리처럼 경쾌하게 설명을 늘어놓았다.

"아저씨, 이게 제가 앱에서 미리 맞춰 놓은 과목들이에요. 최소는 9학점인데 장학금 받으려면 15학점 이상은 들어야 한대요. 그래서 일단 강의 후기들 다 찾아보고 15학점 이상으로 맞춰서 담아 놨어요."

이원은 저도 모르게 싱긋 웃었다. 그래도 장학금 받을 생각은 하고 있구나. 기특하다. 찾아볼 건 혼자서 또 열심히 찾아보고 했구나. 기특하다, 잘한다, 장하다! 이원은 주먹을 꼭 쥐고 응원하는 심정으로 물었다.

"그래, 어떤 과목들이니?"

우연은 조금 걱정스러운 듯, 하지만 기대감에 찬 얼굴로 모의 시간표를 띄웠다. 저 이 정도면 잘했죠, 하는 득의양양한 얼굴이다. 강의 시간이 알록달록하게 표시된 일주일 시간표가 화면에 뜬다.

"기초 드로잉 3학점, 인체 해부학과 표현 3학점, 안료의 특성과 효과 3학점, 유화의 기법 3학점, 회화 I 3학점. 총 다섯 과목 15학점. 하나도 안 겹치게 다 맞췄어요! 월화수목 주 4일 수업! 멋지죠?"

푸읍! 뒤에서 이상한 소리가 나더니 홍연이 급히 입을 틀어막는다. 이원도 당황했다. 아니 이렇게 막 나가는 시간표로 그렇게 자신만만한 얼굴을 하면 안 되지. 아무리 뭘 몰라도 이렇게 짜 놓으면 어떡해. 게다가 1학년 주제에 간도 크게 주 4일 수업이라니. 딱 15학점이라니. 나중에 졸업 학점 어떻게 다 맞추려고.

"우연아, 왜 교양 필수가 하나도 없어? 1학년부터 들어야 할 전공 기초 과목도 없고? 이거 다 고학년 전공 선택 과목들 아니니? 이럼 안 되지."

우연의 얼굴이 순식간에 새빨개진다.

"어, 드, 듣고 싶은 거 먼저 들으면 안 되는 거예요? 그럼 신청이 안 되는 거예요?"

"신청이 아예 안 되는 건 아니겠지만, 그래도 교필이랑 전공 기초들은 저학년 때 미리 들어 놔야지. 여기 봐 봐. 공통 교필 여섯 개 그룹 중에서 학기에 하나씩은 이수해 놔야……. 전공 영어 I, 평면과 입체, 현대 미술과 철학도 1학년 전공 기초인데 왜 죄다 뺐어?"

"철학이요? ……회화과인데 대체 철학을 왜 들어야 해요?"

우연은 너무나도 이상하다는 듯 물었다. 현대 미술에서 그림 테크닉보다 더 중요한 것이 철학이라는 말을 어떻게 간단하게 설명할까, 생각하던 이원은 바로 포기했다. 그건 한 학기 강의로도 모자랄 내용이었다. 이원은 한숨을 쉬며 간단하게 말했다.

"안 들으면 졸업 못 해."

"……나중에 들으면 안 돼요?"

"나중에 시간 못 맞추면 펑크야. 교양 학점 부족이나 필수 과목 이수 못 해서 제때 졸업 못 하는 사람도 꽤 있어. 고학년 전공 선택들이 맘에 드는 건 알겠는데, 좋아하는 걸 아껴 놨다가 나중에 하는 게 좋지 않아?"

"아끼면 똥 된대요. 나중에 무슨 일이 일어날 줄 알고요. 가장 맛있는 것부터 제일 먼저 먹는 게 손해가 없는 거잖아요."

이원은 눈을 가늘게 뜨고 한숨을 삼켰다.

그 말이 또 아주 틀린 건 아니다. 이원은 마시멜로 실험에서 간식을 먼저 먹었던 아이들에 대해, 참을성이 없었다기보다 약속된 미래를 믿지 못했던 게 아닐까 하고 생각하곤 했다. 그 실험은 부모의 양육 방식과 신뢰도 테스트에 더 가까웠을지도 모른다.

우연의 이런 반응 역시 기존 사회나 어른들에 대한 신뢰의 부재를 의미했다. 상대에 대한 불신이 디폴트로 깔려 있는 기업의 의사 결정도 대체로 저 원칙에 따라 이루어지는 걸 보면 우연의 반응을 아주 틀리다고 할 수는 없었다.

그래도 지금은 그래선 안 되지 않겠니. 이제 1학년이면 그래도 남들하고 좀 비슷하게 신청해서 비슷하게 가 보면 안 되겠니. 다행히 눈치 빠른 홍연이 뒤에서 붙임성 있게 추임새를 넣는다.

"우연아, 그거 다 실기 과목이잖아. 내 친구 중에 미대 졸업생이 많아서 좀 아는데, 그거 다 신청했다간 죽어. 정말 죽어."

"너 미대에 과제가 얼마나 많은지 아직 모르지? 이거 다 했다간 여름 방학도 되기 전에 장례 치를걸?"

"살아남아도 대대적인 학점 굴욕과 거대 흑역사를 안겨 줄 거야."

하지만 우연은 눈을 내리깔고 눈동자를 이리저리 굴리면서도 자신이 고른 과목에 대한 미련을 버리지 못한다.

"아저씨가 대학에 오면 그림만 신나게 그리면 된다고 하셨잖아요."

"아저씨, 배울 게 너무너무 많아요. 지금 당장, 내일부터라도 다 배우고 싶단 말이에요."

"안료의 특성과 효과라니, 인체 해부학이라니 대박! 완전 재밌을 것 같지 않으세요?"

"궁금해서 미치겠는데 그걸 어떻게 3학년 4학년까지 기다려요? 전 말라 죽고 말 거예요."

"아저씨 초상화 빨리 받고 싶지 않으세요? 제가 유화든 과슈든 아크릴이든 부지런히 배워야 조금이라도 더 좋은 작품을 빨리 받으실 수 있지 않겠어요?"

"전 할 수 있어요. 그림이 제일 쉬워요! 제가 솔직히 국영수 몽땅 8등급이었는데, 오로지 실기 100%로 이 학교에 입학한 거라니까요? 아저씨, 아저씨?"

흑역사인 내신 8등급까지 가차 없이 까 보이는 맹렬한 기세에 이원은 절로 어깨가 움츠러들었다. 협상은 잠시 소강상태에 접어들었다. 천만다행히, 우연이 화장실에 다녀온다며 자리를 비운다.

자, 이걸 어쩐다?

이원은 우연이 펼쳐 놓은 커리큘럼을 보며 한숨만 쉬었다. 신청 시간까지 30분. 보면 볼수록 답이 나오지 않는다. 분명히 중간에 펑크가 나고 말 텐데. 1학년 첫 학기부터 4년 만에 제대로 졸업할 수 있을지 걱정해야 한다니. 시간 안에 설득이 될까?

이원은 홍연을 돌아보며 의미심장하게 물었다.

"홍연 씨, 이거 그냥 놔두면 안 되겠죠?"

"당연하죠, 전무님. 시간도 겹칠 거고, 제2외국어나 교양 필수를 4학년 때 신청했다가 낙제하면 방법도 없습니다. 아시겠지만 이원메세나재단에선 5년씩이나 학비를 대 준 역사가 없습니다."

"그렇겠죠? 후견인으로서 '이건 안 돼.' 하고 딱 잘라서 막아야겠죠?"

"물론입니다. 권력은 이럴 때 남용하라고 있는 겁니다, 전무님."

두 사람은 서로 마주 보고 비장하게 고개를 끄덕였다.

그러면 어떤 과목으로 대치하면 좋을까. 두 사람은 머리를 맞대고 열심히 연구를 시작했다.

"일단 필수인 전공 영어 I 하고, 평면과 입체, 현대 미술과 철학부터 넣고…… 아, 요새는 코딩도 필수군요. 거기에 보고서 작성, 기초 드로잉까지 넣으면 13학점인데 벌써 5일 수업 확정이네요."

"전무님, 1학년 주제에 감히 주 4일 수업으로 짜는 건 용납할 수……. 무리가 있습니다."

"생활 체육 그룹도 교양 필수에 들어 있으니 지금 신청하면 좋겠네요. 체력이 너무 약해 보여서요. 요가, 수영, 승마, 초급 발레, 농구, 라틴 댄스는 뭐지……."

"발레는 무용과가 있어서 원하면 제대로 배울 수 있을 테고, 승마는 근처에 승마장이 있어서 개설된 모양입니다. 지역 특혜 과목이네요 이건."

이원은 우연에게 어떤 운동이 잘 어울릴까 곰곰이 생각했다.

"우연이 발레 잘할 것 같은데요. 그 아이가 체력은 좀 부족해도 움직임을 보면 고양이처럼 유연하고 정말 부드럽거든요. 어깨 움츠리는 버릇도 교정될 테고……."

"전무님. 발레는 생각보다 체력 소모가 엄청나다 들었습니다. 걸음걸이도 좀 특이해지고. 유연성이 좋으면 요가가 더 낫지 않을까요. 집에서도 할 수 있고요."

"음, 심리 치료 쪽으로 보면 승마가 훨씬 나을 것 같기도 하네요. 말하고 교감하는 즐거움이 크거든요."

"저, 승마는 좀……. 워낙 접근성이 낮은 스포츠라……. 그, 그리고 모든 사람이 전무님처럼 동물들과 교감할 수 있는 건 아닙니다."

홍연이 식겁한 얼굴로 만류하자 이원은 불만이 가득한 얼굴로 투덜거렸다.

"아니 그런데 여기 교양 과목 왜 이렇게 부실해."

"아무래도 학교 규모도 작고 위치도 외지고 하니……."

오죽하면 국장도 학자금 대출도 안 나오겠습니까, 하는 투덜거림은 예의상 꼴랑 삼켰다. 현재 점잖은 상사께서는 자신의 위치를 길고양이에게 간택당한 지갑, 아니 집사 정도로 여기고 있는바, 주인님(?)의 학교를 후지다고 까대면 어떤 후폭풍이 닥칠지 모르는 것이다.

"홍연 씨, 이건 어떨까요. 생활 속의 민법과 형법. 살다 보면 굉장히 유용한 과목인데, 하다못해 경찰서에 갔을 때 미란다 원칙 정도는 알아야 하지 않을까요? 사회 경제 그룹 쪽에선 범죄학이나 소비자 의사 결정론 이런 것도 은근 재미있었는데."

"아, 예."

홍연은 한숨을 쉬며 잠시 물러앉았다. 물론 재미있으셨겠죠. 라틴어, 히브리어, 고대 철학, 중세 철학 배우시다가 편입하셔서 민법과 형법, 범죄학, 소비자 의사 결정론을 배우시려니 얼마나 재미있으셨겠습니까.

하지만 이원이 후견인의 알량한 권력을 남용하기 위해 아무리 열심히 테트리스를 맞추며 기다려도 우연은 돌아오지 않았다. 15분밖에 남지 않았을 때, 이원은 자리에서 일어났다. 화장실에 간 지 지나치게 오래된 것 같다.

"최 실장님. 잠시만 여기 계세요."

그는 조심조심 피시방 전용 여자 화장실을 찾아가서 복도를 오락가락하기 시작했다. 하지만 여전히 나오지 않는다. 여자 친구를 사귀어 본 적이 없었던 이원은 여자 화장실 앞에서 누군가를 기다려 본 경험도 없어서 이 상황이 좀 어색했다.

불러 볼까, 말까. 화장실 밖에서 빨리 나오라 재촉하는 게 몹쓸 짓이라는 상식은 있었지만, 지금은 사정이 급하고도 너무 급했다. 초인적인 인내심으로 2분 정도 기다리던 이원은 결국 다섯 번쯤 헛기침을 하고 조심스럽게 불러 보았다.

"우연아, 시간 다 되어 가는데. 얼른 나와야 할 것 같아."

안에서는 아무 소리도 들리지 않는다. 우연아, 우연아, 안에 없니? 목소리가 점점 커지는데 여전히 아무 소리도 들리지 않는다. 점점 애가 타기 시작했다. 변태가 될 위험을 무릅쓰고 화장실 안에 들어가기까지 1분이라는 시간이 더 필요했다.

"아저씨이이……."

아까의 패기와 용기는 어디로 가고 다 찌그러진 목소리가 들린다. 울기 일보 직전인 것 같다. 이원은 무슨 사태가 났는지 대충 파악하고 푸스스 웃음을 삼켰다.

"화장지 갖다줄까?"

"왜 아저씨가 왔어요……. 딴 사람한테 가 보라고 하지."

안에서는 엉뚱한 소리가 튀어나온다. 어지간히 창피하고 속상한 모양이다.

예전에 압박 면접의 질문지 중 '화장실에서 볼일을 봤는데 화장지가 없다, 그러면 어떻게 하겠느냐.' 하는 내용이 있었다고 했다. 그때 쏟아져 나왔다는 더럽고 창의력 넘치는 대답들을 이원은 하나도 기억하지 못했다. 이원은 면접 대상자가 느꼈을 수치심과 곤혹스러움에 심하게 이입해서 듣기가 너무 불편하고 거북했었다. 지금은 그 거북함의 딱 열 배쯤 되는 것 같다. 심지어 저 아이 말대로 왜 내가 왔을까 싶어 미안할 지경이었다.

하지만 최 실장이나 피시방 아르바이트생을 보내는 게 나았을까, 생각하던 그는 황급히 고개를 저었다. 내가 오는 게 낫지, 다른 사람에게 저 아이를 망신시킬 수는 없었다. 그는 우연이 불편함을 느끼지 않도록 최대한 태연하게 대답했다. 이런 일은 매우 흔하다는 듯.

"여기 관리자 일 제대로 안 하네. 조금만 기다려. 바로 갖다줄게."

"아, 아저씨, 저기, 화장지 넣어 주실 때 저…… 만 원만 같이 빌려주시면 안 돼요?"

"만 원? 갑자기 만…… 원은 왜?"

화장실 안에 있던 우연은 저도 모르게 어깨를 찔끔했다.

"아, 아니 만 원 안 주겠다는 게 아니라……."

더듬대는 목소리에서 아저씨가 당황한 게 느껴진다. 하긴, 이 상황에서 돈을 빌려 달라니, 누가 봐도 광년이로 볼 것 같지 않은가.

"저, 급하게 사 올 게 있어서……. 아 씨……."

우연은 입술을 잘근잘근 씹으며 억지로 눈물을 참았다. 여기서 대체 뭐라고 대답해야 하지. 요 아래 1층 편의점에서 생리대 좀 사다 주세요, 할 수도 없고, 그렇다고 내가 살짝 내려가 사 오자니 주머니에는 500원짜리 동전 하나밖에 없고.

아 정말, 죽고 싶다. 정말 죽고 싶어 죽겠다. 아저씨가 여자였으면 좋았을 텐데. 왜 아저씨는 남자고, 아저씨 비서도 남자고, 왜 피시방 아침 알바까지 남자지. 하다못해 왜 이 피시방 화장실에는 들어오는 여자가 한 명도 없느냐고.

안 좋은 일은 몰아서 온다는 게 맞다. 인생의 삼재가 오늘 하루에 몰아서 활짝 발현된 것이 틀림없다. 왜 화장지가 없다는 걸 발견하는 건 항상 볼일을 본 다음일까. 볼일 보기 1초 전에만 발견하면 얼마나 좋을까. 왜 나는 아까 거스름돈을 얌전히 아껴 두지 않고 라면하고 콜라하고 과자를 먹어 버렸을까. 왜 하필 이런 날, 이런 순간에 눈치 없이 생리가 터질까. 딱 두 시간만 기다렸다 터져 주면 안 되었을까. 원래 지금 할 때가 아닌데, 환경이 바뀌어서 자궁이 또 발광이 났나? 아까부터 배가 계속 아파서 짜증이 났는데, 수강 신청 때문에 긴장해서 그런 줄로만 알았다.

우연은 생리가 지긋지긋하고 치가 떨렸다. 생리를 해야만 하는 자신의 몸도 끔찍하게 싫었다. 치질은 수술이라도 할 수 있지, 이건 수술한다고 낫는 것도 아니잖은가 말이다.

생명을 품을 수 있는 몸? 거룩한 일? 자부심을 가지라고? 개지랄 같은 소리다. 그런 소리 하는 인간이 있으면 너나 실컷 해라, 너나 한 달에 백 번 해라, 퍼부어 주고 싶었다. 우연은 무슨 사고라도 나서 자궁만 딱 잘라 내면 얼마나 좋을까, 빨리 늙어서 폐경이 되면 얼마나 인생이 즐겁고 편해질까, 그러면 울랄라 제2의 인생이 시작될 텐데, 하는 상상을 하곤 했다.

"필요한 거 있으면 대신 사다 줄까?"

밖에서 조심스러운 목소리가 들렸다. 우연은 머리를 쥐어 쌌다. 무엇보다 이 빌어먹을 상황을 최악의 상황으로 만드는 건, 바로 밖에 서 있는 게 '아저씨'라는 점이었다. 하다못해 알바 오빠나 모르는 사람이라면 덜 창피했을 텐데. 여기 다시는 안 오면 되니까. 하지만 아저씨라니, 저 점잖은 이원 아저씨라니!

자, 실토할 것이냐 말 것이냐, 할 것이냐, 말 것이냐.

햄릿도 시저도 이순신 장군도 나처럼 비장하지는 않았을 것이다. 딱 그냥 죽고 싶었다.

"안에 사람 있어요? 이거 받아요."

어느 정도 시간이 흘렀을까. 어떤 아주머니가 똑똑, 노크하더니 화장실 문 위로 종이 가방을 넘겨준다.

가방 안에는 화장지 한 팩과 편의점에서 파는 휴대용 생리대 세트가 자그마치 다섯 종류나 들어 있었다. 라이너, 작은 것, 중간 것, 큰 것, 오버나이트. 뭘 쓸지 모르니까 종류대로 다 쓸어 온 모양이다. 어떡해. 난 몰라. 아저씨가 저거 사면서 얼마나 창피했을까. 아주머니의 웃음기 어린 목소리가 이어진다.

"밖에서 어떤 잘생긴 남자가 전해 달래요. 남편인지 애인인지."

우연은 화장실에서 나가고 싶지 않았다. 아저씨가 늙어 죽을 때까지 영원히.

이원이 피시방 자리로 돌아온 것은 수강 신청 프로그램이 열리기 2분 전이었다. 어디를 뛰어갔다 왔는지 땀이 살짝 맺혀 있고, 표정이 조금 이상했다.

"우연이가…… 수강 신청은 우리 두 사람이 알아서 해 달라네요."

"아, 전무님! 잘됐습니다! 알아서 해 달라니, 이건 하늘이 내린 기회입니다!"

하지만 홍연의 쾌재와 달리 이원은 눈썹을 찌푸리고 뭔가 생각에 잠겨 있다. 아니 전무님? 이 절체절명의 중요한 시간에, 그렇게 넋 놓고 계실 때가 아닌데요. 우연이가 담아 놓은 전공 선택 과목들 얼른 빼시고, 아까 그렇게 열심히 의논해서 골라 놓은 전공 영어, 보고서 쓰기, 요가인지 승마인지 발레인지, 현대 미술과 철학, 민법과 형법, 소비자 의사 결정론 등등을 얼른 집어넣어서 주 5일 21학점을 꽉 채워 주셔야 하는데……요?

하지만 이원은 여전히 깊이 고뇌에 빠진 얼굴로 팔짱을 낀 채 화면을 들여다보고 있다. 시간은 점점 흘러간다. 30초 전, 20초 전, 10초 전, 삑, 삑, 삐이잇.

"저, 전무님, 지금 10시 정각입니다!"

홍연이 급하게 소리치는 순간, 이원은 후드득 고개를 흔들더니 우연이 바구니에 담아 둔 화면 그대로 '신청하기'를 눌러 버린다.

"……아?"

삣, 화면이 그대로 멈춘다. 두 사람은 그대로 얼어붙었고, 숨 막히는 침묵의 시간이 흘렀다.

삐빗.

한참 후에야 화면이 원상으로 복구되면서, 신청한 5과목이 모두 접수되었다는 메시지가 뜬다. 오, 놀라운 순발력. 단 한 과목도 튕기지 않고 단번에, 모조리 성공했다. 이원은 여전히 얼어붙은 채 그대로 화면만 들여다보고 있다. 만세 만세 만만세. 홍연은 맥 빠진 얼굴로 손뼉을 쳐 주었다.

"음……."

순간 이원이 정신을 차린 듯 눈을 깜박거린다. 홍연은 큼, 헛기침을 했다. 자, 이제 이 뻘짓의 이유를 설명해 보시죠. 하는 듯한 얼굴에 이원은 난감한 표정을 지었다. 하지만 뻘짓의 당사자도 그 이유는 잘 모르는 듯했다.

한참 후, 그가 내키지 않는 듯, 속을 실토했다.

"음, 그래도…… 우연이가 애도 아니고, ……자기 수업이니까, 말아먹어도…… 자기가 말아먹게 놔둬 보는 게……."

"예?"

"……그게, 흑역사도, 뭐, 나이 먹으면 다…… 재미있는 경험 아니겠습니까."

그러더니 바로 우연의 가방을 챙겨 자리에서 일어난다. 뭐래? 홍연은 얼빠진 얼굴로 상사의 뒷모습을 바라보았다. 목덜미와 귓가가 조금 붉어진 것처럼 보였다.

피시방 문가에 종이 가방을 끌어안고 고개를 숙인 채 서 있는 우연의 모습이 보인다. 덜 익은 바나나 같다던 얼굴은 이제 폭 익은 복숭아 같다.

이원은 옆을 지나가면서 우연의 머리를 어색하게 헤집더니 덤덤하게 "가자." 하고 앞장을 선다. 아, 아저씨, 아, 씨 난 몰라, 아저씨이이, 우연이 발을 동동대더니 자포자기한 듯 바로 종종대며 따라간다. 이원은 다리가 길고 우연은 키가 작아 이원이 한 걸음 걸으면 우연은 두 걸음을 총총 뛰어야 했다.

아저씨. 응. 아저씨, 왜 웃어요. 웃지도 못하니. 아저씨, 좀만 천천히 가요, 다리 길다고 자랑하세요? 다리 긴 것도 잘못이냐. 아저씨, 수강 신청은요? 글쎄, 난 잘 모르겠네. 아이, 아저씨, 이상한 거 집어넣었죠? 궁금하면 가서 확인해 봐. 아저씨, 국어 영어 수학 그런 거 막 넣었죠! 21학점 꽉 채웠죠! 글쎄다. 아저씨, 아저씨이이.

홍연은 이원의 이상 행동의 이유를 알 것도 같고, 모를 것도 같았다.

[2] 통화

"아, 그래. 학과 엠티는 잘 끝났니? 재미있었어? 피곤하지 않니? 이따 데리러 갈까?"

"재미있었다니 다행이구나. 운동회? 엎어졌다고? 왜! 다치진 않았어? 옷이 찢어져? 괜찮아? 운동 못한다며 왜 이어달리기 같은 데 나가고 그래! 등수가 무슨 상관이야!"

"재미있는 룸메이트 만난 모양이구나. 잘됐다. 기숙사 2인실이랬지. 남매가 다섯이래? 이름이 혜진이? 발레 전공이야? 오리처럼 걷는 건 또 뭐야. 어, 우, 우연아, 영상 하지 마! 안 보여 줘도 돼, 우연……, 푸웃, 와하하하."

이원은 다시 유쾌하게 웃음을 터뜨렸다. 아무래도 통화가 길어질 듯했다.

바야흐로 신학기를 무사히 맞이한 신입생께서는 사나흘에 한 번씩 꼬박꼬박 전화를 했다. 용건이 있으면 언제든지 전화하라는 이원의 당부를 곧이곧대로 받아들인 모양인데, 그 용건이라는 게, 백만 번 들어도 하잘것없었다. 홍연을 거쳤으면 백에 아흔아홉은 잘려 나갈 시시껄렁한 수다 쪼가리였다.

하지만 우연이 이렇게 전화를 열심히 하는 이유는 잘 알고 있었다. 그녀는 이원의 도움으로 그야말로 새 인생을 시작하게 됐고, 그에 대한 고마움과 벅찬 감정을 주체하지 못했다. 그래서 자신이 누리고 있는 행복을 적극적으로 알려 주는 것으로 고마움을 표현하는 중이었다.

그 마음이 너무 기특하고 예뻐서 이원은 그녀의 전화를 늘 직접 받았고, 놀라운 인내심(?)으로 그 수다 나부랭이를 끝까지 웃으며 들어 주었다.

우연은 걱정했던 것보다 학교생활에 잘 적응하고 있었다.—아니, 지나치게 잘 적응한 것 같기도 하다.— 그 두메산골 시골 학교에서 뭐가 그리 신나고 재미있는 게 많은지, 아저씨, 있잖아요, 아저씨, 있잖아요, 하며 웃음 섞인 수다가 끊이지 않는다.

신기한 일이다. 그렇게 눈치를 보고 눈물 바람을 하던 아이가 몇 달 만에 저렇게 바뀌다니. 물론 밝아지려고 의도적으로 노력하고 있다는 건 알겠지만, 사람의 성격은 단시간에 쉽게 바뀌는 게 아니다. 만약 본래 성격이 저랬는데 부모에게 짓눌려서 성격이 변했던 거라면 진심으로 안타까운 일이었다.

"토요일에 신촌은 왜? 아하, 주말 알바 면접? 흠. 이번 토요일에 손 원장님하고 상담 치료 있지 않아? 아, 올라오는 길에. 돌아다니기 바쁘겠구나. 그럼 내가 차 보내 줄까? 토요일에는 셔틀버스도 운행 안 하잖니. 그래, 면접 끝나면 전화하고, 같이 저녁이나 먹자."

저녁이요? 우와아아! 정말이죠! 정말이죠! 까아아! 아저씨 멋져요! 환호성에 삑삑삑삑. 아주 아이돌 팬클럽 났다.

옆에 앉아 있던 홍연은 속으로 비죽비죽 웃으며 상사를 흘낏 곁눈질했다. 후견인도 참 극한 직업이다, 극한 직업. 신기한 것은, 시간 낭비와 시끄러운 것을 그렇게나 싫어하는 상사께서 저 시시하고 영양가 없는 통화 시간을 진심으로 즐기고 있다는 점이었다. 우연에게 전화가 오면 무겁고 장중한 사무실에 엉뚱하고 발랄한 분위기가 감돌았다. 다른 사람과 통화할 때는 전혀 느끼지 못하는 분위기였다.

약혼녀나 가까운 친척, VIP 바이어들과 통화할 때 이원의 표정은 부드럽고 말투는 나긋나긋 매끄러웠다. 그는 웃음이든 말투든 늘 적절한 선을 유지했다. 하지만 통화는 5분을 넘기는 적이 없었고, 전화를 끊으면 입가에 머무르는 웃음도 바로 사라졌다.

반면, 우연과의 통화에서 들리는 이원의 웃음소리는 특이했다. 일단 매끈하지 않았다. 그답지 않게 눌린 듯, 숨죽인 듯 키득대는 소리를 내기도 했고, 와하하하 홍소가 터지기도 했다. 통화는 일이 분 만에 끊어지기도 했지만 10분 이상 이어질 때도 많았다. 그리고 전화를 끊은 후에도 오랫동안 미소를 머금고 있거나, 시간이 한참 지난 후에도 문득 생각난 듯 피시시 웃음을 흘리곤 했다. 하지만 그는 자신이 그렇게 행동하는 것을 인식조차 하지 못했다.

물론, 이원이 우연의 재능을 단번에 알아보았고 그녀를 제대로 후원해 대형 화가로 키우려 한다는 것은 알고 있었다.

하지만 이럴 때 보면 후원자라기보다 친동생처럼 아껴 주는 느낌이 더 강했다. 실제로 저 사람 성격에, 어린 동생이 있었으면 저렇게 살뜰하게 챙겨 주었을 것 같기도 했다.

그것 말고도 두 사람 사이에 남들이 알 수 없는 일종의 공감대가 놓여 있다는 생각도 든다. 일단, 이원이 저 아이와의 만남을 계기로 사제의 길을 포기하고 미현과 결혼을 결정한 건 확실했다. 하지만 자세한 내용까지는 알 수 없었다. 감히 물어볼 수 있는 내용이 아니었다. 그저 짐작만 할 뿐이었다.

전화를 끊은 이원이 홍연에게 고개를 돌린다.

"이번 토요일 근무가 최 실장인가요? 아, 황창희 대리던가요. 토요일에 서초동 대신 안성으로 가서, 우연이 픽업해서 손 원장님 병원에 내려 주라고 전해 주세요. 상담 끝나면 신촌 쪽 화실에 내려 주시고요. 그 애가 스케줄이 많네요."

어이구 불쌍한 황 대리, 주말에 장거리 뛰게 생겼네. 이원 역시 뭔가 마뜩잖은지 팔짱을 끼고 심각하게 묻는다.

"그런데 최 실장, 그 애가 왜 굳이 아르바이트를 하겠다는 걸까요. 아무리 주말이라도 안성에서 신촌이면 드나들기도 힘들고, 일단 학교 간판이 안 받쳐주면 아무리 그림 잘 그려도 안 뽑아 줄 텐데. ……혹시 재단에서 지원하는 생활비가 부족한 걸까요?"

"아껴 쓰면 부족하진 않을 겁니다. 사회생활도 할 겸 혼자 힘으로 얼마라도 벌어서 보태려고 하는 거겠죠."

"그런 거라면…… 정말 기특하네요. 사람들 속에서 부대끼는 거 아직 힘들 텐데."

홍연은 슬며시 부아가 났다. 말끝마다 뭐가 그렇게 기특하고 장한지. 대학생이면 개나 소나 하는 알바를 가지고 아주 착즙을 하십쇼. 나만 해도 고등학교 때부터 취업 직전까지 15년을 알바 인생으로 살았는데, 그런 저는 기특하지 않으십니까? 예? 이런 기특한 부하 직원에게 연봉을 한 2천만 원쯤 팍팍 올려 주고 싶지 않으십니까, 예?

"차라리 교내 근로가 낫지 않을까 싶은데. 학교 안에서만 하면 되니까요. 혹시 최 실장 교내 근로 해 보셨습니까?"

"저야, 나이트 삐끼하고 새우잡이 배 말고는 안 해 본 알바가 없는걸요. 교내 근로가 알바의 꽃이자 꿀 중의 꿀인 건 확실합니다."

"역시 그렇죠?"

"그런데 전무님. 그거 국장 제약 있는 학교는 안 될 수도 있고, 된다고 해도 부모님 소득 분위 인증인지 뭔지 해 줘야 할 겁니다. 우연이는 그게 곤란하잖습니까? 아무래도 교내 근로는 어려울 것 같은데요."

"음. 그거, 부모 대신에 후견인이 인증하면 안 되는 걸까요? 후견인 기간도 얼마 안 남았는데 지금이라도……."

이쯤 되면 도저히 좋은 말이 안 나간다. 홍연은 대놓고 한숨을 쉬었다.

"전무님은 전무님 소득 분위가 대체 몇 등급일 거라고 생각하십니까?"

"아하……."

바보 도 트는 소리를 하며 그가 드디어 입을 다문다. 홍연은 저 똑똑한 상사께서 4차원 아가씨와 접선할 때마다 뇌세포가 푹푹 죽어 나가는 것 같아 심히 걱정스러웠다.

[3] 덕질, 팬질, 사생질

토요일, 토요일, 오늘은 토요일이다! 예아! 예아! 예아아아!

우연은 이불을 덮은 채 발을 퍼덕거렸다. 오늘은 서울에 올라가는 날이다. 서울 올라가서 이원 아저씨를 만나는 날이다. 원래 목적은 상담 치료 하고 검사를 하고 주말 알바 면접을 보는 거였는데, 어느새 여행의 목적이 아저씨 만나는 것으로 바뀌었다.

아, 좋아. 정말 좋아!

아침부터 가슴이 우당탕쿠당탕 말 달리듯 뛰어 대고, 펄럭대는 이불에서 튀어나온 먼지들은 아침 햇살 속에서 널리리 널리리 춤을 추었다. "야 진우연! 먼지 나!" 아래층 침대에서 혜진이가 투덜대는데 귀에 들어오지도 않는다.

예전에 집에 있을 때는 토요일만 되면 이 긴 주말을 어떻게 보내나 숨이 막혀 미칠 것 같았는데 이젠 숨이 너무 뿜뿜거려 미치겠다. 이러니까 사람들이 주말을 사랑하는 거구나. 얄리얄리 얄라셩 뿜빠라뿜빠. 20년 만에 처음으로 깨달은 인생의 진리였다.

우연은 자신이 이렇게 변해 가는 것이 신기했다. 집에 있을 때는 자신이 늘 소금물에 절은 배추처럼 느껴졌다. 나쁜 생각은 며칠에 한 번씩 해일처럼 머릿속을 휩쓸었고 불안감, 절망감, 무기력감에 푹 절면 몸까지 바닥에 축 들러붙는 것 같았다.

그런데 지금은 그 증세가 거짓말처럼 사라졌다. 지금은 뭘 해도 잘될 것만 같고, 실제로 잘해 나가고 있었다. 믿을 수 없을 만큼 에너지가 넘쳤다.

친구들은 학교를 깡촌이니, 유배지니, 심심해 죽겠다고 욕을 해 대지만, 우연에겐 재미있는 일들이 너무너무 많았다. 잠잘 시간도 아까울 정도였다.

그녀는 수업 시간 10분 전부터 강의실 앞자리에 앉아 발을 동당대며 수업을 기다렸고, 남들이 허섭하다 욕하는 도서관을 들랑대며 자료 서적을 잔뜩 빌려 신나게 들이팠다. 밤이건 낮이건 미친 듯이 그림을 그려도 이제 아무도 욕을 하지 않았다.

대인 관계에서도 획기적인 발전을 이루었다. 일단 룸메이트인 혜진이 붙임성이 좋고 너그러워, 대인 관계에 서투른 우연에게 큰 도움이 되어 주었다. 밤에 기숙사에서 몰래 받아먹는 치맥의 맛은 천지개벽 신세계였으며, 옆방 친구들과 같이 햄버거와 컵라면을 먹으며 수다를 떠는 야참 타임은 초중고 12년간 학교에서 겉돌았던 우연마저 모든 사람과 친해지게 만드는 '마법의 시간'이었다. 학과 개강 파티에서 생전 처음 먹어 본 3대 7 황금 비율의 소맥은 음치, 박치인 우연이 친구들과 길바닥에서 떼창, 떼춤에 참여하게 하는 만용을 불러일으켰다.

조원들과 함께하는 밤샘 공동 과제도 그렇게 재미나고 좋을 수가 없었다. 그녀는 무시무시한 작업 속도와 높은 퀄리티를 보여 주었고, 새롭고 기발한 4차원적 발상을 화산처럼 쏟아 내는 아이디어 뱅크이기도 했다. 혜진의 부탁으로 무대 배경에 쓰일 그림을 하룻밤 만에 뚝딱 그려 주면서 '참 쉽죠?'라는 별명이 붙은 이후, 그녀는 동기들에게 섭외 1순위 황금손으로 떠올랐다. 반(反)호구 정책을 표방하는 우연은 먹을 것을 꼬박꼬박 조공받는 것으로 나름 대가를 챙겼다. 현재 우연은 커피나 밥을 제 돈 내고 사 먹어 본 적이 없을 정도로 인기를 구가하는 중이었다.

고등학생 때와는 너무 달라진 분위기에 우연은 어리둥절했다. 내가 뭔가 많이 달라진 걸까? 아니면 주변 사람들이 달라진 걸까? 재능 있는 사람을 은근 떠받드는 예대의 특성인가? 우연은 이렇게 우호적인 분위기가 어색하면서도 한편으로는 포기하지 않고 여기까지 온 자신이 몹시 자랑스럽게 느껴졌다.

……나한테 정말 이런 날이 오다니.

이 모든 것이 우연에게는 기적이었다. 소금물에 푹 절어 있던 진우연은 죽어 버리고, 조그만 일에도 발이 붕붕 떠서 하늘을 나는 에너자이저 진우연이 새로 태어난 것이다. 이런 게 바로 행복이구나 싶었다.

다른 아이들은 평소에도 이렇게 기분 좋고 들뜬 상태로 살고 있었던 건가? 그렇게 생각하면 지난 19년을 소금에 전 배추로 보낸 것이 억울하고 분했지만 반대로 생각하면 지금 찾아온 행복이 너무 고맙고 좋아서 분한 마음을 얼른 지워 버리곤 했다.

그리고 이 행복의 시작에는 이원 아저씨가 있었다.

그는 우연이 누리고 있는 행복의 시작이자 토대이자 전부였다. 그래서 우연은 자신이 이렇게 열심히, 행복하게 살아가는 모습과 진심으로 고마워하는 마음이 그에게 잘 전해지기를 바랐다. 그리고 그가 조금이라도 기뻐하고 뿌듯해하기를 바랐다.

……그녀가 아저씨를 생각할 때마다 이렇게 벅차고 눈물 나게 행복하듯이.

"……오늘은 또 어떤 기사가 떴을까?"

우연은 침대에 엎드린 채 스마트폰에 검색어를 입력했다.

한이원, 세경건설, 세경홀딩스, 한이원 대표이사, 한이원 전무, 이원메세나재단…….

우연은 아침마다 아저씨에 대한 새로운 기사가 있는지 검색했다. 물론 아저씨는 연예인이 아니기 때문에 기사가 자주 뜨지 않았다. 특이한 건 인터넷에 돌아다니는 사진이 단 한 장도 없다는 사실이었다. 인터넷에 떴다 하면 바로 실검에 뜰 정도로 멋진 얼굴인데, 진심으로 아까운 일이었다.

새 기사가 없으면 세경홀딩스나 세경건설, 이원메세나재단 홈페이지에 들어가서 새 소식이 있는지 매의 눈으로 살펴본다. 홈페이지에서는 대표이사 동정이 가끔 올라오는 편이었고, 우연은 그 재미없는 내용을 토씨 하나, 점 하나 빼놓지 않고 샅샅이 읽었다.

한번 꽂힌 건 끝장을 보는 성격이었다. 그림을 그릴 때도 그랬다. 이제는 아저씨에게도 꽂힌 것 같다. 아저씨에 대해서라면 모든 것이 궁금했고, 아저씨의 생각도 모조리 알고 싶어 애가 달았다. 그에 대한 정보를 얻기 위해서라면 영혼도 팔 수 있을 것 같았다.

다만, 아저씨의 직업이 직업이다 보니, 정보 수집은 당연하게도 난관에 부딪쳤다.

"……아, 씨. 이거 한국말 맞아? 분명 한글인데 왜 움파룸파어 같지?"

기사 한 줄을 읽는데 모르는 낱말이 열 개가 넘게 나온다. 한두 번이 아니고 매 문장이 그 지경이었다. 기분이 더러웠다. 10미터 걸어가면서 열 번쯤 돌에 걸려 엎어지는 것 같았다.

아저씨는 우연과 완전히 다른 우주에 살고 있었다. 주식회사와 그냥 회사는 차이가 뭐고, 상장사와 비상장사는 또 뭐고, 계열사, 자회사, 지주사 이딴 건 또 뭐냐. 사장, 회장이 제일 높은 건 알겠는데 과장이 높은지 부장이 높은지 전무가 높은지는 계속 헷갈리고, 대표이사와 이사장과 사장님과 회장님의 차이는 죽어도 모르겠다.

그것뿐이면 말을 안 한다. 재단이니 법인이니 하는 것도 골치 아픈데, 이 빌어먹을 낱말들이 재단법인, 사단법인, 영리법인, 비영리법인, 비영리공익법인, 이런 식으로 새끼까지 친다. 하지만 우연은 굴하지 않고 열심히 공부했다. 원래 팬질에는 많은 장애가 있는 법이고, 팬심은 이런 장애와 고난을 극복하며 더욱 굳건해지는 법이다. 다음 학기에는 경제 경영 관련 과목을 모조리 들어야겠어, 우연은 주먹을 꼭 쥐고 결심했다.

"야, 너 또 발동 걸렸냐? 아주 발작을 해라! 아 먼지 좀 진짜! 야!"

2층 침대에서 몸을 꼬며 캑캑대는 우연을 보고 결국 혜진이 고함을 빽 지른다.

혜진은 룸메이트가 된 그림쟁이 친구가 처음엔 맹렬한 열공 족속인 줄 착각했다. 특히 경제, 경영이나 사회 복지 사업에 관심이 많은가 보다 했다. 하지만 두 달이 채 지나기도 전에 깨닫고야 말았다. 경제 경영 복지는 개뿔, 저 조그만 그림쟁이 친구는 '1:7, 5:8 황금비를 자랑하는 모 재단 이사장님' 덕질에 빠진 것뿐이었다.

혜진은 그 오묘한 취향을 이상하다고 생각조차 하지 못했다. 덕질의 세계가 워낙 드넓고, 취향 존중의 세계인 데다, 우연이라는 친구 자체도 워낙 특이했기 때문이었다.

친구는 성격이 극과 극을 오갔다. 어떤 때 보면 되게 겁이 많고 눈치를 보는 것 같으면서도, 어떤 때는 팩트 폭격과 돌직구를 거침없이 던지기도 했다. 국영수 8등급에 실기 100% 특별 전형으로 들어왔다는 게 뭐 그렇게 자랑스러운 내용은 아닌데, 우연은 그런 사실을 까발리는 데에도 거침이 없었다.

물론 그런 흑역사를 까발려도 상관없을 만큼, 친구는 그림 하나는 잘 그렸다. 엄청나게 잘 그렸다. 하지만 교양이나 상식은 또 바닥이었다. 장면 기억력은 좋은데 텍스트 기억력은 형편없었고, 숫자 계산은 그야말로 쥐약이었다. 관심이 있으면 책 한 권을 통째로 외울 지경으로 들이팠고, 관심이 없으면 때려 죽여도 낱말 하나를 외우지 못했다. 몸의 움직임은 고양이처럼 유연하고 아름다웠지만 타고난 몸치에 저질 체력이었다. 모든 것이 극단으로 치우쳐 있고, 균형과 조화 따위는 1그램도 찾아볼 수 없었다. 그러니 '잘생긴 이사장님 덕질' 따위는 이 친구 기준에선 특이한 축에도 끼지 못하는 일이었다.

다행히 우연은 민폐를 끼치거나 친구들이 싫어하는 것을 알면 바로 사과하고 고치려고 열심히 노력해서 친구들의 호감을 샀다. 지금도 먼지 난다고 짜증을 내니까 퍼덕퍼덕하던 격한 몸부림이 바로 멈춘다.

발그레하게 달아오른 얼굴이 이불 사이에서 쏙 튀어나오며 멋쩍게 웃는다.

"쏘리 쏘리. 기지개 좀 켰어, 기지개!"

우연은 자신의 덕질이 적들에게 알려지기를 원하지 않았다. 하지만 그렇게 대놓고 하는 덕질이 비밀에 부쳐질 리가 없었다. 세경그룹과 한이원 대표이사에 대해 수험생처럼 열심히 공부한 우연은 세경그룹의 기본 정보와 역사, 대표이사의 신상에 대해 눈을 감고도 줄줄 외울 수 있을 경지에 도달했다.

세경그룹 소속사는 총 12개로, 그룹 전체를 지배하는 지주사(持株社) 세경홀딩스 밑으로 세경건설, 중기, 키친, 퍼니처, 창호, 홈시스, 조명 등의 건축 관련 계열사들과 공동 창업주 우영석 회장의 성일호텔, SI여행사, 성일용역 등이 있다. 여기에 예술가들을 지원하는 이원메세나재단이 추가된다. 이 재단은 아저씨가 대학생 때부터 실무에 직접 참여하며 경영 감각을 익힌 곳이라고 했다.

아저씨의 호칭은 아무리 봐도 헷갈렸다. 홀딩스나 건설에서는 아저씨를 대표이사 혹은 전무라 했고, 이원메세나재단에서는 이사장님이라 불렸다. 그 차이점을 끝내 이해할 수 없었던 우연은 할 수 없이 그냥 외웠다.

서른두 살이나 먹고도 자신이 중년인 걸 몰랐던 저 아저씨는, 당연히, 멋지게도 군대에 다녀왔으며, 한때 신부님이 되려고 했으며—이 아저씨가 미쳤나! 외모, 아니, 재능 낭비도 유분수지!—놀랍게도 아직 결혼을 안 했다고 한다.

아니 왜? 아저씨가 대체 뭐가 모자라서! 잠시 생각하던 우연은 맹렬히 고개를 끄덕였다.

결론은 하나다. 아저씨는 눈이 높은 것이다. 어어엄청스레 높은 것이다.

아무렴, 당연히 그래야지. 아저씨 정도 되는 사람은 아무하고나 함부로 사귀면 안 된다. 신체 강건하고, 애국심도 충만하며, 성격 착하고, 돈도 많고, 능력 쩔고, 비주얼까지 울트라 갑질을 하는 사나이라면 대한민국 최고의 여자와 사귀어야 한다. 적어도 여왕처럼 기품 있고, 배우처럼 아름다우며, 똑똑하고 능력 있고, 여튼 조따 멋진 여자여야 하는 것이다.

어디 이상한 여자만 붙어 봐라. 가만 안 둔다 진짜.

며칠 전 인터넷에서는 아저씨와 유미현이라는 뮤지컬 배우 사이에 '뭔가 있다—카더라—아님 말고' 통신이 유령처럼 떠돌았다. 속에서 부글부글 화가 치밀었다. 이 쓰레기 같은 기사는 뭐야! 왜 아무 상관도 없는 아저씨를 엮어! 기자가 저 배우한테 돈이라도 받았나? 나라에서 뭔가 숨길 일이 있나? 그런 일이 있으면 아이돌 스캔들을 터뜨린다는데?

원래 아이돌이란 조금이라도 유명해지는 순간부터 온갖 종류의 '카더라—아님 말고' 통신들에 휩쓸리게 마련이다. 하지만 아저씨는 아이돌이 아니고 사업가 아니냐고. 물론 아이돌만큼이나 잘생기긴 했지만 사업가란 말이야, 사업가! 이런 엉터리 기사를 쓴 기자들은 월급이 아니라 벌금을 받아야 한다고! 어디 개구리 두꺼비 같은 것들이 달라붙어서 껄떡껄떡 꽥꽥 울고 있냐고! 감히!

댓글로 폭탄 테러를 하고 싶어 손이 드릉드릉한다. 아무리 단전 호흡을 하며 심신을 다스려도 전사의 본능을 누르기는 쉽지 않았다. 아저씨에게 들킬 염려만 없었다면 기사마다 찾아다니며 진작 테러를 퍼부었을 것이다.

그 외에도, 우연은 인터넷에서는 절대 말하지 않는 '중요 정보'도 많이 알고 있었다. 아저씨의 몸은 배꼽 선을 기준으로 5:8, 얼굴과 몸의 비율은 1:7 황금 비율이고, 눈동자는 멋진 세피아 컬러이며, 그 눈을 반쯤 사르르 감으면 엄마야, 그야말로 황홀경이고, 웃을 때면 입술 끝이 양쪽 위로 샥 말려들어 가면서 대박 섹시해지고, 키는 187센티, 몸무게는 옷 벗고 78킬로—이건 아저씨에게 세 번이나 물어봐서 알아낸 것으로, 특급 정보다.—, 뭔가 참을 때면 입을 쓰다듬거나 주먹을 지그시 쥐는데 그때마다 턱에 오돌토돌 귀여운 복숭아씨가 생겨난다.

개그 감각은 심각하게 부족하지만 남의 개그에 많이 웃어 주는 것으로 벌충된다. 어차피 얼굴만 봐도 발쭉발쭉 웃음이 나니까 도긴개긴이다.

하루 한두 시간씩 운동을 하고, 담배는 피워 본 적이 없으며, 술은 와인만, 식사할 때 가끔씩, 그것도 두 잔 이내로만 마신다고 했다. 딱히 취미 생활이랄 건 없지만, 시간이 나면 책을 보고, 공연이나 전시를 관람하며, 일요일마다 꼬박꼬박 미사를 가고, 새벽 미사도 간단다. 생각보다 굉장히 부지런한 사람이었다. 동물을 좋아하지만 아무것도 기르지 않고, 식물도 좋아하지만 마당 관리는 정원사가 한다고 했다.

이렇게 써 놓고 보니 굉장히 재미없고 이해할 수 없는 인생을 살고 있는데, 당사자는 그 재미없고 심심한 일과를 행복한 삶이라 믿고 있었다.(누가 세뇌를 걸었는지 진심 능력자다.) 아니, 치맥과 소맥에 잠겨 길바닥에서 막춤 한번 안 쳐 본 사람과 어떻게 인생을 논할 수 있겠느냐고. 하지만 그 말을 들은 아저씨는 기겁하며 10분 동안 폭풍 잔소리를 해 댔다. 너 대체 언제 술 먹고 길바닥에서 막춤 췄어? 대체 어쩌자고!

우연은 그런 중년다운 아재력이 아저씨의 유일한 단점이라 생각했는데, 이제는 그것마저 멋지게 느껴진다. 아재력이 이원 아저씨에게 발현하면, 그게 고전이고 전통이며 클래식이고 앤티크가 되는 것이다.

우연은 아저씨의 모든 것이 좋았다. 아저씨 앞에서는 많이 떠들고, 많이 울고, 많이 웃어도 창피하지 않았다. 아저씨 역시 우연의 말이라면 아무리 시시한 이야기라도 조금도 비웃지 않고 진중하고 따뜻하게 받아 주었다.

아저씨와 마주 앉아 있을 때면, 심장에 작은 난로가 생겨나 따끈따끈 불이 지펴지는 것 같았다. 눈을 감고 아저씨를 생각하면, 그 열기가 혈관을 타고 짜르르르 달려가는 것처럼 느껴졌다.

우연은 베개에 얼굴을 파묻고 푸욱 한숨을 쉬었다.

보고 싶다, 아저씨.

□ ■ □

"우엉아! 엉느님, 지금 서울 가는 차 기다리는 거야?"

주차장에서 위를 올려다보니 강당 창문턱에 혜진이가 매달려 빽빽대고 있다. 발레 공연 때문에 팀 연습이 있다더니 정말 똥 머리에 짧은 튀튀 차림이었다.

"응, 조금 있으면 도착할 거야!"

"우엉님! 엉느님! 잠깐만, 20분, 아니 15분만 기다려 주라! 가는 길에 나 좀 태우고 가다 서울에 가서 전철역에 흘려 주면 안 돼?"

뭐래. 지금 서울에서 날 오매불망 기다리는 사람이 있는데……는 아니고, 내가 오매불망 보고 싶은 사람이 있는데 널 20분씩이나 기다려 주게 생겼냐.

"안 돼! 기사 아저씨 바빠서 바로 가야 해."

단호하게 거절했다. 우연은 적당히 돌려 말하거나 간접적으로 곱게 거절하는 요령이 아직 부족했고, 혜진은 그런 우연을 4차원 단호박이라고 불렀다.

"와, 단호박 점칠이 저거 존나 치사해! 그럼 10분! 번개처럼 갈아입고 내려갈게, 아 쫌!"

"김혜진 너, 자꾸 점칠이라고 부르면 죽는다, 진짜!"

"점칠이 무슨 뜻이니?"

"으악, 으아악!"

갑자기 뒤에서 들린 목소리에 우연은 물개처럼 비명을 질렀다. 끼아아아! 2층 창턱에 개구리처럼 붙어 있던 혜진도 사이렌 같은 비명을 뽑아냈다. 이원도 기겁하며 황급히 뒤로 물러섰다.

"왜, 왜 이래, 우연아. 아저씨야. 왜들 이래!"

"아, 아, 아저씨가 왜 여기 오셨어요! 노, 놀랐잖아요!"

"왜, 내가 오면 안 되니?"

"아, 아뇨! 절대 안 되지 않고요, 완전 괜찮고요, 전 홍연 아저씨 오실 줄 알고……."

아저씨는 입을 비죽거리며 웃었다.

"기대를 깨서 미안하구나. 최 실장 오늘 쉬는 토요일이고, 나도 바람 좀 쐬고 싶어서 직접 내려온다 했지. 네가 보이기에 반가워서 얼른 나온 건데, 반가워하지 말 걸 그랬다."

"아니에요. 얼마든지 반가워하셔도 돼요. 이제 얼른 반가워하시란 말이에요! 아이, 씨!"

우연은 얼굴을 구기며 울상을 했다. 아저씨보다 내가 더 반가웠다고요! 홍연 아저씨보다 백만 배는 더 반가웠는데 반가워할 기회를 놓친 것뿐이라고요. 아이, 아저씨는 왜 이렇게 사과를 함부로 하고 그러세요.

"기사 아저씨, 안녕하세요? 저 우연이 친구 김혜진이라고 하는데요, 올라가시는 길에 이사장님 몰래 저 좀 태워 주시면 안 돼요? 아무 전철역에서나 내려 주시면 되는데."

아저씨가 운전기사인 줄 아는 친구가 겁도 없이 끼어들어 부탁을 한다. 아저씨는 자기가 그 이사장이라고 양심선언을 하는 대신 태연하게 딜을 걸었다.

"점칠이 무슨 뜻인지 알려 주면, 한번 생각해 볼게요."

"혜진아! 너 말하지 마! 말하면 죽어! 죽어어!"

우연이 숨넘어가는 소리로 언로를 틀어막자, 이번에는 옆의 창문에 붙어 있던 다른 똥 머리 튀튀들이 앞다투어 천기누설을 시작했다.

"우엉이 키요! 4년째 149.7이래요!"

"아니야! 아니거든? 150 됐거든?"

"웃기시네. 너 키 잴 때 봤거든? 149.7 맞거든? 자꾸 우길래!"

"야, 인생 20년쯤 살았으면 점칠을 운명으로 받아들일 때도 됐잖아! 운명에 함부로 맞서 싸우는 거 아니야!"

여기저기서 깔깔대는 웃음소리가 터졌다. 아저씨는 대놓고 웃진 않았지만 고개를 옆으로 돌리고 손등으로 입을 막더니 어깨를 꿈틀거렸다. 그게 더 기분 나빴다. 우연은 목에 핏대를 세우고 고함을 질렀다.

"야! 너희들 죽었어, 엉? 혜진이 너 안 태워 줘!"

"우엉아! 나는 대답 안 했어! 어, 그냥 가? 정말 가? 엉느님, 야! 이 의리 없는 인간아!"

"혜진 씨라고 했나요? 3분 기다릴게요! 오래 못 기다려요!"

아저씨가 웃음을 간신히 참으며 오케이 사인을 보냈다.

"기다려, 기다, 우연아! 기사 아저씨이이! 쫌만요!"

혜진이는 빳빳하게 위로 퍼진 치마 아래로 헐렁한 운동복 바지를 껴입고, 상의도 한쪽 팔만 끼운 채, 가방을 끌어안고 헐레벌떡 뛰어 내려왔다.

저게 미쳤구나. 저 버스럭대는 치마를 벗으려면 옷의 구조상 웃통까지 한꺼번에 다 벗어야 하는데, 아저씨가 운전하는 차에서 어떻게 벗으려고?

아저씨는 근엄하게 입을 다문 채, 운전대를 꽉 붙잡았다. 아니다, 입술 끝이 아주 조금 위로 꿈틀, 위로 말려 올라갔다.

"김혜진 씨는 집이 어디예요?"

"아, 저, 반포 쪽인데요."

"그럼 고속버스터미널역에서 내려 줄게요."

그것도 유동 인구 갑 오브 갑인 터미널역이란다. 오늘 인터넷에서 '고터역 추리닝 발레복' 실검 뜬다는 데 한 표. 우연은 아저씨가 자신의 작은 키를 놀린 친구에게 소심하게 복수를 해 주었다는 것을 알아차렸다.

"아침은 잘 먹었어? 출출하면 뭐 좀 먹을래? 간식 사 온 거 있다."

종이봉투 안에는 샌드위치와 동물 쿠키, 고래밥, 딸기우유, 바나나우유 같은 것들이 두서없이 들어 있었다. 우연은 눈을 동그랗게 뜨고 동물 쿠키와 딸기우유를 들여다보았다. 자신이 좋아하는 과자를 일일이 기억하고 골라서 사 오신 것이 너무 신기했다. 슈퍼에 들어가서 이것들을 주섬주섬 고르고 있었을 아저씨의 모습을 상상하니 가슴이 살랑살랑 간지러웠다. 우연이 감격에 겨워 동물 쿠키를 들고만 있자 혜진이 냉큼 과자 봉지를 빼앗더니 샌드위치를 대신 손에 쥐여 준다.

"아침도 안 먹었는데 과자 부스러기나 주워 먹으면 나중에 당뇨 온대. 샌드위치랑 우유 먹어. 대신 과자는 이 언니가 먹어 주마."

혜진이 날도적놈같이 캬캬 웃는다. 야, 안 내놔? 야아! 우연은 과자를 탈환하기 위해 빳빳한 치맛자락 위로 몸을 날렸다. 차 뒷자리에서는 금세 난투극이 벌어졌다. 아저씨가 웃으며 어깨 너머로 묻는다.

"우연이 너 아침 안 먹었어? 왜? 늦잠 잤니?"

"날씬해 보이려고 그런대요. 사장님인지 이사장님인지 만날 거라면서요."

으악, 친구 입을 틀어막기도 전에 원자 폭탄이 터졌다. 아저씨의 목소리가 순식간에 엄해졌다.

"진우연, 왜 날씬해 보이려고 하는데? 지금도 심하게 말랐는데?"

……망했다.

아저씨는—자기도 입이 짧은 주제에— 우연이 밥을 제대로 먹는지 굉장히 신경을 썼다. 통화할 때마다 기숙사 밥은 잘 나오는지, 얼마나 먹는지, 늦잠 잔다고 아침은 거르지 않는지 물었고, 같이 식사를 할 때가 있으면, 자기는 딱 정해진 양만 먹으면서 우연에게는 배불러 터질 때까지 뭔가를 시켜 주었다. 헨젤과 그레텔에 나오는 마귀할멈처럼 뒤룩뒤룩 살을 찌우는 게 지상 목표인 것 같았다.

"아저씨, 그게 아니고요, 실은 배가 안 고파서 안 먹은 건데요. 아저씨 볼 생각만 하면 이상하게 배가 빵빵 불러서, 그래서."

……라는 말을 혜진이 앞에서 할 순 없었다. 우연은 친구의 허벅지를 꼬집

으며 '더 이상 말하면 죽어! 과자 빨리 안 내놔?' 라는 텔레파시를 쏘아 보냈다. 하지만 혜진은 꼬집힌 복수를 알차게 해 댔다.

"우엉이가 이사장님 덕질을 하거든요. 틈만 나면 검색을, 아야, 고만 좀 꼬집어! 어, 뭐라더라, 연예인처럼 조따 잘생기고 키도 크고 비율도…… 엄마야!"

차가 휘청하면서 하마터면 논두렁에 처박힐 뻔했다. 우연은 차라리 논두렁에 빠져서 머드 몬스터 같은 것에게 확 잡아먹히고 싶었다. 앞에서 음산한 목소리가 흘러나온다.

"덕질? 그게 무슨 뜻이에요?"

"열렬한 팬이 돼서 미친 듯이 파는 거죠. 나중에 팬클럽, 팬 카페 다 만들어서 회장도 하고 사생도 할 거예요!"

운전석에서 길게 앓는 소리가 흘러나온다.

"사생은 또 뭐고?"

"사생활까지 쫓아다니는 스토커요. 그런데 아저씨, 정말 그 이사장님이라는 분이 그렇게 잘생겼어요? 기사 아저씨도 대박 잘생기셨는데, 아저씨보다 이사장님이 더 잘생기셨어요?"

잠시 후 앞에서 시큰둥한 대답이 흘러나왔다.

"……잘생기지 않았어요. 성격도 까칠하고 별로고. 팬클럽 같은 거 만들었다간 안티만 백만 대군 생길 거예요."

운전기사가 직속 상사를 대놓고 까네? 깜짝 놀란 혜진은, 드디어 입을 다무는 게 신상에 좋겠다는 판단을 내렸다. 물론 썰렁해진 분위기를 수습하기엔 이미 늦었다.

고속터미널역에 도착하기까지 세 사람은 한마디도 하지 않았다. 차 안에선 발레복 버스럭대는 소리와 혜진이가 뽀삭뽀삭 동물 과자 씹는 소리 말고는 아무 소리도 들리지 않았다. 더럽게 어색하고, 더럽게 뻘쭘하고, 더럽게 썰렁했다.

"진우연 너! 정말 내 팬 카페인지 팬클럽인지 만들 거야?"

이원은 혜진이 내리자마자 바로 추궁에 들어갔다. 아주 머리가 지끈지끈 아팠다.

우연이 자신을 깊이 신뢰하고 고마워한다는 것은 알고 있었다. 그런 관계를 만들기 위해 이원이 부단히 노력해 온 것도 사실이었다.

하지만 우연의 감정이나 행동은 확실히 과한 데가 있었다. 덕질은 뭐고 팬클럽은 뭐고 팬 카페는 뭐고 사생은 또 뭐냔 말이다. 차라리 다른 친구들처럼 평범하게 연예인을 좋아하면 안 되겠냐고.

조금 눈치를 보나 싶던 우연은 금세 뻔뻔이 모드가 되어 당당하게 대답한다.

"……네, 일자리 구하면 아저씨 팬 카페, 팬클럽 다 만들 거예요."

"허, 참. 왜? 만들려면 지금 안 만들고?"

"돈을 좀 벌어야 하거든요. 팬질 덕질에는 원래 돈이 좀 들어요."

아하, 그래서 알바를 하시겠다 이건가? 아하, 아하아! 기특하다는 마음이 훨훨 날개 치며 날아가는 소리가 들린다.

"팬클럽 만들면 뭐 하는 건데?"

"플래카드 만들어서 아저씨 쫓아다니면서 돈 잘 버시라고 열심히 응원하고요, 제가 그동안 열심히 수집했던 고급 기업 정보도 막 풀어서 널리널리 전파할 거예요."

뭐? 기업 정보라는 말에 신경이 쫙 곤두선다.

"고급 기업 정보라니, 어떤 거?"

"그러니까 이원메세나재단 이사장님의 나이는 올해 서른둘이고, 혈액형은 A형이고, 제 생각에 트리플 따따블 A형! 별자리는 처녀자리고, 취미는 운동과 종교 활동이고, 저 미모를 가지고 신부님이 되려는 말도 안 되는 생각을 했었고, 유기묘 동아리 집사모에서 목욕 봉사 미용 봉사를 하는데 고양이들한테 인기 최고였다는 전설이 있고……. 뭐 그런 거요.”

맙소사. 갑자기 긴장이 탁 풀리면서 웃음이 터져 나왔다.

“그런 건 대체 어떻게 알았어?”

“홍빵맨 아저씨…… 아, 아니아니, 저기, 검색만 좀 열심히 하면 다 나와요.”

설마 홍빵맨이 최홍연 실장은 아니겠지? 시말서, 아니, 경고, 아니아니, 감봉! 제기랄. 머릿속에서 빨간 경광등이 왱왱거린다.

“진우연! 그건 내 사생활이잖아. 그런 건 대체 왜 퍼뜨리려는 건데?”

“아이돌한테 사생활이 어디 있어요?”

“내가 아이돌은 아니잖아.”

“왜요? 인터넷에 기사 빵빵 뜨면 아이돌이지, 아이돌이 따로 있나요? 아저씨가 민간인이라는 편견은 버리세요. 좀.”

“……”

“그런데 아저씨, 왜 인터넷엔 아저씨 사진이 없는 거예요? 사진만 제대로 돌면 바로 기획사 캐스팅 들어올 텐데? 세경그룹 홍보팀 직원들은 왜 대표이사님의 우월한 미모를 사용하지도 않고 낭비하고 있어요? 다 시말서예요, 시말서!”

근본도 없는 기괴한 말투에 끙, 소리가 다시 터져 나갔다. 그래, 어디 한번 계속해 봐라.

“그게 다가 아니에요. 생일, 세례일, 밸런타인데이, 블랙 데이, 빼빼로 데이, 크리스마스 퐈리, 송년 퐈리, 신년 퐈리, 설날, 추석, 석가 탄신일, 그런 거 전부 준비해서 축하해 드리고요, 애인 생기면 모솔 탈출 축하 퍼레이드 해 드리고요, 결혼하시면 축가도 하고요, 필요하면 춤도 추고요, 행사 노가다에 보디가드 다 뛰고요. 부케, 부토니에, 자동차 꽃 장식 그런 것도 필요하면 다 해 드리고요, 결혼기념일에 꽃다발하고 케이크도 보내 드리고요, 초상화 기차게 뽑아서 팬 아트로 조공하고요, 외부 활동 하실 일 있으면 적금 깨서 밥차 조공도 하고요, 베이킹 배워서 케이크, 쿠키, 초콜릿 3종 조공 바치고요, 인터넷에 안

티 생기면 좌표 찍고 떼로 달려가서 다 밟아 버리고요, 여론전 필요하면 외국 아이피 백만 개 따서 화력 지원 해 드리고요, 골치 아프게 하는 사람 있으면 그 집 앞으로 몰려가서 피켓 들고 시위하고 대문에 썩은 계란이랑 토마토랑 던지고요……."

"푸, 하, 와하하하하!"

결국 이원은 신나게 웃음을 터뜨렸다. 듣다 보니 화를 내야 할지 말아야 할지도 모르게 되었다.

"대체 왜 그런 일을 하는데?"

그는 간신히 웃음을 멈춘 후 백미러로 우연을 보며 물었다. 고양이처럼 동그란 눈이 맹랑하게 깜박깜박한다.

"팬이라니까요? 당연히 아저씨를 좋아하니까 하는 거죠."

"……아, 그런 거니?"

너무 당당하니 할 말이 없다. 더욱이 고백한 당사자는 어찌나 쿨하신지 아이돌의 반응 따위는 신경도 쓰지 않는다.

"당연하죠. 덕질, 팬질, 사생질은 원래 좋아하니까 하는 거예요. 얼른 고마워하시라고요."

"아, 그래 엄청나게 고맙구나."

우연이 보조개가 쏙 패도록 쌔액 웃으며 조그마한 어깨를 으쓱, 한다. 아, 대체 저 아이를 어떡해야 할까. 미치겠다. 딸을 키우는 아빠들은 이럴 때 대체 어떤 마음일까?

"그런데 좋아한다면서 결혼도 축하해 주고 그럴 거야? 좋아하는 사람이 다른 여자랑 결혼하는 건데?"

"그게 무슨 말씀이세요? 건담이나 트랜스포머 여성 팬들을 생각해 보세요. 그 언니들이 로봇이랑 결혼하고 싶어서 덕질하겠어요? 덕질, 팬질은 연애나 결혼보다 이상적이고 순수하고 무조건적이고 고차원적인 거예요."

"아하, 그렇구나."

단번에 설득당한 이원은 핸들을 잡은 채 크게 웃었다. 잠시 걱정했던 게 무색할 정도였다. 이러니까 4차원 단호박이라는 별명이 붙지, 아가씨야.

"어쨌든 결혼을 열 번 하시든, 백 번 하시든 끝까지 의리 있게 축하해 드릴 테니 염려 마세요. 저는 비혼주의자라 아저씨가 결혼하신다고 안티 되고, 테러하고, 그런 유치한 짓 안 해요."

"비혼주의자······라."

"네, 전에도 말씀드렸지만, 저는 절대 결혼 안 할 거거든요."

단호한 대답에 이원은 잠자코 입을 다물었다. 저 말이 나오는 이유를 알고 있으니 입맛이 썼다. 우연에게 가정이란 지옥과 다름없을 테니까.

······나중에 좋아하는 사람이 생기면 마음이 바뀔 수도 있겠지.

이원은 우연의 스물다섯 살, 서른 살, 혹은 지금 자신의 나이인 서른두 살을 상상했다.

사랑스러우리라. 놀라우리라. ······그리고 나보다 훨씬 눈부시리라.

이원은 뒤에서 재잘재잘하는 아이가 일찍부터 재능을 꽃피우고, 따뜻하고 좋은 사람을 만나 흠뻑 사랑받고 상처를 치유하기를 바랐다. 안온한 가정의 울타리 안에서라면 이 아이는 안정을 얻고 더욱 높이 날아오를 수 있을 것이다.

다만 지금은 그런 말이 통할 것 같지 않았다. 굳이 반박해야 싸움밖에 되지 않을 듯했다. 이원은 아무렇지도 않은 척 말을 돌리며 투덜거렸다.

"그런데 우연이 너 좀 너무한 거 아냐? 내가 결혼을 열 번, 백 번씩이나 해야겠어?"

"아, 하긴 그렇네요. 지옥행 열차를 백 번이라니 말도 안······, 으악, 아, 아니아니, 그게 아니고요, 죄송해요. 취소. 꼭 타고 싶으면 딱 한 번만 타시는 거로."

허둥지둥 사과를 받아도 어째 기분이 요상했다. 우연은 눈치를 살그머니 보며 조심스러운 말투로 덧붙였다.

"그래도 아저씨 나이가 나이니까, 얼른 솔로 탈출은 하셔야죠. 조금만 지나면 똥값 되시는 건 순식간이니…….”

“똥값 되시는 건 또 뭐야. 진우연!”

서른둘이면 나이 많은 것도 아니라니까! 그리고 약혼녀 있으니까 내 걱정은
안 해 줘도 돼! 펑, 터뜨리기도 전에 우연이 헤실헤실 웃으며 종알거린다.

“아, 이건 엄마가 맨날 하던 말이구나. ……어쨌든 좋아하는 분 생기면 얼른
꽉 잡아서 솔탈 하세요. 이상한 루머에 자꾸 휩쓸리지 마시고요.”

이상한 루머? 고개를 갸웃하던 이원은 이내 속으로 혀를 찼다.

……일전에 인터넷에 올라온 기사를 봤구나.

이원은 자신의 사생활이 외부에 알려지는 것에 몹시 예민해서, 세경의 홍보
팀에선 보도 자료 내용이나 언론에 대한 단속이 삼엄했다. 이번 기사도 미현의
소속사와 포털에 압력을 넣어 바로 내리긴 했지만, 그 짧은 사이에 이 아이가
보았던 모양이다.

애써 덮어 두었던 일이 떠오르니 다시 머리가 무거워졌다.

현재 미현과는 며칠에 한 번씩 안부 전화를 하고, 서울에서 공연이 있으면
꽃다발을 들고 참석하는 정도로 관계를 이어 가고 있었다. 이원은 미현에게 깍
듯하게 예를 지켰으며 미현도 이원의 신경을 거스르지 않도록 최대한 신경을
썼다.

그리고 미현이 약속한 대로, 우 상무 쪽에서는 더 이상 시끄러운 말이 나오
지 않았다. 모리스 첸과의 소문도 최근엔 신기할 정도로 조용하다. 헤어진 것은
아니지만, 모리스가 그녀의 아파트 바로 옆에 작은 스튜디오를 구해 나간 건
확실한 듯했다. 미현은 이원과의 약속을 지키기 위해 나름 최선을 다하고 있었
다.

모든 조건은 자로 잰 듯 맞춤했고, 모든 상황은 잘 짜인 판처럼 질서정연하
게 흘러갔다. 미현이 한국에 들어오면 조용히 약혼식을 하고, 산타바바라 극장
과의 계약이 끝나는 내후년에 결혼식을 올리면 될 것이다.

결혼하면 뭔가 특별한 감정이 생길까. 아기가 생기면 특별한 유대감이 생길

수도 있겠지. 그럼 미현도 애인을 정리하고 나에게 안착할 수도 있다. 그러다 보면 미현과 나 사이에도 사랑이 생길 수 있지 않을까.

생각하면 할수록 체한 것처럼 명치가 짓눌렸다. 후우. 이원은 한숨을 삼키며 말을 돌렸다.

"요새 갑자기 더워졌는데 괜찮아? 아직 강의실에 에어컨 안 틀어 주지?"

"28도 넘어야 틀어 준대요. 혜진이랑 만 원짜리 미니 선풍기 일찌감치 공구 했어요. 요새 대륙발 물건들 대박 좋아요. 얼굴 앞에 틀면 에어컨 없어도 개시 원해요."

"하하하, 나름 적응 잘하네. 기숙사에서 지내는 건 어떻고?"

"아주 좋지요. 밤마다 옆방 친구들이랑 치맥과 컵라면과 함께하는 마법의 시간이 열리거든요. 에헤헤. 호그와트 기숙사에서 지내는 기분이에요. 퀴디치 수업만 있으면 완벽하죠."

"왜. 혜진이하고 작당해서 볼드모트하고 싸우기도 해야지."

"에이, 아저씨가 대한민국 미대생의 라이프를 잘 모르시네. 볼드모트보다 더 무서운 악당이 쳐들어온다고요. 그, 중간고사라고, 과제하고 시험이 와라라 라······."

주 4일 수업에 모조리 실기 과목으로 깔아 버린 주제에 그래도 학점이 무섭 기는 한가 보다. 이원은 꾸역꾸역 웃음을 삼키며 말했다.

"너 그런데 아침 안 먹은 거 정말 나 때문에 그런 거니? 다이어트하려고? 그 런 짓 안 해도 충분히 예뻐!"

"에이, 아저씨 맨날 고짓말. 제가 예쁘긴 뭐가 예뻐요."

우연은 배슬배슬 웃더니 드디어 진실을 실토했다.

"아저씨를 생각만 해도 배가 부른데, 이렇게 보고 있는데 배가 고플 리가 있 어요? 보세요, 배 나온 거! 완전 임신 8개월 차! 빠바방!"

백미러로 뒤를 흘낏 본 이원은 기가 막혀서 웃음을 터뜨렸다. 쥐어 봤자 한 줌도 되지 않을 배를 힘껏 부풀려 팡팡 쳐 대는 게 어찌나 같잖은지 모르겠다.

"아이 아저씨, 왜 콧방귀를 뀌고 그러세요. 정말 아저씨를 보기만 해도 배가 부르다니까요? 맹세코 진짜로! 저는 아기를 키울 생각은 없지만요. 아저씨처럼 예쁜 아기라면 진지하게 한 번쯤은 고민해 볼지도 몰라요."

"그게 무슨 소리야. 결혼 안 한다며!"

"촌스럽게 왜 그러세요. 결혼 안 해도 정자은행 같은 데서 냉동 정자를 받아서 아기만 낳는 방법도……. 아이, 아, 아저, 아저씨, 왜 화를 내고 그러세요. 누가 정말 낳는대요? 그, 그냥 그런 방법도 있다는 거죠! 아 정말 안 키워요! 그냥 고민만 한번 해 본다고요, 고민만! 한 번만! 아이참, 그냥 말해 본 거 갖고 왜 자꾸 화를 내세요."

후우우.

이원은 그쯤 해서 멈춰야 한다는 결론을 내렸다. 더 캐고 들었다가는 저 입에서 어떤 무시무시한 말이 쏟아져 나올지 몰랐다. 말 한마디에 일희일비 열을 내는 자신이 바보 같았지만, 왜 이렇게 번번이 휘말리는지는 도무지 알 수 없었다.

우연이 밝게 변해 가는 모습은 좋았다. 작은 일에도 겁에 질리거나 습관적으로 눈치를 보고 어깨를 움츠리던 모습도 거의 사라졌다. 하지만 짓눌렸던 생각을 밖으로 거침없이 쏟아 내기 시작하면서, 걱정스러운 점도 점점 또렷하게 나타나기 시작했다.

우연은 일상적 관습을 쉽게 무시하고, 상식을 훌쩍 뛰어넘어 사고(思考)하며, 그것을 직선적으로, 적나라하게 표현하려는 경향이 있었다. 그림으로든, 말로든, 하다못해 표정으로든. 아마 아이의 그런 점을, 권위적이고 과민하며 폭력적인 부모는 견디지 못했던 것 같다.

버릇없다, 안 된다, 위험하다, 일일이 나무라면서 고쳐 주어야 할까?

……글쎄. 이미 저 아이의 아버지가 그런 식으로 충분히 짓눌러 왔을 텐데?

그래도 명색 후견인이니, 고치도록 말은 해 봐야 하지 않을까?

아니, 어지간한 부모라면 저 정도 유쾌한 수다는 귀엽게 넘겨 주지 않을까?

특히 신경 쓰이는 것은, 뒤통수를 후려갈기듯 도발적이고 거침없던 우연의 그림들이 저런 사고방식과 말투를 많이 닮았다는 점이다.

자유로운 영혼, 거침없는 말, 자기 검열 없는 상상력, 창조적 영감.

그 모든 것은, 아마 하나로 연결돼 있는 거겠지.

……그렇다면 함부로 손대면 안 되는 것 아닐까?

하지만 저 말버릇이 단순히 '예의 바르게 말하는 법을 배우지 못해서' 그런 거라면? 상식을 의도적으로 깨뜨리는 게 아니라 상식 자체가 없는 거라면?

어느새 목적지가 가까워진다. 차들이 복작복작 밀리는 도로의 오른쪽으로, '손연정 정신건강의학&상담 센터'의 푸른 간판이 보인다.

얘기를 하려면 아직 후견이라는 관계로 묶여 있을 때 해야 할 텐데. 며칠 남지도 않은 어쭙잖은 이 관계. 어떻게 하는 게 옳을까. 상식의 틀과 제약 없는 상상력, 방치와 책임감, 너그러움과 단호함 사이의 올바른 경계는 어디일까. 망설이던 이원은, 우연이 중얼거리는 말에 눈을 크게 떴다.

"그리고 아저씨, 저는요, 예뻐진 게 아니고요, 행복해진 거예요. ……아저씨 덕분에."

이원은 우연의 말버릇을 영원히 나무라지 못할 것을 알았다.

12

마법의 시간

이원은 홍연이 책상에 올려놓은 서류를 가만히 응시했다.

「후견 감독 종료 신고서」

6월 9일, 이라는 날짜가 어느새 코앞으로 닥쳐 있었다.

내일부터 우연은 더 이상 법적인 보호자가 필요하지 않게 될 것이다.

어지간히도 신경이 쓰였다. 후견인 노릇을 한다는 게 이렇게 신경 쓰이는 건 줄 알았으면 신민희 복지사의 제안을 쉽게 수락하지는 못했을 것이다. 시간도 품도 많이 들었지만, 무엇보다 감정적인 소모가 가장 컸다.

이원은 우연을 만날 때면 늘 알 수 없는 거슬림을 느꼈다. 거부감이나 불쾌감과는 확실히 다르지만, 어딘가 신경을 긁는 듯한 묘한 느낌이었다.

이 거슬림의 정체는 과연 무얼까.

생각해 보면 그녀를 처음 만났을 때 느꼈던 감정도 거슬림이었다. 차가운 바람 속에서 가는 바늘로 어딘가를 찔리는 듯하던 느낌이 아직도 선명하다. 연습장을 펼쳤을 때는 머릿속에서 뭔가 파삭 깨져 나가는 것 같았고, 그 아이가 도 망치라고 속삭였을 때는 깊이 감춰 둔 마음이 날카로운 발톱에 찍혀 밖으로 끌려 나온 듯한 느낌이 들었다. 아버지에게 폭행당하고 있다는 걸 들은 순간, 아비란 자에게 극심한 살심이 일었고, 채팅 앱으로 이상한 남자들을 만났더라는 말을 들었을 때는 배신감과 충격으로 정신을 차릴 수 없었다. 하지만 멍과 눈물로 얼룩진 얼굴을 보았을 때는 심장이 짓이겨지듯 아파 그 충격을 다 잊었다. 누드모델을 해 달라는 말을 들었을 때는 그 자리에서 바로 옷이 벗겨진 것처럼 아뜩하고 얼굴이 달아오르기도 했다. 그녀는 웃음만큼이나 눈물도 많았고, 이원은 그 눈물만 보면 미칠 듯 다급하고 숨이 막혔다.

그녀와 관련된 감정은 어떤 것이든 극도로 강렬했고 어떤 방식으로든 신경을 긁었다. 작고 겁먹은 아기 고양이가 그의 손에서 파들파들 떨다가 갑자기 조그만 발톱을 세우고 팔다리를 확 긋는 것 같았다. 절대 길들일 수 없는 도도하고 매력적인 짐승처럼, 하지만 절대적으로 보호가 필요한 눈물 나게 가련한 생명체처럼, 그녀는 저항할 수 없는 힘을 가지고 자신에게 끝없이 명령을 내리는 것만 같았다.

물론 그 아이가 자신의 도움으로 그렇게 밝고 건강하게 변해 가는 모습을 지켜보는 것은 말할 수 없는 기쁨과 뿌듯함을 가져다주었다. 다른 사람에게는 털을 바짝 세우고 하악질을 하던 고양이들이 자신에게는 배를 드러낸 채 골골골 노래를 하며 뺨을 비빌 때처럼, 그는 가슴이 저리도록 행복하고 흐뭇했다.

하지만 그에 비례해서 불편하고 답답한 감정도 커졌다. 이원은 이 정체불명의 거북함을 그대로 두었다가는 종국에 큰 문제가 생기지 않을까, 하는 조바심이 일기 시작했다.

그래. 아쉬운 건 없다. 해야 할 일은 최선을 다해서 해 주었으니까. 두 번이나 목숨을 구해 주었고, 법원에서 접근 금지 명령도 받아 주었다. 학비와 생활비를 제공하는 것으로 그녀의 재능에 날개를 달아 주었으며, 학교에 적응하는 것도 열심히 응원하며 지켜봐 주었다. 일전에는 자신의 주치의인 손연정 원장에게 데려가 그녀의 부모가 허투루 갖다 붙인 온갖 병명에 대해 모조리 검사도 받게 했다. 조만간 결과가 나오겠지만 현재 상태로 보면 큰 이상은 없을 듯했다.

하지만 그는 우연이 불안해할 요소라면 먼지만큼도 남겨 둘 생각이 없었다. 그녀의 발목을 잡을 만한 모든 것을 끊어 낸 후 세상으로 날려 보낼 참이었다.

……그런데 왜 이렇게 불안하고 심란하지?

복잡한 속을 짐작한 듯, 홍연이 싱긋 웃으며 위로의 말을 건넨다.

"우연이 혼자서도 잘해 나갈 테니 너무 염려 마십시오. 재단에서 학비 생활비 지원해 주는 것만 해도 굉장히 큰 메리트입니다. 필요하다면 손 원장님이 심리 치료도 계속 진행하실 거고요."

"그렇겠죠."

이원은 눈썹을 지그시 찌푸린 채 서류의 빈칸을 채운 후 서명을 했다. 이제 우연과 자신은 메세나재단을 통해 정기적으로 학비와 생활비를 후원받고 후원하는 공식적인 관계로 전환될 것이다.

캘린더를 들여다보던 이원이 낮은 목소리로 중얼거렸다.

"그러고 보니 내일이 우연이 생일이군요."

ㅁ ■ ㅁ

띠리릿, 띠리릿, 띠리릿.

아침 8시, 우연은 눈을 비비며 전화기를 켜다가 번호를 보고 정신이 번쩍 들었다.

[한이원]

기분이 이상했다. 이 꼭두새벽부터─물론 아저씨는 이 시간이 출근 시간이긴 하지만.─ 아저씨에게 전화라니.

아저씨는 전화를 잘 받아 주기는 했지만 직접 전화를 하는 일은 드물었다.

전달 사항이 있으면 정 관장님을 통해 공식 루트로 전해지곤 했다. 멍하니 눈을 깜박이던 우연은 천천히 고개를 끄덕였다.

"아하, 후견 기간이 끝났구나……."

그동안 잘 적응해서 기특하다, 앞으로 잘해라, 그런 말씀도 하실 테고 혹시 섭섭한 게 있었니, 물어보실 수도 있고, 앞으로는 그렇게 시도 때도 없이 전화하면 안 된다는 말을 완곡하게 하실지도 모르겠다.

각오는 하고 있었다. 이제 그렇게 시도 때도 없이 전화하면 안 된다는 것도 잘 안다. 내가 더 잘 안다. 늘 그랬던 것처럼 활짝 웃으면서 대답해야지. 아섭고 속상한 티는 절대 내지 말아야지. 그동안 아저씨가 해 준 걸 생각하면 고맙다는 말만 수백 번 해도 모자랄 테니까.

"여보세요, 아저씨?"

— 우연아, 잘 잤니? 생일 축하한다.

뒤통수를 맞은 것 같다. 각오가 무색하게 눈물이 왈칵 튀어나왔다.

이건, 아저씨 탓이다. 생일 축하라니. 8시 정각, 하루가 시작되는 시간. 너무 일러 무례하지도 않고, 너무 늦어 섭섭하지도 않을 그 시간에 딱 맞춰서 생일 축하 전화를 해 준다는 건 미리미리 신경을 쓰면서 기다렸다 전화를 해 주었다는 뜻이다. 아빠도 엄마도 친구도 아닌, 생판 남인 아저씨는 왜 나한테 이렇게 끝까지 자상하고 따뜻할까.

— 오늘 수업 없는데 뭐 할 거니? 친구들하고 생일 파티라도 할 거니?

우연은 손등으로 눈을 힘껏 문지르며 한껏 밝게 말했다.

"네. 친구들하고 시내에서 화려한 쾌리를 즐기다가 들어올 거예요. 열 명 넘게 모이기로 했어요."

— 이야, 우리 우연이 여전히 인기 많네.

"그럼요. 제가 인기가 좀 많죠."

우연은 어깨를 으쓱하고 웃으며 말을 이었다.

"실은 생일 파티 아니고요, 혜진이가 오늘 무용과 남자애들 시내에서 버스

킹한다고, 그거 구경하고 다 같이 점심 먹자고 해서요. 남자 일곱, 여자 일곱, 숫자가 딱 맞아서 그냥 과팅이 돼 버렸지 뭐예요."

잠시 침묵이 흐르더니 이내 예의 부드럽고 조용한 웃음소리가 들렸다.

— 그래. 재미있겠구나. 저녁 전에는 들어오니?

"네, 기숙사에서 저녁 먹으려면 6시 차로 들어가야 해요."

— 그래, 그럼 생일 잘 보내고 재미있게 놀다 와라.

아저씨는 다정한 목소리로 다시 축하하며 전화를 끊었다.

우연은 전화기를 든 채 멍하니 눈만 깜박거렸다. 온몸의 기운이 쭉 빠져나간 것 같다.

뭔가 이상하다. 아저씨가 무슨 용건이 있었던 것 같은데 말하지 않는다. 후견 기간이 끝났다는 말도, 앞으로 잘 지내라는 말도 나오지 않았다. 우연은 아저씨가 삼켜 넣은 말이 무엇인지, 자신의 말 중에서 아저씨를 불쾌하게 한 말이 무엇인지 알 수 없었다.

이원은 자신의 앞에 놓인 것들을 물끄러미 내려다보았다. 어제 송 여사에게 특별히 부탁해서 만든 딸기 무스케이크, 금목걸이와 팔찌 세트가 든 상자, 그리고 플로리스트가 정성껏 만들어 준 자그마한 꽃다발을 가만히 내려다보았다.

……과 미팅이라.

그 말을 듣는 순간, 이원의 속에서 기묘한 감정이 치솟았다. 궁금함 같은 중립적인 감정은 아니었고, 쾌보다는 불쾌에 가까운 감정인데, 정확한 실체는 불분명했다. 이원은 자신의 속에서 치솟는 감정을 정확히 정의하기 어려울 때가 종종 있었다. 감정을 다스리는 과정에서 자기 검열이 지나쳐 생긴 일이란 건 알고 있었지만, 딱히 고쳐야 한다는 생각은 들지 않았다. 타인에 대한 거리와 마찬가지로, 자신의 감정에 대해 거리를 두는 것 역시 스스로를 보호하는 방법 중 하나였다.

엊저녁, 이 선물들을 하나하나 고르며 가벼운 흥분과 고양감을 느끼던 자신의 모습이 떠올랐다. 저녁을 같이 먹자 할까, 몰래 내려가서 기다리고 있다가 서프라이즈로 놀래 줄까. 그 아이가 좋아하는 모습을 상상하며 가슴 두근거렸던 자신이, 지금 생각하니 너무 낯설고 괴이했다.

홍연이 노크를 하더니 조심스럽게 말했다.

"전무님, Y시 3개 구역 재개발 건 회의 준비 다 됐습니다."

이원은 시계를 확인한 후 자리에서 일어섰다. 세경건설의 사활이 걸린 대형 프로젝트를 앞두고 이런 고민이나 하고 있다니 믿어지지 않는다.

그래도 오늘 선물은 보내는 게 낫지 않을까. 생일이니까.

······어지간히 좀 하자.

그는 회의실로 걸음을 옮기며 쓰게 웃었다.

□ ■ □

우연은 달렸다. 아무리 팔다리를 휘둘러도 친구들과의 거리는 점점 멀어진다. 막차가 학교 앞에 도착한 건 10시 4분 전, 기숙사 문 닫는 것은 10시 정각. 학교가 외지고 인적이 없어 위험하다는 이유로 기숙사 통금 시간은 무려 10시 정각이다. 몇 년간 선배들이 '배고파서 못 살겠다, 한 시간만 늦춰 달라.' 아무리 시위를 해도 기숙사 측은 요지부동이었다.

경고 세 번, 삼진 아웃으로 걸리면 다음 학기에 기숙사 탈락이다. 우연은 공동 과제 때문에 이미 경고를 두 번이나 먹어서 한 번 더 걸리면 끝장이었다.

고거 조금을 달렸다고 다리가 휘청거린다. 난 왜 이렇게 저질 체력이지. 너무 숨이 가빠서 토할 것 같다. 오늘 하루는 엉망진창인데 마무리까지 아주 산뜻해 죽겠다.

드디어 기숙사 건물 지척에 다다랐다. 우연은 달리고 달렸다. 말을 듣지 않는 팔다리를 욕해 가며, 필사적으로 허위허위 달렸다.

하악, 하악, 하악.

기숙사 앞에 거의 도달한 우연은 문득 어떤 시선을 느꼈다. 주위를 둘러보니, 맙소사. 어둠에 잠긴 벤치에서 시커먼 그림자가 자신을 유심히 보고 있는 것 같다.

헉!

등 뒤로 소름이 오싹 끼쳤다. 입에서 비명이 튀어 나가려는 걸 황급히 틀어막았다. 여기서 멈추고 교문 밖으로 도망갈까, 소리를 지를까. 생각하던 우연은 고개를 저었다. 과민 반응 하면 안 된다. 우연은 필요 이상 과민하게 공포 반응이 올 때가 많아서 그것을 완화하기 위한 상담 치료를 시작한 참이었다.

아니야, 괜찮아. 사람 앉으라고 놔둔 벤치에 사람이 앉아 있는 것뿐이다. 그냥 이대로 달려서 기숙사 안으로 들어가면 된다. 안에는 사감 선생님도 계시고 사람들도 많으니까 별일은 없을 것이다.

ㄱㄱㄱㄱㄱㄱ. ㄱㄱㄱ.

커다란 철제 출입문이 천천히 닫히고 있었다. 우연은 젖 먹던 힘을 다해 문을 비집고 뛰어 들어갔다.

콰당탕.

간발의 차이로 건물 안에 들어온 우연은 바닥에 주저앉아 헐떡거렸다. 너무 숨이 차서 토할 것 같고 하늘이 노랗다.

후아, 후아, 아아, 살았다.

뒤늦게 안도감이 몰려왔다. 아까 찜찜한 시선이 그냥 과민 반응이면 좋을 텐데. 더워서 시원한 벤치에 앉아 있던 거라면 좋을 텐데. 학생일까, 교수님일까, 아니면 퇴근 안 한 직원일까. 대체 왜 오밤중까지 퇴근도 안 하고 여자 기숙사 앞에 쭈그리고 앉아 있을까? 무슨 짓을 하려고. 혹시 외부 사람이 들어와 앉아 있는 걸까.

"진우연, 아슬아슬 세이프야."

사감 선생님이 철제 출입문이 잠긴 것을 확인하더니 짓궂게 웃어 보인다. 사감 선생님은 나이도 젊은데 얼마나 고지식하고 얄짤없는지 모른다. 1분이라도 늦으면 영락없이 인터폰으로 사감님을 호출해야 해서, 기숙사 사생들은 학장님보다 사감님을 더 무서워했다.

우연은 가방을 주워 들고 비슬비슬 방으로 올라갔다. 대답할 기운도 없다. 방은 2층이었는데 고 열댓 개 되는 계단을 올라가는 것만 해도 다리가 후들후들하고 죽을 것 같았다.

방에 올라간 우연은 침대에 주저앉아 한참 숨을 몰아쉬었다. 너무 뛰어서 그런지 구토감이 가시지 않는다. 그냥 울고 싶었다. 오늘 하루는 너무너무 엉망이었다.

아저씨 목소리가 듣고 싶었다. 꿀 같은, 진통제 같은, 마약 같은 그의 목소리가.

띠르르르릇, 띠르르르릇.

우연은 소스라치게 놀라 전화기를 들여다보았다. 그리고 몸을 후드득 떨었다. 화면에서는 조금 전까지 간절하게 생각했던 이름이 반짝거리고 있었다.

[한이원]

띠르르르릇, 띠르르르릇, 띠르르르릇.

사람들은 타이밍이 지나치게 맞춤할 때 운명적이라는 말을 사용하곤 한다. 지금처럼. 우연은 이 전화가 운명적이라고 믿고 싶은 마음을 필사적으로 눌렀다. 일생에 한 번 올까 말까 한 기회가 이렇게 흔할 리가 없다. 불현듯 어떤 느낌이 머리를 스치고 지나갔다.

혹시?

……설마?

우연은 전화를 받는 대신 창문을 열었다. 딸깍. 기다린 것처럼 전화가 끊어진다.

"굿 이브닝."

창문 아래에서 키가 큰 남자가 위를 올려다보며 서 있었다. 아, 역시. 우연은 기가 막혀 말이 나오지 않았다.

기숙사 건물의 환한 불빛 덕에, 이제야 그의 얼굴이 또렷하게 보인다. 조금 기운이 없는 듯, 하지만 예의 다정하고 따뜻한 웃음을 띤 그가 손에 들린 화사한 꽃다발을 들어 보인다.

"……생일 축하한다."

"아, 아저씨! 언제부터 기다리셨어요!"

이건 반칙이다. 말도 없이 이렇게 와 계시면 나는 어떡해. 아까 알아봤으면 다음 학기에 기숙사에서 잘리는 한이 있어도 안 들어오고 아저씨를 만났을 것이다. 아니, 생일이고 나발이고 기숙사 밖으로 한 걸음도 나가지 않고 아저씨만 기다리고 있었을 것이다.

"음, 아까 5시 반에 도착했지. 6시 차를 타고 온다고 해서."

"저, 전화를 하지 그러셨어요! 약속 다 집어치우고 바로 뛰어왔을 텐데! 잠깐만요. 나갈게요, 바로 나갈……."

안절부절못하며 몸을 돌리자 창문 아래에서 다급한 목소리가 올라왔다.

"나오지 마, 우연아. 너 벌써 경고 두 번 받았다고 하지 않았어?"

"맞긴 맞는데, 아저씨가 여기까지 오셨는데 어떡해요! 미안해서, 아저씨……."

우연이 창문에 매달려 발을 동동대자, 이내 달래는 듯 부드러운 목소리가 아래에서 올라왔다.

"약속한 것도 아닌데 미안할 게 뭐가 있어. 깜짝 놀라는 얼굴이 보고 싶어서 일부러 전화 안 했어. 네가 재미있게 놀다가 과팅 깨고 튀어나올까 봐. 난 그런 중년 꼰대 아재는 되고 싶지 않아."

아, 역시 은근 뒤끝 작렬. 아니 사실 뒤끝이라기보다 아저씨에겐 중년 꼰대라는 말이 꽤 큰 충격이었던 것 같다. 우연은 뻔뻔하게 목소리를 높였다.

"대체 누가 아저씨를 중년 꼰대라고 해요! 컥 죽여 버린다 진짜! 얼른 부르시지 그랬어요. 과팅 재미없었어요! 조따, 좁쌀만큼도 재미없었다고요!"

하하하, 하하하하. 아저씨가 위를 올려다보며 유쾌하게 웃는다. 손에 들린

동그란 꽃다발, 벤치에 놓인 상자와 종이 가방을 보니 더 속상해서 미칠 지경이다. 5시 반에 오셨으면 저녁을 같이 먹을 생각이셨던 것 같은데, 지금 얼마나 시장하실까. 얼마나 힘드셨을까. 날도 더웠는데. 눈물이 날 것 같다.

우연이 속상해하는 것을 눈치챈 듯, 부드럽게 달래는 듯한 목소리가 올라왔다.

"정말 미안해하지 마. 여기 앉아서 꽃향기를 맡고 앉아 있으니 회사에서 도망 나와 천국으로 피정 온 기분이었어. 수국 울타리가 학교 명물이라더니 정말 장관이더라."

"⋯⋯아저씨 오늘 회사에서 힘든 일 있었어요?"

"늘 힘들지. 내가 능력이 많이 부족하거든."

아저씨는 웃는 표정으로 담백하게 시인했다.

"대규모 재개발 건으로 회의를 네 건이나 했어. 다들 엄청 자신만만하게 싸우는데, 정작 결정해야 할 나는 무서워 죽겠지. 그런데 내가 무서워하는 건 아무도 모르더라."

대답이 너무 솔직해서, 저렇게 대답하면서도 초연하게 웃는 모습이 너무 맑고 깨끗해서, 우연은 이상했다. 어떻게 저런 아저씨가 그 큰 그룹을 이끌어 갈 수 있을까. 업계에서 말하는 한이원 대표이사는 합리적이고 냉정한 경영자였다. 직관적으로 문제점을 찾아내고 그것을 가차 없이 도려내는 해결사이기도 했다.

하지만 우연이 아는 한이원은, 바로 요 창문 아래에서 저렇게 맑고 선량하게 웃으며, 배려심이 깊고 다정하며, 회의 들어가는 게 무섭다고 솔직하게 실토하는 사람이었다. 이 한이원과 저 한이원 사이에는 도저히 건널 수 없는 강이 흐르는 것 같았다.

"방에 혜진이 자는 거 아니니? 이렇게 이야기해도 괜찮아?"

"집에 올라갔어요. 월요일이나 되어야 올 거예요. 주말엔 기숙사가 많이 비어요."

"그렇구나. 오늘 친구들하고 뭐 하고 놀았어?"

"버스킹 구경하고, 방 탈출도 하고, 피방 가서 게임도 하고, 볼링도 치고, 다이소 관광도 했어요. 시내에서 몇 정거장만 들어가면 굉장히 큰 다이소가 하나 있거든요. 3층 건물 전부 다요. 넓고 물건도 엄청 많아요."

"저런, 대체 다이소가 언제부터 관광지가 된 거니?"

"아니, 아저씨! 거기가 얼마나 핫 플레이스인데요! 아저씨 졸업하신 지 너무 오래되신 거 아니에요? 다른 나라에선 다이소 깃발 관광도 온다고요!"

우연이 창틀에 팔을 괴고 자질구레한 수다를 늘어놓는다. 하, 하, 하하하. 이원은 계속 웃었다. 재미있지 않은 말에도 계속 웃음이 나왔다. 그녀와 이야기를 할수록 꿈속에 서 있는 듯, 자꾸 현실감을 잃었다.

"알차게 놀았구나! 재미있었겠네."

"아니에요. 죄다 엉망이었어요. 버스킹은 시끄럽고, 방 탈출은 문제 하나도 못 풀고, 탈출도 못 했어요. 저만 돌대가리인 건 아니었다는 게 위안이긴 했죠. 게다가 다이소에선 3만 원어치나 충동구매를 했다고요."

"하하, 하하하하하. 가격이 얼마건 잘 쓰면 되지."

"3천 원짜리 슬리퍼랑 캐릭터 테이프 같은 건 왜 샀는지 모르겠다니까요?"

우연은 한숨을 풍풍 쉬며 손을 팔랑팔랑 흔들었다.

"점심때는 떡볶이에서 벌레 나오고, 저녁때는 혜진이랑 미연이가 소맥 두 잔 먹고 토하고, 생전 처음 미팅해 보는데 어디서 아저씨 발톱의 때 같은 것들이 나한테 잘난 척, 잘생긴 척을 하면서, 저한테 키 작다고 돌려 까잖아요! 아저씨에 비하면 멸치 해파리 꼴뚜기 같은 것들이! 기분 나빠서 안 한다고 엎었어요. 완전 개매너 아니에요?"

"매너 정말 나쁘네. 그런데 미팅 처음 해 보는 거였어?"

"네. 제가 무려 여중 여고를 나왔는데 인기도 없고 존재감도 없는 유령이라 남친 한번 못 사귀어 보고 대학에 왔단 말이죠. 그래서 나름 기대를 했단 말이에요."

이원은 잠시 말을 멈추고 희미하게 웃었다.

저렇게 말하는 우연은 사실 성매매용 채팅 애플리케이션을 통해 남자들과 부적절한 관계를 맺었던 전적이 있다. 내가 그걸 알고 있다는 사실은 모르고 저렇게 말하는 거겠지만.

물론 이렇게 새 출발을 한 상황이니, 그 일을 없던 것처럼 덮고 싶은 마음은 충분히 이해한다. 그때는 생각이 성숙하지 못한 어린 나이였고, 한계까지 몰린 상황이었다. 한껏 짓눌린 아이가 스스로를 지키려는 의지를 상실했을 수도 있고, 형사의 말대로 집에서 탈출하고 싶어서 먹여 주고 재워 주는 사람을 찾겠다고 채팅 앱을 이용했을 수도 있다.

하지만 그 일이 생각날 때마다 이원은 늘 가슴이 아프고 괴로웠다. 애써 아닌 척하는 모습을 볼 때마다 차라리 그러지 말라고 해 주고 싶었다.

그 일에 대해 선입견 없이 대하는 것도 쉽지는 않았다. 이원은 그때마다 자신의 수양이 부족함을 절감했다. 더 기도하고 노력해야 할 부분일 것이다. 고해 신부님들이 수많은 교우들의 비밀을 듣고도 깨끗이 잊고 선입견이나 편견 없이 대하시는 것이 새삼 존경스러웠다.

이원은 고개를 흔들어 생각을 털어 낸 후 말을 돌렸다.

"그나저나 이걸 어쩔까. 저 앞의 편의점에라도 맡겨 놓고 갈까?"

이원은 꽃다발과 케이크 상자를 들어 올렸다. 창문에서 떨어질 듯 몸을 앞으로 내민 우연이 다급하게 외친다.

"잠깐만요! 잠깐만요! 안 그러셔도 돼요. 다 방법이 있어요!"

잠시 후 창문으로 뭔가 나일론 줄에 묶여 천천히 내려온다. 이원은 어리둥절한 얼굴로 바닥까지 내려온 커다란 물건을 내려다보았다. 속이 빈 택배 상자였다.

"이, 이게…… 뭐니?"

"이거 저희가 밤에 배달 아저씨들한테 치맥이랑 피자랑 떡볶이 받아 먹을 때 쓰는 방법이에요. 아무리 외진 곳이라도 명색이 대학 기숙사인데 통금이 10시가 뭔가요. 10년째 '배고파서 못 살겠다, 한 시간만 늦춰 달라!' 시위를 해도 까딱 안 하니 저희도 살 궁리를 찾아야죠."

이원은 시원하게 웃음을 터뜨렸다. 배고픈 아이들의 절박함이 귀엽고 유쾌하게 느껴졌다.

"그 살 궁리라는 게 라푼젤이야?"

"에이, 선녀들 두레박이죠! 라푼젤이면 왕자님이 이걸 잡고 올라와야 하잖아요."

"못된 나무꾼도 두레박 타고 올라갔는걸."

"그럼 아저씨도 못된 나무꾼처럼 이거 타고 올라오실래요? 그럼 저는 풍기문란으로 기숙사에서 잘리는 거죠!"

"잘리는 건 내 알 바 아니다만, 내가 올라가기엔 두레박이 너무 부실해 보이는데?"

"그래도 호박보다는 택배 상자가 더 단단하겠죠. 신데렐라의 마차도 원래는 호박이잖아요. 아직 12시도 안 됐으니 부서지진 않을 거예요."

"하하, 하하하. 마법의 시간이야?"

"네. 저희는 이 상자로 야참 받아서 먹는 시간을 마법의 시간이라고 해요. 누구하고나 영혼의 절친이 될 수 있는 시간이거든요."

우연이 상글상글 웃으며 조잘조잘한다. 어둠에 살짝 잠긴 그녀의 얼굴은 구김 한 자락, 티 한 점 없이 말갛고 화사하다. 이원은 숨이 막혀 오는 것을 애써 억누르며 빈 상자 안에 꽃다발과 케이크와 선물을 조심조심 올려놓았다. 끈이 네 귀퉁이에 다 매여 있어서 뒤집힐 것 같지는 않았다.

상자를 끌어 올린 우연이 환호성을 지르는 소리가 들린다. 꽃다발을 끌어안고 입을 맞추고 볼을 비비는 모습이 보인다. 그녀는 이원 앞에서만큼은 제 감정을 표현하는 데 거침이 없다. 가슴이 지끈거린다. 그러더니 선물 상자를 열고는 가감 없이 탄성을 토한다.

우연은 그 자리에서 목걸이와 팔찌를 두르고 몸을 창밖으로 내민다. 목걸이와 팔찌를 단순하면서도 두께감이 있는 것으로 골랐던 덕에, 이제 그녀는 고대의 여신들처럼 화려하고 신비로워 보인다.

"아저씨, 감사합니다. 정말 예뻐요! 마음에 쏙 들어요!"

두 팔이 머리 위로 둥그렇게 올라가더니 커다란 하트를 만들어 낸다. 저도 모르게 들숨이 훅 밀려들어 왔다. 마음 한쪽에서는 괜히 조바심도 난다. 조심성 없게 저런 동작을 함부로 보여 주다니. 혹시 다른 사람에게도 저러는 건 아닐까.

그녀는 창틀 위에 케이크를 놓고 초를 두 개 꽂은 후 불을 붙인다. 그러더니 깍지 낀 손 위에 턱을 얹고는 장난스럽게 요구 사항을 내민다.

"노래는요?"

"응?"

"케이크를 주셨으면 생일 축하 노래도 해 주셔야죠. 세트잖아요. 달밤에 창문 아래 꽃다발을 들고 서 있는 남자라면 메들리로 30곡쯤 뽑아 줘야 한다고 헌법에 나와 있지 않아요?"

장난스러운 목소리에 이원은 사뭇 난감해졌다. 물론 성당 성가대에서도 오랫동안 활동했고, 신학교에서도 독창이든 합창이든 연습을 엄청 시키기는 해서, 노래를 못하는 건 아니다. 하지만 중인환시에 혼자 노래해 본 적은 없었다. 그러잖아도 창가에서 얼른얼른하는 그림자들이 두 사람의 대화를 듣고 있는 것만 같은데.

하지만 지금 이곳의 분위기는 아무래도 이상했다. 하얀 솜사탕 같은 꽃 무더기가 여기저기 덩실덩실 솟아나 주변을 감싸고 있고, 이제 막 노란 꽃잎을 펼친 해바라기들이 그 뒤로 고개를 빳빳이 쳐들고 서 있다. 새하얀 안개처럼 펼쳐진 꽃 무더기는 비행기에서 내려다본 구름 밭처럼 아득했다. 이원은 그만 환상의 세계 속에 들어선 듯했다. 수국의 달콤한 향은 사방 가득하고, 향기는 이내 진득한 꿀처럼 폐에 고인다. 달콤한 세레나데가 어울리는 밤, 이원은 이 지독한 향에 흠뻑 취하고 말았다.

"생일 축하, 합니다……."

저도 모르게 노래를 부르기 시작했다. 그녀의 부탁대로, 제안대로, 혹은 명령대로, 조건 반사처럼 노래했다. 뭔가 이상하다는 생각은 들었지만 청을 거절할 용기는 없었고, 부끄러웠지만 멈출 생각도 들지 않았다. 서른 번이든, 마흔 번이든, 그녀가 원할 때까지 계속 불러야 할 것 같았다.

우연은 창가에 턱을 괴고 앉아 여신처럼 오연하게, 고양이처럼 우아하고 도도하게, 오랜 친구처럼 편안하게, 연인처럼 사랑스럽게 노래를 들었다. 몽글몽글 덩어리진 향기가 노래를 감싸 안고 회오리바람처럼 우연에게 올라가는 것 같다.

이원은 지금 이 공간이 점점 비현실적으로 느껴졌다. 이 지독하게 달고 아름답고 향기로운 공간에 우연과 자신만 서 있는 것 같았다. 홀린 듯, 취한 듯, 그는 어느새 부끄러움을 모두 잊었다.

"와, 우엉이 오늘 생일이었어?"

"미리 말하지! 야, 오늘 우연이 생일이래!"

"정말? 축하해 우연아!"

창문에서 아이들 얼굴이 삐죽삐죽 튀어나오더니 이내 손뼉 치는 소리가 따라 나온다. 같은 층 친구들과 사이가 좋다더니 사실인가 보다.

"후우우!"

노래가 끝난 후, 우연은 힘껏 촛불을 불어 껐다. 우연이 손가락으로 크림을 찍어 입에 넣고 구김 없는 탄성을 지른다. 맛있어요! 환상적이에요! 이번엔 크림을 찍어 얼굴에 지익, 바른다. 친구들이 하는 크림 장난을 제 손으로 해치우려는 모양이다. 그러더니 그 얼굴을 창밖으로 내밀어 이원을 내려다보며 웃는다. 발갛게 달아오른 얼굴에 인디언 전사의 문신처럼 새하얀 무늬가 그려졌다.

가슴에 고여 있던 정체불명의 불쾌감이 어느새 종적 없다. 네 시간 반의 지루한 기다림도 어느새 깨끗하게 녹아 사라졌다.

잠시 눈을 감았다. 수국의 향이 달다, 달다, 숨 막히게 달다.

다시 상자가 내려온다. 상자 안을 들여다보자 작은 접시에 케이크가 한 조각 얌전하게 놓여 있다. 포크는 없었다.

이원은 그것을 들고 위를 올려다보았다. 높은 탑에서 기사에게 명령을 내리는 공주처럼, 우연이 손가락을 들고 케이크에 찔러 넣는 시늉을 한다. 해 봐요! 아저씨도 해 봐요! 이원은 방금 우연이 했던 대로 손가락으로 크림을 찍어 한쪽 뺨에 지익, 그었다. 뺨이 간지럽다. 새큼한 냄새가 난다. 이제 향기는 석청처럼 농밀해진다.

이원은 손으로 크림을 다시 찍어 입으로 가져갔다. 시다, 달다. 이원은 고개를 숙인 채 몸을 떨었다.

감각이 이상하다. 이럴 리가 없다. 나는 지금 정상이 아니다. 목이 막힌다.

그는 뒤늦게 성호를 긋고, 맨손으로 케이크를 먹기 시작했다. 손이 주체할 수 없게 떨린다. 혀에 감기는 케이크의 맛은 여전히 시고, 달고, 시고, 달았다. 거의 6년 만에 느끼는 맛이었다. 눈이 욱신대고 목이 메어서, 그는 고개를 숙이고 이를 악문 채 허겁지겁 먹었다.

케이크가 말끔히 사라진 후, 이원은 조용히 위를 올려다보았다. 작고 하얀 얼굴이 소담하게 웃음을 머금고 자신을 내려다보고 있다. 다정하고 사랑스러우며 숨도 쉴 수 없을 만큼 아름답다. 상처 입고 위축된 우연의 마음은 이제 자유를 얻었고, 자유로워진 영혼은 이제 한껏 눈이 부셨다.

이원은 그녀를 올려다보며 눈을 깜박였다.

그동안 자신의 마음을 불편하게 하던 감정의 정체를 드디어 알았다. 자신의 의지가 그 감정을 인정하지 못하고 파묻고 부인해 왔던 이유도 알았다.

그리고 이원은 이 감정을 자각함과 동시에 그 결말도 알게 되었다. 가치 중립적이며 아름다운 이름을 지닌 이 감정은, 자신의 품에 안길 때 위험하며, 허락받지 못하며, 부당한, 불법한, 필연히 악한 결과를 낳는 감정으로 전락할 것이다.

……하느님. 저, 저에게 어쩌라고 이런 감정을…….

우연이 그를 향해 깊이 고개를 숙인 후 두 팔로 커다란 하트를 그려 보이며 찬연히 웃는다. 이원은 그 모습을 새기듯 바라보며 얼굴을 일그러뜨리고 웃었다.

우연의 말이 맞다. 지금은 마법의 시간이고, 나는 저항할 수 없는 신비한 마법에, 혹은 저주에 걸린 것이다.

이름 붙여서는 안 되는 감정. 더 나아가면 안 되는 발걸음.

열두 시가 되기 전까지, 아주 잠시만이라도 그 환상을 누려 보면 안 될까.

이원은 아주 잠시, 그런 부질없는 생각에 잠겼다.

엠패스, 사이코패스

"우연이의 현실 지각 능력엔 별 이상이 없습니다. 이미지를 강렬하게 느끼거나 사진처럼 기억하는 능력이 놀랍긴 하지만, 환시는 아니고 환청이나 망상도 없습니다."

토요일 오후, 미술관 이사장실에 있던 이원을 방문한 것은 손연정 원장이었다. 검사 결과도 나왔고, 의논할 것도 있으니 퇴근길에 잠시 들르겠다는 연락이 있었다. 손 원장은 이원과 개인적으로도 친분이 있었고, 병원은 미술관에서 지척이었다.

그동안 상담 치료에 심한 거부감을 보이던 우연은, 뜬금없이 손 원장에게 검사와 치료를 받기로 결심했다. 손 원장이 이원을 고등학생 때부터 치료해 온 사람이라는, 단 하나의 이유 때문이었다. 아저씨에 대해 먼지 부스러기 같은 정보라도 더 얻어 보겠다는 속이 빤히 보였다. 실제로 우연은 검사 결과를 아저씨에게 알려 줘도 좋다고 동의한 후, 아저씨의 과거를 캐내려는 거래를 시도하기도 했다. 그것을 알게 된 이원은 뒤늦게 식은땀을 흘렸다. 애석하게도 그녀는 의사에게 비밀 유지의 의무가 있다는 건 모르고 있었다.

손 원장이 이원을 알게 된 것은 꽤 오래전의 일이었다.

그녀가 처음 만났던 소년은 조각처럼 반듯하고 아름다운 외양을 갖고 있었는데, 이상하게 얼굴에 그늘이 깊었다. 손 원장은 몇 마디 나누기도 전에, 소년이 감수성이 풍부하고, 기질적으로 민감하며, 공감 능력이 몹시 좋다는 것을 알게 되었다.

HSP(Highly Sensitive Person), 선천적으로 감각이 예민하고 까다로우며, 공감과 이입 능력도 지나치게 좋은 사람들이 있다. 부모나 형제, 친구들의 감정을 너무나 쉽게 눈치채고, 자신의 감정처럼 이입하여 함께 기뻐하고 함께 괴로워하는 사람들. 타인의 감정에 전염되기 쉬우며, 그래서 감정의 쓰레기통이 되기 쉬운 민감하고 연약한 사람들.

적지 않은 사람들이 그런 민감함 혹은 공감 능력을 갖고 살지만, 그 증세는 의외로 널리 알려지지 않았다. 그래서 그들은 '나는 왜 이렇게 쓸데없이 예민해서 나도 힘들고 남도 힘들게 할까?' 하며 자책하고 괴로워하곤 한다.

……눈앞의 소년 역시 그랬다.

그는 잔인한 장면이 나오는 영화를 보지 못했고, 주변 사람들이 괴로워할 때마다 자신의 몸과 마음이 갈려 나가는 것처럼 느꼈다. 그는 어쩌면 '엠패스(Empath, 사이코패스의 대척점에 있는 사람)'로 분류될 수도 있을 듯했다.

주변 사람들은 자신의 아픔에 깊이 공감하는 소년의 선의를 함부로 이용했다. 소년의 배려와 도움은 같은 배려와 도움으로 보답받는 대신, 더 많은 요구와 기만과 끝없는 하소연으로 되돌아왔다. 영민한 소년은 그것을 알면서도 놀랄 만한 인내심으로 말없이 견뎌 냈다.

그뿐만 아니었다. 소년은 종교의 영향인지, 도덕적 기준마저 너무 높았다. 나이답지 않게 지나치게 경건했으며, 일순 스치고 지나가는 삿된 마음이나, 자신을 괴롭게 한 사람들에 대한 원망 한 자락조차 죄라고 생각했다.

소년은 오랫동안 불면에 시달렸다. 그의 불면은 오로지 심인성이었고, 약을 먹여 재우는 것이 문제의 해결이 아니라는 것을 손 원장은 바로 알아챘다. 하지만 마음 깊은 곳에 겹겹이 쌓여 있는 고통 덩어리를 밖으로 끌어내기는 쉽지 않았다. 집안 환경도 좋고, 행실도 반듯하기 그지없는 이 소년의 치료는 소년원을 들락날락하는 아이들보다 몇 배는 더 어려웠다.

그래서 소년이 사제가 되겠다고 했을 때 손 원장은 놀라지 않았다. 그 길이 그에게 가장 덜 아픈 길일 거라는 생각이 들었다. 수많은 사람의 고해를 들어야 하는데 괴롭지 않겠느냐는 말에 소년이 대답했던 내용도 비슷했다.

'신부님들은 다른 이들의 고통과 죄를 해결하는 사람이 아닙니다. 듣고 응답하시며 용서하시고 위로하시는 분은 하느님뿐이시죠. 저는 그들의 죄와 아픔을 듣고, 그분의 용서를 전달하고, 그들을 위해서 기도한 후에 들은 내용을 잊기 위해 최선을 다할 겁니다. 그래야만 하고요.'

그녀는 무신론자였다. 하지만 이 소년에게는 그렇게 조용하고 평화로운 길이 가장 잘 어울린다는 생각이 들었다.

시끄러운 세사와 온갖 악의에서 한 걸음 떨어진 곳에 존재하는 직분. 사람들의 탐욕과 슬픔, 고통에서 적절한 거리를 둘 수 있는 곳. 사제들은 돈을 벌기 위해 온갖 인간들과 얽혀 필사적으로 진흙탕 싸움을 할 필요도 없고, 가정에서 벌어지는 온갖 치졸한 갈등과 근심, 아들딸 손자 손녀로 영원히 이어지는 근심의 고리에 엮일 필요가 없지 않은가.

그래서 손 원장은 그의 아버지인 한 회장이 당혹해 할 것을 알면서도 기꺼이 소년의 선택을 축하해 주었었다.

'신학교를 자퇴하고 경영대에 편입했습니다, 원장님.'
'세경홀딩스와 세경건설에서 후계자 수업을 받게 됐습니다, 원장님.'

평화는 얼마 안 가 깨어졌다. 아버지의 와병 후 사제의 길을 포기해야 했던 소년은 바로 경영 일선에 내몰렸고, 칼을 잡고 상대에게 가차 없이 휘두르는 방법부터 배워야 했다. 자신의 탁월한 공감 능력이나 섬세한 시선으로 상대의 의도를 읽어 내고 그것을 역으로 이용하는 법, 비굴하게 인내하는 법, 객관적으로 문제를 파악하고, 필요에 따라 잔혹한 결정도 내리며, 그 결과 빚어진 희생과 눈물을 외면하는 법도 악착같이 배워야 했다.

이제는 혼자만의 희생이나 괴로움으로 끝나지 않았다. 청년이 된 소년의 뒤에는 그 큰 회사에 생계를 대고 있는 수만 명의 고용인과 그들에게 딸린 가족들이 납덩이처럼 매달려 있었다.

손 원장은 이원의 손으로 파멸시킨 정우건설 대표이사 일가족이 동반 자살을 택했을 때를 잊지 못했다. 세 살이었던 막내 아기만 3도 화상을 입은 채 살아남아 중환자실에서 한 달 동안 버텼다. 부도가 난 정우건설과 하청업체 직원들은 사경을 헤매는 어린아이의 끔찍한 사진을 앞세우고 연일 몰려와 시위를 하고 돌을 던졌다.

이원은 밤마다 병실을 찾아가 아기의 발치에 엎드린 채 가슴을 쥐어뜯으며 소리 없이 오열했다. 그는 진심으로 그 아이를 대신해서 죽고 싶어 했다. 손 원장은 아마 그가 아기의 고통을 실제처럼 겪지 않았을까 걱정했지만, 이원은 그녀의 질문에 끝까지 대답하지 않았다.

아기가 죽은 후, 손 원장은 그가 경영 일선에서 물러날 거라고 생각했다. 하지만 그는 물러나는 대신, 그 상황을 정면 돌파 하는 쪽을 택했다. 시위 참가자 전원 형사 고소와 손배소라는 초강수로 상황을 정리한 이원은 이듬해 초 주주 43인 전원이 모인 주총에서 기립 박수를 받았다.

'돌아가고 싶습니다, 원장님.'

일그러진 얼굴로 말하던 그는 결국 이를 꽉 문 채 말을 맺지 못하고 고개를 숙였다.

'잠을 잘 수가 없습니다.'

'음식의 맛이 느껴지지 않습니다. 종잇조각 고무 조각을 씹는 것 같습니다.'

'피부의 감각이 잘 느껴지지 않습니다. 아무리 검사를 해도 이상이 없다는데, 대체 왜.'

'원장님, 자꾸 비현실감에 빠집니다. 회의하다가, 갑자기 넋을 잃고 두리번거리게 됩니다.'

'상황에 맞는 표정이 잘 안 나옵니다. 원장님.'

그는 사람들이 생각하는 것보다 끔찍하게 고통스러워했고, 그것을 들키지 않기 위해 필사적이었다.

그는 어느 순간부터 아버지의 쾌차를 말하면서도 아버지의 죽음을 꿈꾸기 시작했다. 지분을 상속받으면, 전문 경영자를 두고 자신은 원래의 길로 돌아가려는 계획인 듯했다.

하지만 이원은 자신이 아버지의 죽음을 바라고 있다는 사실을 인정은커녕 인식조차 하지 못했다. 손 원장은 그 사실을 그에게 알려 주지 않았다. 그러잖아도 그를 자책과 고통으로 몰아넣는 요소들은 너무나 많았다.

한 회장이 주변을 정리하기 시작할 때부터, 이원은 자신의 괴로움을 전혀 내색하지 않게 되었다. 이쪽 길을 포기한 것인지, 저쪽 길을 포기한 것인지, 병이 나은 것인지, 자포자기한 것인지는 영 알 수 없었다.

다만 안타까웠다. 저 자리에 맞지 않는 섬세하고 따뜻한 내면과 깊은 공감 능력이 늘 안타까웠다.

□ ■ □

이원은 손 원장이 서류 봉투에 챙겨 온 검사 결과지와 뇌파 그래프, 스캔 사진을 산더미처럼 쌓아 놓는 것을 초조한 마음으로 지켜보았다. 현실 지각 능력이 정상이라니, 나쁜 결과가 나올 것 같지는 않다. 그런데 왜인지 입속이 마르고 조마조마하다. 그런 이원을 보며 손 원장이 빙그레 웃는다.

"일단 희소식부터 알려 드리죠. 우연 학생은 조현병이 아닙니다. 물론 반사회적 인격 장애도 아니고요. 부모님이 딸을 사이코패스로 만들려고 무척 애를 쓰신 모양인데, 사이코패스는 아무나 되는 게 아니죠. 거리가 멀어도 한참 멀어요."

후우우. 이원은 저도 모르게 눈을 감고 안도의 한숨을 쉬었다. 무거운 짐이 하나 떨어져 나간 것 같다.

손 원장은 반사회적 인격 장애 범죄자, 소위 사이코패스 범죄자들을 심층적으로 연구해 온 전문가였다. 환경이 악인을 만든다는 상식과 달리 그녀는 사이코패시(Psychopathy)에는 유전적, 선천적 요소가 훨씬 강하다고 말하곤 했다. 물론 두 가지는 상호 영향을 주는 부분이 있고, 어린 시절의 학대는 그 유전 요소를 촉발하는 트리거가 될 수 있다고 했다.

전문가들이 바라보는 인간의 삶은 이원의 생각보다 훨씬 결정론적이었다. 세상은 인간의 의지력이 무참해지는 냉정한 곳이었다.

다만 손 원장의 검사와 분석은 냉정한 만큼 객관적이었고, 이원은 그것이 더 믿음직하게 느껴졌다. 더욱이 우연에게 사이코패스니 조현병이니 하는 말도 안 되는 혐의를 확실히 벗겨 주려면, 손 원장 정도 되는 전문가의 견해가 필요했다.

다행히 결과도 이렇게 좋다. 소식을 전해 주면 그 아이가 얼마나 좋아할까. 신나게 팔짝팔짝 뛰려나. 기뻐하면서 오래오래 흐느낄지도 모른다. 웃음도 많지만, 눈물도 많은 아이니까. 아니면 4차원 단호박이라는 아이답게 전혀 예상하지 못한 이상한 반응을 보여 줄지도 모른다. 그때 기숙사에서처럼.

생각은 쉴 새 없이 그 시간, 그 장소로 돌아갔고, 이원은 그때마다 뜬금없이 가슴이 두근거렸다. 그래서 이원은 우연과의 접점을 최대한 줄이기 위해 노력하는 중이었다.

"물론 전무님도 조현병이 아니란 건 짐작하셨겠지만, 굳이 원하는 대로 검사를 다 해 드린 건 그래야 두 분이 안심할 것 같아서예요. 보험이 안 돼서 유감입니다만 메세나재단 쪽에서 비용으로 처리하실 테니 걱정 안 해도 되겠죠?"

"이런, 보험이 안 됩니까? 피눈물이 나긴 하지만 반가운 소식을 주셨으니 기꺼이 감수하겠습니다."

이원이 웃으며 말을 받았다.

"다만 몇 가지 다른 문제가 있습니다, 전무님."

"예? 무슨……?"

"일단 저와 라포르(Rapport, 의사소통 시 상대에게 느끼는 친밀감, 신뢰감) 형성이 쉽지 않습니다. 상담 치료에 대한 거부감이 상상 이상으로 심합니다. 어른들과 우호적인 관계를 형성해 본 경험이 없어서일 수도 있지만, 아무래도 어설픈 상담의 부작용 같습니다."

이원은 고개를 갸웃했다.

"……그게 무슨 말입니까?"

손 원장의 웃음이 씁쓸하게 변한다.

"중학생 때, 담임 교사에게 상담을 요청한 적이 있었나 봐요. 그때 교사가 아버지와 대화를 해 보고, 폭력이 아니라 훈육이라 결론을 내렸던 모양이에요. 아버지는 학부모회 임원이고 딸바보로 통했다고 하네요. 사랑의 매에 아이가 예민하게 반응했구나, 하긴 한창 까칠할 때지, 하고 생각한 선생님이 '서로 오해가 있었다.' 하면서 삼자대면 상태로 아버지와 화해를 시켰다더군요."

"맙……소사, 격리가 아니고 가해자와 대면이요?"

저절로 식은땀이 흘러내린다. 물론 경찰이나 학교 일선에서 이런 일이 여전히 비일비재하다는 건 안다. 하지만 자신이 그런 순간에 맞닥뜨렸다 생각하자 바로 죽고 싶다는 생각부터 치솟았다.

"우연이는 그날 아빠가 집에 오는 게 너무 무서워서 자해까지 했고요."

폭력을 피할 수도 없고, 반항도 할 수 없고, 사랑받기 위한 모든 노력조차 부질없음을 깨닫게 되면, 아이는 자신을 망가뜨리는 길을 스스로 걷게 된다. 그것 말고는 할 수 있는 일이 아무것도 없기 때문에.

물론 커터 날을 손목에 대긴 했지만, 정말 죽어 버릴 각오로 한 짓은 아니었다. 그저 벗어나고 싶었고, 아빠가 이거 보고 반성 좀 했으면, 하는 어설픈 희망도 조금은 있었던 것 같다.

하지만 아버지는 우연의 머리채를 잡고 죽기 직전까지 때렸다. 아빠를 망신시키는 것도 모자라 이따위 짓거리로 날 협박해? 내가 그렇게 만만해? 네년이 죽는 한이 있어도 이 개같은 버르장머리는 고쳐 놔야겠다. 그는 딸이 입에 거품을 물고 경련할 때까지 매질을 멈추지 않았다.

그날 우연은 다음번에는 '절대 실패하지 않을 방법'을 택해야 한다는 것을 배웠다.

이원은 고개를 수그리고 이를 악물었다. 우연이 겪었던 아픔을 하나씩 알게 될 때마다 손톱 밑에 바늘이 느릿하게 박히는 것 같았다.

"그나마 다행이라면, 현재 전무님께 전폭적인 신뢰를 보여 주고 있다는 사실입니다."

"지금 저에게만 라포르 형성이 되어 있다는 겁니까?"

"네. 제가 보기엔 각인에 더 가까운 것 같지만……."

손 원장의 얄궂은 반응에 이원은 잠시 눈을 내리깔았다. 대체 저 의뭉한 원장은 우연에게서 뭘 읽어 낸 걸까.

자신의 감정을 자각한 것은 차치하고, 우연이 자신에게 어떤 감정을 갖고 있는지는 확신할 수 없었다. 그녀가 당당하게 말하는 덕질, 팬질, 사생질과 자신의 마음에 잠시 깃든 이 감정에는 분명 교집합이 있었지만, 그 교차 영역이 어느 정도인지는 감이 잡히지 않았다.

과연 그것이 '라포르'나 '각인'이라는 말로 감당할 수 있는 감정일까?

"이해할 수 없습니다. 저는 그 아이하고 만난 지 몇 달 되지 않았고, 직접 대면해서 본 것도 몇 번 되지 않습니다."

"글쎄요. 상대에게 호감과 신뢰를 쌓는 데는, 시간이나 진실한 태도보다 중요하게 작용하는 것들도 있지 않습니까?"

"……?"

"가령, 페로몬이라든가, 호르몬이라든가, 외모라든가, 돈이라든가, 강렬한 기억이라든가. 아기 오리가 엄마를 각인하는 데는 단 한 순간이면 충분하죠."

"원장님."

"아, 농담입니다……라고 할 줄 알았죠? 농담 아닙니다."

손 원장은 싱긋 웃으며 대답했다. 그녀에게 꽤 오랜 시간 치료를 받아 온 이원은 그녀가 진심으로 하는 말임을 알고 있었다.

"그런데 원장님, 지금 저와의 라포르가 큰 의미가 있을까요? 저는 이제 후견인이 아니고, 우연이는 지금 생각보다 훨씬 잘 적응해 나가고 있습니다."

"의미가 있죠. 신뢰할 만한 어른이 주변에 존재한다는 건 꽤 중요한 일입니다. 등을 받쳐 주는 든든한 벽이 있는 거니까요. 그런데 말입니다, 전무님."

그녀는 서류 봉투에서 종이 두 장을 꺼내 들었다.

"우연이의 상태가 전무님 생각만큼 좋은 건 아닙니다. 이 그림들을 좀 보시죠."

첫 번째 그림은 A4 용지를 크게 채운 화분 그림이었다.

화분에는 꽃도 나무도 없고 가느다란 풀이 화분을 터뜨릴 듯 무성하게 자라고 있었다. 가는 잎 하나하나가 하늘을 향해 뻣세게 치솟았는데, 그 끝은 하나같이 바늘처럼 뾰족하고 살기등등했다. 아니, 날을 바짝 다듬은 창날을 무수히 박아 놓은 듯, 위로 올라갈수록 새파란 독기가 지글지글 넘쳐흘렀다.

풀잎 몇 가닥은 뙤약볕에 말라비틀어져 화분 가장자리에 매달려 있었는데 사람의 시체가 늘어진 것처럼 끔찍한 느낌이었다. 위쪽 귀퉁이에 손톱만 하게 박아 놓은 태양은 작고 찌그러진 데다 생뚱맞고 이상했다.

샤프펜슬로 그려 놓은 선화일 뿐인데 등 뒤로 소름이 돋는다. 그림에서 이글

이글 타오르는 것은 분명한 적의, 아니 맹렬한 살기였다. 단순히 화분에 있는 풀 그림에서 어떻게 이런 감정을 유발할 수 있을까. 손 원장의 목소리가 들렸다.

"보통, 태양은 아버지를 의미하는 경우가 많습니다. 물론 알고 그린 건 아니겠지만, 이 그림에서 작고 일그러진 태양은 이 독기 어린 풀의 맹렬한 적개심의 대상입니다."

이원이 얼굴을 딱딱하게 굳히자 손 원장은 다른 그림을 내밀었다.

"이게 오늘 그린 겁니다. 사실 이걸 보여 드려야 할 것 같아서 여기까지 찾아왔어요."

두 번째 그림은 A3 사이즈의 종이 위에 그려진 정물이었다. 이원은 고개를 갸웃했다. 극도로 정밀하게 묘사되어 있었지만, 정물의 정체를 파악하는 데는 약간 시간이 걸렸다.

"이 그림은…… 커터 칼인가?"

정체를 파악한 후에도 이원은 고개를 갸웃했다. 뭐라 말할 수 없이 특이한 구도였다. 커터 칼은 칼날이 반 정도 밖으로 빠져나와 있었는데 칼날의 뾰족한 부분이 한가운데, 그것도 거의 정면 각도로 아주 크게 잡혀 있고 나머지 묘사는 소실점을 따라 희미하게 오른쪽으로 빠져나가듯 스며든 형태였다.

대체 어떤 각도로, 어느 정도 거리에서 관찰해야 이런 그림이 나오는 걸까?

잠시 상상해 보던 이원은 갑자기 소름이 와짝 돋았다.

"미친……."

욱 치미는 말이 걸러지지 않고 튀어 나갔다. 손 원장이 낮은 목소리로 속삭였다.

"과연 어떤 상태에서 관찰해야 이런 그림이 나올 것 같습니까?"

이원은 이를 지그시 문 채 대답했다.

"커터 날이 눈동자에 박히면…… 이 형태로 보이겠죠."

"맞습니다, 잘 보셨습니다."

이원은 그림을 든 채 깊이 신음했다. 그림을 쥔 손이 들들 떨린다. 그런 이원을 달래려는 듯, 손 원장이 그의 손등을 툭툭 쳤다.

"쓸데없는 걱정은 하지 마세요. 당연히 그 포즈로 그림을 그린 건 아니니까요. 순수한 상상화예요."

"⋯⋯상상화요?"

이원은 심호흡을 하고 다시 그림을 내려다보았다. 상상이라 생각하니 날 선 긴장감이 살짝 수그러들었지만 그림은 여전히 소름 끼치고, 어떻게 보면 감탄스러웠다.

그렇다, 이 그림은 순수한 의미로 감탄스러웠다.

순전히 머릿속에서 재구성한 정물. 상상으로 빚어진 정밀 묘사. 사진 같은 그림에 깃든 초현실적인 분위기, 실재가 없는 극사실화. 눈앞의 그림은 이 모든 아이러니를 단번에 아우른 작품이었다.

고작 심리 검사를 하기 위한 그림인데, 어떻게 이런 걸 그려 놓을 수 있을까. 게다가 이 소름 끼치는 몰입감과 공포감은 대체 뭐란 말인가.

등으로 소름이 느릿하게 흘러내렸다. 우연이는 다른 의미로 정상이 아니다. 완전히 미친 재능에 미친 정신을 타고났다. 남이 어떻게 생각할까, 이상하게 보지 않을까, 하는 자기 검열 따윈 아예 존재하지 않는다. 그저 자신의 상상력을 극한까지 밀어붙이고 그것을 모조리, 완벽하게 표현하는 것에 모든 것을 쏟아부을 뿐이다.

이 아이는 진짜 천재다. 신의 선물은 인간의 영역 밖에 있는 것이 맞다.

사람들은 이런 아이를 어떻게 그 지경이 될 때까지 방치할 수 있었을까. 다들 눈이 멀었던 걸까.

⋯⋯잠깐, 지금 내가 무슨 생각을 하고 있지?

이원은 퍼뜩 정신을 차렸다. 짧은 순간이지만 우연을 걱정하는 대신 그림의 가치를 따지고 재능에 감탄했던 자신을 믿을 수 없었다. 환멸감이 울컥 치밀었다.

"어떠십니까?"

손 원장이 그의 반응을 주의 깊게 지켜보며 물었다. 이원은 눈을 반쯤 내리깔고 신중하게 말을 골랐다. 목소리가 갈라져서 나왔다.

"굉장히 불안정한 상태라는 느낌이 듭니다……."

"맞습니다. 속에 시한폭탄이 하나 박혀 있는 것 같죠. 모든 적개심이 자신에게 향하고 있는 겁니다. 아버지에게 대놓고 증오를 돌릴 수 없는 거예요. 너무 두려워서."

이원은 그림에서 눈을 떼지 않은 채 낮은 목소리로 말했다.

"원장님, 우연이는 지금 원하던 학교에서 밝고 구김 없이 잘 지내고 있습니다. 너무 의욕이 넘쳐서 탈일 지경입니다. 이 그림과 현재 상태와의 괴리가 이해가 되지 않습니다."

"아마 그럴 겁니다, 전무님. 저는 그 아이의 밝은 모습이 더 신경이 쓰입니다."

"우연이가 연기를 한다고 생각하십니까?"

"연기는 아닙니다. 그래서 문제가 더 크죠."

"그게 무슨……."

"전무님. 그 아이는 전무님을 만나기 전까지 간헐적으로 심한 무기력증, 자살 충동에 시달리고 있었고, 비현실감에 시달린 적도 몇 번 있습니다. 또 지금은 지나치게 밝고 의욕이 넘치는 상태죠. 그런 와중에 엄청난 창의력과 집중력으로 그림을 그려 대고 있고요. 수면 시간도 몇 시간 되지 않는다고 해요. 스트레스 환경이 사라진 것과 별개로 질병의 징후로 판단할 요소들이 있다는 말이에요. 무슨 뜻인지 아시겠습니까?"

"질병이요? 조현병도 반사회적 인격 장애도 아니라고 아까 분명……."

문득 말을 끊었다. 불길한 느낌이 척추를 타고 정수리까지 쫙 뻗어 오른다. 불안정한 감정의 기복에 인생이 함몰되어 가면서도, 위대한 작품을 쏟아 냈던 천재 예술가들, 그들이 앓고 있던 것으로 추측되는 병명은.

이원은 눈을 크게 뜬 채 입술을 떨었다.

"설마, 양극성 장애(조울증)……일 수도 있다는 겁니까?"

손 원장은 덤덤한 표정으로 고개를 끄덕였다.

"맞습니다. 저는 우연이가 양극성 장애 2형의 경조증(가벼운 조증) 상태가 아닐까 생각하고 있습니다."

신의 선물, 선물의 대가

우연이 이원미술관에 도착한 것은 저녁때가 다 되어서였다. 하지만 낮이 길
어져서인지 해는 여전히 쨍쨍하고 더웠다.

우연은 가방에 든 지갑을 만지작대며 히죽 웃었다. 첫 월급을 받았다. 25만
원. 토요일에 반나절씩만 일하고 번 것치고 나쁘지 않다. 토요 데생 수업에 보
조 교사 한 명을 뽑을 때 운 좋게 합격했다. 학교도 별로고 정식으로 입시 미술
을 해 본 것도 아니라서 중간에 잘리지 않을까 겁도 났지만, 수강생들은 날이
갈수록 진우연 선생님만 불러 댔다. 지금처럼만 하면 잘리지 않고 오래오래 버
틸 수 있을 것 같다.

처음으로 번 돈이었고, 그것도 그림으로 번 돈이었다. 아저씨에게 맛있는 밥
을 사 드리고 싶었다. 아저씨에게 받는 용돈이나 후원금으로 사 드리는 건 아
무 의미가 없다. 내가 번 돈으로 사 드려야 의미가 있지.

그때 기숙사에서 돌아간 후, 아저씨에게선 아무 연락도 오지 않았다. 이제
연락은 홍연 아저씨나 정 관장님을 통해서 해야 한다는 것도 알고 있었다. 하
지만 월급을 받으면 아저씨를 직접 찾아뵙고, 밥을 사 드리고, 고맙다는 말씀을

드리고 싶었다. 아저씨는 오늘 미술관에 있을 것이고, 별다른 일정은 없다고 들었다.

동물 과자를 보사삭보사삭 먹으며 미술관 로비로 들어섰다. 전화를 할까, 망설이던 우연은 씩 웃으며 고개를 저었다. 눈에는 눈, 이에는 이. 아저씨가 왜 아무 연락도 없이 기숙사 앞에 와서 기다리고 있었는지 이제야 알 것 같다.

아저씨가 놀라는 얼굴이 보고 싶었다. 아저씨가 놀라서 당황하는 모습은 정말 귀여운데, 점잖을 떠는 습관이 몸에 배 있어서 여간해선 그 얼굴을 보여 주지 않았다.

"미술관에서 아저씨 사무실은 회의실 옆에 있다고 들었는데……."

우연은 엘리베이터에 적힌 층별 위치도에서 이사장실을 찾아보았다. 이사장실은 나와 있지 않았지만 회의실은 있었다. 7층. 꼭대기 층이구나. 우연은 실쭉 웃었다.

드라마나 만화책에 나오는 다른 사장님처럼, 아저씨도 유리창 앞의 커다란 의자에 앉아서 담배를 꼬나물고 거만하게 다리를 꼬고 계시려나. 아, 물론 점잖고 예의 바른 아저씨니까 그러시진 않겠지만, 만약에 진짜 그렇게 앉아 계시면 얼마나 멋질까.

"아우우우, 죽겠다. 미치겠네 정말."

우연은 고개를 숙인 채 손가락을 쥐어뜯었다. 상상만 해도 너무 좋다. 너무너무 너무 멋질 거야. 담배 따위 없어도, 다리 따위 꼬지 않아도 멋있을 거야. 밥을 먹어도 멋있고 잠을 자도 멋있고 심지어 화장실에 앉아 계셔도 로댕의 '생각하는 사람' 조각상처럼 멋있을 것이다. 불경한 상상을 한 우연은 머리카락을 힘껏 잡아당겼다.

회의실 옆에는 사무실이 하나밖에 없었다. 우연은 고개를 갸웃했다. 방문에는 '재단 이사장 한이원' 같은 멋진 명패가 붙어 있지 않았다. 방 호수조차 없이, 달랑 문 하나뿐인 작은 사무실이었다.

여기 맞나? 어디서 잘못 주워들은 건가? 아저씨가 매일 출근하는 곳은 미술관이 아니고 여의도라서 여기는 대충 만들어 놓은 건가?

노크를 할까 말까 망설이던 우연은 살짝 열린 창문 틈으로 들리는 목소리에 손을 멈췄다.

"일단 희소식부터 알려 드리죠. 우연 학생은 조현병이 아닙니다⋯⋯."

아저씨의 목소리 말고도 귀에 익은 목소리가 흘러나오고 있었다.

□ ■ □

"경조증이면 투약이 필요합니까? 상담만으로는 치료가 어렵습니까?"

이원은 침중하게 물었다. 손 원장은 애매하게 고개를 기울였다.

"아직 확진된 건 아닙니다. 하지만 그 병이 확실하다면 증세에 따라 투약이 필요합니다."

"스트레스가 사라져서 성격이 확 밝아졌을 가능성은요? 부모님이 사라지고 환경이 우호적으로 변했잖습니까. 우연이는 지금 자신이 만드는 미래에 강한 의지를 보이고 있습니다."

이원은 우연에게 약을 먹이고 싶지는 않았다. 몸이 약에 적응해 가는 과정은, 참는 데 이력이 난 이원으로서도 결코 녹록지 않았다. 괴로움을 구구절절하소연하는 대신 끝까지 참는 습관이 괴로움을 배가시켰다.

치료 이력이 낙인처럼 여겨지는 분위기도 걱정스러웠다. 우 이사 쪽 사람들은 이원의 정신과 치료 이력을 알게 된 후 걸핏하면 그것을 트집 잡아 그를 끌어내리려 했다. 그 아이만큼은 같은 괴로움을 겪지 않기 바랐다. 하지만 손 원장은 단호했다.

"늘 말씀드리지만, 의지만으로는 병을 치료할 수 없습니다. 고혈압이나 당뇨가 의지만으로 치료되지 않는 것과 마찬가지예요. 뇌를 지배하는 호르몬은 적어도 혈관에 쌓인 지방 덩어리들보다 힘이 셉니다."

손 원장은 마음의 병을 치료할 때 '의지'를 크게 신뢰하지 않는다. 세로토닌과 도파민의 홍수와 가뭄에 인간의 의지는 하찮기 그지없다. '긍정적으로 생각을 바꾸면 세상이 달라 보일 거예요.', '아이도 있는데 힘내서 이겨 내야지.', '믿음이 없어서, 의지가 약하니 병이 낫지 않는 겁니다.', '새벽 시장에 한번 가 보세요. 당신보다 힘들게 사는 사람이 얼마나 많은데요.' 따위의 말은 환자들에게 폭력에 불과했다.

"압니다, 원장님. 하지만 지금 우연이는 더 이상 바랄 게 없을 정도로 좋은 상태라서요."

손 원장은 씁쓸하게 웃으며 고개를 끄덕였다.

"당연하겠죠. 경조증 상태에만 머물러 있다면 누구도 치료 따윈 하고 싶지 않을 거예요. 행복하잖아요. 자신만만하고 의욕 충만하고 창의력과 영감이 넘치고 엄청난 집중력에 뭐든지 할 수 있을 것 같으니까요. 피곤하지도 않고 잠도 없으니 금상첨화죠."

"……."

"하지만 그러다 완전히 조증으로 넘어가면요? 감당할 수 없는 파행으로 치달을 수도 있고, 조현병처럼 환청이나 망상을 겪을 수도 있습니다. 그리고 울증 주기로 내리박힐 때, 그 충격이 감당할 수 없을 만큼 클 거고요."

"감당할 수 없는 파행이라면 어떤 걸 말씀하시는 겁니까?"

"과대망상이나 자신감 때문에 책임지지도 못할 일들을 잔뜩 벌이고, 맘먹은 대로 되지 않으면 미친 듯이 분노를 폭발시키겠죠. 게다가 도파민은 쾌락과 중독에도 관여하는 호르몬이라 많은 환자들이 폭음, 폭식, 도박, 쇼핑, 섹스 중독 등에 빠지게 됩니다."

이원은 움직임을 멈췄다. 어울리지 않는 낱말이 하나 끼어 있는 것 같다.

"섹스…… 말입니까?"

"네. 섹스요."

손 원장은 단호하게 말했다.

"성적 욕구와 표현이 특히 심해지는 게 조증의 전형적 증세 중 하납니다. 거

기다 충동 제어가 잘 안 되니 금방 사랑에 빠지고, 섹스에 미친 듯이 탐닉하고, 쉽게 바람을 피우다 헤어지길 반복하죠. 본인도 본인이지만 당하는 주변 사람은 또 무슨 죄예요."

맙소사. 눈이 저절로 커진다. 이원이 몸을 가늘게 떨자 손 원장이 한숨처럼 묻는다.

"조증 여부 진단을 정확하게 해 보고 싶은데 우연이는 저한테 제대로 된 대답을 하지 않습니다. 그래서 대신 전무님께 여쭤볼까 싶어요. 아무래도 지금 그 아이에 대한 정보를 가장 많이 알고 있는 게 전무님이시라."

"예."

"혹시 우연이가 제가 말씀드렸던 행동을 보인 적이 있습니까? 의욕 과잉이나 지나친 과몰입 상태 말고도, 중독이나 성과 관련된 문제를 일으킬 만한 말이라든가, 기록이라든가⋯⋯."

⋯⋯설마.

이원은 눈썹을 찌푸렸다. 마음에 걸렸던 것들이 하나, 둘 꼬리를 물고 끌려나오기 시작했다.

"⋯⋯그러고 보니 그 아이가 저에게 누드모델을 해 달라고 조른 적이 있었습니다. 기가 막혀서 단호하게 거절하긴 했습니다만⋯⋯."

손 원장이 쓴웃음을 지으며 고개를 끄덕인다. 아아, 역시, 하는 듯한 얼굴이었다. 그녀가 나직한 한숨과 함께 조용히 채근했다.

"그리고요?"

이원은 잠시 망설였다. 이 내용도 말을 해야 할까. 자신의 마음을 무겁게 누르던 내용, 아무에게도 알리고 싶지 않은 그 아이의 치부. 하지만 이원은 고개를 저었다. 눈앞의 여자는 의사였고, 우연을 치료할 사람이었다. 정확한 진단을 위해서는 알고 있는 것을 모두 알려 주어야 하는 것이 맞다.

"⋯⋯아버지 말에 의하면, 그 아이가 몇 해 전에 성인용 채팅 프로그램으로 어른들과 부적절한 관계를 맺었던 것 같습니다. 경찰에서도 앱이 깔려 있던 게 맞는다고 했었고요."

이원은 천천히 피가 식어 가는 것을 느꼈다. 그 일을 이해하려 노력했던 게 부질없는 짓이었을지도 모른다. 아버지로부터 탈출하기 위한 절박한 몸부림이 아니라, 조증이 발현된 상태로, 말 그대로 섹스가 하고 싶어 저지른 짓인지도 모른다. 청소년들의 첫 번째 성 경험 연령이 만 13세 안팎이라는 통계를 감안하면, 그렇게 놀랄 일도 아니다.

이원은 성욕이 담백한 편은 아니었지만, 지독한 의지로 절제하고 다스리며 살아왔다. 얼마 전까지 신학교로 돌아갈 생각을 하고 있었으니 더욱 그럴 수밖에 없었다. 섹스 중독이나 불륜에 빠지는 사람들은, 그가 가장 이해하고 싶지 않은 부류의…… 아니, 정확하게 말하면 경멸하는 인간 군상이었다.

손 원장은 덤덤한 태도로 고개를 끄덕였다.

"조증으로 올라갈수록 성적인 욕구가 강해지고, 그 표현도 대담해지고 거침이 없을 겁니다. 청소년 때 벌써 그런 일이 있었다면 지금은 더욱 그럴 수 있고요. 전무님께서는 그 아이와 접촉할 때, 충동을 제어할 수 있는 상황을 잘 유지하셔야 할 거예요."

이원은 조용히 시선을 아래로 내렸다. 안이했다. 그렇게 긴 세월 학대를 당했던 아이가 몇 달 만에 기적처럼 회복되었다고 믿은 게 더 멍청했다.

눈물에 흠뻑 젖어 있던 작고 갸름한 얼굴을 떠올리기만 하면 이원은 늘 목이 쓰렸다. 자신이 내민 손을 붙잡고 진창에서 벗어나려 힘껏 발버둥 치는 모습이 기특했고, 밝고 행복하게, 열심히 사는 모습을 보여 주려 애쓰던 마음이 너무 예뻤다. 기숙사 창에서 자신을 바라보며 천진하게 웃던 그 모습을 생각하니, 가슴에서 격통이 일었다.

……그 모습 그대로만 유지해 준다면, 더 이상 바랄 게 없었는데.

"원장님, 우연이는 아직 이 결과 듣지 못했죠?"

"네, 다음 주에 와서 듣겠죠."

"그럼 상담 치료를 더 진행해 보고, 약물 치료는 경과를 보면서 결정해도 괜찮겠습니까?"

"……."

"그 끔찍한 환경에서도 자기 세계를 지켜 낸 아이입니다. 이제 겨우 원하던 길을 찾고 행복해하는데, 그렇게 두려워하던 정신과 약을 먹어야 한다면 충격이 크지 않겠습니까."

"약물 치료가 내키지 않아서 그러세요?"

"아무래도……."

"물론 아직 확진 상태는 아닙니다. 당연히 경과를 지켜볼 생각입니다만……."

손 원장은 씁쓸한 얼굴로, 하지만 단호하게 말했다.

"전무님. 약을 쓸 시점이 되면 누구보다 보호자나 주변 사람이 단호해지셔야 합니다. 부모님과의 관계가 단절됐으니, 그 역할은 당분간 전무님이 해 주셔야겠죠."

"……예."

"치료에 요행이나 기적은 없습니다. 증세가 심해져서 돌이킬 수 없는 상황이 되기 전에, 적절한 투약과 상담 치료로 관리해 주는 게 치료의 정석이라는 거 잊지 말아 주세요. 그게 환자와 주변 사람을 고통에서 벗어나게 하는 가장 확실한 방법이에요."

"명심하겠습니다."

손 원장은 기적을 믿지 않았다. 다만 운은 믿었다. 우연이라는 아이는 한이원이라는 사람을 만났다는 점만으로도 충분히 운이 좋았다. 그녀의 뱃속에 박힌 심연이 다시 드러날 때, 저 따뜻하고 품이 넓은 보호자는 충분히 견고한 지지대가 되어 줄 것이다. 그 딱한 아이를 위해서 기꺼이 손을 내밀고, 발을 받쳐 주고, 등을 내어 줄 것이다. 불안정한 정신에 휘둘리던 예술가들을 단단히 붙잡고 받쳐 주었던 수많은 패트런들처럼.

다만, 손 원장의 눈에는 이원 역시 환자였다. 미친 듯이 흔들리는 파도 위에서 이를 악물고 버티고 서 있는 거룻배일 뿐이었다.

"요새 전무님 상태는 좀 어떠신가요."

"괜찮습니다. 잘 먹고, 규칙적으로 운동하고, 잘 자려고 노력합니다."

"전무님께서 괜찮다고 하는 말 아무도 안 믿는 건 아시죠?"

"……하하."

"제 눈에는 전무님도 여전히 아픈 환자예요."

"예."

이제 그는 이런 말을 듣고도 눈을 가만히 내리깔고 싱긋 웃을 뿐이었다.

"전무님의 깊은 공감 능력이나 민감한 감수성도, 그 아이의 천재적인 재능만큼이나 놀라운 능력입니다. 그 아이의 재능이 신의 선물이라면, 전무님의 능력도 신의 선물이겠죠."

손 원장이 씁쓸하게 웃으며 결론을 내렸다.

"다만 제가 보기엔…… 신의 선물에는 대가가 따르는 것 같아요."

손 원장을 배웅하기 위해 문을 연 이원은 발밑에서 난 소리에 걸음을 멈췄다. 노란 과자 조각이 구둣발에 밟혀 가루가 되어 있었다.

들어올 땐 먼지 하나 없이 깨끗했는데……?

가장 꼭대기 층에서도 가장 안쪽에 있는 이사장실 앞을, 누가 과자를 들고 지나갔을까?

이원은 과자를 가만히 내려다보았다. 노란색의 납작한 동물 과자. 우연이 좋아하는 과자다.

……그 애가 여기 온다는 얘기는 없었는데. 아르바이트가 끝났으니 지금쯤 기숙사로 돌아가고 있을 텐데?

잠시 후 이원은 다시 눈썹을 찡그렸다. 엘리베이터로 향하는 길에도 동물 과자가 떨어져 있었다.

혹시……?

이원은 한참 망설이다가 우연에게 전화를 걸었다. 스무 번이 넘게 울리도록 전화를 받지 않는다. 뒤통수가 점점 근지러워진다. 이원은 황급히 몸을 일으켜 관리실로 향했다.

"7층 복도 CCTV 영상 확인 부탁합니다."

□ ■ □

눈물이 멈추지 않았다. 우연은 버스 유리창에 이마를 댄 채 소리 없이 울었다. 그까짓 것, 내가 알 게 뭐야, 지금대로만 살면 되지, 하고 억지로 행복 회로를 돌리려고 해도 소용없었다.

주변에서 흘끔대는 시선이 느껴진다. 하지만 이 빌어먹을 울음은 아무리 노력해도 멈춰졌던 적이 없었다. 눈물은 무력함과 약자다움의 증거였으며, 의지로 통제할 수 없다는 점에서 설사나 구토만큼이나 혐오스러운 것이었다.

돌아갈 곳이 있는 게 다행이다. 주말에 방이 비어 있는 것도 다행이다. 혜진이는 월요일 아침에야 오겠지. 하지만 주말 내내 혼자 있어야 한다 생각하니, 그건 그것대로 무서웠다.

몇 시간 전만 해도 세상을 다 가진 것처럼 행복했다. 조현병도, 사이코패스도 아니라는 말을 엿들었을 때는 그야말로 천국에 올라간 것 같았다.

하지만 양극성 장애 이야기가 나오기 시작하면서 바로 지옥으로 처박혔다. 맞다. 천국과 지옥은 원래 옆방처럼 가까운 곳에 있었다. 우연은 조현병이나 사이코패스보다 성적인 욕구에 휘둘린다는 그 병이 훨씬 끔찍하게 느껴졌다.

'성적 욕구와 표현이 특히 심해지는 게 조증의 전형적 증세 중 하납니다.'

나는 이제 어떡하지?

'충동 제어가 잘 안 되니 금방 사랑에 빠지고, 섹스에 미친 듯이 탐닉하고, 쉽게 바람을 피우다 헤어지길 반복하죠. 본인도 본인이지만 당하는 주변 사람은 또 무슨 죄예요.'

'성적인 욕구가 강해지고, 그 표현도 대담해지고 거침이 없을 겁니다.'

'그러고 보니 그 아이가 저에게 누드모델을 해 달라고 조른 적이 있었습니다.'

아저씨는 경찰서에서 아빠가 떠들어 댄 말을 들었던 게 분명했다. 나는 몰랐다. 아저씨가 전혀 내색하지 않아 모르고 있을 거라 생각했다. 아저씨는 경멸을 말끔하게 감출 줄 아는 위선자일까. 아니면 도를 닦다 못해 만사가 심드렁해진 도인일까. 어쩌면 그렇게 완벽하게 모르는 척할 수 있지?

그럼 아저씨는 그동안 나를 어떤 아이라고 생각하셨던 거지? 감당할 수 없는 파행, 과대망상, 쾌락과 중독, 호르몬, 도박, 쇼핑, 섹스 중독, 이따위 말을 들으면서 '그럼 그렇지.' 하고 속으로 혀를 차셨을까?

우연은 길에 서서 두 손으로 눈물을 닦아 냈다.

아니에요, 아저씨. 나 그런 짓 안 했어요. 그렇게 이상한 생각으로 아저씨한테 누드모델 해 달라고 한 거 아니에요. 나 그렇게 이상한 사람 아니야, 아니라고!

아저씨의 몸이 무척 아름답다고 생각했다. 수려한 이목구비와 깊은 색깔의 눈동자를 볼 때마다 가슴이 떨릴 정도로 황홀했다. 아저씨의 몸이야말로 신의 완벽한 선물이었다, 내 같잖은 그림 솜씨보다. 정말 그려 보고 싶다는 마음뿐이었다.

……흐으, 씨. 내가 들어도 정신병자 같은 이유다.

우연은 학교까지 터덜터덜 걸었다. 눈물이 자꾸 발끝에 채었다.

"우연아."

몸이 돌처럼 굳었다. 잘못 들은 것 같다. 여기서 들려선 안 될 목소리였다.

어둠이 스민 교문 앞, 키가 큰 누군가가 서 있다. 가로등이 역광으로 비춰서 얼굴은 전혀 보이지 않지만, 몸의 윤곽만 봐도 알 수 있다.

아저씨가 왜 여기 와 있지? 어떻게 여기 와 있지?

아저씨를 보면서도 아저씨라는 것을 받아들이기 힘들었다. 바다 위에 버쩍 솟아오른 느티나무처럼, 저곳에 서 있는 아저씨는 낯설고 이상했다.

"8시 넘었는데, 저녁은 먹었어?"

"……아뇨."

뒤늦게 맹렬한 허기가 위를 긁는다. 우연이 고개를 숙이자 아저씨가 천천히 다가와 손을 내밀었다.

"많이 배고프겠구나. 뭐라도 좀 먹자."

아저씨는 왜 울고 있느냐 묻지 않았다. 알고 있다. 우연이 문밖에서 선생님과 아저씨의 대화를 엿들은 거. 어떻게 알았는지는 모르지만, 알고 계신다.

주변은 기이하리만치 적막했다. 워낙 외진 학교이고 주말에는 학생들도 많이 빠져나가 더욱 그랬다. 자동차도 거의 다니지 않고, 편의점과 햄버거 매장의 형광등 불빛만 흰 곰팡이처럼 덩그러니 피어 있었다. 아저씨는 햄버거 매장에 앞장서서 들어갔고 우연은 잠자코 따라 들어갔다.

햄버거 두 개와 오렌지주스, 우유가 담긴 쟁반이 탁자 위에 놓인다. 우연은 오렌지주스와 우유를 보며 멍하니 눈을 껌벅거렸다. 햄버거 따위를 먹으면서 콜라 대신 오렌지주스와 우유를 주문하는 사람은 대체 무슨 생각일까. 이런 상황에서조차 내 건강을 생각한 저 꼴같잖은 조합이 웃겨 죽겠다. 그런데 왜 눈이 시릴까. 그냥 눈물이 났다. 조현병 사이코패스는 아니라도 뇌가 이상하게 돌아가는 건 맞는 것 같다.

"왜 콜라가 아니에요? 왜 우유예요?"

"콜라보다는 우유가 건강에 좋을 것 같아서. 싫으니?"

"햄버거엔 콜라를 먹어야죠! 왜, 흐, 나한테 물어보지도 않, 흐, 흐어, 않고, 맘대로 시켜요! 해으, 햄버거 같은 나쁜 음식에는 막, 콜라같이 나쁜 거 먹어야 당, 당연한 거라구요, 나쁜 거에는, 나, 나쁜 거가 어울리는 거예요! 아저씨는

238

왜 그것도 몰라요!"

아저씨는 손에 들고 있던 햄버거를 내려놓았다. 짙은 갈색 눈동자에서는 너무 많은 감정이 섞여서 오히려 제대로 읽을 수가 없었다. 그래서 우연은 남은 말꼬리까지 완전히 뱉어 낼 수 있었다.

"아저씬, 흐으, 야, 약, 머, 먹일 거죠! 안 먹는다 하면 몰래라도 먹일 거죠!"

거짓말에 익숙하지 않은 아저씨는 아니라고 대답해 주지 않는다. 당연하다. 이건 친절이나 다정함으로 해결되는 문제가 아니니까. 중병에 걸린 환자가 약 먹기 싫다고 할 때 "싫으면 먹지 마." 하고 치워 버릴 보호자가 어디 있을까. 몰래라도 먹일 것이다. 억지로라도 먹일 것이다. 화를 내면서도 기어이 먹일 것이다.

흐느끼는 우연의 머리 위로 큰 손이 덮였다. 부드럽게 머리를 쓸어내리는 손길은 여전히 지나치게 조심스러웠다. 우연은 천천히 몸을 구부리며 이마를 탁자에 댔다. 목에서 쥐어짜는 듯한 소리가 났다.

"엄마 말이 맞잖아요. 저 이상한 거 맞잖아요. 지금 내가 행복한 것도, 아저씨가 미치게 좋은 것도 다 조증 증세라는 거잖아요. 진짜가 아니라 가짜 감정이라는 거잖아요."

멈칫, 쓰다듬던 손길이 멈춘다. 우연은 자신의 말 중 삐끗 잘못 나간 게 있다는 것을 뒤늦게 알아차렸다. 아저씨의 얼굴을 차마 볼 수 없어서 고개를 숙인 채 말을 이었다.

"과대망상, 중독, 폭음, 폭식, 도박, 그, ……남자랑 이상한 짓에 미치게 된다면서요."

"원장님께 제대로 직접 듣는 게 좋았을 텐데."

아저씨는 무겁게 한숨을 쉬며 중얼거렸다.

"우연아, 그렇게 안 좋을 쪽으로만 생각하진 마. 확진 안 났잖아. 병이 아닐 수도 있고, 맞아도 양극성 장애 2형은 경조증에서 조증으로 안 넘어가는 경우도 많아. 그리고 천재 예술가들 중에선 그런 기질을 가진 사람들이 적지 않았어."

"그래서, 그 사람들이 행복하게 살았대요?"

우연은 그의 위로를 날카롭게 튕겨 냈다.

"반 고흐, 마크 로스코, 슈만, 차이콥스키, 헤밍웨이, 버지니아 울프! 조울증 앓다가 자살한 사람들이래요. 그거 말고도 조울증으로 죽도록 고생한 예술가들이 한두 명이 아니던데요? 득시글득시글해요! 아까 오면서 검색으로 찾아봤어요. 몽땅 다 찾아봤단 말이에요!"

울부짖는 듯한 대답에 그의 입에서 짧은 신음이 흘러나왔다.

"아저씨가 그랬잖아요. 내 재능은 하느님의 선물이라고. 그 대가가 이런 거예요? 누가 달라고 했어요, 선물?"

"우연아, 양극성 장애는 조현병하고는 달라. 잘만 관리하면 건강하게 지낼 수 있어. 혈압이나 당뇨 관리하는 것처럼. 제발 미리 염려하지 말자."

아저씨는 절망적인 눈으로 여전히 희망을 말했다. 저 간절한 희망에 동조할 수 있으면 좋겠다. 손 원장님이 뭘 몰라서 그래요. 저는 과대망상도 없고, 허풍도 안 치고, 돈 훔쳐서 펑펑 쓰는 그따위 짓도 안 했어요. 모르는 남자들하고 이상한 짓도 안 했어요. 그림에 미쳐 있던 건 중독이 아니고 집중력이에요! 하고 자신 있게 말할 수 있으면 좋겠다.

하지만 우연은 알고 있었다. 희망은 판도라가 받은 선물 중 가장 악질적인 것이었다.

눈을 드니 추레하게 벌어진 햄버거가 보였다. 배가 고픈데 입에 맞지도 않는 햄버거를 어울리지도 않는 주스와 함께 먹고 있던, 아니 그나마 먹지도 못하고 있는 아저씨가 눈에 보였다.

아주 짧은 순간, 낯익은, 그리고 낯선 냄새가 뺨을 사락 훑고 지나간다. 아저씨의 향이다. 자각하는 순간 숨이 턱 막혔다. 푸른빛이 감도는 듯 산뜻하고 청량한 향수 냄새 사이로, 달큼한 크림색, 혹은 크림슨, 무겁고 짙은 느낌의 무언가가 딱 한 가닥 스며 있었다.

저도 모르게 몸이 떨린다. 약한 전류가 흐르는 것처럼. 정체를 알 수 없는 무겁고 나른한 안개가 뱃속에 퍼지는 것 같다. 감히 상상도 하면 안 되는 어떤 것이.

우연은 고개를 들어 아저씨를 똑바로 응시했다.

"원장님 말이 맞을지도 몰라요. 저는 나중에 쇼핑이나 도박에 중독되기도 쉽고, 섹스 중독자가 될 수도 있어요. 이거 한번 보시라고요."

아저씨의 눈앞으로 왼팔을 내밀었다. 팔 안쪽의 한 부분을 두 손가락으로 누르자 샤프심 반토막 정도 되는 가늘고 긴 것이 희미하게 피부 속에서 윤곽을 드러냈다. 아저씨가 혼란스러운 얼굴로 그것을 들여다본다.

"그게…… 뭐니?"

"임플라논이에요."

"임플라논이 뭐니?"

충격을 받고 놀라야 할 아저씨는 임플라논이 뭔지 몰랐다. 얼굴이 저절로 일그러졌다. 한때 신부님이 되려 했다는 아저씨는 이쪽으로 지나치게 무지한지도 모른다.

"……피임약이에요."

아저씨의 눈이 커다랗게 벌어진다. 앞으로 모아 깍지를 끼고 있던 두 손에 힘줄이 팽팽하게 불거졌다. 그의 상반신이 저도 모르게 뒤로 물러나는 것을 보며, 우연은 쥐어짜듯 덧붙였다.

"엄마가 병원에 질질 끌고 가서 심어 줬어요."

15

비밀

"무슨 일이 있었는지 알려 줄 수 있겠니?"

차 안은 어둡고 조용했다. 차는 도로를 달릴 때도 조용했지만 시동이 꺼진 상태에서는 진공처럼 적막했다. 어떤 말도 밖으로 빠져나갈 것 같지 않았다. 우연이 바짝 날이 선 목소리로 속삭인다.

"뭘 알고 싶으세요, 아저씨?"

그녀를 처음 봤을 때의 느낌이 되살아났다. 무수히 상처를 입고 구석 끝까지 내몰린 아주 작은 고양이가, 몸을 발발 떨며 조그만 발톱을 세우고 하악, 하악, 하고 있다. 이원은 조용히 기다렸다. 우연은 위악을 가장할 때, 가장 깊은 속을 드러내곤 했다.

"아빠 말대로 제가 정말 채팅 앱으로 남자들이랑 자고 다녔는지 알고 싶으세요? 몇 명이랑 그 짓을 했는지 궁금하세요? 아니면, 아빠가 성교육을 얼마나 엄하게 했는지 알고 싶으세요?"

이원은 가만히 우연을 내려다보았다. 예전에 아빠의 성교육에 대해 물었을 때, 그녀는 단호하게 부인했었다. 하지만 지금, 바들바들 떨며 위악을 가장하는 그녀는 그것마저 털어놓고 싶을 만큼 절박하고 애처로워 보였다.

그녀는 지금 유일하게 신뢰하는 한 사람에게 매달려 확인하고 있는 것이다. 이래도 나를 믿어 줄 거예요? 이래도? 이래도? 그래도 나에 대한 신뢰를 거두지 않을 건가요?

"아저씨는 아빠 말을 믿어요?"

"……경찰서에서도 예전에 그 앱이 있었던 건 확인했었다며."

이원은 부인하지 않았다. 믿지 않을 이유가 없었다. 우연은 목을 쥐어짜듯이 물었다.

"그랬겠죠. 맞아요. 그래서 지금까지 아빠 말만 고대로 믿고 계셨던 거예요? 저한테 물어보지도 않고?"

"그걸 어떻게 묻겠어. 네가 대답하고 싶겠니?"

"그럼, 지금이라도 말하면 믿어 주실 건가요? 제가 무슨 말을 하든? 아무리 믿어지지 않아도?"

이어지는 밀도 높은 침묵에 목이 졸리는 것 같다. 한참을 생각한 후, 아저씨가 천천히 고개를 끄덕인다. 눈빛은 복잡했으나, 대답은 간결했다.

"그래."

후우. 갑자기 기운이 훅 빠지면서 눈이 시큰해졌다.

우연은 믿음이 합리적인 이유에 의해 형성되지 않음을 알고 있었다. 믿음은 의지로 이루어지는 것이고, 의지는 믿음을 뒷받침할 논리적인 이유들을 만들어 낸다.

아저씨가 나를 믿는다면, 내 말이 경찰이나 아빠의 말보다 더 타당하고 논리적이기 때문이 아니라, 아저씨가 내 말을 믿어 주기로 결심했기 때문이다. 바로 지금. 저렇게 진지하고 심각한 얼굴로. 눈시울로 뜨끈한 눈물이 주르르 고였다.

우연은 그의 앞에 고개를 숙이고 고해하듯 속삭였다.

"아빠는…… 늘 입버릇처럼 말했어요. 딸은 가정 교육을 잘 받아야 한다고."

□ ■ □

아빠는 늘 입버릇처럼 말했다. '딸은 가정 교육을 잘 받아야 한다'고. 특히 성교육은 가정에서부터, 어릴 때부터 자연스럽게 시켜야 한다고 믿었다.

아빠는 강당에 전교생을 몰아넣고 구태의연한 강의와 영상을 보여 주던 성교육을 경멸했다. 그는 일상 대화에서 오가는 장난스러운 음담패설이나 가벼운 스킨십으로 '자연스러운 성교육'을 시킬 수 있다고 믿었다.

같이 영화를 보다가 배우들끼리 애무하는 장면이 나오면 '우연이 너, 지금 쟤들이 뭐 하는 건지는 아냐?' 하고 물어보곤 했다. 모른다고 대답하면 '모르긴 뭘 몰라, 다 알면서.' 하며 히죽히죽 웃곤 했다. 그때마다 우연은 영화를 보던 자신의 눈깔을 뽑아 버리고 싶었다. 지나갈 때 엉덩이를 툭툭 치거나 둥그렇게 쓰다듬는 건 일상이었다. 그러다가 생리대가 손에 걸리면 '어이구 너 그거 하냐? 콩알만 한 줄 알았더니 다 컸네?' 하며 씩 웃곤 했다.

가끔 옷 속에 손을 넣어 가슴을 만져 보기도 했다. '이거 이거, 아직도 이렇게 밋밋해서 어쩌나. 언제 키워 시집보내나?' '첫날밤에 손에 뭐라도 잡히는 게 있어야 예의인데, 이걸 어쩌나?' 하며 너털웃음을 웃기도 했다.

그럴 때마다 쭈뼛하고 소름이 끼쳤다. 거대한 바퀴벌레가 가슴 위를 슬슬 기어 다니는 것 같고, 구역질이 치밀었다. 어떤 때는 혀를 깨물고 죽고 싶기도 했다. 하지만 싫다는 내색을 할 순 없었다. 아빠는 자존심이 너무 강해서 자신의 호의나 장난이 거부당하는 것을 극도로 싫어했다.

옆에서 짧게 숨을 들이켜는 소리가 들린다. 아저씨가 고개를 옆으로 틀더니 한 손으로 입가를 쓸어내린다. 완강하게 각이 진 턱에 자잘한 근육이 치솟는 것이 보였다. 우연은 치부를 간신히 가리고 있던 마지막 천 조각까지 완전히 벗겨진 기분이었다. 한 마디, 한 마디, 구토를 하는 기분으로 천천히 말을 잇대었다.

"얼마나 자랐나 본다고, ……매일 그러는 건 아니었어요."

급히 말을 덧대고 보니 더 비참했다. 난 왜 그런 짓을 당해 놓고 변명까지 해 주어야 할까.

아저씨의 입술이 들썩였지만 험한 말이 튀어나오지는 않았다. 한 번, 두 번, 낮은 신음만 흘러나온다. 하지만 우연은 더러운 욕설을 들은 것보다 훨씬 부끄러웠다.

'아니야, 다른 집 아빠들도 대충 비슷할 거야.'
'그래. 친구들도 말을 안 해서 그렇지, 이런 창피한 경험은 다 있을 거야.'

한때 그렇게 믿었다. 애써서 믿었다. 아니 믿으려고 노력했다.

하지만 어느 순간 알게 되었다. 다른 아빠들은 이러지 않는다. 다른 친구들은 이런 일을 당하지 않는다. 진실을 알게 되는 것은 마취가 풀리는 것과 비슷해서, 우연은 매일매일 조금씩 더 고통스러워졌다.

하지만 싫다고 할 수 없었다. 아빠에게 반항하지 못하도록 세뇌라도 걸린 것 같았다. 아빠의 말을 거부했다가는 숨을 쉴 수가 없고, 금방이라도 죽어 버릴 것 같은 공포에 시달리곤 했다.

언제부터 그런 무섬증이 나타났는지도 또렷이 기억난다. 여섯 살 때였다. 유치원에 반바지를 입고 가겠다고 떼를 썼다. 엄마는 추워서 안 된다고 했고, 우연은 울기 시작했다. 엄마는 딸이 우는 소리를 견디지 못했고, 결국 머리카락을 쥐어뜯으며 소리를 지르기 시작했다. 입어! 입 닥치고 주는 대로 입어! 좆만 한 년이 왜 벌써부터 반항이야, 왜애애!

다음에 기억나는 장면은 아빠의 주먹에 맞은 엄마가 붕, 날아서 벽에 부딪치는 모습이었다. 아빠는 평소에는 다정한 애처가 딸바보였지만, 신경을 긁으면 괴물로 돌변했다. 아빠는 엄마의 가슴을 무릎으로 누른 후 주먹으로 미친 듯이 뺨을 후려쳤다.

'시끄러워, 아침부터 왜 이 지랄이야. 뭐? 애가 옷을 안 입어? 그럼 팔다리 부러뜨려서라도 입혀. 아니면 빨가벗겨서 보내. 왜 애 하나 못 잡고 이래, 엉?'

아빠가 고개를 확 돌리더니 우연을 향해 시근덕대며 다가온다. 쿵, 쿵, 쿵, 쿵. 완전히 얼어붙은 우연의 입에선 울음 대신 끽끽대는 소리만 튀어나왔다.

철커덩, 촤르르.

아빠는 우연의 멱살을 틀어쥐더니 베란다 난간 밖으로 팔을 쭉 내밀었다. 두 발이 대롱대롱하며 허공을 휘젓는다. 온몸이 얼어붙는 공포, 구토감, 새파란 하늘과 하얀 구름. 몸이 뻣뻣하게 굳으며 숨이 막힌다. 버둥대려 해 봐도 손끝 하나 움직이지 않는다. 다리 사이로 오줌이 지르르 흘러내려 까마득한 아래로 방울방울 떨어지는 것이 느껴진다. 눈앞에 섬광이 번쩍대더니 노란 구름이 차오르기 시작했다. 아빠가 이를 갈며 중얼대는 소리가 들렸다.

'말 안 듣는 딸은 필요 없어, 여기서 떨어져 죽을래? 아니면 다음부터 말 잘 들을래?'

그 뒤는 기억이 나지 않는다. 그때 의식을 잃고 경기를 일으켰다 했다.

그 후부터 우연은 아빠가 옆에 있으면 목이 졸리는 듯 숨이 막혔고, 뭔가를 묻거나 시키면 눈앞이 하얘지면서 아무 생각도 나지 않았다. 반항이라도 했다간 바로 죽어 버릴 것 같았다. 실제로 몇 번 의식을 잃고 쓰러지기도 했다. 아빠는 우연이 쓰러질 때마다 몸이 약해서 그런다며 보약을 지어 주고 다정하게 토닥이며 재워 주었다.

호기심이 많고 엉뚱한 생각을 자주 하여 친구들을 잘 웃겼던 우연은 그때부터 비슬비슬 겉돌기 시작했다. 3학년 때까지 한글을 제대로 읽지 못했고, 6학년 때까지 이불에 오줌을 쌌다. 엄마는 그때마다 홀딱 벗겨서 아파트 복도로 내쫓았다.

'나한테 반항하느라고 일부러 이러지! 창피를 당해 봐야 정신 차리겠지! 지린내에 콧구멍이 썩어 문드러져 봐야!'

엄마는 소변이 묻은 옷과 이불도 빨아 주지 않았다. 그래서 우연의 방에는 비릿하고 싸하다가 점점 날카롭게 변해 가는 지린내가 겹겹으로 쌓여 있곤 했다.

'여, 여보! 지금 더럽게 뭐 하는 거야? 애가 만지는 거 싫어하는 거 안 보여?'

그 말을 처음 했던 엄마는 죽기 직전까지 맞았다. 우연은 너무 무서워서 엄마에게 고마운 마음도 미안한 마음도 느끼지 못했다. 썩은 시래기처럼 늘어져 신음하는 엄마 옆에서 아빠는 우연의 멱살을 틀어쥐고 물었다.

'더러워? 싫어? 아빠가 이러는 거 싫으냐고! 아빠가 너 똥 기저귀, 오줌 기저귀 다 갈아 주며 키웠는데, 이제 와서 이게 무슨 개소리야! 대가리 컸다고 아빠 무시해? 무시하냐고!'

빳빳하게 몸이 굳었다. 허공을 휘젓던 다리, 다리를 타고 흘러내리던 뜨뜻미지근한 감각이 되살아나면서 숨이 콱 막혔다.

'괜찮아, 요, 괜찮아 아빠, 더럽지 않아. 싫은 거 아니야.'

우연은 발발 떨며 필사적으로 웃어 보였다.

어느 순간부터, 우연은 자신의 몸이 싫어지기 시작했다. 가슴이 나오는 거나, 허리가 가늘어지는 거나, 매달 생리를 하는 것이 끔찍하게 증오스러웠다. 몸을 함부로 망가뜨리고 싶은 강박에 시달리기도 했다. 아빠 손이 닿은 곳의 껍질을 벗겨 내고 싶었다. 가슴을 식칼로 잘라 내어 마구 으깨 버리거나 다리미로 지져 버리고 싶다는 충동이 불쑥불쑥 치밀었다.

우연은 벌레가 기어 다니는 기분이 들 때마다 가슴이나 목, 팔뚝을 미친 듯이 긁어 댔다. 아프면 아플수록 시원하고, 고통스러울수록 안심이 됐다. 피부는 처음엔 붉어지다가, 부풀다가, 작은 피 알갱이가 스며 나오다가, 결국엔 길고 붉은 핏줄기가 생기곤 했다.

피가 나면 섬뜩하면서도 조금은 속이 후련해졌다. 잘못에 대한 대가를 치른 기분도 들었다. 하지만 며칠 후 피딱지로 얼룩덜룩 얽힌 팔이나 가슴을 보면 암담하고, 한심하고, 자신이 미친 것처럼 느껴졌다.

나는 이따위로 행동하지 말고 아빠에게 용감하게 말해야 했다. 오래전부터, 귀에 못이 박히도록 배운 대로.

싫어요, 싫어요, 만지지 마세요.

싫어요, 아파요, 때리지 마세요.

우연은 유치원에서 배운 그 간단한 말조차 하지 못하는 자신이 늘 병신 같았다. 하지만 막상 그 상황이 되면 도저히 입이 떨어지지 않았다. 사실 아마 백번 되돌아가도 그렇게 말할 수는 없었을 것이다. 그렇게 말해서 상황이 달라졌을지도 장담할 수는 없었다.

주변에 도와줄 수 있는 사람이 있을 것 같지 않았다. 체육관을 운영하는 아빠는 키는 작았지만 힘은 무시무시했고, 의리를 중시하는 사나이였지만, 뒤끝도 길었다. 조금이라도 꽁한 것은 기어이 몇 배로 보복을 하고야 말아서, 다들 그를 무서워하고 조심스러워했다.

다만 평소에는 우연과 엄마를 얼마나 끔찍하게 아끼고 예뻐하는지 몰랐다. 주변 사람들 말로는 그런 애처가와 딸바보 아빠가 없었다. 그러다 보니 우연은 아빠가 폭발할 때마다 늘 엄마와 자신이 뭔가를 잘못했구나, 하는 생각이 들었다.

휴대 전화에서 성인용 채팅 프로그램을 발견한 건 고등학교 1학년 때였다. 우연은 아빠에게서 물려받은 구형 휴대 전화를 사용했는데, 그는 그곳에 위치 추적 프로그램 따위를 몰래 심어 두고 딸의 생활을 감시했다.

우연은 그 휴대 전화에서, 깊이깊이 숨겨 놓은 앱을 몇 개 발견했다. 다른 것들은 모두 지우고 주었는데 그것은 너무 깊이 숨겨 두어 미처 지우지 못했던 듯했다.

심심했던 건지 고약한 호기심이었는지는 기억나지 않는다. 우연은 아빠가 잠을 자고 있을 때, 어느 채팅 앱에 들어가서 아빠가 싸질러 놓은 대화들을 읽었다. 아빠의 아이디와 비밀번호는 단 한 종류로, 절대 바뀌는 법이 없었다.

채팅 앱이 단순히 모르는 사람과 수다 떨고 노는 공간이 아니라는 것을 아는 데는 1분도 채 걸리지 않았다. 아빠는 그곳에서 알지도 못하는 사람들과 이상한 말을 너무 많이 했다. 만나자는 약속도 한두 번이 아니었다. 아무것도 모르는 우연이 봐도 아빠는 분명 더럽고 나쁜 짓을 하고 있었다.

그곳에서 오가는 링크를 타고 돌아다니기 시작한 것은, 그곳에 세 번째 들어가면서부터였다. 우연은 그날 남자와 여자가 키스 이후로 하는 짓거리들을 처음으로 적나라하게 보게 되었다. 구역질이 치밀었다. 동시에, 아빠가 몸을 만질 때마다 벌레처럼 기어 다니는 듯한 그 느낌의 정체도 확실히 자각하게 되었다.

저게 그렇게 좋을까? 정말? 보는 것만으로도 토할 것 같은데?

하지만 이상한 일이었다. 우연은 그 더럽고 무섭고 구역질 나는 장면들에서 도저히 눈을 뗄 수 없었다. 그때마다 발가락 끝이나 손가락 끝이 곱아들기도 하고, 몸의 한 부분이 이상하게 가렵고 화끈대는 것처럼 느껴졌다.

생각을 지울 수도 없었다. 그 장면들은 시도 때도 없이 불쑥불쑥 치밀어 허공에 둥둥대며 우연을 따라다녔다. 그럴 때면 팔다리를 힘껏 긁거나 손등을 피가 나도록 깨무는 것으로 벌을 주었다. 그래도 중독이 된 것처럼, 그 짓을 멈출 수가 없었다.

아빠가 여기서 만난 여자들과 그 이상한 짓거리를 실제로 하고 다닌다는 걸 알게 된 후, 우연은 흥분으로 몸을 떨었다. 한두 명이 아니었다. 아빠의 약점을 잡을 수 있을지 모른다. 아빠를 감옥에 넣을 수 있을지 모른다. 뒷조사를 해서 엄마에게 알려 줄 생각은 아니었지만, 세상에서 가장 무서운 아빠의 약점을 하나라도 잡아 두고 싶었다. 우연은 밤마다 채팅창에서 아빠의 대화 자료를 모아 클라우드에 깊이깊이 쌓아 두기 시작했다.

'이 개같은 년이 어디서 더러운 짓거리만 먼저 배워서! 아이디 뭐야, 당장 대!'

우연의 전화기에서 그 애플리케이션을 발견한 아빠는 얼굴이 시뻘겋게 달아오른 채, 딸의 뺨을 후려쳤다.

'누구야! 어떤 새끼야! 어떤 새끼하고 더러운 짓을 하고 다닌 거야! 죽여 버린다!'

그는 우연이 감히 자신의 아이디로 들어갔으리라 생각하지 않았다. 아니 자신이 깔아 놓은 앱이 미처 지워지지 않고 남았으리라는 가능성을 무의식적으로 부인했다. 그나마 다행이었다. 우연은 새파랗게 질린 채 필사적으로 거짓말을 했다.

'몰랐어, 아빠, 정말 몰랐어요. 치, 친구들이, 다, 깔고 있어서, 그냥, 그냥······.'

거짓말은 당연히 먹히지 않았다. 친구들? 어떤 년들? 아니, 새끼들이겠지. 아이디가 뭐냐고 묻잖아! 지금까지 어떤 새끼들을 만나고 다녔냐고! 연락처 대! 내 말이 말 같지 않아?

하지만 우연은 끝까지 입을 열지 못했다. 아빠의 뒤를 캐고 다닌 것을 들키면 그때는 말 그대로 정말 죽을 테니까. 아빠의 약점을 하나라도 잡아 보고 싶었던 거지, 맞아 죽고 싶었던 건 아니었다. 그러느니 차라리 '철딱서니 없이 채팅으로 만난 어른들과 함부로 자고 다니는 년'이 되는 게 나았다.

아빠의 분노는 무시무시했다. 자신의 더러운 짓을 들킬 뻔했다는 충격에, 순진한 줄 알았던 딸에 대한 배신감, 친구 이름과 아이디를 끝까지 실토하지 않는 데 대한 분노가 겹치자 그대로 이성이 날아가 버렸다. 자칭 딸바보 아빠는 '당장 실토하지 않으면 죽을 때까지 때린다.'라고 공언했고, 실제로 맞다가 죽을 뻔하기도 했다.

그 일로 인해 우연은 두 달 가까이 학교에 가지 못했다. 아빠는 경찰서에도 찾아가고 학교에도 찾아갔다. 잔뜩 흥분한 아빠가 교장실로 찾아가 '전교생의 전화기를 모조리 검사해야 한다.' 하며 열변을 토하는 바람에 우연은 졸업할 때까지 이상한 시선에 시달려야 했다.

'따라와, 당장 병원에 가자.'

온몸에 먹물처럼 든 피멍이 채 가라앉기도 전에 엄마는 우연을 질질 끌고 산부인과로 갔다. 언놈의 씨인지도 모를 거 싸지르느니 이게 낫지. 어디서 사고 치고 기어들어 와서 어떤 개애새끼 씨나 싸지르는 꼴을 보느니 이게 낫지. 눈깔을 희번덕대며 중얼대는 엄마는 반쯤 미친 것 같았다.

이야기를 마친 우연은 고개를 아래로 푹 처박았다. 말을 끊자마자 괜히 말했다는 후회가 밀려들었다.

그의 턱선이 딱딱하게 굳어 가는 것이 보였다. 아저씨의 얼굴을 도저히 볼 수 없었다. 아무리 좋게 들어 준다 해도, 음란한 성인용 대화 창과 영상을 밤마다 염탐하던 여자애가 정상적으로 보이진 않을 것이다. 더욱이, 성적 욕구가 심해지는 게 조증의 전형적 증세라면.

아저씨의 거칠고 갈라진 목소리가 천천히, 한 토막씩 흘러들어 왔다.

"······혹시, 그, 다른 일은······ 정말 없었니?"

"다른 일이요? 무슨 일이요? ······아."

그래, 믿어 준다 약속했어도 믿기 어려운 내용이란 건 안다. 우연은 목이 꽉 잠기는 것을 참으며 간신히 대답했다.

"없었어요."

"······그래."

그는 우연을 미묘한 눈빛으로 내려다보며 애매하게 고개를 끄덕였다. 저 시선에 실린 감정은 의심일까, 아니면 경멸일까. 우연은 얼굴 껍질이 벗겨지는 것처럼 부끄러웠고, 미친 듯이 화가 났다. 괜히 말했다. 죽어도 말하지 말걸. 우연은 눈을 치뜨고 악을 썼다.

"진짜 없었다고요! 정말이에요!"

"그래, 알았어. 다행이구나. 미안해, 알았어."

그는 조심스럽게 침묵하며 우연의 말을 기다렸다. 다른 말을 기다리는 것처럼. 하지만 그 말이 나오는 것을 두려워하는 것처럼 느껴지기도 했다.

······어? 잠깐······?

순간 우연은 벼락이라도 맞은 것처럼 움직임을 멈췄다.

아니다. 아저씨는 자신의 말을 믿지 못하는 게 아니다. 다만, 더 큰 것이 숨겨져 있다고 생각하는 것이다.

불현듯 엄마의 희번덕대는 허연 눈자위가 떠올랐다. 엄마는 왜 군이 고등학교 1학년인 딸에게 이런 이상한 걸 심어 주었을까. 지금 생각하면 지나치게 과한 반응이었다. 그 반응은 상식적인 분노라기보다, 이성을 잃을 정도의 공포 반응에 가까웠다.

순간 섬뜩한 느낌이 척추를 가로지르며, 머리카락이 쫙 곤두선다.

'언놈의 씨인지도 모를 거…… 어떤 개애새끼 씨나 싸지르는 꼴을 보느니……'

언놈의 씨인지도 모를 거, 개애애새끼 씨.

자, 잠깐만. 그거…… 채팅 앱의 남자들을…… 말하는 게 아니었나?

소름이 와락 끼쳤다. 이제야 알겠다. 엄마가 생각한, 엄마가 제일 무서워한 사태가 뭐였는지. 엄마가 진짜 걱정했던 '언놈'이 대체 누구였는지도.

……그리고 아저씨는 지금 엄마와 같은 것을 두려워하는 것이다.

"아, 아니야, 아니야, 아저씨 아니에요!"

부르짖는 순간, 우연은 머리가 띵, 울리는 것을 느꼈다.

……아니야. 나도 어쩌면 알고 있었던 건지도 몰라.

아니, 솔직히 말하면, 정확하게 느끼고 있었던 건지도 몰라.

맙소사. 그렇다. 내 무의식은 아빠의 말투, 눈빛, 웃음, 내 몸을 주물러 대던 그 손길 하나하나에 담긴 그 더러운 의도와 욕구를 정확하게 느끼고 있었던 게 틀림없다. 그래서 그렇게 소름 끼치고, 벌레가 다니는 것 같고, 구역질이 났던 거였다. 아빠는 알면서도 제어하지 않았고, 엄마는 알면서도 막아 주지 못하고 피임약이나 심어 줄 뿐이었다.

그리고 나는, 내 의지는 알면서도 억지로 무시하고 모른 척했다. 그걸 인정 하면, 바로 들이닥칠 후폭풍을 감당할 수 없었으니까.

……지금처럼.

"아아악, 아으아악! 정말 아니야! 아니란 말이야!"

우연은 머리카락을 움켜잡고 미친 듯이 계속 비명을 질렀다. 아저씨의 목소 리가 다급해졌다.

"우연아, 진정해. 그런 거 아니야. 내가 잘못 생각했어. 설마 엄마가, 아빠 가, 설마. 아닐 거야. 아저씨 좀 봐, 미안해, 우연아."

우연은 머리를 움켜쥔 채 끅끅대며 대시 보드에 이마를 박았다. 쾅, 쾅. 미 쳤어. 미쳤어. 쾅쾅쾅! 엄마는 미쳤어. 아빠도 미치고 엄마도 미쳤으니 내가 정신이 이상한 게 당연한 거야. 두세 시간 전만 해도 하늘을 날 듯 행복했던 것이 거짓말 같다. 쾅쾅쾅, 쾅쾅. 나는 여전히 지옥에 있었고, 잠시 마약을 한 대 맞고 천국에 왔다는 착각을 했던 것뿐이다. 쾅쾅.

"그만."

잠시 숨을 멈췄다. 아니, 숨이 쉬어지지 않는다. 아저씨의 두 팔이 등과 어깨를 짜부라뜨릴 것처럼 누르고 있었다. 우연은 아저씨의 가슴에 뺨을 댄 채 숨을 헐떡거렸다. 아픈 것도 자괴감도 느껴지지 않는다. 이제는 부끄러움조차 날아갔다. 아저씨가 끌어안고 짓누르는 힘은 생각보다 거대했고, 귓가로 느껴지는 숨결은 단정하지 못했다. 가슴속으로 무지막지한 해일이 들이닥쳤다.

"미안해 우연아. 미안해, 내가 오해했어."

"아저씨, 나, 앱으로 사람 만나지도 않았고 이상한 짓도 안 했어요. 누구하고도, 아무하고도, 정말이에요. 나 그런 이상한 애 아니야, 정말 아니라고……."

"알아, 알았어. 미안해 우연아. 그동안 오해해서 미안해. 정말 미안해."

우연은 그의 팔에 갇혀 한참을 몸부림쳤다. 그의 팔은 쇠로 만든 사슬처럼 그녀를 옥죄었다.

진정이 되기까지 시간이 한참 걸렸다. 아저씨는 그 상태 그대로 그 긴 시간을 견뎌 주었다. 간신히 정신을 차린 우연은 그제야 자신을 끌어안고 있는 아저씨가 어깨를 꿈틀대고 있다는 것을 알았다.

"……아……저씨?"

이런 맙소사. 아저씨는 자신을 안은 채 고개를 위로 들고 울고 있었다. 눈물은 이미 그의 목까지 타고 내려와 옷 속으로 스며들고 있었다.

"얼마나, 힘들었어?"

"……아저씨."

"얼마나 힘들었니. 그동안, 얼마나 힘들었어. 너 혼자, 지금까지, 어떻게 버텼어……."

우연은 눈을 감고 그의 가슴에 얼굴을 댄 채 그의 긴 흐느낌을 들었다. 그는 자신과 달리 울부짖음조차 깊고 조용했다. 그의 심장 소리는 부드럽고 안온했으며 가슴은 따뜻했고, 품은 넓고, 자신을 단단하게 끌어안은 팔은 가늘게 떨리고 있었다.

우연은 그가 자신의 마음에 온전히 이입하며 자신의 기나긴 고통을 고스란히 느끼고 있음을 알아차렸다. 그의 무겁게 가라앉은 목소리가 귓속으로 스며들었다.

"……이젠 아프지 마라. 다시는 그렇게 힘들지 마라. ……내가 그리 만들어 줄게."

이원은 눈물에 젖은 새까만 눈동자를 조용히 내려다보았다. 우연이 의아한 듯 품에서 바르작대더니 고개를 든다. 처음 만났을 때 멍 자국으로 얼룩덜룩했던 얼굴은 이제 뽀얗고 매끄러웠고, 길고 숱이 많은 속눈썹은 눈동자에 짙게 그림자를 드리웠다. 살구씨처럼 크고 동그란 눈, 먹물처럼 새카만 눈동자가 눈물에 흥건히 젖을 때마다 숨이 막힐 정도로 애처로웠다. 몇 시간 전으로 되돌릴 수만 있다면, 이 아이가 며칠 전처럼 발랄하고 행복하게 살아갈 수만 있다면 이원은 무슨 짓이든 할 수 있을 것 같았다.

그렇게 만들면 돼.

불현듯, 강력한 목소리가 치밀었다.

이원은 그 순간 우연의 앞에 나타난 장애물을 불도저로 모조리 밀어내고 산산조각 내고 싶다는 강렬한 욕구를 느꼈다. 작은 자갈 조각 하나 남지 않도록, 완전히 가루처럼 바스러지도록.

"많이 힘들었지. 이젠 괜찮아질 거야."

이원은 우연의 머리를 쓰다듬며 속삭였다.

"세상에서 해결하지 못할 문제는 없고, 사람이 감당하지 못할 시련은 없어. 하느님이 그런 건 허락하지 않으신다. 내가…… 최선을 다해서 도와주마."

Deus qui non patietur vos temptari super id quod potestis,
그분께서는 여러분에게 능력 이상으로 시련을 겪게 하지 않으십니다.
sed faciet cum temptatione etiam proventum ut possitis sustinere.
그리고 시련과 함께 그것을 벗어날 길도 마련해 주십니다.

이 절대 명제를 이원은 의심하고 싶지 않았다. 우연의 '벗어날 길'로 하느님이 자신을 보내신 거라면, 이원은 기꺼이 그 일을 끌어안을 생각이었다.

"하나씩 되돌리면 된다. 하나씩 하나씩 하면 돼. 부모님을 떼어 냈고, 접근하지 못하게 막았고, 네가 원하는 학교로 와서 새로운 인생도 시작했어. 앞으로도 문제가 하나씩 나타날 때마다 그렇게 차근차근 처리하면 돼. 못 할 건 없어."

"……네."

"내가 할 수 있는 건 다 하고, 동원할 수 있는 것도 모조리 동원하마. 만에 하나 마음이 불안정해져도 내가 무슨 수를 써서든 안정적인 상태로 되돌려 놓을게. 그러니 우연이 너는 아무 염려 마라."

돈이 필요하면 폭포처럼 쏟아붓고, 위험하다면 철통같은 환경을 만들면 돼. 인맥이 필요하면 거미줄처럼 연결해 주고, 정신이 불안정해지면 평생 약을 써서라도 안정적인 상태를 만들어 주마. 정서적인 지지 기반이 필요하면, 내가 단단한 바위가 되어 줄게. 그러니 너는 지금처럼만 있어 주면 된다. 딱 지금처럼만.

이원은 잠시 말을 멈췄다. 자신의 무지막지한 열망이 이상하게 느껴졌다. 지금은 이 아이와 거리를 두어야 할 때였다. 이 마음이 과연 옳고 선한 것인지조차 확신이 들지 않았다.

이 아이의 '벗어날 길'은 과연 그분께서 마련하신 걸까?

지금 내가 이렇게 열렬히 돕고자 하는 마음도 정말 그분에게서 온 것일까?

알 수 없다. 그분의 뜻은 너무 크고, 그분의 시간은 너무 길다. 미련한 인간이 도저히 이해할 수 없을 만큼. 다만 확실한 것은, 이 작은 아이를 보호하고 행복하게 해 주고자 하는 막무가내의 열망뿐이었다.

우연이 천천히 손을 뻗는다. 가늘고 하얀 손가락이 이원의 뺨을 찬찬히 훑어 내린다. 이원은 그제야 자신의 얼굴이 흠뻑 젖어 있다는 것을 깨달았다. 이원은 수건을 꺼내 얼굴을 닦는 대신 우연의 손길을 그대로 방치했다. 움직임은 느리고 조심스러웠으며, 어떤 감정을 선명하게 드러내고 있었다.

이원은 그 손을 자신의 손으로 감싸 잡고 뺨을 지그시 눌렀다. 옳지 않다. 손과 맞닿은 곳으로 열기가 모락모락 피어오른다. 이것은, 옳지 않다. 이원은 힘껏 눈을 감았다.

"전화기 좀 줘 볼래?"

띠띠띠, 띠띠띠.

우연이 패턴을 해제한 전화기를 아저씨에게 내밀자, 아저씨는 자신의 번호를 단축 번호로 등록했다. 우연의 단축 번호 1번은 원래 아빠였는데 지금은 차단된 상태였다.

"1번으로 등록했어. 무슨 일이 생기면 1번을 누르면 돼. 경찰에 신고하는 게 무서우면 나한테라도 전화해. 내가 대신 처리해 줄게."

우연은 단축 번호 1번에 적힌 '한이원'이라는 글자만 멍하니 내려다보았다.

분명히 아저씨가 거리를 둘 거라고 생각했는데, 오히려 더 가까이 끌어당기는 것 같다.

그의 호의는 늘 이해할 수 없었다. 항상 대가를 바라지 않고 베풀고, 의지할 담벼락이 되어 주었다. 그의 헤아림은 인간의 영역이 아닌 것 같았다. 그는 우연의 어깨를 가만히 토닥이며 말했다.

"다음엔 그렇게 무서운 일 있으면 도망쳐. 뒤도 돌아보지 않고 바로 도망치는 거야. 그 자리에서 버텨 낸다고 힘든 상황이 달라지는 법은 없어. 알았지?"

"하지만…… 아저씨는 도망치지 않았잖아요. 아저씨는, 무섭고 힘들어도 최선을 다해 맞서고 계시잖아요. 나처럼 무작정, 비겁하고 약해 빠지게 도망치지 않으셨잖아요…….

아저씨는 자신보다 훨씬 용감했다. 적어도 두려워하는 것에서 도망치는 대신 맞서서 버틸 용기가 있었다. 아저씨는 짤막하게 웃으며 고개를 저었다.

"난 도망칠 곳이 없었던 것뿐이야."

"……."

"무서울 때 도망치고 숨는 건, 인간이 살기 위해서 최선을 다한다는 증거야. 비겁하고 약해 빠진 게 아니야. 괜찮아."

우연은 조용히 고개를 끄덕였다. 아저씨의 조심스러운 목소리가 이어졌다.

"그리고 임플라논……? 이건 내일 당장 병원에 가서 빼도록 하자. 그동안 얼마나 신경이 쓰였을까."

순간, 속에서 알 수 없는 반발심이 치솟았다. 싫, 싫어요. 안 가. 안 해요! 발작처럼 튀어나오는 대답에 아저씨가 황급히 말을 덧댔다.

"혼자 가라는 거 아니야. 민정 씨나 송 여사님한테 부탁, 아니, 그래그래 알았어. 다른 사람에게 알리는 게 싫으면 아저씨가 같이 가 줄게."

"싫어. 싫어요. 안 가요. 안 빼요. 그냥 둘 거야! 안 뺀다고요."

아저씨는 더욱 맹렬해진 거부 반응에 아연한 얼굴이었다. 왜 이런 걸 계속 놔두겠다는 거야? 나라면 이따위 것은 살을 잡아 뜯어서라도 빼고 싶을 텐데. 아저씨의 당혹한 눈은 그리 묻고 있었다. 물론 아저씨는 자신처럼 그렇게 격하게 말하지는 않는다.

"놔두려는 이유가…… 있니?"

"……펴, 편하고, 좋아요. 뺄 이유가 없어요."

우연이 눈동자를 아래로 내리깔며 더듬더듬 대답했다.

이원은 기가 막혔다. 편하다? 좋다? 뭐가 편한데? 피임약이 편한 부분은 단한 가지 아닌가? 그는 순간적으로 분노를 느꼈고, 잠시 후 등 뒤를 타고 오르는 한기에 멈칫했다.

나는 왜 화가 날까? 그냥 놔두겠다는 말을 이해할 순 없지만, 화를 낼 일은 아니지 않나? 이런 생각을 하는 자신이 너무 낯설었다. 우연이 변명처럼 말을 덧댄다.

"저, 저기, 그게요, 생리통이나 생리 전 증후군 심한 애들 중에서, 치료하려고 이런 거 시술하는 애들 가끔 있대요."

말도 안 되는······!

이원은 총알처럼 튀어나오려는 말을 눌렀다. 우연은 그의 얼굴을 곁눈질하더니 어깨를 움츠리며 뒤로 물러앉았다. 하지만 떨리는 목소리로, 고집스럽게 말을 이었다.

"정말이에요. 저도 생리통도 줄고 기간도 짧아져서 좋아요. 그냥 놔둘 거예요."

"겨우······ 그런 이유 때문에?"

"겨우 그런 이유 아니에요! 그게 얼마나 힘든지 알아요? 아저씬 모르잖아요! 얼마나 아프고 기분 더럽고 지겨운지 모르잖아요! 난 자궁이든 난소든 모조리 잘라 내서 바닥에 놓고 몽둥이로 두들겨 패서 박살을 내고 싶다고요! 아주 바닥에 박박 갈아서 뭉개 버리고 싶단 말이에요!"

우연은 지뢰라도 밟은 것처럼 맹렬하게 분노를 터뜨렸다. 눈물에 젖어 있던 동그란 눈에는 순식간에 적의가 이글대고, 꽉 움켜쥔 작은 주먹은 바들바들 떨렸다.

"그리고, 아저씨 말대로 이거 뺐다가, 나중에 무슨 일이 나면 어떡하라고요!"

"무슨 일이 일어나긴 무슨 일이 일어나. 원래대로 돌아가는 거지."

"그랬다가 제가 정말 조증이 오면요? 갑자기 남자랑 미친 듯이 자고 싶어지면요?"

이제 걷잡을 수 없는 말이 쏟아져 나오기 시작했다. 우연은 발갛게 물든 얼굴로, 목을 비틀어 짜듯 속삭였다.

"아무 남자하고 막 자고 돌아다니다가 아기라도 생기면 전…… 어떡해요? 낳아요? 죽여요?"

이원은 점점 미칠 것 같았다. 그럴 리가 없다고 안심시키고 싶었지만, 그럴 수도 없었다. 조증 상태의 성욕에 대해서는 이원도 아는 바가 거의 없었기 때문이었다.

"우연아, 진정해. 이 얘긴 나중에 하자. 아직 확진도 아니고, 증세가 크게 나타난 것도 아니잖아. 왜 자꾸 극단적인 얘기만 하니?"

이원은 자신이 끝없이 무기력하게 느껴졌다. 이 아이의 공포와 불안감을 어떻게 메꾸어야 할까. 이 폭주를 어떻게 막아야 할까. 눈앞이 캄캄했다.

"아저씨도 그렇게 생각했잖아요. 누드모델 해 달라고 한 거, 기가 막힌다고 했잖아요. 채팅 앱에서 처음 만난 남자들하고 이상한 짓 하고 돌아다녔다고 생각했잖아요. 아빠 말이 진짜라고 생각하고 속으로 경멸하고 있었잖아요……."

"왜 그렇게 생각해! 그러지 않았어!"

"거짓말!"

이원의 입이 턱 막혔다. 우연의 비난은 어느 정도 사실이었고, 그의 입은 태연하게 거짓말을 하는 데 익숙하지 않았다. 그는 뒤늦게 더듬대며 누더기 같은 변명을 덧댔다.

"아니야. 네 행동을 비난할 생각은 전혀 없었어. ……이유가 있을 거라고 생각했어. 내가 알지 못하는 아픈 이유가……."

"아픈 이유 같은 거 없으면요? 그냥 궁금해서, 해 보고 싶어서, 해 보니 짜릿해서 계속 잤으면요? 그랬다면 아저씨는 저를 어떻게 생각하셨을 건데요?"

우연이 눈을 크게 뜨고 반격하기 시작했다. 처참하게 까발려진 마음은 자괴감과 맞물려 순식간에 극단으로 치달았다.

"해 보고 싶으면 할 수도 있지 않아요? 한번 해 보니 좋아서 눈이 뒤집힐 수도 있죠. 그러면 어때서요? 남자랑 자는 게 맞아 죽을 만큼 큰 잘못은 아니잖아요."

이원은 고개를 숙이고 눈을 감았다. 목이 염산에 녹는 것처럼 아프다. 얼핏 들으면 우연의 사고가 건강하지도 상식적이지도 않은 것처럼 들리지만, 사실 이 위악적인 반응은 우연의 애처로운 방어 기제였다. 이럴 때마다 이원은 우연이 그동안 얼마나 비참하고 고통스럽게 몰리면서 살아왔는지 뼈저리게 실감할 수밖에 없었다.

"우연아, ……성관계는 배우자나 연인 관계에서만 허락되는 거야. 상대를 깊이 신뢰하고, 존중하고, 사랑한다는 마음의 표현이야. 그런 마음 없이 몸의 쾌락만 요구하는 관계라면 얼마나 위험하고 허망하겠니."

한 마디, 한 마디, 대답하는 것이 조심스러웠다. 어떻게 해야 이 깊은 상처를 위로하고 잘못된 방향을 바로잡아 줄 수 있을까. 내 말에 자칫 더 상처를 받지는 않을까. 하지만 우연은 눈썹을 파르르 떨며 반박한다.

"아저씨, 지금이 조선 시대는 아니잖아요. 연애나 결혼이 싫은 사람은 그것도 못 해요? 법으로 못 하게 정한 것도 아니잖아요. 허망하긴 뭐가 허망해요? 맛있는 음식은 애인이랑 먹든, 모르는 사람이랑 먹든 상관없이 맛있는 거잖아요."

이원이 무거운 얼굴로 침묵하자 우연은 떨리는 목소리로 재우쳤다.

"아저, 아저……씨는 그런 식으로 안 해 봤어요? 정말 사랑하는 사람하고만 했어요? 사랑하지 않는 여자랑 한번 해 보고 싶다는 생각도 안 해 봤어요? 단 한 번도?"

"……진우연!"

"왜 화를 내세요? 나, 나는 아저씨가 묻는 거 다 대답했어요. 제일 창피한 것까지 모조리 다! 근데 아저씨는 왜 자기 얘긴 안 해요? 재밌어요? 난 지금 쪽팔려서 죽을 것 같은데 아저씬 재밌냐구요!"

새까만 눈동자에 깃든 절박함을 느끼는 순간, 심한 현기가 치밀었다. 알몸으로 매를 맞으며 자백을 강요당하는 것 같다. 나는 무슨 자신감으로 예까지 혼자 내려왔을까. 이런 반응에 어떻게 대처해야 하는지도 모르는 주제에. 손 원장님과 함께 올걸. 좀 진정되고 내일 올걸. 아니 차라리 오지 말걸. 이원은 힘겹게 입을 열었다.

"……안 했어."

순간 우연의 눈이 의심으로 물들더니 잠시 후 눈에 암담한 좌절감이 차오른다. 이원은 우연이 자신의 대답을 오해했음을 깨닫고 황급히 말을 덧댔다.

"섹스, 한 번도 안 해 봤어."

저도 모르게 튀어 나간 대답에 이원은 눈을 크게 떴다. 이런 대답까지 해야 하는지 의문이 들었지만, 대답은 이미 튀어나왔다. 무시무시한 침묵이 두 사람을 감쌌다.

잠시 후 우연의 얇은 입술이 불신을 머금고 비틀린다. 들리지 않는 질문이 송곳처럼 그를 헤집어 댄다.

왜요? 거짓말이죠? 서른두 살이나 먹었는데? 신학교는 10년 전에 그만두셨잖아요.

이원은 어떻게 대답해야 할지 난감해졌다. 그는 신학교를 나온 후에도 정결한 삶에 대한 열망과 의지가 여전히 강력했고, 혼전 성관계에 대한 거부감도 상당했다.

하지만 이런 말을 입 밖으로 당당하게 떠들기엔 자신은 너무 부끄럽고 부족한 인간이었다. 이런 가치관을 이해하지 못하는 사람이 많다는 것도 알고 있었다. 무엇보다 자신의 신념이, 자신과 대척점에 서 있는 우연을 정죄하는 방향으로 흘러갈까 봐 두려웠다. 그는 우연에게 상처를 주지 않고 대답할 수 있는 선을 신중하게 가늠하며 입을 열었다.

"……성당에선 결혼 외의 관계에서 성행위를 금하고 있어. 그래서."

길고 짙은 속눈썹이 짠물에 젖은 채 깜박거렸다. 믿을 수 없다는 표정이었다.

"정말이요? 서로 사귀는 사이라도요? 법에 걸리는 것도 아닌데요?"

이원은 덤덤하게 고개를 끄덕였다. 물론 현대를 살아가는 어지간한 연인들은 고행 같은 금욕 대신 관계 후 고해와 보속을 택하긴 하지만, 그것이 대죄로 정해져 있는 것은 사실이었고, 그것을 충실히 지키고 있는 사람이 드물지만 존재하는 것도 사실이었다.

하, 하, 하하히히히.

우연은 얼굴을 일그러뜨리고 웃었다. 그런 규정이 21세기인 지금까지도 남아 있다는 걸 믿을 수가 없었다. 성욕은 식욕이나 수면욕과 마찬가지로 본능 아닌가? 열다섯 열일곱에 결혼하는 조선 시대가 아니잖아. 사오십 대까지 결혼을 미루는 사람도 많고, 연애만 하는 비혼족도 얼마나 많은데. 저런 규정을 문자 그대로 지키고 있는 아저씨가 제정신이 아닌 것 같다.

하지만 우연은 그것을 입 밖에 내지 않았다. 더 중요한 것을 물어보아야 했다. 꼭 알아보아야 할, 하지만 쉽게 대답해 주기 어려운 내용을. 우연은 고개를 들고 파르르 떨리는 목소리로 물었다.

"아저씨는 혹시 성욕……이 없어요? ……그래서?"

이원은 짧게 헛숨을 들이켰다. 어떻게 저렇게 대놓고 무례한 질문을 할 수 있을까. 우연은 여전히 묻지 말아야 할 선에서 멈추지 못했다.

하지만 이원은 대답을 거부하지 못하리라는 것을 알았다. 이유는 모르겠다. 저 아이가 물으면 대답을 해야만 하는 프로그램이 머릿속에 강제로 설치된 것만 같다.

그리고 저 아이는 지금 더러운 호기심으로 묻는 게 아니었다. 이유는 알 수 없지만, 아이는 간절하고 다급했다. 이원은 어렵게 입을 뗐다.

"……그럴 리가."

없지 않다. 그럴 리가 없다. 그는 늘 그 문제로 전쟁을 치르며 살아왔다. 아무리 절제력과 의지가 강하다 해도 힘겨운 싸움이었다. 우연은, 드디어 자신이 묻고 싶은 것을 입에 올린다.

"그럼 어떻게 참아요? ……노력하면, 참아져요?"

아아, 이원은 그제야 우연이 이렇게 자신을 절박하리만치 몰아붙인 이유를 알게 되었다. 파랗게 날이 서 있던 우연의 눈에 천천히 눈물이 괴기 시작했다.

"아저씨, 만약에 제가, 나, 나중에, 증세가 좀 심해져서, 성욕이 강해져도, 다른 사람하고 미친 듯이 자고 싶어져도, 참으려고 하면 참을 수 있어요?"

"……"

"한강 다리에 서서 지나가는 남자 붙잡고 한번 자자고 조르고 싶어도, 의지로 참아져요? 훈련하면 되는 거예요? ……지금부터라도 훈련하면?"

대답해 줄 수 있을 리가 없다. 그렇게 철저하게 훈련받고 스스로를 다스려 온 자신도 활활 타오르는 욕구에 못 이겨 스스로 풀어야 할 때가 있다. 다른 사람보다 성욕이 강해서인지는 모르지만, 욕구 불만이 오래 쌓이면 나중에는 거의 매일이다시피 몽정을 겪어야 했고, 자위행위 말고는 그것을 도저히 다스릴 방법이 없었다.

하지만 그 이후에 찾아오는 끔찍한 자괴감을 생각하면, 그런 짓을 권할 순 없다.

이원이 끝까지 침묵하자 우연의 눈시울에 고여 있던 맑은 물이 끝내 툭, 터지고 만다. 이번에는 이원이 손을 뻗어 우연의 뺨을 천천히 감싸 안았다. 우연의 작은 몸이 다시 그의 품으로 무너져 들어온다. 이원은 그녀가 하고 싶었던 말이 머릿속으로 홍수처럼 밀려들어 오는 것을 느꼈다.

나는 무서워요. 내가 이상해지면, 나 자신을 잃고 이상한 짓을 하고 다닐까 봐.

그런 나를 아저씨가 경멸하게 될까 봐.

아저씨, 만약에 그래도, 만에 하나 그런 일이 있어도, ……제발 나를 경멸하지 말아 주세요. 여전히 나를 기특해하고, 예뻐하고, 자랑스러워하고,

……사랑스러워해 주세요.

그녀는 이원에게 안긴 채, 가만히 속삭였다.

"아저씨, 난 지금 그냥 이대로만 살고 싶어요. 딱 지금 요만큼만요."

"……그래."

"딱, 지금처럼만."

"그래, 그래."

이원 역시 그녀의 말을 조용히 되풀이했다. 딱 지금처럼만, 더 이상 다가오지도 말고 물러서지도 않는 이 상태 그대로. 이원은 우연의 머리를 쓰다듬으며 중얼거렸다.

"너는 괜찮을 거야."

……괜찮을 거야. 나는, 괜찮지 않았지만, 너는. 너만은.

□ ■ □

이원에게 성욕이란 닫혀 있는 판도라의 상자였다. 열리면 그곳에서 어떤 것이 튀어나올지 알 수 없었다. 그래서 항상 그것을 갈망하면서도 두려워했다.

그는 해갈되지 못한 욕구에 늘 시달렸다. 그는 빈말로라도 성욕이 담백하다고 할 수 없었고, 음란한 망상에 젖지 않는 날이 하루도 없었다. 잠을 못 자고 피곤할수록 욕구는 더욱 악착스러워졌다.

그는 그럴수록 자신의 마음과 환경을 철저하게 통제했다. 그에게 남은 유일한 쾌락은 성욕이었다. 그래서 제대로 절제하지 않으면 한계를 모르는 육욕에 탐닉해 진창을 구를 가능성이 컸다.

하지만 정결한 삶에 대한 의지와 엄중한 죄의식 역시 본능만큼이나 힘이 셌고, 이원의 내면은 그 셋이 충돌할 때마다 만신창이가 되곤 했다. 그는 아무 가책도 없이 쾌락을 즐기는 인간들이 극도로 경멸스러우면서도 그 이면에서 그들을 끔찍하게 부러워하는 자신을 발견했다.

사제성소에 대한 확신이 있던 그였지만, 그 문제로 가끔 회의감을 느끼곤 했다.

'주님, 제가 당신의 종으로 평생 정결하고 거룩하게 살아갈 수 있을까요.'

십 대가 지나면, 군대만 다녀오면, 나이를 적당히 먹으면 점점 견딜 만할 거라 믿었지만, 점점 쌓여 가는 성욕은 반발이라도 하듯 해가 갈수록 서슬 푸르게 날이 섰다.

성욕 앞에서 인내심이란 얇게 해어진 걸레짝 같았다. 의지만으로는 도저히 억누를 수 없을 때도 종종 있었다. 욕구가 남들보다 강한 것인지, 혹은 자제력이 남들보다 부족한 것인지, 다른 남자들도 다 비슷하게 살고 있는지, 혹은 자신만 이렇게 번번이 무너지는지 이원은 도무지 알 수 없었다.

물론 자신이 다른 사람들보다 체격이나 근력이 훨씬 좋다는 정도는 알고 있었지만 어떤 때는 집요한 욕구가 비정상적으로 느껴졌다. 이건 중독일까, 난 변태 성욕을 가진 게 아닐까 하는 의심도 끊임없이 솟았다. 진심 어린 참회나 두 시간이 넘는 고된 운동, 저녁마다 바치는 기나긴 묵주 기도도 더러운 욕정을 완전히 없앨 수 없었다. 더러운 생각은 자신을 조롱하듯 불쑥불쑥 치밀어 의지를 뭉개 버렸다.

수음 행위가 잦은 편은 아니었다. 그는 한계에 몰릴 때까지 인내하며 자신을 다스렸다. 하지만 한번 무너지면 그날 밤은 고스란히 진창이 되었다. 하룻밤에 예닐곱 번씩, 심할 때는 밤새워, 정신을 잃기 직전까지 그 짓거리를 반복한 적도 있었다. 발작처럼 밀려든 욕정은 이성과 기력과 자존감을 완전히 바닥까지 드러내고서야 썰물처럼 물러났다.

요즘은 아버지가 미현과의 결혼을 강제한 것이 다행이라는 생각도 한다. 이원은 미현과의 결혼 생활에서 많은 것을 기대하진 않았지만, 섹스 하나만은 기대했다. 그것 하나만 해결되어도 좋을 것 같았다. 비웃음이 나온다. 정작 자신은 신뢰하지도 사랑하지도 않는 여자와 비굴하게 결혼하면서 그녀의 부도덕을 경멸하고, 그러면서도 그녀와의 허망한 육체관계를 몰래 바라고 있지 않은가.

'아니 그러면 됐지 뭘 더 바라. 대체 사람들이 결혼을 왜 한다고 생각하는데? 안정을 찾으려고? 편해지려고? 외로워서? 자식을 보고 싶어서? 웃기시네. 다들 섹스하고 싶어서 하는 거야.'

'기왕 결혼하기로 했으니 하루 다섯 번이든, 열 번이든 원 없이 풀어 봐. 발정 난 중고등학생도 아니고, 나이 서른둘이나 돼서 종일 욕구 불만에 시달리는 것도 지겹잖아. 몽정 때마다 몰래 치우는 거 창피하지도 않아? 송 여사가 그거 모를 거 같아?'

'누군지 빤히 아는 신부님들께 창피스러운 고백을 할 필요도 없으니 얼마나 좋아.'

'됐고, 다아 됐고, 결혼하면 섹스 하나는 맘껏 할 수 있으니 본전이나 확실하게 뽑으라고.'

속에서 빈정대며 지껄이는 목소리를 잠시 방치했다. 내 마음이 이렇게나 만신창이로 무너져 있었던가, 이원은 불현듯 실감했다.

옆에서 조용한 목소리가 올라온다.

"아저씨, 힘들었어요?"

우연이 응시하는 시선이 맑고 곧다. 새까만 눈동자가 블랙홀처럼 자신을 빨아들이는 것 같다. 몸이 엿가락처럼 길게 뭉개져서 우연의 내면으로 쭈욱 빨려 들어간다. 몸이 가늘게 떨렸다. 무엇에 홀린 듯, 또 다른 이원이 다시 대답한다.

"힘들었어."

이원은 빙그레 웃었다. 입 밖으로 나가지 말아야 할 말들이 손가락 사이로 자꾸 기어 나가려 한다.

"많이?"

"……많이."

눈 밖으로도, 나가지 말아야 할 것이 굴러떨어졌다.

"손 원장님께 상담 치료 계속 받을 거지? 다른 선생님으로 알아봐 줄까?"

10시까지 정확하게 10분 남겨 두고 이원은 우연을 기숙사 앞까지 데려다주었다. 그 며칠 사이, 수국의 향기는 더욱 진해졌고, 새하얗던 꽃은 이제 푸르스름한 빛으로 물들어 가고 있었다. 그 위로 생뚱하게 튀어나온 해바라기 군락은 환한 가로등 아래에서 여전히 황금빛으로 위풍당당했다.

"아저씨가 원하시면 계속 받을게요."

우연은 담담하게 대답했다. 그녀는 손 원장을 신뢰해서 계속 치료를 받는 게 아니다. 나를 전적으로 신뢰하니, 내가 신뢰하는 손 원장을 믿겠다는 것이다. 아까는 그것이 고맙고 기특했는데, 지금은 부담스러워 숨이 막혔다.

우연이 자그마한 목소리로 묻는다.

"손 원장님이 아저씨도 치료하신 거 맞죠?"

"맞아. 믿을 만한 분이야. 정신건강의학 쪽에서 그분처럼 제대로 된 상담 치료까지 제공하는 분은 많지 않아."

"만약에 병원 치료에 보호자가 필요하면, 아저씨가 해 주실 수 있으세요?"

"당연하지 않니."

이원은 대답을 해 놓고 잠시 웃었다. 우연도 웃는다. 이제 후견인도 아니니 당연하지 않은데 왜 당연하게 생각하는지 모르겠다. 하지만 우연은 그 대답이 몹시 기쁜 듯했다. 하얗고 자그마한 얼굴로 짙은 안도감이 퍼져 간다.

"아저씨, 나중에, 만에 하나 나중에요."

"······."

"제가 이상해지면 아저씨가 알려 주세요. 당사자는 모른다면서요. 자기가 정상이라고 생각한다면서요. 그래도 아저씨가 말하면 무조건 믿을게요."

"그래."

"제가 약을 먹어야 한다면, 아저씨가 그 약을 먹어야 한다고 말해 주세요. 그래야 더러운 짓, 이상한 짓 안 하게 된다고 단호하게 말해 주세요. 그러면 무조건 먹을게요."

"······그래."

"제가 안 먹겠다고, 나는 멀쩡하다고 우기면 억지로 먹이세요. 그래도 안 먹으면 음식이나 음료수에 몰래 타서 먹이세요. 절대 안 먹였다고 거짓말하셔도 돼요. 제가 지금 미리 허락해 드리는 거예요."

……제기랄.

눈 아래로 뻐근하고 근지러운 감촉이 다시 모여들었다. 이원은 눈시울에 괸 그것이 툭 터져 내려가지 않도록 눈을 크게 떴다. 우연은 이제 힘껏 웃고 있었다. 그 얼굴마저 말갛고 곱다고 느끼는 자신이 미친 것 같았다.

"정신병 약이든, 청산가리든, 아저씨가 몰래 타서 먹인다면 다 먹을게요. 아저씨가 그렇게 행동하시는 이유가 있을 거라고 믿을게요. 지금, 미리, 다 허락해 드리는 거예요."

"……너는, 어떻게 나를 그렇게 믿는 거니."

이원은 쉰 목소리로 물었다. 우연이 희미하게 웃는다.

"그냥 믿어져요. 그냥, 그냥 막 믿어져요."

이원은 우연과 자신 사이로 작은 터널이 뚫린 기분이 들었다. 어둡고, 음습하고, 남에게 결코 보여 줄 수 없는 지하 터널.

우연은 철로 된 출입문을 열고 들어가며 뒤를 돌아본다.

"아저씨, 오늘 했던 얘기는 서로 비밀로 하는 거죠?"

"당연하지."

얼룩진 얼굴로 애써 활짝 웃어 보이는 모습에, 이원은 가슴이 쥐어뜯기는 것 같았다.

"저는 이제 괜찮아요. 걱정 끼쳐 드려서 죄송하고, 앞으로 다시는 안 그럴게요."

그녀는 무릎을 살짝 굽히고 머리 위로 커다란 하트를 그려 보이며 그에게 인사를 한다. 이원은 저 동작을 볼 때마다, 저 인사를 받았을지도 모르는 많은 사람들에게 알 수 없는 적의를 느꼈다.

"많이 늦었는데, 서울까지 조심해서 올라가세요."

웃음기 어린 인사말이 슈거 파우더처럼 훅, 흩어지며 온몸으로 내려앉는다. 우연이 고양이처럼 동그란 눈을 반짝이며 생긋 웃어 보인다.

나는 너를 어디까지, 언제까지 지켜 줄 수 있을까.

아버지의 유언을 알기 전에 너를 알았으면, 나는 과연 어떤 결정을 내렸을까.

이원은 순간, 강렬한 성욕을 느꼈다. 밑도 끝도 없이 너무나 맹렬한 충동이었다. 그는 드디어 자신이 몹시 위험한 선 위에 올라섰다는 것을 알아차렸다.

나는 너를 어디까지, 언제까지 인내할 수 있을까.

알 수 없었다.

서울로 올라오는 고속도로에서 이원은 갓길에 차를 멈췄다. 한 시간 가까이 가라앉지 않는 하반신이 고통스러웠다. 잡아 누를수록 치솟는 충동은 다른 때와 달리 정확히 하나의 대상만을 향했고, 그래서 훨씬 위험하고 암담하게 느껴졌다.

이원은 숨을 몰아쉬며 전화기를 집어 들었다.

— Hello.

약간 나른하고 달콤한, 잠에서 막 깬 듯한 목소리가 흘러나온다.

"미현아."

— 어머, 이원 오빠?

부산하게 부스럭거리는 소리가 들린다. 지금 10시면 뉴욕은 아침 8시. 지금 자다가 일어난 걸까. 미현이 침대에서 일어나 자리를 옮기는 듯, 달그락 문이 닫히는 소리가 들린다.

"미현아. 결혼 좀 일찍 하면 안 될까? 굳이…… 2년 후 계약 끝날 때까지 미룰 필요는 없잖아. 준비는 다 해 둘 테니, 잠깐 들어와서 결혼식 올리고 다시 뉴욕으로 돌아가면 어떨까."

— 어머나, 아침부터 난데없어라.

수화기 너머에서 짤막한 한숨, 혹은 웃음 비슷한 소리가 들렸다. 이원은 미현이 내켜 하지 않는다는 것을 확실히 감지했다.

이원은 눈을 꽉 감은 채 쓰게 웃었다. 하긴. 미현 역시 이 결혼을 원치 않으니 미룰 수 있을 때까지 미루고 싶겠지. 계약 기간 동안 뉴욕에서 모리스와 머무르는 기간을 최대한 길게 남겨 두고 싶을 것이다.

— 오빠가 갑자기 이렇게 서두를 줄은 몰랐어. 반갑긴 한데 궁금하네. 혹시 무슨 일 있어? 외삼촌이 갑자기 협박이라도 했어?

"아니. 그런 건 아니야."

— 그런데 왜 갑자기 그래. 누가 들으면 오빠 몸이 바짝 달은 줄 알겠어. 이런 얘기 할 거면 보고 싶어 죽겠다는 말이라도 먼저 해 주든가.

미현은 종달새처럼 맑은 소리로 웃었다.

— 오빠, 미안한데 조금만 기다려 줘. 나도 일생에 한 번뿐인 결혼식인데 번갯불에 콩 볶는 것처럼 급하게 해치우고 싶진 않아. 가구부터 옷, 인테리어, 같이 키울 동물들, 가족계획, 그런 거 오빠하고 하나씩 하나씩 의논하고 잘 맞춰 가면서 시작해 보고 싶어.

아직 잠에 취한 듯한, 나른하고 달콤한 목소리를 듣는 동안 이원은 뒤늦게 의아해졌다.

내가 왜 미현이에게 전화를 했을까? 지금 미현이하고 섹스라도 하고 싶은 걸까?

머리가 깨질 것처럼 징징 울려 댄다. 정말 죽고 싶다. 이곳을 잘라 내기라도 해야 이 지긋지긋한 욕구에서 해방될까.

"휴가 때 들어오는 건 가능하지? 설마 약혼식도 뉴욕에서 해야 하는 건 아니지?"

— 물론 오빠가 와 준다면야 바랄 게 없지만 벌써 휴가 첫날 퍼스트 클래스 티켓을 예약해 놨어. 얼마 안 남았으니 조금만 기다려 줘.

에어컨에서 나오는 공기가 유난히 써늘하게 느껴졌다. 통화를 종료한 이원은 운전대에 이마를 댄 채 한참 동안 멍하니 앉아 있었다.

"최홍연 실장."

띠띠띠띠. 신호음이 가더니 얼마 안 가 "예 전무님." 하는 목소리가 흘러나온다.

"밤늦게 미안합니다. 뉴욕행 비행기표 좀 수배해 주세요. 제일 빠른 날짜로."

눈앞에 놓인 터널은 깊고 어둡고 점점 좁아진다. 이원은 바닥이 진흙이라는 걸 뒤늦게 깨달았다. 진흙에 잠긴 발은 점점 깊이 빠져들어 간다.

운전대에 이마를 댄 채 벨트를 풀었다. 여기가 고속도로 갓길인 것도, 지금 미친 짓을 하려는 것도 아는데, 도저히 어떻게 할 수가 없다. 우연이에게 말해줬어야 했을까. 참을 수 있는 거, 아니야. 다른 사람은 모르지만, 나는 아니었어. 나는, 절대, 아니었어…….

갓길에 세워진 차는 긴 시간 동안 움직이지 않았다. 옆으로 다른 차들이 쌩쌩 지나가는 동안, 어둠에 묻힌 그 차는 가끔 미세하게 흔들렸다. 이제 망상은 통제되지 않고 머릿속에서 날뛴다. 거친 날숨, 억눌린 신음, 미지근한 열기, 눅눅한 비린내, 온갖 추잡한 상상과 끔찍한 자괴감이 훑고 지나간 차 속은 어느덧 서서히 적막해졌다.

한쪽 눈꼬리로 흘러내린 짠물이 뺨에 얽힌 땀방울과 뒤섞여 무릎 위로 떨어진다.

벌써 자정이었다.

16

〈No.1 붉은 수국과 분홍색 딸기 무스케이크〉

수국의 색깔이 변한다는 사실을 알게 된 것은 아저씨가 두 번째로 왔던 날이었다. 아저씨가 처음 왔던 날, 그의 옆을 구름처럼 감싸고 있던 꽃 무더기는 함박눈처럼 새하얀 색이었다. 하지만 두 번째로 오신 날에는 푸르스름한 색으로 살풋 물들어 있었다. 우연은 그제야 기숙사 주변에서 매일 보던 꽃이 계속 변해 가고 있다는 것을 알아차렸다. 정갈하고 깨끗한 이미지의 아저씨는 눈부신 흰색에도, 은은한 푸른색에도 잘 어울렸다.

지금은 완벽한 마젠타, 진하고 화려한 꽃분홍색으로 물들었다. 붉은 수국의 파도가 바람에 따라 크게 일렁거리는데 이제야 만개하기 시작한 해바라기들이 붉은 물결 위에서 둥실둥실 떠오른다. 커다란 붓에 황금 물을 듬뿍 묻혀 확 흩뿌려 놓은 듯 눈이 부셨다. 처음에는 어울리지 않는다 생각했던 두 꽃의 조합은, 절정에 이르러서야 드디어 완벽해졌다.

우연은 예전과 달리 조용하게 시간을 보내고 있었다. 친구들은 기말시험과 과제 때문에 영혼이 갈려 나가고 있는데 그것마저 시들하게 느껴졌다. 혜진이 눈치채고 조심스러워할 정도였다.

그렇다고 우울하거나 그런 것은 아니었다. 그동안 이상할 정도로 자신을 사로잡고 있던 흥분이 얼추 가라앉고, 어느 정도 평정심을 되찾은 기분이었다.

우연은 시간만 나면 창가에 턱을 괴고 앉아 꽃을 내려다보았다. 그리고 그곳에 아저씨가 서 있는 모습을 상상했다.

아저씨는 이 붉은 색깔과 잘 어울릴까?

아니. 고개를 힘껏 저었다. 아저씨는 새하얀 눈으로 덮인 알프스 산정의 호수처럼 청정하고 맑은 사람이었다. 흰색, 혹은 푸른색이 잘 어울릴 것이다. 이렇게 천박할 정도로 화려한 색깔과는 절대로 어울리지 않는다.

창문으로 달큼하고 향긋한 냄새가 도둑괭이처럼 살금살금 들어온다. 화사한 붉은 파도 곁을 지날 때면 그 지독한 향기로 숨이 막힐 지경이었다.

우연은 자신의 감정도 저 꽃과 비슷하다고 생각했다. 아저씨와의 관계는 지난번의 만남을 기점으로 큰 변화를 맞았다. 짧은 순간이지만 두 사람은 서로의 밑바닥을 명료하게 들여다보았고, 그 후, 예전과 같은 관계로 돌이킬 수 없게 되었다. 우연은 아저씨를 좋아하는 감정을 더 이상 덕질, 팬질, 사생질 따위의 낱말로 포장할 수 없게 되었고, 아저씨 역시, 자신을 격려하며 지지해 주는 후견인으로 돌아갈 수 없게 된 것을 알고 있었다.

아니, 어쩌면 아저씨는 그 전부터 돌이킬 수 없는 지점을 지난 상태였을지도 모른다. 막연한 확신이었다.

그날 밤, 두 사람은 상대방이 두르고 있는 뭔가를 깨뜨렸고, 깨진 곳을 통해 서로의 안으로 들어갔다. 아무도 들어가지 못했던 곳까지, 밑바닥에 가라앉은 진흙을 파헤쳐 맑은 물을 뿌옇게 진창으로 만들어 가면서.

아저씨는 그때 일을 후회할까? 부끄러워하고 있을까? 어른답지 못하다고, 하지 말아야 할 말을 했다고?

그래서 이렇게 연락을 끊어 버린 걸까?

그날 이후, 아저씨에게선 아무 연락이 오지 않는다. 보름이 되어 가도록. 우연 역시 연락하지 않았다. 아무 때나 전화하라고 단축 번호까지 박아 두셨지만, 몸이 열 개라도 모자랄 사람에게 해도 되는 짓은 아니었다. 우연은 그의 딸이나 동생이 아니었고, 이제는 피후견인조차 아니었다.

……그래도 한 번쯤은 전화 주실 거라고 생각했는데.

우연은 창밖에서 일렁이는 수국의 안개를 물끄러미 응시했다. 그들의 지나치게 진한 색과 향으로 인해, 우연은 꽃의 절정이 얼마 남지 않았다는 것을 알았다. 가장 아름다운 색과 향을 가진 꽃일수록 그 최후는 추하고 더러우며 허망했다.

……아마 이 감정도 그럴 것이다.

문득 아저씨를 만나야겠다는 생각이 들었다. 꽃이 지기 전에. 이 감정이 혼자서 멋대로 절정으로 치닫다가 혼자서 추하게 무너지기 전에.

난 아저씨를 만나서 대체 무슨 말을 하고 싶은 걸까.

잘 모르겠다.

아저씨는 나를 만나면 또 무슨 말을 하실까.

그것도 역시 잘 모르겠다.

그냥, 만나야 할 것 같다. 만나 봐야 알 것 같다.

우연은 망설이지 않고 자리에서 일어났다. 핑계는 부족하지 않다. 알바비로 아저씨에게 맛있는 것을 사 드리려고 했었지. 출입문을 열고 밖으로 나서자 살갗을 지글지글 녹일 듯한 폭염과 함께, 수국의 짙은 향기가 긴 창날처럼 폐에 쑤셔 박혔다.

벌써 여름도 절정으로 치닫고 있었다.

□　■　□

세경홀딩스와 세경건설 본사는 여의도에 있다. 그러니까 학교 셔틀이 없는 시간에는 버스로 세 시간쯤, 그리고 재수 없게 버스를 놓친다면, 다섯 시간쯤 걸릴 수도 있다는 뜻이었다.

적당히 재수가 없었던(?) 우연은 점심때가 지나서야 여의도에 도착할 수 있었다. 교대 근처의 이원미술관은 가 보았지만, 여의도 본사 구경은 처음이었다.

우연은 회사 옆의 제과점에 들러 딸기 무스케이크를 샀다. 새콤한 맛은 그리 좋아하지 않지만, 아저씨와 함께 먹었던 딸기 무스케이크는 특별했다. 우연은 그것을 아무에게도 주지 않고 주말 내내 그것만 먹었다. 그것은 마약처럼 사람을 행복하게 해 주었다.

우연은 케이크와 꽃 뭉치를 들고 두리번두리번하며 건물 입구로 들어섰다.

"학생, 무슨 일로 왔어?"

우연은 자신이 세상을 만만하게 보았다는 것을 깨달았다. 안내 표지판에서 전무실, 아니면 대표이사실, 그런 걸 찾아서 엘리베이터를 타고 몰래 올라가면 될 줄 알았는데, 건물 안에 들어가는 것부터 대난관이었다. 다들 지하철 개찰구처럼 생긴 곳을 통과해서 건물로 들어가는데, 사진이 박힌 하얀 카드를 대야만 길이 열렸다.

하지만 우연의 손에 들린 것은 케이크 상자와 수국과 해바라기라는 이상한 조합의 꽃 뭉치가 전부였다.

이놈의 꽃다발도 왜 이렇게 없어 보일까. 눈치껏 수국과 해바라기를 따서 아랫단만 리본으로 질끈 묶은 꼬락서니가, 아까는 감각적이고 세련되어 보였는데 이제 보니 빈티지 룩도 못 되는 노숙자 룩이다. 수국은 단 한 송이로도 한 다발만큼이나 커다란 꽃인데 그걸 욕심껏 다섯 뭉치나 넣은 데다 해바라기의 존재감도 압도적이었다. 아마 일반적인 플로리스트라면 이런 조합은 절대 선택하지 않았을 것이지만, 우연은 이런 비정형적이며 난해한 조합이 너무 좋았다.

"학생, 무슨 일로 왔냐니까?"

남색 제복에 모자를 쓴 경비 아저씨가, 조금 짜증스러운 목소리로, 여전히 팔짱을 낀 채 우연을 내려다보고 있었다. 우연은 전화기를 만지작대며 잠시 망설였다.

지금이라도 전화를 할까?

……여기서? 사람들이 이렇게 많은데 보란 듯이 아저씨를 불러낼 거야? 미쳤어?

그, 그럼 홍연 아저씨를 불러 볼까?

아니다. 그랬다간 아저씨 코빼기도 못 보고 홍연 아저씨의 잔소리만 줄기차게 듣고 돌아갈 수도 있다. 우연만큼 4차원은 아니지만 그래도 자칭 '똘끼 충만', '의리 박약'을 호언하던 이상한 비서실장 아저씨라면, 아무 용건도 없이 아저씨를 만나려는 사람을 그냥 통과시켜 줄 리 없다. 원래 홍연 아저씨의 임무가 아저씨와 통화하려거나 만나려는 사람을 거르는 일이 아니던가.

일단 저 개찰구만 통과하면 어떻게든 사무실까지 찾아갈 수 있을 텐데. 아저씨는 세경홀딩스와 세경건설에서 대표이사 혹은 전무라고 불리고 있었다. 그러니까 그 이름이 붙어 있는 방만 찾아가면 되는 것이다.

잠시 궁리하던 우연은 고개를 반짝 들고 배시시 웃었다.

"아저씨, 부탁드릴 게 있는데요."

□ ■ □

"시간이 늦었으니 일단 점심이나 같이하실까요."

이원의 말에 회의장 여기저기서 안도의 한숨 쉬는 소리가 들린다. 벌써 오후 2시. 대규모 재개발 사업 참가 여부를 결정하기 위한 회의가 다섯 시간째 이어지고 있었다. 다들 지친 기색이 역력했다. 나이가 꽤 있는 몇몇 부장과 상무들은 대놓고 끙, 소리를 내며 자리에서 일어난다.

세경건설이 현재 고심하는 재개발 건은, Y시의 3개 지역이 연합해서 추진하는 총 8,000세대 규모의 대형 사업으로, 규모만으로 보면 뉴타운 사업이라 불러도 될 정도였다. 하지만 크고 작은 문제들이 첩첩이 포진해 의견이 팽팽하게 맞서고 있었다.

입지는 좋았다. 주변에 대학 캠퍼스가 4개나 포진한 구도심에, 터미널과 전철역이 있는 교통 요지이고, 세종—포천 고속도로의 수혜지 중 하나이기도 했다.

하지만 대규모 반도체 단지 유치 소문이 10년 넘게 떠돌다 결국 흐지부지 사라진 상태이며, 지역 부동산 경기는 심각하게 얼어붙었고, 중도금 대출마저 막힐 거라는 정보도 있었다. 그렇다면 대규모 미분양 사태는 피할 수 없다. 그것도 모자라 조합원들끼리 패가 갈려 8년 동안 극심하게 싸우는 중이었다. 하여, 세경건설을 비롯한 두 개의 시공사가 이미 투입된 사업비를 포기하고 철수한 상태였다.

그래서 다급해진 조합에서는 공개 입찰이 아닌 수의 계약으로 전환했고, 일반 분양 물량의 절반을 시공사로 넘겨 달라는 파격적인 조건까지 받아들였다. 제안한 쪽에서조차 불가능할 거라 생각하며 끼워 넣었던 조건이었다. 이번마저 실패하면 재개발 사업 자체가 무산될 판이라, 조합 측이 손해만 면할 선에서 최대한 양보를 한 셈이었다. 이곳은 조합원의 수가 많지 않은 데다, Y시에서도 어떻게든 낙후된 구시가지를 정비해 보려고 용적률을 최대한 올려 주겠다 약속한 상태여서 일반 분양 물량은 엄청났다.

조건이 좋으니 질러 보자, 리스크가 크니 포기하자, 시장 얼었다고 손 놓으면 굶어 죽으라는 거냐, 위험을 감수하기엔 규모가 너무 크다, 일반 분양분 절반이라지 않느냐! 이 미친 조건을 놓치란 말이냐? 그러면 뭐 하냐, 그거 조합 꼼수인 거 모르냐. 중도 대출 막혀서 대규모 미분양 터지면 그 물량 다 끌어안은 세경은 끝장이다! 두 세력은 서로의 의견을 밑받침하기 위해 온갖 숫자와 통계를 들이대며 열심히 싸웠다.

이원은 저들이 부러웠다. 결정은 하지 않고 싸우기만 하면 되니까. 어차피 결정하는 사람은 이원 혼자고, 최종 책임자도 이원 혼자다. 그걸 알고 있으니 다들 저렇게 자신만만 싸워 대는 것이다.

불안하다고 모든 계약마다 발을 뺄 수는 없을 것이다. 일정 규모 이상의 회사는 달리는 오토바이와 비슷하다. 쓰러지지 않으려면 계속 달려야 하고, 잠시라도 멈추면 바로 쓰러진다. 이원은 리스크 회피 성향이 높은 경영자였지만, 위험을 모조리 회피하면 기업이 망하게 된다는 것도 잘 알고 있었다.

……아니면 폭주하다가 단번에 망하거나.

대기업 CEO 중에서 사이코패스 성향이 높은 사람들이 많다는 연구 결과가 이해가 된다. 이 지독한 도박판에서 스트레스에 짓눌리지 않고 냉정하게 판단을 내릴 수 있으며, 심지어 가책조차 받지 않는 사람들이란, 이 직군에 가장 맞춤한 인종인지도 모른다.

이원은 짧게 한숨을 쉬며 자리에서 일어났다.

"식사 후 회의 계속하겠습니다."

열 명이 넘는 임원들에게 둘러싸여 사내 식당으로 내려간 이원은 여기저기서 일어나는 사원들의 인사를 받으며 식판을 챙겼다. 이원의 이런 모습에 익숙한 임직원들도 군소리 없이 식판을 들고 얌전히 그의 뒤로 줄을 섰다. 점심시간이 꽤 지났지만, 식당에 사람은 적지 않았다.

"……음?"

창가 쪽에서 여자 둘이 고개를 수그리고 점심을 먹고 있었다. 그중 한 명이 눈에 띄었다. 자그마한 체구, 흰 티셔츠에 청바지, 때 묻은 운동화. 직원은 아닌 것 같고, 손님인가? 그러고 보니 맞은편에 앉아 커피를 마시고 있는 직원은, 부서는 모르지만 오가며 몇 번 인사를 받은 것 같기는 하다.

이원은 눈을 찡그리고 자그마한 여자를 응시했다. 거슬린다. 얼굴을 가리고 있는 저 단발이, 작고 좁은 어깨가, 조금 움츠러든 듯한 낯익은 실루엣이.

"……설마. 그럴 리가."

이원은 멍하니 중얼거렸다. 애써 피해 왔던 뭔가가 정면에서 얼굴을 후려친 기분이었다. 지금 그 애가 여기 있을 이유가 없잖아. 순간 여자가 살그머니 고개를 들어 올린다. 시선을 느끼기라도 했는지 힐끔대며 좌우를 둘러보더니 이원 쪽으로 고개를 돌린다.

챙그랑 퉁탕!

이원의 손에서 식판이 떨어져 요란한 소리를 냈다.

□ ■ □

"전무님께서, 아니 이원메세나재단에서 후원하고 있는 학생 중 한 명입니다. 안성시 인근의 서림예대에 올해 입학했고요."

중간에 낀 홍연이 대신 대답하자 함께 있던 임직원들의 질문이 와르르 쏟아졌다.

"아, 메세나재단. 그럼 최 실장도 알고 있었겠군그래. 미술 쪽? 무용인가?"

"미술 쪽으로 알고 있습니다."

"호, 이렇게 어린 나이부터 후원이 들어가나? 등단 화가들만 해당하는 줄 알았지."

식당 한구석에서 갑작스럽게 대화의 꽃이 피었다. 원래 이원은 식사 중에 말이 많은 편이 아니어서 임직원들과 식사를 할 경우 다들 조용히 먹고 일어나는 분위기였는데, 대학생 한 명이 끼어들자 갑자기 분위기가 발랄해졌다. 게다가 커다란 꽃다발과 케이크까지 들고 찾아왔으니 호기심이 모락모락 일 법도 했다.

홍연은 이 난데없는 상황을 도저히 이해할 수 없었다.

……쟤 대체 왜 온 거야? 용건도 없이, 연락도 없이! 후견 기간 끝난 지가 언젠데! 전무님이 '지나가다 들렀어요.' 하면 만날 수 있는 사람이라고 생각했나? 왜 이렇게 생각이 없지?

물론 전무님의 최근 행보가 이 아이에게 다소 삭막하게 느껴졌을 법도 했다. 후견 기간이 끝났다고 해서 갑자기 연락을 탁 끊어 버릴 거라고 생각은 하지 않았는데, 어느 날 갑자기 뉴욕의 약혼녀에게 다녀오더니, 우연에게 연락은커녕 언급조차 하지 않는다. 그렇게 자주 연락하고 수다를 떨어 대던 우연도 딱 연락을 끊었다. 세상 살벌하지 않은가.

혹시 약혼녀가 개인 후견 여학생에 대해 언짢은 말이라도 했던 걸까. 아니면 우연이와 둘 사이에 무슨 일이 있었던 걸까? 전무님의 점잖은 성격에 저 철없는 아이와 싸웠을 리도 없고, '이원 아저씨'라면 입부터 벌쭉 벌어지는 우연이가 전무님 비위짱을 긁었을 리도 없고. 오리무중이었다.

"그런데 학생, 오늘 금요일 아냐? 학교는 어쩌고?"

"설마 수업 땡땡이치고 놀러 온 거야?"

"땡땡이 아니에요! 오늘 수업 없어요!"

우연은 저도 모르게 빽 소리를 높였다가 얼른 눈을 내리깔았다.

아저씨는 가타부타 반응도 없이 조용히 밥만 먹고 있었다. 물론 우연도 알고는 있다. 이렇게 직원들이 있는 곳에서는, 아저씨에게 평소처럼 격의 없이 행동하면 안 된다는 거. 사실 아저씨가 후견인을 맡고 있던 때에도 그렇게 사적으로 친해질 수 있는 관계는 아니었다. 하물며 지금은 재단에서 후원받는 수백명 중 한 명일 뿐인데.

아저씨도 그것을 감안한 듯, 적당히 건조하고 적당히 정중하게 행동했다. 말을 붙일 용기가 나지 않는다. 아저씨의 얼굴과 목이 보일 듯 말 듯 불그레하게 변한 모습을 보니 더욱 조심스러웠다.

천만다행으로, 오늘 가이드를 맡아 준 총무과 김선영 언니가 대신 나선다.

"'진로와 취업'이라는 과목에서 희망 기업체 견학 활동을 해야 하는 게 있다네요. 그래서 입사하고 싶은 회사에 견학을 와 봤대요."

경비 아저씨는 순진하게 그 말을 믿어 주었고, 바로 총무과에 연락을 넣었다. 회사에선 그런 막무가내 학생들을 몇 번 받아 본 듯, 학교의 협조 요청 공문은 추후에 받기로 하고, 견학 매뉴얼대로 총무과 직원을 한 명 붙여 회사를 안내하게 한 것이다.

망했다.

턴 게이트 안으로 들어오는 건 성공했지만, 그 이후의 사태는 그야말로 '망했다' 였다. 우연은 한 시간째 끌려다니며 울며 겨자 먹기로 회사 견학을 해야 했다. 사내 식당에선 무료로 점심을 제공한다, 반찬이 뷔페식으로 일곱 가지나 나온다, 하던 김선영 언니는 단백질이 풍성한 일곱 가지 반찬을 진심으로 자랑스러워하는 눈치였지만 우연은 하나도 기쁘지 않았다.

"오호. 세경건설에 들어오고 싶어? 기특하네. 그런데 이쪽 일이 좀 험한데."

"건축사 쪽인가? 건축사 되려면 수학도 잘해야 하는데? 학생 수학 잘하나?"

"미술 전공이라며? 혹시 산디 쪽으로도 생각이 있는 건가? 가구 인테리어 쪽?"

이원이 툭 끼어들었다.

"우연 학생은 순수 회화 쪽입니다. 하이퍼리얼리즘 회화 쪽으로…… 꽤 재능이 있어요. 건설이나 인테리어 쪽으로 입사할 일은 없을 것 같습니다."

대놓고 찬물을 끼얹는 말에 화기애애하던 분위기가 썰렁해졌다. 우연은 풀이 죽은 얼굴로 고개를 숙였다. 아저씨가 사실을 말한 건 맞지만, 그래도 이건 좀 너무했다. 선영 언니가 해맑은 목소리로 끼어들었다.

"전무님 말씀이 맞아요. 우연 학생 그림 정말 잘 그려요. 아까 안내해 줘서 고맙다고 저한테 초상화 한 장 그려 주더라고요."

김 주임이 이면지에 그려진 그림을 꺼내 들고 자랑을 시작했다. 가늘고 긴 눈썹과 선량한 눈웃음이 또렷하게 드러난 드로잉으로, 얼굴을 감싼 머리카락의 흐름까지만 남기고 턱선과 목은 그대로 날려 버린 극도로 간결한 형태였다.

하지만 모인 사람들은 그 매끈하고 율동적인 선만 보고도 이 화가 아가씨가 보통 실력이 아니라는 것을 단번에 눈치챘다. 아래로 살짝 가라앉은 눈매만으로도 그림의 주인공이 김 주임이라는 것을 바로 알아볼 수 있을 정도였다. 부드럽게 올라간 입매에선 따스한 분위기도 물씬 풍겼다.

호오. 주변의 시선이 한꺼번에 몰렸다. 김우종 차장의 걸걸한 목소리가 툭 튀어나왔다.

"학생, 나도 한 장만 그려 주면 안 될까?"

이원은 팔짱을 낀 채 눈앞에서 벌어지는 광경을 구경했다.

식사는 진작 끝났지만 모인 사람들은 자리에서 일어날 줄 몰랐다. 우연은 김 주임이 준 이면지에 대고 부지런히 그림을 그리는 중이었다.

그러고 보니 직접 그림 그리는 건 처음 보는구나.

우연은 그리는 속도가 빨랐다. 믿을 수 없을 정도였다. 몇 초 정도 눈을 말똥말똥 고개를 갸웃갸웃하며 모델을 관찰한 후, 이면지 위에 볼펜을—연필도 아니다.— 대면 그만이었다. 볼펜 끝이 한번 종이에 닿으면 중간에 떨어지는 일도 없이 주욱 미끄러지며 얼굴의 윤곽과 이목구비의 형태를 만들어 냈고, 2분도 안 되어서 그 사람의 특징이 딱 드러나는 초상화가 나타나는 것이다.

그렇게 짧은 시간에 사람의 특징을 기가 막히게도 잡아낸다. 김 차장의 심술 궂은 주름이라든가, 정 부장의 깐족대고 촐랑대기 잘하는 입매라든가, 신 상무의 진중하고 과묵한 시선이 고스란히 드러난다. 그림을 보면, 아, 저 사람에게 이런 특징이 있었지, 이런 성격이 있었지, 하고 불현듯 깨닫게 될 정도였다.

학예사 출신인 최 실장이 넋 빠진 눈으로 구경하는 것이 보인다. 구경하는 임직원들의 탄성도 끊임없이 이어졌다. 지나가던 직원들이 뭣도 모르고 고개를 들이밀다가 이원을 알아보고 황급히 고개를 숙이고 도망치기도 했다.

선이 흐르는 속도가 점점 빨라진다. 우연은 이미 무아지경에 빠진 듯, 주변 상황을 전혀 신경 쓰지 않았다. 그림을 받아 든 김우종 차장이 감탄하며 외친다.

"전무님도 한 장 그려 달라 하시죠! 이거 보십쇼. 굉장합니다."

"아닙니다. 됐습니다. 저는 먼저 회의실로 올라가 보겠습니다."

이원은 우연의 그림을 개나 소나 받아 가는 것이 마음에 들지 않는다. 더욱이 이면지 따위에.

이 감정은 우연이가 하트 모양으로 자신에게 인사를 했을 때 느꼈던 것과 비슷했고, 불쾌한 이유를 알 수 없어 더 불쾌했다. 저 아이와 관련된 감정에는 이성이나 당위가 제대로 작용하지 않았다. 이원은 자신의 합당치 않은 반응에 제동을 걸어야 할 필요성을 점점 자주, 점점 강하게 느꼈다.

그는 자리에서 일어나 조심스레 우연에게 말했다.

"모처럼 예까지 견학 왔는데 중요한 회의가 안 끝나서 어쩔까요. 견학 마치면 차 보내 줄 테니 학교까지 편히 내려가요."

멈칫, 달리던 선이 멈추더니 당황한 시선이 따라온다. 갑자기 되돌아온 존댓말에 놀란 걸까. 까만 눈이 천천히 실망으로 물든다. 이원은 우연이 지난번처럼 폭주하듯 자신을 몰아세울까 두려웠다.

"아저…… 전무님, 저, 저기."

하지만 그녀는 눈을 찡그린 채 애써 웃어 보였다.

"이거 드시라고 사 왔는데……. 꽃다발도……."

그러고 보니 의자에는 어마어마하게 커다란 꽃다발이 있었다. 학교에서 꺾어 온 것이 분명한 수국과 해바라기였다.

이제 수국은 화려한 붉은색으로 물들었고, 황금빛 해바라기는 그 위에서 그 이상으로 화려하고 강력한 존재감을 뿜고 있었다. 달리나 마그리트의 그림처럼 난해한 조합에, 화려한 색감까지 더해져, 그녀의 거대한 꽃다발이 주는 시각적인 자극은 충격에 가까웠다. 그렇다 보니 비닐도 포장도 없이 초록색과 노란색 가는 리본으로 심플하게 묶은 센스가 오히려 돋보였다.

꽃다발을 집어 들자 리본 꼬리에 매달린 작은 카드가 보였다. 이원은 남들이 그것을 볼까 하여 한 손으로 감싸 쥐고 빠르게 읽었다.

「아저씨, 저는 잘 지내고 있어요. 고맙습니다. ♡♡♡」

별 내용은 없었다. 잘 지낸다는 걸 보고하기 위해 꽃다발과 케이크를 들고 상경할 필요는 없었을 텐데, 하는 생각이 들었지만, 자신의 눈은 그 짧은 문장을 무슨 중요한 내용이라도 되는 것처럼 몇 번이나 읽고 있다. 글자가 달고 향긋하게 느껴진다. 입속으로 천천히, 곱씹어 가며 읽는다.

아저씨. 저는, 잘 지내고, 있어요, 고맙습니다. ♡, ♡, ♡.

거슬린다. 아무 생각 없이 습관적으로 쓰였을 게 분명한 저 얄궂은 기호 하나하나가 따귀를 후려치는 것 같다. 뱃속 깊은 곳에서 열기가 출렁거린다. 그날 밤에 사정없이 몰리고 흔들렸던 것처럼.

이원은 자신의 어설픈 꼬락서니를 보며, 적절한 거리감이 필요한 상황임을 다시 절감했다. 보호와 후원을 약속한 것과 별개로, 자신에게는 감정에 휩쓸릴 시간이 없었다. 그래서도 안 된다. 늦기 전에. 지금도 늦은 감이 있다.

지금 우연은 자신을 피하지 말고 봐 달라고 애걸하고 있었다. 그것은 자신에게 와 닿는 순간 명령이 되었다. 이원은 가늘게 한숨을 쉬며 입을 열었다.

"우연 학생. ……회의 끝날 때까지 조금 기다려 줄 수 있겠어요?"

"……네?"

그는 다른 사람들이 이상하게 생각하지 않도록 최대한 사무적으로 말했다.

"여기까지 왔는데 그냥 가면 섭섭할 테니, 가기 전에 사무실에 잠시 들르도록 해요. 그동안 어떻게 지냈나 근황도 좀 이야기해 주고. 케이크와 잘 어울리는 차도 있으니까."

새까만 눈이 크게 벌어지더니, 이내 한 손으로 입을 막고 발을 동동거리며 고개를 끄덕인다. 눈물이 터질 것 같은 얼굴이었다. 우연은 여전히 감정을 감추지 못했고, 여전히 눈물이 많았다.

"김 주임, 견학 끝나는 대로 우연 학생을 내 사무실로 데려다주세요."

그리고 이원은 그녀의 눈물에 속수무책이었다. 여전히.

회의가 속개되었다. 하지만 팽팽한 싸움은 점점 수그러들기 시작했다. 사업 타당성에 대한 근거와 반대 이유는 나올 만큼 나왔다. 사람들은 더 이상 강경하게 의견을 주장하지 않았다. 그렇다고 이견이 좁혀지지도 않았다. 모든 것은 늘 지나치게 불확실했고, 안갯속에서 도박을 감행해야 하는 건 여전히 이원 혼자였다.

도저히 집중할 수 없었다. 이성적으로 생각하면 도박에 가까운 모험이었다. 오전까지만 해도 포기 쪽으로 기울었다. 그런데 지금은 속에서 무언가 강하게 자신을 충동하고 있었다. 당분간 이 바닥에서 안전하게 돈 벌 길은 없어. 서서히 확실하게 망할래, 몇 단계 뛰어오를 가능성이 있는 쪽에 올인해 볼래.

누군가 깊은 마음속에 묶인 괴물의 고삐를 끊으려 충동질한다. 끊어질까 봐 신경이 곤두서면서도 고삐가 후련하게 끊어지길 기다리는 마음이 얽힌다. 확 망하면 또 어떻게 되는데? 적어도 미현이랑 결혼할 필요는 없으니 그건 좋은가?

미쳤다 한이원.

손끝이 가늘게 떨리는 것이 보인다. 회의실 앞의 창문에서 자꾸 뭔가가 오르락내리락한다. 작고 새까만 머리의 윗부분이 보였다 만다 한다. 창밖에서 폴짝, 폴짝 뛸 때마다 반질반질 빛나는 단발머리가 나풀, 나풀 팔락인다.

심하게 거슬린다. 너는 언제부터 거기 와 있었니. 벌써 견학이 끝났어? 이번 재개발 건, 지를까, 포기할까. 몇 년 동안 천문학적 자금을 쏟아부어야 할 일. 조합원들끼리의 난투극. 저 아이는 뭐가 저리 궁금할까. 아버지도, 다른 시공사들도 의욕적으로 추진하다가 포기하고 물러난 지역. 역시 우연이를 돌려보낼걸 그랬나. 저 아이는 왜 여기까지 나를 찾아왔을까. 무슨 말을 하고 싶어서.

……나는 그 말을 들어도 정말 괜찮을까?

팅, 머릿속에서 무엇이 끊어져 나가는 소리가 들렸다.

이원은 자리에서 일어났다. 사람들의 시선이 화살처럼 와서 꽂힌다. 이럴 때면 늘 심장이 짓눌려 터질 것 같다.

아버지는 나를 잘못 보셨다. 나는 무력하고, 약해 빠졌고, 이런 것을 감당할 만큼 강건한 사람이 아니다.

아마도 이번 재개발은 총시공비만 2조 가까이 들 것이다. 불경기에 리스크

가 너무 크다. 도박이다. 만약 실패한다면 나는 어떻게 될까. 회사는. 이곳에 매
달린 사람들은.

……그래도 만약 성공하면?

잭팟 아니면 파산.

등으로 식은땀이 흘러내린다. 버티지 못할 것이다. 그냥 포기할까. 다른 경
영자들은 이 압사당할 듯한 무게를 어떻게 버티는 걸까. 사람들은 나를 한심하
다 할까. 무모하다 할까.

……밖에서 기다리는 저 아이는 이런 나를 어떻게 생각할까.

이원은 저도 모르게 창 쪽으로 시선을 돌렸다. 우연의 머리가 다시 톡 튀어
올랐다가 가라앉는다. 순간, 깊은 심연에서 무언가가 고삐를 끊고 펄떡 뛰어올
랐다.

이원은 모인 사람을 둘러본 후 무겁게 입을 뗐다.

"계약합니다."

회의장이 갑자기 조용해지더니 이내 술렁대는 소리가 번지기 시작했다.

그동안 이원은 리스크 관리를 잘하기로 정평이 나 있었고 이런 도박 같은 모
험을 감행하는 스타일은 아니었기 때문에 다들 의외라는 표정이었다. 하지만
반대하는 사람은 없었다. 이유를 묻는 사람도 없었다. 이원은 혼란한 속을 짓누
르며 천천히 말을 이었다.

"재무금융부 김 차장님과 주택사업부 정 부장님은 다다음 주까지 사업 계획
서 초안과 PF(자금 조달) 가이드라인을 잡아서 보고해 주십시오. 1급 보안 문서
로 작성하시고, 외부에 기밀은 철저히 유지하시기 바랍니다. PPT 작성이나 공
개 메일, 메신저에서 관련 내용을 언급하는 것은 금지합니다."

"예, 알겠습니다."

이원은 자리에서 일어났다.

"정확한 회의 일정은 추후 개별 통지 하겠습니다. 그때 다시 뵙도록 하지
요."

□ ■ □

……굉장하다.

우연은 홀린 듯이 사방을 둘러보았다. 그렇게 궁금했던 아저씨의 사무실이다. 안쪽에 있는 커다란 책상 위에는 '대표이사 전무 한이원 CEO HAN YI WON'이라 적힌 검은 명패가 놓여 있었다.

진짜…… 진짜 대단하다.

아저씨의 사무실은 생각보다 컸다. 엄청 컸다. 책상도 크고 소파도 크고 천장도 높았다. 대리석 바닥은 먼지 하나 없이 깔끔했고, 벽에 대체 무슨 짓을 해놓았는지 모르지만 믿을 수 없을 만큼 조용했다.

의자 뒤의 벽은 커다란 유리로 되어 있었는데 높은 층에 있어서 그런지 국회의사당과 방송국을 비롯한 많은 빌딩들이 한눈에 내려다보였다.

멀찍이 보이는 다리도 눈에 익었다. 아저씨와 처음 만났던 생명의 다리, 마포 대교였다. 저 다리를 매일 보면서 일을 하신다 생각하니 기분이 이상했다.

이곳에서의 아저씨는 지나치게 낯설었다. 상상처럼 담배를 꼬나물고 다리를 꼬고 앉아 계신 건 아니었지만, 밖에서 만났을 때처럼 다정하지도 않고 부드럽지도 않았다. 의례적인 웃음으로 직원들의 인사를 받고, 무표정한 얼굴로 긴 보고를 받고, 의견을 듣고, 미간을 깊이 찌푸린 채 생각하고, 생각하고, 또 생각하고, 최종 결정을 내렸다.

만화나 드라마에서 본 멋진 CEO들처럼 아저씨도 간지가 철철 흐르겠지, 막연히 상상했었는데, 실제로 보니 무서운 쪽에 가까웠다. 아니, 사실은 고통스러워하는 것처럼 느껴졌다. "계약합니다." 위엄 있고 단호한 목소리로 결론을 내릴 때, 아저씨는 어쩐지 도망치고 싶어 하는 것 같았다.

"그동안 바빠서 정신이 없었구나. 미안하다. 갑자기 뉴욕 출장을 다녀오는 바람에 일정이 고스란히 밀린 데다, 재개발 건으로 정신이 없었어. 거기에 동남아 해상 공항 수주 건도 걸려 있어서."

"상담 치료는 계속 진행 중이라고 이야기 들었다. 치료 안 해도 되겠다, 하는 생각이 들어도 절대 너 혼자 함부로 판단하지 말고. 알았지?"

아저씨가 적절한 거리를 두며 대화를 이끌어 가는 방식은 자연스럽고 편안하면서도 품위가 있었다. 다른 사람 같으면 소탈하고 진솔하고 호감이 간다고 느낄 것이다. 하지만 우연이 느낀 것은 거리감이었다. 예전에 아저씨는 자신과 대화할 때 종종 평정을 잃었고, 이렇게 매끄럽게 대화를 주도하지도 않았다.

지금은 그렇지 않았다. 마음에 담은 말은 덮어 두고 너무나 자연스럽게 다른 대화로 이끌어 가는 바람에, 우연은 무슨 말을 해야 할지 계속 갈팡질팡했다.

"아, 수국이 정말 색이 곱게 들었구나. 해바라기하고 같이 있으니 파격적이면서도 근사해. 어떻게 이걸 여기까지 가져올 생각을 했어."

그는 우연이 가져온 꽃다발을 항아리 모양의 백자 화병에 하나하나 꽂았다. 대대로 물려받은 보물이나 되는 것처럼, 손길이 어찌나 섬세하고 조심스러운지 몰랐다. 긴 해바라기와 둥글게 뭉친 수국 덩어리와 백자 화병, 흰색과 붉은색과 황금색의 조화는 생각보다 근사했다.

"나중에 또 구경 오세요. 색이 점점 예뻐지고 있어요."

"수국은 이 색깔이 절정이야. 사진으로 보내 주면 고맙게 받으마."

식물에 대해 잘 아는 아저씨가 빙그레 웃으며 대답했다. 대놓고 거절하는 것을 알아차린 우연은 다시 풀이 죽었다.

"그나저나 우연이 너, 아무한테나 함부로 그림 그려 주지 마라. 아까만 해도⋯⋯."

"네? 그러면 안 돼요? 전 아저씨가 좋아하실 줄 알고 더 열심히 그려 드린 건데요?"

목소리가 저절로 높아졌다. 아저씨가 당황한 목소리로 되묻는다.

"내가⋯⋯ 왜?"

"그, 우 이사님? 우 상무님? 성일호텔인가 그쪽이요! 거기서 이원메세나재단이 돈을 펑펑 낭비한다고 맨날 그렇게 욕을 한다면서요."

"그건 또 누가."

"아, 홍빵, 아니 홍연 아저씨가 하신 얘긴 아니에요. 그 정도는 저도 알아요! 그래서 일부러 본때를 보여 준 거예요. 봐라, 이렇게! 실력이! 괜찮은! 학생을! 메세나재단에서! 후원하고 있다! 하고 보여 드리려고요!"

아저씨의 얼굴이 멍해졌다. 허, 참 내. 기가 막힌 듯, 짤막한 웃음이 터졌다.

"그래. 마음은 고맙다만 괜찮다. 어차피 미우면 무슨 짓을 해도 미워 보이는 게 사람 마음이라 별 소용은 없을 거야. 난 이제 거기서 칭찬을 하든 욕을 하든 별로 신경 쓰지 않아."

"제가 신경 써요! 아저씨 욕하는 놈들은, 제가 죽여…… 가만 안 둬요."

아저씨의 웃는 얼굴에 드디어 생기가 돈다. 말로 설명할 수는 없지만, 우연은 그 차이를 검은색이 흰색으로 바뀌는 것처럼 또렷이 알아볼 수 있었다. 아저씨는 우연과의 거리를 조심스럽게 재조정하려 했던 모양인데 아무래도 실패한 듯했다.

"그래도 아깝지 않니. 그렇게 소중한 그림을 이면지에. 나한테는 아직 한 장도 안 그려 줬으면서 남한테는 개나 소……."

갑자기 말이 멎었다. 아저씨기 아차 싶은 얼굴로 고개를 돌린다. 아저씨는 우연에게 점점 속마음을 잘 들켰다. 아니, 우연이 아저씨의 표정을 너무 잘 읽게 된 건지도 모른다.

"지금이라도 그려 드릴까요?"

"……아니, 괜찮아. 그냥 한 말이지. 나는 나중에 제대로 된 초상화를 받으면 되잖니."

이젠 아저씨의 '괜찮다'는 말이 썩 신뢰가 가지 않았다. 아빠에게 얻어맞은 뺨을 비비며 "괜찮아, 별로 안 아파." 하고 중얼대던 자신을 보는 기분이었다. 홍연 아저씨의 '전무님의 괜찮다는 말은 이제 신용도가 바닥입니다, 바닥.' 하는 말이 실감이 되었다.

"그래도 다른 사람들은 다 그려 주면서 아저씨만 안 드리는 건 말도 안 돼요. 아저씨는 이면지 말고 새 종이로, 저기 복사지 많은데 저걸로 해 드릴게요. 네?"

아저씨는 두 번 거절하지 않았다. 아니, 그렇게 권해 주길 기다리기라도 한 듯 바로 자리에서 몸을 일으켰다.

"굳이 그릴 거면 이거 써라. 복사지는 좀 그래."

아저씨의 캐비닛에서 나온 것은 놀랍게도 4절 스케치북과 큼직한 필통이었다. 필통에는 2B, 4B, 6B, 8B 연필에 스틱 콩테와 목탄까지 나란히 들어 있었다. 템빨에 집착하는 건 뭔가를 배울 때 실력은 없으면서 의욕과 돈만 많을 때 나타나는 현상이니, 아저씨가 예전에 그림을 열심히 배웠지만 전혀 소질이 없었다는 소문이 사실인 듯했다.

아저씨가 책상 앞에 어색하게 앉아 묻는다.

"그리려면 무슨 포즈를 취해야 하니? 가만히 있어야 하니?"

"아뇨, 조금 움직이셔도 괜찮아요. 제가 잘 잡아서 그릴게요."

우연은 아저씨의 모습을 찬찬히 관찰하며 윤곽선을 잡기 시작했다. 사실 아저씨를 볼 필요는 없었다. 그래도 우연은 열심히 바라보았다. 아저씨는 아무리 많이 봐도 질리지 않았다. 매번 새롭고 가슴이 두근거렸다.

"진짜 초상화는 언제 그려 줄 거야?"

"나중에요. 그림을 잘 그리게 되면요."

"지금도 완벽한 것 같은데."

"아니에요. 색에 대해선 배울 게 정말 많아요. 1학년 때부터 안료 수업 듣고 있는 게 얼마나 다행인지 몰라요."

처음에 우연은 아저씨 초상화를 최대한 빨리 그려서 빚을 갚고 싶었다. 하지만 어느 순간부터 우연은 계약 이행을 자꾸 미루고 싶어졌다. 다섯 번째 그림은 최대한 늦게, 늦게, 아주 늦게 드리고 싶었다. 아저씨와 자신 사이에 연결

고리를 남겨 두고 싶었다. 연결 고리는 많을수록 좋다. 그게 빚이라도.

"그래, 당장 기말고사가 코앞인데, 서울까지 무슨 일로 행차하셨는지 물어도 될까?"

"기말고사, 그까짓 거! 엄청나게 중요한 일이 있는데 그게 문젠가요?"

"아하? 그 엄청 중요한 일이 뭔데?"

"제가 주말마다 아르바이트를 하지 않았겠어요? 벌써 한 달이 훨씬 넘지 않았겠어요?"

"그렇지."

"그래서 제가 첫 수입을 몽땅 털어서 아저씨에게 한턱 쏘려고 상경했다 이거죠. 오늘 저녁에 비싼 호텔 뷔페 출격! 어떠세요?"

푸핫, 아저씨의 입에서 갑자기 웃음이 터진다.

"아니, 한 달 알바비를 다 털어서 나한테 밥을 사 주면 어떡해."

"왜요! 그러려고 알바하는 건데요!"

아저씨의 눈이 살짝 커지는 것이 보인다. 짙고 아름다운 갈색 눈동자가 낯선 감정을 머금고 흔들린다. 하지만 아저씨는 미안한 얼굴로 고개를 저었다.

"그런데 미안해서 어쩌지, 내가 오늘 선약이 있어. 중요한 약속이라 어렵겠는데."

우연은 풀이 죽었지만 일단 한 걸음 물러섰다. 아저씨처럼 바쁜 사람과 약속도 없이 만나서 바로 식사를 할 수 있으리라는 생각은 하지 않았다. 오늘은 어차피 아저씨 얼굴을 보고 대화를 나누는 것이 목적이었다.

"그럼 내일 저녁은 어떠세요? 제가 다시 올라올게요. 알바 때문에 어차피 올라오니까……."

"미안해. 내일도 약속이 있어."

"그, 그럼, 어, 일요일은……."

"그게, 우연아, 내가 주말 내내 중요한 약속이 있어. 미안."

우연은 아저씨의 얼굴을 멍하니 올려다보았다. 이건 너무 야멸차고 선명한 거절이었다. 성질대로라면 "관둬요, 그럼." 하고 일어날 거 같은데, 입이 떨어지지 않는다. 몸도 움직이지 않는다. 눈시울이 뻐근한데 이상하게 눈물조차 나오지 않는다.

"우연아. 다음 주나 다다음 주는 꼭 시간을 낼게. 아, 곧 방학이겠구나. 그때로 미루면 안 될까?"

우연은 다시 얼빠진 얼굴로 아저씨를 올려다보았다. '마음으로만 받겠다, 먹은 것으로 하겠다.' 하는 말이 나올 줄 알았더니 다음 주에 만나잔다. 와, 저 점잖아 보이는 아저씨에게 이런 밀당 본능이 있을 줄이야. 지옥과 천국을 오락가락하는 것 같다.

똑똑.

홍연 아저씨가 접시에 곱게 담긴 케이크를 두 조각 가지고 들어와서 우연이 그림을 그리는 탁자와 아저씨의 책상 위에 얌전히 내려놓고는 물러났다.

"딸기 무스 사 왔구나. 네가 좋아하는 거니?"

"네. 마약이 따로 없어요. 꿀꿀할 때 먹으면 얼마나 행복해지는지 몰라요."

사실 우연은 단것은 허발하고 좋아했지만 새콤한 맛은 좋아하지 않았다. 하지만 아저씨가 딸기 무스케이크를 선물한 후, 그것은 자신의 입맛 따위를 물리치고 세상에서 제일 맛있는 케이크의 기준이 되어 버렸다.

달그락. 달그락.

아저씨는 케이크를 한 입 머금고 잠시 움직임을 멈췄다. 눈썹이 가만히 찌푸려진다. 왜 저러시지? 원래 케이크를 안 좋아하시나? 하지만 눈썹을 찌푸리는 그 모습마저도 너무 아름답고 우아해서, 우연은 나라를 말아먹었다는 어떤 미인에게 홀린 사나이가 된 듯했다.

길고 짙은 속눈썹이 아래로 천천히 내려가 갈색 눈동자를 반쯤 덮었다. 깜박, 깜박깜박, 그는 케이크를 입에 머금고 눈을 내리깐 채 한참 동안 움직이지 않았다.

우연은 연필을 잠시 멈췄다. 숨이 막히는 것 같았다.

아저씨는 케이크를 아주 집중해서, 천천히, 조심스럽게 먹었다. 지난번에 기숙사 앞에서 드실 때도 저렇게 먹었다.

"아저씨, ……맛있어요?"

아저씨가 고개를 든다. 케이크 조각을 입에 머금고 있는 표정이 기묘했다.

"……달구나."

역시, 단 음식은 안 좋아하시나?

"에이, 그럼 케이크가 달지, 짜요?"

"음, 송 여사님이 만들어 준 것보다 단맛이 훨씬 강하지만 그래도 새콤하고 딸기 맛이 나. ……그래. 딸기 무스니까, 당연하겠구나."

아저씨는 낯선 얼굴로 중얼거렸다. 우연은 딸기 케이크에서 딸기 맛이 나는 것을 신기해하는 아저씨가 더 신기했다. 사람은 누구에게나 정상적이지 않은 구석이 있다더니, 그 말이 아저씨에게도 해당하는 것 같다.

우연이 열 장이 넘는 드로잉을 남기는 동안, 아저씨는 소리도 없이 케이크 두 쪽을 다 먹었고, 홍연 아저씨가 새로 가져다준 케이크도 거절하지 않고 받는다. 케이크를 먹기 위해 차도 두 잔이나 새로 내 달라고 한다. 홍연 아저씨도 놀란 눈치인 걸 보면, 아저씨가 이렇게 케이크를 많이 먹는 건 상당히 드문 일인 듯했다.

"이렇게 잘 드실 줄 알았으면 두 개 사 올 걸 그랬어요. 아저씨, 케이크 좋아하세요?"

이게 무슨 어려운 질문인지, 아저씨는 한참 생각하다가 대답했다.

"생각해 보면 어릴 때는 정말 좋아했던 것 같아. 그래서 자주 먹지 않으려고 노력했지."

아니 자기가 좋아하는지 싫어하는지를 한참 생각씩이나 해야 안단 말인가? 그리고, 좋아하는데 왜 안 먹으려고 노력했지? 변태인가? 왜 그런 해괴한 짓을? 우연은 이럴 때마다 아저씨가 자신과 완전히 반대편에 서 있는 사람이라는 것을 실감했다.

"왜요? 좋아하면 자주 먹으려고 노력해야죠."

"쾌락에도 한계 효용 체감의 법칙이 적용되니 절제해야 한다고 생각했거든. 어떻게 사람이 매번 자기 좋은 일만 하고 살겠어."

무슨 말인지 도저히 이해할 수 없었던 우연은, 손을 멈추고 진지하게 조언해 주었다.

"아저씨, 한계 나발의 법칙이 뭔지는 모르지만요, 케이크를 못 먹게 만드는 법칙이라면 악마가 만든 게 틀림없어요. 인간이 행복할 기회를 뺏어 버리잖아요. 성수 사다가 케이크 주변에 착착 뿌려서 악마를 물리친 다음에 마음껏 드세요. 그게 하느님께서 원하는 길일 거예요."

푸웃, 아저씨가 케이크를 입에 문 채 웃음을 터뜨렸다. 우연은 아저씨가 너무나 안타까워 손까지 저어 가며 열심히 설득했다.

"생각해 보세요. 좋아하는 일만 하면서 살기에도 시간은 모자라잖아요! 80까지 어찌어찌 산다 쳐도, 아저씨는 이제 48년밖에 안 남았어요. 세상에! 남은 인생 겨우 48년에, 시간을 아껴 아껴 좋아하는 케이크만 골라 먹어도 모자랄 판에 참긴 왜 참아요! 저요? 아이참! 아저씨가 남 걱정 하실 때예요? 저는 100년은 남아 있을 거예요. 여자는 남자보다 20년은 더 살고, 제가 아저씨보다 12년이나 더 젊고, 제가 죽을 때쯤 되면 평균 수명은 120살로 늘어나 있을 거니까요. 아이, 아저씨! 그렇게 웃지 말고 위기의식 좀 느끼시라니까요!"

"진우연. 너, 정말……."

하지만 아저씨는 반박하지 못하고, 한참을 웃더니 두 손을 들었다.

"알았다, 알았어. 좋아하는 일만 하면서 살 거면 너도 케이크 좀 더 먹지 그래?"

"아뇨. 전 위험해서 안 돼요."

"아니, 케이크가 왜? 혈관이 안 좋아? 심장병이라도 있어?"

아저씨의 생각은 여전히, 너무나 중년다웠다. 케이크와 혈관과 심장병이라니. 이 얼마나 아방가르드한 조합이란 말인가. 하지만 우연은 그 조합마저 중후

하고 참신하게 느껴졌다. 이것도 병이라면 병이었다.

"피부가 위험하죠. 케이크 하루 두 쪽 이상 먹으면 여드름 폭발하거든요. 볼케이노 백만 개가 얼굴에 부바바바바바!"

아저씨가 기가 막힌 얼굴로 웃기 시작했다.

"말이 앞뒤가 다르잖아! 좋아하는 일만 하고 산다며! 좋아하는 케이크에 비하면 여드름이 문제야?"

"문제죠. 아무리 케이크를 사랑해도 여드름 짜는 느낌까지 사랑할 순 없죠. 으, 구려."

아저씨는 살짝 곤란한 얼굴이 되더니 목소리를 낮춰서 대답했다.

"그래도 음, 어…… 뭔가 시원한 느낌은 있지 않아?"

어? 아저씨도 여드름을 짜 보긴 했을까? 그 구리고도 시원한 느낌을 알까? 갸웃하던 우연은, 그렇게 생각하던 자신에게 다시 충격을 받았다. 선생님은 화장실도 안 간다고 믿는 유치원생도 아니고, 이게 무슨 멍청한 생각일까. 아저씨라고 무방광, 무땀샘 생물일 리도 없는데. 그래도 우연의 마음속에 있는 한이원은 여전히 천사와 인간의 중간쯤 있는 존재였다.

"물론 시원할 때도 있죠. 노랗게 잘 익은 다음에 짰는데 황금빛 왕건이가 탁 튀어나오면, 그 알싸하면서도 후련한 느낌이 죽이죠. 피가 나오면 통쾌하고, 피딱지가 떨어진 다음에 쏙 들어간 분화구를 보면 완전 뿌듯하고 보람차죠."

"음……."

"하지만, 실패의 고통이 너무 크잖아요. 힘껏 눌렀는데 밖으로 터지는 대신 속에서 뭉그러지면!"

으으, 아저씨가 눈을 확 찌푸리고 저도 모르게 몸서리를 친다. 역시, 아저씨도 해 본 게 틀림없구나. 우연은 알 수 없는 동질감을 느끼며 엄숙하게 결론을 내렸다.

"그런 게 백만 개쯤 덕지덕지 얼굴에 솟아난다 생각해 보세요. 고작 케이크를 두 쪽 먹었다는 죗값으로는 너무 잔혹하잖아요."

아하, 하하하. 아저씨는 다시 웃음을 터뜨리고 만다.

"⋯⋯어?"

분홍색 무스 크림을 입술에 묻힌 채 파안대소하는 아저씨 얼굴이 몹시 낯설었다. 아저씨가 자기 손으로 얼굴에 크림을 묻혔을 때 잠깐 느꼈던 이질적인 느낌이 다시 살아난다.

"왜? 뭐 묻었니? 이런."

입술 끝을 만져 본 아저씨가 손가락에 묻은 크림을 보고 나직하게 혀를 찬다. 아저씨는 멀리 놓인 티슈를 빼는 대신 혀로 얼른 손가락을 핥고, 입술 주변에 묻은 케이크도 핥았다.

띵, 다시 머리가 울린다.

우연은 아저씨의 붉은 혀가, 희고 고른 이 사이를 빠져나와 입술 위로 부드럽게, 소리 없이 미끄러지는 것을 멍하니 지켜보았다. 두 번, 세 번, 그리고 한 번 더. 혀가 지나간 아래로 붉고 윤기 흐르는 입술이 드러나는 순간, 우연은 그만 숨이 턱 막혔다.

선명하고 날카로운 어떤 색이 아저씨 주변에서 확 번진다. 아니, 폭발한다. 환각은 아니고 우연이 여러 가지 색의 조합을 빠르게 상상하며 채워 넣는 것이지만, 그 속도가 너무 빨라 의식이 따라가지 못할 정도였고, 그 이미지는 소름이 끼칠 정도로 선명했다.

아저씨하고 분홍색 수국이 이렇게 잘 어울렸나?

⋯⋯전에는 가장 안 어울리는 색이라고 생각했는데, 이게 대체 어떻게 된 거지?

시간이 서서히 멎어 가는 듯, 아저씨의 움직임도 슬로비디오처럼 느껴진다.

찰칵.

장면이 완전히 정지한다. 깜박, 깜박깜박. 몇 번 눈을 깜박이자 자연의 색을 뛰어넘은, 초현실적인 분위기를 띠게 된 그 장면이 다시 움직인다. 아저씨가 웃는다, 입술을 움직여 무슨 말을 한다, 손으로 입가를 매만진다, 다리를 꼰다, 옆으로 돌아앉아 꽃을 본다, 고개를 살짝 수그리고 부드럽게 웃는다.

찰칵, 찰칵, 찰칵.

눈을 반쯤 내리깐 아저씨가 느릿하게 팔을 움직여 티슈를 꺼내 손가락과 입술을 닦는다. 팔과 손, 손가락과 입술로 흘러가는 움직임은 이럴 때조차 지독하게 우아하고 품위 있다.

그 형태와 색의 흐름이 너무 아름다워서 우연은 한동안 넋을 잃고 바라보기만 했다. 기억해. 정확하게, 자세하게. 몸의 형태, 움직임, 시선, 살짝 내리깐 눈꺼풀과 부드럽게 굴곡지며 뻗어 내려간 긴 속눈썹, 가볍게 말려 올라간 입술선, 크림이 흩어질까 신경 쓰느라 미미하게 찌푸린 미간, 이마 위로 몇 가닥 흘러내린 고집스럽고 뻣뻣해 보이는 머리카락, 이마와 머리 사이의 경계에서 잘게 흩어진 솜털 같은 머리칼, 그 사이에 스며 있는 작은 땀방울. 아저씨를 나타내고 있는 모든 요소를 하나도 빼놓지 말고!

커다란 창에서 들어온 황금빛 햇살이 아저씨의 얼굴로 내려앉는다. 빛이 정면으로 맞닿은 부분은 반짝반짝 빛이 감돌고, 굴곡 뒤로 이어진 그늘 부분에선 황홀한 어둠이 자리 잡는다. 흑과 백의 강렬한 콘트라스트가 선이 굵고 단정한 이목에서 근사한 조화를 이루었다. 아, 미칠 것 같다. 숨이 막히고 목이 졸린다.

그의 아름다움을 이루고 있는 요소는 불가해한 영역에 속해 있다. 우연은 그 아름다움의 원천을 분석할 수 없었다. 그녀가 할 수 있는 것은 장면 자체를 최대한 충실하게 기억해 두는 것뿐이었다. 찰칵, 찰칵, 찰칵. 머릿속에서 카메라 플래시 터지는 소리가 이어진다. 아니, 사실 이건 플래시 소리가 아니라 심장이 덜그럭대는 소리일지도 모른다.

우연은 스케치북을 덮고는 멍하니 아저씨를 바라보았다. 손이 움직이지 않는다. 연필로 그릴 수 있는 장면이 아니다. 색이 필요했다. 특히 그 낯설고 선명한 색이 아저씨 주변으로 폭발하듯 밀려오던 그 느낌은, 흑백으로 도저히 표현될 것 같지 않다.

아저씨를 그려야 한다. 제대로 색깔을 갖춘 그림으로. 이렇게 폭발하듯 밀려오는 색으로.

나는 왜 아저씨에게 이 색을 느꼈을까?

이 색에…… 대체 무슨 의미가 있는 걸까?

알 수 없다. 그저 기분이 이상하고, 머릿속이 새하얗게 지워진 것 같다. 식은 땀이 나고, 속이 토할 것처럼 울렁거린다. 우연아? 아저씨가 급하게 일어나 다가오는 것이 보인다.

"너 지금 좀 불편해 보인다. 괜찮니?"

"아, 네, 괜찮아요. 괜찮……."

아저씨의 무거운 시선이 따라온다. 우연은 스케치북을 내밀고 필사적으로 웃어 보였다.

"많이 그렸어요."

아저씨는 여전히 걱정스러운 얼굴로 스케치북을 열었다. 콩테와 6B 연필로 그린 그림은 아까 이면지에 그린 볼펜 그림들과 달리 반역광의 명암이 들어가 깊이감이 있고 양감이 풍성했다. 스케치북이 한 장씩 천천히 넘어간다. 심장은 미친 듯이 뛰는데, 시간은 느릿느릿 흘렀다. 목이 조여드는 것처럼 긴장된다.

"대단하구나, 그 짧은 시간에."

"……맘에 드세요?"

"당연하지. 맘에 드는 정도가 아니라 감탄스러워서 말이 안 나오는구나. 일단 정착액을 좀 뿌려 두자."

캐비닛에서 픽서티브를 꺼내 온 아저씨는 한 장 한 장 그림을 넘기며 칙칙 뿌렸다. 이어지는 아저씨의 목소리에는 한숨이 한 자락 배어 있었다.

"대단하구나. 나도 그림을 꽤 열심히 배웠는데, 이건 비교 자체가 안 되네. 뭔가 불공평해."

"아니에요. 공평해요. 제 인생에서 수학은 구구단이 끝이고, 영어는 알파벳이 끝이거든요. 하지만 아저씨는 영어도 잘하시고, 회계사 자격증도 있으시다면서요."

"그게 무슨 상관이니. 이제 휴대 전화에 계산기, 번역기 다 있는데."

"하지만 외국에 서류 보낼 때, 번역기 돌리는 사람을 시키진 않으실 거잖아요."

"음. 그건 그래."

"하긴. 세상이 불공평한 건 맞죠. 아저씨 보면 몰빵도 이런 몰빵이 없다니까요."

우연은 열이 오르는 눈으로 아저씨를 올려다보았다. 횡설수설, 입에서 무슨 말이 나가는지 모르겠다. 아저씨가 어이없다는 듯이 웃는다.

"내가 무슨 몰빵이야."

"아이참, 아저씨. 인정할 건 좀 인정하세요. 하느님은 세상에 태어날 모든 아기들에게 복을 골고루 나눠 주려다가요, 아저씨 앞에서 실수로 축복 주머니를 쫄딱 쏟아 버린 거라고요."

"뭐?"

"그래서 당황한 하느님이 급하게 뭔가를 뺏어 오려고 했는데, 고작 손에 잡힌 게 그림 그리는 재능이었다 이거죠. 아저씨는 뭔가를 더 뺏기기 전에 날름 도망친 거고요. 아저씨는 분명 다른 아기들보다 한두 달 먼저 태어났을 거예요. 그렇죠?"

우연이 열에 들떠서 한참 떠들었다. 아저씨는 뭐가 그리 재미있는지 한참 웃다가 우연의 얼굴을 살펴보더니 천천히 웃음을 멈췄다.

"잠깐만."

아저씨의 손이 쭉 뻗어 나와 이마를 짚는다. 우연은 저도 모르게 크게 소스라쳤다.

"너 열이 있구나. 어쩐지 좀 이상하다 싶더니만. 언제부터 이랬어?"

아저씨는 인터폰을 들더니 바로 최 실장 아저씨를 불렀다.

"정 박사님 일정이 어떻게 되는지 확인 좀 해 주세요. 우연이가 열이 있네요. 여기서 얼른 진료받고 약이라도 지어서 보내야겠어요."

안 돼. 우연은 황급히 고개를 저었다.

지금 기숙사로 가면 안 된다. 아저씨의 그림을 그려야 한다. 조금 아까 보았던 그 눈부신 색깔, 이 기이한 느낌이 사라지기 전에, 지금 당장.

하지만 기숙사에는 스케치북과 4절 켄트지 나부랭이 말고는 그릴 만한 것이 없다. 더구나, 혜진이가 있으면 방에서 작업도 제대로 못 할 것이 뻔했다.

두 손으로 얼굴을 감쌌다. 아저씨의 손이 닿았던 이마가 불에 덴 듯이 화끈거린다. 커피를 백 잔쯤 마신 것처럼 신경이 예민해진 것 같으면서도, 어딘가 몽롱하고 화닥화닥하고 정신이 없다. 우연은 떨리는 목소리로 물었다.

"저, 죄송한데, 자, 장학관 빈방에서 며칠만 자면 안 될까요?"

"……음, 그건 곤란할 거야. 장학관은 학년 바뀌는 2월 말고는 방이 다 차 있어."

"저, 그럼 아저씨 집에서 며칠만 재워 주시면 안 돼요?"

아저씨의 움직임이 딱 멈췄다. 눈을 크게 뜨고 내려다보는 아저씨의 시선에는 당혹감과 의아함이 가득했다. 몽롱한 생각을 애써 다잡기도 전에 아저씨가 조심스럽게 물었다.

"왜 갑자기 내 집에? 몸이 많이 안 좋으니?"

우연은 순간 자신이 얼토당토않은 부탁을 했다는 걸 깨달았다.

물론 기숙사 통금에 걸린 친구들 중 인터폰으로 사감님을 호출해 벌점을 먹는 대신, 자취하는 친구 집으로 가서 하룻밤을 자고 오는 경우는 종종 있었다. 친구 집에 가서 밤새 공동 과제를 했던 적도 있었다.

하지만 아저씨는 친구도 아니고 다른 사람들도 굉장히 어려워하는 위치의 사람이다. 특히 지금처럼 조심스러운 상황에서, 이런 요상한 부탁을 해 버리다니.

물론 강력한 희망 사항이긴 했다. 아저씨네 집에 초대받아 놀러 가면 얼마나 좋을까. 행복해서 미쳐 버리겠지. 하지만 뇌가 있다면, 이런 희망 사항은 상상속에서만 놔둬야 하는 거 아니냐고.

"……미안하지만 우리 집은 어렵겠구나. 이번 주말에 행사도 있고 집에 중요한 손님도 오셔서. 차라리 입원을 하는 게 낫지 않을까?"

아니나 다를까, 아저씨는 부드러운 목소리로, 하지만 단호하게 거절했다.

"저, 입……원할 정도는 아니에요."

아저씨의 침묵이 무섭게 느껴진다. 대체 날 얼마나 이상한 아이로 생각하실까, 울컥 눈물이 날 것 같은데, 다시 걱정스러운 목소리가 들린다.

"최 실장님, 호텔에 우연이가 쉴 만한 방 하나 잡아 주시고, 오늘 안으로 정 박사님 예약 좀 잡아 주세요."

우연은 입을 멍청하게 벌린 채 중얼거렸다.

"호……텔이요?"

"그래. 학교 내려가기도 힘들 것 같으면, 지금 호텔로 들어가서 쉬어. 주말에 기숙사에 있다가 열이라도 나면 병원 가기도 힘들 거 아니니. 조용한 방으로 잡아 놓으라 할 테니 며칠 푹 쉬다가 월요일 아침에 편히 내려가."

난데없는 결론에 우연은 얼떨떨했다. 아저씨가 걱정스러운 목소리로 덧붙인다.

"무슨 일 있으면 바로 연락하고."

홍연은 대표이사실에서 우연이 비틀비틀 걸어 나오는 모습을 보고 당황했다. 들어갈 때는 멀쩡했는데, 지금은 벌겋게 열이 올라 있었다. 한 시간밖에 지나지 않았는데 왜 갑자기?

한 전무도 이상하기는 마찬가지였다. 그는 케이크를 좋아하지 않았다. 과일을 제외하면 단것 자체를 거의 먹지 않았다. 아니, 먹는 것 자체에 흥미가 없었다. 본가 고용인들 사이에서는, 그가 극도의 스트레스로 불면증을 얻으면서 미각도 거의 잃었다는 소문이 돌고 있었다. 그 말이 사실이라면, 그는 인생의 즐거움을 대부분 상실한 것이 틀림없었다.

그런데 얼마 전부터 뭔가 이상했다. 우연의 생일 때 송 여사에게 생딸기가 듬뿍 든 케이크를 만들어 달라고 하더니만, 다음 날부터 매일 똑같은 케이크를 구워 달라 부탁하기 시작했다. 그래 놓고는 케이크를 대령하면 딱 한 입 먹고는 물리는 짓을 되풀이했다. 잠시 기대에 찼다가 씁쓸하게 웃는 패턴도 똑같았다. 그의 이상 행동은 일하는 도우미들과 홍연이 일주일 내내 딸기 무스케이크를 그야말로 물리게 먹은 후에야 간신히 멈췄다.

그러더니 오늘은 우연이 사 온 케이크를 세 조각이나 먹어 치운다. 저 정도 먹으면 토할 것 같을 텐데? 걱정하고 있으니 이젠 '우연이가 임원들에게 그려 주었던 그림을 모조리 수거해 오세요.' 라는 말도 안 되는 문자까지 보낸다.

아니, 모델 본인에게 나눠 준 초상화를 무슨 핑계로 다시 뺏어 오느냐고.

물론 '후원 예술가의 작품 관리를 위해 재단에서 그림 회수를 요청해 왔다.' 라는 기발하다 못해 황당한 핑계를 생각해 낸 자신이 천재 같긴 했지만, 그래도 그들의 투덜거림은 고스란히 홍연의 몫이었다.

"홍연 아저씨, 부탁이 있는데요."

열이 올라 뺨이 벌겋게 물든 우연이 눈을 기이하게 번뜩이며 속삭인다.

"캔버스 좀 구해 주세요. 그림을 그리고 싶어요."

"그림? 호텔에서? 몸 안 좋다면서."

"아니요. 안 좋지 않아요. 좋아요. 아주 좋아요. 열흘간 밤샘해도 될 지경이에요."

"아니 그러면 왜……."

"그리고 그림 도구하고 아크릴 물감하고 형광 물감 세트도요. 반짝거리고 펄이 잔뜩 든 것이면 더 좋아요. 의사 선생님은 안 오셔도 돼요. 홍연 아저씨도 안 오셔도 돼요. 아무도 오지 마세요. 하나도 안 아파요."

우연은 홍연의 이야기는 듣지도 않고 흥분한 상태로 계속 중얼거린다.

"아저씨 초상화를 그릴 거예요. 빨리 그려야 해요. 잊어버리기 전에. 그러니까."

홍연은 그녀가 이상한 열기에 휘말린 것을 깨달았다. 끝나기 전엔 아저씨에게 절대 얘기하지 마세요. 속삭이는 듯한 목소리는 아예 마약에 취한 것 같았다.

전무님께 알려야 한다고 생각하면서도 홍연은 주춤거렸다. 빛나는 작품에는 재능과 운과 타이밍이 필요하다. 방해하면 안 된다. 하늘이 내린 천재가 그린, 제대로 된 초상화가 보고 싶었다. 홍연은 공범자가 된 기분으로 조심스레 물었다.

"캔버스는 몇 호짜리로?"

"큰 거요, 아주 큰 거, 제 키보다도 큰 거."

우연이 눈을 반짝이며 대답했다.

□ ■ □

100호 캔버스는 상상보다 압도적인 위용을 자랑했다. 우연보다 키가 한 뼘은 컸고 폭도 넓었다. 일곱 종류의 아크릴용 붓과 두 종류의 백붓, 그중 하나는 폭이 한 뼘이 넘을 정도로 큰 것이었다. 목탄, 연필, 용량이 큰 고급 아크릴 물감 두 세트와 형광빛 펄을 한껏 머금은 보디 페인팅용 물감들, 페이퍼 팔레트, 말하지도 않은 건조 지연제와 매트 바니시, 글로스 바니시까지 빠짐없이 사 온 걸 보니 홍연 아저씨가 학예사 출신이라는 말이 실감이 났다.

아저씨가 잡아 주라고 했다는 호텔 방은 생각보다 넓고 고급스러웠다. 침실은 하나였지만 거실이 널찍하고 한강과 빌딩 숲이 환하게 내려다보였다. 하지만 우연은 그 풍경을 즐길 생각도 들지 않았고, 스위트룸이란 이런 곳이구나 감탄할 새도 없었다.

"겁도 없지, 진우연."

새하얗고 거대한 캔버스를 보는 순간, 저도 모르게 오싹 소름이 돋았다.

우연은 밑칠이 된 하얀 바탕 위에 아까 훔쳐 낸 장면을 떠올렸다. 순간 발가락이 곱아들면서 찌릿한 감각이 등줄기를 쫙 긁어내렸다.

동시에, 선명한 색깔이 폭발하듯 터져 나와 캔버스를 확 뒤덮는다.

연필을 쥔 오른손을 크게 휘둘렀다. 캔버스가 너무 커서 벽에 기대 놓고 작업을 해야 했다. 100호 크기가 익숙하지 않아 약간 애를 먹기는 했지만, 밑그림은 순조롭게 진척되었다.

밑그림을 완성하니, 이젠 그 속에 갇혀 있는 색들이 금방이라도 튀어나올 듯 아우성이다. 페이퍼 팔레트 가장자리에 몇 가지 물감이 차근차근 얹히기 시작했다. 우연은 수채나 유화보다 아크릴을 훨씬 좋아했는데, 빨리 마르고 안정성이 높기 때문이었다. 그리고 빨리 굳는 아크릴 물감에는 찢어 쓰고 버리는 페이퍼 팔레트가 편했다.

서둘러야 했다. 우연은 채색 속도가 몹시 빠른 편이었지만 아크릴이 굳는 속도도 빨랐고, 무엇보다 해가 있을 때 최대한 많은 작업을 해 두어야 했다. 인공광 아래서의 색감은 자연광에서 본 색감과 달라 보일 때가 있었다.

침실에서 시간을 알리는 벨 소리가 몇 번 들리는 동안, 빛의 각도가 살금살금 바뀌나 싶더니 어느새 사방이 어둑어둑해진다. 우연은 불이란 불은 모조리 켰다. 낮처럼 환해졌고, 그때부터 시간은 흘러가는 줄 모르게 흘러갔다.

아저씨가 드디어 모습을 드러내기 시작했다. 남성적이고 굵직한 턱의 윤곽에 섬세하고 매끈하게 다듬어진 이목의 선, 살짝 흐트러진 머리카락, 길고 짙은 속눈썹, 홍채 위로 번져 가는 깊고 풍성한 세피아, 결이 곱고 색이 맑은 입술은 눈이 아리도록 붉다. 말갛고 깨끗한 피부가 우연의 손이 닿는 곳마다 화려한 꽃처럼 피어오른다.

시선이 닿는 곳마다 아저씨는 눈부시게 빛났다. 초여름의 노란 햇빛이 머리카락에서 자잘하게 반짝였고, 반역광 상태의 뚜렷한 콘트라스트까지 드리워져 신비한 분위기가 만들어졌다.

케이크를 좋아하는지 싫어하는지조차 한참 고민하던 아저씨는 분홍색 무스케이크를 세 쪽이나 소리 없이 먹어 버렸다. 맑고 붉은 입술에 묻은 무스케이크, 그 입술 가에서 뭉개졌던 짙은 분홍색 크림 덩어리는 아저씨의 뺨으로 죽 그어 내려오던 하얀 크림만큼이나 강렬했다.

그 순간 아저씨가 만들어 냈던 순백의 선정성은 소름 끼치게 저릿했는데, 나는 그때 그것을 몰랐다.

혹시 그때 아저씨도, 얼굴에 크림을 문지른 나를 보며 비슷한 생각을 하셨을까.

아저씨의 주변으로 항아리를 벗어난 거대한 수국 뭉치와 해바라기가 침략을 시작한다. 맑고 선정적인 분홍색이 캔버스를 점령한다. 아저씨와 너무나 어울리지 않을 것 같던 이질적이고 요란한 그 색깔은 입가의 크림을 핥아 내던 붉은 혀와 마주치는 순간 무섭도록 싱싱해졌다.

딸깍, 아저씨와 색의 연결 고리가 만들어졌다. 살짝 말려 올라가는 혀끝의 하이라이트를 매끈하게 찍어 넣으며, 우연은 아랫배가 저릿한 느낌에 몸서리를 쳤다.

이것이 우연이 아저씨에게서 발견한 색이었다. 다른 사람은 결코 발견하지 못했을, 아저씨의 진짜 색깔.

그림을 그리는 동안 우연은 무엇을 먹었는지 무엇을 마셨는지 기억할 수 없었다. 취한 듯, 몽롱한 듯, 홀린 듯, 혹은 극도로 긴장한 듯한 이상한 느낌이었다. 친구들의 문자가 거슬려서 전화기를 꺼 버렸고, 눈앞이 핑그르르 돌거나 목이 졸아붙을 즈음에야 냉장고와 찬장에서 뭔가를 꺼내 먹었다. 방광이 터질 것 같으면 그제야 화장실에 갔다. 신이라도 지핀 것처럼 주변에 대해 감각이 없었다. 몸의 모든 감각은 오로지 눈앞의 그림에만 집중되었다.

DND(Do Not Disturb, 방해하지 마시오) 팻말을 걸어 둔 덕인지 사흘 동안 방문을 두드리는 사람은 아무도 없었다. 우연은 1분도 쉬지 않고 계속 그림을 그렸다. 금요일 오후부터 월요일 새벽까지, 꼬박 61시간이었다.

"……아저씨, 지금 뭐 하세요?"

우연은 비틀비틀 바닥에 주저앉아 막 완성된 그림을 빤히 바라보았다.

눈앞에는 아저씨가 앉아 있다. 한 손에는 포크를 들고, 한 손으로는 턱을 괸채 자신을 가만히 응시하고 있다. 핫초콜릿을 머금은 듯한 눈은 부드럽고 달콤한 웃음을 담고 있다. 비스듬히 돌려진 고개, 얇고 단정한 입술을 살짝 벌리고, 입술에 묻은 분홍색 무스 크림을 붉고 탄력 있는 혀로 핥고 있는 아저씨는 실제보다 더욱 생생했다.

그리고 그 주변을 형광빛이 감도는 붉은 수국과 해바라기가 감싸고 있다.

〈붉은 수국과 분홍색 딸기 무스케이크〉

제목이 아주 그럴듯하다. 케이크 따위는 보이지 않지만, 달콤한 존재감은 그 큰 화면을 꽉 채우고 있었다. 우연은 다시 물었다.

"아저씨, 딸기 케이크에서 딸기 맛이 나는 게 그렇게 신기하세요?"

…….

"그 케이크, 제가 세상에서 제일 좋아한다는 거 알고 계세요?"

…….

"제가 원래 딸기 안 좋아했던 건 아세요? 그런데 이제 세상에서 딸기를 제일 좋아하게 된 건 아세요?"

아저씨는 지금 우연에게 대답하고 있다. 뭐라고 하는지는 들리지 않지만. 아, 아니, 들리는 것도 같다. 저 붉고 매끄러운 입술이 달싹대며 움직이고, 그 사이에서 무슨 말인가 흘러나오는 것 같다. 우연은 몽롱한 듯, 취한 듯, 그에게 계속 말을 걸었다.

"여드름 짜 본 적 있으시죠? 짜다 실패하면 느낌이 어땠어요? 아저씨는 정말 좋아하는 음식이 뭔가요? 시래기, 샐러드, 풀떼기, 보리굴비, 현미 콩밥, 잡곡밥 같은 거, 정말 좋아해서 드시는 건 아니죠?"

우연은 웃음을 터뜨렸다. 그런데 속으로는 울고 싶었다. 아저씨에게 말을 걸 때마다 뭔가가 온몸을 할퀴는 것 같은데 그 느낌이 너무 낯설어서 무서웠다.

그림 속에서의 아저씨는 형광빛이 감도는 분홍색에 둘러싸여 있었다. 저 투명한 입술 가에 머물러 있는 딸기 무스 크림의 색, 그것을 핥고 있는 혀의 불그레한 색, 막 절정기를 맞이한 수국, 자신의 색을 잃어버린 해바라기, 한없이 달콤하고 나른하며 끈적한 오페라, 마젠타, 퍼머넌트 로즈, 크림슨. 요란하고, 천하고, 도발적이고, 가볍고, 불편한 온갖 색깔들.

아저씨와 정말 안 어울린다고 생각했는데.

점잖고 무거운 양복은 윤곽선과 무게를 잃었고, 거대한 화폭에서 드러나는 것은 아저씨의 얼굴과 목, 손, 포크, 뱀처럼 목을 휘감았다 뚝 떨어지는 검푸른 넥타이, 그리고 그를 에워싸고 아우성치는 꽃의 물결이었다. 청순하고 가련하던 순백의 수국은 어느새 요부처럼 진한 색으로 치장하고, 꽃잎이 온통 분홍색으로 물든 해바라기는 화면을 초현실적인 공간으로 만들었다. 온갖 종류의 적색으로 물든 해바라기는 아름답다기보다 그로테스크했다. 묘사 자체는 언제나 그랬듯 극도로 사실적이었으나, 이렇게 비현실적인 색으로 인해 화폭 안은 샤갈의 그림만큼이나 환상적인 분위기로 가득했다.

……그리고 그 안에서, 아저씨는 믿을 수 없을 만큼 아름다웠다.

"어떡해. 나 어떡하지."

그림을 홀린 듯 들여다보던 우연은 점점 무서워졌다. 아저씨의 영혼을 한 조각 훔쳐 와서 캔버스 위에 으깨 발라 놓은 것만 같았다. 지금 이 작은 방에 아저씨가 와 있는 것 같다. 몰래 찾아와 내 귀에 대고 달콤하게 속삭이고 있는 것 같다.

우연아.

눈을 꽉 감고 몸을 떨었다. 뇌가 찐득한 꿀에 녹아내리는 것 같다. 손끝과 발끝이 곱아들고, 아랫배 깊은 곳, 아니 사타구니 사이로 찌릿찌릿 전류가 흐르는 것 같다. 너무 좋아서 울고 싶기도 했고, 미친 듯이 웃고 싶기도 했다. 아, 좋아, 정말 좋아! 좋아서 미치겠어, 나 어떡해.

"이원 아저씨, 좋아해요."

말이 채 떨어지기도 전에 몸이 화다닥 튕겨 일어난다. 갑자기 시간이 멈춰 버린 것 같다. 아저씨는 여전히 눈을 반쯤 감고 턱을 살짝 들어 올린 채, 오만하게, 섹시하게, 다정하게, 쌀쌀맞게 자신을 바라보고 있었다.

그래. 그림에게 한 말이다. 아저씨는 듣지 못했어. 아저씨, 좋아해요. 아저씨가 좋아요. 입술이 여러 번 달싹이는 동안 혀는 점점 용감해졌다.

아저씨가 웃는다. 섹스를 한 번도 해 보지 않았다는 순결한 아저씨가, 저렇게 색기 넘치는 얼굴로, 입술을 살짝 벌리고 속삭인다.

……네가 하려던 말이 정말 그거야?

간지러운 숨결이 뺨에 와 닿는 것 같다. 우연은 눈을 꽉 감고 심호흡을 했다.

"아뇨."

두려웠다. 마음에서 자란 낯선 싹. 하지만 눈을 뗄 수 없을 만큼 싱싱하고 예뻤던 그 싹. 그것에 이름을 붙이는 것이 무서웠다.

하지만 그 싹은 이제 너무 커져서, 도저히 모르는 척 넘길 수 없게 돼 버렸다. 팬질, 덕질, 사생질, 그따위 말로는 도저히 바꿔 부를 수 없게 된 이름. 우연은 이제 팔을 활짝 벌려서 그 이름을 받아들이기로 결심했다.

"아뇨. 실은 다른 말이에요, 아저씨."

누가 그랬다. 만물에는 단 하나의 어울리는 이름이 있다고. 쿨하고 단호한 4차원 또라이는 오늘, 지금, 이 마음과 이 그림에 바른 이름을 붙여 주고, 아저씨가 묻는 말에 용감하고 당당하게 대답할 것이다.

"아저씨, 나는요, 아저씨를……."

사그락, 사락, 나뭇잎이 비벼지는 듯한 소리가 혀와 입천장 사이로 흘러나왔다.

몸이 들들 떨리는 것이 멎지 않는다. 난 정신이 이상한 게 아닐지도 몰라. 아저씨를 만날 때마다, 생각할 때마다 항상 흥분하고 들떠 있던 이유는, 경조증

따위가 아닐지도 몰라.

그래서 어쩔 건데? 정말 아저씨한테 고백하기라도 할 거야?

우연은 머리를 감싼 채 히득히득 웃었다. 물론 그럴 생각은 없었다. 나는 가진 것 없는 4차원 화가 지망생일 뿐이고, 아저씨는 대기업의 젊은 총수니까. 가진 것 많고, 능력이 출중하며 인품마저 흠잡을 데 없는.

이건 말이 되지 않는다. 뻔뻔하다는 말로도 커버가 안 되는 것이다. 아저씨가 얼마나 당황하시겠느냐고.

……왜 안 돼?

갑자기 맑은 목소리가 안에서 분수처럼 솟아오른다.

안 될 이유가 뭐야? 설마 아저씨가 어떤 마음인지 모른다고 할 거야?

아저씨는 너를 좋아해. 처음에 어떤 마음이었는지는 몰라도 지금은 너를 좋아해. 확실해.

아저씨가 너에게 했던 행동을 생각해 봐. 엄마 아빠도 그렇게 지극정성으로 해 주진 못해.

행복 회로나 착각이 아니야. 아저씨는 너를 좋아해. 믿어도 돼.

결혼해 달라는 게 아니잖아. 그냥 사랑하자는 거잖아. 결혼이 끼어들지 않은 사랑이야말로 가장 계산 없고 순수한 사랑 아니냐고.

사람이 사람을 사랑하는 게 뭐가 어때서. 이 감정이 죄는 아니잖아. 내가 돈이 없는 게 죄는 아니잖아. 내가 열두 살이나 나이가 어린 게 죄는 아니잖아.

……그러면 아저씨에게 고백하고 사귀어 달라고 말해 볼 수도 있잖아.

아저씨는 너를 사랑해.

나를 믿어. 아저씨는 너를 사랑해.

어느덧 창문이 보얗게 밝아 오고 있었다. 우연은 비틀비틀 침대로 가서 이불을 뒤집어썼다. 아저씨에게 약속했던 결혼 부케나 웨딩 케이크 조공은 아무래도 어렵겠다는 생각이 들었다.

그림을 갖다드려야지. 첫 번째 그림. 오늘 당장. 내가 그림 그리던 거 모르실 텐데, 첫 번째 그림부터 이렇게 어마어마한 게 짠 나타나면 아마 깜짝 놀라실 것이다.

……아저씨는 이 그림에서 내가 하려는 말을 들으실 수 있을까?

당황하진 않으실까? 받아들이실 수 있을까? 내 마음을, 아니, 아저씨 자신의 마음을.

용기를 줘. 아저씨에게 말할 수 있는 용기를. 아저씨의 반응을 견뎌 낼 수 있는 용기를.

아저씨의 사랑을 아저씨의 입으로 확인할 수 있는 용기를.

우연은 몸을 동그랗게 말고 눈을 꼭 감았다. 그리고 숨을 죽인 채 우는 것처럼 웃었다.

□ ■ □

— 학교 지각해도 괜찮아? 시험 기간 아니야?

— 오늘 월요일이라, 러시아워 걸리면 수업 전까지 도착 못 해. 너 지각해서 시험 못 보면 내 책임인 거 알아?

— 이래 봬도 대 세경그룹 대표이사의 최측근 수행 비서로 나름 자부심을 갖고 사는데, 네 부탁 들어주다가 시말서 따위 쓰고 싶지 않다고!

전화기에선 홍연 아저씨의 잔소리가 줄줄 이어졌다. 아, 정말이지 홍연 아저씨는 왜 드라마나 책에서 보았던 '조용하고 점잖으며 뭔가 부탁하면 하늘의 별이라도 따다 주는 능력 있는 비서'가 아닌 걸까.

"지금 시험이 문제가 아니라니까요. 뭐, 과제를 내긴 냈으니 F는 안 나올 거고, 그럼 됐지 뭘 그래요!"

물론, 한때 장학금을 꿈꾸었던 우연이었기에, 시험을 말아먹는 것이 조금은 신경이 쓰였다. 그리고 홍연 아저씨의 시말서는 아주 많이 신경이 쓰였다. "제가 시말서인지 뭔지 대신 써 드리면 안 될까요? 제가 중고등학생 때부터 모아 놨던 반성문 샘플이 벌써 백 장이 넘거든요." 하며 살살 부탁할 때도 내내 시큰 둥하던 홍연 아저씨는, 우연의 한마디에 단숨에 태도를 바꾸었다.

"첫 번째 그림이 다 돼서, 아저씨한테 갖다드리고 싶어서요."

— 옙! 당장 호텔로 날아가겠습니다!

겉을 꽁꽁 감싼 거대한 캔버스를 질질 끌고 1층까지 내려오자, 로비로 막 들어서던 홍연 아저씨가 황급히 달려와 그림을 받아 든다.

"와, 미치겠네. 혹시나 해서 밴을 끌고 오긴 했는데, 정말 벌써 다 된 거야? 아무리 손이 빨라도 사흘 만에 100호짜리 초상화를? 미쳤어, 미쳤어! 잠은 좀 잤어? 열나는 건 좀 괜찮아졌고?"

"한숨도 못 잤어요. 열은 안 나요. 말짱해요."

"그럴 줄 알았네. 이거나 드셔."

홍연 아저씨는 턱으로 주머니를 가리켰다. 주머니 속에는 에너지 드링크가 한 병 들어 있었다. 사흘이나 잠을 못 잔 사람을 잠시라도 재울 생각은 않고, 카페인부터 퍼부을 생각을 하다니, 이 아저씨도 꽤나 또라이 기질이 있다.

홍연 아저씨는 우연이 상상하던 '회장님의 전지전능한 비서'의 모습과 많이 달랐지만, 아저씨가 왜 홍연 아저씨를 옆에 두는지는 알 것 같았다. 우연은 속으로 열심히 흉을 보면서도 얌전히 에너지 드링크를 꺼내서 마셨다.

"전무님한테 직접 전해 드리고 학교 가면, 너 오전 시험 제시간에 못 들어 가. 내가 대신 전해 드리면 안 될까?"

"안 돼요. 제가 직접 전해 드릴 거예요! 지금 당장요!"

말도 안 된다. 그림을 매개로 나는 일생일대의 고백을 하는 건데, 그러잖아도 겁나 죽겠는데 그림만 덜렁 대신 전해 주라고? 아저씨는 그림을 보면서 분명 느끼는 것이 있을 것이다. 아니, 감이 좋은 분이니 내가 하려는 말을 분명 알아들을 것이다. 그 반응을 보아야 한다. 그림을 그리면서 아저씨의 첫 반응을 보는 것이 가장 큰 목표였는데!

"전무님은 지금 서초동 댁에 계실 텐데?"

"그러면, 집으로 가서 전해 드리면 되잖아요. 어차피 학교에 가는 방향이니까……."

우연의 단호한 태도에 홍연 아저씨는 한숨을 쉬며 고개를 끄덕였다.

"그나저나 그림 좀 보면 안 될까? 나 궁금해서 잠도 못 잤는데."

"안 돼요! 서프라이즈 선물을 다른 사람한테 먼저 보여 주는 멍청이가 어디 있어요? 아저씨한테 그림 가져간단 말도 하시면 안 돼요! 절대요!"

우연은 펄쩍 뛰며 쉰 목소리로 고함쳤다. 거 다랍게 치사하네. 홍연 아저씨는 입을 비죽거리며 아저씨에게 전화를 걸더니 밴의 시동을 걸었다.

"댁으로 오라신다. 무슨 일인지 물어보시기에, 우연 학생이 얼굴 뵙고 인사하고 내려간다 하니까 선선히 허락해 주시네. 걱정 많이 하셨던 것 같은데."

"걱정이요? 아저씨가 저 걱정하셨어요?"

"당연한 거 아냐? 기숙사에서 병원 나오기 힘들까 봐 일부러 호텔 잡아 주신 거잖아!"

맞다. 걱정하실 거란 생각을 못 했다. 우연은 대번에 풀이 죽었다.

"중간에 연락 좀 드리지 그랬어. 그렇게 아저씨, 아저씨 하면서 전화해 댈 때는 언제고, 아저씨가 전화하는 건 문자건 통화건 족족 씹어 버리니, 대단한 건지 뭘 모르는 건지. 내가 '우연이 상태 괜찮은 거 확인하고 왔습니다.' 하고 구라 안 쳤으면 의사 데리고 바로 쫓아오셨을걸."

"네? 문자요?"

황급히 전화기를 켠 우연은, 바로 얼굴을 구겼다. 이모티콘과 개그 영상 링크로 가득한 친구들의 문자 더미 속에 길고 정중한 안부 문자와 부재중 전화 표시가 일곱 개나 끼어 있었다. 몸이 어떤지, 열은 내렸는지, 식사는 제대로 했는지, 맛있는 거라도 좀 보내 줄까, 몸이 좋지 않으면 아무리 늦어도 꼭 전화하라는 내용이었다.

말문이 막혔다. 아저씨는 마음을 인정하지 않은 상태에서도 충분히 연인 같았다. 나처럼 보잘것없고 이상한 애한테, 어쩌면 이렇게 한결같이 다정하고 친절할 수 있을까. 미안해서 죽고 싶으면서도 행복해서 미칠 지경이었다. 아저씨에 대해서라면 항상 행복하면서도 죽고 싶다는 마음이 엉켜서 따라다녔다.

이 바보야, 그러게 문자는 제때제때 확인해야지.

잠시 자학하던 우연은 이내 고개를 들고 히죽히죽 웃었다. 괜찮아. 그림 그리고 있었다고 하면 화 안 내실 거야. 오히려 기특해하시고 좋아하실 거야.

……그리고 이 그림을 보면 기절하시겠지!

머리를 쥐어뜯다가 광년이처럼 히죽대는 꼴을 본 홍연 아저씨가 어이없다는 듯 투덜거린다.

"웃음이 나오냐? 서초동 들렀다가 제시간에 학교 들어가려면 엄청 밟아야 해. 시말서가 아니라 딱지를 뗄지도 모르는데?"

"전무님한테 비용 처리 해 달라고 하시면 안 돼요?"

"이 아가씨는 또 어디서 이런 요상한 말을 배우셨나. 비용 처리도 처리지만 교통 벌점이 쌓여요."

우연이 어깨를 움츠리고 혀를 쏙 내밀자 홍연 아저씨가 픽 웃는다.

"뭐 어쨌든 좋아. 전무님 뵙고 그림 전해 드린 다음에 바로 출발. 오케이?"

우연은 맹렬히 고개를 끄덕였다. 기분이 들뜨다 못해 몸이 둥둥 떠오를 지경이었다. 아무리 참으려고 해도 계속 실없이 웃음이 나왔다. 홍연 아저씨가 앞좌석에서 웃는 소리가 들렸다.

□　■　□

우연은 얼음처럼 굳어 버린 채 계속 창밖만 바라보았다.

아저씨의 집은 담장이 높아서, 안이 전혀 보이지 않았다. 아직 이른 시간이라 그런지 골목을 오가는 사람은 거의 없고 담장 옆에는 자동차들만 조르르 서 있었다. 우연은 홍연 아저씨가 뒤쪽으로 주차를 하자마자 문을 열고 바로 튀어 나갔다. 아니, 나가려 했다.

"아, 우연아, 잠깐."

갑자기 문이 짤깍 잠긴다. 우연이 어리둥절해서 홍연을 쳐다보는 순간, 높고 거대한 철문이 철컹 소리를 내며 열린다.

"……어?"

철문 뒤에서 두 사람이 천천히 걸어 나왔다. 한 사람은 흰 와이셔츠에 조끼를 입고 있는 키 큰 남자였고, 한 사람은 우아하고 고급스러운 원피스를 입고 있는 머리가 긴 여자였다. 두 사람은 밀착하다시피 바짝 붙어 서 있었는데, 자세히 보니 팔짱을 끼고 있었다. 어……, 이런. 홍연 아저씨가 난처한 듯 머리를 긁는다.

……아저씨?

우연은 얼빠진 얼굴로 대문 앞에 선 두 사람을 바라보았다.

여자와 몇 마디 이야기를 나누던 아저씨는 잠시 후 팔짱을 풀고 여자의 어깨를 감싸 안았고, 여자는 아저씨의 허리에 자연스럽게 팔을 둘렀다.

저, 저게 뭐지? 아저씨 지금 뭐 하는 거지?

우연은 멍하니 입을 벌렸다. 정수리에 벼락이 떨어진 것 같다.

옆에 있던 주차장 문이 열리더니 새까만 차 한 대가 두 사람의 앞에 와서 선다. 아저씨는 여자의 손을 잡고 차 쪽으로 에스코트한 뒤, 차 뒷문을 열고 손을 잡아 주었다.

여자는 차의 뒷좌석에 걸터앉은 채, 문을 닫는 대신 아저씨의 어깨에 팔을 올렸다. 희고 가느다란 손가락이 아저씨의 얼굴을 더듬어 끌어 내린다. 아저씨의 허리가 수그러들고, 고개가 아래로 깊이 내려가면서 비스듬하게 기울어진다. 어깨 위에 얹힌 긴 손가락들이 하얀 지렁이가 꿈틀대는 것처럼 느껴진다. 두 사람이 입술을 맞대고 있는 시간이 천년처럼 길었다. 우연은 저도 모르게 고개를 푹 숙였다.

이상하다. 여기는 그러니까, 아저씨 집인데. 집에서 새벽에 여자가 나왔다는 건 무슨 뜻이지?

그러니까, 아저씨처럼 점잖고 반듯한 사람이, 집으로 여자를 불러서 같이……

아, 맞다. 주말 내내 약속이 있다고 했던가? 집에 중요한 손님이 오신다고. 손님이.

그럼 그 손님이 저 여자였던 거야?

들들들, 덜덜덜덜, 파도처럼 밀어닥치는 떨림은 이제 무슨 짓을 해도 멎지 않는다. 윙, 윙, 위위위윙, 귀청이 터질 것같이 시끄럽다.

아저씨는, 나, 나를 사랑하는 게 아니었어? 나를 좋아하는 게 아니었나? 분명히 그런 줄 알았는데?

……내가, 착각에 빠져서 병신 짓을 한 거야?

저 여자는 누구지? 저 여자는 집에서, 주말 내내, 뭘 했을까? 아저씨는 왜 저 여자를 중요한 손님이라고 했지? 저 여자하고, 저렇게 키스도 자연스럽게 하는 여자하고, 밤새 무슨 일을. 섹스 한 번도, 안 해 봤다면서. 그거 거짓말이었어요? 생각하기 싫은데, 눈앞에 보이는 장면은 한 가지 결론만 또렷하게 말하고 있었다.

꼭 쥐었던 손을 펴 보았다. 아크릴 물감으로 얼룩덜룩한 손바닥이 보였다. 덜덜 떨리는 손이 물에 잠긴 것처럼 울렁울렁 흔들린다.

어, 어어?

손바닥 위에서 눈물이 툭, 소리를 내며 부서졌다. 통, 통, 투투툭. 흐, 흐으, 으으, 우연은 두 손으로 입을 막고 울기 시작했다. 왜 우는지는 모르겠는데, 눈물은 걷잡을 수 없었고, 흐느낌은 점점 울부짖음으로 바뀌었다.

덕질, 팬질, 사생질, 이상적이고 순수하고 무조건적이고 고차원적인 사랑까지가 좋았다. 거기서 멈췄어야 했다. 똑똑한 진우연이 그 위험하고 이상한 감정에 이름을 주지 못하도록 미리 쉴드를 치고 있던 거였다.

하지만 멍청한 진우연이 그것도 모르고 함부로 이름을 줘 버렸다. 달콤한, 끈적한, 딸기 무스케이크처럼 이상한 색깔의 그 감정에.

……그렇다고 이렇게 적나라한 방식으로 뭉개 버릴 건 뭐야.

아저씨는 왜, 왜 사랑하지도 않는, 나 같은 애한테…… 그렇게, 그렇게 잘해 주셨어요……?

여자가 탄 차가 골목을 빠져나갈 때까지, 아저씨는 물끄러미 차의 뒷모습만 바라보았다. 그러고도 뭔가 아쉬운 듯, 두어 번 돌아보며 천천히 안으로 들어간다.

철컹.

문 잠기는 소리가 나고도 한참이 지날 때까지 우연은 무릎 사이에 고개를 처박고 꼼짝도 하지 못했다. 부르릉, 시동 걸리는 소리가 들렸다.

"아저씨는 나중에 뵙는 게 좋겠어, 화가 선생. ……내가 시말서 쓰고 말지 뭐."

홍연은 내려가는 내내 울기만 하던 우연에게 이유를 묻지 않았다. 다만 중간에 휴게소에 들러 생수 한 병과 티슈 몇 장을 내밀며 몇 가지 이야기를 툭툭 집어 던지듯 설명해 주었다.

조금 전에 본 여자는, 신문에서 종종 이름이 오르내리던 유미현이라는 뮤지컬 배우라고 했다. 천의 얼굴, 천의 목소리. 어릴 때부터 친구, 한 회장님이 낙점한 며느릿감. 세경홀딩스 대주주인 우성희 이사의 외동딸.

……그리고 약혼녀.

몇 주 전 아저씨의 뉴욕 출장은 약혼녀를 만나기 위한 일정이었고, 저 여자는 어제 있었던 '약혼식'을 위해 잠시 귀국했다가 지금 뉴욕으로 돌아가는 길이라 했다.

"설마 미현 씨가 전무님 댁에 있을 줄은 몰랐지. 정말 미안하게 됐어."

설명을 들어도, 사과를 받아도 눈물은 그치지 않았다. 우연은 발을 구르면서 고함을 질렀다.

"몰라, 몰라, 몰라요. 왜 나한테 그딴 얘기를 해요? 안 들어도 돼요. 약혼자니 뭐니 그딴 얘기 하지 마세요. 미안하긴 왜 미안한데요? 모른다고! 안 듣는다니까!"

홍연은 어깨를 으쓱하더니, 스무 걸음쯤 떨어진 곳으로 가서 담배를 입에 물었다.

우연은 그날 시험을 포기했고, 최홍연 비서실장은 경고 처분을 받았다.

17

트리거

6월 마지막 주, 시험 기간은 찌는 듯이 덥고 지루했다. 우연의 삶은 갑자기 짜증스럽고 지루해졌다. 상담 치료도 알바도 내리 걸렀다. 기말고사 핑계를 댔지만, 시험은 하나도 치르지 않았다. 이젠 전과목에서 F가 나와도 상관없었다.

아저씨에게선 꾸준히 문자가 왔다. '시험공부 잘 하렴.', '더운데 공부하느라 고생 많다, 힘내라.' 같은 짧막하고 의례적인 문자였다. 우연은 그 짧은 문장이 조각조각 부러지고 가루처럼 분해될 때까지 들여다보았다. 그리고 욕을 했다. 좋아하지도 않고 사랑하지도 않는 여자아이에게는, 이따위 짓을 하면 안 된다. 후견인이면 후견인답게, 후원 재단의 대표면 대표답게. 그거면 충분한 것이다. 이렇게 자상하게 챙기고 여지를 주는 건, 헌법으로 강력하게 금지해야 마땅하다.

아저씨는 사형당해 마땅할 큰 죄를 지은 것이다…….

우연이 좋아하는 딸기 무스케이크가 기숙사로 배달되었다. 버릴까, 나눠 줄까 한참 고민했다. 버리자니 아깝고 나눠 주자니 화가 났다. 결국 자신의 배 속에 버리기로 결심했다.

한밤중에 일어나 케이크를 먹었다. 콧물을 훌쩍대며 금박 바닥이 말갛게 되도록 핥아 먹었다. 고맙다는 답장은 하지 않았다. 전화도 하지 않았다. 전화가 와도 받지 않았다. 그래도 별다른 나무람은 없었다.

기숙사를 둘러싸고 있는 수국은 더욱 붉게 타올랐고, 해바라기는 껑충하게 웃자라 생뚱한 존재감을 뻗대었다. 우연은 그들의 조화가 추하고 역겨워지기 시작했다.

점점 깊은 우울감으로 빠져들었다. 기숙사에서, 학교에서, 화장실에서, 편의점에서, 친구와 이야기를 하다가, 아무 이유도 없이 불쑥 눈물이 치솟았다. 언제 눈물이 지뢰처럼 폭발할지 몰라, 친구들을 슬슬 피해 다니기 시작했다. 예전에 힘들었던 일, 앞으로 힘들 일만 자꾸자꾸 꼬리를 물고 떠올랐다. 무기력증이 서서히 우연을 집어삼켰다. 아무것도 하고 싶지 않았고, 아무것도 먹고 싶지 않았다. 잠만 자고 싶은데, 잠도 잘 오지 않았다.

같은 기숙사 친구들이 맛있는 것도 사 주며 토닥여 주었지만, 이유를 알 수 없으니 그들의 위로는 늘 헛수고였다. 우연은 그것도 부담스러웠다. 우울감이 길어지면 옆에서 아무도 버티지 못한다. 친구도, 부모도, 자식도, 사랑하는 사람도. 그건 친구들이나 주변 사람의 잘못이 아니었다. 엄마의 우울과 히스테리가 우연의 잘못이 아니었던 것처럼. 우연은 간신히 얻은 친구들까지 잃고 싶지는 않았다.

지금까지 잘해 나가고 있다고 생각했다. 자신의 힘으로 상처도 잘 극복해 나가고 있는 줄 알았다. 아니었다. 저도 모르게 아저씨를 좋아하고, 저도 모르게 들떠 있느라 덮여 있던 것에 불과했다.

아저씨를 생각하지 말아야 한다는 것을 알면서도, 우연은 조금 기운이 나면 휴대 전화에 매달려 검색만 했다. 이제 검색의 대상은 한이원 전무, 한이원 대표이사가 아니라 '유미현'으로 바뀌었다.

유미현이라는 배우는 두루두루 평이 좋았다. 천의 얼굴, 천의 목소리, 여왕마고, 브로드웨이 진출, 산타바바라 극장 2년 전속 계약. 재벌 3세. 아저씨의 약혼녀라는 말은 아직 돌지 않았지만, 두 사람이 함께 찍힌 사진은 두어 장 돌아다니고 있었다. 얼굴이 모자이크 처리가 되어 있어도 우연은 아저씨를 한눈에 알아볼 수 있었다.

어떤 사진에서든, 여자는 훤칠하고 당당하며 화려했다. 자신은 감히 옆에 서지도 못할 정도였다. 아무리 트집을 잡고 싶어도 아저씨와 잘 어울리는 여자라는 건 부인할 수 없었다. 어떻게든 여자를 깎아내리려는 마음이 너무 추해서, 우연은 그 짓도 그만두었다. 그 정도로 지질해지고 싶지는 않았다.

흥분이 가라앉자 현실이 조금씩 보였다. 보일수록 한심하고 기가 막혀서 눈물이 났는데, 그래도 아저씨를 좋아하는 마음이 없어지지 않아서 또 눈물이 났다.

수업을 빼먹고 침대나 옥상, 학교 앞 편의점에서 멍하니 시간을 보냈다. 반년 전, 이 학교에 오지 못한다 했을 때는 정말 죽고 싶었는데, 지금은 학교에 와 있는데도 죽고 싶었다. 이젠 학교에서 잘려도 아무 상관이 없을 것 같다.

하늘은 왜 이렇게 눈깔을 후벼 파는 것처럼 새파랗고, 햇볕은 왜 이렇게 다리미로 눌러 대는 것처럼 뜨거운지, 이 빌어먹을 눈깔은 왜 시도 때도 없이 질질 눈물을 쏟아 내는지, 우연은 자신과 주변을 이루고 있는 모든 구성 요소가 다 짜증스러웠다.

"……에이 씨."

마지막 시험까지 모조리 째 버린 우연은 학교 앞 편의점 의자에 구부정하니 앉아 코를 훌쩍거렸다. 과제는 다 냈지만, 시험을 모조리 째 버리니 교수와 조교들이 번갈아 문자를 넣고, 같은 과 친구들은 기숙사 방까지 찾아와 야단야단을 한다. 이젠 만사가 다 귀찮았다.

아저씨에게 말하지 않은 게 다행이다. 대문 앞에서 그 장면을 본 게 정말 다행이다. 아저씨가 그 말을 들었으면, 그 그림을 보았으면, 속으로 얼마나 나를 비웃었을까.

아저씨는 왜 서른둘이나 먹은 돈 많은 아저씨일까. 나는 왜 미친년처럼 그런 중년 아저씨를 좋아하게 됐을까. 아저씨가 대학생 정도만 되면 얼마나 좋을까. 나는 왜 금수저 뮤지컬 배우가 아니고, 아빠한테 얻어맞고 성추행이나 당하던 별 볼 일 없는 아이일까. 돈도 많고 귀하게 자라고 능력도 많은 아저씨 눈에는 내가 얼마나 하찮고 우습게 보일까. 동정심으로 도와주던 아이가 자신을 좋아한다고 고백하면 아저씨는 얼마나 같잖고 가소로울까.

우연은 불닭볶음면을 두 개 사 놓고 물을 부었다. 콜라도 한 캔 따서 시원하게 들이켰다. 평소 같으면 매운맛에 공격당한 혀를 위로해 줄 쿨피스가 제격이겠지만, 지금은 콜라가 어울리는 것 같다. 맵고 짠 불닭면에 혓바닥을 온통 긁어 대는 탄산이 들어가면 고통이 극대화되면서 눈물을 철철 흘려도 좋을 듯한 기분이 드는 것이다. 맵짠맵짠으로 가득한 더러운 세상, 시도 때도 없이 눈물이나 질질 쏟는 인간에게 잘 어울리는 해괴하고 불량한 조합이었다.

면이 익는 동안 우연은 콜라를 조금씩 마시며 멍하니 밖을 내다보았다. 편의점 창문 너머로 학교 정문이 보이고, 울퉁불퉁 패고 갈라진 도로로 차가 드문드문 지나간다. 후줄근한 건물들과 텅 빈 운동장에는 따가운 햇볕만 쨍쨍 박히고, 멀찍이 보이는 논에선 어떤 아저씨가 경운기를 덜덜대며 몰고 있다. 머리가 새까만 할머니가 허리를 기역 자로 구부린 채 양손에 소주병을 하나씩 들고 쪼작쪼작 노인정 쪽으로 걸어간다. 비가 오면 진창이 되는 흙바닥에는 개똥과 잡초가 함께 엉겨 있었고, 버스 정류장 옆에서 굴러다니던 수박 껍질은 일주일째 치우는 사람이 없어 새까맣게 파리만 꾀다가 이제 거의 썩어 문드러졌다. 학교 앞에는 작고 납작한 검정 승용차 한 대가 먼지를 뒤집어쓰며 서 있고, 그 앞으로 두 시간마다 한 대씩 다니는 버스가 보얀 먼지를 피우며 지나간다. 친구들이 유배지, 라고 부르는 콩알만 한 학교는 적당히 한적하고 적당히 너저분한 시골 마을에 적당히 어울렸다.

……보고 싶다.

갑자기 아저씨가 보고 싶었다. 아무 인과 관계도 없었다. 저 한적하고 너저분한 풍경을 보니까 그냥 미친 듯이 아저씨가 보고 싶었다. 보면 안 되는 거 아는데, 이놈의 주둥이에서 무슨 정신 나간 소리가 튀어 나갈지 모르는데, 그래도 막무가내로 아저씨가 보고 싶었다.

아저씨는 내가 보고 싶지 않을까. 걱정스럽지 않을까. 내가 조금 아파 보이니까 주말 내내 걱정하시던 아저씨라면, 사랑하는 게 아니라도 조금쯤은 보고 싶지 않을까. 케이크만 보내 주면 다인가. 잘 먹었는지 궁금하지도 않을까.

……등신아. 지금 누굴 원망해? 너 정말 재수 없는 거 알지?

멍청하게 앉아 있는 여자의 모습이 유리창에 희미하게 비쳤다. 라면을 한 젓가락 먹고, 콜라를 한 모금 마시고, 손등으로 눈을 벅벅 문지르고, 또 라면을 한 젓가락 집은 채 코를 훌쩍대고 있는 꼬락서니가 너무나 구차하고 짜증이 났다.

진우연.

꿈결처럼 아련하게 떠오르는 아저씨의 목소리에 우연은 고개를 수그리고 눈을 감았다. 낮고 부드럽지만 심지가 단단한 그 목소리. 우연아. 입속에선 불이 나는데, 눈시울은 간지럽다. 우연은 힘껏 고개를 저었다. 하지만 고개를 아무리 저어도 아저씨의 목소리는 계속 귓가에서 웅웅거린다. 꿀벌이 무거운 공기 속을 유영하듯, 부드럽게, 낮게, 혹은 찐득찐득할 정도로 달콤하게. 우연아, 우연아.

툭, 투툭. 결국 눈물이 발끝으로 떨어져 부서진다.

"우연이 너, 지금 여기서 뭐 하니?"

"……어?"

멍청하게 고개를 들었다. 너무나 생소한 무언가가 눈앞에 덜렁 솟아났다. 어둑한 갈색 눈동자가 우연을 빤히 응시하고 있었다.

아저씨?

손에서 콜라 캔이 툭 떨어져서 아저씨의 발밑에 가 멎었다. 검은 구두 주변으로 갈색 음료가 동그랗게 괴는 모습이 너무 비현실적으로 느껴져서, 우연은 입을 벌린 채 한마디도 하지 못했다.

"너 대체 무슨 일이야. 왜 지금 여기 앉아서 눈물을 짜고 있어. 시험 계속 안 보고 있다며."

"이, 이건 우는 게 아니고 매워서, 그런데 아저씨가 왜, 여기에……. 출근은
요?"

우연은 얼빠진 목소리로 더듬거렸다. 아저씨가 난데없이 삽입된 이 장면은,
아무래도 꿈 같다. 허, 아저씨가 기가 막힌 듯 헛웃음을 지었다.

"지금 네가 내 출근 걱정 할 때야?"

"저, 저기 회사 땡땡이치면 반성문, 아니 시말서……."

"내가 대체 누구한테 시말서를 써! 아니 그보다, 대체 왜 시험을 안 보고 이
러고 있어? 그때도 나 보고 간다더니 그냥 바로 내려가고! 그러더니 연락도 하
나도 안 받고!"

아저씨의 목소리가 높아졌다. 우연은 찔끔하며 고개를 움츠렸다. 입속에서
불덩어리가 화닥화닥 들뛴다.

"……그냥요."

"그냥?"

"네. 그냥요. 저도 학교에 안 갈 자유가 있고…… 시험을 쨀 자유도 있잖아
요."

아저씨는 눈을 가만히 감더니 길게 한숨을 쉬었다. 한 번, 두 번, 그리고 한
번 더. 아저씨는 딱 세 번 숨을 쉬는 것으로 다시 담담하고 조용한 목소리로 돌
아갔다.

"그럼 전화는 왜 안 받은 거니?"

"……그것도 그냥요."

불퉁하게 뻗댔다. 철없고 생각 없고 싹수도 없는 년으로 보이기에 충분할 만
큼. 아저씨가 애초에 작정했던 거리감 이상으로 훠이훠이 멀어질 만큼 충분히
무례하게.

아저씨는 화를 내는 대신 의자를 꺼내 맞은편에 앉더니 차분한 목소리로 말
했다.

"그래. 물론 학교에 가기 싫을 때도 있겠지. 누구나 받기 싫은 전화를 안 받

을 자유도 있지. 그건 나도 충분히 안다. 하지만 내가 걱정할 거라는 생각은 좀 해 주지 그랬니."

이럴 때는 인간적으로 상식적으로 화를 내 주면 좋겠는데.

하지만 아저씨는 그러지 않을 것이다. 아저씨는 감정을 다스리는 훈련을 너무 오래 해 왔다. 비인간적일 만큼. 아저씨는 정을 붙이고 좋아하는 마음을 품어도 될 만큼 빈틈이 있는 사람으로 느껴지지 않는다. 그렇게 생각하던 우연은 문득 소스라쳤다.

나는 왜 화를 잘 안 내는 사람을 비인간적이라 생각하고 있을까.

나는 왜 아빠처럼 화를 잘 내는 사람을 인간적이라 생각하고 있을까.

우연은 참담한 마음으로 아저씨를 올려다보았다. 아저씨는 비인간적이지 않다. 지금까지 만나 본 사람들 중 가장 따뜻하고, 배려가 깊으며, 어른스럽고, 인간적이다. 내가 원하는 그 감정이 아저씨에게 존재하지 않는다 해도, 아저씨가 조건 없이 많은 것을 베풀어 준 것은 틀림없는 사실이었다. 그것도 순수한 선의와 호의만으로.

역시, 내가 아저씨를 좋아했던 게 잘못이다.

그 마음을 멋대로 자라도록 놔둔 게 잘못이야.

걱정이 듬뿍 담긴 저 눈은 지금도 여전히 사람을 끌어당긴다. 아저씨의 눈은 왜 하필 저렇게 깊고 부드러운 세피아일까. 저렇게 황홀하고 따스한 색이 아니라 온통 새까만 색이었으면 아저씨를 조금쯤 덜 좋아할 수도 있었을 텐데. 우연은 한풀 누그러든 목소리로 물었다.

"아저씨, ……저 걱정하셨어요?"

"당연하지 않니. 아프다고 갔는데 치료도 안 받고, 전화도 안 받고, 온다더니 오지도 않고, 상담 치료도 아르바이트도 시험도 다 날려 버리고 있는데 어떻게 걱정이 안 되겠어?"

아저씨가 원망스럽다. 걱정한다는 말 따위 하지 않으면 좋겠다. 이상한 마음이 다시 스멀스멀 기어 올라오지 않게.

"저 잘 지내고 있었어요. 여기까지 귀찮게 안 내려오셔도 되는데……. 아, 맞다. 제가 뭔가 잘못되면 아저씨 재단에서 책임지셔야 하는 건가요? 그래서 여기까지……."

순간 아저씨의 얼굴이 딱딱하게 굳었다.

"우연아. 아저씨하고 너하고 그 정도 사이밖에 안 됐었니?"

아저씨는 화가 났다기보다 상처를 입은 것처럼 보였다.

물론 그 정도 사이밖에 안 되지는 않는다.

그래서 문제인 거예요. 아저씨. 그래서…….

"너 같으면 걱정이 안 되겠어? 무슨 일이 생겼나, 혹시 많이 아픈가, 내가 염려하는 마음을 안다면 전화 정도는 받아 주었어야…… 우연아!"

말을 멈춘 아저씨의 얼굴에 당혹스러운 표정이 퍼져 나갔다. 우연의 눈에서 눈물이 주르르 흘러내리기 시작했던 것이다.

……안 되겠어, 나 어떡해…….

아저씨는 왜 그딴 말을 함부로 하고 그러세요. 나더러 어떡하라고. 나한테 대체!

이런 상황에서도, 아저씨를 보자마자 좋아라 하며 날뛰는 마음이 미친 것 같다. 이 빌어먹을 감정은 그냥 폭군이었다.

이성과 의지는 이 폭군의 횡포에 끔찍하게 무기력했다. 머리채를 잡힌 채 질질 끌려다닐 때, 멱살을 잡혀 베란다에 대롱대롱 매달렸을 때, 축 늘어진 다리를 타고 오줌이 흘러내리는데 손조차 올리지 못하는 무력하고 절망적인 느낌과 비슷했다.

저 말에 넘어가면 안 돼. 네 마음을 눌러야 해, 뭉개 버려야 해.

아저씨는 약혼녀가 있어, 조건 잘 맞고, 나이도 잘 맞고, 예쁘고, 능력 있는 여자가 있어.

키스도 하고, 허리도 만지고, 이제 같이 섹스도 했을…… 여자가.

병신처럼 이렇게 질질 끌려가면 너만 죽어…….

머리로는 안다. 머리로만 안다. 몸은 반항하지 못한다. 마음도 반항하지 못한다.

항복해. 포기하면 편해. 인정해. 그냥 말해 버려. 당장 말해 버리라고!

좋아하는 감정이 죄가 아니잖아. 한 번은 확인해 보기로 했잖아. 용기백배해서!

우연은 두 손으로 얼굴을 감쌌다. 아저씨의 목소리가 단번에 높아진다.

"우연아, 왜 그래. 정말…… 무슨 일이 있었어?"

"어, 없어요, 하나도, 없어요, 그냥, 그냥……."

우연은 밖으로 튀어 나가려는 말을 삼키고, 삼키고, 계속 삼켰다. 하지만 아저씨는 정말로 끈덕지게 대답을 기다렸다.

"내가 너무 한심하고 싫어서 그래요. 기억을 모조리 지워 버리고 싶어요. 뇌 속을 박박 긁어내고 싶다고요!"

차라리 그날 그 장면을 못 보는 게 좋았을 텐데. 아니, 아저씨한테 고백했다가 그 자리에서 대놓고 거절당하는 게 좋았을 텐데. 그럼 아저씨가 여기까지 내려올 일도 없었을 텐데.

아저씨가 좋아, 너무 좋아, 미칠 것처럼 좋아.

나는 아저씨를 사랑해!

주인을 찾아낸 고백은 구역질처럼 계속 치밀어 올랐다. 꾸역꾸역 그것을 삼키려니 목구멍이 찢어지는 것처럼 아팠다. 우연은 고개를 숙이고 목멘 소리로 중얼거렸다.

"아저씨, 죄송해요. 내 감정이 맘대로 안 돼요. 그게 내 머리채를 잡고 질질 끌고 다니는 거 같아요. 그런데 뭘 어떻게 해야 할지 잘 모르겠어요……."

"……제기랄."

아저씨가 짤막하게 욕설을 뱉는 것이 낯설다. 턱 아래의 근육이 복숭아씨 모양으로 날카롭게 곤두선다.

아저씨는 한참 만에야 무겁게 입을 뗐다.

"그랬구나. 많이 밝아진 것 같아서 안심하고 있었는데 그동안 계속 힘들었구나. 미안하다. 내가 진작 알아차리고 더 신경을 썼어야 했는데."

……이건 무슨?

아아. 우연은 아저씨가 오해한 것을 바로 알아차렸다. 경조증에서 울증으로 주기가 바뀌어서 이러는 거라고 생각하는 것이다.

하지만 정정해 줄 용기는 나지 않았다. 다행이야, 오히려 다행이야. 괜찮아, 더 말해, 조금 더 말해 봐! 속에 숨어 있던 다른 진우연이 계속 자신을 충동질한다.

"진작 알아차려요? 제 마음을요? 아저씨가 무슨 재주로요?"

"우연아."

"아저씨는 절대 모르실 거예요. 영원히 모르실 거예요……."

아저씨는 이런 사랑을 해 보았을까. 시작도 하기 전에 제 손으로 짓뭉개야 하는 그런 암담한 사랑을 해 보았을까. 이렇게 몸이 찢어지는 듯한 상실감을 겪어 본 적이 있을까. 하지만 그래도 여전히 사랑하고야 마는 끔찍한 기분을 알까. 그것을 의지로 막지 못하고 질질 끌려가는 그 절망감을 아저씨는 알까.

아저씨는 괴로운 듯 고개를 저었다.

"……그래, 나는 잘 몰라. 네가 그렇게 힘들어했던 경험을 어떻게 감히 안다고 하겠니. 미안해. 다 이해하지 못해서 미안해. 그러니까, 우연아."

"아, 씨! 하지 마세요! 미안하다는 말 좀 안 하면 안 돼요? 왜 잘못한 것도 없으면서 자꾸…… 흐, 씨!"

"그래, 안 할게. 미안, 안 할게."

아저씨는 미안하다는 말을 안 하겠다는 순간까지 미안해했다. 왜 아저씨의 세상엔 미안한 것밖에 없을까, 왜!

"일단 서울로 가자. 며칠 쉬면서 치료부터 받자."

"안 가도 돼요, 흐으, 치료 안 받아. 하, 학교 가야 해요. 기, 기말고사가……."

"지금까지 시험 모조리 날려 먹은 놈이 시험 핑계를 대고 있어? 손 원장님한테 치료받는 게 더 급해."

"정신과 약 안 먹어요! 먹을 필요 없어요!"

아저씨, 이거 조울증 아니에요. 저도 모르게 사랑에 빠졌다가, 시작도 못 하고 끝장이 난 것뿐이에요. 실연해서 슬프다고 정신과 약을 먹진 않잖아요.

하지만 우연은 입을 다물었다. 자신의 감정이 정상이라고 확신하는 것은 항상 어려웠다. 천국에 있다가 갑자기 지옥으로 떨어진 것처럼 극단적으로 느껴지는 이 감정 변화가, 정상적인 범위인지 확신할 수 없다. 다른 사람으로 살아본 적이 없으니 '정상적인 감정 변화'가 어느 정도인지 감이 잡히지 않는다.

"기록에 남는 것 때문에 그래? 아직도 엄마 말에 그렇게 매여 있을 거야? 몸이든 마음이든 아프면 약 먹으면서 치료하는 게 당연한 거야."

목소리를 높이려던 아저씨는 이내 이마를 짚고 고개를 흔들었다. '필요하면 강제로 약 먹여도 된다'는 말을 분명 떠올렸을 테지만, 아저씨는 반발심을 불러일으킬 만할 말을 신중하게 잘 거르는 편이었다. 차분하게 가라앉은 목소리가 흘러나왔다.

"그래. 걱정하는 거 충분히 이해한다. 그럼 기록에 안 남게 하면 괜찮겠지?"

"그래도 싫어요. 저는 지금 분명 우울하지만, 조울증은 아니라고요."

아저씨는 눈썹을 찡그리고 가늘게 한숨을 쉰다. 우연은 조용히 목소리를 낮췄다.

"아저씨, 제가 왜 아픈지는 제가 제일 잘 알아요. 이건 상담받고 약 먹어서 치료되는 병 아니에요."

"진단이나 치료는 네가 하는 게 아니고, 의사 선생님이 하시는 거야."

"아니에요. 절 여기까지 회복시킨 건, 의사 선생님이 아니고 아저씨였어요."

놀랍게도 아저씨는 그 말에 반박하지 않는다. 우연은 가슴을 지그시 누르며 중얼거렸다.

"……아저씨는 제가 지금 왜 아픈지 모르세요. 얼마나 아픈지 모르세요. 아무엇도 모르세요."

모르시는 게 좋아요. 끝까지 모르시는 게 좋아요, 하는 말은 용케 삼켰다. 아저씨는 우연을 물끄러미 내려다보더니 무겁게 한숨을 토했다.

"네가 아픈 만큼 나도 아프면 좋을 텐데. 그럼 좀 더 잘 이해할 수 있을 텐데. 네가 왜 아직도 이렇게 아파하는지, 얼마나 아파하는지……. 그러지 못해서 정말 미안하다."

그 말을 듣자마자 이제 눈물이 폭포처럼 쏟아져 나왔다.

우연은 예전에 그랬던 것처럼 아저씨에게 기대 흐느끼기 시작했다. 설지 않은 향기가 코로 한 가닥 스며든다. 아저씨의 체취가 스며든 은은한 향이 코의 점막을 손톱처럼 긁어 댄다. 이제 몸은 아저씨와 관련된 것이면 뭐든지 지나치게 선명히 감각한다.

아저씨의 동작이 지난번보다 조심스러워졌다는 것이 느껴진다. 그는 지난번처럼 끌어안고 진정시키는 대신, 커다란 손으로 어깨를 조심스럽게 토닥인다. 하지만 그 조심스러운 움직임은 여전히, 너무나도 따뜻했다.

우연은 아저씨의 가슴에 얼굴을 대고 조금 더 울었다. 아저씨는 그것까지 밀어내지는 않았다. 아저씨의 날숨이 너무 달고, 아저씨의 손이 너무 크고, 아저씨의 품이 너무 넓다는 느낌뿐이었다. 아저씨의 품 안에서 자신은 먼지만큼 작았다.

얇은 천을 사이에 두고 아저씨의 심장 소리가 희미하게 느껴졌다. 짙은 안개를 뚫고 퍼지는 큰북의 울림처럼 길고, 깊고, 넓은 소리다. 그의 목소리만큼이나 굵고 차분하며, 그의 말투처럼 부드럽고 단 소리였다.

아저씨도 자신과 똑같이 심장을 갖고 있다는 것이 이상했다. 아저씨도 피부 속에 지방과 근육이 있고, 갈비뼈가 있고, 심장이 있고, 그곳에서 붉고 뜨거운 피가 북소리를 내며 내닫고 있다는 것이 이상했다. 그리고 그것을 이상하게 느끼는 자신이 더 이상했다. 모든 것이 생소하고, 신비롭고, 자꾸자꾸 이상했다.

와이셔츠의 희고 얇은 천은 눈물에 흥건하게 젖어 가면서 뒤에 감추고 있던 피부를 반투명하게 드러냈다. 아저씨의 속살은 얼굴보다 희었고, 감춰진 근육은 단단하고 날카로운 굴곡을 갖고 있었다. 맞닿은 체온은 따뜻하다기보다 뜨거웠다.

눈앞이 아뜩해지면서 어떤 색이 머릿속에 안개처럼 피어오른다. 마젠타, 오페라, 철쭉, 꽃분홍. 그림 속에서 아저씨를 지배했던 천박한 붉은색들이 머릿속에 자욱해진다. 속이 부글부글 끓어오르고, 몸의 깊은 구석이 가려워지기 시작했다.

가려움증은 아저씨의 목을 끌어안고 입을 맞추던 여자의 기억을 되살렸다. 그 여자는 아저씨의 어깨를 끌어 내리고 두 손으로 얼굴을 끌어당겨 키스를 했다. 이 가슴에 안겨서, 그렇게 당당하게, 그렇게 오래오래. 이제 가려움증은 그곳을 도려내고 싶을 만큼 극심해졌다.

그 여자는 내가 지금 느끼는 이런 촉감을 알고 있을까.

당연히 그렇겠지.

그 여자도 내가 느끼는 이런 감정을 품고 있을까.

당연히 그렇겠지.

아저씨는 그 여자에게 같은 감정을 품고 있을까.

……당연히 그렇겠지.

그럼…… 두 사람은 이런 촉감 정도는 익숙할까.

우연은 생각을 멈췄다. 대답이 튀어나오기 전에 필사적으로 생각의 꼬리를 뒤로 잡아끌었다. 아니, 아니겠지. 아니었으면 좋겠다. 절대, 절대로! 고래고래 악을 쓰는 사이로 선명한 대답이 튀어나온다.

당연히 그렇겠지! 당연히 익숙하고, 당연히 모든 것을 나눈 사이겠지! 보고 싶다는 이유로 갑자기 뉴욕으로 날아갈 만큼 열렬한 사이니까!

약혼녀인데, 그 먼 곳까지 가서…… 손만 잡고 키스만 하고 오진 않았을 거야. 집에서 재우면서, 굿 나잇 키스만 하고 방문을 닫지는 않았을 거 아니야.

아저씨는…… 그게 첫 번째 섹스였을 것이다. 느낌이 어땠을까. 얼마나 좋앉을까. 절대 잊지 못하겠지. 그 여자는 또 아저씨에게 안겨서 얼마나 황홀했을까.

발끝에 떨어진 눈물이 퍽퍽 소리를 내며 깨져 나간다. 세상은 공평하지 않다. 세상을 만든 것이 아저씨가 믿는 신이라면, 그 신도 공평하지 않다. 나도 아저씨를 좋아하는데, 아저씨의 심장 소리와, 뜨거운 체온과, 부드럽고 따뜻한 목소리를 차지하는 건 그 여자가 될 것이다. 아니, 아저씨는 이미 그 여자의 사람이다.

그리고 나는 이렇게 옷이나 질척하게 더럽혀 놓고는 바로 물러나야 한다. 그것이 세상이 공평치 않게 만들어졌음의 증거다.

"아저씨, 앞으론 안 이럴게요. 다시는 안 이럴게요. 오늘만 좀 봐주세요."

"괜찮아. 힘들면 언제든지 얘기해도 돼."

아저씨는 자신의 약속을 기억하고 있었다. 돈을 쏟아붓든, 약을 쏟아붓든, 자신이 단단한 바위가 되어 불안정한 나를 받쳐 준다고 했었다.

하지만 이건 아저씨가 받쳐 줄 수 있는 영역이 아니다. 아저씨는 그러지 못할 것이다. 내가 아는 한이원, 그 신중하고 반듯한 아저씨라면 사랑하는 약혼녀를 곁에 두고 절대.

"아니에요. 다음에 만날 땐 원래 진우연으로 돌아와 있을게요."

"이것도 원래의 진우연이잖아."

아저씨가 짧게 웃는 소리가 뺨을 통해 몸을 통과한다.

"어느 쪽의 진우연이든 충분히 멋있어. 괜찮아."

아저씨의 말은 혀가 아릴 만큼 달고, 목구멍을 긁는 것처럼 따갑다. 아저씨의 발을 끈적하게 두르고 있는 저 불량하고 중독성 강한 갈색의 음료처럼.

"상태가 뭔가 아니다 싶으면 바로 전화해. 버티면 더 힘들어. 치료받으면 바로 좋아질 거야."

"……"

"매일 너를 위해서 기도하고 있다. 네 마음의 상처가 치유되기를. 네 재능이

332

세상에서 눈부시게 피어나기를. 남은 인생 내내, 눈물 대신 웃을 일만 남아 있기를……."

"분수없이 좋은 것만 탐내다간 반드시 값을 치르게 된대요."

우연은 급하게 말을 잘랐다. 그 말은 자신에게 하는 경고이기도 했다. 하지만 아저씨는 고개를 저으며 담담하게 웃었다.

"하느님한테, 그 값은 내 앞으로 달아 놔 주세요, 할게. 그러니 걱정 말고 맘껏 탐내도 돼."

난 이 중독에서 영영 못 벗어날지도 몰라.

절망에 가까운 확신에, 우연은 아저씨를 올려다보며 힘껏 웃었다.

□　■　□

"야 진우연, 너 시험 다섯 과목 모조리 쨌다며? 제정신 아니지 엉?"

"조교 선생님이 네 걱정을 다 한다? 너 어떻게 된 거냐고! 수습 안 될 수도 있다고, 한번 와 보래."

기숙사로 돌아간 우연은, 방에서 씩씩대며 기다리던 친구들과 정면으로 맞닥뜨렸다. 같은 과 현영이와 미지였다. 옆에서 혜진이도 끼어들어 대체 무슨 일이야, 너 요새 밥은 먹고 다니냐? 끝없이 물어보고 걱정을 해 댄다. 행복할 때는 친구들의 애정 어린 관심이 좋았지만, 이제는 말 한 마디 한 마디가 짜증스럽고 힘들었다.

"아 씨, 쫓겨나든 말든 다 귀찮아. 식당도 가기 싫어. 움직이기도 힘들다고!"

"그러면서 아침저녁 편의점으로 등교하냐!"

현영이가 큰 소리로 투덜대더니, 침대 사다리를 오르던 우연을 1층 침대로 주저앉혔다.

"할 말이 있어서 아까부터 기다렸단 말이야. 유선이도 지민이도 다 너 들어오는 것만 기다렸어."

"나를 왜? 시험 다 끝났으면 빨리 집에 갈 생각 안 하고."

"오늘 학교에 유명한 미술 잡지 기자 왔었다?"

"그게 뭐?"

우연은 심드렁한 목소리로 이불 속으로 파고들었다. 아무 얘기도 듣기 싫었다. 하지만 현영이는 끈질기게 이야기를 이었다.

"우리 과 애들이랑 수위 아저씨가 학교 담장에 노상 방뇨 하는 인간을 잡았다? 그런데 알고 보니 미술 잡지 '아트가디언' 기자라는 거야."

"순수 미술 계열 학과에 재학 중인 신입생들을 취재하는 중인데, 유명한 미술 영재나 기관 특별 후원을 받는 학생들을 중점적으로 다룬다는 거야."

"한 달 후에 특집 기사가 나간대."

"어쩐지 요 며칠 편의점 근처에서 몇 번 본 것 같더라니."

미술 영재 좋아하시네. 이 깡촌 예대에 무슨 놈의 영재야. 뭐 취재할 게 있다고. 근데 개새끼도 아니면서 왜 학교 담벼락에 오줌을 싸. 우연은 짜증스럽게 물었다.

"그래서?"

"그래서는 뭘 그래서야. 서림예대 회화과에서 제일 눈에 띄는 신입생이 누구겠냐? 나도 그렇고, 다른 애들도 죄다 진우연이라고 한 거지! 만장일치! 완전 대박! 야, 빨리 고맙다고 안 해?"

우연은 이불에 파묻힌 채 한숨을 쉬었다. 몇 주 전만 해도 이런 말을 들었으면 아저씨에게 자랑할 생각에 하늘을 날아다닐 것 같았겠지만, 지금은 부담스럽고 거북하기만 했다.

"그래서 그 얘기 하려고 나 기다린 거야?"

"당연하지! 기자 아저씨가, 그럼 너하고 인터뷰 좀 할 수 있냐고 하더라. 취재에 응해 주면 학교로 잡지도 보내 주고 사례비도 20만 원이나 준대."

"우연아, 갈 거면 얼른 가 봐, 기자 아저씨 지금 햄버거 가게에 있어."

어느새 들어왔는지 옆방의 유선이가 끼어들어서 조른다.

"싫어, 개새끼도 아닌데 학교 담장에 노상 방뇨나 하는 놈은 다 꼴 보기 싫어."

"그러게. 우연이 요새 몸도 안 좋은데 적당히들 좀 해라. 기자 아저씨한테, 학교나 교수님한테 정식으로 신청하라고 하든가. 이게 뭐냐?"

중간에 혜진이도 끼어들어 말려 보았지만, 친구들의 열광적인 반응은 사그라지지 않았다.

"20만 원이라니까! 그 돈이면 불닭 컵라면에 쿨피스가 100세트야. 그리고 너, 아트가디언에 인터뷰 올라가기 얼마나 어려운지 알아? 그거 유명한 잡지야. 어지간한 화랑, 갤러리에서 다 구독한다고. 나오기만 하면 땡잡은 거야, 너!"

아, 우연은 조건 반사처럼 고개를 끄덕였다. 땡을 잡았는지 어쨌는지는 모르겠지만 불닭볶음에 쿨피스는 굉장히 설득력이 있다. 쿨피스 대신 콜라도 괜찮겠지. 불닭에 콜라는 인간의 자극 한계치를 증폭시키는 사악한 조합이다. 심지어 그 악마의 콜라보는 중독성마저 강했다. 어느새 옆방에서 달려온 지민이도 합세했다.

"혼자 인터뷰하기 쪽팔리면 우리랑 같이 가자. 학교에서도 잡지에 이름 나오면 좋아할걸? 너 나오면 그거 수백 권 사다 놓고 학교 홍보할 때마다 써먹을걸?"

"아, 갈 거야, 말 거야? 기회는 날이면 날마다 오는 게 아니라고."

우연은 드디어 무거운 엉덩이를 떼고 일어났다. 조금 으쓱한 기분도 있었고, 아저씨에게 자신의 사진이 실린 잡지를 보여 주고 싶다는 생각도 들었다. 유미현, 그 멋진 여자만큼은 아니지만, '나도 잡지에서 얼굴 내밀 정도는 돼요.' 하고 자랑하고 싶었다. 그냥 하찮고 불쌍한 아이가 아니라, 능력 있고, 좀 더 봐 줄 만한 사람으로 보이고 싶었다. 대단하다, 장하다, 기특하다, 그런 말이라도 듣고 싶었다.

······그런, 말이라도.

우연은 친구들에게 둘러싸여 햄버거 가게로 들어섰다. 일전에 이원 아저씨와 함께 앉아 있던 그 구석 자리를 향해 친구들이 손을 흔들어 보인다. 그곳에 앉아 있던 선글라스를 낀 점퍼 차림의 사내가 자리에서 벌떡 일어난다. 순간 앞이 노래졌다.

"아아악!"

우연은 혜진의 손을 뿌리치고 문을 박차고 나왔다.

"어? 우연아! 야, 왜 그래! 잠깐만 기다려 봐!"

친구들의 놀란 목소리가 뒤에서 왕왕대며 쫓아온다. 우연은 귀를 틀어막고 달렸다. 신호등이 빨간불인데도 그대로 건너서 학교를 향해 미친 듯이 달렸다.

아빠, 아빠가 왜 여기에 와 있는 거야!

접근 금지 명령. 학교와 거주지 반경 백 미터 이내. 학교에서 햄버거 가게까지 백 미터가 되는지 안 되는지는 모르지만, 아빠가 눈앞에 와 있는 이상 그따위 법을 따지기는 글러 먹었다. 우연아! 기다려! 놀란 친구들의 목소리가 급하게 따라오지만 설명할 틈조차 없었다.

앞이 노랬다 하   다 한다. 아무리 달려도 교문까지 도착할 수 없다. 구역질이 치밀고 숨이 막힌다. 그대로 죽을 것 같다. 우연은 목을 움켜잡은 채 땅바닥에 나동그라졌다.

"학생, 왜, 왜 그래?"

경비실에 있던 수위 아저씨와 막 교문을 나서던 교수님 한 분이 놀란 얼굴로 뛰어온다. 친구들도 뒤에서 비명을 지르며 달려온다. 하지만 아빠는 더 빨리 달려왔다.

접근 금지 명령 따위는 아무 소용 없었다. 아빠는 법을 안 지키는 것이 똑똑한 것이라는 확신이 있었고, 법보다 주먹이라는 신념도 있었다. 모르고 믿은 아저씨는 순진했고, 알면서 믿은 자신은 멍청했다. 우연은 목을 움켜쥐고 땅바닥에서 버르적거렸다. 팔꿈치와 무릎이 시멘트 바닥에 갈리는데 아픈 것도 느껴지지 않는다.

"아, 아저씨, 살려 주세. 나, 나 좀 살려 주세……."

"이거 놔, 왜 이래! 난 저 아이하고 할 말이 있어!"

친구들이 아빠의 팔다리에 다급하게 달라붙는다. 아빠는 혜진이와 유선이를 걷어차며 다시 다가왔지만, 교수님과 수위 아저씨가 우연을 황급히 학교 안으로 끌어들였다. 사람 살려! 사람 살려요! 혜진이가 고함을 지르자, 멀리서 고개를 갸웃대며 바라보던 학생들이 황급히 뛰어온다.

아빠는 바로 말투를 바꿔 애걸하기 시작했다.

"우연아, 제발 잠깐만 기다려. 아빠랑 말 좀 하자! 엄마 아빠가 대체 무슨 잘못을 했다고 이러냐?"

아빠라는 것을 알게 된 순간 친구들이 눈을 동그랗게 뜨며 주춤거린다. 교수님과 수위 아저씨의 표정도 멍청해진다. 아빠가 한 걸음씩 다가오는데 아무도 막지 않는다.

"저, 정말 아버님 맞니?"

교수님의 조심스러운 속삭임에 우연은 아니라고 대답할 수 없었다. 아빠는 둘러싼 사람들을 향해서 목멘 소리로 말했다.

"딸 얼굴 한번 보자는 게 무슨 잘못입니까?"

"……."

"집안 형편이 좋지 않아 대학 학비 못 대 준다고 했는데, 그게 섭섭했는지 바로 가출을 했어요. 억장이 무너집니다. 다른 집처럼 넉넉히 못 대 주는 아비 마음이 어떤지도 모르고. 제가 오죽하면 화를 냈겠습니까. 그런데, 그게 친딸 얼굴도 못 볼 만큼 큰 잘못입니까? 대체 무슨 법이 이렇습니까."

안 돼. 믿지 마세요. 저 말만 번드르르한 개새끼, 제발 믿지 마! 접근 금지, 접근 금지라고!

우연은 우들우들 떨며 전화기를 들었다. 이제는 한 가지 말고는 아무것도 생

337

각나지 않는다. 아저씨, 살려 주세요. 나 좀 살려 주세요. 전화기 위로 물이 줄줄 떨어지는 것을 보고야 우연은 자신이 울고 있다는 것을 알았다.

"아저……. 아저씨? 이원 아저씨……."

우연은 필사적으로 목소리를 쥐어짰다. 사, 살려 주세요, 아빠가 오는데 왜 아무도 안 막아, 나 좀 살려 줘요. 아저씨, 아저씨.

어디까지 들으셨는지 모르겠다. "최 실장, 서림예대로 돌아갑시다, 당장!" 하는 다급한 목소리가 우연의 마지막 기억이었다. 우연아, 금방 가마. 조금만 기다려. 하는 목소리는 실제였는지 환청이었는지 아득했고, 이내 하늘이 새까매졌다.

□　■　□

혜진은 의자에 두 다리를 꼭 붙인 채 몸을 달달 떨었다. 우연이는 의식을 잃고 침대에 누워 있었다.

우연이가 부모님과 그런 관계일 줄은 상상도 하지 못했다. 다만 사감 선생님은 우연의 부모님이 접근 금지 상태인 것을 알고 있었다.

어쩐지. 기자 이야기를 들었을 때 느낌이 좀 이상하긴 했었다. 학교 담벼락에 노상 방뇨나 하던 놈이 기자라니. 학교나 교수님에게 정식 신청을 한 것도 아니고, 햄버거 가게에서 친구들과 인터뷰라니. 생각할수록 이상하지 않은가. 최근 우울해하던 우연이에게 활력이 될 것 같아서 끝까지 말리지 않고 따라간 게 그렇게 후회가 되었다.

우연이는 눈을 꼭 감은 채 계속 헛소리를 했다. 아저씨, 아저씨. 저 좀 살려 주세요, 아저씨, 제발 저 좀, 살려, 죽고 싶지 않아, 살려 주세요.

"오랜만이에요, 혜진 학생."

뒤에서 들린 낮고 굵은 목소리에 혜진은 크게 소스라쳤다. 눈앞에는 전에 친구를 태우러 왔던 키 크고 잘생긴 기사 아저씨가 서 있었다. 뒤이어 사감 선생님과 보건실의 담당 간호사, 그리고 동그란 안경을 쓴 정장 차림의 남자가 따라 들어왔다. 동그란 안경이 나서서 사감 선생님에게 기사 아저씨를 소개했다.

"세경그룹 대표이사 한이원 전무님입니다. 현재 이원메세나재단 이사장으로 진우연 학생을 후원하고 계시고요."

"아, 가끔 전화 주시던 이사장님이시군요. 말씀 많이 들었습니다."

사감 선생님이 고개를 숙이고 악수를 한다. 혜진은 기절할 듯 놀라서, 사감 선생님이 상황을 설명하라고 서너 번이나 눈짓하는데도 입만 멍청하게 벌리고 서 있었다.

"일주일 전쯤인가? 시험 기간 직전부터 우연이가 이상해지기 시작했어요……."

혜진은 덜덜 떨리는 목소리로 우연의 급격한 변화를 이야기했다. 갑자기 시작된 무기력증, 깊은 우울, 시험 포기, 불면, 거식과 폭식, 그리고 며칠 전부터 학교 인근에서 보이던 키가 작고 몸이 땅땅한 선글라스 아저씨, 미술 잡지 기자라는 말에 속아 우연이가 햄버거 가게에 간 것까지 주섬주섬 늘어놓았다. 아빠라는 사람이 도망치는 우연이를 학교 앞까지 쫓아왔다는 이야기를 했을 때는 아저씨의 얼굴이 푸르게 변했다.

"접근 금지 명령은 분명 제대로 나왔는데…… 어찌 된 일인지 모르겠군요."

"햄버거 매장이나 정류장 정도는 반경 100미터에 해당하지 않을 겁니다."

선생님과 이사장님과의 대화는 길게 이어지지 못했다. 아저씨, 아저씨……. 침대에 누운 친구가 손을 허우적대며 아저씨를 찾고 있었다. 이사장 아저씨는 황급히 침대 옆으로 다가가 허리를 수그렸다.

"우연아, 괜찮니? 정신이 좀 드니?"

"무서워, 살려, 나, 나 좀 살려 주세요, 아저씨, 무서워요."

친구의 꽉 감은 눈꼬리로 눈물이 왈칵 쏟아졌다. 목에서는 꺽꺽대는 소리가 흘러나온다.

"아저씨, 나 좀 살려 줘요. 나, 나 좀 숨겨 주세요. 무서워, 무서워서, 흐으,

누, 누가 나 좀 어떻게 해 줘."

의식이 없는 중에도 눈물범벅으로 애걸하는 친구를 보자, 이사장 아저씨의 눈에서 불꽃이 튀었다. 하지만 아저씨는 주먹을 꽉 움켜쥐기만 할 뿐, 버둥대는 손조차 잡아 주지 않고 가만히 내려다보기만 한다.

"사감 선생님. 기숙사는 방학 때 문을 닫습니까?"

"네, 종강하고 일주일 정도까지 더 있다가 문을 닫고, 개강 일주일 전에 다시 열어요."

"그럼 우연이는 지금 퇴실하는 거로 하겠습니다. 바로 서울로 데려가서 치료부터 받아야 할 것 같습니다. 수속 좀 부탁드리겠습니다."

사감 선생님이 급하게 고개를 끄덕이며 사무실로 내려간다.

"최 실장님."

"예, 전무님."

"간호사님하고 우연이 좀 차로 옮겨 주세요. 정 박사님께도 연락 넣어 주시고요. 서울로 바로 올라가도록 하겠습니다."

우연이가 키 큰 간호사님의 등에 업혀 내려가는 동안, 아저씨는 우연의 책상과 침대를 찬찬히 훑어보았다. 가까이서 본 아저씨는 생각보다 훨씬 컸고 어깨와 등이 넓었다. 좁은 방에 서 있으니 뒷모습이 더욱 거대하게 보였다.

'아저씨, 저 좀 살려 주세요. 아저씨, 무서워요. ……누가 나 좀 어떻게 해 줘.'

친구의 절박한 목소리, 아저씨에 대해 이야기하면서 세상 행복한 표정을 짓던 친구의 발그레한 얼굴. 불현듯 친구가 아저씨에게 갖고 있는 감정이 이상하게 느껴지기 시작했다.

아저씨의 표정은 지난번과 그다지 다르지 않다. 아까 순간적으로 보여 주었던 표정은 깨끗이 사라지고 지금은 침착하고 차분하다. 그는 우연의 책상과 침대 주변을 찬찬히 살펴보더니 조심스럽게 입을 열었다.

"혜진 학생. 우연이는 당분간 서울에서 머물러야 할 것 같은데, 혹시 우연이가 자주 사용하는 물건이나 필요한 소지품, 옷가지 몇 가지만 챙겨 줄 수 있겠어요?"

여학생 물품이라 함부로 뒤지면 안 된다고 생각하시나 보다. 혜진은 커다란 배낭에 친구가 잘 입는 여름옷과 속옷, 생리대와 연습장, 미술용품이 든 필통, 학용품, 휴대 전화, 충전기 따위를 주섬주섬 챙겨 넣었다.

"고마워요. 폐가 많았어요."

아저씨가 가방을 들고 나가려 할 때, 혜진은 급하게 그를 불러 세웠다.

"저, 저것도 한번 확인해 주세요. 우연이가 박아 둔 건데…… 차 가져오신 김에 갖고 가시는 게 좋을 것 같아서요."

혜진은 구석에 놓인 사물함을 가리켰다. 사물함 뒤쪽으로 살짝 떠 있는 공간에는 우연이 억지로 틀어박아 놓은 커다란 짐 뭉치가 있었다. 종이로 둘둘 싸여 있어서 내용물을 본 적은 없었다.

"음? 이건……?"

사물함을 앞으로 당기고 커다란 짐을 끄집어낸 아저씨가 눈을 크게 뜬다. 짐은 혜진의 생각보다 훨씬 거대했다. 적어도 우연이의 키보다 큰 것은 분명했다. 아저씨가 눈썹을 찌푸린다.

"이게…… 뭐지? 그림인가요?"

"본 적은 없지만 그림이라고 들었어요. 아저씨 그림이라고 손도 못 대게 하던데요."

"내 ……그림? 이렇게 큰 그림을 그렸다는 얘기는 못 들었는데……. 분명 내 그림이라고 했어요?"

"네."

짙은 눈썹머리가 더욱 깊이 모여든다. 그는 잠시 망설이다 끈을 풀기 시작했다. 단단한 매듭을 푸는 움직임이 신경질적으로 느껴진다. 손이 가늘게 떨리는 것이 보인다.

드디어 몇 겹으로 싸인 종이가 벗겨지고, 그림이 햇빛 아래 확 드러났다. 헉,

크게 숨을 들이쉬는 소리가 들렸다.

"이…… 이건."

세상에 맙소사.

혜진은 그림을 보자마자 그대로 기절하는 줄 알았다.

미쳤다, 우연이 저 애는 진짜 미쳤다.

그림의 주인공이 누구인지는 한눈에 알아볼 수 있었다. 화사하고 농밀한 분홍색에 한껏 물든 주인공은, 눈앞에 서 있는 점잖고 묵직한 이 남자가 틀림없었다. 하지만 극도로 사실적으로 묘사된 얼굴과 손, 세로로 길게 늘어진 남색 넥타이와 은색 포크는 눈이 아릴 정도의 분홍색, 자주색, 붉은색 물결에 휩싸여 초현실적인 분위기를 만들어 냈다. 특히 잎이 조금씩 시들어 가는 붉은 해바라기는 환상의 세계 속에서 둥둥 부유하는 듯했다.

그 한가운데서, 눈앞의 사내는 윤기를 머금은 입술을 핏빛이 선명한 혀로 핥으며 사랑스럽게 웃고 있었다.

그림의 주인공은 그림 앞에서 돌처럼 굳은 채 꼼짝도 하지 않았다. 커다랗게 벌어진 눈, 살짝 벌어진 입술, 후드드, 후드드, 두 손이, 어깨가 경련하듯 발작적으로 떨리는 것이 보인다. 그가 두 손을 모아 힘껏 그러쥔다. 그러자 떨림은 온몸으로 퍼져 나간다. 아저씨는 한참이 지나서야 전화기를 들었다.

"……최 실장. 잠시만 올라오세요. 그림을 가져갈 게 있습니다."

□ ■ □

우연이 정신을 차린 것은, 서울로 올라가는 고속도로 위에서였다. 하지만 정신을 차리고 가장 먼저 한 짓은 머리를 쥐어 싸고 소리를 질러 댄 일이었다. 아아, 아아악, 아아아악! 온몸이 발작이라도 하는 것처럼 부들부들 떨렸다. 옆에 앉아 있던 이원은 우연을 힘껏 끌어안고 진정시켰고, 우연은 이원의 목에 매달려 미친 듯이 울부짖기 시작했다. 이원은 한마디도 하지 않고 그 몸부림을 고스란히 받아 주었다.

"아저씨……?"

간신히 진정된 것은 톨게이트를 지날 때였다. 우연은 멍하니 눈을 깜박이며 이원에게 손을 뻗어 뺨을 닦아 주었다. 이원은 그제야 자신의 얼굴도 눈물로 흠뻑 젖어 있음을 깨달았다. 대체 언제, 왜 눈물이 나왔는지 알 수 없었다. 우연은 이원의 팔에 매달린 채, 눈썹을 파르르 떨며 묻는다.

"……아저씨, 나, 어디…… 가요?"

병원에, 라고 대답하려던 이원은 잠시 멈칫했다. 우연은 눈물을 줄줄 흘리고 있었다. 입술이 다시 달싹거린다.

"나, 이제 어디 숨어 살아요……?"

병원이라고 대답해서는 안 된다는 것을 알아차렸다. 지금 우연은 세상 어느 곳에서도 안전함을 느낄 수 없을 것이다. 병원, 기숙사, 학교, 쉼터, 그 어떤 곳이라도.

지금까지 우연이 건강하게 회복되어 간다고 안심하고 있던 게 멍청했다. 우연의 안전과 회복은 이렇게 신기루처럼 허망한 곳에 세워져 있었다.

"……아저씨 집에 숨어 있자."

"전무님……?"

최 실장의 놀란 목소리가 튀어나오다가, 이원의 시선에 꼬리가 잘린다. 이원은 최대한 부드러운 목소리로 되풀이했다.

"엄마 아빠는 아저씨도 모르고 우리 집도 몰라. 아저씨 집에는 경호원도 있고, 허락받지 않은 사람은 절대로 못 들어와."

"절대?"

"절대."

이원은 단호하게 말하며 웃어 보였다.

"숨을 방도 많아. 비밀의 방도 있고, 지문으로 들어가는 방도 있어."

"아저씨네 집…… 콩알만 하다더니."

"잭과 콩나무의 콩이지. 콩도 종류가 많아."

그제야 우연이 흐득흐득 웃으며 고개를 끄덕인다. 그나마 간신히 안심한 모양이다. 하지만 집에 도착할 때까지 우연은 이원의 팔에만 매달려 있었고, 다른 사람이 묻는 말에는 한마디도 대답하지 않았다. 누가 말을 걸기만 해도 크게 소스라쳤다. 이원에게만 아주 작은 소리로 대답하고는, 바로 어깨를 움츠리고 겁먹은 눈으로 주변을 두리번거렸다.

이원은 이를 악물었다. 몇 시간 전에 편의점에서 만났던 아이와 완전히 달랐다. 그때 어떻게든 데리고 왔어야 했다. 억지로 손목을 잡아끌고서라도 올라갔으면, 이 지경까지 되지는 않았을 것이다.

하지만 또 확신할 수 없었다. 온통 현란한 색으로 가득한 자신의 초상화, 거대한 그림을 가득 채우고 있는 그 색깔이 극도로 위험하게 느껴졌다.

너를 내 집으로 데려가는 게 과연 옳을까.

옳지 않다. 나는 너를 곁에 가까이 두어서는 안 된다. 내가 마음을 자각하자마자 바로 뉴욕으로 갔던 이유를 잊으면 안 된다. 얼마 전 무리하게 약혼을 강행했을 때의 단단한 각오를 절대 망각하면 안 된다.

하지만 아무리 생각해도 선택의 여지는 없다.

고민을 비웃기라도 하듯, 머릿속에서 온갖 불길한 낱말들이 정신없이 엉켜 돌아간다. 우연, 조증, 울증, 불안 장애, 미현, 약혼, 결혼, 우연, 발현, 트리거, 넘칠락 말락, 아슬아슬한 컵, 어떤 감정, 위험한 감정, 양극성 장애, 공황, 마지막 한 방울, 트리거.

······트리거.

짤깍.

이원은 아이의 방아쇠가 당겨졌음을 직감했다.

18

푸른 수염과 비밀의 방

어떻게 이런 집을 콩알만 한다고 표현할 수 있을까.

……아, 혹시 '집'의 기준이 베르사유 궁전이나 자금성이었나?

우연은 홀의 한가운데 서서 멍하니 생각에 잠겼다. 아저씨의 집은 우연이 20년 평생 보았던 집 중에서 가장 컸다. 어지간히 커야 '아저씨 금수저 맞구나.'하며 감탄이라도 할 텐데, 넓어도 너무 넓으니 개인 집이 아니라 공원이나 박물관처럼 느껴져서 오히려 무덤덤했다.

마당은 운동장만큼이나 넓었는데, 가장자리에는 온갖 나무가 울타리처럼 빽빽하게 올라와 있었다. 무섭도록 새파란 잔디를 한참 가로질러 들어가면 새하얗고 높직한 본채 건물과 고용인들이 사용한다는 별채가 덩그러니 솟아 있었다.

아저씨의 집에 들어온 후, 우연은 문밖으로 한 걸음도 나가지 않았다. 현관 근처에만 가면 심장이 터질 것처럼 뛰어서 도저히 밖으로 나갈 수 없었다.

집 안에선 아무렇지도 않았다. 아저씨의 말대로, 집에는 경비 직원이 24시간 근무하고 있었고, CCTV도 빽빽하게 달려 있었다. 방마다 보안 벨도 설치되어 있다. 밤손님(?)께서 방으로 몰래 침입하려면 화재경보 같은 사이렌 소리를 듣게 될 거라고 했다.

무엇보다 중요한 것은 아저씨와 함께 있다는 사실이었다. 현재 아저씨는 우연이 기댈 수 있는 유일한 기둥이었다. 이곳에 와 있는 게 민폐라는 것은 알고 있었지만, 대문 밖을 나서기만 하면 극심한 공포가 밀려들어 정신이 하나도 없었다. 빨리 괜찮아져서 나가야 해, 빨리 나아서……. 하지만 아무리 기를 써도 우연은 자기 마음 하나 마음대로 할 수가 없었다.

아저씨는 우연이 조급해할 때마다 편안하게 달랬다.

"우연아, 뭘 그렇게 조바심을 내. 지금은 네가 안정을 찾고 회복하는 게 제일 중요해."

"그, 그래도 아저씨가…… 너무 불편하시잖아요."

"아냐. 나는 네가 눈앞에 있어서 오히려 안심이 돼. 내가 손님으로 초대한 거니까 신경 쓰지 말고 편히 지내. 외국에서 귀한 손님 오시면 우리 집으로 초대해서 같이 지낸 적도 많아. 괜찮아."

아저씨는 '어떻게 하면 저 사람이 편안할까?' 하는 것만 집중적으로 연구하는 사람 같았다. 아저씨가 편할 리가 없는데, 손님으로 초대받은 거라는 말을 들으니, 나름 그럴듯하게 들리면서 슬며시 안심이 되는 것이다.

처음에 우연은 아저씨 외엔 아무에게도 입을 열지 않았다. 입이 열리지 않았다. 송 할머니에게도, 정 박사님에게도, 심지어 손 원장님에게도 말 한마디 할 수 없었다. 억지로 이야기를 해야 한다 생각하면, 눈앞이 하얘지고 구역질부터 났다. 홍연 아저씨나 송 할머니와 몇 마디라도 주고받게 되기까지는 일주일이나 걸렸고, 시선을 맞대고 이야기를 하게 되기까지는 더 많은 시간이 필요했다.

아저씨는 그동안 싫은 내색 하나 없이 의사를 대신 전달해 주고, 필요한 것을 하나하나 물어 가며 머무를 방을 꾸며 주었다. 아저씨는 손님방이 지나치게 썰렁한 게 신경이 쓰였는지 퇴근할 때마다 화분과 동물 인형을 사 왔다. 그 덕에 이제는 선반과 침대에 온갖 꽃들과 인형들이 가득했다.

우연은 아저씨가 사 준 인형들을 끌어안고 잠을 잤다. 아저씨는 우연이 자기 몸뚱이만 한 고양이나 강아지 인형을 끌고 돌아다니는 모습을 보면 귀여워 죽겠다는 얼굴로 웃어 주었다. 큰 인형이 시선을 피하거나 얼굴을 숨길 때 유용하다는 것을 아저씨는 잘 모르는 것 같았다.

아침저녁으로 안정제와 약을 먹었고, 하루의 절반은 잠을 잤다. 입맛이 너무 없어서 밥을 거의 먹지 않다 보니 안정제를 먹는데도 자꾸 살이 빠졌다.

아저씨는 함께 밥을 먹을 때마다 '몇 숟가락만 더 먹으라'는 잔소리를 했다. 송 할머니에게 '우연이 입맛 나게 할 만한 요리로 부탁한다'는 이야기도 몇 번이나 했다. 송 할머니는 매일 과자와 케이크를 구웠고, 아침저녁 잔칫상을 차리다시피 했지만 아무 소용이 없었다.

아저씨나 송 할머니를 위해서라도 뭐든 삼키고 싶었지만, 사람의 힘으로 안 되는 것도 있었다. 깨작대는 버릇은 엄마, 아빠에게 그렇게 많이 얻어맞으면서도 고쳐지지 않은 것 중 하나였다. 엄마는 그따위로 처먹을 거면 아가리에 깔때기를 끼워서 남은 반찬을 죄다 쑤셔 넣겠다고 이를 갈곤 했다.

"아저씨, 목구멍에서 안 넘어가요. 토할 거 같아요."

아저씨의 얼굴에 당황한 기색이 나타났다. 저도 안 넘어가서 미치겠어요. 우연은 고개를 숙인 채 한숨을 쉬었다.

"깨작대는 거 보기 싫으면 그냥 입에다가 깔때기 박고 밀어 넣으셔도 괜찮아요. 엄마가 몇 번 그랬는데, 푸아그라 만들 때 거위들한테도 그렇게……."

"우연아. 그만."

아저씨는 이마를 짚은 채 고개를 숙이고 한참 동안 말이 없었다. 아저씨의 표정을 볼 수는 없었지만, 자신이 몹시 부적절한 말을 했다는 것은 알 수 있었다. 뒤늦게 아차 싶었다. 동정이나 관심을 받으려고 한 말은 아니었고, 그냥 그런 말을 들으며 살아와서, 별다른 생각 없이 튀어나온 것뿐이었다. 이런 깨달음은 늘 늦었고, 그 선은 항상 가늠하기 어려워서, 우연은 자신이 증오스러웠다.

"미안하다. 먹기 싫으면 안 먹어도 괜찮아."

한참 후 아저씨는 불그레하게 물든 얼굴을 들더니, 억지로 웃으며 고개를 끄덕였다.

우연은 아빠 엄마에 관해서는 절대 묻지 않았다. 학교 성적이 어떻게 되었는지도 묻지 않았고, 친구들에게 연락도 답장도 하지 않았다. 그림도 그리지 않았다. 허깨비나 유령이 되어 버린 듯, 연필조차 들 수 없었다. 아무런 자극이 없는 날이 이어지다 보니 시간은 껑충껑충 뛰듯 흘렀다.

그나마 기분이 좀 나아질 때면 살금살금 돌아다니며 집 안을 구경했다. 아저씨의 집은 미니멀리즘의 극치였다. 대리석으로 된 바닥, 기둥, 깨끗한 투톤 돌벽으로 이루어진 거실은 가정집이라기보다 호텔 로비나 갤러리 같았다. 대신, 화려한 장식은 눈에 띄지 않았고, 선이 간결한 가구 몇 채와 색감이 선명한 회화를 드문드문 배치하는 방식으로 세련되면서도 절제된 분위기를 만들어 냈다.

아마 이런 게 아저씨의 취향이겠지.

한숨이 나왔다. 어느 정도 짐작은 하고 있었지만, 아저씨는 고급스럽고 우아하면서도 절제된 스타일 좋아했고, 천박하고 방만한 것, 유치하고 투박한 것을 참지 못했다.

이런 아저씨가 대체 왜 척박하고 심심한 신부님의 삶을 동경하게 되었을까.

아저씨의 개인 공간인 2층은 1층보다 엄숙하고 무거웠다. 작은 집기나 소품을 가까이서 들여다보면 감탄사가 나올 만큼 아름답고 고급스러운 것이 많았지만, 대부분 눈에 잘 띄지 않게 배치되어 있었다.

서재에는 책이 많았다. 동네 서점보다 많은 것 같았다. 하지만 만화책 따위는 없었다. 바닥이나 책상에는 먼지 하나 없었고, 드레스 룸이나 욕실의 집기들은 한결같이 희고, 말갛고, 손이 베일 듯 각이 잡혀 있었다. 아저씨는 그것을 보며 변명을 늘어놓았다.

"그게, 수건이나 침구, 옷 같은 걸 각 맞춰서 정리하면 뭔가 아찔한 쾌감이 있어. 속이 시원하고, 뭔가 짜릿하고, 스트레스도 좀 해소되는 것 같고. 호텔 하우스키퍼에서 제2의 적성을 찾은 것 같았다니까."

우연은 세상은 넓고 변태는 많다는 것을 깨달았다.

"여긴 뭐 하는 방인가요?"

서재와 아저씨의 침실 사이에 끼어 있는 방은 용도를 알 수 없었다. 조그마한 쪽문이 붙어 있는 아주 작은 방이었다. 창고나 붙박이 옷장처럼 보이기도 했다.

"별건 없어. 볼 것도 없고."

"비밀의 방인가요? 푸른 수염의 방 같은?"

"⋯⋯하하."

아저씨는 대답하는 대신 커튼을 쳐서 쪽문을 완전히 가리고 어물쩍 넘어갔다. 침실과 비밀의 방은 비공개였다. 정체가 궁금하긴 했지만, 어느 정도 짐작은 되었기에 우연은 얌전히 입을 다물었다.

영화에서 보면, 재벌가 서재의 책장 뒤나 커다란 액자 뒤엔 으레 비밀 공간이 있게 마련이고, 그곳에는 도끼로 찍어도 끄떡없을 금고가 숨어 있곤 했다. 금괴와 보석, 항아리, 현금 뭉치가 쌓여 있는 금고. 물론 금고 안에 덕질 물품이나 19금 컬렉션이 숨어 있을 수도 있지만, 우연은 저 점잖고 품위 있는 아저씨가 그 정도 변태까진 아닐 거라 믿었다.

2층 개인 공간 오픈이 굉장히 드문 일이라는 것을, 우연은 나중에야 알았다.

□　■　□

우연은 눈을 말똥말똥하며 새까만 천장을 응시했다.

잠이 오지 않는다. 약만 먹으면 종일 몽롱한 게 짜증이 나서 한두 번씩 약을 토하기 시작했는데, 그러면 그날 밤은 어김없이 불면 당첨이었다.

"휴⋯⋯."

처음에는 도로 자려고 애를 썼지만, 지금은 자지 않는다. 아니 요 며칠 동안은 잠을 안 자려고 일부러 약을 뱉어 내고 있었다. 밤에 해야 할 중요한 일이 생긴 것이다.

그것은 아저씨의 소리를 모아들이는 일이었다.

우연은 어둠 속에서 숨을 죽인 채, 위층에서 나는 소리에 귀를 기울였다. 우연의 방은 1층에서도 가장 안쪽에 있는 아늑하고 조용한 방이었고, 바로 위는 아저씨의 침실이었다. 깜깜하면 깜깜할수록, 조용하면 조용할수록 청각은 더욱 예민해졌다.

더워서 활짝 열어 둔 창문을 통해 아저씨가 조곤조곤 통화하는 목소리가 들린다. 내용은 잘 들리지 않았고, 낮고 은은하게 퍼지는 목소리만 들렸다. 가끔은 진지한 목소리였고, 가끔은 달고 부드러운 목소리였다. 짧은 웃음소리가 들리기도 한다. 아저씨는 웃음소리마저 저렇게 달았다.

우연은 저 달콤한 목소리를 듣는 주인공이 누구인지 알고 있었다. 아마도 뉴욕에 있는, 아마도 지금 아저씨 눈에 최고로 사랑스럽고 멋있게 보일 여자.

……약혼녀 유미현.

지금 뉴욕은 아침 시간인데, 이렇게 규칙적으로 전화를 하는 걸 보면, 모닝콜이라도 해 주는 걸까. 뮤지컬 배우라면 8시나 9시 정도까지 늦잠을 자는 게 당연한지도 모른다.

우연은 멍하니 아저씨의 목소리를 들었다. 내용은 별로 듣고 싶지 않아서 목소리만 들었다. 아파할 일이 아니라고 설득 따위는 하지 않는다. 아픈 건 맞으니까. 하지만 아저씨의 목소리를 기억에 담아 두는 것은 한없이 달콤한 일이기도 했다. 그나마 다행인 것은, 아저씨는 목소리를 크게 내서 통화 내용이 들리게 하는 일도 없고, 약혼녀와 길게 수다를 떠는 일도 없었다.

귀를 잔뜩 곤두세우고 있노라니 발소리가 들린다. 이제 우연은 아저씨의 슬리퍼 소리와 맨발 소리를 구별할 수 있다. 슬리퍼일 때는 투욱, 투욱 꼬리가 긴 소리가 났고 맨발일 때는 궁, 궁, 궁, 하는 조금 짧지만 은은하고 묵직한 소리가 났다. 그 소리만 들어도 가슴이 두근거렸다.

나무 욕조에 물 채우는 소리가 들린다. 아저씨는 밤마다 아로마 오일을 떨어뜨린 뜨거운 물에 푹 잠겨 카모마일차를 마시며 시간을 보낸다고 했다. 역시 돈 많으면 뭐든, 이라고 생각했는데 알고 보니 불면증 때문에 억지로 들인 습관이라고 했다. 불면증이 너무 심해 마약 빼놓고는 안 해 본 짓이 없다는 말에, 우연은 '돈 많으면 뭐든.' 하고 생각한 것이 미안해졌다.

잘박잘박.

찰그락, 퐁, 찰그락.

물소리가 들리는 것 같다. 환청인지도 모르겠지만 상관없었다. 깜깜한 어둠 속, 우연은 들릴 듯 말 듯 한 물소리를 들으며 보이지 않는 것을 상상했다. 저렇게 다 큰 아저씨가 손발을 팔락팔락 저으며 물장난이라도 하는 걸까. 지금 어떤 포즈로 쉬고 계실까. 욕조에 등을 기댄 채 느긋하게 늘어져 계실까. 푹 퍼져 늘어진 아저씨의 모습은 상상이 되지 않았다. 궁금하다. 보고 싶다. 두근댄다. 숨이 밭다. 웃음이 나온다. 울고 싶기도 했다.

우연은 아저씨와 함께 있을 때, 그리고 아저씨를 생각할 때만 살아 있다는 실감이 났다. 그때만 되면 죽어 있던 모든 감각이 싱싱하게 살아나는 것처럼 느껴졌다. 이 빌어먹을 감정을 키워 봤자 정말 부질없고, 결국 자신만 아프리라는 걸 알면서도 아저씨 생각하는 걸 멈출 수가 없었다.

삐비비빗.

밤 1시를 알리는 시계 소리가 들린다. 물소리가 그치고 조용해졌다.

목욕은 끝났지만 주무시는 건 아니다. 창밖으로 내려앉는 2층의 노란 불빛을 보면, 서재에 불이 켜져 있다는 걸 알 수 있다. 그렇다고 돌아다니는 소리가 들리는 것도 아니다. 사방은 기이할 정도로 적막했다. 우연은 어둠 속에서 눈을 깜박이며 생각했다.

왜 아무 소리도 안 들리지?

귀를 바짝 기울이는 사이, 어떤 감각이 습관처럼 불쑥 솟아올랐다.

……배고파.

습관의 힘은 무서운 것이다. 우연은 밤만 되면 배가 고팠다. 친구들과 야식을 먹던 습관을, 몸이 기억하고 있었던 모양이다. 아니, 정확히 말하자면 낮 동안에는 몸의 감각과 요구를 제대로 인식하지 못했다. 몸의 감각은, 아저씨와 함께 있을 때만 맹렬하게 소생하는 것 같았다.

배고파, 배고프다. 라면이 먹고 싶다.

우연은 옆방에서 주무시는 송 할머니가 깨지 않도록 살그머니 일어났다. 아저씨와 같이 밤참을 먹으면 얼마나 좋을까. 상상만 해도 가슴이 두근거렸다.

기숙사에 살면서 제일 재미있던 때는 자기 전에 친구들과 치맥이나 피자, 라면을 먹으면서 수다를 떠는 시간이었다. 그 순간은 모든 사람과 영혼까지 친해질 수 있는 마법의 시간이었다. 친구를 만드는 데 서툴렀던 우연은, 마법의 시간 덕에 같은 층의 친구나 언니들과 쉽게 친해질 수 있었고, 학교에 쉽게 적응할 수 있었다.

우연은 2층을 곁눈질하며 중얼거렸다.

"아저씨 안 주무시면 같이 라면이나 먹자고 해 볼까?"

아저씨도 지금쯤이면 분명 배가 출출하실 거다. 저녁 드신 지 여섯 시간이 지났고 목욕까지 하셨으니까.

아니, 사실 그건 핑계다. 우연은 자신의 사악한 마음을 바로 인정했다. 친구들과 자신을 연결해 주었던 마법의 시간이 아저씨와 자신에게도 다시 찾아와 주었으면 좋겠다.

하지만 진짜 문제는 사악한 마음이 아니었다. 이놈의 집구석에선 라면이든 컵라면이든 인스턴트 딱지가 붙은 건 하나도 찾을 수 없었다. 식당 불을 켜고 이곳저곳 살금살금 찾아보던 우연은 누군가 어깨를 확 잡는 바람에 기절할 듯 놀랐다.

"히익! 사, 사람……."

"무슨 일이에요, 아가씨?"

등 뒤에는 하얀 머리, 하얀 잠옷의 송 할머니가 유령처럼 서 있었다. 안 들키게 살짝 나왔다 생각했는데 잠귀가 생각보다 밝으신가 보다. 우연은 뒤늦게 가슴을 쓸어내리며 더듬더듬 물었다.

"저, 저기, 할머니, 라면이나 컵라면 좀 있어요?"

"……라면이요? 지금? 시장하세요?"

"아, 저도 고프긴 한데, 아저씨도 출출하면 같이 드시자고 해 보려고요. 지금 서재에 계시는 것 같아서……."

송 할머니는 눈을 깜박깜박했다. 무슨 해괴한 말을 들은 것 같은 얼굴이었다. 하지만 이내 표정을 풀고 풀풀 웃으며 대답했다.

"여기엔 라면 같은 건 갖다 놓지 않아요. 하지만 아가씨가 드실 거면 별채에서 갖다드릴게요. 직원들이 출출할 때 종종 먹거든요."

"아, 네 고맙습니다."

"그리고 전무님은 밤참을 드시지 않으세요. 라면 같은 건 낮에도 안 드시고요."

"치킨이나 피자도요? 치맥, 아니 치콜 같은 것도 안 드세요?"

"어릴 때는 제가 해 드리면 무척 좋아하시긴 했지만, 지금은 세끼 식사 외에는 안 드십니다."

"네? 집에서 치킨 피자를 만든다고요?"

"집에 바비큐 그릴도 있고 돌화덕도 있으니 원하시는 건 다 만들어 드렸지요. 제가 이래 봬도 한식, 중식, 양식, 일식, 제과 제빵 자격증까지 다 가지고 있답니다. 그때 아가씨한테 드린 무스케이크도 제가 구웠는걸요."

송 할머니의 말에선 자부심이 넘쳤지만, 표정은 왜인지 쓸쓸해 보였다. 우연은 송 할머니의 찬란한 경력보다 아저씨가 '치킨이나 피자나 라면을 안 드신다'는 것이 더 충격이었다.

"……대체 아저씨는 인생을 무슨 재미로 사시는 거예요?"

"그러게 말이에요. 다른 집에선 오밤중에 라면을 여섯 개씩 끓여 먹고 피자,

치킨을 산더미처럼 시켜 먹어서 골치라는데, 저는 제발 그런 골치 좀 앓아 봤으면 소원이 없겠어요."

송 할머니의 가슴 아픈 넋두리를 들으며 우연은 아저씨가 외계에서 온 생명체가 아닐까 하는 생각이 들었다. 그것도 지구인에게 가장 중요한 것들을 제대로 배우지 못하고 파견된 외계인. 우연이 얼빠진 얼굴로 킬킬대자 송 할머니도 한 손으로 입을 가리고 호호 웃었다.

"할머니, 그래도 아저씨한테 한번 여쭤보는 건 괜찮겠죠? 밤에 먹는 라면이 얼마나 맛있는지 아저씨가 아직 모르셔서 그래요."

송 여사는 우연을 올려 보내도 좋을까 잠시 망설였다.

이원은 저녁 식사 후엔 아무도 2층으로 올라오지 못하게 하고, 혼자 조용히 시간을 보내며 휴식을 취하곤 했다. 그의 스케줄 시트는 15분이나 30분 단위로 짜여 있고, 수행 비서는 두 명이 필요했다. 그는 끝없이 무언가를 결정해야 하는 최종 책임자였지만, 그 압사당할 듯한 책임의 무게를 늘 힘겨워했다.

그는 자질 부족을 느낄 때마다 깊이 자책했고, 자신의 선택으로 피눈물 흘리게 된 사람들을 생각하며 심한 가책에 시달렸다. 거기에 백약무효 불면증으로 인한 피로감도 첩첩이 겹쳐, 그는 매일 만신창이가 되어 집으로 돌아왔다. 그를 자리에서 버티게 하는 건 성취감이 아닌 초인적인 인내심과 책임감이었다. 그래서 이 집에서 일하는 사람들은, 동굴에 깊이 틀어박혀 지친 몸과 마음을 추스르려 애쓰는 그를 절대 방해하지 않았다.

하지만······.

송 여사는 곰곰 생각에 잠겼다. 우연 아가씨는 모르겠지만, 이원이 누군가를 집에 들이고, 첫날부터 자신의 공간을 오픈해서 보여 주는 건 대단히 드문 일이다. 더욱이 이 아가씨의 생일 케이크를 챙겨 들고, 직접 안성까지 찾아가지 않았던가. 그 케이크를 몇 번이나 다시 만들어 달라고 할 때, 그것을 신중한 태도로 조금씩 입에 넣어 볼 때, 그는 꽤 낯선 얼굴을 하고 있었다.

결국, 송 여사는 조심스레 고개를 끄덕였다.

"전무님이 아직 서재에 계시면 한번 여쭤보셔도 괜찮겠죠. 반가워하실지도 모르겠네요. 라면은 제가 별채에서 가지고 올게요."

우와. 고맙습니다. 우연이 활짝 웃으며 고개를 꼬박인다. 안 된다고 할까 봐 어지간히 조마조마했던 모양이다.

"할머니, 그럼 라면만 갖다 놓으시고 들어가서 주무세요. 라면은 제가 끓여서 먹고 아저씨도 드릴게요. 정말 고맙습니다."

우연은 마법의 시간에 다른 사람이 끼어드는 것이 싫었다.

어? 어디 가셨지?

2층으로 올라온 우연은 고개를 갸웃하며 사방을 둘러보았다.

서재에는 불이 켜져 있다. 하지만 안에는 아무도 없었다. 욕실도 비어 있었다.

아하, 주무시러 들어가셨는데 서재 불을 깜박 잊어버리고 안 끄신 거구나.

우연은 굳게 닫힌 침실 문을 보고 어깨를 축 늘어뜨렸다. 밤참 같이 먹자고 기껏 주무시는 걸 깨울 수는 없다. 더욱이 아저씨는 불면증이 있다고 했다.

달칵.

서재의 불을 끄고 1층으로 내려가려던 우연은 문득 걸음을 멈췄다.

……이게 뭐지?

2층이 온통 깜깜해지자, 갑자기 실처럼 가는 빛살 한 줄기가 거실 바닥으로 길게 드러났다. 빛은 침실 옆 커튼 뒤에 가려진 비밀의 방, 그 문틈으로 나오고 있었다.

어? 지금 침실에서 주무시는 게 아닌가?

우연은 깜깜한 어둠 속에 가만히 서 있었다. 심장이 크게 요동한다. 밀도 높은 침묵이 온몸을 지그시 누르는데, 거미줄처럼 가는 소리가 귓속으로 살그머니 흘러들어 온다.

웅웅웅웅, 웅웅웅.

벌의 날갯소리처럼 깊고 낮은 울림이었다. 아저씨의 목소리는 분명한데 뭔가 좀 이상했다. 잠꼬대를 하는 것도 같고, 조용조용 속삭이는 것도 같다.

발끝으로 살금살금 걸어 문을 가린 커튼을 소리 없이 걷었다. 이러면 안 되는 건 아는데, 궁금해 미칠 지경이었다.

이곳은 무엇을 하는 곳이고, 아저씨는 대체 뭘 하시는 걸까.

정신없이 뛰는 가슴을 누르며, 빛이 새 나오는 문틈에 귀를 살그머니 가져다 댔다. 소리가 조금 선명해진다.

"……천주의…… 당신의 보호에…… 어려울 때에…… 외면하지 마시고…… 영화롭고 복되신…… 생각과 말과 행위로 지은 죄와 의무를 소홀히 한 죄를…… 그 가운데 버릇이 된 죄를 깨닫게 하소서……."

우연은 눈을 깜박깜박하며 비밀의 방문을 바라보았다.

아 이런, 맙소사.

이곳은 아저씨의 개인 기도실이었다. 그래서 우연에게 보여 주지도 않고 설명해 주지도 않았던 것이다. 아저씨에겐 이곳이 침실 이상으로 사적이고 비밀스러운 공간이었기 때문에.

바보 진우연. 금고라니. 오해를 해도 어떻게 그런 오해를 했을까.

우연은 문을 노크하려다 잠시 멈칫했다.

혹시 기도할 때 방해받으면 싫어하실까? 그것도 라면이나 같이 먹자는 이유로?

그럼 그냥 갔다가 나중에 와야 하는 걸까?

나중에 언제? 5분 후? 한 시간 후?

종교가 없는 우연은 기도 시간이 어느 정도로 중요한지 가늠할 수 없었고, 얼마나 긴 시간이 필요한지도 몰랐다.

물 흐르듯 단조롭고 빠르게 이어지는 억양을 보면 기도문이라도 외우시는 걸까? 오늘 일을 하나하나 생각하며 반성하는 걸까? 대체 아저씨 같은 사람이 반성할 게 뭐가 있어서? 탈탈 털어도 먼지 하나 나오지 않을 텐데.

우연은 조용히 귀를 기울였다. 소리가 들리지 않는 시간이 훨씬 길었지만, 우연은 고요한 침묵 속에서도 *그*가 기도를 계속 올리고 있다는 것을 느꼈다. 들릴락 말락 흘러나오는 긴 날숨, 그 사이로 드문드문 들리는 낱말 한두 조각이 어둠 속에 흩어지는 작은 보석 조각들처럼 느껴졌다.

가슴이 두근거리면서도 뭐라고 말할 수 없이 마음이 편안해진다. 이제 깜깜한 2층 공간은 세상과 분리된 성스럽고 거룩한 곳처럼 느껴졌다. 이곳에서 아저씨는 하느님과 함께 있고, 나는 아저씨와 함께 있다. 어둠 속에 스며드는 아저씨의 목소리는 그냥 달다. 뜨겁게 녹인 초콜릿이 혀에 천천히 스며드는 것처럼, 숨 막히게 달콤하다는 느낌밖에 남지 않는다.

"……?"

고개를 갸웃했다. 후우우, 아저씨는 길게 탄식하듯 한숨을 쉬었다. 긴 침묵의 사이사이, 아저씨는 계속 괴로운 듯 한숨을 토해 냈다. 내용은 이제 아무것도 들리지 않는다.

이건 정해진 기도문이 아니고 아저씨의 개인 기도일지도 몰라.

이쯤이면 물러나야 한다고 생각하면서도 우연은 자꾸 망설였다. 예의가 아닌 걸 알면서도 궁금했다. 미치게 궁금했다.

아저씨가 진짜로 간절히 원하는 건 뭘까. 돈도 많고, 집도 크고, 멋진 약혼녀도 있고, 세상 사람이 원하는 거라면 다 가진 듯한 아저씨도 간절히 바라는 게 있을까? 가장 성스럽고 비밀스러운 공간에서, 아저씨가 털어놓는 가장 은밀한 비밀은, 가장 사적인 소원은.

"*당신의 풍부하신 긍휼에 의지하여 간절히 바라오니……*"

갑자기 감정이 실린 목소리가 흘러나온다. 우연은 바짝 긴장했다. 다른 사람에게 털어놓지 않은 아저씨의 진짜 소원. 아저씨가 간절하게 바라는 것, 우연은 손에 쥔 인형을 꽉 움켜잡았다.

"*……미현이를 사랑하는 마음을 허락하사……*"

아 씨, 제기랄. 우연은 눈을 질끈 감았다.

"······맺어 주신 가정을 복되게 하시고······."

"······사랑으로 온전히 화합하여······ 삶으로 당신을 찬미할 수 있도록······."

한 마디 한 마디 이어질 때마다 칼날이 심장을 푹푹 찔러 대는 것 같다. 사랑하는 마음, 사랑으로 온전히 화합, 이런 점잖은 말 뒤에 숨어 있는 내용을, 우연은 너무나 쉽게 알아차릴 수 있었다.

이른 새벽, 대문 앞에서 진하게 입을 맞추던 두 사람의 모습이 떠오른다. 유별난 기억력이 저주스러울 정도로 생생하던 그 장면. 저렇게 진실하게 기도하는 아저씨도 그때 이 집에서, 바로 저 침실에서 그 여자와 이상한 시간을 보냈을 거 아닌가.

고요하고 성스럽던 공간이 순식간에 음탕하고 더러운 망상으로 가득 찬다. 아저씨는 섹스를 어떻게 했을까? 그때 봤던 것처럼, 깊은 입맞춤을 많이 했을까? 아빠처럼 가슴을 만지거나 엉덩이를 더듬거나 야한 영상에서 보았던 것처럼 더러운 곳까지 막 핥고 빠는 애무도 했을까? 저 점잖은 아저씨도 그럴까? 이상한 신음도 막 내고 그럴까?

아저씨는 약혼녀에게 알몸을 보여 주면서 창피하지 않았을까? 집에서도 반바지 따위는 입지 않는다는 아저씨지만, 그래서 누드모델은 절대 해 줄 수 없다던 아저씨지만, 그 여자 앞에서라면 그 은밀한 곳까지 모조리 보여 주어도 괜찮은 걸까.

아저씨는 그 여자랑 어떻게, 얼마나 많이 섹스를 했을까. 안고, 입을 맞추고, 침대에 올라가서, 옷을 하나씩 벗고, 그, 속옷까지 남김없이 벗고, 다음에······.

어떤 일이 있었을지 모르지 않는다. 너무나 잘 안다. 모든 상상은 그 행위의 끝을 향해 치닫는다. 두 사람이 알몸으로 한데 얽혀 헐떡거린다. 그 숨소리와 신음이 들리는 것만 같다. 하지만 상상은 끝까지 달려가지 못하고 멈추고 만다. 그곳에 진득하게 고인 망상만 귀청이 터지도록 와글와글 떠들어 댄다.

내 눈물에 축축하게 젖어 가던 아저씨의 얇은 와이셔츠, 그것을 통해 보았던 굴곡이 단단히 잡힌 아저씨의 몸, 그 이질적인 감촉, 깊은 속살을 도려내고 싶을 만큼 간지럽던 그 느낌. 우연은 손가락이 하얗게 되도록 인형을 움켜쥐었다.

나를 죽여 버리고 싶다. 아니, 눈앞에 그 여자가 있으면, 같이 죽어 버리고 싶다.

우연은 머리를 감싸 안고 가늘게 몸을 떨었다. 미쳤어. 완전히 미친 거야. 하지만 안 된다고 억누를수록 속에서 치솟는 목소리는 점점 집요해졌다.

아저씨, 아저씨는 그 언니하고 어떻게 섹스를 했어요? 많이 했어요? 성욕이 없지 않다면서요. 아저씨도 참기 힘들다면서요. 그럼 밤새, 열 번씩, 백 번씩 하고 그랬어요? 영화에서 나오는 사람들처럼 이상한 소리도 막 나오던가요?

그렇게 좋던가요? 얼마나 좋았어요? 넋이 나갈 만큼 좋았어요?

추악한 제 목소리에 구토가 날 지경이었다. 눈물이 발끝으로 툭, 굴러떨어진다.

아저씨가 믿는다는 하느님, 정말 계시면 저 좀 도와주세요. 제 목소리가 들리면, 제발 어떻게 좀 해 주세요. 이러면 안 되는데, 내 마음 좀 어떻게든, 제발.

순간 아저씨의 긴 한숨이 다시 흘러나왔다. 귀가 바짝 곤두선다. 우연은 귀를 문틈에 바로 갖다 댄다. 아까처럼 경건하고 단조로운 기도의 억양이 아닌, 가까운 사람에게 하소연하듯, 힘든 것을 털어놓듯, 그가 작은 목소리로 중얼거린다. 한탄하는 듯한 속삭임이, 들릴락, 말락, 들린다, 들리지 않는다, 들린다, 우연은 눈을 크게 떴다.

"……미현이와 그와의 관계를 묵인하기가…… 아직 괴롭습니다."

우연은 두 손으로 입을 틀어막고 눈을 굴렸다. 얼음물을 뒤집어쓴 것 같다. 이게 무슨 말이야? 그와의 관계라니? 약혼녀한테 다른 남자가 있단 말이야?

"……다스리려 노력하지만…… 아직 제가 부족해서…… 거부감이…….

"……그래도 부부간의 의무와 책임은 다할…….

들으면 들을수록 이상하다. 그러고 보니 아까 들었던 말도 이상하게 느껴진다. 사랑하는 마음을 허락해 달라고 했었나? 그럼 아직 사랑하지 않는다는 말인가? 이마로 진땀이 와짝 솟았다. 아저씨의 목소리는 이제 목이 꽉 잠긴 듯, 흐느끼는 듯, 바닥으로 착 달라붙어 거의 들리지 않는다.

"제 미련한 생각이나 선택이…… 당신의 이름을 욕되게 하는 건 아닌지…… 정말 죄스럽습니다……."

낱말이 한 조각씩 잡힐 때마다 결론이 이상한 방향으로 흘러간다.

그러니까, 아저씨의 약혼녀는 다른 남자가 있고, 그래서 아저씨는 섹스에 거부감을 느끼고 있다. 그런데도 결혼을 해서 남편으로 의무를 다하며 살겠단다.

이게 무슨 미친 소리인지 모르겠다. 대체 왜? 아저씨가 뭐가 부족해서?

……가만, 혹시 아저씨는 그걸 알면서도 결혼을 해야만 하는 상황인 거야?

혹시, 거절할 수 없는 어떤 이유가 있나? 말할 수는 없지만 무슨 심각한 약점이라도 잡힌 걸까?

맙소사. 그렇다면 이 결혼은 아저씨에게 너무나 큰 굴욕이다.

마포 대교에서 들었던 아저씨의 목소리가 뒤늦게 떠오른다. 아저씨는 그때 고통이 고스란히 드러난 목소리로 우연에게 무엇을 선택할지 물었다.

하고 싶은 일, 해야 할 일.

나 혼자 행복한 길, 많은 사람이 행복한 길.

그랬다. 그때 아저씨는 나처럼 인생 전체가 걸린 고민을 하고 있었고, 난생처음 만난 아이에게 아주 어렵게 고민을 털어놓았었다. 그때 내 입에서 쏟아져 나왔던, 너무나도 철없고 생각 없던 대답이 줄줄 떠오른다. 아 어떡해. 나는 어떡해. 우연은 이 빌어먹을 혀를 찍어 내고 싶었다.

하아, 학, 하아아.

긴장하는 시간이 길어져서일까. 몸의 반응이 이상해진다. 점점 숨이 받아진다. 심장이 둥둥대며 뛰고, 숨이 할딱할딱 흘러나온다. 등으로 뻣뻣한 긴장감이 쫙 올라오는데 무서운 건지 기분이 좋은 건지 분별조차 되지 않는다. 확실한 건 안타까운 감정은 아니라는 거였다.

우연은 도둑괭이처럼 문에 귀를 바짝 붙였다. 아저씨는 여전히 소리 없이 기도하고 있었다. 침이 바작바작 마른다. 자신이 몹쓸 짓을 하고 있다는 생각조차 새하얗게 사라졌다.

달그락.

문에 너무 가까이 몸을 붙인 탓일까. 들고 있던 고양이 인형의 발이 문손잡이에 걸려서 짧은 쇳소리를 냈다. 머릿속이 하얗게 변했다. 사방은 무시무시한 긴장감에 휩싸였다. 똑같은 침묵이지만, 우연은 아저씨가 기도를 갑자기 멈춘 것을 느낄 수 있었다.

아 제기랄, 어떡해! 난 몰라, 어떡해!

"누구야."

낮고 무시무시한 목소리가 흘러나왔다. 항상 다정하던 아저씨의 목소리와 전혀 달랐다. 평소에는 다정한 푸른 수염이지만, 비밀의 방을 들키면 신부를 죽인다는 것을 잠시 잊고 있었다. 우연은 문 앞에서 움직이지도 못한 채 꽁꽁 얼어붙었다.

"밖에 누구야! 밤엔 아무도 올라오지 말라 했잖아!"

아저씨의 언성이 확 높아졌다. 그대로 기절하고 싶었다.

우연이 끝까지 대답하지 않자 아저씨는 문을 열고 나오는 대신 달칵, 안에서 문을 잠가 버렸다. 도망가야 해, 지금이라도 도망을 가면. 하지만 몇 걸음 떼기도 전에 삐잇, 삐잇, 날카로운 벨 소리가 건물 전체에 울렸다.

……이, 이게 무슨?

아래층 여기저기서 쾅쾅 문 열리는 소리가 들린다. 심장이 터질 것처럼 쿵쾅댄다. 맞다. 보안 벨. 여긴 세경 회장님 저택이고, 보안이 좋아서 아저씨가 나를 이리로 데려왔던 거였지. 신분을 밝히지 않는 인기척이 있을 때, 바로 나오면 외부 침입자에게 해를 당할 수도 있으니 침대 곁의 보안 벨을 누르라는 안내까지 받지 않았던가.

타타타탓, 투타타탓. 아래층에서 사람들이 2층으로 뛰어 올라온다. 팟, 불이 환하게 켜지며, 눈앞이 새하얗게 물든다.

"전무님, 전무님? 괜찮으십니까?"

"아니, 이게 무슨……."

우연은 바닥에 주저앉아 버렸다. 몰려온 사람들을 볼 용기가 없어, 몸을 벌레처럼 동그랗게 말고 고개를 무릎에 처박았다. 사지가 경련하듯 벌벌 떨렸다.

"외부에서 누가 들어온 겁니까?"

아저씨의 차가운 목소리와 함께 눈앞의 문이 드디어 열린다. 흰 가운 차림의 아저씨가 무섭게 굳은 얼굴로 밖으로 나온다. 하지만 커다란 고양이 인형을 끌어안은 채 잠옷 차림으로 주저앉아 있는 우연을 보고 표정이 확 바뀌었다.

"우연이…… 너였니?"

"아, 아저씨……."

"네가…… 여기엔 왜? 아까 분명 잠을 자고 있었던……."

아저씨의 얼굴이 순식간에 시뻘겋게 물든다. 기도 내용을 들었다고 생각한 것 같다. 우연은 허둥허둥 변명을 주워섬겼다.

"아, 아저씨랑 라면 머, 먹고 싶어서, 여쭤보려고……."

"아…… 라면? 나랑 라면이 먹고 싶어서……?"

아저씨는 세상에서 가장 얼빠진 표정으로 되물었다. 우연은 몸을 와들와들 떨었다. 숨이 할딱할딱 차오른다.

"배, 배가 고파서, 잠이 안 와서, 라면, 머, 먹, 2층에 불이 켜져 있어서, 그, 그래서 아저씨도……."

"들었니?"

아저씨가 말을 탁 끊어 내며 묻는다. 한 번도 보지 못한 차갑고 딱딱한 표정으로 우연을 노려본다. 모인 사람들의 시선이 화살처럼 등에 와서 박혔다.

뭐라고 대답해야 할지 머릿속에서 말이 엉킨다. 아저씨, 그, 그게, 저는. 숨이 점점 가빠지더니 목구멍이 막힌다. 아저씨, 무서워. 아저씨도, 이렇게, 무서운, 사람이었어. 목에서 꺽꺽 하는 소리가 섞이고, 숨이 가빠서 말을 내뱉을 수 없었다.

쾅, 결국 거대한 벼락이 심장으로 떨어졌다. 끽끽, 끽. 우연은 허리를 구부리고 입을 틀어막았다. 심장이 미친 듯이 날뛰기 시작했다.

"우연아! 왜 이래. 진우연!"

아저씨의 놀란 목소리와 함께 갑자기 몸이 확 당겨졌다. 우연은 아저씨가 자신을 안아 올린 후에야 자신이 정신없이 몸을 떨고 있다는 것을 알았다. 죽을 것 같다. 아빠에게 쫓길 때처럼 거대한 공포가 다시 몰려오기 시작했다. 시익, 시익, 쌕, 쌕, 쌕. 온몸은 발작처럼 떨리고, 숨은 막히고, 눈앞은 희었다가 검었다가 편집 교차 영상처럼 확확 바뀐다.

"모, 모몰, 하, 저, 저는, 몰라요, 아무것도, 컥, 모, 못, 컥컥."

"아, 그래. 알았어. 알았으니까 진정해."

"전, 저, 정말, 라, 아하, 하, 라면, 하아……."

"그래. 라면 먹자. 같이 먹자, 그래. 간만에 입맛이 돌아왔구나…… 제기랄, 왜 이렇게 떨어. 송 여사님! 김민정 씨! 거기 아무도 없습니까? 정 박사한테 연락 좀 해요!"

우연은 와들와들 떨리는 손으로 아저씨의 등을 움켜잡았다. 물에 빠진 사람이 구명보트에 매달린 것처럼. 우연아, 제발 정신 차려, 우연아! 아저씨의 고함 소리가 꿈결처럼 아득해진다.

□ ■ □

"음. 그러니까, 라면 세 개면 물 1,650밀리리터를 끓이고, 물이 끓은 후에……."

"저, 저기 계량컵 안 하셔도 대충 요 정도까지 담으면 돼요. 다시마는 끓을 때 먼저 넣으시고요, 면을 넣기 전에 스프를 넣으시고요."

이원은 대체 이게 무슨 도깨비놀음인지 알 수 없었다. 다만, 이 아이에게 아까 뭘 들었는지 추궁하기는 어려운 상황이라, 잠자코 도깨비놀음대로 따라가는 중이었다.

우연은 쓰러진 지 30분 정도 되자 정신을 차렸다. 그리고 걱정스럽게 내려다보는 이원과 송 여사를 보곤 눈 밑까지 이불을 끌어 올리더니, 조금 전에 있었던 일을 새까맣게 까먹은 것처럼 전혀 엉뚱한 말을 중얼거렸다.

"아저씨, 배고파요."

기가 막혀서 말이 나오지 않았다. 이원은 눈을 감은 채 크게 심호흡을 했다. 후우. 후우, 후우우.

……좋다. 일단 나무랄 일은 나중으로 미루자. 적어도 불안 발작으로 의식을 잃었다가 막 깬 아이에게 도둑고양이 짓거리를 추궁하는 게 적절한 일은 아니니까.

"그래. 라면 먹으러 가자."

이원은 길게 한숨을 쉬며 자리에서 일어났다.

바글바글, 바그르르.

라면 국물이 끓어오르는 소리가 주방에 잘게 흩어졌다. 우연은 발개진 눈을 비비면서, 라면을 쫄깃하게 끓이는 팁을 이원에게 가르쳤다. 변검술사처럼 쉴 새 없이 바뀌는 얼굴이 낯설다. 물론 새벽 3시에 아이를 위해 직접 라면을 끓이고 있는 자신의 모습도 낯설기는 마찬가지였다.

냄비에 든 라면을 조심스럽게 면기(麵器) 두 개로 나누어 옮겼다. 하지만 안 해 본 짓인 걸 티라도 내려는 듯, 국물이 주르르 그릇 옆으로 흘러 나간다.

"아저씨. 와, 어떡해. 그렇게 끝부분이 닿게 따르면 밖으로 샌단 말이에요. 아우우, 아까워서 어떡해. 흘린 게 한 국자도 넘겠네!"

발을 동동 구르며 흘겨보는 꼴이, 남이 안 보면 핥아 먹기라도 할 기세였다.

이원은 국물을 한 숟가락 밀어 넣고 저도 모르게 탄식했다. 라면의 짜고 맵고 독한 감칠맛에 혀가 마비될 지경이다. 매일 이런 것만, 그것도 밤마다 먹었다니 몸이 남아나겠나. 조건 반사처럼 잔소리가 튀어나오려 했지만, 일단 입을 다물었다. 우연이는 환자였다.

순간 이원은 숟가락을 멈췄다. 뭔가 뒤통수를 후려치는 것 같다.

……이건 뭐지?

입안에 감도는 소름 끼치도록 짜고 매운맛. 단번에 미뢰를 평정해 버리는 감미료의 맛.

이원은 눈을 크게 뜬 채 우연을 내려다보았다. 이건 우연이다. 지난번 케이크도 우연이었다. 그 뒤 혼자 먹은 케이크에서는 신맛이든 단맛이든 아무것도 느껴지지 않았다.

우연은 라면에 집중하느라 이원의 표정 변화를 알아차리지 못했다. 그 소동을 일으켰던 것도 깡그리 잊어버린 듯, 새까만 눈을 말갛게 반짝이며 '면발은 역시 너구리야.'를 중얼거리며 잘도 먹는다. 겁도 없이 세 개를 끓여 놓고, 저가 태연하게 두 몫을 가져간다.

이원은 그릇을 끌어당겨 면을 입에 넣기 시작했다. 우연처럼 빨리 먹을 수 없었다. 맛을 느끼는 것이 너무 오랜만이었고, 라면의 맛은 케이크보다 열 배는 강렬했다. 짠맛이든, 매운맛이든, 해물 맛이든, 인공 감미료 맛이든, 미칠 듯이 소중했다. 눈이 욱신거려서 고개를 수그린 채, 면발의 느낌 하나하나를 음미하며 천천히 먹었다.

송 여사와 고용인들의 놀란 시선이 느껴졌지만, 신경 쓸 겨를조차 없었다. 생각 같아선 바닥에 흘린 국물 한 방울까지 핥아 먹고 싶었다. 내일 다시 확인해 봐야겠지만, 내일도 이 맛이 느껴지리라는 보장이 없으니까.

달그락.

그릇을 깨끗이 비운 이원은 눈을 감고 입안에 감도는 맛을 오랫동안 음미했다. 아주 짧은 시간이지만 천국에 올라온 것 같았고, 새로운 세계를 영접한 것 같았다. 예민하고 섬세한 미각으로 송 여사가 해 준 반찬에 들어간 양념을 일일이 맞추며 즐거워하던 소년 시절이 선명하게 떠올랐다. 아주 오래전 일 같았는데, 생각해 보면 미각을 잃어버린 건 5-6년 남짓밖에 되지 않았다.

눈을 뜨니 자신을 조심스럽게 살펴보는 우연과 송 여사가 보인다. 입에서 감돌던 맵고 짠맛이 서서히 혀 속으로 스며들듯 사라진다. 꿈에서 깬 것 같다. 긴 한숨을 쉬며 뒤에 서 있는 송 여사와 경호 직원 민정 씨에게 손짓했다.

"고생 많으셨습니다. 이제 들어가서 주무세요. 우연이도 바로 들여보내겠습니다."

이원은 우연과 함께 있을 때 송 여사나 여성 경호원을 동석하게 했다. 이런 부분은 아무리 조심해도 나쁠 것이 없었다.

하지만 지금은 둘이서 꼭 해야 할 말이 있었다.

달그락.

우연이 수저를 내려놓으며 이원을 슬쩍 곁눈질한다. 이원은 속으로 코웃음을 치며 딱딱한 목소리로 말했다.

"진우연."

"네! 네? 네!"

화들짝 놀라는 걸 보니 역시 찔리는 게 있지. 이원은 조금 더 엄한 소리로 말했다.

"남의 기도를 엿듣는 것은 예의가 아니야."

"어, 기도하고 계셨어요?"

"모르는 척하지 마. 기도하는 줄 알았으면 바로 자릴 피해 주어야지."

"저, 그, 그게…… 무슨 내용인지 안 들렸어요."

"거짓말하지 마!"

뻔한 거짓말을 듣고 있으니 속이 울렁거렸다. 이원은 실수에는 관대한 편이었지만 거짓말은 실수가 아니었다. 따라서 관용을 베풀 일이 아니었다.

"궁금해서 몰래 엿들을 수는 있겠지. 하지만 거짓말은 서로의 관계를 근본부터 깨는 짓이야. 아저씨는 믿지 못할 사람은 가까이 두고 싶지 않아."

"하지만, 세상 사람들은 다 거짓말을 하긴 하잖아요. 거짓말하는 사람을 죄다 멀리했다간 아저씨는 아무하고도 가까이 지내지 못하실 거예요."

놀랍게도, 우연이 바르르 떨리는 목소리로 반박한다. 기가 막혔다. 거짓말을 하지 말라는 가장 기본적이고 당연한 상식마저 설득해야 한다는 건가?

"세상 사람이 죄다 거짓말을 한다고 해서 그게 용인될 순 없어. 유무죄를 판단하는 건 머릿수가 아니라 법이야."

"그걸 어긴 사람보다, 아무도 지킬 수 없는 법이 더 나쁜 거 아닌가요?"

"지키기 쉽든 어렵든, 법은 공공의 선을 위해서 옳게 행동하려는 사람들의 기준선으로서 충분히 존재 가치가 있어."

이원은 끓어오르는 속을 가라앉히려 길게 심호흡을 했다. 너무 당연해 논쟁조차 할 수 없는 일이었다.

하지만 우연 역시 트집을 위한 트집이나 궤변을 늘어놓으려는 건 아니었다. 그것도 알고는 있다. 다만 규범이나 틀에 얽매이지 않는 그녀의 성향이 문제였다. 우연은 이원이 구축한 견고하고 상식적인 세상을 이런 방식으로 흔들어 대곤 했다.

우연이 이원의 눈치를 보며 조심스럽게 묻는다.

"아저씨는 어렸을 때 거짓말 안 하셨어요?"

"안 하려고 노력했어. 거짓말하면 종일 불편하고 가책이 느껴져서, 솔직하게 말씀드리고 용서받는 게 속이 편했어."

"아저씨네 엄마, 아빠, 선생님들은 아주 착하셨나 봐요."

시니컬한 중얼거림에 말문이 다시 막혔다.

"저는요, 엄마, 아빠, 선생님에게 매일매일 거짓말을 했어요. 엄마도 거짓말을 했고요. 아빠나 선생님도 분명 거짓말을 했을 텐데, 맞는 건 저하고 엄마뿐이었죠. 거짓말이 나빠서 맞은 게 아니라 힘이 약해서 맞은 거였어요."

야자하느라 늦은 거야. 학교에서 청소했어. 친구들하고 숙제했어. 그림 그리지 않았어, 학교에 전화해서 물어봐! 여보, 나 오늘 학부모 상담 갔다 온 거야,

이거 친정 엄마가 사 준 옷이야, 비싼 거 아니야, 생활비 쓴 거 아니라니까. 술 안 마셨어, 친구 만난 거 아니야, 녹색 어머니회 모임……. 아, 정말이야, 맹세 해.

그런 상황에서 솔직하게 대답하고 맞아 죽는 게 옳다고 말하는 사람이 있으면 한번 나와 보라고 해요. 새까만 눈동자에 맺힌 결기는 그렇게 따지고 있었다.

이원은 다그치는 것을 포기했다. 우연은 자신에게 불행한 과거를 늘어놓으며 동정이나 관심을 받으려는 생각이 전혀 없었다. 다만 그녀의 원래 삶이 그랬다. 이원이 안내하는 대로 한 걸음씩 변하려고, 밝게 살아가려고 기를 쓰고 노력해서 괜찮아 보였을 뿐, 안에 고여 있던 내용물은 여전히 시한폭탄이었다. 솔직하게 말하고 속 편하게 용서받아야 한다는 말은 우연이 그동안 겪어 온 환경에선 너무나 팔자 좋은 도덕률이었다.

게다가, 약육강식이 지배하는 사회의 생태 역시, 우연이 파악한 진실과 크게 다르지 않았다. 모든 사람이 옳은 것이라, 바른길이라 배운 것들이, 사회에서 얼마나 무참하게 폐기 처분 되는지 이원은 잘 알고 있었다.

이원은 무겁게 입술을 뗐다.

"그래. 사실 아저씨도…… 무서우면 거짓말을 해……. 너보다 열 배쯤 더 많이."

우연의 눈이 동그래진다. 그렇게 의외의 대답이었을까? 눈시울에 순식간에 맑은 물이 괸다. 당황스러웠다. 내가 울 만한 말을 했나? 우연이 그것을 떨구지 않으려 고개를 쳐드는 순간, 눈물은 볼을 타고 조르르 흘러내려 빈 그릇 안으로 통, 떨어진다. 목멘 대답이 흘러나왔다.

"거짓말. 아저씨는 그래도 거짓말 안 했을 거야. 엄마 아빠한테 맞아 죽어도 안 했을 거야. 아저씨는 나 같은 사람이 아니잖아요."

이원은 손을 내밀어 우연의 눈물을 막았다. 눈물은 이제 울컥울컥 손가락을 타고 흘러 내려갔다. 가슴이 뻐근하고 욱신거린다. 이를 지그시 물고 참았다.

이원의 마음은 우연에게 항상 과하게 반응했다. 과하게 동정하고, 과하게 기대하고, 과하게 화를 내고, 과하게 신경을 쓰고, 과한 책임을 자처하며, 필요 이상으로 웃고, 믿을 수 없을 만큼 행복해했다. 처음 만났을 때부터 그랬다. 우연은 이원의 반응과 감각을 극대화시키는 데 특화된 미지의 생물 같았다.

이 아이에게로 향하는 마음을 거두기로 결심했다. 그리고 할 수 있는 일은 다 했다. 하지만 결국 똑같은 자리로 끌려왔다. 이원은 이런 불가항력의 상황이 너무 곤혹스러웠다.

"아저씨 미안해요. 아까 기도하시는 거 들었어요. 구, 궁금해서."

완전히 벌거벗겨진 느낌이었지만, 이원은 빙그레 웃어 주었다.

"……앞으론 그러지 마. 나도 남에게 말하기 싫은 게 있어."

"아저씨는 왜 저한테 화를 안 내요? 이런 건 소리 지르고, 실망했다고 하고, 화를 내셔야 하는 거잖아요. 어떻게 사람이 그럴 수가 있어요? 아저씨는 사람이 아닌 거 같아요."

새까만 눈에서 다시 말간 눈물이 넘쳐흘렀다.

이원은 우연을 안아 주고 싶다는 생각을 필사적으로 눌렀다. 그래선 안 된다. 이제는 안 된다.

이원은 우연이 그린 초상화를 본 후부터 극도로 신경이 곤두서 있었다. 짧은 충격과 감탄이 지나간 후, 바로 위험하다는 느낌이 들었다. 우연의 의도와 감정을 확신할 순 없었지만 적어도 그 감정이 아슬아슬한 선 위에 서 있다는 것만은 알 수 있었다.

……그리고 내 감정도.

"이제부턴 거짓말 안 할게요. 세상 모든 사람들에게는 해도, 아저씨한테는 절대 안 할게요. 아무리 무서워도, 절대 말하기 싫어도, 아저씨한테는 다 할게요. 약속해요."

"그래. 고맙다."

이원은 그녀를 안아 주는 대신 냅킨을 뺨에 대 주었다. 냅킨은 빠르게 젖었다. 아저씨, 우연이 속삭이듯 묻는다.

"아저씨, 뭐 여쭤봐도 돼요?"

"응."

"아저씨도 저한테 거짓말 안 하실 거죠?"

"……그래."

"아저씨, 아저씨는 왜 좋아하지도 않는 언니하고 결혼하려고 해요?"

목에서 뭔가 턱 치받고 올라오는 것 같다. 어디까지 들은 걸까. 어떤 내용까지. 목소리가 꺼끌꺼끌하게 갈라져 나왔다.

"예의 없구나. 무슨 대답이 듣고 싶은데?"

"듣고 싶은 대답이 있는 게 아니라 너무 이상해서……. 아저씨처럼 잘나고 부족한 거 없는 사람이 왜 싫어하는 사람하고 결혼해요?"

"난 잘난 사람도 아니고, 미현이를 싫어하는 것도 아니야. 그냥, 어릴 때부터 친구처럼 지내서 그런지, 사랑이라는 감정이 쉽게 안 생겨서."

이원은 최대한 에둘러 대답했다. 우연이 툭 질러 묻는다.

"하지만 섹스에 거부감이 든다면서요. 그럼 끝난 거 아니에요?"

"너……!"

놀랍지는 않았다. 우연이라면 이렇게 적나라한 말로 푹 찌르듯 물어볼 거라 생각했다. 하지만 이원은 지금까지 그런 걸 대화의 주제로 삼아 본 적이 없어서 당황스러웠다. 묻는 우연이 더 덤덤하고 태연하다. 난생처음으로 나잇값도 못 한다는 생각이 들었다.

"혹시 무슨 협박이라도 받으셨어요? 결혼 안 해 주면 회사에 독가스라도 터뜨린대요?"

"그럴 리가."

협박을 받은 것은 맞지만, 인정할 수는 없었다. 이원은 우연의 뺨에서 손을 떼어 냈다. 우연의 발그레한 얼굴은 천천히 말라 가고 있었다.

"그럼, 옛날 영화나 만화 같은 데 나오는 정략결혼 같은 건가요? 부모님이 집안 맞춰서 결혼 상대 정해 주고 그러는 거요?"

이원은 자신의 결혼에 대해 어떻게 말해야 덜 비참할까 계산했다. 차라리 저 아이 말대로 구태의연한 정략혼이라고 하는 게 그나마 덜 구차해 보이려나. 간신히 입이 떨어졌다.

"옛날 영화 아니라도, 이 바닥은 지금도 그래. 기업가 집안 혼사에는 연애결혼이 거의 없어. 대부분 부모님이 정해 준 대로, 아니면 소개로 집안 조건, 상황 맞춰서 결혼해. 그래도 다들 잘 살고."

"이 결혼도 아저씨네 아빠가 정해 주신 거예요?"

"그래."

이원은 아무 감정도 없는 얼굴로 고개를 끄덕였다.

……이건 진짜 이상하다.

우연은 의아한 눈으로 아저씨를 올려다보았다. 사랑하지도 않는 사람끼리, 섹스도 하고 싶지 않은 사람끼리, 정해 준 대로 만나서 잘 살 거라고? 저렇게 큰 어른이, 아빠가 시킨 대로 순순히 받아들였다고?

이해가 되지 않는다. 하지만 우연은 굳이 이해할 필요도 없다는 것을 바로 깨달았다. 아저씨는 우연과 완전히 다른 세계에 사는 사람이다. 원래 '그들만의 리그'에서 통용되는 상식이란, 남들이 제대로 이해할 수 없게 마련이다.

그래도 내가 아저씨 아빠였다면, 아들이 안 좋아하는 여자하고는 결혼시키지 않았을 텐데.

"……아저씨는 아빠가 밉지 않아요?"

아저씨는 시선을 옆으로 돌린 채 씁쓸하게 웃는다. 끝까지 화를 내지 않는 아저씨는 여전히 사람처럼 느껴지지 않는다. 이런 상황에서조차 화를 내지 않는 것은 칭찬받아야 할 미덕이 아니라 감정의 기능 장애에 가까워 보였다.

"아저씨네 아버지는 아저씨보다 회사를 더 사랑한 것 같아요. 아들의 마음 따윈 코딱지만큼도, 아니, 조금도 신경 안 썼다는 거죠."

우연의 단호한 말에 아저씨가 빙그레 웃는다. 웃음 꼬리는 쓰고 아팠다. 아저씨는 그 사실을 애초부터 알고 있었다. 그러면서도 '아버지가 자신을 사랑했다.', '좋은 아버지였다.' 라고 말했다. 아저씨야말로 습관적인 거짓말쟁이일지도 모른다.

이제 더 이상 물어보면…… 안 되겠지.

사실 우연이 가장 묻고 싶은 것은 "약혼녀 언니에게 정말 다른 남자가 있어요?" 하는 것이었다.

하지만 그 질문을 입 밖으로 낼 수는 없었다. 그게 사실이면 아저씨에게 너무 큰 치욕이고, 내가 그 사실을 아는 것 자체만으로도 아저씨는 견딜 수 없을 것이다. 우연은 이것만큼은 끝까지 묻지 않고 가슴에 담아 두기로 결심했다.

우연은 아무렇지도 않은 척 말을 돌렸다.

"……뭐, 결혼하시고 살아 보다가 영 안 맞으면 다시 원래대로 돌아가면 되니까요."

그래, 생각해 보니 그런 방법도 있었다. 사악한 생각인 걸 알면서도 괜스레 가슴이 둥둥거린다. 난 죽으면 아마 천국에 못 갈 거 같다. 아니나 다를까 아저씨가 헛웃음을 터뜨렸다.

"결혼이 장난이냐. 한번 먹어 보고 맛없으면 뱉지, 하게?"

"인생이 장난인가요? 먹어 보니 똥이었는데 뱉지도 못해요?"

아저씨가 지친 얼굴로 고개를 젓는다.

"우연아. 네가 결혼에 대해 안 좋게 생각하는 건 아는데, 혼배 성사는 일반 결혼과 달라. 한 번 올리면 이혼 못 해."

"혼배 성사가 뭔가요?"

"……성당에서 결혼하는 거 말이야."

"그럼 성당 말고 예식장이나 호텔에서 하시면……."

나중에 이혼할 수도 있잖아요, 라는 말은 얼른 삼켰지만, 아저씨의 표정은 이미 눈에 띌 정도로 굳어 버렸다.

"그건 안 되지. 그럼 하느님께는 인정받지 못하는 혼인이 되는 거야. 신자들에게 결혼은 하느님의 이름으로 맺어지는 관계고, 가정은 하느님이 만드신 작은 교회나 마찬가지야. 그런 신성한 약속을 함부로 깨뜨릴 수는 없어."

순간 우연은 누구에게랄 것도 없는 분노가 치밀었다. 왜 아저씨의 세상에는 온통 족쇄, 족쇄, 족쇄밖에 없는 걸까.

"그럼 신자 안 하면 되잖아요."

아저씨의 얼굴이 기가 막힌 듯 일그러진다. 한참 만에야 허, 하며 헛웃음을 치더니 차가운 목소리로 말을 잘랐다.

"그게 말이 돼?"

"……왜 말이 안 돼요? 아저씨는 저한테 도망치라고 해 놓고, 왜 아저씨는 도망치지 않아요? 매는 도망칠 수 없을 때나 맞는 거예요. 게다가 하루 이틀 맞고 끝나는 것도 아니고 평생이 걸린 일인데!"

"진우연! 종교는 나에게 가장 중요한 신념이야. 그렇게 남이 함부로 재단할 수 있는 게 아니야!"

아저씨의 눈은 큰 모욕이라도 당한 것처럼 지글지글 끓어올랐다. 하지만 우연은 쉬운 길을 두고 엉뚱한 기도나 하는 아저씨를 도저히 이해할 수 없었다. 안타까워서 눈물이 나올 것 같았다.

"하느님이 아저씨를 사랑하신다면, 이 결혼 하지 말라고 그러셨을 거예요! 분명히 그러셨을 거예요!"

"우연아. 하느님의 사랑은 인간이 이해하지 못할 때도 많아. 어떤 길이 가장 좋을지는 그분이 가장 잘 아시는 거야. 우리는 오랜 시간이 흐른 다음에야 이해하게 되고."

아니다. 정말 사랑하는지 아닌지는, 사랑받는 사람이 제일 잘 안다. 사랑은 원인과 결과를 납득하고 이해해야만 하는 게 아니라 느끼는 것이다. 아저씨는 왜 그 당연한 걸 모를까.

"아저씨는 하느님이 사랑한다는 걸 언제 믿게 됐어요?"

"일곱 살 때. 어머니 장례 미사 때 하늘에서 환한 빛이 내려오는 걸 봤어. 그리고 그 속에서 들려오는 부드럽고 따뜻한 위로의 음성과 부르심을 들었어. 아무도 그걸 보지도 듣지도 못했고, 나 혼자만 경험했었지."

다시 몸이 부르르 떨렸다. 신비롭다는 느낌이 아니라 이젠 서러움과 분노가 북받쳤다. 우연은 목멘 소리로 쥐어짜듯 입을 열었다.

"아저씨가 환상을 보는 건……."

하느님의 은혜인데, 내가, 내가 이상한 장면을 상상해서 보면, 그건…… 왜 정신 분열 증세인가요……?

하지만 우연은 더 이상 입을 열지 않고 간신히 멈춰 섰다. 그 말은 아저씨가 가장 소중히 여기는 부분을 가장 깊이 찌르는 칼이 될 것이다. 그곳은 아저씨가 남에게 침범을 허락하지 않는 금단의 땅이었고, 그랬다가는 이 아슬아슬한 관계마저 파탄이 나고 말 것이다.

우연의 침묵에 아저씨의 미간이 훅, 굳는 것이 보인다. 우연이 어떤 말을 삼켰을지 짐작한 것 같았다. 하지만 우연은 끝내 말하지 않았고, 아저씨도 조용히 물러났다.

"이 이야기는 여기까지만 하자. 나는 누구하고든 종교나 정치 문제로 논쟁은 하지 않는데, 너하고 종교 문제로 싸우게 될 줄은 몰랐다."

"아저씨?"

"우연아. 종교는 믿는 사람에게는 삶의 기둥이고 신념이야. 남이 함부로 판단할 영역이 아니야. 설명한다고 해서 이해할 수 있는 것도 아니고, 이해한다고 해서 믿어지는 것도 아니야. 너와 신학 논쟁을 할 생각도 없어. 그러니 이쯤 하자."

우연은 잠자코 고개를 숙였다. 안타까운 것과 별개로, 자신이 지나치게 나갔다는 자각이 뒤늦게 들었다.

늘 그렇듯이 이런 자각은 항상 타이밍이 늦었고, 속이 바닥까지 후벼 파이면서도 이성적으로 상황을 수습하는 건 늘 아저씨 몫이었다. 미안하고 죄스러워서 입이 떨어지지 않았다. 자신은 백번 죽어도 아저씨 같은 인격자는 되지 못

할 것이다.

"내가 나잇값도 못 하고 철없는 기도를 올려서, 그분과 네 마음까지 아프게 했구나. 나는 괜찮으니 신경 쓰지 마라."

친절한 저 목소리가 더 아팠다. 왜 아저씨는 나에게 끝끝내 화를 내지 않을까. 내가 아픈 건 다 받아 주고 위로하고 달래 주면서, 아저씨가 아픈 건 왜 혼자서 이렇게 참기만 할까. 그 빌어먹을 나잇값이 대체 뭐길래.

"들어가서 자렴."

아저씨의 얼굴에는 다시 웃음기가 돌아왔다. 우연은 울고 싶었다.

□ ■ □

다음 날 아침, 아저씨는 우연을 2층으로 불러 기도실을 보여 주었다. 별다른 설명도 없이 "궁금할 것 같아서." 한마디만 하고는 커튼을 젖히고 덤덤하게 열어 보인다.

하얀 회벽에 작은 십자가가 걸려 있고, 그 외에는 아무 장식도 없었다. 창문조차 없는 밋밋한 벽에는 방으로 통하는 작은 환풍 구멍만 하나 뚫려 있을 뿐이었다. 작고 투박한 나무 탁자에는 검은 성서와 조그마한 성모상, 그리고 나무로 만든 묵주가 얌전히 놓여 있었고, 방석이 하나 있었다. 그게 전부였다.

하지만 우연은 이 작은 방이 이 저택의 진짜 중심이며, 아저씨를 아저씨답게 만드는 가장 신성한 장소임을 알았다.

우연은 아저씨를 조심스럽게 올려다보았다.

"성당에 안 다녀도 하느님께 기도하면 다 들으시나요?"

"물론이지."

아저씨는 조금 가라앉은 목소리로 대답했다. 우연은 다시 물었다.

"저도 힘들면 여기 와서 기도해도 되나요?"

아저씨는 눈을 가만히 내리깔고 생각에 잠겼다. 잠시 후, 그는 느리게 고개를 끄덕였다.

"……얼마든지."

비밀의 방에는 푸른 수염의 심장이 들어 있었고, 우연은 그 심장 속에서 오래오래 서 있었다.

19

이방인

"신인전 공모에 우연이를요?"

이원은 눈앞에 서 있는 비서실장을 멀거니 쳐다보았다. 동그란 안경 너머 까만 눈동자가 흥분한 듯 반짝반짝 빛나고 있다. 예상치 못한 곳에서 엉뚱한 소리를 할 때의 딱 그 표정이다.

"어제 올라온 서류 중에, 강석주 관장이 이원미술관 신인전 공모 요강 올린 게 있잖습니까? 거기에 우연이 작품을 출품해 보는 게 어떻겠습니까?"

"……벌써 데뷔시키자는 겁니까? 이제 스무 살밖에 안 된 아이를요?"

이원은 헛웃음을 지으며 팔짱을 꼈다. 최 실장도 은근히 우연을 아끼고 있다는 건 알지만 이런 제안은 좀 당황스럽다.

이원미술관 신인 화가 공모전은, 개인전을 아직 열지 못한 신예 화가를 발굴해서 후원하는 이원메세나재단의 중장기 프로젝트다. 당선된 화가들에게는 상금과 판매 대금 전액, 그리고 개인전 무료 대관의 기회를 5년간 제공하며, 재단에서 운영하는 과천의 아트빌리지에 5년간 입주할 권리도 준다.

나름 공정하다는 평가에, 적당히 권위도 있는 데다, 신인전을 통해 데뷔한 화가들이 라인을 형성해 화단에서 세력을 구축하고 있다 보니, 젊은 화가들의 지원이 엄청났다.

"나이 제한 있는 공모전도 아닌데 무슨 상관입니까. 피카소가 고전주의 테크닉을 마스터했다는 시기가 겨우 열다섯 살이었습니다. 청색 시대를 열었던 건 스무 살이고요."

"그건 피카소였으니까."

"혹시 압니까? 우연이도 피카소보다 더 유명해질지? 가능성이야 무궁무진하죠!"

이원의 심드렁한 반응에도 최 실장은 끈질겼다.

"전무님 초상화 한번 생각해 보십시오. 저는 완전히 기절하는 줄 알았습니다. 그 실력이면 충분히 승산 있습니다. 손 원장님도 말씀하셨잖습니까. 전시회 같은 목표를 주는 것도 치료에 효과가 있을 거라고요."

손 원장의 전시회 제안이라. 이원은 다시 쓴웃음을 지었다.

'투약과 상담 말고도, 성취감을 줄 수 있는 프로젝트를 주면 무기력과 우울에서 벗어나는 데 도움이 될 겁니다. 학교 동기들하고 작은 연합 전시회라도 열면 어떨까요? 구민 회관 홀이라도 빌려서.'

이원은 그 제안을 일소에 부쳐 버렸다. 손 원장은 미술에 쥐뿔 아무런 안목도 없다. 본사 로비에 걸린 잭슨 폴록의 작품을 보고 원숭이가 낙서를 했느냐 하는 말을 아무렇지도 않게 하는 사람이었다. 우연의 실력을 심리 치료용 전시회 수준으로 생각한다는 걸 알게 되니, 자신까지 후려쳐진 것 같고 자존심이 상했다.

적어도 우연이의 데뷔는 단독 개인전으로, 다들 알 만한 갤러리에서, 고급스러운 도록을 갖춰서, 컬렉터들의 입에 오르내릴 만큼 본격적으로 이루어져야 했다.

"최 실장님. 지금 우연이는 안정이 필요합니다. 군이 스트레스를 줄 필요가 있을까요?"

"전무님, 우연이는 지금까지 그림으로 스트레스를 풀어 왔습니다. 탈출구였죠. 게다가 이원 신인전은 화가들이 가장 선망하는 등용문입니다. 데뷔 무대로 그 이상 좋을 순 없겠죠. 무엇보다……."

홍연은 이해할 수 없다는 듯 고개를 갸웃하더니 목소리를 낮춰서 숙설거린다.

"당선되면 우연이 앞엔 그야말로 탄탄대로가 열리는 겁니다. 이원 신인전에 컬렉터들이 몰려와서 매의 눈으로 샅샅이 둘러보고 가시는 거, 아시잖습니까. 제대로 된 컬렉터들 눈에 들면 바로 꽃길이죠."

비식 웃음이 나왔다. 우연에게 이미 제대로 된 컬렉터가 붙었다는 생각은 안 드나? 게다가 저 오지라퍼 비서실장이 깜박 잊어버린 게 있었다.

"다 좋은데…… 떨어지면 어쩌려고 그러십니까?"

"……네?"

"짜고 치는 것도 아니고, 전원 외부 심사 위원으로 이뤄지는 블라인드 심사 아닙니까. 그리고 작년에 열 명 뽑는데 750명 접수했던 거 잊으셨습니까? 자칫하면 꽃길은커녕 자존감만 바닥으로 처박힐 텐데요?"

최 실장이 멍청한 표정을 짓는다. 이원은 드디어 유쾌하게 웃었다.

"우연이에게 한번 물어보도록 하겠습니다."

□ ■ □

우연의 감정에는 중간층이 없었다. 묘지처럼 적막하고 수의처럼 정갈한 그의 공간에서, 우연은 끔찍하게 행복하거나 끔찍하게 불행했다. 아저씨가 출근한 후에는 깊은 안도감과 더 깊은 허무감에 푹 가라앉았고, 퇴근한 후에는 심장이 조여드는 불안감과 숨이 멎을 것 같은 고양감 속에서 허우적거렸다. 우연은 자신의 감정을 도저히 설명할 수 없었고, 이해할 수도 없었다.

아저씨가 출근하면 우연은 2층 기도실에 올라가 멍하니 시간을 보냈다. 아저씨가 매일 앉아서 비밀스러운 마음을 털어놓던 장소라 생각하면 가슴이 저절로 벌렁거렸다. 기도 따윈 안중에도 없었다. 아저씨가 알면 화를 내겠지만, 그래도 아저씨의 폐에서 나온 공기를 마시고 싶었고, 아저씨가 남긴 냄새 한 조각이라도 맡아 보고 싶었다.

가만히 눈을 감고 앉아 있노라면, 그 작고 은밀한 공간이 달콤한 꿀로 꿀렁꿀렁 파도치는 것처럼 느껴졌다. 자신은 꿀에 빠져 숨도 못 쉬고 죽어 가는 나방파리였다.

엄마 아빠와의 기억도 점점 사라지는 것 같다. 이상했다. 이곳에 이렇게 앉아 있으면 지금까지 당해 온 일들은 까마득하게 먼 과거로 사라지고, 다시는 오지 않을 것처럼 느껴졌다. 우연은 이 작은 공간이 지구의 시간과 공간에서 덜렁 떨어져 나온 작은 결계처럼 느껴졌다.

엄마 아빠와의 기억을 정말 완전히 잊을 수 있을까. 손 원장님 말로는, 정말 힘들고 아팠던 건 무의식이 빨리 잊도록 애를 쓴다는데.

그럴 것 같진 않다. 완전히 잊기 위해서는 완벽하게 안전해야 한다. 밖에서 엄마 아빠를 만날 가능성이 전혀 없이, 마스크나 성형 수술 따위에 의지하지 않고도 당당하게 돌아다닐 수 있을 때에야, 나는 두 사람을 완전히 잊을 수 있을 것이다.

그리고 그건 두 사람이 죽어야만 가능한 일이었다.

나는 이 안전한 결계에서 얼마나 오래 머무를 수 있을까.

아저씨는 나를 언제까지 견뎌 줄 수 있을까. 언제 쫓아내고 싶어질까. 내가 아저씨 말을 잘 듣고 아저씨 마음에 들면 여기 오래오래 머무를 수 있을까?

……진짜 뻔뻔하다 너.

상황 빤히 알면서 여전히 그런 기대를 품고 있는 자신이 환멸스러웠다.

우연은 아무것도 묻지 않았다. 아저씨가 언제까지라고 내보내는 날짜를 정해 두면 그때부터는 불안해서 도저히 살 수 없을 것이다.

우연은 이제 아빠를 만나는 게 불안한지, 아저씨와 떨어지는 게 불안한지도 구별할 수 없었다. 그리고 현재의 불안정한 상태가 아빠 때문인지, 아저씨 때문인지도 구별할 수 없었다. 아저씨에 대한 감정은 극한에서 극한까지 퍼져 있었다. 너무 많은 종류의 감정이 작은 심장에 한꺼번에 뭉쳐 있어서 가끔 심장이 터질 것 같았다.

우연은 뱀파이어처럼 종일 밤이 되기만 기다렸다. 아저씨가 집에 돌아오는 시간은 관짝에 누워 있던 진우연이 다시 생명을 얻고 살아나는 시간이었다.

□　■　□

"자, 다 삼켰으면 입을 한번 벌려 보시죠, 진우연 양?"

"아아."

우연은 입을 크게 벌리고 혀를 들어 보였다. 아저씨는 고개를 끄덕이며 냄비에 든 라면을 우연의 앞으로 밀어 보냈다. 약을 토하지 못하게 하기 위한 고육책이었다.

아저씨는 우연이 약을 몰래 토하고 있다는 것을 얼마 전에야 알게 되었다. 약을 먹으면 잠이 쏟아져야 마땅한데, 오밤중에 잠이 안 온다며 그 소란을 피웠으니 결국 꼬리를 잡힐 수밖에 없었다. 우연은 아저씨에게 약속한 대로 솔직하게 대답했다.

"혀 밑에 숨겨 놨다 뱉거나, 혀 안쪽에 손가락을 넣어서 변기에 토했어요."

"예전에도 많이 토해 봐서, 소리 안 나게 조용히 토하는 방법을 알아요."

그 후 아저씨는, 우연이 약 먹을 시간이 되면, 눈앞에서 직접 약을 먹이고 입속을 검사한 후, 식당에서 라면을 끓여 먹었다. 가끔 피 같은 라면 국물을 얻어 먹기도 했다. 매사 진지한 아저씨는, 라면 국물조차 경건하고 신중한 얼굴로 음미하듯 먹곤 했다.

"라면도 먹었으니, 서재에 올라와서 책이나 좀 보다 내려가렴."

그리고 약이 다 소화될 때까지 서재에서 두세 시간을 머무르게 한 후 내려보냈다.

우연은 서재에서 아저씨와 함께 책을 보거나, 이어폰을 끼고 음악을 듣거나, 웹 서핑을 하곤 했다. 아무것도 안 하고 눈을 감은 채 가만히 앉아 있기만 할 때도 있었다. 간간이 대화가 오가기도 했지만, 아저씨와 함께 보내는 시간은 대체로 고요하고 차분했다. 아저씨가 만들어 내는 침묵은 너무 편안하고 자연스러워서 기이하게 느껴질 지경이었다.

"아저씨, 이상해요. 같이 있으면서 말 한마디도 안 하는데, 어색하지 않고 편안해요."

"왜, 이상하니?"

"네. 엄마 아빠가 이렇게 조용하면 긴장감이 대박이었거든요. 되게 신기해요."

침묵이란 폭풍 전야처럼 뭔가 불안한 것이었다. 아빠가 재수 없는 소리라도 떠들고 있어야 안심이 되었고, 조용한 상황이면 무슨 말이든 나오는 대로 주워섬기지 않으면 목이 졸리는 것 같았다. 알고 보니 말이 없다는 건 이렇게 편안하고 좋은 거였는데.

그랬구나. 아저씨가 부드럽게 웃으며 고개를 끄덕인다.

"사실, 말보다 침묵이 더 편안하고 귀해. 나도 신학교에서 알았어. 거기선 저녁 시간이 아예 침묵 시간으로 정해져 있었거든."

신학교에서의 저녁 시간은 Altum Silentium, 대침묵 시간이었다. 이원은 절대 침묵에 잠긴 그 시간을 한없이 사랑했다. 하느님께 깊이 침잠하고 자신을 돌아보노라면, 세상은 어느덧 적요해지고, 마음은 평온해진다. 조용히 혼자 보내는 시간은, 보석처럼 귀하고 아름다운 것이었다.

우연은 가만가만 고개를 끄덕였다. 아저씨는 지금까지 저녁 시간을 그렇게 보내오고 계셨구나. 이곳에서 일하는 분들이 저녁때 2층에 함부로 올라오지 못하는 이유를 알 것 같았다.

……그리고 지금은 가장 사적인 그 시간과 공간을 우연에게 나누어 주고 있다.

다만, 아저씨는 다른 사람에게 오해를 살 만한 상황은 절대적으로 피했다. 아저씨와 함께 있는 자리에는 대체로 송 할머니나 경호원인 민정 언니가 동석했다. 우연과 아저씨 사이에는 따뜻하고 우호적인 분위기와 적정한 거리가 동시에 유지되고 있었다. 이것은 순전히 아저씨의 노련한 거리 두기 덕분이었다.

그래서 우연은 끔찍하게 행복했고, 밑도 끝도 없이 불행했다.

아저씨의 감시는 나름 괜찮은 열매를 맺기 시작했다. 우연이 자그마치 책을 읽기 시작했던 것이다.—아니, 정확히 말하자면, 낮 동안 서재의 책장과 인터넷을 열심히 뒤져 '있어 보이는' 책들을 골라 둔 후, 그것을 뽑아 들고 아저씨 앞에서 읽는 척했다.— '짜라투스트라는 이렇게 말했다', '순수이성비판', '이방인'. 어디선가 한 번씩 들어 본 듯한 책들이었다.

하지만 그 책을 들고 있을 때 아저씨가 피식피식 웃는 걸 보면, 진짜로 읽는다고 믿지는 않는 것 같았다.

아저씨의 웃음이 오기를 불렀다. 물론 칸트와 니체는 오기만으론 해결할 수 없는 에베레스트였지만 다행히 '이방인'은 동네 뒷산쯤은 되어 보였다. 두께도 얇았고, 내용도 어찌어찌 이해할 수 있었고, 이해가 안 되면 인터넷의 도움도 받을 수 있었다. 어쨌든, 명색 대학생이면 이 정도는 나도 읽어 봤다 큰소리칠 정도는 되어야 하지 않겠는가.

게다가 책의 마지막 장을 덮는 순간, 깜짝 보너스까지 나타났다!

"우와, 아저, 아저씨, 여기 이거 이거, 아저씨가 적어 두신 거죠?"

우연은 환성을 지르며 벌떡 일어났다. 책의 가장 뒷장에 영어로 적힌 메모가 있었던 것이다. 이 집에서 감히 아저씨의 책에 낙서를 할 만큼 용감한 사람이 있을 것 같진 않으니, 아저씨가 직접 쓴 문장일 것이다.

아저씨는 깔끔한 성격과 달리 글씨체가 깔끔하지는 않았다. 뒤로 많이 눕혀서 필기체로 길쭉길쭉 날려쓰는데, 악필에 가까웠다. 우연은 그런 점마저 의외롭고 좋아서 미칠 것 같았다.

"이거 아저씨가 감상 적어 두신 거예요? 남이 못 보게 영어로? 무슨 뜻이에요?"

"영어 아니고 프랑스어야. 내 감상 아니고, 알베르 카뮈가 이방인에 대해 말했던 내용이고."

"우와 아저씨 프랑스어도 아세요? 대박이에요."

"겨우 그런 거로 비행기야? 이래 봬도 중국어, 일본어도 할 줄 알아. 아, 라틴어도 조금."

"라틴어 같은 건 왜 배워요? 아, 신학교에서?"

"그 전부터 배웠어. 유학 생활 할 때 라틴 전례 미사를 드렸거든."

아저씨는 아주 가끔, 겸손 겸양의 가면을 벗어 치우고 소심하게 자랑을 했다. 이런 말 하기는 뭐하지만 그럴 때 아저씨는 숨 막히게 귀여웠다. 자랑을 해 놓고는 그게 또 뻘쭘했는지 멋쩍게 웃으며 해석을 해 주었다.

"Dans notre société tout homme qui ne pleure pas à l'enterrement de sa mère risque d'être condamné à mort. 우리 사회에선, 어머니의 장례식에서…… 울지 않은 사람들은 모두 사형 선고를…… 받을 위험이 있다."

"맞아요. 여기 남주는 엄마가 죽은 날 울지도 않고, 장례식 끝나자마자 섹스도 해요. 완전 남남 같아요."

우연은 눈을 동그랗게 뜨고 고개를 끄덕였다. 억지로라도 읽었더니 그래도 무슨 말인지 이해는 할 수 있었다. 아, 그래. 아저씨는 조금 식겁한 표정이 되었다. 아저씨는 서른두 살이나 먹었으면서도 여전히 '섹스'라는 말을 들을 때마다 어색한 얼굴을 했다.

"어, 장해요. 정말 읽기는 읽었나 보네? 뫼르소가 왜 그랬던 거 같아?"

"엄마가 너무너무 미우니까 그랬겠죠."

우연은 확신에 찬 어조로 대답했다. 아저씨는 약간 의외라는 표정을 지었다. 그러고 보면 서재에서 그렇게 많은 책을 읽었는데—읽는 척했는데— 책 내용으로 대화를 하는 건 처음이었다.

우연은 조금 뿌듯하면서도 한편으로는 긴장했다. 뭔가 어렵고 심오한 대화를 나누게 되면, 아저씨가 자신을 달리 보게 될 것 같긴 한데, 인터넷에서 본 평론가들의 말은 너무 어려워서 하나도 써먹을 수가 없었다. 소설보다 어려운 해설이라니. 참 웃기지도 않다.

"왜 그렇게 생각해? 뫼르소의 어머니는 내내 모호했어. 좋은 어머니였는지, 나쁜 어머니였는지, 뫼르소에게 무슨 짓을 했는지."

"그 집 엄마가 뭔 짓을 했는지야 알 바 아니지만요, '나도 엄마 아빠랑 그렇게 완벽한 남남이 되면 얼마나 좋을까.' 하는 생각이 드는 걸 보면요, 뫼르소네 엄마도 어지간히 별로였겠다 싶은 거죠."

우연은 단언했다. 최면을 걸어 엄마 아빠에 대한 기억을 완전히 도려내듯 없애는 것도 좋지만, 뫼르소처럼 진정한 의미에서 엄마와 완벽하게 남이 되어 버리는 것도 복수로 나쁘지 않았다. 엄마 나이도 모르고, 장례식 끝나자마자 친하지도 않은 여자랑 놀러 다니면서 섹스도 한다. 뫼르소가 엄마에 대해 무심 시크하게, 그야말로 사이코패스처럼 툭툭 내뱉을 때마다 우연은 소름이 쪽쪽 끼치고 가슴이 두근거렸다.

"완전히 남이 되는 건, 저처럼 돈도 없고, 빽도 없고, 힘도 없는 사람에겐 가장 완벽한 복수 방법인 것 같아요. 너는 이제 내 인생에서 발가락의 때만큼도 의미 없다! 땅땅! 그런 느낌?"

우연은 소파에 벌렁 누워 키득키득 웃었다. 물론 이 소감이 이 유명한 책에서 말하고자 하는 진짜 주제는 아닐 거라는 자각은 있었다. 막상 말해 놓고 보니 창피하기도 했다. 아저씨 귀엔 이 소감이 얼마나 우습게 들릴까?

하지만 아저씨는 고개를 갸웃하더니 우연이 누운 소파 옆으로 의자를 당겨 가까이 앉았다.

"흠. 그렇게 생각할 수도 있구나."

아저씨는 비웃거나 뭔가를 가르치려는 표정이 아니었다. 순수하게 흥미로워하고 있었다. 우연은 고개를 반짝 들고 물었다.

"아저씨 생각은 어땠어요? 다 읽고서?"

갈색의 눈동자가 위쪽으로 살짝 잠긴다. 잠시 생각을 더듬은 아저씨가 한 낱말, 한 낱말 신중하게 대답했다.

"인간은 부모든 연인이든 친구든 본질적으로 완벽한 타자(他者)…… 타인으로 존재해. 하지만 사회는 한 개인이 완벽한 타자로 존재하는 것을 용납하기 싫어하지."

"……?"

한국말인데 한국말이 아닌 것 같다. 우연의 어리둥절한 표정에 아저씨는 조금 멋쩍은 표정으로 말을 이었다.

"타자 간의 상호 작용은 논리적인 인과로 연결되는 것 같지만, 사실 아무런 원인과 결과 없이 일어나기도 해. 엄마가 죽었는데 여자하고 데이트하고 잘 수도 있고, 햇빛이 너무 강해서 사람을 죽일 수도 있고, 장례식 끝나자마자 섹스를 했다는 이유로 사형 선고를 받기도 하지. 작가는 '사람이든 사회든 원래 그런 부조리한 존재야.' 라는 말을 하고 싶었던 거 같아. 물론 이건 내 생각."

아저씨의 말은 인터넷의 해설과 전혀 달랐지만 이해하기 어려운 건 마찬가지였다.

한편으론 무섭기도 했다. 원인과 결과가 없는 세상이란 복수와 증오로 가득한 세상보다 더 위험하게 느껴졌다. 적어도 복수와 증오는 합리적이고, 가끔은 정의로우며 어쨌든 이해는 할 수 있으니까.

우연은 가만히 눈을 깜박였다. 묻고 싶은 게 있었다. 아저씨라면, 어쩌면 화를 내지 않고 대답해 줄 수 있을 것 같다.

"여쭤볼 게 있어요."

"음?"

"화 안 내실 거죠?"

"……안 내마."

아저씨는 내용을 듣지도 않고 함부로 약속해 주었다. 우연은 목소리를 낮춰서 조심스럽게 물었다.

"엄마 아빠 장례식 날 꼭 울어야 하나요? 뫼르소처럼 눈물이 안 나오면 어떡하죠? 관 앞에서 노래하고 춤추고 싶으면 어떡하죠?"

아저씨는 잠시 곤혹스러운 표정을 지었다. 우연은 계속 진지하게 물었다.

"뫼르소처럼 밤새 파티를 하고 싶으면 어떡하죠? 섹스가 미친 듯이 하고 싶으면 어떡하죠? 아빠가 지랄하던 대로 채팅 앱에서 아무 남자나 만나고 싶으면?"

"그러고 싶어?"

"……그럴 것 같아요. 그리고 만약에 제가 양극성 장애 환자가 맞고 조증 상태라면 그럴 가능성이 아주 크겠죠."

우연은 눈을 내리깔고 대답했다. 아저씨의 눈을 볼 용기가 없었다.

한참 후, 아저씨의 커다란 손이 머리 위에 조심스럽게 얹혔다.

"그날, 너를 깊이 위로하고 따뜻하게 안아 줄 수 있는 사람이 네 곁에 있기를 기도하마."

□　■　□

"우연이 아직 잡니까."

갑자기 들린 아저씨의 목소리에 우연의 눈이 번쩍 떠졌다.

눈앞은 미지근한 어둠이었다. 우연이 잠을 푹 자도록 창에는 두꺼운 암막 커튼이 쳐져 있었지만, 커튼 밑으로 희미한 새벽빛이 들어오고 있었다.

아저씨의 목소리는 방문 밖에서 나직하게 들려오고 있었다. 송 할머니가 대답하는 소리도 희미하게 들린다.

"네. 늦게까지 주무실 것 같습니다. 어제 늦게 잠자리에 드셔서요. 새벽 미사 다녀오시게요?"

"예. 오늘 아침은 회사 식당에서 먹을 테니 차려 두지 마세요."

우연은 살금살금 발끝으로 걸어 문 앞에 섰다. 걸쇠까지 단단히 잠가 둔 방문 밖에선 여전히 인기척이 있다. 외시경 렌즈에 눈을 바짝 갖다 댄 우연은 저도 모르게 숨을 크게 들이쉬었다.

복도의 희미한 불빛 아래서, 아저씨가 방문 앞에 고개를 푹 숙이고 서 있다. 한 손은 문에 대고, 한 손은 가슴을 지그시 누르고 있다.

대체 지금 뭘 하시는 거지?

하지만 한참 기다려도 아저씨는 그 자세 그대로 석상처럼 서 있을 뿐이었다. 송 할머니는 몇 걸음 뒤에서 두 손을 모으고 가만히 지켜보고만 있다. 팽팽하게 긴장한 등으로 진득하게 땀이 흘러내린다.

……설마?

우연은 황급히 고개를 돌려 아저씨의 얼굴이 닿은 위치에 귀를 바짝 갖다 댔다. 들릴락 말락, 아주 가는 목소리가 흘러들어 오기 시작했다. 우연은 한참 후에야 아저씨가 기도를 하고 있다는 것을 알았다.

……왜 여기서?

혼란스러워하던 우연은 이내 영화에서 가끔 보던 장면을 떠올렸다. 다정하고 가정적인 아빠 엄마들은 저녁마다 아이들에게 책을 읽어 주고 기도를 해 주곤 했다.

맙소사. 그럼 아저씨는 내가 잘 때마다 이렇게 기도를 해 주고 가셨다는 건가?

조심스러우니 방에 들어오지는 못하고, 이렇게 방문 앞에서? 매일매일?

우연은 멍하니 그렇게 서 있었다. 이건 뭔가 이상하다. 저렇게 작고 낮은 목소리로 기도하는데, 텔레파시라도 통하는 듯, 우연의 머릿속으로 또렷하게 들이박힌다.

"저 아이를 불쌍히 여겨 주십시오. 긍휼히 여겨 주십시오. 힘겨운 고통에서 이제는 벗어나게 해 주시고 당신의 능력으로 깨끗이 회복시켜 주십시오. 저 아이가 혼자 지고 가기에 짐이 너무 버겁습니다."

순간 눈이 시큰했다. 우연은 눈치 없는 눈을 벌주기라도 하듯 힘껏 감았다. 제발 눈물이 나오지 마라. 흐느낌도 나오지 마라. 이 빌어먹을 몸과 마음은 왜 하나도 주인의 마음대로 움직여 주지 않을까.

"제가 우연이를 위해서 무엇을 해야 할지 알게 해 주세요."

아저씨는 한참 동안 침묵했다. 숨이 막힌다. 더는 견디지 못하겠다 느낀 순간, 아저씨는 긴 한숨과 함께 나직한 속삭임을 토해 냈다.

"이런 고통이 존재하는 것 역시 당신의 뜻이면, 제가 이해하지 못하는 큰 뜻이 있어 이런 고통을 허락하신 거라면……."

그의 목소리는 점점 간절하게 바뀌어 간다.

"저 아이에게 주어진 고통은 제게 주세요. 너무 힘든 짐입니다. 제가 안고 갈 수 있도록 해 주세요."

저 아이가 아픈 것은 저에게 주세요. 제가 감당하겠습니다. 저에게 주세요. 반복되는 목소리는 진실한 것을 넘어 성스럽기까지 했다. 결국 눈물이 툭 터지고 말았다.

……이게 뭔데 아저씨가 멋대로 가져가고 말고 해요?

아저씨 바보예요? 호구예요? 왜 남이 아파야 할 몫까지 함부로 가져가겠다고 그래요?

내가 지금 왜 이렇게 아픈 줄이나 알아요? 그게 아빠 때문인지 알아요? 뭘 좀 알고서나 그런 기도를 하시란 말이에요.

아저씨는 아마 사람이 아닐 것이다. 하늘에 살던 누군가가 호기심으로 세상에 잘못 내려온 게 분명하다.

사람이면 지금까지 이렇게 살아 있을 수 없다. 이기적이지도 못하고, 남을 미워하지도 못하고, 남의 아픈 것까지 모조리 끌어안아야 직성이 풀리는 열등한 유전자를 가진 사람이라면, 진작 멸종되었을 것이다. 천 년 전, 만 년 전, 아니, 백만 년 전쯤에.

아저씨는 아주 오래전에, 진작 멸종되었어야 할 족속인 거다.

우연은 아저씨가 손을 대고 있는 부분에 얼굴을 갖다 대고 비볐다. 힘주어 감은 눈꺼풀 틈으로 눈물이 울컥울컥 흘러넘쳤다.

아저씨, 사랑해요. 이 자리에서 죽어도 좋아. 괜찮아. 나는 아저씨를 사랑해.

아저씨가 믿는 하느님, 당신이 정말 계신다면 저 좀 어떻게 해 주세요. 이 마음을, 제발 어떻게 좀!

……나는 이제 어떡하면 좋아요…….

기도를 마친 아저씨가 조용히 몸을 돌린다. 그의 등은 넓고, 뒷모습은 굳건하고, 움직임은 우아했다. 그를 이루고 있는 모든 것은 여전히 숨 막힐 정도로 아름답고 사랑스러웠다. 우연은 자신이 더 이상 참지 못하리라는 것을 알았다.

"아저씨. 사랑해요."

입술이 멋대로 달싹인다. 한숨처럼, 바람처럼, 햇볕에 잘 마른 이불자락이 버스럭대는 소리처럼.

"아저씨, 사랑해. 사랑해, 사랑해요."

사랑은 설득되지 않는다. 사랑은 의지로 만들 수도 없고, 의지로 없앨 수도 없다. 사랑에는 의도와 목적이 존재하지 않는다. 사랑 자체가 의도고 목적이고 존재 이유다. 그래서 없애 버릴 수 없는 것이다.

……나는 숨기지 못할 것이다. 입을 틀어막아도 눈이 말을 할 것이고, 눈을 뽑아 버려도 온몸이 고함을 지를 것이다. 내가 혀를 물고 죽어 버린다 해도, 아저씨는 내 시체에서 흐른 핏자국에서 나의 사랑 고백을 듣게 되고야 말 것이다.

아저씨의 발걸음이 잠시 멈춘다. 하지만 돌아보지는 않는다. 아저씨가 이 말을 들었을까. 이를 악물고 숨을 참았다. 등으로 식은땀이 흘러내렸다.

"좋은 꿈 꾸렴."

아저씨는 조용히 현관 쪽으로 걸음을 옮긴다. 투욱, 툭, 투욱, 툭. 희미해지는 발걸음 소리마저 집어삼키고 싶을 만큼 욕심이 난다. 우연은 문에 귀를 바짝 댄 채 줄곧 서 있었다.

사랑해, 사랑해, 아저씨, 사랑해요.

현관문이 닫히고도 한참이 더 지난 후에야 우연은 천천히 고개를 들었다.

그래, 나는 나에게 솔직하겠다. 사랑은 우리의 골치 아픈 상황 따위 모른다. 아저씨가 왜 그런 굴욕적인 결혼을 받아들이는지, 약혼녀 언니는 왜 사랑하는 남자를 두고 아저씨와 결혼하는지, 재벌의 결혼 문화는 왜 이 모양인지, 내 조건이나 처지가 어떤지, 사랑은 그따위 것에 신경 쓰지 않는다.

아저씨는 나를 사랑해.

나도 아저씨를 사랑해.

아저씨는 그 언니와 결혼하면 행복하지 못할 거야. 죽을 때까지.

우연은 지금까지 최선을 다해 눌러 온 이 마음이 터질 때가 다가오고 있음을 직감했다. 결론이 어떻게 날지 모르지만, 이 마음은 아저씨에게 어떤 방법으로든 전달이 될 것이다.

그리고 그 순간은, 아저씨와의 인연이 완전히 끊어지는 때일 것이다. 세상에서 가장 달콤하고 고통스러우며 슬픈 종말일 것이다.

그 이후의 일은, 아저씨가 믿는 하느님만이 아실 것이다.

우연은 문에 두 손을 댄 채 천천히 눈을 감았다.

□ ■ □

혼자서 조용히 기도실에 올라갔다. 아저씨의 기도실에서 처음으로 올리는 기도는 방 주인의 그것처럼 장중하지도 않고 예의 바르지도 않았다. 일단 뭘 어떻게 말해야 하는지도 몰랐다. 그래서 그냥 방 한가운데 멀거니 서서 아저씨와 이야기를 하듯 더듬더듬 중얼거렸다.

"하느님, 전 아저씨가 좋아요. 그러니 전 이제 어떡하면 좋아요?"

우연은 그날 새벽, 약혼녀와 함께 집에서 나와 깊이 입을 맞추던 아저씨의 모습을 상상했다. 상상하고 싶지 않은데 머리에 끌로 박은 것처럼 떨쳐지지 않는다.

"아저씨하고 그 언니는 사랑하는 사이가 아니에요. 그 언니하고 섹스를 하고 싶지 않대요. 그런데 왜 같이 잤을까요? 그렇게 참기 힘들었을까요?"

고개를 흔들었다. 대체 섹스 따위에 왜 사랑이라는 말을 붙인 걸까? 그렇게 더럽고 이상하고 창피한 일에. 싫어하는 사람이나 모르는 사람과도 할 수 있고, 강제로 당할 수도 있는 일 아닌가? 섹스를 사랑 행위라고 이름 붙인 개새끼는 아마 진성 사이코패스일지도 모른다.

생각하던 우연은 저도 모르게 고개를 숙이고 말았다. 한심해. 멍청해. 아저씨가 가장 신성하게 여기는 장소에서 이따위 생각이나 하고 있다니.

"그 언니는 좋아하는 남자가 따로 있대요. 그런데 왜 아저씨하고 결혼하려는 걸까요? 미친 거 아니에요? 그걸 알면서도 결혼하는 아저씨도 제정신은 아닌 거죠? 그렇죠?"

우연은 숫제 떼를 쓰듯 조르기 시작했다.

"결혼은 하느님 앞에서 약속하는 거라면서요. 그러면 그딴 식으로 야매로 하면 안 되잖아요. 하느님이 막으셔야 하는 거 아니에요? 둘 다 하느님 이름 걸고 사기 치는 거잖아요, 그거."

아저씨는 이런 식으로 기도했던 것 같지 않다. 하지만 어떤 게 바른 방법인지도 모르겠고, 이보다 절실한 내용도 없었다. 그러니 기도를 잘못해서 지옥에 떨어진다면 그것도 어쩔 수 없을 것 같았다.

그리고 어차피 지옥에 떨어질 거면, 하느님한테 하고 싶은 말을 다 해 보는 것도 나쁘진 않을 것이다.

"하느님, 제가 아저씨랑 결혼하겠다는 게 아니에요. 저 그렇게 **뻔뻔하지** 않아요."

…….

"아저씨는 불행한 결혼을 하지 말고 헤어지고, 대신 좋아하는 저와 사랑하면 되지 않나요? 저도 좋아하는 아저씨와 사귀고 사랑할 수 있잖아요. 결혼하는 거 아니고 사귀기만 하는 건데도 안 돼요? 왜 안 돼요?"

내가 원하는 것. 아저씨의 옆에서 그 아름답고 능력 있는 약혼녀 언니처럼 진하게 입맞춤을 받고, 그 이상의 것을 나누고 싶은 것, 모든 것을 극한까지 주고받는 관계.

우연은 말을 멈추고 저도 모르게 콧방귀를 뀌었다. 뻔뻔하지 않다지만 뻔뻔하기 짝이 없다. 아저씨가 약혼녀 언니와 헤어지고 자신의 곁에 있는 것은, 신데렐라가 거지와 결혼하는 것보다 열 배나 황당한 결말이다. 하지만 돈이니 책임이니 다 때려치우고 아저씨의 행복 자체만 놓고 생각하면, 또 그게 옳은 선택처럼 느껴지기도 한다.

'그날, 너를 깊이 위로하고 따뜻하게 안아 줄 수 있는 사람이 네 곁에 있기를 기도하마.'

아저씨는 자신이 그 사람이 되어 주겠다는 대답은 절대 하지 않는다. 영원히 하지 않을 것이다. 우연은 눈을 내리깔고 고집스럽게 중얼거렸다.

"……그래도 그날만큼은 아저씨가 내 옆에 있어 주면 좋겠어요."

그때까지는 아저씨가 결혼 안 하면 좋겠어요. 결혼했어도 그때는 이혼한 상태면 좋겠어요. 이혼 안 했어도, 흐으, 씨, 딱 며칠만, 아니 딱 하루만이라도 내 옆에 있어 주면 좋겠어요. 그러면 안 돼요? 절대? 그 언니도 다른 남자 있잖아요! 아저씨는 왜 그러면 안 돼요? 그게 죽을 만큼 큰 죄는 아니잖아요.

하느님이든 부처님이든 누구라도 대답 좀 해 주세요. 환청이라도 좋으니까 제발.

하지만 눈앞에 놓인 작은 성모상은 부드럽게 웃고 있을 뿐, 아무리 기다려도 대답 따윈 들리지 않았다. 우연은 고개를 쳐든 채 훌쩍대며 중얼거렸다.

"세상엔 이 여자 저 여자 골라 가며 바람피우고도 큰소리치면서 사는 개새끼들도 많잖아요. 저는 왜 하루도 욕심내면 안 돼요?"

아저씨를 며칠만 저에게 주세요. 아니, 하루만이라도 좋아요. 나를 이 모양이 꼴로 살게 하셨으면, 그런 로또 같은 며칠 정도는 주어도 되잖아요.

왜 아저씨는 우리 아빠처럼 제멋대로에 이기적인 개새끼가 아닌 거예요?

왜 아저씨는 약혼녀 언니처럼, 그리고 나처럼 뻔뻔하지 못한 거예요?

우연은 울다가 웃다가 다시 눈물을 훔치며 낄낄거렸다. 정신과 약은 짝사랑에 아무 효과도 없다. 손톱만큼도 없다.

답답해진 우연은 환기팬을 막고 있는 덮개를 조금 밀어 보았다. 환기구는 아저씨의 방과 연결되어 있었는데, 덮개가 조금 열리는 순간, 날개 사이로 방 안의 모습이 언뜻 눈에 들어왔다.

우연은 쿵쿵대는 가슴을 지그시 누르며 그 틈으로 눈을 가져다 댔다. 우연이 내내 궁금하게 생각했던 아저씨의 침실은 생각보다 훨씬 어둡고, 단순하고, 밋밋했다. 큼직한 침대와 단순한 탁자, 커다란 의자만 어렴풋이 보일 뿐이었다.

"어, 저건 뭐지?"

가만히 눈을 깜박거렸다. 침대 옆의 안쪽 벽에, 큰 액자 같은 것이 기대어져 있었다. 액자는 아니고, 뭔가, 낯익은, 몹시 낯익은……

……캔버스?

콰당.

황급히 밖으로 나와 침실 문을 열었다. 침실에 들어오지 말라던 경고와 달리 문은 잠겨 있지 않았다.

문을 활짝 연 우연은 그 자리에 돌처럼 굳어 버렸다.

"저게 왜…… 여기 와 있어?"

침대 옆에는 낯익은 그림이 세워져 있었다. 온갖 종류의 분홍색과 붉은색으로 물든, 매우 거대한 초상화가.

등으로 소름이 쫙 끼치면서 온몸으로 열이 확 뻗쳐 나간다. 가슴이 울렁거린다. 저 그림이 아저씨의 침대 옆에 있다는 것, 누웠을 때 시선이 가장 잘 닿는 위치에 놓여 있다는 것의 의미가 뭐겠는가.

……아저씨가 원하는 건, 결국 내가 원하는 것과 다르지 않아.

아저씨도 지금 힘겹게 버티고 있는지도 몰라.

우연은 두 손으로 입을 막고 덜덜 떨었다.

이건 기회다. 나의 마음을 전하는 것이, 이 관계의 종말이 되지 않을 수도 있다. 일은 전혀 상상하지 못한 방향으로 흘러갈 수 있다.

우연은 자신이 무엇을 해야 할지 바로 알아차렸다. 내 마음을 전해야 한다. 아저씨에게 제대로, 조금이라도 어긋나지 않게, 확실하게 전해야 한다. 일이 더 늦어지기 전에, 손쓸 수 없게 되기 전에. 실패하면 그 순간 관계가 끝장나리라는 건 알지만, 우연은 물러설 생각이 없었다. 전하지 못하면 어차피 둘 다 불행한 결말로 끝나고 말 테니까.

그리고 우연은 말보다 강력하게 마음을 전할 방법을 단 한 가지밖에 알지 못했다.

□　■　□

우연은 그날 저녁 아저씨가 그림을 좀 그려 보겠느냐, 전시회에 혹시 참가할 생각이 있느냐 조심스럽게 물었을 때, 아무것도 묻지 않고 고개를 끄덕였다. 주최하는 곳이 어딘지, 상금이 얼만지, 무슨 혜택이 있는지 아무것도 묻지 않았다.

그려야 할 그림이 있다. 아저씨에게 반드시 보여 주어야 할 그림. 지금 머릿속은 그 생각으로 꽉 차 있었다.

"두 점 이상 제출하라는데……."

"하나는 아저씨가 가져오신 초상화 있으니까, 하나만 더 그리면 되겠네요?"

무심한 듯한 우연의 대답에 아저씨의 움직임이 잠시 굳었다.

"집으로 가져온 거 알고 있었어?"

"네? 당연하죠. 설마 제가 몰랐을 거라고 생각하신 거예요?"

뻔뻔할 정도로 눈을 동그랗게 뜨고 되묻자 아저씨는 난처한 얼굴로 한숨을 쉬다가 이내 납득이 갈 만한 이유를 생각해 낸다.

"……맞다, 혜진이에게 들었겠구나."

아저씨는 우연이 몰래 침실에 들어가서 그림을 봤으리라고는 생각도 하지 않고 있었다. 우연은 아니라고 정정해 주는 대신 시큰둥하게 말을 돌렸다.

"그래도 그림을 보셨으면 소감 정도는 얘기해 주실 줄 알았는데."

"멋있었어."

대답은 지나치게 간단했다. 그래서 우연은 그 그림이 아저씨에게 불러일으킨 파장이 생각보다 어마어마하다는 것을 알아차렸다. 우연은 수백 가지 감정이 얽힌 갈색 눈동자를 빤히 응시했다.

"커다란 캔버스를 구해 주세요. 아저씨."

"어느 정도?"

"큰 거요, 아주 큰 거. 제 키보다 큰 거요."

"전작하고 같은 크기로 맞춰서 준비하마. 혹시 이번에도 내 초상화니?"

"아뇨."

"오호? 전부터 생각해 둔 주제가 있니?"

우연은 생긋 웃으며 고개를 저었다. 전부터 생각해 둔 건 아니었다. 아저씨의 침대 옆에서 자신의 그림을 본 순간, 아저씨가 밤마다 저 그림을 보며 무슨 생각을 했을까 상상하는 순간, 벼락처럼 주제가 정해졌다. 두 번째 계약 작품이 무엇이 되어야 할지.

"제 자화상이요."

<u>20</u>

〈No.2 사랑〉

우연은 눈앞에 놓인 전신 거울을 지그시 노려보았다. 거울 속에서는 100호 짜리 커다란 캔버스가 벽에 기대어 놓여 있고, 그 옆에서는 비쩍 마른 여자가 옷을 벗은 채 엉거주춤 서 있다.

나 원래 이렇게 형편없고 볼품없이 생겼었나?

내 몸이 이렇게 비쩍 마르고 볼품없을 줄은 몰랐다. 일단 집에는 전신 거울이 없었고, 공중목욕탕에도 가 본 적이 없었거니와, 무엇보다 몸에 항상 들러붙어 있던 얼룩덜룩한 자국이 깡마르고 흉한 몸매를 자각하지 못하게 했다.

아저씨를 만나기 전까진, 우연의 몸뚱이는 미술 수업이 끝난 후의 팔레트처럼 늘 지저분하게 얼룩져 있었다. 멍의 색깔은 천천히 변하고 느리게 빠져 나갔다. 새로 생긴 빨간 자국은 잠시 후 먹물처럼 까매졌다가 며칠 후 보라색으로, 그리고 차츰 푸르게 변한 후 누르스름한 흔적이 되었다. 하지만 깨끗한 색으로 복구되기 전에, 어김없이 새로운 멍 자국이 생겼다.

얼룩이 사라진 몸은 볼품없는 윤곽을 그대로 드러냈다. 키는 작고, 가슴은 발육이 되다 만 것 같고, 팔다리는 겨울철 나뭇가지처럼 앙상하고, 허리는 한

줌도 되지 않을 것 같았다. 아저씨가 허리를 한 손으로 쥐고 비틀면 척추가 꺾이고 말 것이다.

밤마다 라면을 먹으면 몸이 붓는다는 건 다른 세상 이야기였다. 지독한 야행성 체질, 불규칙한 생활, 무언가에 몰두하면 먹는 것조차 잊고 빠져드는 기질 탓인지 피부는 거칠고 몸은 근육 하나 없이 비쩍 곯았다.

……내가 대체 어디가 예쁜 걸까?

우연은 진심으로 궁금했다.

□ ■ □

자화상을 그리겠다는 말을 했을 때, 아저씨는 꽤 흥미진진한 표정을 지었다. 우연은 얼른 덧붙였다.

"너무 큰 기대는 하지 마세요. 원판이 별로 안 예쁘니 아저씨 초상화처럼 멋지게 나오진 않을 거예요."

"거기서 어떻게 더 예쁘니?"

무심하게 되묻던 아저씨의 말이 툭 끊어진다. 아저씨는 이런 비슷한 실수를 벌써 몇 번이나 했는데 아직도 고치지 못했다. 우연은 눈을 데굴데굴 굴리며 난감해하는 아저씨를 힐끔거렸다. 조금 뻣뻣해진 목소리가 이어졌다.

"아, 그게, 네가 예쁘다는 말이 아니라…… 아니 그게, 안 예쁘다는 게 아니라."

"아저씨 요즘은요, 예쁘다 안 예쁘다 함부로 얘기하시면 비매너예요. 속으로만 생각하시라고요. 회사에서 그런 교육 안 받으셨어요?"

"아, 미안. 미안해."

그걸 또 곧이곧대로 사과를 하신다. 우연이 키득키득 웃어 대자 아저씨는 조금 불그레한 얼굴로 입을 다물었다.

아저씨의 얼굴에서 천천히 웃음이 사라진다. 눈썹이 가늘게 떨리는 것 같다.

왜일까, 아저씨의 눈이 긴장한 듯 느껴지는 것은. 아저씨가 머뭇머뭇 입을 열었다.

"네가 나하고 가까운 사람이었으면 좋았겠다. 이런 얘기 정도는 편하게 할 수 있을 정도로. 음, 그러니까…… 네가……."

난데없는 말에 우연은 조금 긴장했다. 아저씨는 자신을 말끄러미 응시하는 우연을 보며 조심스럽게 말을 맺었다.

"내 딸로 태어났으면 좋았을 텐데. 아니면 누이동생이나."

거짓말.

우연은 속으로 고개를 저었다. 그녀의 오감은, 귀로 들리는 것과는 전혀 다른 말을 들을 때가 있다. 원래 나오려던 말은 당연히 저 말이 아니었을 것이다. 이것은 우연과 거리를 유지하려는 필사적인 노력일 뿐이다.

"그러면 이 허허로운 집 안에 웃음이 끊일 날이 없었겠지. 우연이 너도 사랑을 듬뿍 받으면서 구김 없이 자랐을 거고, 힘든 일 따위는 하나도 겪지 않았을 거고."

아저씨는 그 요란하고 난데없는 색으로 가득한 초상화를 본 후, 큰 풍랑에 휩쓸린 듯했다. 작고 되바라진 아이에게 끌려 나온 이상한 색깔의 감정, 선명하게 까발려진 자신의 마음을 어떻게 수습해야 할지 모르는 것이다.

하지만 아저씨가 기껏 한 짓은, 나에게 '사랑해.'라는 말을 합법적으로 할 수 있는 구차한 상상을 해 보는 것뿐이었다.

아저씨 딸로 태어났으면 좋았겠다고? 정말 좋았을까?

물론 아저씨는 딸에게 아침저녁으로 뽀뽀를 해 주고, 이야기를 들어 주고, 손을 잡고 기도를 해 주고, 사랑한다고 말해 줄 것이다. 매일, 하루도 거르지 않고 그렇게 해 줄 것이다.

하지만 그 '사랑해.'라는 말은, 우연이 듣고 싶어 하는 '사랑해.'와 천만 광년쯤 떨어진 곳에 있는 말이었다. 우연은 부루퉁한 어조로 툭툭 말했다.

"저는 아저씨 딸로 태어나고 싶지 않은데요."

"아, 그러니?"

아저씨가 머쓱하게 얼버무린다. 우연은 가차 없이 환상을 깨뜨리기 시작했다.

"아저씨가 뭘 모르셔서 그러시는 거예요. 이제 와서 하는 말이지만, 전 딸로 삼고 싶을 만큼 그렇게 예쁘고 사랑스러운 아이가 아니었어요."

"……."

"정말 제 아빠였다고 생각해 보세요. 머리 나쁘고, 정신도 맛이 간 거 같고, 예의도 상식도 없고, 거짓말이나 찍찍 하고, 아빠 약점 잡는답시고 이상한 앱이나 뒤지고 다니고, 아무리 맞아도 나쁜 버릇을 고치지 않는 딸이라니. 저 같은 딸을 키우셨다간, 서른부터 혈압 약 신세를 지셔야 했을 거예요. 별로 권장 사항이 아닌 거 같아요."

아저씨는 가늘게 한숨을 쉬었다.

"우연아."

"네."

"일부러 그런 말만 골라서 하지 않아도 돼. 너는 정말 사랑스러운 아이였을 거야."

"……."

"난 너를 하느님께서 세상에 보내 주신 선물과 같은 존재라고 항상 생각해 왔어. 너는 눈부신 재능이 있는 사람이야. 그러니 너무 자학하는 말은 하지 않으면 좋겠어. 나하고의 인연이 언제까지 이어질지는 모르지만……."

눈부신 재능이 없었으면요? 재능이 없으면 저는 아저씨에게 아무것도 아닌 사람인가요?

겁에 질린 반문을 우연은 용케 참아 넘겼다. 그것을 입 밖으로 냈다간 완전히 진실로 확정될 것만 같았다.

"이거 하나는 그래도 기억해 줘. 아저씨는 네 보호자로는 정말 많이 부족하고 경험도 모자랐지만, 그래도 너를 돌보는 짧은 시간 동안 최선을 다했어. 너를 아끼고 걱정하고…… 사랑했던 시간이 기쁘고 행복했어."

우연은 웃음을 멈췄다. 그의 입속에서 눌려 있던 말들이 조금씩 꿈틀거린다. 아저씨는 신중하게 선을 가늠하며, 한 마디, 한 마디 말을 이어 갔다.

"우리에게 허락된 인연이 다한 후에도, 너를 위해 항상 기도하마. 너를 위해 기도하는 사람이 세상 어딘가에 존재한다는 사실이, 너에게 큰 힘이 되어 줄 거라고 믿어. 그럼 나는 더 이상 바랄 게 없어."

우연은 아저씨의 대답을 입속으로 천천히 뇌었다.

너를 아끼고, 걱정하고, ……사랑했던 시간.

'사랑'……이라고.

이 말은 내가 원하는 그 말이 아니다. 같은 낱말이지만, 영원히 닿지 못할 반대편에 놓인 말이다. 꿈과 꿈이 같은 말이지만 영원히 닿지 못하는 곳에 존재하듯이.

시선이 맞닿는 순간, 아저씨의 눈이 살짝 벌어진다. 그 사이로 여전히 황홀하게 아름다운 세피아, 그 깊고 우아한 빛깔의 눈동자가 아주 짧은 순간 바르르 흔들렸다가 질끈 감기는 눈꺼풀 속으로 사라진다.

아마 아저씨는 모를 것이다. 지금 자신의 뺨으로 물컵에 핏방울을 떨어뜨린 것처럼 붉은 기가 퍼져 나가고 있다는 것을, 턱으로 복숭아씨의 자디잔 무늬가 선명하게 올라온 것을.

아저씨는 솔직하지 않아요.

우연은 아저씨가 필사적으로 부정하려는 마음을, 기어이 끌어내고 싶은 열망을 느꼈다. 아저씨가 거짓말을 한 건 아니다. 다만 자신을 속이는 것으로 세상 모두를 속일 뿐이다. 우습게도 그것은 아저씨의 행복과 반대 방향으로 작동하고 있다.

이대로 놔두면 아저씨는 그 아름다운 약혼녀 언니와 결혼할 것이다. 더 맞춤한 조건을 찾기도 어려울 거고, 모든 걸 집어던지기엔 한이원이라는 사람 자체가 너무나 이성적이고 합리적이다.

아저씨는 그 언니를 사랑할 것이다. 원하는 것을 억누르고 자신을 속이는 데 너무 능숙한 아저씨는 결국 그 언니를 사랑한다고 믿고야 말 것이다. 어쩌면 행복해할지도 모른다. 왜냐하면, 행복하다고 믿어질 때까지 자신을 세뇌하고야 말 테니까.

우연은 다시 웃었다. 자신의 의지대로 최면에 걸린 아저씨는 그렇게 열심히 노력하고 인내하며 하루하루, 차근차근 바삭바삭 말라 가며 불행해질 것이다.

나의 눈에도 잘 보이는 미래를 아저씨는 왜 보지 못할까?

아저씨는 남은 긴 세월을 살아가기 전에, 반드시 자신의 심연과 직면해야 한다. 자신의 밑바닥에서 꿈틀대는 진짜 목소리를 듣고, 자신의 감정을 용감하게 직시해야 할 것이다.

나는 나를 모두 드러내어 고백하고, 유혹하며, 간절히 손을 내밀어 볼 것이다. 아저씨에게 새로운 선택을 할 수 있는 마지막 기회를 줄 것이다.

나는 아저씨의 마음을 끌어낼 수 있을까. 그 무겁고 혹독한 최면을 깨 줄 수 있을까.

아저씨는 감당할 수 있을까. 마음을 두르고 있는 갑옷이 모조리 벗겨졌을 때, 자신에게까지 숨겨 온 내면이 벌거벗겨진 채 사람들 앞에 끌려 나왔을 때 아저씨는 과연 어떻게 하실까. 외면하고 모르는 척 버티실까? 아니면 용감하게…… 새로운 선택을 하실까?

우연은 눈꼬리를 가늘게 접으며 활짝 웃었다.

"제 자화상, 기대하세요."

□　■　□

"최 실장님, 지난번 우연이가 이 초상화 작업할 때, 시간이 어느 정도 걸렸습니까?"

침실에 숨겨 두었던 〈붉은 수국과 분홍색 딸기 무스케이크〉가 방금 서재로 끌려 나온 참이었다. 물결무늬 유리창을 투과한 숨 죽은 빛이 그림에 닿자, 화려하고 도발적인 색이 활짝 피어난다. 색깔들이 와글와글 미친 듯이 떠들어 대는 것처럼 보인다. 그림 속의 이원은 탐욕스러운 색들의 향연에 믿을 수 없을 만큼 잘 어울렸다.

홍연은 기억을 더듬으며 조심스럽게 대답했다.

"작업하는 걸 직접 본 게 아니라 정확히는 모릅니다만, 한숨도 안 자고 작업했다면 60시간 남짓 들었을 겁니다. 금요일 오후부터 월요일 새벽까지요."

"60시간이라……."

혼잣말처럼 중얼거린 이원은 시선을 여전히 그림에 둔 채 물었다.

"극사실화인데, 그게 정말 가능할까요?"

"가능할까요, 라고 의심하시기엔, 그 증거가 확실하게 눈앞에 있지 않습니까?"

"……그렇죠."

"굳이 설명을 붙이자면 아크릴 작업이라 건조가 빠르기도 하고, 아웃 포커스와 배경 부분은 흐릿하게 처리했기 때문에 가능했을 수도 있습니다만……. 사실 제가 빈 캔버스를 주고 직접 완성본을 받으러 가지 않았으면 저도 믿지 못했을 겁니다."

홍연은 처음 그림을 보았을 때의 충격을 아직도 기억하고 있었다. 한 전무의 호출에 기숙사로 다시 올라갔을 때, 그 작은 방은 초상화가 내뿜는 형형한 색으로 꽉 차 있었다. 살아 있는 것처럼 무섭게 생생한 묘사, 기이하게 초현실적인 분위기. 그림은 그 작은 공간을 완전히 지배하고 있었다.

물론, 모델 당사자가 받은 충격은 훨씬 심한 듯했다. 그는 말 한마디 하지 못하고 입을 꽉 다문 채 그림을 노려보고 있었다. 이글대는 눈빛은 방 전체를 집어삼킨 그림의 파워에 필사적으로 저항하는 듯했다. 룸메이트였던 아이는 말 한마디 못 한 채 옆에서 달달 떨고 있었다.

한 전무는 그림을 눈에 띄지 않도록 포장해서 보관하라고 했다가, 며칠 후 침실로 옮기라고 지시했다. 침대에 누웠을 때 시선이 가장 잘 닿는 곳에 세워진 그림을 보고, 홍연은 불현듯 궁금해졌다.

대체 한 전무는 밤마다 저 그림을 보며 무슨 생각을 할까? 화사하고 색기 어린 표정으로 웃고 있는 자신을 보며, 정신이 나갈 정도로 도발적인 색의 폭포를 보며, 대체 무슨 생각을.

그날 이후 한 전무는, 바이어나 손님들과의 저녁 약속을 하나둘 취소하거나 옮기기 시작했다. 저녁 시간은 오로지 그 작은 아이와 함께 보냈다. 퇴근 때마다 간단한 쇼핑을 하는 습관도 새로 생겼다. 그는 거의 하루도 빼놓지 않고 인형이나 꽃, 혹은 수제 쿠키나 초콜릿 따위를 사 들고 귀가했다. 그것도, 다른 사람에게 시키지 않고 수제제과점이나 매장에 가서 직접 골랐다. 쇼핑 목록이 분홍색 커튼, 노란 플라워 패턴으로 가득한 침구, 분홍 토끼 모양의 깔개, 병아리 모양의 슬리퍼에 이르면 뭐라 할 말이 없어졌다.

그림을 노려보던 한 전무가 침통한 목소리로 중얼거렸다.

"홍연 씨. 우연이가 자기 방에서 안 나온 지 벌써 나흘째입니다."

"예?"

홍연은 어리둥절했다. 어쩐지 요새 얼굴도 보이지 않고 이상하다 했다. 보통 집에 모셔다드릴 때, 아이는 으레 송 여사와 함께 현관까지 나와 "이원 아저씨 이이……." 하고 배슬배슬 웃으며 이원을 맞곤 했다.

"왜 방에서 안 나오고 있는 겁니까?"

"……그림을 그리고 있어요. 밥은 알아서 먹을 테니 문도 열지 말고 노크도 하지 말고, 절대 방해하지 말라고 했다는데……."

아아. 홍연은 조금 얼빠진 얼굴로 고개를 끄덕였다.

"맞습니다. 전무님. 호텔에서도 절대 들어오지 말라고 사흘 내내 문을 걸어 잠그고 작업을 했어요."

"문제는, 방에 먹을 게 없어요. 제가 방에 놓아둔 쿠키하고 초콜릿 같은 게 전부예요."

"……나흘 동안 한 번도 밖에 나오지 않았습니까?"

"송 여사님이 식사하라고 할 때마다 거절했다는데, 어제는 너무 걱정스러워서 노크를 했더니 안에서 미친 듯이 화를 내는 바람에 한바탕 난리가 났었다네요. 뭔가 깨지는 소리도 나고. 그래서 지금은 노크도 안 하고 청소기도 안 돌리고 쥐 죽은 듯 기다리는 중이라고 합니다."

맙소사. 성깔 장난 아니네. 홍연이 질린 얼굴로 입을 다물자 이원은 고개를 절레절레 저으며 신경질적으로 내뱉었다.

"나흘 동안 방의 불이 한 번도 꺼진 적이 없어요. 지금까지 한숨도 안 자고 작업을 하고 있다는 뜻이겠죠. 대체 작업을 어떻게 하기에 저럴까. 100호 캔버스를 정밀 묘사로 채우려면 대체 어느 정도 시간이 걸릴까, 그 전에 쓰러지지는 않을까. 걱정돼서 미칠 지경입니다."

후우. 홍연은 길게 한숨을 쉬었다.

"일반적으로 생각하는 '천재 화가'의 이미지 그대로로군요."

"……글쎄요. 그보다 저는 경조증 증세가 아닐까 걱정스러운데요. 지금 우연이는 약도 먹지 않고 있습니다. 전시회 따윈 말도 꺼내지 말았어야 했는데."

이원은 이마를 짚은 채 깊게 신음했다. 이럴 줄 알았으면 절대, 절대 그런 제안을 하지 않았을 것이다.

"전시회하고는 상관없이, 우연이 작업 스타일이 그런 것 같습니다. 전무님."

"홍연 씨, 난 지금이라도 열쇠로 문을 열고 들어가서 아이를 끌어내야 하나 고민 중입니다."

"금방 끝날 겁니다. 집중하면 작업 속도가 워낙 빠르니까요. 그림 그리는 거 보셨잖습니까."

홍연은 애써 밝은 목소리로 말했다.

"양극성 장애를 천재병이라고도 하니까요. 머리 좋은 사람들의 양극성 장애 유병률이 몇 배나 된다는 말도 있고, 울증에서 벗어나서 조증으로 전환하는 시기가 창의력 폭발기라는 연구 자료도 있고……."

"그렇습니까."

"그 시기의 집중력과 작업 속도가 정말 엄청나다고 하죠. 헨델 같은 경우는 메시아 전곡을 작곡하는 데 24일밖에 걸리지 않았다는데, 그건 뭐, 불러 주는 대로 줄줄 받아 적은 수준이죠. 사실 그 창의력이라는 건 무수한 살리에리들이 갖고 싶어 안달해도 결국 얻지 못했던 능력 아니겠습니까?"

이원은 우울한 낯으로 고개를 끄덕였다.

"그런가요. 그런데 홍연 씨 같으면 헨델이나 고흐, 살바도르 달리로 태어나고 싶으십니까?"

"고흐는 됐고, 달리 정도라면 생각해 보겠습니다. 별 미친 그지깽깽이 쇼를 다 하면서 살았어도 어쨌든 제 꼴리는 대로 살았고, 살아생전 이름도 얻었고, 돈도 꽤 벌었으니까요."

"달리도 갈라가 곁을 떠난 뒤엔 시궁창 아니었습니까?"

"전무님. 유명한 예술가 중에서 인생이 시궁창 아니었던 사람이 몇이나 됩니까? 정신 분열 자살, 조울증 자살, 알코올 중독 자살, 성병 요절, 마약 중독 요절, 실연 자살, 음주 익사, 가오 잡다 전사, 근친혼 유전병, 정신 병원 고독사, 돈 못 벌어 아사, 정말 이름깨나 날린다는 예술가들은 왜 하나같이 이 모양인지 모르겠습니다. 바흐 같은 건전하고 성실하고 규칙적이고 가정적인 천재가 너무나 비정상적으로 느껴진다니까요!"

줄줄이 쏟아 내는 말에 이원의 입에서 쓴웃음이 흘러나왔다.

"홍연 씨, 보통 예술가들의 '창조적인 영감'의 토대를 '사회 문화적 제약이나 틀에 얽매이지 않는 자유로운 정신'이라고 보지 않습니까?"

"예. 그렇죠."

"그런 정신을 가진 사람들이 사회에서 튀지 않게, 상식적으로, 평범하게 살기를 기대하는 것도 무리 아닐까요?"

"그러니 다른 사람들보다 몇 배로 사고를 치고, 몇십 배로 상처를 받는 거겠죠. 그걸 견디지 못하면 끝나는 거고요."

"우울한 결론이네요."

"하지만 그런 천재를 철옹성처럼 보호하고 지지하는 패트런이 곁에 있다면, 사정은 많이 달라질 겁니다."

홍연의 장담에 이원이 고개를 돌려 그를 물끄러미 바라본다. 온갖 감정이 뒤엉킨 눈이었다.

"……정말 그렇게 생각하십니까?"

"물론입니다. 그리고 패트런의 첫 번째 조건은 돈입니다. 예나 지금이나 돈이 최고죠."

전직 큐레이터의 간결한 결론에, 이원은 결국 웃음을 터뜨렸다.

□ ■ □

우연은 옆으로 비스듬히 서서 거울 속 자신의 모습을 바라보았다. 허옇고 꺼칠한 얼굴에 핏방울처럼 붉은 입술과, 새까맣고 커다란 눈동자가 기이하게 반짝거린다. 풀이 죽은 눈이 아니라 도발이라도 하듯, 서슬 푸른 오기가 느껴져서 마음에 들었다.

거울을 보며 빠르게 스케치를 하기 시작했다. 필요하다는 말이 떨어지기 무섭게 밑칠이 된 거대한 캔버스들과 고급 물감, 붓 따위가 공수되는 걸 보면 아저씨가 정말 돈이 많긴 많은가 보다.

연필 끝에서 몇 개의 선이 흘러나와 하얀 천 위를 크게 가로지른다. 우연은 별도로 선을 따서 옮기는 대신 캔버스 위에 바로 스케치를 한 후, 색을 올린다. 머리와 어깨, 척추와 엉덩이로 이어지는 형태가 울퉁불퉁, 툭툭, 단숨에 만들어진다.

"아저씨, 제가 정말 예쁜가요? 아무리 봐도 이렇게 볼품이 없는데, 어디가요?"

아저씨는 어쩌다 나 같은 걸 예쁘다고 믿게 되었을까. 어쩌다 그런 말도 안 되는 최면에 걸리셨을까. 감정이 그 정도로 왜곡되고 비틀리는 건 조울증만큼이나 병적인 증세 아닐까. 그런데 사람들은 왜 이런 최면에 사랑이라는 멋진 이름을 붙여 주었을까.

생각할수록 신경이 갈려 나가는 것 같다. 이 빌어먹을 감정은 생각보다 낭만적이고 아름답지 않다. 재앙이고 징벌이며 머리채를 잡고 휘두르는 폭력이었다.

우연은 생각하기를 포기하고 그림에 집중했다.

시간은 빠르게 혹은 느릿하게, 요란하게 혹은 기척 없이 흘렀다. 우연은 옷을 벗은 채 거울을 보며 쉼 없이 그림을 그렸다. 넓은 저택은 심해처럼 고요해졌다. 그래서 우연은 밤이건 낮이건 아무런 방해도 받지 않고 모든 것을 쏟아부을 수 있었다.

"후우……."

머리채를 잡혀 이리저리 휘둘린 듯, 온통 산발이 된 작은 여자가 화폭 위에서 윤곽을 드러낸다. 엉망으로 두들겨 맞고 질질 끌려다닌 듯, 검붉은 피딱지와 멍 자국으로 뒤덮인 나신을 고스란히 드러낸 여자아이의 모습이었다.

첫날은 송 할머니가 두어 번 노크를 했었다. 아가씨, 식사하세요. 점심때가 되었습니다. 시원한 과일 음료 냈는데 한잔 드시겠어요. 아가씨, 전무님께서 함께 저녁 드시자고 하십니다.

하지만 옷을 다시 챙겨 입고 밖으로 나가서 뭔가를 먹는 것조차 극도로 귀찮게 느껴졌다. 안 먹어요. 할머니, 배 안 고파요. 목 안 말라요. 괜찮아요. 방해하지 마세요! 제발 방해하지 마시라고요! 점점 신경질적으로 변하는 반응에 이튿날부터는 조용해졌다. 방으로 연결된 인터폰과 전화선까지 뽑아 버린 우연은 무덤처럼 괴괴하게 바뀐 공간이 몹시 마음에 들었다.

캔버스 위로 붓이 지나갈 때마다 꽃이 한 송이, 한 송이 피어난다. 깡마른 몸 위로 얼룩덜룩 꽃밭이 만들어진다. 검붉은, 새파란, 붉은, 누르스름한, 온갖 색의 꽃들은 창백한 피부 위에서 한껏 화사해진다.

이제, 온몸이 장마 후의 꽃밭처럼 물든 여자가 정면을 바라보고 있다. 손을 한껏 내밀고, 반짝반짝하는 새까만 눈을 바짝 치뜬 채, 도발적으로 활짝 웃고 있다.

자, 아저씨. 보세요. 이래도, 이래도 예쁘다고 하겠어요?

윙, 귀에서 이명이 울린다. 언제부터인지 바닥이 확확 위로 치솟으며 어지러웠다. 입이 바짝 마르고 천장이 빙빙 돌기도 한다. 물을 마셔야 한다는 생각이 들면서도 마시러 가고 싶지 않았고, 배가 고프면서도 뭔가를 먹으러 나가기가 싫었다. 이 순간에서 빠져나가고 싶지 않았다.

방에 딸린 욕실에서 수돗물을 마시고, 벽장의 과자를 먹으며 버텼다. 과자에선 아무 맛도 느껴지지 않아 결국 몇 조각만 먹고는 부슬부슬 손으로 뭉개 버렸다. 머릿속은 술에 취한 것같이 흐리멍덩하면서도, 잘 벼려진 칼날처럼 명료했다.

똑똑똑.

파사삿!

노크 소리가 다시 들리는 순간, 주변을 둘러싸고 있는 밀도 높은 공기가 돌에 맞은 유리처럼 바스러진다. 갑자기 맨살에 감기는 공기의 흐름이 느껴지며 우연은 바로 현실로 내동댕이쳐졌다.

"아가씨, 제발 식사라도 드시고 하세요. 쓰러지신 건 아니에요? 아니면 약이라도……."

문손잡이가 덜그럭거리는 소리가 들렸다. 열쇠로 열리는 건가? 순간, 걷잡을 수 없이 공포가 치밀어 올랐다.

"드, 들어오지, 오지 마, 오지 말랬잖아요!"

허둥지둥 옷을 찾다가 탁자에 세게 부딪쳐 넘어지고 말았다. 와장창, 탁자 위에 놓였던 꽃병이 깨지는 소리가 들렸다. 꽂혔던 꽃과 벗어 둔 옷가지가 물과 함께 바닥에 착 흩어지고, 파편이 사방으로 튀었다. 에구머니, 아가씨! 문은 계속 덜그럭대고, 몇 걸음 움직이니 발이 뜨끔하며 피가 난다.

……아우 씨.

발꿈치에서 새빨간 피가 뭉글뭉글 기어 나와 뭉친다. 아픈 것은 잘 느껴지지 않는다. 하지만 그림 그리는 걸 멈추고, 지혈을 하고, 산산이 흩어진 유리 조각을 치워야 한다 생각하는 순간 불같이 화가 치솟았다. 아악, 아아아악, 아아악! 우연은 발을 쾅쾅 굴러 가며 방문을 향해 악을 썼다.

"들어오지 말랬잖아요! 방해하지 말랬잖아! 왜 내 말을 안 들어줘! 배 안 고프다고요! 오지 말라고 하면 제발 오지 말란 말이에요!"

밖은 다시 조용해졌다. 바닥에는 짓눌린 봉숭아 같은 핏자국이 어지럽게 찍혔고, 사금파리와 물에 젖은 옷가지가 이리저리 흩어져 난장이었다. 발이 아파야 하는데, 발 대신 엉뚱한 곳만 아팠다. 심장이 미친 듯이 뛰고, 눈알이 뻐근하고, 피부가 따끔거린다. 우연은 쭈그리고 앉아 발에 박힌 사금파리를 빼내며 숨을 헐떡였다. 온몸이 벌벌 떨린다. 신경이 미쳐 돌아가는 것 같다. 그림을 빨리 끝내지 않으면 죽어 버릴지도 모르겠다.

어느덧 캔버스에 자신의 모습이 완전히 드러났다. 비쩍 마르고 곯아 있는, 머리카락이 사방으로 흩어지고 뒤엉킨, 온몸과 얼굴이 온갖 색깔로 얼룩덜룩 물든 앳된 여자 한 명. 가슴도 치부도 전혀 가릴 생각을 하지 않고, 손을 앞으로 한껏 뻗은 채, 그림을 보는 사람을 향해 도도하게 웃어 보이는 그 모습. 지독하게 혐오스러우면서도 기이할 정도로 사랑스러워 보이는 저 얼굴.

아저씨. 이래도 내가 정말 예뻐요?

우연은 키들키들 웃으며 오른쪽 귀퉁이에 이름과 제목을 썼다. 그림의 제목은 애초부터 정해져 있었다.

〈사랑〉

우연은 제목을 적어 놓고는 낄낄대고 웃었다. 저렇게 화려한 만신창이 꼬라지가, 제목하고 어쩜 이렇게 엿같이 딱 어울릴 수가.

이 그림은 자화상을 빙자한, 사랑에 관한 그림이다. 저 여자는 우연 자신이기도 하지만, 사랑이라는 감정 자체이기도 했다. 그러니 도저히 다른 제목이 될 수 없다.

〈사랑〉
〈사랑〉

사랑해.

……아저씨, 사랑해.

봐요, 아저씨. 나는 지금 이 개같은 감정에 이 모양 이 꼴로 질질 끌려가고 있어요. 이렇게 만신창이가 되도록 반항조차 못 해. 아저씨, 사랑해. 사랑해. 과거도 없고 미래도 없이, 나는 지금 아저씨를 사랑해. 그냥 사랑해. 뻔뻔한 거 알아, 조건이고 나발이고 가진 거 하나도 없어요. 비웃음당할 거 알아. 그래도 난 그냥 아저씨를 사랑해. 이 감정이 이렇게 이성도 없고 난폭하게 나를 휘두를 줄은 몰랐어. 아저씨. 사랑해. 나는 아저씨를 사랑해.

나는 이렇게 내 마음을 모조리 벗어서 보여 드렸어요.

그러니 이제 아저씨가 대답해 보세요.

……아저씨, 날 사랑해요?

"우연아! 우연아!"

파드득, 소리가 갑자기 선명하게 느껴진다. 지금까지 물에 잠긴 듯 먹먹하게 들리던 모든 소리에 갑자기 날이 선다. 우연아, 우연아! 쾅, 쾅쾅, 고막을 송곳으로 쑤시는 것처럼 아팠다.

"우연아, 문 열어. 안 들려? 너 지금 괜찮아? 진우연!"

아저씨가 문을 부술 것처럼 두들겨 댄다. 쾅, 쾅쾅쾅! 쾅!

"송 여사! 열쇠!"

"전무님, 열쇠로는 안 열립니다. 안에서 걸쇠로 잠그시고, 외시경도 안 보이게 막으셨어요."

우연은 히죽히죽 웃었다. 머리는 무겁고 몸은 끈적끈적한데, 맨살에 와 닿는 공기가 너무너무 뜨겁다는 것이 뒤늦게 느껴졌다. 지독하게 더운 여름. 에어컨을 켜는 것을 잊거나, 끄는 것을 잊어, 방은 너무 뜨겁거나 너무 추웠다.

옷을, 옷을 입어야 하는데.

우연은 멍하니 사방을 둘러보았다. 옷이 어디 있더라? 옷이 대체 어디에. 꿈속에 서 있는 것처럼 시야가 몽롱했다. 콰작, 콰작, 콰작! 콰당탕, 뭔가 시끄러운 소리가 아련하게 뭉그러져 들린다.

"진우연! 너 지금 뭐 하고……."

뒤를 돌아보니 손잡이가 박살 난 문과, 입을 반쯤 벌리고 서 있는 아저씨가 보인다.

어? 어떻게 들어왔지? 분명 걸쇠로 문을 잠가 두었는데.

귀로 윙, 날카로운 이명이 인다. 아하, 아저씨다. 아까 들었던 시끄러운 소리와 아저씨의 출현이 뒤늦게 연결된다. 아저씨의 목소리가 잘 들리지 않는다. 아저씨가 황급히 고개를 돌리고 몸으로 문을 막고 서는 것이 보인다.

"……옷 입어."

우연은 엉거주춤 가슴을 가린 채 쭈그리고 앉아 물었다.

"아저씨…… 지금 몇 시예요?"

"송 여사!"

아저씨는 대답하는 대신 문밖으로 고함을 지른다. 당장 정 박사님 호출해요! 이쪽으로 오진 마세요! 송 여사! 옷 좀 갖다줘요. 송 여사 어디 있어! 아저씨의 고함 소리가 잘 들리지 않는다. 그러고 보니 며칠이 지났는지 모르겠다. 밤이 몇 번 지나가기는 했는데.

아저씨가 다급하게 다가오는 소리가 들렸다. 이상하다. 아저씨는 저렇게 쿵쿵쿵 큰 소리를 내며 걸어 다니는 사람 아닌데. 저렇게 막 반말하고 고함지르는 사람이 아닌데. 항상 부드럽고, 정중하게 말씀하시는 분인데.

아저씨가 몸을 감싸 주려는 듯 바닥에 놓인 이불을 확 걷더니, 그 밑에 깔려 있던 사금파리와 흠뻑 젖은 옷 뭉치, 여기저기 난장으로 찍힌 핏자국을 보고 얼굴을 확 일그러뜨린다.

"이게, 대체, 이게……."

아저씨의 목소리가 우들우들 떨린다. 반면 우연의 눈꺼풀은 점점 무겁게 내려앉는다. 아저씨가 급하게 넥타이를 잡아 빼는 것이 보인다.

……응?

몸 위로 가벼운 천이 덮이더니 몸이 위로 붕 떠오른다. 팔다리에 힘이 들어가지 않아서 아래로 맥없이 늘어진다. 아저씨의 맨살이 뺨에 와 닿는다. 몸이 후드득 떨렸다. 아저씨가 와이셔츠를 벗어서 몸을 감싸 주신 것을 뒤늦게 알았다. 쿵쿵, 쿵쿵, 뺨과 맞닿은 아저씨의 몸은 단단하고 따뜻했고, 거기서 들리는 소리는 시끄러웠다. 아저씨가 으득대며 내뱉는 소리가 심장 소리와 함께 왕왕거린다.

"이게 무슨 미친 짓이야. 너 이러다 잘못되면 죽어! 원래 작업 스타일이 이렇다고 해서 불안해도 참고 기다렸더니, 이게 무슨……."

하지만 아저씨는 벽에 기대어진 캔버스를 보더니 벼락이라도 맞은 것처럼 움직임을 멈춘다. 말을 잇지도 못한다. 각진 턱이 부들부들 떨리는 것이 희미하게 보였다.

아저씨는 읽었을까. 들었을까. 아저씨, 사랑해. 아저씨, 사랑해, 사랑해. 하, 하, 아하하, 깔깔깔. 사랑해. 이 빌어먹게 강력하고 난폭하며 현재밖에 모르는 이기적인 감정이 내지르는 소리를 아저씨는 지금 듣고 있을까.

이 소리를 들은 아저씨의 진짜 속마음은 과연 어떻게 반응할까?

자, 아저씨. 이제 솔직하게 대답해 봐요. 아저씨가 결혼하기 전에, 자신의 진짜 마음을 모르는 척 영원히 덮어 버리기 전에, 한 번이라도 제대로 대면해 보세요.

아저씨의 마음 바닥, 그 진흙 아래 깊이 감춰진 진짜 말을 듣고 싶어요.

아저씨의 피부에 소름이 와짝 돋는 것이 느껴진다. 까무룩, 눈앞이 깜깜해진다.

□ ■ □

우연은 의식을 놓은 채 이원의 침대 위에 누워 있다. 링거액이 팔뚝의 가는 혈관을 타고 느릿느릿 흘러 들어간다.

후우우.

이원은 폐가 녹아내릴 듯 한숨을 쉬었다. 저 링거액이 돼서, 저 아이의 머릿속으로 한번 들어가 보고 싶다. 대체 무슨 생각으로 이러는지.

아니, 네 탓을 할 일도 아니다. 나야말로 대체 무슨 생각으로 상황을 이 지경까지 끌고 왔는지 모르겠다.

너에 대한 선택은 늘 이성적이지 못하고 충동적이었다.

나는 왜 생명의 다리 위에서 너를 도와주었을까. 박 이사님 말대로 신고만하고 끝내도 되었을 것이다. 초상화 다섯 점 따위의 황당한 약속을 받을 필요도 없었다. 경찰서까지 따라갈 필요도 없었고, 병원에 꼭 가야 할 이유도 없었다. 내가 후견인이 되어야만 했던 것도 아니다. 정 관장을 후견인으로 지정하고학비만 지원하게 했어도 충분했을 것이다.

……누드모델 따위의 정신 나간 소리도, 당연히 들을 필요가 없었다.

연락이 끊겼을 때, 군이 직접 찾으러 갈 필요도 없었다. 사람을 보내서 찾아오게 하면 될 일이었다. 꼭 이곳으로 데려올 필요도 없었다. 병원에 입원시키고경호를 철저하게 하는 방법도 있었다. 물론 병원에선 지금처럼 안정감을 느끼지는 못했겠지만, 집에까지 데려온 건 과잉보호라고밖에 할 수 없는 일이었다.

이원은 머리를 헤집으며 신음했다. 그녀는 항상 날이 바짝 선 칼날 위에 위태롭게 서 있는 것 같았다. 눈앞에 보이지 않으면 불안하고, 잘 있는지 확인하고 싶어서 조바심이 났다. 아니, 숨이 턱턱 막혔다.

그는 우연의 부모에 대해 극렬한 적개심과 끝없는 부러움을 동시에 느끼곤 했다. 우연의 아기 때 모습, 유치원 시절, 초등학교, 중학교, 차근차근 자라 가는 모습을 다 보아 왔을 어머니 아버지가 증오스러울 정도로 부러웠다.

왜 그들은 저 아이를 사랑하지 못했을까. 저렇게 예쁘고 사랑스러운 아이를. 저렇게 약하고 여리고 눈물이 많은 아이를, 저렇게 독특하고 발랄하고 자유로운 영혼을, 이렇게 믿을 수 없을 정도로 눈부신 재능을 타고난 아이를.

……왜 이렇게 끔찍하게 상처 주고 손쓸 수 없을 만큼 망가뜨려야 했을까.

"아저씨……."

가는 신음 소리가 들린다. 따귀라도 얻어맞은 듯 정신이 얼얼했다. 이원은 황급히 침대 옆으로 다가앉았다.

"우연아, 괜찮아?"

고양이 인형을 끌어안은 채 누워 있던 우연이 끙끙거리며 이원 쪽으로 돌아 눕는다. 여전히 눈을 꼭 감은 상태였다. 지나치게 큰 셔츠를 입어서인지 몸을 뒤척이자 목이 새하얗게 드러난다. 가는 빗장뼈가 도드라지고, 발갛게 물든 입술 위로 꺼풀이 앉았는데 그걸 이로 잡아 뜯었는지 피딱지가 조각조각 앉아 있다.

이원은 잠시 넋을 놓고 그녀의 찌푸린 얼굴을 내려다보았다. 아까 얼핏 보았던 우연의 모습이 떠올랐다. 바로 외면하고 와이셔츠로 감싸느라 제대로 보지는 못했지만, 믿을 수 없을 만큼 매끄럽고 하얀 피부와, 안아 올릴 때 느꼈던 감촉만큼은 또렷하게 기억났다.

고개를 힘껏 저었다. 이런 순간에도 그따위 기억이나 떠올리는 자신이 환멸스러웠다.

"으으, 아파, 아저씨. 아저씨."

핏기 하나 없이 새하얀 얼굴이 인상을 잔뜩 쓰고 신음한다. 가느다란 손가락이 뭔가를 잡으려는 듯, 허공을 더듬는다.

……제기랄.

"송 여사. 우연이 좀 봐 주세요."

그 앙상한 손을 잡아 주는 대신 자리에서 일어났다. 자리에서 일어나 방문을 나서는 데, 믿을 수 없을 만큼 큰 인내심이 필요했다. 송 여사가 조용히 우연 곁에 앉아 허우적대는 손을 꼭 잡는 것을 보며, 이원은 잠시 송 여사를 밀어내고 저 자리에 앉고 싶다는 맹렬한 충동을 느꼈다.

우연이 머물던 손님방으로 들어갔다. 방은 깨끗하게 정리된 상태였고, 문손잡이도 말끔하게 교체되어 있었다. 다만 작업하던 탁자와 그림은 그 자리에 그대로 남아 있었다.

진우연. 사랑.

사랑. 사랑, 사랑.

이원은 꽃밭처럼 찬란하게 물든 소녀의 나신을 한참 노려보았다. 그녀는 자신의 상처를 모조리 드러낸 채 두 팔을 앞으로 한껏 내밀고 자신을 도발하고 있다.

아저씨, 나는 저항할 수 없어요. 이 폭력적인 감정에 반항할 수 없어.

아저씨. 사랑해. 그 빌어먹을 마음이 나를 이렇게 만신창이로 만들어서 질질 끌고 가고 있어. 나는 반항할 수 없어요.

아저씨 사랑해요.

편의점에서 우연이는 분명히 말했다. 마음대로 되지 않는 감정이, 자신의 머리채를 잡고 질질 끌고 가는 것 같다고.

……넌 그때 이미 고백을 했었구나.

그림은 보면 볼수록 익숙해지는 대신 거북하게 느껴졌다. 보는 사람의 대답을 요구하고 있기 때문이었다. 이 그림은 애초부터 쌍방향으로 대화가 오가게 설계된, 매우 입체적인 작품이었다.

그리고 그림의 목소리는 지나치게 또렷해서, 도저히 잘못 들을 수가 없다.

아저씨, 사랑해요. 나는 아저씨를 원해요.

……아저씨는요?

대답해 주세요. 아저씨는요?

이원은 침대에 걸터앉아 멍하니 생각에 잠겼다. 어둠 속에서 우연의 목소리가 한 자락씩 사르락사르락 기어 나와 몸을 휘어 감는다.

'아저씨 미안해요. 아까 기도하시는 거 들었어요. 구, 궁금해서.'

'뭐, 결혼하시고 살아 보다가 영 안 맞으면 다시 원래대로 돌아가면 되니까요.'

'인생이 장난인가요? 먹어 보니 똥이었는데 뱉지도 못해요?'

'그럼 신자 안 하면 되잖아요.'

'하지만 섹스에 거부감이 든다면서요. 그럼 끝난 거 아니에요?'

기가 막힌 말을 아무렇지도 않게 쏟아 내던 아이. 섹스, 라고 태연하게 말하던 붉은 입술.

이제 그 아이가, 그림 속에서 손을 내밀고 자신을 한껏 도발하고 있다.

아까 안아 올릴 때, 필사적으로 외면했던 우연의 몸이 눈앞에 있다. 가늘고 하얀 목, 가느다란 빗장뼈에 고인 좁고 깊은 그늘, 팔로 가린 사이로 설핏 보였던, 자그마한 가슴의 소복한 윤곽선, 좁고 동그란 어깨와 한 손에 쥐일 듯 가는 허리, 그리고 엉덩이와 다리로 매끈하게 이어지던, 감미롭고 우아한 선, 근육의 존재가 전혀 느껴지지 않는, 믿을 수 없을 만큼 보드랍고 말랑말랑하던 감촉.

"으흑."

순간적으로 들이닥친 생각에 이원은 머리를 감싸 안고 신음했다.

미쳤다. 내가 지금 무슨 생각을 한 거지?

아니다. 이건 밤이라 그런 거다. 음욕이 불처럼 끓어오르는 밤이라서, 이, 이렇게 말도 안 되는 그림을 봐서, 이따위, 말도 안 되는 생각이 쏟아지는 거다.

이원은 밤이 끔찍했다. 혼자 있는 시간이면 어김없이 성욕이 고이는 것이 느껴졌다. 컨디션이 바닥으로 처박히거나 스트레스가 한계까지 치밀어 오를수록 욕구가 미친 듯이 끓어올랐다. 참고 참으면 결국 몽정으로 이어졌다. 나이 서른

417

둘에, 지나가던 개가 웃을 일이다.

이원은 정우건설 사태 때 어린아이가 눈앞에서 죽은 후, 많은 것을 잃었다. 단잠을 잃었고 미각도 잃었다. 몸에는 아무 이상이 없었고, 이원도 손 원장도 이것이 심리적인 원인이라는 것을 인정했다.

이원은 이 일을 담담하게 받아들였다. 법적으로는 문제가 없었지만, 죄가 없다는 생각은 들지 않았다. 이것은 자신이 치러야 할 대가라 생각했다.

그 후부터, 아무 맛도 느껴지지 않는 음식을 끼니마다 먹는 것과 피곤해서 자는 것은 죽지 않으려고 억지로 수행하는 과업이 되었다. 매슬로의 주장은 옳았다. 자아실현이라든가, 성취감, 하다못해 말초적이고 유치한 우월감 따위조차 가장 기본적인 본능적 욕구가 이루어진 이후에야 얻을 수 있는 거였다. 먹고 쉬고 잠을 자는 가장 기본적인 즐거움을 잃자, 그 위 단계의 즐거움은 아예 찾아오지도 않았다.

이제 그가 누릴 수 있는 육체의 즐거움이란 성욕 정도밖에 남지 않았다. 원래 성욕이 결코 적은 편은 아니었지만, 절제하고 자신을 지킬 수는 있었다. 요새는 그것이 점점 힘겨워진다. 하지 말아야 할 더러운 생각들이 머릿속에서 도무지 떠나지 않는다. 이제는 이 집착이 도착적으로 느껴질 지경이었다.

혼전, 혼외 성관계가 아닌 자위행위까지 대죄에 속하는 것에, 이원은 가끔 곤혹스러움을 느꼈다. 물론 크게 신경 쓰지 않는 교우들도 있지만, 죄의식에 대한 기준선이 꽤 높았던 이원은 쉽게 다스려지지 않는 성욕이 불편하고 때로 힘겨웠다.

'하지만 섹스에 거부감이 든다면서요. 그럼 끝난 거 아니에요?'
'섹스에, 거부감이, 그럼, 끝난······.'
'섹스에······.'

발칙한 목소리가 자꾸 신경을 긁는다. 귀를 틀어막고 싶다. 그림 속 우연이 뻗은 손이 자신의 목을 움켜잡고 끌어당기는 것 같다. 의식이 없는 중에도 나를 향해 간절하게 내밀던 손, 나만 애타게 찾던 그 목소리, 내 팔에 달라붙듯 감기던 너의 몸, 그 당혹스러운 느낌.

아저씨, 사랑해요. 나는 아저씨를 원해요.

……아저씨는요?

제기랄. 이원은 고개를 수그리고 머리를 감쌌다.

……미쳤다 한이원. 넌 결혼할 여자가 있어. 대체 무슨 생각을 하는 거야.

그 말을 비웃기라도 하듯, 하반신에서 열기가 폭발한다. 아슬아슬, 정체를 알 수 없는 경계선에 서 있던 이원은 결국 허리를 구부리고 몸을 무너뜨렸다.

□　■　□

새벽 미사를 마치고 사제관에 들어오니 이내 벨 소리가 들린다. 정상용 신부는 확인도 하지 않고 바로 문을 열었다.

"평화를 빕니다, 안드레아 신부님. 바쁘신데 시간 뺏어서 죄송합니다."

문밖에 서 있던 양복 차림의 키 큰 사내가 싱긋 웃으며 고개를 숙인다. 새벽 미사 전에 고해 성사와 상담을 신청했던 이원이었다.

"어, 어서 와, 어서 와요. 아무리 바빠도 이원 형제만큼 바쁠까? 게 앉아요, 편히 앉아. 뭐 좀 마실까요? 커피는 안 마신댔던가? 우유 좀 데워 줄까요?"

안드레아 신부는 수선스럽게 환영하며 이원을 소파에 앉혔다.

환갑을 목전에 둔 정상용 안드레아 신부는 이원이 다니는 성당의 주임 신부로, 4년 전 부임한 첫해부터 이원과 격의 없이 지내는 사이가 되어 버렸다. 그는 신심이 돈독하고 헤아림이 깊은 이원을 퍽 아꼈고, 나이 많은 이원이 신학교에 재입학을 하려 할 때 예비 신학생 모임에 들 수 있도록 사방팔방 애를 써 주기도 했다.

이원이 자리에 앉아 짧게 기도하는 사이, 안드레아 신부는 정말로 우유를 레인지에 넣고 데우기 시작했다. 지독한 불면증에 시달리는 이원은 카모마일차와 국화차 외의 차 종류는 입에 대지 않았는데, 자칭 타칭 잠의 축복을 넘치게 받은 카페인 마니아 안드레아 신부의 사제관에 카모마일차 따위가 있을 턱이 없었다.

"감사합니다. 잘 마시겠습니다."

다행히 이원은 뜨거운 우유를 곧잘 마셔서, 안드레아 신부는 참으로 흡족했다. 안드레아 신부는 우유든 커피든 설탕을 듬뿍 넣어서 대접하는 것을 좋아했는데, 그 괴악한 취향에 불평 한마디 없이 다 마셔 주었던 손님은 이원이 유일했다.

"그래, 요새 어떻게 지내요? 무슨 걱정되는 일이라도 있나?"

이원이 잔을 내려놓더니 고개를 살짝 수그리고 웃는다. 평상시 같으면 아니라고 괜찮다고 하는 대답이 나올 법한데 오늘따라 그런 말조차 나오지 않는다.

그러고 보니 상태가 썩 좋아 보이지는 않았다. 어둑어둑한 새벽빛으로 봤을 때는 몰랐는데, 지금 보니 창백하면서 괴로운 듯한 분위기가 무겁게 고여 있었다. 하지만 무엇이 문제인지 입을 열기는 쉽지 않은 듯했다. 안드레아 신부가 조심스럽게 물었다.

"그럼, 고해 성사를 먼저 보겠어요? 마지막으로 언제 받았지?"

"그러겠습니다. ……보름 전입니다."

이원이 조용히 소파에서 내려와 카펫 위에 무릎을 접고 고개를 숙인 후 성호를 긋는다. 성부와 성자와 성령의 이름으로, 아멘. 안드레아 신부는 그의 둥글게 숙여진 어깨와 등을 물끄러미 내려다보며 입을 열었다.

"하느님께선 우리의 마음을 비추시니, 그분의 자비하심을 믿고 그동안 지은 죄를 고백하세요."

그는 꽤 길게 이어지는 이원의 침묵에도 잠자코 기다렸다. 한참 만에야 낮고 차분한 목소리가 흘러나왔다.

"어젯밤에 손으로 죄를 저질렀습니다."

뭉뚱그려 이야기하려는 유혹을 느낀 듯, 그는 잠시 말을 멈췄다가 고개를 흔들고 이내 구체적으로 고백했다.

"……음란한 망상을 물리치지 못하고, 밤새…… 새벽까지 수음을 했습니다."

반쯤 내리깐 눈빛은 담담했고 목소리는 차분했지만, 뒤따라 흘러나오는 가는 한숨까지 감추지는 못했다.

환갑을 앞둔 노신부는 그의 고민을 충분히 이해했다. 젊고 건강한 몸에 들끓고 있을 성욕은 깊은 신앙과 의지로도 누르기 버거울 때가 있을 것이다. 더욱이 자기 자신에게 엄격하기 짝이 없는 이원은 그 욕구를 철저하게 통제하려 노력했고, 그래서 그 버거움이 더욱 커 보였다. 한번 통제의 끈을 놓치면, 폭발하듯 터지는 반작용과 그에 따른 자괴감이 늘 만만치 않은 듯했다.

다시 짧은 침묵이 이어졌다. 안드레아 신부는 기다렸다. 할 말이 더 있을 것 같다. 이 내용만이라면, 굳이 상담을 요청할 것 없이, 아까 고해소에서 고해 성사를 보고 돌아갔을 것이다.

이윽고 그가 힘들게 입을 열었다. 인정하기 싫은 어떤 것을 억지로 실토하는 것처럼.

"……약혼녀가 아닌 다른 여자에게 자꾸 마음이 향합니다. 그 여자를 생각하며 끝없이 더러운 상상을 하고, 죄를 짓게 됩니다."

역시나. 안드레아 신부는 한숨을 삼키며 조심스럽게 물었다.

"그 자매님과의 관계는 어떻게 됩니까?"

"제가…… 올해 초에 잠시 후견인 역할을 한 적이 있는…… 대학생입니다."

담담하게 고백하려고 애를 쓰고 있지만, 어깨가 가늘게 떨리는 것이 보였다.

"좀 더 자세히 말해 보세요. 혹시 그 학생이 이원 형제와 자주 접하는 상태입니까?"

"지금 집에서 보호하는 중입니다. 부모에게 학대를 받아 한강에서 자살하려던 아이를 구해 주었다가……."

접근 금지 상태인 부모가 학교로 찾아오는 바람에 공황 발작을 일으켰다. 불안감이 너무 심해서 집 밖으로 한 걸음도 나가지 못한다. 지금 믿고 의지하는 건 나밖에 없어서 어쩔 수 없다. 더듬더듬 설명하던 이원이 말을 멈추고 고개를 숙인다. 여기까지 와서 자신을 변명하는 것이 아무 소용 없다는 것을, 그 역시 잘 알고 있었다.

"저는 약혼녀가 있고…… 머지않아 결혼합니다. 이 마음이 잘못되었다는 건잘 압니다. 그런데 아무리 노력해도 그 자매를 향한 더러운 음욕이, 점점 커지기만 해서…… 너무 죄스럽고, 한심하고…… 고통스럽습니다."

그의 기나긴 고백이 이어지는 동안, 안드레아 신부는 속으로 깊이 탄식했다. 이원은 더러운 음욕이라 말하지만, 그의 성격상 그것은 잠시 스치고 지나가는 더러운 욕구를 말하는 것은 아닐 것이다. 이야기가 이어질수록, 그가 깊이 품고 있는 감정이 '더러운 음욕' 보다 훨씬 아름다운 이름을 갖고 있을 거라는 확신이 들었다.

하지만 안드레아 신부는 자신이 할 수 있는 조언을 신중히 가늠했다. 상황은 생각보다 간단치 않았다. 그는 이원의 결혼이 막중한 책임과 거대한 자산이 걸린 계약이자, 유언에 매인 것임을 알고 있었다. 다른 여자를 사랑하게 되었다 해서 계약을 무르거나 파혼을 할 수는 없는 상황이라는 뜻이었다. 섣부른 조언을 했다간 이원에게 독이 될 것이 분명했다.

이럴 때는 원칙적인 방향으로 이야기를 해 줄 수밖에 없다. 안드레아 신부는 한숨을 감추지도 않고 무겁게 입을 떼었다.

"이원 형제, 죄를 차단하기 위해서는, 죄를 유발하는 환경부터 차단해야 하는 것을 알고 계실 것입니다. 하느님께서는 남자와 여자를 사랑하게 만드셨지만, 아내가 아닌 다른 자매를 대상으로 성적인 상상을 하며 스스로 욕구를 푸는 것은 죄악입니다. 약혼녀와 결혼을 앞두고 있다 하니, 더욱 멈춰야 합니다. 잘못된 방향으로 깊이 들어갈수록 자매님은 위험해질 것이고, 형제님의 죄와 상처도 커질 것입니다."

"……예."

"죄가 마음을 스치고 지나갈 수는 있지만, 마음을 지배하도록 방치하면 안 됩니다. 속히 마음을 정리하고, 자매를 안전한 다른 장소로 보내는 게 좋을 듯합니다."

순간 이원이 고개를 들었다. 그의 갈색 눈동자에서 격렬한 저항이 들끓는 것이 느껴졌다. 그가 저도 모르게 더듬더듬 덧붙인다.

"그런데 신부님. 실은 그 자매도…… 저를 좋아……하는……."

아. 그가 짤막하게 신음하며 한 손으로 입을 가린다. 제 입에서 나온 말을 믿을 수 없던 모양이다. 크게 벌어진 눈에는 당황한 기색이 역력했다. 아아, 안타깝다, 안타깝다. 안드레아 신부는 급히 고개를 숙이는 저 덩치 큰 청년의 등이 못 견디게 딱하고 안쓰럽게 느껴졌다.

"혹시, 지금이라도 약혼을 파하고 그 자매님과 결혼할 생각이 있는 겁니까?"

"아, 아닙니다, 신부님. 그런 말이 아닙니다. 그럴 수는 없습니다."

비난하려 물어본 게 아닌데, 그는 크게 치죄라도 당한 듯, 바로 고개를 저었다.

"주님께 간구하세요. 상처 입은 자매에게는 상처를 이길 힘을, 이원 형제에게는 마음을 다스릴 힘과 위로의 은총을 주시기를. 주님께선 벌하심을 즐겨하지 아니하시고 용서하시고 축복하시길 즐거워하는 분이시니, 반복되는 죄에 실망하지 마시고 통회하고 용서를 구하세요."

"……예."

보속과 이원의 꽤 긴 통회 기도가 끝난 후, 그는 이원의 머리 위에 두 손을 얹고 사죄경을 읊었다. 그의 몸이 가늘게 떨리고 있는 것이 느껴졌다.

"……한이원 형제에게 용서와 평화를 주소서. 저는 성부와 성자와 성령의 이름으로 당신의 죄를 사합니다."

"아멘."

성호를 긋고 자리에서 일어나려는 이원의 머리 위로 부드러운 목소리가 흘러나왔다.

"이원 프란치스코 형제."

이원은 고개를 들고 주임 신부를 조심스럽게 올려다보았다. 주임 신부님은 진지하게 해 주고 싶은 말이 있을 때, 이렇게 이름과 세례명을 같이 부르는 습관이 있었다. 그는 이원의 어깨를 톡톡 두드리며 따뜻한 목소리로 말했다.

"인간의 성욕 역시 하느님께서 허락하신 거예요. 배우자와 온전히 연합하여 아이를 낳고 사랑이 넘치는 가정을 이루기 위해 하느님께서 허락하신 선물임을 잊지 마세요. 사정이 허락한다면 빠른 시일 안에 결혼해서 가정을 이루는 것도 좋은 방법일 게고."

이원은 쓰게 웃었다. 사도 바오로께서는 '남자와 여자는 관계를 맺지 않는 것이 좋다, 나처럼 그냥 지내는 것이 좋다.' 라고 권하면서도 자제할 수 없으면 혼인하라고 하셨다. 욕정에 불타는 것보다는 혼인하는 게 낫다고. '욕정에 불타는' 자신 같은 인간에게 약혼자와 빨리 결혼하라는 충고는 성서에 매우 충실한 해답이 될 것이다.

다만, 자신의 결혼은 주님께서 보시기에 아름답지 못하다. 아내에게는 정부가 있고, 남편은 그걸 알면서도 묵인하며, 남편 역시 마음에 품고 있는 여자가 있다. 그리고 이 결혼의 유일한 목적은 돈이다. 이원이 생각하는 자신의 결혼의 실체는 그랬다.

"신부님. 저는 제 결혼과 저희의 삶이, 그분께 영광이 아니라 누를 끼칠까 죄스럽고, 염려스럽습니다."

"이원 형제, 결혼은 축복의 통로이자 하느님의 선물입니다. 징벌의 도구가 아닙니다."

잠시 눈썹을 찡그렸다. 신부님이 하고 싶은 말이 뭔지 감이 잡히지 않는다. 세경그룹의 상속을 선택하면, 이 결혼을 피할 순 없다. 어차피 자신이 안고 가야 할 짐이었다. 거래든 계약이든 징벌이든 노예처럼 팔려 간다 하든, 달라질 것은 없었다.

"물질은 주님께서 허락하신 무수한 축복 중 지극히 일부일 뿐이에요. 물질

을 위해 하느님의 더 크고 선하신 축복을 포기하고 있는 것은 아닌지 생각해
보세요."

잠시 눈을 감고 숨을 다스렸다. 지금 나에게 이렇게 말씀하시면 어찌할까.
가슴에서 얼얼한 통증이 느껴졌다.

"그럼, 상속분을 포기하고 회사도 포기하고 이 결혼을 파하는 것이 하느님
의 뜻일까요?"

노신부의 난처한 듯한, 짧은 웃음소리가 들렸다.

"그분의 뜻은 인간의 계산으로 감히 헤아릴 수 없는 곳에 있어요. 다만, 이
원 형제를 사랑하시는 주님의 마음을 깊이 묵상하며, 잘 생각해 보고 결정하면
좋겠어요."

"……명심하겠습니다, 신부님."

이원은 수긋이 대답하면서 속으로 쓴 물을 삼켰다.

아마 세속의 물욕을 완전히 접고, 청빈하고 거룩한 길을 평생 걸어온 신부님
이라면, 어쩌면 세경그룹조차 포기할 만한 것으로 보일 수도 있으리라. 한때 자
신도 그렇게 생각했으니까.

하지만 이원은 결국 사제가 될 수 없었고, 이제 와서 회사를 포기할 수도 없
었다. 세경그룹은 이원의 손에 남은 유일한 것이었고, 여기까지 와서 회사를 집
어던지는 것이야말로 가장 멍청한 짓일 것이다.

마음을 정리한 이원은 자리에서 일어났다. 뒤에서 조용하고 따뜻한 목소리
가 따라왔다.

"두 분 모두에게 하느님의 화평과 치유가 임하시기를 기도하겠습니다."

□ ■ □

이원은 대문을 열고 천천히 마당으로 걸어 들어왔다. 몸을 가누기 힘들 정도
로 노곤하고, 한 걸음 한 걸음 디딜 때마다 무릎이 허청거렸다. 허리와 허벅지

까지 뻐근하고 머리가 물에 잠긴 것처럼 무겁기만 하다.

아무래도 오전엔 출근하기 어려울 것 같은데.

미친 짓을 했다고 후회해도 소용없었다. 오전에 있는 이사회를 오후로 미룰까 고민하던 이원은 쓴웃음을 지으며 고개를 저었다. Y시 재개발 사업을 강행하기로 한 후부터 매 순간이 전쟁이었다. 사고가 나서 혼수상태가 아닌 한 회사에 나가 앉아 있어야 할 상황이었다.

게다가 시트와 이불을 모조리 걷어서 세탁실에 처박아 놓았으니, 출근도 못하고 늘어져 있으면 송 여사나 일하는 사람들이 무슨 생각을 할지 뻔하다.

7시가 조금 넘었을 뿐인데, 아침 햇살이 송곳으로 피부를 찍는 것처럼 느껴진다. 이원은 독기가 바짝 오른 이 계절이 종종 고통스러웠다.

우연이가…….

잠시 걸음을 멈춘 이원은 단단히 결심하고 깊이 숨을 들이쉬었다.

그래. 우연이를 다른 곳으로 보내야 한다는 신부님 말씀이 백번 옳다.

……안전하게 지낼 수 있는 곳을 바로 찾아봐야겠다.

경호원하고 간호사를 배치해 두고, ……송 여사도 그곳으로 보내야 할까.

머리가 지끈거렸다. 이건 또 무슨 부질없는 짓일까. 송 여사를 딸려 보낸다는 건 계속 자신의 영역 안에서 그 아이를 보고 있겠다는 뜻이나 다름없었다.

이원은 눈앞에 펼쳐진 정원의 모습을 물끄러미 바라보았다. 잡초 하나 없이 바짝 깎인 후 아침 이슬을 흠뻑 먹어 새파랗고 싱싱하게 물이 오른 잔디, 담장을 따라 울창하게 솟아오른 나무들, 나무 사이에 드문드문 배치된 굵직굵직한 수석과 나무 벤치, 그리고 안쪽으로 새하얗게 솟아오른 본채와 별채 건물. 자신의 취향대로 꾸미긴 했지만 지나치게 깔끔해서 가끔 집이 공원묘지처럼 느껴질 때가 있었다.

"……음?"

현관문 앞 벤치 근처에 누군가 서 있는 것이 보인다. 움직인다. 키가 작고 몸집이 가녀린 누군가가 하얀색 원피스를 입고 마당에 깔린 돌 위를 내려다보며 조심조심 걷고 있다. 폴짝, 빙그르르. 폴짝, 폴짝, 빙그르르. 이 집에서는 흔치 않은 움직임이다. 죽어 있던 풍경에 생기가 확 돈다. 이원은 저도 모르게 눈을 크게 떴다.

아! 우연이가 정신을 차린 건가?

설마, 잠옷을 입고 마당에 나온 건가?

아니, 잠깐. 지, 지금 건물 밖으로 나온 건가? 누구의 도움도 없이? 혼자?

이원은 뻣뻣하게 굳은 채 우연의 움직임을 지켜보았다. 처음에는 조심조심, 한 걸음 한 걸음 발을 딛다가 나중에는 치맛자락을 팔락팔락하며 거칠게 다듬어진 포장석 위를 깡충깡충 뛰어다닌다. 단발 머리카락이 폴락, 폴락, 나풀거린다. 이원은 멍하니 눈을 깜박거렸다.

맙소사, 어제 내가 입혀 준 와이셔츠를 아직도 입고 돌아다니는 거야?

……그것도 맨발로?

우연이 그가 있는 쪽을 향해 몸을 돌린다. 순간 움직임이 멈춘다. 조붓하고 동그란 어깨 위로 햇살이 내리꽂힌다. 자그마한 몸이 아침 햇살에 둘러싸여 눈부시게 반짝거렸다.

"……아저씨!"

우연은 잠시 주춤하더니 이내 마당을 가로질러 다가오기 시작했다. 나를 기다리고 있던 건가? 처음엔 조심스럽게 걷는 것 같더니 나중에는 와이셔츠 단을 잡고 막 달려온다. 이원은 급히 마주 달려갔다.

"우연아! 맨발로 뛰지 마. 넘어진다, 다쳐! 진우연!"

"아저씨! 아저씨! 새벽부터 어딜 다녀오시는 거예요! 기다렸단 말이에요."

활짝 웃는 얼굴이 앞으로 들이닥친다. 너무 좋아서 어쩔 줄 모르는 표정을 전혀 숨기지 않는다. 눈앞까지 달려온 우연이 잠시 머뭇대다가 무엇인가를 결심한 듯, 고개를 반짝 들어 올린다. 웃는다. 말갛고 투명한 얼굴로, 이렇게 구김 없이 활짝 웃는다. 얼굴을 발갛게 물들이며, 손을 쥐어뜯으며, 발까지 동동대며 웃는다. 이미 그림을 통해 자신의 감정을 모조리 까발렸으니, 더 이상 속을 숨기는 것이 의미가 없다고 생각하는 것이다.

이원은 눈도 깜박이지 못한 채 잠시 입술을 떨었다.

"……새…… 새벽 미사에 다녀왔어."

"일요일만 성당에 나가는 게 아니고 새벽에도 자주 가시나 봐요."

"새벽에…… 미사가 있는 날도 있고, 저녁에 있는 날도 있어. 우연아, 그런데 너 어떻게 아저씨 옷만, 아니, 맨발로 이게 무슨……."

"에이 아침부터 잔소리. 만나자마자. 어차피 길이는 원피스 잠옷하고 비슷하고, 반바지도 입었는데요 뭘. 아저씨, 이 옷 저 주시면 안 돼요?"

우연이 와이셔츠 앞자락을 팔락대며 혀를 쏙 내민다. 이원은 도저히 말을 이을 수 없었다. 이 아이는 저 옷이 내 옷이기 때문에 일부러 벗지 않는 것이다.

"그래. 맘에 들면 얼마든지."

이원은 시선을 돌리는 척하면서 슈트를 벗어서 우연의 어깨에 걸쳐 주었다. 어깨가 넓은 이원의 양복이 어깨가 좁은 우연에게 걸쳐지자 무릎까지 푹 덮이고 만다. 판초 같아요! 우연이 손을 펄럭이며 웃는다. 이원은 무릎을 접고 앉아 달래듯 말했다.

"맨발은 안 돼. 절대 안 돼, 돌에 찍히면 바로 피 난다. 그리고 너 며칠 전에도 발에서 피 났는데 거기 흙이라도 들어가서 파상풍 걸리면 어떡할 거야."

"에이, 한이원이 아니라 한걱정 아저씨네. 저는 원래 맨발로 잘 다녀요."

"정말, 말 안 듣지! 상처에 흙 들어가면 안 된다니까!"

"파상풍은 정 박사님이 알아서 하시라고 하고요, 아저씨도 한번 신발 벗어 보세요. 기분 죽여요. 일단 한 번만 벗어 보시라니까요."

"우연아, 우연아! 그렇게 맨발로 뛰면 발에 상처 난다니까! 신발 어디 있어!"

"현관에 벗어 놓고 왔는데요!"

우연이 눈을 깜박거리며 한쪽 발을 들어 보인다. 배시시 웃는 말그레한 얼굴에 머리가 징, 울린다. 볼이 좁고 앙증맞은 그 발은 이슬에 젖어 축축했고, 물기 위로 굵은 모래알이 자르르 붙어 있었다. 다시 머리가 지끈했다.

"모래밭, 자갈밭, 풀밭, 나무, 대리석, 시멘트, 밟을 때마다 기분이 다 달라요. 그림을 그릴 때 발바닥의 느낌을 떠올리면, 모양이 아주 선명해져요."

"……아."

"그리고 새벽에 이슬 맞은 풀밭은요, 느낌이 엄청 좋아요. 얼른 벗어 보시라니까요."

이원은 요 맹랑한 요구를 도저히 거절할 수 없었다. 억지로나마 제어하던 마음을 아예 풀어 버린 아이는 이제 한껏 싱그럽고 도발적이며 생명력이 넘친다. 미치게 사랑스러웠다. 그냥 시선을 마주하는 것만으로도 숨이 막힌다.

허리를 숙이고 구두와 양말을 벗었다. 열렬한 시선이 맨발에 꽂히는 것이 느껴진다. 시원한 물을 머금은 잔디가 발바닥에 와 닿는다. 간지럽고 산뜻한 촉감과 함께 아래에 깔린 자갈과 모래의 감촉이 함께 느껴졌다.

느낌이 이상하다. 엄청 좋은지는 모르겠고, 엄청 낯설고 당황스러웠다.

이원은 우연이 이끄는 대로 천천히 걸었다. 한 걸음 한 걸음 디딜 때마다 혈관으로 시원한 피가 도는 것 같고, 세포마다 산뜻하고 맑은 물이 스며드는 것 같다. 분명 익숙한 집인데 새로운 세계로 자꾸자꾸 걸어 들어가는 기분이었다.

그러고 보면 이원은 이 집에서 살았던 32년 동안 한 번도 맨발로 잔디를 밟아 본 적이 없었다. 잠을 잘 때 말고는 강박처럼 단정한 옷차림을 하고 있었다. 맨발을 남에게 보이는 것은 무례한 일이라고 믿고 살았다.

……나는 그동안 왜 그랬을까?

"보세요, 좋죠! 느낌 좋죠!"

흥분한 우연이 풀쩍대며 주변을 돌았다. 이원은 우연의 팔을 붙잡았다. 부러질 듯 앙상한 팔목이 잡힌다. 소스라치는 감각이 그녀의 것인지 자신의 것인지조차 구별이 되지 않았다. 이원은 거의 반사적으로 우연을 훌쩍 안아 올렸다.

"뛰지 마. 다쳐."

품에 안긴 우연은 버둥대는 대신 굳은 것처럼 움직임을 멈추었다. 이원은 갈라진 목소리로 속삭였다.

"신발 있는 데까지만 데려다줄게."

"아저씨, 그런데 아저씨도 맨발이잖아요."

하아. 하. 이원은 대답하지 못하고 별채를 향해 천천히 걸었다. 커다란 슈트에 폭 파묻힌 우연은 이제 눈을 질끈 감고 있다. 마른 몸이 자르르 떨리는 것이 느껴진다. 이원은 숨이 조금씩 가빠지는 것을 참으며 한 걸음씩 걸었다.

입을 맞추고 싶다. 막무가내로 입술을 대고 힘껏 비비고 싶다. 눈앞에 보이는 동그랗고 매끈한 이마에, 발갛게 상기된 뺨에, 축축하게 물기가 고인 채 질끈 감고 있는 눈 위에. 팔 아래서 한들거리는 저 작은 발에, 발가락에, 조개처럼 꼭 다물린 새빨갛고 매끄러운 입술에.

……입을 맞추고 싶다.

……아니, 집어삼키고 싶다. 모조리.

아랫배로 열기가 모여들었다. 조금 전에 들었던 목소리가 귀로 징, 울렸다.

'인간의 성욕 역시 하느님께서 허락하신 거예요. 배우자와 온전히 연합하여 아이를 낳고 사랑이 넘치는 가정을 이루기 위해 하느님께서 허락하신 선물임을 잊지 마세요.'

하지만 이원은 확신했다. 이 욕구는 옳지 않다. 길을 잘못 들었다. 자신은 지금 가지 말아야 할 길로 들어선 것이다.

'물질은 주님께서 허락하신 무수한 축복 중 지극히 일부일 뿐이에요. 물질을 위해 하느님의 더 크고 선하신 축복을 포기하고 있는 것은 아닌지 생각해 보세요.'

'그분의 뜻은 인간의 계산으로 감히 헤아릴 수 없는 곳에 있어요.'

계산할 것도 없다. 나는 당장 너를 다른 곳으로 보내고, 후견인을 바꾸고, 그림 다섯 장 따위 계약서는 찢어 버리고 너를 잊어야 한다. 보지 말아야 한다. 늦기 전에, 더 속수무책이 되기 전에.

이원은 우연은 안고 한 걸음, 한 걸음 휘청대며 걸음을 옮겼다. 바닥에 깔린 자갈 때문에 가끔 발바닥이 아팠고, 어제 깎은 잔디에서는 여전히 싱싱한 쇳내가 올라왔다.

이원은 자신이 아슬아슬하게 서 있던 경계선에서, 한 걸음, 한 걸음 금지 구역으로 들어가고 있음을 깨달았다. 하느님께서 이 아이에게 내린 재능, 그것에 편승하고자 했던 욕심, 메디치와 미켈란젤로 따위는 이제 아무런 의미도 없다.

나는 너를 원해.

이 난데없고 폭력적인 깨달음은 재앙이었다. 벼락처럼, 그것도 너무나 선명하게 까발려진 마음은 껍질이 깨진 달팽이의 맨살과 다를 바 없었다. 아버지의 죽음을 슬퍼했을 때처럼 스스로를 속일 여유조차 없었다.

안겨 있던 우연이 여전히 몸을 가늘게 떨고 있는 것이 느껴진다. 눈을 꼭 감고 있어서 다행이다.

……다행일까?

우연을 내려다보고 있으니, 입 맞추고 싶다는 열망이 다시금 폭풍처럼 들이닥친다. 미친 것처럼, 밑도 끝도 없이, 이 작은 입술에 입을 맞추고 싶었다. 입술이 짓뭉개질 정도로, 입속을 샅샅이 헤집고 집어삼킬 정도로 격렬하게.

아니, 이 가느다란 몸이 으스러질 정도로 끌어안고…….

후우.

그는 이를 지그시 물고 거칠어지려는 호흡을 다스렸다. 지금까지 한 번도 느껴 보지 못했던 과격한 감정에 머리가 아득해졌다.

이건 사악한 생각이다. 큰 죄다. 결혼을 포기할 게 아니라면, 이래선 안 된다. 우연이는 너보다 열두 살이나 어려. 너는 결혼할 여자가 있고, 지켜야 할 회사가 있어. 세경은 아버지가 평생을 담아 일군 회사다. 이렇게 허망하게 그쪽에 넘겨줄 순 없다.

어차피 네 손에 남은 것은…… 세경 하나뿐이잖아.

……주님, 저는, 저는 어떻게 해야 합니까.

왜애애애앵. 쓰윙, 쓰윙, 쓰윙, 쓰워어어어.

어디선가 요란한 소리가 울렸다. 쾌청한 하늘, 잔디만 파랗게 깔린 정원, 어느 나무에선가 요란하게 매미가 울기 시작했다. 한 마리가 울기 시작하자 주변에서 한두 마리가 따라서 악착같이 날개를 비벼 댄다. 우연은 두 팔을 올려 이원의 목에 팔을 감았고, 이원은 맨발로 천천히 정원을 가로질렀다.

말해야 해. 돌려보내야 해. 기숙사로, 병원으로, 적어도 서로를 볼 수 없는 곳으로.

하지만 입술에서는 엉뚱한 말이 자꾸 튀어나온다.

"우연이 너 방학 동안 뭐 할 거니? 무슨 계획 있어?"

"알바도 못 하게 됐는데 할 게 뭐 있나요. 먹고, 자고, 놀고, 또 먹고, 자고, 놀고."

"좋구나. 또?"

"그림을 그릴 거예요. ⋯⋯아저씨한테 빚진 거 얼른 까야죠."

숨이 자꾸 받아진다. 이원은 필사적으로 숨을 고르며 웃었다.

"그것도 괜찮겠구나. 아틀리에를 하나 꾸며 놓으라고 해야겠네."

이성과 의지는 한껏 박약해진다. 고양이처럼 갸릉갸릉 웃는 소리가 가슴을 타고 올라온다. 심장이 탐욕스럽게 뛰기 시작했다.

왱, 왱, 왱, 왱, 쓰와아아아아.

매미들이 필사적으로 발정하는 쇳소리 사이사이로, 이원은 거대한 파열음을 들었다. 지금까지 자신을 위태위태하게 지탱해 주던 어떤 벽이 천천히, 혹은 급격하게 붕괴하는 소리였다.

21

태풍의 눈

"누구야! 대체 누구냐고!"

쨍, 소리와 함께 우연은 잠에서 깼다. 꽈르릉, 무지막지한 천둥소리가 귓전을 때린다.

우연은 새까만 천장을 올려다보며 몇 번 눈을 깜박였다. 여전히 방은 온통 깜깜한 어둠에 묻혀 있었다.

꿈인가?

어둠 속에서 귀를 잠시 기울였지만, 창을 깨 버릴 듯 두들겨 대는 빗소리 말고는 아무것도 들리지 않는다. 창밖으로는 비가 폭우를 넘어 폭포수처럼 쏟아지고 있었고, 번개가 번쩍번쩍할 때마다 가구들이 순간적으로 윤곽을 드러냈다가 사라진다.

이상하다. 분명 무슨 소리가 들린 것 같은데.

고개를 갸웃하는 순간 창밖이 확 밝아진다. 얼른 이불 속으로 고개를 파묻었다. 이내 꽈르릉 쾅, 콰작, 어마어마한 소리가 귀청을 울린다. 그 사이사이 날카로운 소리가 다시 들어와 박힌다.

"정말 안 나오시겠다 이거야? 이걸 확 칼로 그어 놔야 튀어나오겠다는 거야? 엉?"

우연은 이불을 걷고 시계를 확인했다. AM 1:45. 경비가 삼엄한 이 저택에 누군가 멋대로 들어와서 소리를 지르기에 적당한 시간은 아니다. 등으로 천천히 한기가 흘러내린다.

방문을 조금 열자 대낮처럼 환한 불빛이 쏟아져 들어온다. 송 할머니의 떨리는 목소리, 사람들이 수군대는 소리가 들리고 다시 쨍, 하는 목소리가 귀를 울렸다.

"송 여사, 똑바로 대답 안 해? 내가 뭘 묻는지 몰라서 이래?"

소리는 위층에서 들리고 있었다. 송 할머니의 비는 듯한 목소리가 이어졌다.

대체 누구지? 집이 이렇게 시끄러운데 아저씨는 왜 가만히 계시는 거지?

우연은 멍하니 2층 계단을 올라갔다. 유리 파편 같은 목소리가 다시 터졌다.

"난 ……에 대해 설명을 들을 권리가 있어. 잘 아실 텐데요?"

우연은 아저씨의 침실 한가운데 서 있는 키 큰 여자를 멍청한 얼굴로 바라보았다.

……그 여자다!

유미현은 검은 민소매 원피스에 화려한 패턴의 숄을 두르고 있었다. 머리와 어깨는 비에 조금 젖어 있었지만 추레하지 않고 청초해 보였다.

경호원인 민정 언니는 미현이 번쩍 들어 올린 한쪽 손을 꽉 잡고 있었다. 손에는 뭔가 작은 것이 쥐여 있었고, 민정 언니의 양쪽 뺨은 새빨갛게 부어 있었다. 머리카락도 수세미처럼 들떠 있는 걸 보면 몸싸움이라도 한 것 같다. 아니, 미현의 옷차림이 지나치게 깔끔한 걸 보면 몸싸움이 아니라 민정 언니가 일방적으로 당한 것 같다.

송 할머니의 떨리는 목소리가 들렸다.

"아……, 우연 아가씨?"

"우연 아가씨?"

날카로운 시선이 우연에게 투창처럼 들어와 박혔다. 무시무시한 침묵이 이어졌다.

"아가씨 좋아하시네."

미현은 민정의 손을 뿌리치고 손에 든 것을 집어 던졌다. 작은 커터 칼이었다. 붉은 입술에서 냉소가 튀어나온다.

"증거가 제 발로 기어 올라오네. 그러잖아도 실물이 궁금했는데."

"······증거요?"

"이거 그린 게 너니?"

미현은 말을 탁 잘라 내며 묻는다.

그제야 우연은 침실 벽에 놓인 두 개의 그림을 발견했다. 보름 전에 건네준 자화상과 아저씨의 초상화였다. 눈앞이 새하얘졌다. 공모전에 출품한 줄 알았던 그림이 왜 아직도 아저씨의 침실에 남아 있는지 알 수 없었다. 우연은 멍청한 얼굴로 고개를 끄덕였다.

"사진 합성 프린트 콜라주인가? 고작 이따위 걸로 최 실장은 왜 그렇게 호들갑을 떤 거야?"

"합성 아니에요. 기억해서 그린 거예요."

"대가리에 피도 안 마른 게 어디서 사기를 쳐."

맑고 차가운 웃음소리가 들렸다. 한쪽 입술 끝만 비틀며 웃는 모습은 공포스러웠다. 우연은 필사적으로 목소리를 쥐어짰다. 적어도 저 여자 앞에서만큼은 쭈그러진 모습을 보이고 싶지 않았다.

"그럼 믿지 마세요. 저거 합성 사진 베낀 거예요."

"하, 참. 쥐똥만 한 게 사람 우습게 만드네."

미현은 기가 막힌 듯이 웃었다. 그 당당한 웃음에 우연은 더럭 겁이 났다. 아니, 아빠를 만났을 때처럼 숨도 못 쉬고 바닥에서 뒹굴게 될까 봐 더 겁이 났다. 그런 상황은 늘 갑작스럽게 들이닥쳤고, 혼자 힘으로는 전신을 짓누르는 공포를 막을 수 없었다.

"이따위 그림을 그린 이유가 뭐지?"

차가운 시선에선 그림에 대한 감탄이나 놀라움 따윈 없었다. 오직 독이 바짝 오른 경멸과 적의뿐이었다.

"신인 화가 공모전에 낼 거예요."

"공모전 좋아하시네. 이 같잖은 제목으로? 그 말을 믿으라고?"

차가운 비웃음이 튀어나왔다.

"왜, 대놓고 유혹이라도 하지 그랬어. 그림에서 벗기는 것보다 실제로 벗고 덤비는 게 더 나았을 텐데?"

우연은 입을 다물었다. 제목을 쓰지 말걸, 하는 후회가 밀려왔다.

"어쩐지. 어렵게 휴가 빼서 들어왔는데 이 핑계 저 핑계, 만나지도 않고 집에 발도 못 디디게 하더라니. 그래 며칠 조사 좀 시켰더니 바로 재미있는 사진을 보내왔더라고."

여자가 냉소하며 손에 든 것들을 우연에게 집어 던졌다.

"……이건?"

아저씨와 민정 언니, 혹은 송 할머니와 함께 저녁 산책을 하는 사진이었다.

아저씨는 그동안 우연이 대문 밖으로 나와 돌아다닐 수 있도록 꾸준히 격려해 주었다. 무서워할 것 없다, 엄마 아빠는 네가 여기 와 있는 거 꿈에도 몰라. 여긴 경호원도 있고 나도 있어. 그래도 우연이 무서워하는 기색을 보이면 아저씨는 손을 꽉 잡고 진정을 시킨 후 천천히 함께 걸어 주곤 했다. 뒤에서 따라오는 민정 언니와 송 할머니도 우연을 응원해 주었다.

우연은 그 시간이 너무 행복해서 점점 두려움을 잊었다. 아저씨와 함께 있으면 어디든지 안심하고 갈 수 있을 것 같았다. 너무 행복해서 무슨 일이 날 것 같은 불길한 예감도 무시했다.

……그런 예감은, 무시하면 안 되는 거였다.

하지만 분한 것은 어쩔 수 없었다. 자신은 욕먹어도 싼 짓을 했지만, 아저씨는 이렇게 부당한 비난을 들을 이유가 없다. 우연은 고개를 들고 말했다.

"이게 왜요? 저 치료 도와주시느라고 다 같이 산책 나와 주신 건데요."

아무 짓도 안 했다. 아저씨는 지나치게 신중하고 조심스러워서, 두 사람만 함께 있는 상황조차 만들지 않았다. 아저씨와 우연이 함께 있는 자리에는 늘 민정 언니, 송 할머니나 다른 도우미 아주머니가 동석했다.

"왜 오빠가 네 치료를 도와줘야 하는데? 왜 꼭 이 집에 숨어 있어야 하는데? 여긴 너 같은 게 함부로 빌붙을 수 있는 곳이 아니야. 그런 눈치도 없어?"

우연은 필사적으로 숨을 다스렸다. 내가 이 집에 와 있을 자격이 없는 것과 마찬가지로, 당신도 아저씨 집에서 이렇게 지랄할 자격은 없잖아. 화가 나니 오히려 두려움이 천천히 뒤로 물러난다.

"나, 난 이 집의 손님……이에요. 아저씨가 직접 초대한 손님이요. 눈치를 줘도 아저씨가 주고, 쪼, 쫓아내도 아저씨가 해요. 아저씨도 없는 집에서 왜 이러세요?"

입술을 피가 나도록 깨물었다. 무섭다고 아빠 앞에서처럼 비굴하게 비는 모습은, 저 여자에게 절대 보여 주고 싶지 않았다.

"할머니, 아저씨 지금 어디 계세요?"

"오빠는 왜 찾아? 이제야 겁이 나니? 지금 네 편 들어 줄 사람이 없어서?"

여자는 냉랭하게 웃었다.

"급한 일이라고 잠시 밖으로 불러냈어. 오빠 없을 때 직접 와서 확인해 봐야 할 것 같아서."

"그럼 당신이야말로 허락도 없이 남의 집에 들어온 거잖아요! 도둑고양이예요?"

쫘악!

갑자기 몸이 붕 떠서 바닥에 팽개쳐졌다. 에그머니, 아가씨! 송 할머니의 비명이 들렸다. 그림을 몸으로 막고 있던 민정 언니가 기겁하며 달려왔지만, 미현이 우연의 머리채를 잡고 뺨을 몇 번이나 후려갈기는 것을 막지는 못했다. 우연은 바닥에 나동그라진 채 얼떨떨한 얼굴로 위를 올려다보았다. 너무 갑작스러운 일이라 아픈 것도 잘 느껴지지 않았다. 여자가 활짝 웃으며 묻는다.

"내가 너하고 똑같아? 넌 약혼녀라는 게 무슨 뜻인지도 모르니?"

"……."

"그리고 우리는 어렸을 때부터 친하게 지내던 사이야. 오빠는 주말마다 우리 집에 놀러 와서 나와 시간을 보냈었어. 어디서 감히 도둑고양이라는 말을 입에 담아?"

순간 머리가 핑그르르 돌면서 혀가 입천장에 달라붙는다. 골프채를 쥔 아빠 앞에 선 기분이었다. 여자의 붉은 입술 사이로 새하얀 이가 무섭게 반짝거렸다.

"최홍연 그 새끼가 나한테 감히 구라를 치더라? 메세나재단 후원 예술가 124명 중 한 명일 뿐이라고."

"마, 맞아요. 재단에서 후, 후원하는 거……. 저 학교 졸업할 때까지……."

픽, 차가운 냉소가 튀어나왔다.

"오빠가 얼마나 사람 가려서 집에 들이는데. 후원 예술가 중 여기 초대받았던 사람은 한 명도 없었어."

심장이 쿵, 하고 울린다. 이런 순간에조차 가슴이 떨리다니, 미친 게 틀림없다.

"하, 한…… 명도요?"

"단 한 명도."

미현은 싸늘한 목소리로 내뱉었다. 콰당. 콰르릉. 불빛이 번쩍, 2층 전체를 후려치더니 다시 벼락 떨어지는 소리가 울린다.

순간 아래층에서 콰당, 현관문 열리는 소리가 들린다.

"송 여사! 혹시 미현이 여기 왔습니까?"

쿵쿵쿵쿵, 계단을 급하게 올라오는 소리가 들린다. 아저씨다. 허억, 후우, 후, 후우. 평소와 달리 헐떡이는 소리가 고스란히 섞인 아저씨의 목소리. 전무님, 잠시만요, 잠시 수건이라도, 전무님! 경비원 아저씨의 다급한 목소리도 따라온다.

우연은 바닥에 주저앉은 채 입을 틀어막았다. 아저씨가 이 집에 와 있다는 것만으로도 갑자기 공기가 확 변하면서 숨통이 트이는 것 같았다.

"무슨 일입니까."

2층에 올라온 아저씨가 사방을 둘러보더니 낮은 목소리로 물었다.

우산도 쓰지 않은 채 넓은 정원을 가로질러 뛰어온 듯, 아저씨는 머리부터 발끝까지 흠뻑 젖어 있었다. 얼굴로 물이 줄줄 흘러내리고 있는데, 수건을 받을 생각도 하지 않는다.

아저씨는 자신의 침실에 불청객 약혼녀와 송 할머니, 도우미와 경호원들이 한꺼번에 모여 웅성대는 걸 보면서도 눈썹 하나 까딱하지 않았다. 하지만 방구석에 나동그라진 우연에게 시선이 닿자 얼굴을 크게 일그러뜨렸다.

아저씨는 소리를 지르지도 않고, 다가와 부축해 주지도 않았다. 다만 방 안을 한 바퀴 빙 둘러본 후 짧게 물어볼 뿐이었다.

"맞았니?"

"네."

커다랗게 벌어진 눈에서 금방이라도 불이 쏟아질 것 같다.

"……괜찮니?"

"아뇨. 아파요."

괜찮다고 말하고 싶지 않았다. 괜찮지 않았다. 아저씨는 괜한 걸 물었다는 듯 눈을 감고 한숨을 쉬었다.

"정말 미안하다. 대신 사과하마. 송 여사, 우연이 데리고 내려가서 약 좀 바르고 진정시켜서 재워 주세요."

우연은 입술을 달싹거렸다. 내려가고 싶지 않아. 왜요. 무슨 말을 할 건데요? 나에 대해서, 나 없는 데서 대체 두 분이, 무슨 말을!

하지만 아저씨의 시커멓게 가라앉은 눈을 본 우연은 아무 말도 할 수 없었다.

"왜 때렸지?"

이원이 송 여사에게서 수건을 받아 든 것은, 우연이 계단을 완전히 내려가서 아래층 방문이 닫히는 소리까지 들은 후였다. 이마 위로 머리카락이 달라붙어 물이 줄줄 흘러내리는데, 느껴지지도 않는 모양이다.

송 여사는 속으로 혀를 찼다. 평소의 이원 같으면 우산을 가지고 올 때까지 차에서 기다렸을 텐데, 이번엔 그럴 경황조차 없었던 듯했다. 급한 일이라고 해서 성일호텔까지 나갔던 이원은 그녀의 급한 문자를 받고 황급히 돌아온 참이었다.

"지금 그걸 추궁할 때는 아니지, 오빠? 입이 백 개라도 할 말이 없을 텐데?"

미현은 눈을 치뜨고 이원을 노려보았다. 자신이 무리수를 둔 것은 충분히 알고 있었다. 이원은 허락 없이 자신의 울타리를 침범하는 것을 극도로 싫어했다.

하지만 이원이 다른 여자를 대놓고 집에 데려다 놓았다는 것은 그냥 넘길 수 있는 문제가 아니었다.

혹시 모리스와의 관계에 대한 보복인가? 언짢다고 대놓고 시위하는 건가?

미현은 입술을 잘근잘근 깨물었다. 그건 용납할 수 없었다.

겉으로는 대등한 결혼, 윈윈 계약처럼 보이지만 이원은 자세를 바짝 낮추어야 할 처지였다. 얻는 것은 이원이 더 크고, 자신이 협조하지 않을 경우 잃는 것도 이원이 훨씬 크기 때문이었다. 아니, 거의 모든 것을 잃는다고 볼 수도 있다. 지금 이원이 아버지의 지분과 그룹 경영권을 뺏기면, 후일 무슨 짓을 하더라도 되찾기 어려울 것이다.

그리고 적어도 미현은 이원에게 암묵적으로 약속한 대로, 모리스를 집에서 내보내고 바로 옆의 스튜디오를 얻게 했다. 그리고 그와의 밀회가 외부로 드러나지 않도록 철저하게 막았다. 그 바람둥이 마초를 살살 달래 가며 합의도 했다. 합의할 수 없으면 헤어질 수밖에 없다는 오만한 통보에, 아쉬운 모리스가 결국 백기를 들었다.

내가 그 정도까지 물러났는데, 오빠가 대놓고 다른 여자를 집으로 불러들이면 안 되지 않아?

요령껏 숨기면 서로 적당히 넘길 일이었다. 자신처럼 근처 오피스텔에 여자를 데려다 놓고 즐기려면 한 명이든 열 명이든 묵인해 줄 수 있었다. 하지만 지금 하는 짓은 대놓고 자신에게 엿 먹어 보라는 소리다.

오빠랑 나랑 처한 입장이 다르다는 걸, 기어이 두 귀로 들어야만 직성이 풀릴까?

……오빠 그렇게 멍청한 사람 아니잖아.

미현은 분노를 숨기지 않고 이원을 가만히 노려보았다. 이원은 표정을 싹 거둬들인 채 조용히 물었다.

"나한테 무슨 일인지 먼저 물어볼 생각은 들지 않았어?"

"묻는다고 순순히 대답해 줄 거였으면 애초에 여자를 몰래 집에 들이지도 않았겠지? 아니면 적어도 나한테 허락을 받았을 거고."

"일단, 몰래 집에 들인 건 아니니 네가 잘못 알았고."

이원은 차갑게 말을 끊었다.

"무엇보다, 내가 내 집에 내 손님을 들이는데 왜 네 허락을 받아야 할까?"

아하? 미현은 가볍게 웃음을 터뜨렸다.

"그게 지금 약혼녀 앞에서 할 말이야? 그럼 결혼하고서도 이 여자 저 여자 집으로 막 불러들이면서 내 집에 내 손님 들이는데 왜 허락을 받냐고 그러겠다?"

"그것까진 모르겠지만 우리가 아직 결혼하지 않았다는 건 잘 알지. 그리고 내 집 손님이나 직원에게 함부로 손을 대는 건 형사 고소감이라는 것도 알고."

이원은 아무 감정도 없는 목소리로 탁탁 받아쳤다.

……이렇게 나오시겠다?

미현은 눈을 반쯤 뜨고 생각에 잠겼다.

이원의 반응이 생각과 다르다. 평소처럼 조용히 사과하고 다정하게 달래 주거나, 저 여자를 건드린 일에 대해 감정적으로 분노를 드러내거나, 하다못해 모리스를 포기하지 않는 자신에 대한 간접적인 비난 정도는 튀어나올 거라 생각했다.

하지만 지금 이원은 모리스에 대해서, 전혀 모르는 것처럼 무반응이다. 그랬다간 자신에게 불리한 방향으로 흘러가리라는 것을 아는 것이다. 그래서인지 이원의 반응은 자신의 영역을 함부로 침범한 데 대한 정당한 거부감 이상도 이하도 아니었다.

그리고 미현은 이원이 '이건 아니다.'라는 판단이 들면 인정사정없이 판을 엎기도 한다는 것도 알고 있었다. 결혼 전부터 기선을 제압해 두는 것은 필요하지만, 결혼이 깨지는 것까지는 미현이 바라는 바가 아니었다. 그랬다간 가장 큰 손해를 보는 것은 이원이었지만, 미현 역시 성일호텔 경영권을 영영 잃게 된다. 자존심 때문에 치킨 게임을 할 생각은 없었다.

미현은 누그러진 목소리로 한 걸음 물러섰다.

"그 바쁜 와중에 휴가 내서 간신히 들어온 약혼녀한테 하는 소리가 고작 이 따위라니. 오빠 내가 보고 싶기는 해? 결혼할 생각은 있는 거야?"

이원은 잠시 생각에 잠기더니 고개를 끄덕였다. 송 여사와 경비원, 도우미들이 와글와글 모여 있는 한가운데로 무심한 목소리가 툭툭 튀어나왔다.

"물론이지. 그래서 몇 달 전에 뉴욕에도 찾아갔잖아."

뭐? 이게 무슨 소리야? 미현은 이원을 뉴욕에서 한 번도 만나 본 적이 없었다.

"언제? 아무 연락도 없이?"

"도착해서 전화는 했지. 안 받은 건 너고."

제기랄. 모리스가 옆에 있으면 늦잠 핑계로 오빠 전화를 씹을 때가 몇 번 있었는데 그때였나?

"무슨…… 일로?"

"섹스가 하고 싶어서."

이원은 여전히 지루하고 건조한 얼굴로 대답했다. 모인 사람들의 눈이 커다래졌다. 이원은 낮은 목소리로 심드렁하게 말을 이었다.

"그래서 아침에 아파트로 찾아가서 벨을 눌렀는데…….."

순간 미현의 얼굴이 딱딱하게 굳었다. 자신은 이원의 코빼기도 본 적이 없다. 혹시 모리스를 만났었나? 설마 그 이야길 고용인들 앞에서 터뜨리려고?

……그럼 이 결혼을 여기서 엎겠다는 건가?

씨발, 이게 어떻게 엮은 거래인데. 그 정도 일로 엎을 일은 아니잖아.

미현은 급하게 이원의 말을 가로막았다.

"아침에 집에 없었으면 합숙 연습 중이었나 본데? 조금 기다렸다가 연락 닿으면 보고 가지 그랬어."

이원은 미현을 가만히 보다가 입 끝을 살짝 끌어 올려 웃었다. 미현이 급하게 한 걸음 물러난 것을 안다는 듯이.

"그래. 많이 바쁜가 보다 했어. 나도 스케줄이 너무 밀려서 바로 한국으로 돌아올 수밖에 없었고."

이런 제기랄.

미현은 속으로 이를 갈았다. 끝까지 애매한 대답만 내놓는다. 모리스와 만났는지, 빈집에서 벨만 누르다 돌아갔는지, 정말 오기는 했는지. 정황을 알지 못하니 대응도 제대로 할 수 없다. 긴장감이 팽팽하게 감돌았다. 하지만 지금 이원을 더 긁었다간 이 결혼이 파국으로 이어지리라는 것은 확실했다.

아까 저 아이를 때린 것이 이 침착한 사람의 역린을 건드린 걸까?

미현은 눈썹을 찡그리며 길게 한숨을 쉬었다.

"민정 씨하고 그 애한테 사과할게. 내가 오해했다고. 치료비도 내 줄게."

"너에게 미리 말해 둘 걸 괜한 오해를 하게 했구나. 나도 미안하다. 저 아이에게 신변 보호가 필요한데 마땅한 장소가 없어서 급하게 데려왔어. 방학 끝나면 바로 기숙사로 돌아갈 거니 너무 신경 쓰진 말고."

이원도 한 걸음 물러선다. 미현은 눈썹을 찌푸리며 물었다.

"그런데 왜 완성작을 출품 안 하고 침실에 두고 있어?"

"내 얼굴이 인쇄돼서 뿌려지는 게 부담스러워서 출품을 보류할까 생각 중이었거든."

완전히 솔직한 대답은 아니었지만, 어쨌든 두 사람 사이에 별다른 일이 없었다는 건 쉽게 눈치챌 수 있었다. 정말 몹쓸 짓을 했다면, 오빠 성격상 절대 이렇게 뻔뻔하게 잡아떼지는 못할 테니까.

미현은 속으로 한숨을 삼키며 억지로 고개를 끄덕였다. 딱히 수긍이 되는 건 아니었지만, 물러날 때가 되었기 때문에 억지로라도 받아들일 수밖에 없었다. 이 결혼이 예상보다 만만치는 않으리라는 생각도 들었다.

미현의 기세가 누그러들자 이원도 한풀 가라앉은 목소리로 말했다.

"회사 일이 바쁘다고 모처럼 휴가 나온 너에게 너무 무심했어. 미안하다. 지금부터라도 남은 휴가는 너하고 같이 보낼게."

미현은 떨떠름한 표정을 싹 지우고 부드럽게 웃으며 고개를 끄덕였다. 터지기 일보 직전, 간신히 휴전이 성립되었다.

이원은 모인 사람들을 둘러보며 평온한 목소리로 말했다.

"미현이하고 얘기 좀 한 다음에 집에 데려다주고 오겠습니다. 다들 내려가서 주무세요."

이원은 한 손으로 미현의 어깨를 감싸 안고 침실 문을 닫았다. 문을 닫기 직전, 그의 시선은 아주 잠시, 1층으로 향하는 계단 쪽에 머물렀다.

◻ ◼ ◻

아저씨의 침실의 불은 한참 동안 꺼지지 않았다. 우연은 2층 창밖으로 비치는 불빛을 하염없이 바라보며 두 사람이 무슨 이야기를 나누고 있을지 상상했다. 무슨 짓을 하고 있을지 상상했다. 밀가루는 체에 치면 칠수록 고와지고, 상상은 거듭할수록 나쁜 쪽으로 쌓여 간다.

두 사람은 지금 뭘 하고 있을까. 아직도 싸우고 있을까. 화해를 했을까. 화해했으면 혹시 키스를 하고 있을까. 아니, 섹스라도 하는 걸까.

미칠 것 같았다. 상상하고 싶지 않은데 자꾸 상상이 된다. 머리를 벽에 콱콱 박았다. 벽에 귀를 대고 위에서 나는 소리에 귀를 기울이기도 했다. 빗소리가 너무 커서, 아저씨의 침실에선 아무 소리도 들리지 않았다.

드드드드끼끼끼끼……

몇 시쯤 되었을까. 차고의 문이 열리는 소리가 들렸다. 벌떡 일어나 창가로 다가갔다.

현관의 불빛으로, 원피스를 입은 여자의 실루엣이 나타난다. 그 뒤를 아저씨가 천천히 따른다. 아저씨의 실루엣은, 어깨든 허리든 머리든 다리든 일부만 보아도 바로 알아차릴 수 있다.

아저씨가 큰 우산을 받쳐 들고 여자의 머리에 씌워 준다. 아저씨의 한 손이 여자의 허리를 감싸 우산 안으로 끌어당기는 것이 보인다.

눈을 질끈 감았다. 저 여자로 태어날 수만 있다면 악마에게 백 번이라도 영혼을 팔 것 같다. 지렁이나 바퀴벌레로 백만 번의 생애를 살아야 한대도 좋을 것 같다.

우연은 깜깜한 어둠 속을 천천히 더듬어 2층으로 올라갔다. 침실 문이 살짝 열려 있다. 벽에 기대어 있던 두 개의 그림이 사라졌고, 항상 단정하게 접혀 있던 침대의 이불은 소용돌이처럼 뒤엉켜 있었다. 어둑어둑한 침실은 습하고 무거운 공기로 가득했고, 그 가운데 낯선 향수 냄새가 배어 있었다.

죽고 싶어.

기분은 항상 이렇게 갑작스럽게 곤두박질했다.

지금 이 창문에서 휙 떨어지면 죽을 수 있을까. 이럴 때조차 눈물이 치솟는 눈깔이 증오스럽다. 대체 나는 왜 눈물이나 생각조차 마음대로 할 수 없을까.

우연은 비틀대며 아저씨의 기도실로 들어섰다. 바닥에 주저앉자마자 저절로 목멘 소리가 흘러나왔다.

"하느님, 저는 다시 태어난다면 저 유미현이라는 여자로 태어나고 싶어요……"

하느님은 뭐든지 다 하실 수 있는 분이라면서요. 저는 어렸을 때부터 아저씨와 친하게 지낼 수 있는 여자로 태어나고 싶어요. 아저씨가 주말마다 놀러 오는 그런 집에 태어나고 싶어요. 아저씨와 키스를 할 수 있고, 허리를 감싸 안을 수 있고, 저 침대에서 무슨 짓이든 할 수 있는 사람으로 태어나고 싶단 말이에요.

그런데 하느님, 저는 왜 하필 진우연 같은 불량품으로 태어나야 했어요?

하느님, 인생을 다시 리셋할 기회를 한 번만 더 주세요. 그때는 아저씨를 만나기 전에…….

……생명의 다리에서 바로 번지 점프를 할게요…….

우연은 탁자 위에 놓인 나무 묵주를 끌어안고, 벽에 머리를 박은 채 하염없이 울었다.

□　■　□

이원은 깜깜한 어둠 속에서 꼼짝도 하지 않고 앉아 있었다.

……그래서는 안 되었다.

나는 아까 미현이에게 그래서는 안 되었다.

머리를 감싸 안은 채 길게 신음했다. 아까 자신이 했던 행동을 도저히 이해할 수 없었다.

한이원이 이끄는 세경그룹은 미현의 도움이 절대적으로 필요했다. 그녀는 확실한 아군이었고, 강력한 동지였다. 미현의 제안에 탐욕이나 야망이 깔려 있다고 해서, 그녀가 적이 되는 것은 아니었다. 특히 Y시 재개발 사업과 동남아 해상 공항 수주 작업에 세경건설의 사활을 걸고 올인하기로 한 이상, 안정적인 지분 확보는 필수였다. 그러니 망하려고 작정한 게 아니라면, 절대 미현을 적으로 돌려선 안 되는 상황이었다.

물론 미현을 배우자로 신뢰하지는 않는다. 모리스와 관계를 정리하지 않는다 해도 더 이상 고통스럽게 느껴지지 않는다. 배신감도 들지 않는다. 다만 그것을 어떻게 사용해야 자신에게 유리할지를 계산할 뿐이었다. 이런 자신이 경멸스러워도 어쩔 수 없었다.

하지만⋯⋯.

바닥에 나동그라져 있는 우연을 보는 순간, 머릿속에서 퓨즈가 나가는 느낌이 들었다. 우연을 감싸 안고 미현을 후려치려는 마음을 누르기 위해 이원은 혼신의 힘을 다해야 했다.

얼마나 아팠을까. 얼마나 놀랐을까. 나도 없을 때, 누가 막아 줄 틈도 없이 봉변을 당했는데, 그 겁 많은 아이가, 얼마나.

미현의 집에 도착하니 새벽 3시 반이 넘었다. 문을 열고 들어가려는 미현에게 짧게 입을 맞췄다. 훅, 미현이 그의 머리를 끌어당기면서 입맞춤이 깊어졌다. 우산 밖에서는 여전히 폭포처럼 비가 쏟아지고 있었다. 이원은 눈을 지그시 감고 그 시간을 버텼다. 자신이 더러운 남창처럼 느껴졌다.

"내일 전화해, 오빠."

기분이 풀렸는지, 미현의 얼굴에는 화사한 웃음이 걸려 있었다.

자리에서 일어나 불을 켰다. 극도로 피곤한데, 잠은 오지 않는다. 머리는 금방이라도 터질 것 같고, 신경이 날카롭게 곤두선다.

미현의 눈에 거슬리지 않게 드레스 룸에 넣어 둔 그림들을 다시 꺼내 벽에 세웠다. 침대에 앉은 채 그림들을 멍하니 바라보니, 다시 기가 막혔다.

이제 저 그림들만 보면, 아랫배에서 욕구가 지글지글 끓어올랐다. 우연이 이원에게 추출한 색(色)이든, 스스로의 몸에 치덕치덕 바른 색이든, 한결같이 선정적이고 도발적이다.

이원은 자신과 우연의 내면에 깃든 저 색의 존재를 도저히 부인할 수 없다. 저 야하고 비현실적인 색깔들은 이제 대놓고 그를 충동한다. 구역질이 날 정도로 자신이 더럽게 느껴졌지만, 욕정을 누를 수는 없었다.

역겹다.

그는 머리를 움켜잡고 허리를 숙였다.

□　■　□

……여기가 어디지?

퍼뜩 정신을 차린 우연은 잠시 두리번거렸다. 부드러운 어두움. 고요히 가라앉은 공기. 낯선 곳이지만 무섭다는 생각은 들지 않는다. 어스름한 빛으로 작은 나무 탁자와 성서, 방석, 벽에 걸린 나무 십자가들이 뒤늦게 하나씩 눈에 들어온다.

아, 맞다. 기도실에서 한참 울다가 잠이 들었다. 우연은 버석대는 눈을 비비며 몸을 일으켰다.

"……으음."

귀가 쫑긋 곤두선다. 그러고 보니 노랗게 빛이 들어오는 환기창 틈으로 아저씨의 잠꼬대가 흘러들어 오고 있었다. 어딘지 모르게 귀여워서 우연은 저도 모르게 조금 웃었다. 잠꼬대 소리는 나른한 듯, 달콤한 듯 뭐라 형언하기 어려운 소리였다.

……그러고 보니 아저씨 들어오셨구나.

내가 내려올 때까지만 해도 대판 싸울 분위기였는데 다정하게 바래다주고 온 걸 보니 그래도 화해는 했나 보다.

……아까 방에서 길게 시간을 보내시던데, 혹시 섹스하면서 화해를 하신 건 아닐까.

아니, 화해를 하기 위해서 섹스를 하신 건 아닐까.

그런 추잡한 생각만 하는 자신이 미웠다. 하지만 그 생각이 너무 강렬해서 도저히 눌러 넣을 수가 없었다.

"후우. 으으…… 으음."

잠시 후, 아저씨의 목소리가 다시 흘러들어 온다. 다시 들으니 잠꼬대가 아니라 앓는 소리 같다. 우연은 눈썹을 찌푸렸다.

어디가 아프신가? 어제 밤새 못 주무셔서 피곤하신가? 비 맞고 오셨다가 몸살이라도 났나?

우연은 작은 탁자 위로 올라가 환기창을 들여다보았다. 손가락으로 블라인드 한 칸을 들어 올리자 낯익은 침실의 모습이 희미하게 눈에 들어왔다.

아 저런.

하얀 가운을 느슨하게 걸치고 있는 아저씨는 침대 헤드에 기대앉아 꾸벅꾸벅 졸고 있었다. 고개가 툭, 툭 느릿하게 오르내린다.

항상 단정하고 빈틈없을 것 같던 아저씨가 저렇게 졸기도 하는구나. 불면증 때문에 그냥 버티다 출근하려고 그러시는 건가? 몇 시간이라도 주무시면 좋을 텐데. 아저씨한테 반성문 쓰라고 야단칠 사람이 누가 있다고.

안 주무시면 지금 가서 노크라도 해 볼까? 아저씨도 나한테 할 얘기가 있을 텐데.

잠시 후 우연은 고개를 기웃했다.

아무래도 이상하다. 보면 볼수록 조는 모습 같지 않다. 고개와 어깨의 느릿한 움직임이 뭔가 이상하다. 등을 돌린 채 앉아 있는 모습도 어딘가 모르게 편하지 않고 뻣뻣하다. 두 다리 사이로 늘어뜨린 두 팔도 좀 어색하다.

그러고 보니 이상한 게 자꾸자꾸 눈에 들어왔다. 어깨나 등이 편하게 늘어진 것이 아니고 경직되어 있다. 가운도 한쪽 어깨가 헐렁하게 풀어진 채 흐트러져 있다.

더욱 신경이 쓰이는 것은, 자신의 그림이었다. 드레스 룸에 놓여 있던 자신의 자화상과 딸기 무스케이크 그림이 다시 원래 위치로 돌아와 있다. 약혼녀 언니의 비위를 거스를까 봐 치워 놓았다가 다시 내놓은 모양이었다.

"으음……."

아저씨가 자세를 옆으로 비틀더니 고개를 수그린다. 옆얼굴이 슬쩍 드러난다. 눈을 꾹 감고 허리를 둥글게 굽히고 있는 아저씨는, 이를 지그시 악문 채 몹시 낯선 얼굴을 하고 있었다.

……어? 왜 저러시지? 어디 아프신가?

우연은 눈을 둥그렇게 떴다. 왜인지 등에서 소름이 돋고 몸이 가늘게 떨리기 시작했다.

후우, 후.

토막 난 한숨과 함께 아저씨의 등과 어깨가 좀 더 빠르게 오르내리기 시작했다. 다리 사이에 놓인 두 손도 자세히 보니 미세하게 꿈틀대고 있었다.

후으, 후으. 후.

조용하던 호흡 소리가 우연에게 들릴 정도로 세지기 시작했다. 한 번도 들어보지 못한 아저씨의 낯선 소리가 악물린 입술 사이로 흘러나오고 있었다. 손의 움직임이 눈에 띌 정도로 커지며 아저씨의 고개가 뒤로 젖혀진다. 불빛에 드러난 아저씨의 얼굴이 너무 고통스러워 보여 우연은 깜짝 놀랐다.

아, 아저씨, 지금 뭐 하는 거…….

손의 움직임에 따라 아저씨의 몸도 소스라치듯 벌떡거린다. 이제는 다리 사이로 모은 두 손으로 무언가를 움켜잡고 다급하게 문지르는 것이 확실히 보인다.

아저씨는 길쭉하고 붉은빛이 감도는 무언가를 손으로 쥐고 있었다. 위로 팽팽하게 치솟아 있는 그것은, 한 뼘이 훌쩍 넘는 길이에 우연의 팔목 정도 되는 굵기의 어떤 덩어리였는데 기름이라도 발라진 듯 번질번질 빛나고 있었다.

저, 저게 뭐지?

아저씨가 왼손으로 침대 시트를 더듬더듬 움켜잡는 순간, 가운이 뒤로 흘러내렸고, 아저씨의 손에 쥐어져 있던 것이 적나라하게 모습을 드러냈다.

우연은 벼락을 맞은 것처럼 몸이 굳어 버렸다.

성인 남자의 생식기, 그것도 제대로 발기한 상태의 그것을 실제로 본 적이 없었던 우연은 그대로 비명을 터뜨릴 뻔했다.

저게 뭐지? 저게! 저게 뭐야아아!

아저씨가 쥐고 있는 것이 뭔지, 머리로는 알겠는데, 아저씨가 무엇을 하고 있는지도 대충 알겠는데, 도저히 현실로 받아들여지지 않는다. 저 부분만 따서 합성한 그로테스크 엽기 영상 같다. 구역질이 치미는데, 몸이 얼어붙어 꼼짝도 할 수 없었다.

아저씨의 그것은 다비드상이나 누드 화보집에서 본 것과 완전히 다른 종류였다. 아빠가 사용하던 채팅 앱에서 오가던 영상에서 보았던 것들과도 전혀 달랐다.

완전히 발기된 아저씨의 그것은 너무나도 크고, 굵고 흉측했다. 징그럽고 오싹한 것을 넘어 무시무시했다. 그것이 뿌리박혀 있는, 구름처럼 뭉쳐 있는 시커먼 수풀조차 무섭게 낯설었다.

아저씨의 턱은 항상 말끔하게 면도가 되어 있었고, 겉으로 드러난 팔다리도 항상 대나무처럼 매끄러웠다. 우연은 저 사람이 자신이 알던 이원 아저씨와 완전히 다른 사람처럼 느껴졌다. 순수하고 완벽한 몸에 흉측한 괴물의 몸뚱이가 달라붙어 있는 것 같았다.

조금 전 아저씨와 언니가 했을 이상한 짓에 대해 상상했던 이미지가 우습기 짝이 없었다. 실제 아저씨의 몸은 상상했던 것과 너무 달랐다. 머리가 징징 울린다.

고개를 뒤로 젖히고 허덕이던 아저씨가 밭게 숨을 끊으며 몸을 뒤튼다. 핫, 핫, 하아. 아아. 이제 어깨와 등, 허리, 크게 벌려진 허벅지까지 탁탁 튕기는 것처럼 꿈틀거렸다. 달콤한 듯, 나른한 듯, 탁하고 고통스러운 목소리가 흘러나왔다.

"아아, 흐, 우⋯⋯연아⋯⋯."

비명이 튀어나올 뻔했다.

나, 나를 본 거야?

아니다, 본 게 아니다. 혼잣말이다. 아저씨는 여전히 눈을 꽉 감은 채 온몸을 떨고 있었다. 자신의 이름은 한 번, 그리고 끄트머리 토막이 한 번 더 흘러나왔다.

우연은 두 손으로 입을 틀어막고 고개를 숙였다. 뭉개진 신음이 밭은 숨소리와 함께 끝없이 흘러들어 왔다. 우연은 입을 막은 채 기도실 밖으로 살금살금 빠져나왔다.

더 보아서는 안 된다. 더 들어서도 안 된다. 그건 아저씨에 대한 모욕이다. 아저씨를 생각해서라도…….

……아니, 나를 생각해서라도 보면 안 된다.

우연은 휘청대며 간신히 방으로 들어왔다. 비라도 흠뻑 맞은 듯, 온몸에 땀이 흥건했다. 몸이 덜덜 떨려 주체가 되지 않는다.

아무리 눈을 힘껏 감아도 아저씨의 그 뒷모습이 머리에서 떨어지지 않는다. 강렬한 욕구에만 사로잡혀 있는, 난생처음 보는 아저씨의 모습. 우연아, 아, 우연아, 그 야릇한 신음을 생각하는 순간 아랫배와 허벅지가 확 오그라들었다.

소름 끼쳐! 소름 끼친다고!

왜? 뭐가 소름이 끼쳐? 남자들은 다 하는 짓인데. 아저씨도 남자인데.

무서워? 끔찍해? 더러워?

……좋아?

저 욕구를 받아들일 대상으로, 아까 그 약혼녀 언니가 아닌 나를 떠올린 게 좋아?

……좋아.

그냥, 눈물이 났다.

□ ■ □

이원은 다급하게 손을 움직이기 시작했다. 하아, 아, 아아. 손이 빨라질 때마

452

다 발작처럼 허리가 튕겨 올라갔다. 포경 수술을 하지 않아서인지, 그의 성감은 지독하게 예민해서 완전히 발기했을 때에는 그 점막 주변으로 숨결이 스치는 것만으로도 허리가 비틀리고 신음이 터졌다. 매끄러운 오일에 적셔진 손가락 끝으로 요도 주위를 문지르자, 강한 전류라도 흐른 듯 엉덩이와 허벅지가 푸들푸들 떨렸다.

"하, 핫, 우……, 하윽."

입에서 맴돌던 이름이 연거푸 튀어 나가는 것을 이를 물고 막았다. 아랫배와 허벅지에서부터 손안으로 익숙한 쾌감이 서서히 몰려들기 시작한다.

우연의 얼굴이 끝내 사라지지 않는다. 눈물에 얼룩지고 붉게 멍든 얼굴을 보는 순간 그대로 미쳐 버리는 것 같았다. 그림을 볼 때마다 나신으로 쓰러진 아이를 안아 올릴 때, 발작하는 아이를 끌어안을 때의 감각이 되살아났다. 옷에 가려진 아이의 깊은 하반신까지 상상하고, 그 속으로 밀고 들어가려는 본능과 필사적으로 싸우며 그는 입술을 피가 나도록 깨물었다.

……이건, 재앙이다.

이 미친 욕구의 기저에 약혼녀인 미현은 전혀 존재하지 않았다. 머릿속은 이 순간 절대 떠올리지 말아야 할 것들로 꽉 차 있다. 이것들을 말끔히 지울 수만 있다면 무슨 짓이든 할 것 같다. 아니, 이대로 백치가 되어도 좋을 것 같다.

이원은 이제 한 손으로는 다 감싸지지 않을 만큼 크게 부푼 살덩어리를 두 손으로 힘껏 움켜잡았다. 피가 잔뜩 몰려 예민해질 만큼 예민해진 데다, 돌처럼 딱딱하게 굳어 세게 문지를수록 비명이 나올 정도로 고통스러웠다.

차라리 더 아팠으면 좋겠다. 정신이 번쩍 나도록. 이 환멸스러운 쾌감을 덮을 만큼 끔찍한 고통이라도 와서, 이 정신 나간 욕구를 상쇄시키면 좋겠다.

몸을 난도질하는 듯한 고통과 요란한 쾌감이 귀두와 그 뒤에 몰려 있는 성감대에서 한꺼번에 들끓는다. 하반신이 유리처럼 녹아 흘러내릴 것 같다. 간지럽고 폭발할 듯한 느낌이 몸의 끝자락에서부터 허벅지와 엉덩이로, 아랫배와 성기 끝으로 자근자근 모여든다. 하으, 으윽, 이제 신음은 목이 졸리는 듯한 비명에 가까워진다. 손끝이 근지럽게 저리고 오금과 종아리, 발가락 끝으로 힘이 쫙 뻗쳐 들어간다. 결국 온몸을 해일처럼 뒤덮는 것은 눈앞을 하얗도록 물들이는 그 극심한 쾌감, 단 한 가지뿐이었다.

"아아, 우……연, 아, 흐으."

결국, 눌러두었던 이름과 함께, 희끄무레한 액체가 몸 밖으로 튕기듯 빠져나 간다. 한 번, 두 번, 세 번, 사정이 끝날 때까지의 시간은 길었고, 새하얀 시트 는 사방팔방 질척한 점액으로 뒤덮인다.

그는 헤드에 등을 기대고 다리를 벌린 채 오랫동안 몸을 떨었다. 흉하게 부 풀어 오른 살덩어리는 오랫동안 꿈틀거렸고, 요도 끝의 작은 구멍이 맥박을 따 라 벌름대며 허연 체액을 꾸역꾸역 토해 놓는다. 그는 이를 악문 채 울음을 삼 키듯 목으로 신음했다. 얼룩으로 주변이 난장이 된 후에도 아랫배와 허벅지는 한참 동안 더 발작했다.

하아…….

이마에서 흘러내린 땀이 턱을 타고 내려가 축 늘어진 성기 위로 툭툭 떨어진 다. 옆에 놓인 티슈를 한 뭉텅이 잡아 뽑았다. 더러운 점액을 뒤집어쓴 시체 같 은 살덩어리가 끔찍해서 견딜 수 없었다. 사정이 끝나 지독하게 예민해진 부분 에 손이 닿자마자 허리가 비틀리는 것을, 벌을 주는 것처럼 더욱 힘껏 문질러 댔다.

더 끔찍한 것은, 이게 시작이라는 거였다. 그의 몸은 열기가 한번 끓어오르 면 여간해서 식지 않았다. 필사적으로 눌러 두었던 욕구는 한번 튕겨 나오는 순간부터 폭주하기 시작해서, 몸을 한계까지 몰아붙인 후 정신을 잃을 지경이 되어야 놓아주곤 했다.

이원은 질척해진 티슈 뭉치를 던져 버리고 다시 성기를 잡았다. 이제 막 끓 어오르기 시작한 아랫배의 흥분이 전신의 혈관을 미친 듯이 두들기며 날뛴다. 그는 이럴 때면 자신이 충동 조절 장애나 성욕 도착자, 본능밖에 없는 짐승처 럼 느껴진다. 다른 사람들은 한번 사정하면 허탈할 정도로 욕구가 사라진다는

데, 자신의 욕구는 이해할 수 없을 만큼 꼬리가 긴 데다 집요하고 음험하기까지 했다.

손안에 쥐어진 것으로 다시 뻐근하게 피가 몰리기 시작했다.

ㅁ ■ ㅁ

새벽이 되어, 이원은 침대 위에 그대로 늘어졌다. 팔다리가 낙지처럼 축 늘어진다. 시트와 가운, 속옷은 뿌연 점액에 얼룩져 주변이 온통 진창이고 몸은 끈적한 땀과 체액으로 범벅인데 손끝 하나 움직일 수 없었다.

……난 지금까지 대체 무슨 짓을 한 걸까.

끝끝내 우연을 떨쳐 낼 수 없었다. 몸이 녹아 문드러질 것 같은 순간까지 우연의 모습이, 그녀에 대한 더러운 욕망이 뇌에 달라붙어 떠나지 않는다. 생각하면 안 되는 것들을 도저히 떨칠 수 없었다. 의지와 이성에 반하여 계속 엇나가는 하반신을 찍어 내고 싶을 만큼 저주스러웠다.

너 지금 뭘 어쩌자는 거야. 미현이와의 결혼도 집어치우고 그 아이와 결혼이라도 하겠다는 거야? 회사 지분도 경영권도 죄다 날리고?

아니잖아. 그런데 너 지금 대체 뭐 하는 짓이야? 우연이가 어려서 선을 긋지 못하고 감정에 휩쓸리면 네가 막아야지, 네가 더 흔들리면 어쩌려고.

너, 설마…… 너도 미현이랑 똑같은 방식으로 우연이를 곁에 두면 어떨까, 하는 거야?

미친 소리! 지금 네가 제정신이야?

엄한 목소리는 더욱 단호하고 차가워진다.

지금 네가 원하는 건 죄다. 명심해.

이원은 머리를 감싸 쥐고 신음했다. 자신이 아주 나락까지 굴러떨어진 것이 실감이 된다.

그래. 신부님의 말씀이 맞다. 이제 한시라도 더 붙어 있으면 안 된다.

……갈라서야 했다. 그때, 그날 아침에라도.

아까 미현에게도 그따위로 협박해서는 안 되었다. 하다못해 하청을 받는 바이어에게도 그런 식으로 몰아붙이지는 않는다. 그건 동지를 하루아침에 적으로 만드는 지름길이다.

평소의 나라면 그러지 않았을 것이다. 다른 방식으로 경고하고 세련되게 수습할 수 있었다. 미현은 어리석은 여자가 아니니 우연에게 제대로 사과하고 보상하는 것으로 차분히 마무리했을 것이다. 하지만 우연이 쓰러져 있는 것을 보니 이성이 하얗게 증발했다.

나는…… 아까 그래서는 안 되었다.

나는…… 지금 이래서도 안 되었다.

이원은 비틀거리며 몸을 일으켰다. 온통 질척하게 젖어 있는 시트와 티슈 뭉치, 엉망으로 흩어진 이불과 번질번질 점액으로 뒤덮인 아랫배와 허벅지가 눈에 들어왔다. 바닥이 빙, 돌며 몸이 휘청했다.

난, 인간도 아냐.

이원은 이마를 벽에 댄 채 힘없이 웃었다.

창문을 활짝 열어 냄새를 빼고, 정액으로 범벅이 된 가운과 속옷, 시트, 이불을 모조리 걷어 세탁 바구니에 던져 넣은 후 샤워실에서 뜨거운 물을 틀었다. 피부가 벌게지도록 뜨거운 물을 맞으며 몸을 씻어 내는데도 도무지 더럽다는 느낌이 사라지지 않는다.

거울 속에선 낯선 사내 한 명이 자신을 빤히 바라보고 있었다. 흠뻑 젖은 머리에서 물방울이 줄줄 떨어지고, 얼굴은 정액의 빛깔처럼 창백했다. 이원은 거울에 손을 짚고 웃기 시작했다. 우연은 자신을 볼 때마다 잘생겼다, 멋지다 노래를 하는데, 이원은 그저 역겹기만 했다.

……바로 사무실로 나가야겠다. 거기서 눈을 붙이면 좀 낫겠지.

아침에 우연을 볼 자신이 없었다. 아니, 이제는 보면 안 될 것 같다. 보면 볼

수록 증상은 더욱 악화될 것이고, 상황을 수습할 수 있는 마지막 기회마저 잃게 될 것이다.

"……음?"

셔츠와 넥타이를 꺼내 들던 이원은 문득 손을 멈췄다. 보호 비닐에 곱게 싸여 옷장 구석에 걸려 있는 긴 옷이 눈에 들어온다. 작고 동그란 단추가 빼곡히 달린 검은 통옷과 허리에 두르는 파시아. 목을 감싼 검은 스탠딩 칼라 사이로 설핏 보이는 순백의 로만 칼라.

신부님들이 입는 수단이었다.

흐, 흐, 흐흐흐.

이원은 실성한 듯 웃으며 수단을 꺼내 들었다. 오래전 신학교에 입학할 때 아버지 몰래 마련해 둔 것이었다. 결심이 흔들린다고 느껴질 때마다 한 번씩 꺼내 보며 마음을 다스려 왔다. 사제의 길을 포기한 후에도, 이 옷은 거룩하고 옳은 삶에 대한 지표이자 상징으로 여전히 그의 곁에 남아 있었다.

생각해 보면 웃긴 일이다. 그 길을 포기했으면 얼른 처분할 것이지, 무슨 미련 청승을 떠느라고 이걸 아직까지 남겨 두었을까.

속에서 이죽대는 소리가 들린다.

웃기는 놈. 넌 자학이 취미냐?

이원은 비웃음에 맞서 싸우는 대신 그것을 곱게 접어 가슴에 안았다.

나는 이제 너무 멀리 와 버렸다. 이 옷이 곁에 남아 있는 것이 죄스럽고 불편하게 느껴질 만큼.

내가 어떤 놈이란 걸 진작 알았어야 했는데.

……하긴, 나도 나를 잘 몰랐으니.

웃음밖에 나오지 않았다. 이원은 수단을 두 팔로 안은 채 고개를 숙이고 웃었다.

비틀비틀 아래층으로 내려간 이원은 거실 벽에 설치된 벽난로에 장작을 몇 개 집어넣은 후 점화 스위치를 넣었다. 아직 이른 시간이라 사방은 어두웠고, 깨어 있는 사람도 없어, 넓은 집은 무덤 속처럼 조용했다.

따르르, 딱, 딱.

화르르르.

투명한 유리 너머로 자그마한 불덩어리가 치솟으며 주변을 동그랗게 밝혔다. 이원은 장작으로 불이 옮겨붙을 때까지 한참 동안 불꽃을 쳐다보았다. 일렁대는 불규칙한 움직임이 생각을 마비시키는 것 같다.

"아저씨."

숨결만큼이나 희미한 소리에 이원은 퍼뜩 소스라쳤다. 사방을 둘러보아도 자신은 여전히 어둑어둑한 거실 구석에 혼자 서 있다.

······헛것을 들었나?

순간 조금 더 선명해진 소리가 귀에 와 닿는다.

"아저씨. ······아저씨."

이원은 눈을 크게 뜨고 우연의 방이 있는 방향을 응시했다. 복도는 여전히 어둠에 묻혀 있지만, 부연 형체가 천천히 눈에 들어오기 시작한다.

가슴에서 쾅쾅대는 소리가 난다. 기대와 흥분으로 신경이 바짝 날이 선다.

더 이상 우연이를 보면 안 된다고 생각하지만, 눈은 어둠 속에서 목소리의 주인을 필사적으로 찾고 있다. 이 정도면 조건 반사 아닐까. 우연을 보지 않기 위해 일찍 출근하기로 해 놓고, 고작 목소리 한 조각에 정신이 튕겨 나갈 듯 긴장한다.

"우연이구나. 일어났니?"

우연은 무릎까지 내려오는 새하얀 옷을 입고 방문 앞에 유령처럼 서 있었다. 자세히 보니 그 하얀 옷은 자신의 와이셔츠다. 우연이 쓰러졌을 때 급하게 벗어서 감싸 주었던 옷.

우연은 세탁할 때를 제외하면 그 셔츠를 절대 내놓지 않았다. 그리고 밤에 항상 그 옷을 입고 잤다. 아무도 셔츠를 뺏어 오지 못했다. 셔츠는 너무 크고 우연의 몸은 더욱 야위어서, 나무젓가락으로 만든 허수아비가 하얀 자루를 뒤집어쓰고 허청허청 움직이는 것 같았다.

다시 가슴이 쿵쿵대고 뛰었다. 이원은 움직이지 못했고, 우연은 머뭇거리다가 천천히 다가왔다. 하지만 예전처럼 자신을 빤히 올려다보는 대신 고개를 옆으로 돌리고 시선을 피한다. 작고 하얀 얼굴에 불그레하게 열이 올라 있었다. 이원은 떨리는 목소리로 말했다.

"내, 내가 시끄럽게 해서 일어났구나. 미안해."

"……아니에요."

"잠은 좀 잤니?"

대답은 나오지 않았다. 이제 우연은, 침묵할지언정 이원에게 거짓말은 하지 않는다.

"몸은…… 괜찮아?"

괜찮을 리가 없다. 어제 맞은 뺨이 여전히 붉어 보인다. 이원은 한 손으로 우연의 뺨을 천천히 쓰다듬었다. 아파서 죽을 것 같다. 이 아이가 한 대를 맞는 것보다 자신이 백 대를 맞는 것이 나을 것 같다. 이제는 누가 이 아이를 때린다는 상상만 하면, 피가 거꾸로 솟고, 그 사람을 죽여 버릴 것만 같았다.

안아 주고 싶었다. 꼭 끌어안고 등을 두드려 주고 싶었다. 미안해, 아팠지. 얼마나 아팠니. 하지만 이원은 필사적으로 버티고 서서 더듬더듬 말했다.

"많이, 많이…… 아팠지. 미안해. 미안해 우연아, 내가 있었어야 했는데……."

"괜찮아요. ……고맙습니다."

"어제 미현이가, 정말 미안하다고, 전해 달라고, 와서 보상하고 직접 사과하고 싶다고……."

"아뇨. 안 와도 돼요. 사과도 보상도 다 필요 없어요. 절대 보고 싶지 않아요."

우연의 격렬한 거부에 이원은 잠자코 입을 다물었다. 그 마음이 충분히 이해가 간다.

잠시 어색한 분위기가 흘렀다. 새까만 눈동자가 이원을 흘끔흘끔 훔쳐보다가 휙 도망치기를 반복한다. 속이 격렬하게 출렁거렸다. 결국 궁금한 것이 이긴 듯, 우연이 조그만 목소리로 묻는다.

"아저씨가 안고 계시는 게 뭔가요?"

이원은 속으로 혀를 찼다. 페치카에 불이 붙으면 바로 태울 생각이었는데.

"수단이라고 하는 옷이야. 신부님들이 입는 옷."

"한번 봐도 돼요?"

이원은 곱게 접힌 옷을 조심스럽게 펴서 보여 주었다. 아. 맞다. 이거 본 적 있어요. 성당에 가 본 적이 없는 우연이 알은척을 하며 고개를 끄덕인다.

"어디서 봤어?"

"영화에서 봤어요. 굉장히 멋진 모델 배우가, 네, 강동원이 신부님 역할을 해서 이 옷을 입고 있었는데, 돼지를 안고 뛰는데도 간지가 좔좔……."

뜬금없이 열렬한 반응에 이원은 웃었다. 우연도 말간 얼굴로 히죽대며 따라 웃는다.

우연의 감정과 반응은 예측하기 힘든 방향으로만 튀는 럭비공 같았다. 예측 가능한 질서와 똑바른 길로만 이루어진 이원의 세계에서, 우연은 피카소였고, 달리였고, 마그리트였고, 프랜시스 베이컨이면서, 한편으로는 유쾌하고 명랑한 보테로이자 형형색색의 백일몽을 펼쳐 보이는 샤갈이었다. 그녀의 내면은 만화경 같은 무수한 색의 단면들로 가득 차 있는 것 같았다.

"이거 입어 보신 적 있어요?"

"아니. 중간에 학교를 그만둬서. 4학년 때 착의식을 해야 입을 수 있거든."

이럴 줄 알았으면 성소 주일에 수단 체험이라도 한번 해 볼 걸 그랬나. 수단이 자신에게 가장 잘 어울리는 옷이라고 믿으면서도 체험으로라도 입어 본 적은 또 없었다.

"그럼 지금이라도 한번 입어 보세요. 그동안 내내 갖고 계셨으면서, 잘 어울리는지 궁금하지도 않으셨어요?"

이원은 물끄러미 우연을 내려다보았다. 이 옷이 가지고 있는 깊고 무거운 의미를 전혀 모르는 아이는, 이원의 마음을 대신해서 입 밖으로 내놓는 데 별 주저함이 없었다.

맞다. 이걸 내 손에서 영구히 떠나보내기 전에, 한 번쯤은 입어 볼 수도 있지 않을까. 생각해 보면 예비 신학생들도 체험 삼아 입어 보기도 하는 옷인데.

이원은 무겁게 고개를 끄덕이고 사제복에 천천히 몸을 밀어 넣었다. 이제는 긴장감이나 떨림이 아닌 거북함과 죄스러움만 느껴져서 서글펐다. 그래도 오기처럼 목 끝에서 다리까지 이어지는 많은 단추들을 차례차례 채우고, 복종과 순결을 상징한다는 희고 긴 로만 칼라까지 기어이 목에 끼워 넣었다.

검은 유리창에 자신의 모습이 흐릿하게 비친다. 수단은 지나치게 검고 엄숙했고, 자신의 얼굴은 지나치게 창백하고 음탕해 보였다. 어울리지 않는다. 이원은 새삼 충격을 받았다. 순결, 헌신, 세속에서의 죽음을 상징하는 이 거룩한 옷에, 자신은 전혀 어울리지 않았다.

진작 입어 볼걸. 이렇게 어울리지 않는 옷이라는 걸 빨리 알았어야 했는데. 그러면 작년에 다시 학교로 돌아가려는 부질없는 노력을 안 했을 수도 있는데.

생각해 보니 이 옷을 입은 모습을 보는 것은, 너 한 사람뿐이겠구나. 수단 차림의 한이원을 본 처음이자 마지막 사람. 우연은 멋있다고 환호성을 지르는 대신 조용히 그의 모습을 지켜봐 주었고, 이원은 잘 어울리느냐 묻는 대신 그녀를 향해 조용히 웃어 보였다.

우연이 발갛게 달아오른 얼굴로 속삭이듯 묻는다.

"아저씨, 이거 입고 기도하면 효과가 더 좋은가요?"

"글쎄. 그건 하느님만 아시겠지."

이런 더러운 놈의 기도를 과연 들어주실까. 이원은 쓰게 웃었다.

"제 생각엔 더 좋을 것 같아요. 강동원한테 기도받는 기분이 들어서요."

"키 크고 잘생겼다고 효과가 더 좋아지진 않아."

"아니에요. 혜진이네 엄마가 그러시는데, 신부님이든, 목사님이든 일단 잘생기고 봐야 한대요. 그래야 은혜도 따따블이고 기도발도 따따블인 거래요. 그러니 아저씨 기도발이 달릴 리가 없잖아요. 죽은 사람도 벌떡 일어날 거라고요."

"혜진이네 어머니 성당 다니신대?"

"그건 모르죠."

우연이 입을 가리고 키득키득 웃었다. 조그만 어깨를 씰룩이며, 눈을 가늘게 접고 곱게 웃는다. 희고 붉고 작은 저 얼굴이 처연하고 애처롭다. 예쁘다. 목이 졸리는 것처럼 사랑스럽다. 이 아이를 피해 도망치려 했던 생각이 말갛게 사라진다.

내 이럴 줄 알았다, 이럴 줄.

"기도해 줄까? 지금 내 기도발이 따따블인지 아닌지는 모르겠지만, 너를 축복해 달라는 기도는 해 줄 수 있어."

"네. 해 주세요. 분명 따따블일 거예요."

우연은 기다렸다는 듯 난롯가의 의자에 쪼그리고 앉아 두 손을 모으더니 이원을 조심스럽게 올려다본다. 시선이 맞닿을 때마다 우연의 얼굴로 붉은 물감이 한 방울씩 새로 떨어지는 것 같다. 새하얀 셔츠와 어우러진 그 선정적 조합에 이원은 눈이 부셨다.

이원은 의자 옆에 무릎을 꿇고 앉은 후 우연의 두 손을 가만히 맞잡았다. 우연이 잡힌 손을 꼭 오그려 쥔다. 심장이 잡힌 것처럼 아팠다.

작고 붉은 입술에서 가늘게 흘러나오는 날숨이 슈거 파우더처럼 주변에 달게 흩뿌려진다. 빛의 가루가 주변에서 반짝이며 산란하는 것 같다. 이원은 우연의 손과 자신의 손을 겹쳐 가슴에 대고 천천히 성호를 그었다.

"성부와 성자와 성령의 이름으로, 아멘."

기도문을 읊는 동안 우연은 이원의 손을 꼭 쥐고 있었다. 기도가 이어지는 시간 동안 강렬한 시선이 느껴졌다. 아멘, 들릴락 말락 따라 하는 우연의 손으로, 자신의 손에서 나온 땀이 축축하게 스며들었다.

눈을 뜨고 고개를 드니, 이젠 새까만 눈동자가 자신을 똑바로 응시하고 있었다. 나의 사정, 너의 사정, 주변의 상황 따위는 전혀 거들떠보지 않는 오만하고 독선적인 영혼은, 그만큼 자신의 열망에 대해 순도가 높았다. 다른 목소리로 혼탁해지지 않고, 순수하게 자신의 목소리를 낸다.

아저씨, 사랑해요.

난 아저씨를 원해.

잡음 하나 섞이지 않은 그 목소리에 숨이 막힌다. 난로의 불빛과 어스름한 새벽빛에 비추어진 우연의 모습은 이제 신비롭고 거룩하면서도 지독한 욕정을 불러일으켰다.

더는 저항할 수 없을 것 같다. 저 가녀린 어깨를 힘껏 안고 싶었다. 으스러질 정도로 단단히 안고, 몸의 구석구석을 낱낱이 집어삼키고 싶었다. 저 작은 몸이 부서질 정도로 내 몸을 밀어붙이고 싶었다. 이 욕구가 옳지 않으며 큰 죄라는 것을 알지만, 상상은 하염없이 달콤하고 잔인했다.

너는 독이다. 달콤한 맹독이다.

신부님 말씀이 맞다. 네 곁에 있으면 안 된다. 보아서도 안 되고, 들어서도 안 되고, 상상해서도 안 된다. 오늘 너를 안고 싶다고 생각했으면, 내일은 너를 안을 것이고, 모레는 너를 정부로 삼아 곁에 놔둘 집을 구하려 할 것이다.

지금 이곳이 나에게 허락된 마지노선일 것이다.

내 생각은 지금까지 충분히 짐승 같고 충분히 악했다.

이원은 벽난로 앞에 서서 파시아를 풀고 스무 개가 넘는 단추를 천천히 풀었다. 어제 일로 많이 지쳤는지, 우연은 평소와 달리 그가 옷을 벗는 것을 조용히 지켜보았다. 희고 둥근 로만 칼라를 빼서 잠시 들고 있으라고 내주자 신기한 듯 이리저리 둘러본다.

"이게…… 뭔가요?"

"로만 칼라라고 해. 순결과 복종을 상징하는 거야."

눈앞에서 불꽃이 탁탁 소리를 내며 타오른다. 여름이라지만 아직 선선한 새벽인데, 이원은 눈앞의 작은 불꽃에도 벌써부터 더웠다.

난로의 문을 열고 활활 타오르는 장작 위로 수단을 집어넣었다. 옷은 순식간에 후르르 뒤틀리며 커다란 불꽃으로 화한다. 아저씨? 놀란 듯 숨을 들이쉬는 우연의 목소리가 아팠다.

"이것도 버려요?"

우연은 왜 버리세요, 하고 묻지 않았다. 이원이 가만히 고개를 끄덕이자, 그녀는 어떤 주저함도 없이 로만 칼라를 불 속으로 집어 던진다. 순결하고 아름답고 거룩한 것에 대한 어떠한 미련도 없는 아이다웠다. 탁탁. 틱. 틱. 후르르. 발갛게 달아오른 인두가 목구멍을 지그시 눌러 대는 것 같다. 이원은 지독한 통증을 신음 없이 기어이 삼켰다.

지금 해야 할 말이 있다. 조금만 더 지나면 이 말을 꺼내지도 못하게 될 것이다. 지금이 아니면, 이 순간이 아니면.

"미안한데, 우연아. 내가 바쁜 일이 생겨서 당분간 집에 못 올 것 같아."

"집에도 못 오실 정도로 바빠요?"

"응. 대규모 재개발 문제도 있고, 해외 공항 건설 입찰 준비 건도 있어서 당분간 정신없을 거 같아."

방학 끝날 때까지만. 너를 학교로 돌려보낼 때까지만이라도.

이원은 다시 신음했다. 너는 과연 학교에서 안전할까. 그곳은 아빠가 알고 있는 장소이고, 이곳은 그나마 안전한 성 같은 곳이었는데.

하지만 이제는 선택의 여지가 없었다. 우연이나 자신은 이미 출입 금지 경계선을 지나 낭떠러지 앞까지 와 버렸다. 이제는 한 걸음도 더 나가면 안 된다.

"기숙사 다시 개방할 때까지 여기 있으면서 치료 꼬박꼬박 받고, 밥 잘 챙겨 먹도록 해. 그럼은, 밥도 먹고 잠도 자면서 그래야 해."

"네."

"개학하고 학교로 돌아갈 수 있겠니?"

"……노력해 볼게요."

"무리할 건 없어. 아빠는 접근 금지 명령을 한 번 어긴 상태라 함부로 행동하지 못하겠지만, 정 불안하면 휴학하고 찬찬히 생각해 봐도 돼. 무슨 일이 생기면 아저씨한테 바로 전……."

이원은 얼른 말을 돌렸다.

"정 관장님이나 최 실장, 아니면 송 할머니께 바로 전화해."

"아저씨한테 직접 전화하면 안 돼요?"

우연이 조심스럽게 묻는다. 이원은 입술을 조금 떨었다. 자꾸 다른 말이 튀어나오려 한다.

"……아저씨가 너무 바쁘면 바로 연결되지 못할 수도 있어. 그래서."

눈앞에서 보이지 않으면 마음도 멀어진다는 말이 사실이기를 간절히 빌었다. 벼락처럼 찾아온 감정이니, 벼락처럼 사라지기를 빌었다. 아니, 차곡차곡 쌓였다 터진 감정이라 해도, 차디찬 심해에서 폭발한 마그마처럼 빠르게 식어 돌로 굳어 버리기를 바랐다.

"걱정 마세요. 전화 절대 안 할 테니까, 열심히 일하세요. 돈 많이 버셔야지요."

잠시 침묵하던 우연이 고개를 들고 배시시 웃더니 답삭 팔짱을 낀다. 그리고 머리를 기대고 어깨를 가만히 비빈다.

정신이 아득해진다. 이 자리에 이렇게 선 채 그대로 죽어 버릴 것 같다.

이 여름이 끝날 때쯤이면 과연 괜찮아질까.

어둠은 점점 옅어져 가고, 창문으로 부연 새벽빛이 차근차근 밀려든다.

그러고 보니 언제 비가 그쳤던가.

틱, 틱, 툭툭, 불꽃이 튀는 소리가 점점 커진다. 두 사람은 말 한마디 하지 않고 가만히 난로를 바라보기만 한다. 던져 넣은 옷은 흔적도 남지 않고 깨끗하게 사라졌다. 이원은 눈앞의 좁은 어깨를 으스러지도록 감싸 안으려는 욕구를 참기 위해, 발가락이 새하얗게 물들 때까지 힘을 주었다.

비는 잠시 멈추었지만, 날은 여전히 흐릿하고 공기는 무거웠다. 태풍의 눈에 들어온 것처럼, 사방은 그리도 고요했다.

〈No.3 뫼르소〉

확 발로 걷어찰까, 말까.

홍연은 성일호텔 로열 스위트룸 앞에서 잠깐 유혹에 시달리다가, 긴 한숨과 함께 얌전하게 벨을 눌렀다. 손에는 옷이 담긴 종이 가방과 아침 식사가 담긴 커다란 찬합이 들려 있다.

사는 게 뭔지.

높으신 분들의 민낯과 갑질을 자주 접하는 동기들이 '그 연놈들 대가리엔 대체 뭐가 들었는지 도오무지 모르겠다.' 하며 한탄할 때, 홍연은 그래도 '난 전무님의 대가리(?)에 뭐가 들었는지 대충 알고 있다.' 하고 자부해 왔다.

이원은 가끔 복장을 터뜨릴 때는 있을망정, 상식을 넘어서는 짓거리는 하지 않는다. 물론 경영자로서의 한이원은 상대에게 꽤 무자비한 적수로 분류되지만, 개인으로서의 한이원은 점잖고 예측 가능한 사람이었다.

……라고 생각했다.

오만이었다. 작금의 요상한 상황은 아무도 예측하지 못했다. 아마 이원 자신도 예측하지 못했으리라.

"오셨습니까. 고생 많으십니다."

짤까닥, 문이 열리며 실내복 차림의 이원이 가볍게 인사를 한다.

현재 이원은 성일호텔에서 2주째 생활하는 중이었고, 홍연은 아침저녁으로 송 여사가 챙겨 준 도시락과 짐을 들고 퀵 배송을 뛰고 있었다. 물론, 집에 머무르고 있는 묘령의 화가 손님 때문이다.

서초동 본가에서 여름 내내 머무르고 있는 그 손님은 '아저씨'를 미친 듯이 좋아하고 있었다. 아저씨가 있을 때와 없을 때의 태도는 하늘과 땅 차이라 했다. 낮에는 방이나 서재에 처박혀서 연체동물처럼 흐느적흐느적 늘어져 있다가, 아저씨가 집에 들어서기만 하면 물 만난 물고기처럼 싱싱하게 팔딱대고 뛰어다닌단다. 멀리 갈 것도 없이, 현관에서 '아저씨이이, 에헤헤헤.' 하고 볼을 발갛게 물들이며 웃는 모습만 봐도 바로 알 수 있었다.

본가에서 그걸 눈치채지 못한 사람은 아무도 없었다. 심지어 당사자인 이원도 안다. 그런데도 그 아이를 내보내지 않고 여름 내내 곁에 두고 있었다.

시간이 지날수록 분위기는 점점 이상해졌다. 두 번째 그림이 나왔을 때, 그리고 미현이 한밤중에 쳐들어와서 집을 발칵 뒤집어 놓고 갔을 때, 이원과 우연 사이의 이상한 기류는 극에 달했다.

홍연은 우연에게 경호원을 붙여 안전한 숙소로 보내는 것이 맞는다고 생각했다. 연민이나 책임감도 한계가 있는 법이고, 상황은 시한폭탄처럼 위태로웠다. 다행히 이원은 자신이 어떻게 처신해야 할지 잘 아는, 합리적이고 상식적인 사람이었다.

하지만 이원은 우연을 내보내는 대신 자신이 나와 호텔에 들어앉아 버렸다. 이쯤 되니 홍연은 그의 머릿속에 뭐가 들었는지 진심으로 궁금해졌다.

어휴, 생각을 말자, 말아.

홍연은 한숨을 꼴깍 삼키고 합에 담긴 음식을 식탁에 늘어놓은 후, 조심스럽게 방문을 두드렸다.

"식사 준비됐습니다, 전무님."

보온병에 든 국, 합에 담아 온 갈비찜, 갖가지 나물과 구이, 물김치까지 백자 반상기에 옮겨 놓으니, 완벽한 가정식 구첩반상이다. 송 여사는 좋은 재료만 써서 재료의 질감을 잘 살린 담백한 음식을 만드는데, 장식과 꾸밈에 어찌나 품을 많이 들이는지, 반찬 한 첩 한 첩이 예술처럼 느껴졌다.

처음에는 한입에 없어질 것에 왜 이 지경까지 정성을 들여야 할까, 이해도 안 가고 고깝기도 했지만, 송 여사의 귀띔이 있었던 후부터는 그 모든 호사가 딱하게 여겨지기 시작했다.

송 여사의 말에 의하면, 이원은 어릴 때 예민한 미각으로 풍부한 맛의 향연을 즐길 줄 알던 소년이라 했다. 다만 사제가 되기 위해 맛있고 비싼 음식을 비롯한 삶의 쾌락, 도락이라 여겨지는 모든 것을 멀리하려 노력했다고 한다.

하지만 미각을 거의 잃은 후, 그에게 끼니란 하루 세 번 뭔가를 씹어 삼켜야 하는 의무가 되고 말았다. 그는 배고프다고 더 먹거나 맛없다고 덜 먹는 일 없이, 차려진 양만큼만 억지로 먹고 일어나곤 했다.

그래서 송 여사는 하루에 필요한 영양분을 정확히 계산해서 그것에 맞추어 상을 차렸고, 찬의 모양이나 식감이라도 즐길 수 있도록 애를 쓰기 시작했다.

이원은 그녀가 차려 주는 것이라면 군말 없이 모두 먹었다. 그가 음식에 흥미를 잃을수록 그녀의 음식은 더욱 세심하고 예술처럼 아름다워졌다.

어느 날, 그 아름다운 식탁을 한참 내려다보던 이원이 조용히 말했다.

'송 여사님, 부탁이 있어요.'
'예. 무슨 일인가요, 전무님?'
'……아프지 마세요. 건강하게 오래오래 제 곁에 계셔 주세요.'

송 여사는 뒤를 돌아서 소리 없이 흐느꼈고, 이원은 고개를 숙인 채 그 아름다운 반찬들을 조용히 먹었다. 하나씩 하나씩, 하나도 남김없이 먹었다.

그 이야기를 들어서일까, 홍연은 이원이 집밥을 호텔로 운반해 먹는 일이 그

다지 고깝게 여겨지지 않았다. 다만 귀찮은 것은 어쩔 수 없었다.

달각, 문이 열리면서 이원이 나와 식탁에 앉는다.

"번번이 실장님만 고생시키는군요. 고맙습니다."

"별말씀을요. 맛있게 드십시오."

홍연이 뒤로 물러나 있는 동안 이원은 자리에 반듯하게 앉아 식사를 했다. 집에서와 마찬가지로, 재킷만 벗은 정장 차림이었다. 그는 잠옷 차림으로 식탁에 앉는 법이 없었고, 식사할 때도 절도 있는 자세를 잃지 않아 홍연은 늘 신기했고 가끔은 두려웠다. 다만, 천천히 먹는 습관 덕분에 식사 속도가 느린 데다, 식사 중 대화도 거의 하지 않아 홍연의 기다림은 상당히 지루했다.

홍연은 조심스럽게 말을 붙였다.

"전무님, 차라리 이 방을 우연이에게 주고 경호원을 곁에 두는 게 낫지 않겠습니까?"

달그락. 잠시 젓가락질이 멎었다.

"글쎄요. 관리나 보호 차원에선 호텔보다 집이 낫겠죠. 상담 치료도 하고 약도 제때 먹고 제대로 된 밥도 먹여야 하고. 나와 있으면 라면이나 인스턴트로 세끼를 때우겠죠."

"조리사를 파견하시면……."

"송 여사님이나 고용인들하고도 친해졌으니 그곳이 편할 겁니다."

"언제까지 이렇게 불편하게 지내시게요."

"상황 봐 가면서 방법을 찾아보도록 하죠. 그곳에 겨우 적응했는데, 혼자 두면 얼마나 힘들겠습니다."

상황 봐 가면서 뭘? 개학이 코앞이고, 기숙사도 오픈했는데, 그는 다시 학교로 가라는 말조차 하지 않는다. 이젠 학교가 안전하다는 생각도 하지 않는 것이다.

"우연이는 어떻던가요? 얼굴 좀 보셨습니까? 몸은 좀 괜찮아진 것 같습니까?"

"못 봤습니다. 새벽 4시까지 말똥대고 부닥파닥 올빼미 짓을 하다가 오후 늦게까지 문 걸어 잠그고 잔다네요. 밤마다 경호원 언니나 도우미들하고 라면, 치킨, 콜라 파티를 벌이느라 송 여사님이 환장 파티랍니다."

"……생각보다 잘 지내고 있나 보네요. 그 아이답습니다."

이원이 고개를 끄덕이며 심드렁하게 웃는다.

질문은 늘 그 정도 선에서 끝났다. 송 여사에게 별도로 소식을 묻는 것도 아니고, 직접 연락을 하는 것도 아니고, 그냥 손 원장에게 치료 경과 정도만 보고받는 모양이었다.

홍연은 그의 표정을 살살 살피며 슬쩍 찔러 보았다.

"신인 화가 공모전 마감이 며칠 안 남았는데, 올해는 경쟁률이 얼마나 될지 모르겠네요."

우연의 그림 두 점은 미현이 난동을 부리고 간 이튿날, 바로 공모전에 제출했다. 이원은 여전히 무심한 목소리로 대답했다.

"어제 강석주 관장한테 물어보니 벌써 600명 넘게 출품했다네요. 작년하고 비슷할 모양입니다."

역시, 아닌 척하면서 여전히 관심을 끊지는 못하고 있다.

"대단하네요. 혹시 전무님, 강 관장에게 우연이 작품 이야기 좀 하셨습니까?"

"아뇨. 그랬다간 낙하산 줄타기라고 꼬투리나 잡히겠죠."

"메세나재단 출신 화가가 공모전에 당선된 게 한두 번도 아닌데요 뭘. 게다가 블라인드 심사니 그렇게 큰 문제가……."

"피곤하니 우연이 이야기는 그만하시죠."

이원은 말을 탁 끊었다. 홍연은 그답지 않은 날 선 반응에 조금 어리둥절했다. 이원은 다시 식사를 시작했지만, 찬을 깨작이는 품이, 입맛은 영 가신 모양이었다. 결국, 그가 한숨을 쉬며 사과했다.

"미안합니다. 우 상무 때문에 요 며칠 신경이 좀 날카로워져 있었네요."

홍연은 고개를 끄덕이며 한숨을 쉬었다. 핑계 같긴 하지만, 저 말도 사실은 사실이었다.

일주일 전쯤, 우일혁 상무가 도박 자금으로 호텔 공금을 유용한 것에 대한 증거 자료가 드디어 이원의 손에 들어왔다. 이원이 계속 예의 주시하며 조사를 해 오긴 했지만, 상황은 그의 생각보다 심각했다.

자료에는 우 상무가 원정 도박과 함께 마약과 성매매에도 손을 댔다는 정황 증거가 포함되어 있었다. 이원은 지난주 내내 그것이 언론에 흘러 들어가지 못하도록 필사적으로 막아야 했다. 아무리 이쪽 바닥에서 도박이나 마약, 여자 문제가 흔하다 해도, 이 사실이 외부에 알려지면 대규모 세무 조사는 피할 수 없다. 호텔이 걸려 들어가면 당연히 지주사인 세경홀딩스로도 불똥이 튄다. 그랬다간 판을 크게 벌여 놓은 세경건설은 그야말로 끝장이다.

지금 동남아 해상 공항 입찰 문제로 정신이 하나도 없는 데다, Y시 재개발 상황도 난장으로 흘러가는 중이었다. 대출 규제가 갑작스레 심해져서 대규모 미분양 이야기가 공공연히 떠돌고, 조합원들 사이의 갈등도 격화되어 서로 만나기만 하면 천하의 사기꾼이니 돈 처날리는 훼방꾼이니 하며 사뭇 패싸움 분위기였다. 정신 바짝 차리지 않으면 그룹 전체가 동반 침몰 할 판이었다.

"전무님께서 너무 스트레스받으시는 것 같아 걱정입니다."

"저는 괜찮습니다."

괜찮기는 개뿔.

"전무님. 손 원장님 말로는, 사이코패스 성향이 있는 CEO들은 이런 일로 스트레스를 거의 안 받는다고 하잖습니까? 전무님 보면 세상 불공평한 것 같습니다."

이원이 피시시 웃으며 고개를 젓는다.

"적어도 저는 세상 불공평하다고 말할 자격이 없어요. 다른 사람한테 그런 얘길 했다간 돌 맞을 겁니다. 아주 많이 맞겠죠."

하지만 홍연은 이원처럼 부족한 것 없이 태어나서, 세상 부럽지 않을 것 같은 환경에서, 이렇게나 즐거움 없이 살아가는 사람을 본 적이 없었다. 그의 머릿속에서는 세상에 존재하는 모든 것이 의무이고 짐이고 죄였다. 세상에서 쾌락이라 분류된 것 중 현재 그가 누릴 수 있는 것도 거의 없었다. 특히 우연이라는 아이는 지금 그에게 너무나도 큰 짐이며 스트레스였다.

어떻게 보면 그의 마음도, 우연의 마음만큼이나 고장이 나 있는 것 같다.

띠르르르. 띠르르르.

전화를 건 사람은 송인희 여사였다. 잉잉앵앵, 송 여사답지 않게 빠른 목소리가 쏟아져 나온다.

— 우연 아가씨가 집을 나가셨습니다. 갑자기 짐을 다 챙겨서 나오시면서, 학교에 돌아가신다고…….

달그락, 손에서 수저가 떨어졌다. 이원은 천천히 자리에서 일어났다.

"언제…… 떠났습니까?"

— 지금 막 떠나셨어요. 큰 짐들은 택배로 부치고 가방하고 옷 몇 가지만 들고 가시기에 일단 민정 씨한테 기숙사까지 모셔다드리라고 했습니다. 어떻게 할까요, 전무님? 다시 모셔 올까요?

눈앞이 빙그르르 도는 것 같다. 혼자서는 대문 밖으로 나가지도 못할 만큼 무서워하던 아이가 어떻게 갑자기?

우연의 아버지는 지난번에 경찰에 잡혀가긴 했지만, 약식 재판 후 방면된 상태였다. '접근 금지 지정 거리 밖에서만 있었고, 딸에게 사과하고 싶어서 급히 따라갔던 것뿐이다.' 하는 호소가 먹혔다고 했다.

물론 우연은 아버지가 경찰에 잡혀간 것까지만 알고 방면된 것은 알지 못했다. 가뜩이나 불안해하고 있는데 기름을 부을 수는 없어서 사람들에게 입단속을 단단히 시켰었다. 그렇다고 이제 와서 학교 밖에서 돌아다닐 때 조심하라고 경고해 줄 수도 없었다. 이원은 급하게 지시했다.

"최 실장님, 학교 인근에 경호 요원을 안 보이게 배치하세요. 학교에는 제가 연락하겠습니다."

"전무님. 우연이에게 먼저 연락을 하셔야 하지 않겠습니까?"

한참 후, 이원은 고개를 젓더니 무겁게 덧붙였다.

"아닙니다. 이건 제가 아니라 재단에서 알아서 할 일이죠. 정재경 관장님에게, 우연이 안전을 위해서 학교 측에 협조 좀 구해 달라고 해 주시고……."

"예? ……아, 예. 알겠습니다."

이원은 잠시 망설이다가 짧은 당부를 덧붙였다.

"약하고 밥 잘 챙겨 먹고, 무리해서 작업하지 말고, 저한테 약속한 그림들은 이제 안 그려 줘도 된다고 전해 주십시오. 이미 받은 것만으로도 충분하니까."

결국 그는, 자신이 끝까지 쥐고 있던 마지막 끈마저 잘라 버렸다.

□　■　□

"이, 이건 뭡니까!"

이원미술관의 강석주 관장은 신인 공모전 예심 통과작들이 주르르 전시된 홀로 들어서자마자 바로 고함을 질렀다. 그의 시선을 단번에 사로잡은 것은 벽의 한가운데 어마어마한 위압감을 내뿜으며 걸려 있는 초상화들이었다.

"대단하죠? 예심 심사 위원 전원이 만장일치로 선정한 작품입니다."

"전체 분위기는 쉬르리얼리즘인데 압도적인 극사실주의 테크닉이 합쳐지니 그 파워가 엄청나지 않습니까."

심사 위원들은 감탄 어린 표정을 숨기지도 않고 앞다투어 말했다. 하지만 강 관장의 귀에는 한마디도 들어오지 않았다. 등으로 식은땀이 흘러내렸다.

이런, 미친! 저거, 한이원 전무 아냐?

대체 저 사람이 왜 저기에 박혀 있는 거야!

가장 먼저 눈에 띈 그림의 제목은 〈붉은 수국과 분홍색 딸기 무스케이크〉였다.

하지만 그곳에 케이크는 없었다. 분홍빛으로 한껏 물이 오른 농염한 꽃들과,

혀를 내밀어 손가락과 입술을 핥고 있는 찰나의 순간, 달콤하게 색기를 흘리고 있는 아름다운 사내만 있었다. 아니, 아름답다는 말조차 염치없을 정도로, 인간으로 느껴지지 않을 만큼 농밀하고 초현실적인 분위기가 가득했다.

화가의 묘사는 무섭도록 정밀해서, 화면 안의 사내는 한이원의 외형 그대로였다. 하지만 그림 속의 그는 너무나도 낯설었다. 강 관장이 아는 한이원이라는 인물과 전혀 매치가 되지 않았다.

강 관장은 진땀을 흘리며 시선을 옆으로 돌렸다.

……맙소사. 이건 또 뭐야.

전신이 상처로 얼룩덜룩한 소녀의 나신상은 시각적으로 큰 충격을 불러일으켰다. 그런데 이건 제목이 왜 이래? 〈사랑〉? 이렇게 개산발에 피멍투성이인 그림이? 정신이 나갈 지경이다. 옆에서 심사 위원들이 계속 떠드는 소리가 들린다.

"시선을 확 잡아끄는 힘을 갖고 있고, 내용을 다층적으로 해석하게 만드는 풍부한 함의도 갖추고 있어요. 꽤 철학적으로 느껴지지 않습니까?"

"대체 지금까지 어디에 숨어 있었을까요."

"그나저나 이 남자 모델, 굉장히 느낌 좋지 않습니까? 연예인 같지 않습니까?"

다행인지 불행인지, 미술관에서 올해 위촉한 심사 위원 중 세경그룹의 젊은 총수를 알아보는 사람은 없는 듯했다. 그러니 저렇게 태연하게 떠들 수 있는 거겠지.

대체 저 화가는 어떻게 작업을 한 거지? 전무님이 이런 사진이 돌아다니게 놔뒀을 리가 없는데?

가만. 한 전무가 이 사실을 알면 그냥 둘 리가 없을 텐데?

초상권 저촉 등 법적인 분쟁이 생기면, 당선이 취소될 수 있다. 강 관장은 급히 사무실로 돌아가 응모작 정보를 확인했다.

"뭐야, 20세?"

다시 한번 입이 벌어졌다. 머릿속이 쑥대밭이 되는 것 같다.

강 관장은 바로 전화기를 들었다. 다행히 그에게는 그쪽으로 쓸 만한 정보원이 있었다.

"최 실장? 자네 혹시 진우연이라는 화가 아나? 이번 신인 공모전에 출품한⋯⋯."

— 어? 관장님이 그 이름을 어떻게 아십니까? 블라인드 심사 아니었습니까? 심사 중에 그렇게 막 정보 훔쳐보셔도 됩니까? 권력 남용 아닙니까?

여지없이 깐죽깐죽 딴죽을 거는 목소리가 쟁그러웠다.

"최 실장! 난 심사 위원 아니야! 심사 위원은 전원 외부 인사 위촉이고, 내 의견은 1그램도 반영되지 않으니까, 제발 묻는 말에 대답이나 해!"

— 음, 심사에 손톱만큼도 관여하지 않으시고, 심사 위원에게 눈곱만큼도 푸시를 안 하신다면, 그리고 비밀 엄수를 약속해 주신다면 말씀드리겠습니다. 그게, 지금껏 지켜 온 제 깨끗한 이름도 소중하고, 제 모가지도 소중하기 때문에⋯⋯.

자신의 혈압을 20쯤 올려놓고 그룹 총수의 비서실로 튀어 버린 전 부하 직원이 태평하게 딜을 건다. 이놈이 밑에 있을 때 진짜 어지간히도 속을 썩였는데, 이런 놈을 월급까지 쥐 줘 가며 몇 년씩 끼고 있는 한 전무도 참 무던하다 싶다.

비밀 보장 약속을 얻어 낸 최 실장은 꽤 놀랄 만한 이야기를 쏟아 내기 시작했다.

— 진우연 학생은 이원메세나재단에서 후원받는 화가 중 한 명입니다. 전무님께서 올해 초에 발굴한 학생인데, 스케치북을 열어 보자마자 바로 후원을 결정하셨다는 전설이 전해지고 있죠. 가끔 그림 모델도 해 주실 정도로 그 재능을 높이 평가하고 계십니다.

"뭐? 그럼 저 그림들이 한 전무님이 직접 모델을 해 주신 거란 말이야?"

— 그런 셈이죠. 출품을 권한 것도 전무님이시고요. 초상권 문제가 생길까

봐 연락하신 거라면, 걱정 안 하셔도 됩니다.

"어휴, 어쩐지. 그쯤 되니 저런 그림이 나왔겠지."

강 관장은 머리를 북북 긁으며 안도의 한숨을 쉬었다. 곧이어 수화기 너머에서 조심스러운 목소리가 덧붙는다.

— 이참에 미리 말씀드려야겠군요. 우연 학생은 가정 폭력 문제로 경호원이 붙어 있고, 부모는 접근 금지 상태입니다. 혹시 당선되면 개인 정보나 이미지가 인터넷에 함부로 돌지 않도록 보안에 신경 좀 써 주세요.

"그런가? 알았어. 알려 줘서 고맙네. 일간 저녁 사지."

— 고기 사 주십쇼, 관장님. 요새 제가 단백질이 모자라서…….

홍연이 시끄럽게 떠들어 대는 동안, 강 관장은 잠시 생각에 잠겼다.

일단 한 전무가 모델도 해 주고 출품도 권한 거라니 다행이긴 한데, 뭔가 좀 이상하긴 했다.

한 전무는 외부에 자신을 드러내거나 앞에 나서는 것을 싫어했다. 그의 사근사근하고 부드러운 처세가 그것을 감추고 있을 뿐, 재계에서는 이미 은둔형 경영자로 첫손가락에 꼽히고 있다고 했다. 기업 공개를 안 한 비상장사여서 가능한 일이긴 하지만, 인터넷 CEO 프로필에 사진조차 공개가 안 되어 있는 상태다. 그런데 어떻게 자기 얼굴이 대문짝만하게 그려진 작품을 응모하도록 놔둘 수 있을까?

"최 실장, 전무님한테 그림 어떻게 하실 건지, 혹시 사실 의향이 있는지 여쭤봐 줘. 그 정도 그림이면 컬렉터들이 돌다가 첫날 세 점 다 낙점해 버릴 수도 있어. 전무님은 자기 얼굴 알려지는 거 안 좋아하시잖아."

시끄럽게 떠들던 최 실장이 잠시 말을 멈추더니 이내 푸스스 웃는다.

— 관장님, 그림 세 점이 아니고 두 점입니다. 살 떨리게 왜 이러십니까.

"무슨 말이야. 진우연 화가가 출품한 초상화 세 점."

— 아뇨. 틀림없이 두 점입니다. 보내기 전에 제가 분명히 확인했어요. 전무님 초상화 〈붉은 수국과 분홍색 딸기 무스케이크〉하고 〈사랑〉이라는 자화상이요.

강 관장은 눈썹을 찡그리며 화면을 확인하고, 끌끌 혀를 찼다.

"아냐. 진우연 씨는 분명 세 점을 제출했어. 두 번에 나눠서. 분명 추가 접수 기록이……."

— 여보세요.

갑자기 목소리가 바뀌어서 강 관장은 당황했다. 강석주 관장님, 한이원입니다, 하는 목소리에 더 당황했다. 한 전무는 그럼 최 실장의 저 주접을, 아니 우리 대화를 내내 옆에서 듣고 있었다는 말인가?

— 우연이가 그림을 추가로 접수했다는 말입니까?

"네, 전무님. 〈붉은 수국과 분홍색 딸기 무스케이크〉하고 〈사랑〉은 공모전 시작하고 얼마 안 돼서, 그리고 세 번째 작품은 공모전 마감일에 들어왔습니다. 음, 일반 택배로 접수했다고……. 이런 미친……."

강 관장은 저도 모르게 험한 말이 나오려던 걸 얼른 삼켰다. 공모전용 100호짜리 회화를 일반 택배로 접수하는 인간이 다 있구나. 수화기 너머에서는 나직한 신음만 짧게 들리고는 한참 동안 말이 없었다.

— 마지막 작품도 인물화입니까?

"맞습니다, 그것도 전무님 초상화입니다."

— 제목이 뭔지 알 수 있을까요?

저도 모르게 마른침이 꿀꺽 넘어갔다. 그림의 제목은 난해했고, 화폭을 지배하는 인물은 강렬하며 무거웠다. 하지만 한이원이라는 실제 인물을 생각하면, 그 낯선 제목과 그림은 그 이상 잘 어울릴 수 없었다. 그림 제목은, 강 관장은 목소리를 한껏 낮추었다.

"……〈뫼르소〉입니다."

□ ■ □

우연이 이원미술관에서 당선 통지를 받은 것은 중간고사 직전, 가을 햇볕이

유달리 따갑던 날이었다.

기쁘지도 않고 놀라지도 않았다. 그냥 무덤덤했다. 아저씨의 집에서 나온 후, 아니 정확하게 말하면 아저씨가 집을 나간 후, 세상의 모든 것은 회색으로 변했고, 그렇게 포근하던 저택은 거대한 무덤처럼 변했다.

그날 새벽, 수단을 불태우는 아저씨를 보며, 그림을 받지 않겠다는 전언을 들으며, 우연은 한계까지 몰린 그가 자신에게 확실한 선을 그었다는 것을 알았다. 그 집에 더 머물러 있으면 안 된다는 생각도 들었다.

하지만 아저씨의 의지와 달리, 아저씨의 눈은, 목소리는, 모든 몸짓은 전혀 다른 말을 하고 있었다.

'나는, 후회할 것이다.'

'나는, 이 새벽의 선택을 평생 후회할 것이다.'

'먼 훗날 나는, 내 진심을 이토록 잔혹하게 억누르고, 나 스스로를 이렇게 폭행했던 것을 피눈물 나게 후회할 것이다.'

아무 인과도 이유도 없는 느낌이고, 확신이었다. 순간 우연은 가슴을 짓이기는 듯한 안타까움과 함께, 그 모습을 당사자에게 제대로 보여 주어야 한다는 의무감에 사로잡혔다.

아저씨는 자신의 모습을 직시할 필요가 있다. 자신의 무의식이 질러 대는 소리를 들어야 한다. 살면서 단 한 번이라도, 똑똑히 들어야 한다. 그 생각 하나뿐이었다.

이번에는 지난번처럼 무식하게 일을 벌이지 않았다. 낮에는 문을 잠그고 그림을 그렸고, 밤에는 라면을 먹으며 광란의 파티를 벌였다. 잠은 거의 오지 않았다. 피곤하지도 않았다. 신경이 바짝 곤두서고 오감이 극도로 예민해졌다. 몇 번 겪은 일이라 놀랍지도 않았다.

세 번째 그림은 열흘 만에 완성되었다. 우연은 택배 기사를 불러 공모전에 추가 접수를 한 후 이틀 내내 잠만 잤다.

할 일을 모두 마친 우연은 송 할머니와 민정 언니에게 인사만 하고 바로 집을 나왔다. 아저씨가 없는 집은, 학교 기숙사나 여의도 광장 한복판, 혹은 마포 대교 한가운데와 별반 다르게 느껴지지 않았다.

아빠를 만나면?

우연은 주머니에 넣어 둔 작은 커터 칼을 만지작거렸다. 조금 안심이 되었다. 물론 아빠를 만났을 때 칼로 협박하거나 공격할 생각은 없었다. 힘이 모자라 역공을 당할 게 뻔했다.

하지만 붙잡히는 순간, 자신의 경동맥에 칼을 박는 정도는 할 수 있을 듯했다. 아저씨의 서재에서 본 책 중, '귀 뒤에 있는 경동맥은 칼로 가볍게 찔러도 죽을 수 있다.'라는 말을 하던 여자 주인공이 있었다. 우연은 그 말을 신경 써서 기억해 두었다. 책의 제목은 기억나지 않았다.

미술관에선 계속 연락이 왔다. 전화를 받지 않으니 문자가 쏟아지기 시작했다. 오픈 전야제에 당선 작가들의 축하 행사가 있으니 참석해라, 전시회 기간 동안 작가와의 인터뷰 일정이 있으니 참석 가능한 날을 알려 달라, 당선 작가 합동 촬영이 있으니 참석해 달라.

우연은 과제와 시험 준비로 바빠 참석하지 못한다는 답장만 보냈다. 어차피 그림은 손을 떠났고, 자신이 할 일은 없었다. 전시회 개회식 때도 기숙사 침대에서 멀뚱멀뚱 누워 있었다.

학교 교수님이나 친구들에게도 수상 소식을 알리지 않았다. 미술관에서도 학교에는 별도로 알리지 않은 듯했다. 다행이었다. 소문이 났다간 교수님과 친구들이 그림을 보러 떼 지어 서울로 올라갈 것이고, 얼룩덜룩 피멍으로 물든 자신의 알몸을 보게 될 테니까.

생각해 보면 우습다. 신인전에 응모한다는 것 자체가 내 그림을 많은 사람에게 보여 주어야 한다는 뜻인데, 그 간단한 생각조차 하지 못했다. 그때는 광기에 사로잡힌 것처럼, 빨리 그림을 완성해서 아저씨에게 보여 주어야 한다는 생각밖에 없었다.

[축하한다, 우연아. 네가 정말 자랑스럽다.]

아저씨에게서 짧은 메시지가 들어왔다. 그게 전부였다. 아저씨 방식의 단호한 거리 두기.

미칠 듯이 눈물이 나올 줄 알았는데 그렇지 않아서 이상했다. 우연이 기숙사로 오자마자 아저씨가 자택으로 돌아왔다는 말을 들었을 땐, 그 역시 당연한 일이라는 생각이 들었다.

우연은 기숙사에 처박혀 밤이고 낮이고 잠만 잤다. 점점 좀비가 되어 가는 기분이었다. 최소 학점으로 신청한 덕에, 수업은 일주일에 고작 3일이었는데, 그나마 느낌이 좋지 않으면 기숙사 문밖으로 발길도 내딛지 않았다. 과 친구들은 가끔 우연과 강의실까지 동행해 주었고, 혜진이는 맛있는 것을 챙겨 주거나, 아무 말 없이 씩 웃으며 안아 주기도 했다. 하지만 우연은 이상할 정도로 아무 생각이 들지 않았다.

규칙적인 일상은 나른하고 평화롭게 흘러갔다. 다만 모든 게 무거웠다. 입술 끝을 끌어 올리는 것이 무겁고, 그 사이로 흘러나오는 웃음도 무거웠다. 젖은 솜이불을 휘감은 것처럼 몸이 무겁고, 심장도 무거운 소리를 내면서 뛰었다. 목구멍 속에서 무거운 덩어리가 욱하고 치받을 때면 캑캑대며 기침을 했다.

차라리 눈물이라도 나오면 좋을 텐데. 그러면 내가 슬퍼하고 있구나, 하고 안심이라도 될 텐데 그 흔하던 눈물은 이제 전혀 나오지 않았다.

옛날엔 슬프지 않아도 눈물이 많이 나왔는데. 그 많던 눈물은 다 어디로 갔을까?

어렸을 때만 해도 하루하루가 눈물 파티였다. 맞아도 눈물이 나오고, 맞을 거라고 상상만 해도 눈물이 나왔다. 아파도 나오고, 무서워도 나오고, 억울해도 나오고, 창피해도 나왔다. 슬픔의 정체란 어쩌면 아픔과 두려움과 억울함과 창피함 따위가 뭉쳐진 덩어리인지도 모른다. 하긴, 따지고 보면 눈물의 정체는 땀이나 콧물이나 오줌과 별반 다를 것 없지 않은가.

그래서 우연은 현재의 마음에 뭐라고 이름을 붙여야 할지 알 수 없었다. 사람이 죽으면 시체가 되듯이, 마음이 죽어도 뭐가 되기는 되는 것 같은데, 왜 사람들은 그것에 마땅한 낱말을 만들어 두지 않았을까.

"역시, 그림을 그리지 않는 게 좋았을까……. 아저씨한테 보내지 않는 게 나았을까."

그러면 아저씨하고 어설프게나마 인연을 이어 갈 수 있었을 텐데. 토요일마다 아르바이트를 하고, 아저씨를 만나 저녁을 먹고, 그동안 모아 둔 시시하고 웃긴 이야기를 쏟아 놓을 수 있었을 텐데. 유행에 한참 뒤처진 아저씨는 내가 알려 주는 신종 유행어를 마냥 신기해하면서 한참 웃어 주었을 텐데.

우연은 쓰게 웃었다.

그런데, 그게 대체 무슨 의미가 있어?

우연은 제 손으로 그 꿈같은 상황을 끝장냈다. 끝장내는 것이 좋아서, 혹은 견딜 만해서 끝장낸 것은 아니다. 아저씨처럼 스스로를 속이는 일에 전혀 소질이 없었을 뿐이다.

사랑이라는 감정을 의도적으로 키운 게 아닌 것처럼, 그 마음을 누설한 것도 의도적으로 이루어진 일이 아니었다. 마음이 밖으로 튀어 나가는 것을 누를 힘이 없었을 뿐이다. 구토가 치밀 때, 아무리 입을 틀어막아도 결국 입 밖으로 튀어 나가는 토사물처럼.

적어도 아저씨라면 나처럼 함부로 속을 터뜨리는 일 따윈 없을 것이다. 아저씨의 의지는 사랑이라는 감정보다 훨씬 힘이 셌다. 그는 스스로를 설득하고 세뇌하는 일에 너무나 능숙했다.

다만 꼭 물어보고 싶었던 것은…….

우연은 눈을 감은 채 가만히 중얼거렸다.

"……그때 왜 내 이름을 불렀어요?"

아랫배가 확 달아올랐다. 그날 밤 보았던 아저씨의 뒷모습, 그 음습한 신음만 떠올리면 온몸에 전기가 오르는 것 같고, 이내 몸의 깊은 곳이 근지러워졌다. 꿈틀대는 아저씨의 몸, 흐느끼는 듯, 고통스러운 듯한 신음. 아, 제기랄. 다시 소름이 오싹 끼친다.

"아저씨…… 이럴 거면서, 그때…… 그날 밤에, 왜, 내 이름을 불렀어요?"

다리를 꼭 오므리고 무릎에 고개를 파묻었다. 떨치려고 애를 쓰면 쓸수록 그 생각만 났다.

아저씨와 섹스를 한다는 건 어떤 기분일까.

우연이 생각하는 섹스는 더럽고, 부끄럽고, 구역질 나는 짓거리였다. 하지만 아저씨와 하는 섹스라면, 백배 더 더럽고 창피해도 꼭 해 보고 싶었다.

아저씨의 완전한 나신을 보고 싶다. 그 점잖고 금욕적인 아저씨가 나를 보고 흥분해 주면 좋겠다. 맨살을 바짝 맞대고, 어루만지고, 비비고, 힘껏 안아 주었으면 좋겠다. 아저씨가 손에 쥐었던 그 이상한 것으로 내 숨겨진 속살을 힘껏, 짓뭉개지도록, 미친 듯이 쑤셔 주면 좋겠다.

나를 안은 아저씨가 얼굴을 일그러뜨리고, 입을 크게 벌리며 신음하고, 몸을 덜덜 떨며 무너지는 모습이 보고 싶다. 아저씨와 연결된 그 부분이 아예 딱 달라붙어서 아저씨와 영원히 한 몸이 되어 버리면 좋겠다.

생각은 왜 이렇게 극단적으로만 흐를까. 엄마 말대로 정말 뇌가 망가진 걸까.

이 망상들은, 성욕이 폭발한다는 조증 증세일까, 아니면 사랑하는 사람에게 당연히 느끼게 되는 욕구일까. 남자들은 몇 초에 한 번씩 야한 생각을 하는 게 당연하다는데, 나는 왜 큰 죄를 짓는 것 같을까.

"아저씨를 만나지 않는 게 좋았을까?"

그럼 난 마포 대교에서 죽었을 텐데?

"아저씨를 사랑하지 않는 게 좋았을까?"

아마 그것도 불가능했을 것이다. 어떻게 아저씨를 사랑하지 않고 견딜 수 있었을까.

이제 우연은 아저씨를 사랑하게 된 이유조차 잊었다. 착해서? 멋있어서? 나를 구해 줘서? 도와줘서?

아니, 그 어떤 것도 아닌 것 같다. 그냥 아저씨를 사랑해야 하는 저주에 걸린 것 같다. 이 기억을 가진 채 마포 대교 위로 돌아간다고 해도, 한 번이 아니라 두 번, 세 번, 백 번을 돌아간다 해도, 나는 결국 아저씨를 사랑하고 말았을 것이다.

운명처럼.

······더러운 운명처럼.

베개를 끌어안고 히히, 웃었다. 우연은 운명적인 사랑이라는 말을 세상에서 제일 경멸했고, 그래서 더러운 운명처럼 사랑에 빠지게 된 자신도 마음껏 경멸하기로 마음먹었다.

다만, 이제는 아저씨를 볼 수 없을 뿐이다. 이렇게나 좋아하는데, 이렇게나 보고 싶은데, 남은 평생 한 번도 보지 못하고 살아야 한다는 게, 우연은 너무너무 이상했다.

'우리에게 허락된 인연이 다한 후에도, 너를 위해 항상 기도하마. 너를 위해 기도하는 사람이 세상 어딘가에 존재한다는 사실이, 너에게 큰 힘이 되어 줄 거라고 믿어.'

아저씨는 이 약속을 지킬 것이다. 내가 아는 이원 아저씨라면 틀림없이 그럴 것이다.

후회는 없다. 눈물도 나오지 않는다. 그냥 아플 뿐이다. 그래서 우연은 베개에 얼굴을 묻고 오래오래 웃었다.

□ ■ □

우연의 데뷔는, 결론부터 말하자면 꽤 성공적이라고 할 수 있었다.

이번 신인전 공모를 통해 데뷔한 화가는 총 열 명이었고, 대부분 유명한 미대 출신이었으며, 화실을 오래 운영해 온 사람도 있었다.

하지만 관람객의 시선을 제일 강력하게 사로잡은 그림은, 가장 나이 어린 참

가자가 출품한 초상화 세 점이었다. 관람객들은 포승줄에 묶인 듯 그림 앞을 떠나지 못하고 주춤거렸다. 무심하게 지나가던 관람객들도 잠시 후 되돌아와 거북한 얼굴로 그림을 들여다보았다.

"세상에 이게 대학교 신입생이 그린 거라고?"

"그렇다네? 블라인드 심사라서 심사 위원들도 당선 결정되고서야 알았다는 데? 세상에 재능은 진짜 타고나나 봐."

"묘사 미쳤네. 처음 봤을 땐 포토 콜라주인 줄 알았는데."

"묘사는 빼박 사진인데, 분위기는 판타지야. 볼수록 느낌 묘하네."

일행이 있는 관람객은 목소리를 낮추고 오랫동안 수군거렸다.

"이 여자아이는 왜 이렇게 멍이 잔뜩 들어 있는 거야?"

"글쎄. 제목이 〈사랑〉인데? 이거 혹시 데이트 폭력 그린 건가?"

"설마. 아직 중고등학생 정도로밖에 안 보이는데?"

"그럼 사랑이라는 이름으로 자행되는 가정 폭력이란 뜻인가? 그런데 얼굴은 왜 이렇게 해맑게 웃고 있어?"

모든 생각을 압도하는 충격적인 화면, 이유를 설명할 수 없는 기묘한 위화감, 거북함, 불편함. 사람들은 그림의 잔상에서 쉽게 벗어날 수 없었다.

양쪽에 포진한 두 개의 그림 역시 동일 작가의 작품이었다. 100호 사이즈, 사람의 키만큼이나 커다란 두 점의 초상화에는 〈붉은 수국과 분홍색 딸기 무스 케이크〉, 〈뫼르소〉라는 제목이 붙어 있었다. 비정상적으로 강렬한 오라를 뿜으며 완전히 다른 얼굴을 보여 주고 있는 모델은 동일한 사람이었으며, 그는 두 개의 화면에서 끔찍할 정도로 아름다웠다.

전야제와 오픈 행사에, 열 명의 당선자 중 진우연 화가만 유일하게 불참했다. 강석주 관장은 이 초유의 사태에, 대체 뭘 어떻게 해야 할지 알 수 없었다. 과제와 시험 때문에 가지 못한다는 말에는 웃음도 나오지 않았다.

대체 이 학생은 자신의 첫 전시회를 뭐라고 생각하는 거지? 그것도 이원미술관 신인 공모전으로 데뷔를 한다는 게 어떤 의미인지도 모르나?

한이원 이사장 역시 참석하지 않았다. 공모전 오픈 행사에 재단 이사장이 불참한 것은 이번이 처음이었다. 테이프 커팅은 메세나재단에 이를 북북 갈고 있는 우성희 이사가 대신 했다.

짙은 선글라스에 마스크까지 쓴 키 큰 사내가 조용히 미술관에 들어선 것은 저녁 8시 30분, 미술관이 폐관하기 직전이었다.

"이건 대체……."

〈뫼르소〉라는 제목의 초상화 앞. 누군가의 입에서 탄식 같은 신음이 흘러나왔다. 이원의 입에서인지, 홍연의 입에서인지, 혹은 그림 앞에 둥그렇게 진을 치고 있는 다른 관람객의 입에서 나왔는지는 알 수 없었다.

그림 속에서 이원은 긴 수단을 입고 무릎을 꿇은 채 앉아 있었다. 어스름한 어둠 속, 한쪽에서 불빛이 발갛게 스며들고 있다. 인공광이 아닌 불규칙한 물결을 가진 날것 그대로의 불빛에 의해, 손목에 감긴 나무 묵주와 앞으로 수그린 넓은 어깨, 그리고 꿇어앉은 다리의 윤곽이 희미하게 드러나 있다.

그는 하얗고 자그마한 누군가의 손을 두 손으로 움켜쥔 채, 기도를 마치고 막 고개를 든 참이었다. 어둠에 대비되어 그런지 얼굴빛은 무섭도록 창백해 보였고, 풍성한 갈색의 눈동자만 기이하게 빛나고 있었다.

이원이 수단을 입고 있는 모습이 의외롭지는 않았다. 강 관장이나 홍연은, 이원이 최후의 순간까지 사제의 길과 경영자의 길 사이에서 갈등했음을 알고 있었다. 그리고 평소 이원에게서 풍기는 금욕적이고 절제된 분위기를 감안한다면 사제복은 그에게 매우 잘 어울리리라 생각했고, 그렇다면 이 그림에서는 엄숙하고 성스러운 분위기가 풍겨야 마땅했다.

하지만 이 그림 역시 기대를 완전히 뒤집었다.

사제복을 입고 있는 사내의 얼굴은 터질 듯 맹렬한 정욕에 물들어 있었다. 지금 이원을 내려다보고 있는 어떤 사람에 대한, 감출 수 없는 욕정이 눈에서 들끓는다. 팽팽하게 긴장한 입가에서, 창백하게 핏기가 가신 얼굴에서, 단단하게 돋아 오른 목의 울대뼈와 손등 위로 솟구친 푸릇한 핏줄에서 정념이 줄줄 넘쳐흐르고 있었다.

배경을 온통 뒤덮고 있는 것은, 지금 보니 그의 눈동자와 동일한 색이다. 어둡게 일렁이는 다채로운 갈색, 다크 브라운, 세피아, 번트 시에나, 로 엄버, 번트 엄버, 반 다이크 브라운, 음습하게 숨어 있는 카민 레드, 크림슨, 그리고 장중함을 야유하는 듯한 오렌지 빛과 골드 오커 한 자락. 배경색은 그의 욕망하는 시선을 화면 가득 확장한 것에 다름 아니다. 시선은 너른 캔버스를 가득 채운 채, 보는 사람의 목을 졸라 댄다.

이 깊고 무거운 색깔의 조합을, 어떻게 이런 방식으로 쓸 수 있을까, 그 아이는.

난로일까, 모닥불일까. 불꽃은 보이지 않지만, 붉은빛과 열기의 존재는 이제 사내의 몸을 통해 서슬 푸르게 존재감을 드러낸다. 가장 금욕적인 외피에 감싸여, 그의 욕망은 도리어 형형해진다. 어두운 황금빛, 붉은빛의 반사광은 강렬한 욕구에 절어 있는 그의 표정과, 입가의 잔 근육들과, 번들대는 눈동자의 열기를 적나라하게 까발린다. 맹렬한 정념과 욕망이 화산처럼 솟구쳐 흐른다.

짙은 갈색의 홍채에 희미한 형체가 어른거린다. 강렬한 욕망의 대상은 저 눈동자에 어스름하게 맺혀 있다. 흰옷을 입고 있는, 희고 작은 손을 가지고 있는, 아마도 체구가 가냘픈.

⋯⋯아마도 이 그림을 그린.

이런 맙소사.

강 관장은 그 이글대는 눈동자에 비친 대상이 〈사랑〉의 주인공이라 본능적으로 확신했다. 이원이 직접 후원하고 있다는 저 작은 소녀.

등을 돌리고 있는 이원의 표정은 보이지 않는다. 하지만 뒤에 서 있는 홍연의 낯빛이 무섭게 창백해진 것을 보면 자신의 짐작이 틀림없는 듯했다. 딱딱하게 굳은 채 서 있던 이원에게 낮은 목소리가 흘러나왔다.

"관장님, 우연 학생이 오픈 행사에 다녀갔습니까?"

"아닙니다. 과제와 시험 준비 때문에 불참하겠다고……."

"시험…… 좋아하시네."

그답지 않게 거친 말이 잇새로 흘러나온다. 주먹이 가늘게 떨리는 것이 보인다.

"……강 관장님."

"예, 전무님."

"이 그림들, 자료로 나갔습니까?"

"아닙니다. 원래는 우연 학생의 작품으로 프로그램 표지를 잡자고 기안이 올라왔지만, 현재 정보 보호가 필요한 상태라 해서 모두 제외……."

"그럼 됐습니다. 지금 그림 내리세요. 여기 세 점 모두 내리세요."

"전무님!"

홍연과 강 관장은 동시에 기겁했다. 이건 또 무슨 말도 안 되는 소리지? 아무리 신인 화가의 작품이라 해도 공모전 당선작들이고, 정식으로 전시 중인 작품들이다.

"곤란합니다, 전무님. 아시잖습니까. 화가가 직접 요청한 것도 아닌데 어떻게……."

"전무님, 조금만 진정하십시오. 대체 왜 갑자기……."

"최 실장! 지금 이걸 계속 걸어 두란 말입니까, 그럼?"

"우연이는 자기 그림이 걸린 것도 아직 못 봤습니다. 그래도 한 번은 보게 하고, 아니 적어도 허락이라도 받아야……."

"자, 잠깐, 다른 관람객도 계시니, 여기서는."

목소리가 커지려는 것을, 강 관장이 황급히 제지했다. 그림을 보던 몇몇 사람들이 잠시 뒤를 힐끗거리다 다시 고개를 돌린다.

이원은 고개를 숙이고 침묵했다. 후우우, 날숨소리가 길었다.

"그렇죠. 전시 중인 그림을 화가의 허락도 없이 뗄 수는 없겠죠."

잠시 후 그는 고개를 끄덕이며 차분하게 덧붙였다.

"……우연이에게 연락하세요, 초상화 세 점이 모두 팔렸고, 구매자가 그림을 즉시 내려 달라고 요청한다고."

□ ■ □

이원은 매일 저녁 미술관에 들렀다. 짙은 선글라스를 쓰고 전시실에 들어와서 우연의 그림을 보고 조용히 돌아갔다. 강 관장은 그가 올 때마다 신경이 곤두섰지만 오지 못하게 막을 수는 없었다.

토요일 오후, 그날도 어김없이 전시실에 도착한 이원은 관람객들 뒤로 천천히 걸었다. 그는 다른 그림은 거의 보지 않았다. 우연의 그림만 보았고, 우연의 그림을 관람하는 사람들만 관람했다. 그가 우연의 그림 앞에 서 있는 시간은 점점 길어졌고, 어떤 때는 돌이 되어 버린 것처럼 느껴졌다.

우연은 여전히 전시장에 코빼기도 비치지 않았다. 그놈의 시험이 언제 끝나느냐, 명색이 데뷔 전시회인데 자기 작품을 한 번도 보러 오지 않는 게 말이 되느냐, 하는 읍소에도 까딱하지 않더니 '학교로 직접 내려가겠다.' 하는 협박성 문자까지 들어가자 드디어 전화를 받았다.

— 아시겠지만요, 저는 제 그림을 제일 많이 본 사람인데요. 질리도록 본 그림을 또 보러 서울까지 올라가야 하나요?

예상대로, 예의도 생각도 쥐뿔 없는 대답만 통통 튀어나왔다. 자신의 데뷔 전시회에 올 생각이 쥐똥만큼도 없는 것 같았다.

그뿐만 아니었다. '전시회 기간 동안 화가들이 자신의 작품을 설명해 주는 행사가 있는데 그것도 안 올 거냐.', '그림이 팔렸다, 구매자가 그림 내려 달라고 하는데 그래도 한번 보고 결정해야 하지 않느냐.' 하는 말엔 대답이 또 걸작이다.

— 설명이요? 제가 뭘 그렸는지 알아보기 어려운가요? 제가 그린 게 개코원

489

숭이가 아니고 사람이라고 설명을 해야만 하나요?

— 어? 그림 팔렸어요? 정말요? 세 개 다요? 와! 얼마에 팔렸어요? 아차, 내 거 아니지. 관장님, 그 그림은 이원 아저씨 드린 거예요. 제가 아저씨한테 빚을 진 게 있는데 그림으로 까기로 약속했거든요. 그중 3/5을 깐 거죠.

— 그러니까 이원 아저씨하고 사신 분하고 알아서 하시면 돼요. 그림 내리는 거요? 산 사람이 바로 떼서 들고 가는 거 아니었어요? 전 모르겠어요, 그런 거.

……이런 맙소사.

강 관장은 말문이 막힌 채 헛웃음만 지었다. 건방지고 되바라진 것을 떠나, 이 미친 재능을 가진 화가 아가씨는 전시회나 그림 판매에 대한 상식 자체가 전혀 없었다.

이튿날, 더 큰 문제가 터졌다. 우연의 '무지한 관대함'과 상관없이 그림을 내릴 수 없게 되었다. 보도 자료도 나가지 않았는데 일간지에 추천 기사가 올라간 것이다.

첫날 전시회를 관람한 일간지 문화부 기자가 우연의 작품에 강렬한 인상을 받아 큐레이터의 소개를 토대로 '추천할 만한 전시회' 코너에 기사를 올렸고, 우연의 작품 제목을 언급했다.

인터넷 기사는 다음 날 바로 내리도록 조치했지만, 몇몇 방문객의 SNS를 통해 입소문이 퍼지기 시작했다. 그러더니 한적하던 신인전은 주말에 북새를 이루게 되었다. 그나마 촬영을 허락하진 않아 사진이 퍼지지는 않았지만, 우연의 그림을 바로 떼어 낼 수도 없게 되었다.

강 관장이 이원 앞에 와서 난감한 얼굴을 했다.

"일이 이리 되었으니, 어찌할까요."

"……어쩔 수 없네요. 이번 주말까지만 전시하고 그 작품은 내리도록 하세요. 구매자의 강력한 요청이라 하고."

"예, 알겠습니다. 신경 쓰이게 해서 죄송합니다."

"아닙니다. 저야말로 관장님께 면목이 없습니다."

이원은 강 관장에게 고개를 숙였다. 목소리는 깊이 잠겨 있었다. 강 관장이 물러나자, 옆에서 관람객의 반응을 살피던 홍연이 조심스럽게 속삭였다.

"전무님, 당분간 여긴 안 오시는 게 좋을 듯합니다. 지금 그림의 모델이 어떤 사람인지 궁금해하는 사람들이 꽤 있습니다."

대답은 한참 지체되었다.

"압니다. 올 생각 없습니다."

"그럼 왜……."

"……그런데 안 되네요."

목소리의 끝이 푸석푸석 갈라진다. 홍연은 입술을 들썩이다 잠자코 말을 삼켰고, 이원은 그를 돌아보지 않은 채 허공에 대고 말을 이었다.

"홍연 씨."

"예, 전무님."

"하고 싶은 말 있죠."

"예."

"왜 안 하십니까, 홍연 씨답지 않게."

이원은 고개를 숙이고 웃기 시작했다. 홍연은 잠시 망설이다 주춤대며 입을 뗐다.

"이건…… 옳지 않습니다. 이러시면 안 됩니다. 전무님."

"뭐가요?"

이원의 웃음소리가 커진다. 홍연은 대답하지 않았고, 이원은 어깨를 들썩이며 계속 웃었다.

"뭐가요. 난 아무 짓도 안 했어요, 홍연 씨."

물론 안 했겠지. 홍연은 속으로 쓰게 웃었다. 내가 아는 한이원은 내가 생각하는 그따위 짓은 절대 저지르지 못할 사람이다. 그건 내가 제일 잘 안다. 하지만 세 개의 그림 사이로 오가는 감정의 흐름은 너무나도 적나라하다. 부인하려고 애써 보았자 코웃음만 나올 만큼.

세 점의 초상화는 독립적이지 않다. 그림들 사이로 지독한 열기가 뭉텅이로 오가고 있다. 처음 보는 사람들은 알아보지 못하겠지만, 두 사람을 아는 사람이라면 못 알아볼 수가 없다. 세 개의 그림 사이를 맹렬하게 오가는 감정과 이글대는 욕망을 느끼지 못할 리 없다.

우연이는 그럴 수 있다. 자신의 감정에 오만할 정도로 충실하고 즉물적인 그 아이는, '신이 내린 재능'과 '상식의 경계선'을 맞바꾼 채 태어난 그 아이는 충분히 그럴 수 있다.

하지만 당신은 그런 사람이 아니지 않은가. 그래선 안 되지 않는가. 그렇게 이성적이며 합리적인 사람이, 결혼을 앞두고 있으면서.

낮고 탁한 목소리가 홍연의 귓속으로 스며들었다.

"나도 잘 모르겠어요, 홍연 씨. 여기 오면 안 되는 건 잘 알아요. 내가 왜, 대체 왜."

"……."

"지금이라도 미현이를 오라고 해서 결혼해야 한다고 생각해요. 하다못해 혼인 신고라도."

"그렇게 하십시오. 지금 경영권 안정시키는 게 가장 급하지 않습니까."

"아아. 그렇죠."

"전무님. 상황 아시잖습니까. 세무 조사 위험에, 조합에선 패 갈려서 서로 소송 걸겠다고 난리고, 은행에선 주담대 반토막 치고, 이러다 미분양 폭탄 나면 정말 끝장인데, 대표이사님마저 이렇게 흔들리시면 안 되잖습니까."

"……그게 안 돼요."

이원은 고개를 숙이고 웃었다.

그래. 우연이가 말했던 게 이제 이해가 간다. '머리채를 잡혀 끌려다니는 것 같다'고 했던가. 그때는 부모의 폭행에 대한 기억인 줄 알았지만, 사실은 그게 아니었다. 이 암담하고 반항할 수 없는 감정, 이성과 의지를 모조리 짓밟는 폭군과도 같은 그 감정을 말하는 것이었다.

이제는 그 느낌을 안다. 난 지금 너에게 머리채를 잡히고 온몸이 묶여 질질 끌려가는 것 같다. 네 그림조차 나를 놓아주지 않는다.

너는 대체 나를 어디까지 본 거니. 이런 식으로 내 마음을 부인하지도 설득하지도 못하게 까발려 버리면, 나에게 대체 뭘 어떻게 하라는 거니.

……내가 나 자신을 속일 수 있도록 여지는 주었어야 할 것 아니니.

"우 상무가 유능하고 정직했으면, 안심하고 회사를 포기했을지도 몰라요."

"전무님!"

"나도 미친 생각인 건 알아요. 세경은 아버지가 자식처럼 일군 회사고 많은 사람의 생계가 걸린 곳이에요. 우 상무에게 저렇게 문제가 많은 걸 알면서도 손 떼겠다는 건 극도로 무책임한 짓이죠. 잘 알아요."

솔직히 말하면, 나도 미현이랑 똑같은 짓을 해 버리면 어때, 그런 생각도 해 봤어요. 한두 번 한 게 아니에요. 결혼해서 지분을 상속받고, 뒤로는 서로 좋아하는 애인을 두고, 피차 트집 잡을 일도 없으니 얼마나 간단해. 이 바닥에서 안 그러는 사람이 대체 몇이나 된다고.

이 말까지는 차마 입 밖으로 나오지 않아, 이원은 그냥 웃었다.

이런 사악한 생각을 했던 게 정말 나인가. 내가 이런 생각까지 했다는 걸 그 애가 알면 얼마나 기가 막힐까. 헐떡헐떡 웃을 때마다 가슴과 어깨가 들썩거렸다. 이원은 고개를 숙인 채 가슴을 지그시 눌렀다.

"걱정 마세요. 아무 일도 없었고, 아무 일도 없을 겁니다."

무슨 일이 있을 리가 없다. 나는 이 염원이 삿된 것이라는 판단이 든 순간부터, 그것을 잘라 내기 위해 할 수 있는 짓은 다 하고 있다. 적어도 나는 이 더러운 열망이 이성의 울타리를 뚫고 그녀에게 도달하도록 허용한 적이 없었다. 단 한 번도.

그리고 예전과 달리, 이제는 세경그룹을 남에게 뺏길 생각이 없다. 그곳에서 떨어지는 동전 한 닢까지 악착하게 움켜쥘 것이다. 남은 것은 이것뿐이기에, 이것을 위해 지불한 대가가 너무 고통스러웠기에, 이제 나는 한껏 탐욕스러워진다.

"그냥, 그런 생각을 한 적이 있었어요……. 아주, 잠깐."

이원은 빙그레 웃으며 말했다.

□ ■ □

토요일, 우연은 혼자 서울에 올라왔다. 교문 밖을 나서기가 너무 겁이 나서 기숙사 앞까지 택시를 불러서 시내로 들어간 후, 사람이 가장 많은 정류장에서 버스를 탔다. 자신을 따라오는 차나 사람이 없다는 걸 알면서도, 우연은 몇 번이나 뒤를 돌아보았다.

교대역에 내려서 이원미술관까지 걸어가는 길, 늦가을의 따가운 햇볕이 좋았다. 매표소와 로비에 사람이 많아서 고개를 갸웃했지만, 그 역시 나쁘지 않았다. 우연은 커다란 유리창을 통해 쏟아지는 가을 햇살을 받으며 와글대는 사람들을 구경했다.

그림 세 점이 모두 팔렸고, 구매자가 그림을 바로 내려 달라고 했단다. 그림 주인은 이원 아저씨니까 아저씨에게 말하라고 했더니 기다렸다는 듯, 이번 주말까지만 전시하고 그림을 내리겠단다.

그 말을 들으니 마음이 살짝 흔들렸다. 그림이 제대로 전시된 것을 한 번쯤은 보고 싶었다. 사람들이 자신의 그림에 대해 뭐라고 말하는지 궁금하기도 했다.

아니, 솔직히 말하자면 아저씨를 보고 싶었다. 그림 속의 아저씨라도 한 번 더 보고 싶었다. 아저씨에 대해 사람들이 뭐라고 말하는지도 들어 보고 싶었다.

아저씨는 이 그림을 보셨을까? 어떤 반응을 보였을까?

우연은 아저씨의 첫 반응이 항상 궁금했었다. 하지만 제대로 본 적이 없어서 아쉬웠다. 〈붉은 수국과 분홍색 딸기 무스케이크〉 때는, 실신해서 차에 실려 있었고, 〈사랑〉이 완성되었을 때는 아저씨의 떨리는 턱밖에 보이지 않았다.

그리고 〈뫼르소〉는 아저씨가 보았는지 안 보았는지, 확인조차 할 수 없었다.

무거운 머리를 흔들며 걸음을 옮기던 우연은 전시실에 들어서자마자 그대로 얼어붙었다.

……이게 뭐야?

전시실 한가운데 사람들이 떼를 지어 몰려 있었다.

낮은 곳에 고인 빗물처럼 모인 사람들은 약속이라도 한 듯 입을 벌린 채 그림을 바라본다. 웅웅웅웅, 낮고 무거운 술렁임이 그들 속에서 넘실거린다.

내 그림! 내 그림이다!

시선이 얼기설기 얽힌 그곳에는 우연의 키를 훌쩍 넘긴 100호짜리 대형 초상화 세 점이 압도적인 오라를 뿜으며 걸려 있었다. 뭉쳐 있는 사람들은 눈을 둥그렇게 뜨고 소곤소곤하거나 멀거니 생각에 잠겼다. 휘유, 나직한 감탄사를 떨구고 가는 사람들도 있었다.

어?

멍하니 눈을 깜박였다. 그림을 구경하는 무리 뒤에서 몹시 낯익은 실루엣이 보인다. 크고 짙은 선글라스로 얼굴을 가린 채 조용히 서 있는 남자.

……아저씨?

지금 여기서 뭐 하시는 거지……?

아저씨는 석상처럼 서서 그림을 보고 있었다. 마포 대교에 서 있을 때처럼, 주머니에 손을 넣은 채, 아무 움직임도 없이, 무슨 생각을 하는지 전혀 알 수 없는 모습으로.

천천히 곁으로 걸어갔다. 그는 우연이 바로 옆으로 다가갈 때까지 시선도 돌리지 않고 그림만 보았다. 무수히 지나가는 사람들의 물결 속에서 아저씨는 홀로 다른 세계에 서 있는 것처럼 보였다.

그 느낌을 기억하고 있다. 나 혼자 다른 세계에 덜렁 떨어진 듯 기이한 느낌.

아저씨도 그런 경험이 있었다고 했다. 지금 우연은 옆을 지나가는 사람들과 다른 차원의 세계에서, 아저씨와 자신만 덩그러니 서 있는 기분이 들었다.

우연은 그 옆에 나란히 서서 같은 시선으로 그림을 보았다. 세 개의 그림 앞에 서자 복잡하던 마음이 깨끗하게 정리된다. 이제 가슴에 남는 것은 단 하나의 명료한 목소리였다.

아저씨, 나는 아저씨를 사랑해.

아저씨, 나는 아저씨를 원해.

……아저씨도 나를 원하잖아요. 그렇죠?

고개를 살짝 옆으로 숙였다. 머리가 아저씨의 팔을 툭 건드리자 아저씨의 몸이 꿈틀, 소스라친다.

"아."

아저씨의 나직한 목소리가 몸을 징, 관통한다. 당황한 걸까. 내가 오리라고 예상하지 못하셨을까. 그렇게 단호하게 거절해 놓고, 왜 여기 와서 이렇게 서 계시는 걸까.

아저씨의 팔이 딱딱하게 굳는 것이 느껴진다. 그 상태 그대로, 시간이 멈춰 버린 것 같다. 주변을 지나던 사람들은, 마포 대교에서 옆을 지나가던 자동차의 물결처럼 무서운 속도로 지나갔다. 세 개의 그림 앞에서, 시간은 그렇게 두 개의 속도로 흘렀다.

"데뷔 축하한다. 세 번째 그림도…… 멋지구나."

아저씨가 시선을 피하며 간신히 입술을 떼었다. 목소리가 쩍쩍 갈라져서 다른 사람 목소리 같았다.

우연은 조심스럽게 아저씨의 손을 건드렸다. 그는 거절하지 못했다. 그의 큰 손을 살그머니 쥐자 몸이 경련하듯 꿈틀거린다. 손을 빼려는 듯, 팔에 힘을 주어 움직인다. 하지만 우연의 손을 완전히 뿌리치지는 못했다. 들들 떨리는 그의 손은 이미 땀으로 축축하게 젖어 있었다.

우연은 그의 손을 잡은 채, 자신의 그림을 물끄러미 바라보았다. 그녀의 시선은 가장 끝에 있는 그림에 가서 멎었다. 어머니와 애인에게조차 머나먼 타인으로 존재했던 사람. 태양 빛이 강렬하다는 이유로 사람을 죽이고, 엄마 장례식이 끝나자마자 섹스를 했다는 이유로 사형 선고를 받은 뫼르소라는 사내는, 이제 그림 속에서, 햇빛 대신 지글대는 불빛을 받으며, 아빠가 죽는 날 섹스를 하고 싶어 하는 누군가를 한껏 탐욕하고 있었다.

난 이제 그 뫼르소라는 미지의 남자를 이해한다. 모든 일에 합당한 이유가 존재하는 건 아니다. 모든 감정에도 합당한 이유가 존재하는 건 아니다. 이 감정은 합당한 이유를 뿌리치고 생겨났고, 이 사랑은 아무런 인과도 논리도 없이 벼락처럼 마음 밭에 떨어졌다.

모든 사람의 마음속에는 뫼르소가 산다. 나의 마음에도, 아저씨의 마음에도. 한때 사제가 되어 모든 사람에게서 완벽한 타인이 되려 했던 아저씨, 나를 야멸차게 물리치며 나에게도 완벽한 타인이 되려 했던 아저씨.

그는 이제 강렬한 햇빛 아래 선 이방인과도 같이, 인과도 논리도 없는 힘에 휩쓸렸다. 아저씨가 지금 내 손을 뿌리치지 못하는 것은, 입술만 깨문 채 이렇게 덜덜 떨며 서 있는 것은, 아마도 인과를 거역하게 하는, 그 강렬한 햇빛 때문일 것이다.

나를 그렇게 밀어내더니, 여기엔 왜 오셨나요? 제 그림에서 뭘 보고 계시나요? 아니, 뭘 보고 싶으신가요? 아저씨가 정말 원하시는 게 뭔가요?

하지만 우연은 아무것도 묻지 않았다. 그따위 것을 묻기에는, 복도의 창문을 통해 내리꽂히는 가을 햇살이 너무 아름다웠다.

가만히 눈을 감았다. 이 햇빛이 살인을 유발할 수 있다면, 그보다 더 치명적인 사랑도 유발할 수 있을 것이다. 세상에 존재하는 모든 것들이, 세상에서 일어나는 모든 일들이, 이제는 우리 두 사람이 사랑해야 할 이유가 되었다. 사랑해야 할 이유로만 꽉 채워진 둘만의 시공에서, 나의 뫼르소가 아저씨의 뫼르소에게 말한다.

"아저씨, 사랑해요."

세 개의 초상화가 한꺼번에 웃음을 터뜨렸다. 아저씨는 웃지 않는다. 움직이지도 않는다. 내려다보지도 않는다.

"아저씨, 사랑해요. 아저씨, 사랑해."

함빡 웃으며 중얼대는 우연의 발치에서, 아무 이유도 인과도 없는 눈물만 둔탁한 소리를 내며 깨져 나갔다.

23

안아 주세요

"강 관장님. ……7층 복도 CCTV, 잠시만 좀 꺼 주세요."

탁탁탁탁탁탁. 아저씨는 빠르게 걸었다. 우연은 손등으로 눈물을 문지르며 정신없이 따라갔다. 아저씨는 한 번도 돌아보지 않았고, 아저씨의 보폭은 너무 커서 키가 작은 우연은 뛰다시피 하며 따라가야 했다.

아저씨의 사무실은 7층 안쪽의 회의실 옆에, 여전히 명패 하나 없이 숨어 있었다. 아저씨를 알아본 몇몇 직원이 놀란 얼굴로 급하게 고개를 숙였지만, 아저씨는 인사도 제대로 받지 않고 빠르게 걸음을 옮겼다. '관장 강석주'라는 명패가 붙은 맞은편 방에서 홍연 아저씨가 반 대머리 아저씨와 나오다가 화들짝 놀란다.

"저, 전무님? 어……. 우, 우연이가 왔습니까? 어떻게 연락도 없이."

"잠시 실례하겠습니다. 부르기 전에는 들어오지 마세요."

쾅, 요란한 소리에 이어 찰칵, 문 잠기는 소리가 들렸다.

우연은 할딱할딱하며 몸을 바들바들 떨었다. 아저씨는 손잡이를 잡은 채 여전히 등을 돌리고 있다. 화가 난 걸까. 우연은 여전히 누군가가 화가 난 것 같으면 몸이 돌처럼 굳고 숨을 제대로 쉴 수 없었다. 흐, 흑, 윽, 흐으. 숨을 가쁘게 쉬는 중에도 눈물은 멈추지 않았다.

"······우연아."

이원은 뒤도 돌아보지 않고 우연을 불렀다. 대답은 들리지 않는다. 하아, 하악, 밭은 숨소리, 가는 흐느낌만 귓속으로 흘러들어 온다. 무서워하고 있구나. 흐느낌 한 자락마다 고막이 바늘에 찔리는 것 같았지만, 이원은 가슴을 꽉 누른 채 통증을 참았다.

아저씨, 사랑해요. 아저씨, 사랑해.

듣지 말았어야 할 말, 보지 말았어야 할 모습, 그리고 이제 내 감정은 하지 말아야 할 말을 쏟아 내려 발작한다. 하지만 이원은 필사적으로 숨을 가다듬었다.

절대 안 된다. 지금껏 어떻게 참아 왔는데.

그는 문에 이마를 댄 채 조용히 말했다.

"우연아, 아저씨는 곧 결혼할 거야."

"사랑, 사랑하, 하지 않는 사람하고 무슨 결혼을 해요!"

아이와 어른을 가르는 것은 나이가 아니다. 자신에게 주어진 짐을 받아들이고 감당하는 자만 어른으로 인정을 받는다. 우연은 그것을 이해하지도 않고, 받아들이지도 않는다. 영원히 어른이 되지 못하는 피터팬처럼.

하지만 현실은 원더랜드가 아니다.

"말했잖아. 이 바닥은 원래 다 그렇다고. 그래도 사랑하면서 행복하게 사는 사람도 많아."

"아니에요. 그랬다간 아저씨는 절대 행복하지 못할 거예요!"

"그걸 네가 어떻게 알아!"

"알아요!"

우연은 확신에 찬 목소리로 단언했다.

"그 언니도 다른 사람을 좋아했던 거 아니에요? 검색하면 모리스 첸이라는 남자하고 팔짱 끼고 찍은 사진이……."

이원은 다시 이마를 문에 박았다. 쿵, 속이 빈 울림 소리가 아팠다.

……넌 나를 얼마나 비참하게 만들어야 속이 시원하겠니.

네가 그리 몰아가지 않아도 내 결혼은 이미 충분히 굴욕적이고 넘치도록 비참해.

"우연아. 그 사람은 미현이 공연 관계자야. 산타바바라 극장의 프로듀서라고. 비즈니스 미팅 사진을 가지고 이상한 루머를 만들어 내면 곤란해."

우연이 아차 싶은 얼굴로 흠칫 입을 다문다. 잠시 후, 그녀가 몹시 미안해하는 얼굴로 고개를 숙인다.

"죄송해요. 그냥, 너무 이해가 안 가서……."

"……굳이 그런 것까지 이해할 필요는 없어."

대답에 스며든 냉기를 눈치챘는지, 우연의 목소리가 조금 더 작아졌다.

"저기, 그냥, 각자 아버지가 키운 회사 갖고 두 집이 갈라서면 안 되는 거예요?"

흐, 흐흐. 실소가 흘러나온다. 네 세상은 어찌 그리 간결하고 네 마음은 어찌 그리 단호할까.

아니, 아니지. 잠시 생각하던 이원은 눈을 감고 쓰게 한숨을 쉬었다.

아버지의 유언만 아니었으면, 그룹 분할도 불가능하진 않았을 것이다. 아니, 분리까진 아니라도, 미현과 충분히 합리적이고 효과적인 딜을 할 수도 있었을 것이다. 자신과 아버지의 지분, 그리고 미현의 지분을 합치면 외삼촌을 누르고 그녀에게 호텔 경영권을 넘겨줄 수 있었을 테니까.

다만 여기서 그녀가 합리적인 거래와 약속이 아닌 '결혼'이라는 안전하고도 고리타분한 패를 들이댄 게 패착이었다. 물론 두 집안의 연합을 공고히 하기에, 그리고 내가 사제 서품을 받고 내 지분이 교단으로 증여되는 최악의 사태를 막기에 결혼 이상의 방법이 없는 건 맞다.

하지만 그 방법에 큰 문제가 있었다는 것도 부인할 수 없다. 그녀에게는 사실혼 상태의 남자가 있었고, 나는 그것을 알고 있었으며, 무엇보다 가장 큰 문제는…….

……나에게도 사랑하는 사람이 생겨 버렸다는 점이다.

물론 그 마음을 인정하면 안 된다는 건 알고 있다. 지금은 그 마음을 인정하는 게 아니라 결혼의 당위성을 말해야만 하는 시간이었다.

"우연아. 규모 있는 회사들의 이합집산은 말처럼 쉽지 않아. 법적인 문제, 세금 문제도 만만치 않고. 그나마 결혼이 가장 수월하고 안전한 방법이라 다들 그렇게 하는 거야."

우연이 그를 응시하며 조용히 묻는다.

"그래서 아저씨는 조금이라도 행복했어요?"

"……."

"아저씨, 사랑해요."

쿵, 갑자기 명치를 걷어챈 것 같다. 입술을 단단히 물었다. 우연은 버석버석 말라 가는 눈가를 문지른 후, 담담한 얼굴로 이원을 올려다보았다.

"아저씨, 저랑 사귀어요. 결혼 같은 거 하지 말고, 그냥 이대로, 우리 두 사람이, 사랑할 수 있을 때까지, 마음껏 사랑해요. 그러면 안 되나요?"

머리가 핑그르르 돈다. 조용하지만 너무 강렬한 유혹이었다. 의지에 반하는 어떤 말이 순간적으로 튀어 나갈 뻔했다.

너를 사랑하는 게 아니라고 감정을 부인할 타이밍은 진작 놓쳤다. 아니, 타이밍이 문제가 아니라 사랑하는 게 아니라는 거짓말이 나오지 않았다. 이원은 필사적으로 다른 핑계를 생각했다.

"그건 안 돼. 대체 무슨 추문에 휩쓸릴 줄 알고."

"사랑하는 사람끼리 사랑한다는데 무슨 추문에 휩쓸려요?"

너는 아직 모른다. 유언이라는 족쇄가 없어도, 네 제안은 받아들일 수 없다. 나이 어린 여류 화가가 돈 많은 남성 사업가나 권력자를 만나고 다닌다? 결혼도 안 하고? 그게 다른 사람들 눈에 어떻게 비치겠는가.

우연에게는 전도유망한 신인 화가라는 호칭 대신, 돈과 권력에 팔린 창부라는 낙인이 찍힐지도 모르고, 더러운 관계를 등에 업고 명성을 얻었다는 추문을 평생 달고 살아야 할지도 모른다. 미국을 대표하는 화가 중 한 명인 조지아 오키프가, 스티글리츠의 누드모델이자 정부였다는 꼬리표를 평생 끌어안고 살아야 했듯이. 그 추문은 결혼 후에도 사라지지 않았고, 그것이 오키프의 예술 세계에 얼마나 치명적인 악영향을 주었는지 이원은 잘 알고 있었다.

"넌 너무 어려. 겨우 스무 살이야. 나 같은 사람과 엮이면 안 돼."

"무슨 말씀이세요? 전 아저씨랑 똑같은 어른이에요! 담배도 술도 마음대로 살 수 있는 성인이라고요!"

말도 안 되는 핑계라고 생각해서인지, 우연의 목소리가 격렬해진다.

"나이가 대체 무슨 상관이에요? 열두 살 차이 나면 경찰 아저씨가 잡아가나요? 주둥이로 똥만 싸는 히드라들이 떠드는 게 무슨 상관이에요? 양귀비는 서른네 살이나 더 먹은 황제하고 세기의 로맨스를 찍었잖아요."

입안이 바작바작 마른다. 단호하게 거절하고 안 된다고 설득해야 한다는 이성과 달리, 마음은 우연과 이어질 일들을 자꾸 상상했다.

예측 가능하고 안정적인 청사진이 그려지는 미현과의 결혼과 달리, 우연과의 관계에서는 아무것도 그려지지 않는다. 불확실한 미래만 있었고, 포기해야 할 것들만 보였다.

그 불확실성과 혼돈은 우연이의 운명에서 뗄 수 없는 속성이다. 저 놀라운 재능에 필연적으로 짝지어진 힘이기도 했다. 하지만 우연은 그것을 모른다. 아프기만 한 과거, 있을지 없을지 모르는 미래 따위는 읽지 않고, 자신에게 주어진 현재에만 오롯이 집중한다. 그것이 그녀의 가장 큰 힘이자, 불확실성의 근원이었다.

"아저씨가 좋아요. 너무 좋아서 죽어 버릴 것 같아요. 아무것도 할 수 없어요. 보이는 것도 들리는 것도 온통 아저씨뿐이란 말이에요. 흐으, 씨, 난 이번 생은 다 틀렸어."

침묵으로 거부하는 남자의 등에 대고 고백을 되풀이하는 비참함을, 우연은 끝끝내 견뎌 냈다. 겁 많고 유약한 아이가 보여 준 용기는 경이롭고 눈부셨고, 이원은 그만큼 비참해졌다.

천천히 뒤를 돌았다. 할 말을 다 쏟아 낸 우연은 이제 얼굴을 일그러뜨린 채 자신만 바라보고 있었다.

"……왜 대답을 안 하세요……. 아저씨 비겁해요……."

맞다. 나는 비겁해.

미현이와의 결혼을 택한 이유는 비겁해서였다. 귀찮아서였다. 감수할 것들이 두려웠고, 포기할 것들이 아까웠고, 싸워야 할 것들이 귀찮고 피곤했다.

하지만 비겁하다고 해서 버티기 쉬운 건 또 아니었다.

우연이 천천히 고개를 든다. 붉어진 눈가, 꼭 다물린 작은 입술. 뺨을 타고 내려오는 가는 눈물 자국. 견딜 수 없다. 그녀가 고개를 들 때, 흠뻑 젖은 눈을 반짝이며 그래도 자신을 똑바로 올려다볼 때, 이원은 자신이 도저히 버티지 못할 것을 직감했다.

……제발 울지 마.

손에 쥐고 있던 선글라스가 카펫 위로 툭 떨어진다.

이원은 우연이 울 때마다 늘 미칠 것 같았다. 마포 대교에서 처음 보았을 때부터 그랬다. 내색한 적은 없었지만, 새까만 동자가 맑은 물에 흥건히 잠긴 모습만 보면 심장이 생으로 찢겨 나가는 기분이었다. 저 젖은 눈을 혀로 핥고, 입술에 깊이 입을 맞추고, 끌어안고 달래 주고 싶었다.

하지만 한편으로는 저 눈물 어린 얼굴을 계속 보고 싶다는 욕망에도 시달렸다. 그는 이 이율배반적인 마음을 인식할 때마다 괴로웠고, 이 더러운 마음을 들키지 않도록 필사적으로 노력해야 했다.

이곳에 오는 게 아니었다. 네 그림을 보는 게 아니었다.

널 내 영역에 들이는 게 아니었다. 널 내 마음에 들이는 게 아니었다.

네 재능에 욕심을 내는 게 아니었다. 생명의 다리에 가는 게 아니었다. 눈물을 닦아 주는 게 아니었다. 그 작은 연습장을 펼쳐 보는 게 아니었다.

네 목숨을 구해 주는 게 아니…….

아니다. 네 목숨을 건져 주는 것은 옳았다. 그것만은 부인할 수 없다. 나는 너를 구해야만 했다. 그게 그 순간, 그 자리에서 내가 해야 할 일이었다.

그렇다면 나는 결국 피할 수 없었을 것이다. 나는 너의 목숨을 건지고, 너의 작은 연습장을 펼치고, 너의 재능에 욕심을 내고, 너를 걱정하고, 네 고통에 함께 아파하고, 너를 내 곁에 두고, 너를 내 마음에 들이고, 너를 은밀하게 욕망하고, 너를 이렇게 지독하게 사랑하게 되는 것까지, 그 모든 것 중 내가 피할 수 있었던 건 단 한 가지도 없었다.

……사랑해, 우연아.

이원은 고개를 숙이고 고백을 삼켰다. 과거도 미래도 없이 오직 현재만 존재할 때, 인간의 감정은 가장 강력하고 난폭해진다. 가슴에 고인 고백이 마그마처럼 들끓기 시작했다.

사랑해, 우연아. 사랑해.

나는 너를 원해.

하지만 이원은 폭발하려는 화산을 기어이 틀어막을 수 있었다. 그의 강철 같은 이성은 여전히 감정보다 모질었다.

우연이 아래로 떨구어진 이원의 손을 꼭 잡고 천천히 뺨에 갖다 댄다. 손바닥이 젖어 들어간다. 고개를 수그린 우연이 손바닥에 입술을 가져다 대고 가만히 누른다. 솜털에 감싸인 새처럼 작고, 여리고, 가벼운 아이가, 손바닥에 입술을 댄 채 하염없이 운다. 손바닥으로 흥건하게 물이 괴어 손가락 사이로 느릿하게 흘러내렸다.

이원은 다른 손을 들어 가녀린 어깨에 조심스럽게 얹었다. 손가락은 목을 천천히 타고 올라와 우연의 젖은 뺨을 감쌌다. 숨이 막혀 견딜 수 없다. 함빡 젖은, 밤하늘처럼 새까만 눈동자를 견딜 수가 없다. 젖은 뺨을 문지르고, 머리카락을 쓸어 올리고, 눈물을 곱게 닦아 낸다. 하지만 아무리 닦아 내도 눈물은 끊어지지 않는다. 숨이 가빠진다. 이것은 패배가 예정된 절망적인 전장이었다.

피잉.

머릿속에서 무언가 끊어지는 소리가 들린다. 귀가 터질 듯 와글대던 소리가 순식간에 사라진다.

이원은 허리를 깊이 숙였다. 입술 끝에 매끄러운 살결이 와 닿는다. 미친 듯이 와글대던 목소리가 뚝 끊어진다. 이제 뇌 속은 진공의 우주처럼 고요해졌고, 가슴에서 끓어오르는 열기만 뚜렷하게 남았다.

우연의 동그랗고 매끈한 이마에 얹힌 입술이 천천히 눈꺼풀 위로 내려간다. 꼭 감긴 눈꺼풀이, 짠물에 잠긴 긴 속눈썹이 바르르 떨리는 것이 입술을 통해 선명하게 느껴진다.

머리가 희게 물든다. 눈물은 짜고, 피부는 부드럽고, 입술은 젤리처럼 말랑말랑하고 달았다. 숨이 막힐 정도로 지독하게 달았다. 이원은 우연의 허리를 힘껏 끌어안았다. 자신의 하반신과 맞닿은 허리는 부러질 듯 가늘었지만, 자신의 품에 빈틈없이 폭 맞춰질 만큼 유연하게 휘어들어 왔다. 그 아찔한 감각에, 숨이 저절로 거칠어졌다.

"아저씨, 아저씨, 흐, 읍."

우연의 목에서 이상한 소리가 났다. 신음을 넘어 흐느낌에 가까운 소리가 두 사람의 입속에서 맹렬히 소용돌이쳤다. 이원은 목이 말랐다. 눈앞의 작은 몸뚱이를 이 자리에서 그대로 먹어 치우고 싶다. 당장 멈춰야 한다는 건 아는데, 약에 취한 것처럼 멈춰지지 않는다. 가느다랗게 할딱대는 날숨이 뺨에 닿을 때마다 머리가 어질어질하고, 하반신으로 열이 훅훅 치솟았다.

이원은 한 손으로는 우연의 몸을 품 안으로 단단히 붙이고, 한 손으로는 머리를 힘껏 끌어당겼다. 혀가 우연의 입속으로 깊이, 더 깊이 파고들었다. 감전된 것처럼 혀끝을 찌릿찌릿 튕겨 대던 자극이 이내 가슴과 허리를 휘감고 하반신으로 내달렸다. 우연은 저항하기는커녕 기다렸다는 듯 두 팔을 올려 이원의 목을 끌어안았다. 눈앞에서 불꽃이 꽃밭처럼 퍼져 나갔다.

"으읍, 아, 아저, 흡."

무슨 말을 하려는지, 우연이 입술을 맞댄 상태로 혀를 꿈틀거린다. 이원은 그것을 듣는 대신 혀를 내밀어 우연의 입속을 미친 듯이 씹고 핥고 들쑤셨다. 조르르 이어지는 앞니, 송곳니, 어금니의 굴곡이, 이원이 휘감고 문지를 때마다 대답이라도 하듯 꿈틀거리는 매끄럽고 촉촉한 혀가, 굴곡진 혀 밑이, 딱딱하고 매끄러운 입천장의 작은 요철들이 생생하게 느껴졌다. 입천장을 긁고 혀를 비벼 대자 찌릿찌릿한 감각이 전신에서 벼락 치듯 피어오른다. 할딱대는 날숨이 자신의 폐 속으로 그대로 빨려 들어온다. 자위를 할 때는 느낄 수 없었던, 감전과도 같은 전신의 자극이 낯설었다.

팔에 안긴 가는 몸뚱이가 바들바들 떨리는 것이 느껴진다. 이 작은 몸을 살살이 핥아 맛보고, 깨물어 깊은 자국을 내고, 두 팔로 힘껏 짓눌러 아스러뜨리고, 그대로 삼키고 싶다. 이원은 이 악귀 같은 욕구가 무섭도록 낯설어, 자신이 아닌 완전히 다른 사람이 된 느낌이었다. 아니, 사람조차 아닌 것 같다.

순간 우연이 발꿈치를 힘껏 들어 올리더니 이원의 목을 바짝 끌어안았다. 귓가로 스며드는 날숨이 오싹했다.

"아저씨, 사랑해요."

사랑해. 우연아, ……사랑해.

이원은 입 밖으로 미친 듯 튀어 나가려는 말을 필사적으로 삼켰다. 일이 이 지경이 되었지만, 그 말까지 입 밖으로 내놓아서는 안 된다는 이성 한 가닥이 목구멍에서 위험한 말들을 잡아챘다. 걸린 말이 치받을 때마다, 입에서는 짙은 신음이 비어져 나왔다.

이원의 입술이 턱을 타고 목으로 미끄러져 내려간다. 턱에, 목덜미에 순식간에 붉은 자국이 새겨진다. 봉숭아 꽃잎이 짓뭉개진 듯한 자국이 희고 가는 목덜미에 하나, 둘, 셋, 빗장뼈까지 흘러 내려간다. 우연은 가쁜 숨을 몰아쉬며 중얼거렸다.

"······아저씨, ······아저, 하아, 하악."

다시 깊은 입맞춤이 이어졌다. 우연은 탐욕스럽게 그것을 받아들였다. 처음에는 당황하고 서툴러서 몸도 제대로 반응하지 않았지만, 이제는 아저씨와 함께 혀를 얽고 비비면서 그의 입속으로 기를 쓰며 밀고 들어갔다.

아저씨가 놀란 듯 잠시 몸을 떤다. 아저씨의 입맞춤은 생각보다 능숙하지 않았다. 몹시 다급하며 거칠고 아팠다. 반면 아저씨의 몸이 맞닿은 곳마다 뻗쳐 오는 간지러운 감각은 무서웠다. 목에서는 기침과 신음과 오열이 섞여서 튀어나왔다. 아저씨는 그것마저 남김없이 핥고, 맛보고, 집어삼켰다.

아저씨의 몸이 경련하듯 꿈틀대는 것이 느껴진다. 길고 고통스러운 날숨이 뺨에 닿는다. 입맞춤이 깊어질수록 아랫배와 다리 사이 깊은 곳이 점점 가려워졌다.

후읍.

우연은 아랫배를 한껏 휘어 그의 몸에 바짝 붙였다. 조금의 빈틈도 없이 아저씨와 꽉 맞물려 서 있고 싶었다. 빗속에서 아저씨의 허리를 감싸 안고 몸을 바짝 붙이던 그 언니처럼, 그보다 더 다정하고 친밀하게, 아니 아예 몸이 뭉개져서 아저씨에게 껍질처럼 달라붙고 싶었다.

어······?

순간 우연은 아랫배에 어떤 이물감을 느꼈다. 뜨끈하고 물컹한, 뭔가 이질적이고 낯선 덩어리. 그것이 무엇인지 깨닫는 데 약간의 시간이 걸렸다.

······맙소사, 이건!

자신의 몸에 맞닿은 아저씨의 하반신은 어느새 크게 부풀어 올랐다. 꽉 감은 눈, 헐떡이는 숨소리, 한때 가장 점잖고 금욕적이라 여겼던 아저씨의 욕구가 이제 무시무시하게 와닿는다. 소름이 오싹 끼친다. 우연이 그것을 감지한 것을 알아차린 순간, 아저씨의 얼굴로 시뻘겋게 핏기가 몰렸다.

"우연, 아, 잠깐, 잠깐만!"

아저씨가 급히 입술을 떼며, 어깨를 밀어 낸다. 입술 사이로 밭은 날숨이 튀어나온다. 아저씨는 뒤로 급히 물러서서 벽을 향해 몸을 돌린다. 그 짧은 순간, 우연은 그의 바지 지퍼 부분이 눈에 띌 정도로 부풀어 오른 것을 보았다.

후우, 후우, 후우우.

아저씨가 벽에 이마를 댄 채 호흡을 다스린다. 우연은 발기한 하반신이 수그러드는 데 어느 정도의 시간이 필요한지 알지 못했다. 격하게 꿈틀대는 어깨, 꽉 감은 눈, 헐떡이는 숨소리. 아저씨의 욕구는 거대하고 싱싱했으며, 주인에게 쉽게 복종하지도 않는 듯했다.

우연은 솜털이 곤두선 두 팔을 꽉 움켜쥐었다. 몸이 바들바들 떨린다.

난 지금 무서운 걸까?

……웃기시네.

그 반대였다. 기뻤다. 흥분되고 기뻐서 소름이 끼친다.

안에서 낯선 열기가 끓어오른다. 아저씨의 저 감춰진 욕망을 보고 싶다. 미칠 것처럼 궁금하다. 그때 어둠 속에서 얼핏 보았던 아저씨의 비밀스러운 부분을 밝은 빛으로 똑똑히 보고 싶다. 내 손으로 샅샅이 만져 보고, 입 맞추고, 내 몸으로 받아들일 때, 아저씨가 어떤 표정을 짓는지 똑똑히 보고 싶다. 아저씨의 무섭고 흉측했던 그 부분을 내 몸으로 가두고, 짓누르고, 내 몸속으로 완전히 흡수해 버리면 좋겠다.

아저씨가 내 몸을 만져 주면 좋겠다. 내 알몸을 두 눈으로 빤히 보고, 만지고, 입 맞추고, 탐내고, 한껏 사랑해 주면 좋겠다. 내가 부끄러워하는 곳들을 모조리 보여 주고, 만지게 하고, 게걸스럽게 핥고 빨게 하고 싶다. 아저씨가 나 때문에 저 아름다운 얼굴을 한껏 일그러뜨리고, 입을 크게 벌리며 신음하고, 몸을 덜덜 떨며 무너져 내리면 좋겠다. 내 몸에서 영원히 헤어 나오지 못하고 쾌감에 절어서 아주 정신이 나갔으면 좋겠다.

이상해. 난 왜 이런 추잡하고 더러운 생각을 하는 걸까. 이해가 안 된다. 열에 들떠서 뇌가 녹아 버린 걸까. 하지만 아저씨를 안고 싶다는 낯선 욕구는 목마를 때 물을 마시고 싶다는 욕구만큼이나 또렷했다.

그리고 아저씨와 나 사이에 남은 시간은 오늘로 끝이다. 이 순간의 기회를 놓치면 앞으로 평생 얼굴 볼 기회가 없을 것이다. 우연은 망설이지 않고 입을 열었다.

"아저씨, 안아 주세요."

아저씨의 숨소리가 멎는다.

"너……."

아저씨가 고개를 돌려 우연을 노려본다. 붉게 물든 목덜미, 꽉 악물린 입술, 지글지글 타오르는 눈동자, 억센 숨소리. 그러나 잠시 이성을 놓쳤던 그는 뒤늦게 정신을 차리고 상황을 수습하려 하고 있다. 당혹감과 자괴감으로 범벅이 된 얼굴, 반쯤 등을 돌리고 있는 그의 몸은 단호한 거부를 말하고 있었다. 그는 낮게 가라앉은 목소리로 말했다.

"너……, 네가 무슨 말을 하고 있는지 아니?"

우연은 이를 악물었다. 기회는 다시 오지 않을 것이다. 아저씨는 벌써 후회하고 있다. 하지 말았어야 할 짓을 했다고. 하지만 아저씨는 모른다. 그건 하지 말았어야 할 짓이 아니라, 피할 수 없는 짓이었다. 아저씨와 하나가 되고 싶다는 염원이 목을 죄어들어 온다. 우연은 마음을 숨기지 않기로 결심했다.

"네, 알아요, 아저씨. 섹스해요. 아저씨하고 섹스하고 싶어요."

이원은 그대로 움직임을 멈췄다. 귓속이 윙, 울린다. 커다랗게 벌어진 동그란 눈, 말갛게 반짝이는 새까만 눈동자, 발그레한 뺨, 열기가 일렁이는 숨소리. 희게 드러난 가는 목, 그곳에 자신이 찍어 놓은 붉고 선명한 입술 자국. 짐승과도 같은 욕구가 민낯을 드러내고 으르렁거린다. 너의 숨겨진 곳을 보고 싶다. 너의 가장 은밀한 곳을 샅샅이 헤쳐 이 붉고 탐욕스러운 자국으로 빼곡히 덮어 놓고 싶다.

아저씨, 섹스해요.

나는 거절할 수 없을지도 모른다. 얼굴 껍질을 칼로 벗겨 내는 것 같다. 나도 그래. 나도 너를 원해. 너보다 훨씬 더. 호흡이 점점 밭아진다.

아저씨하고 섹스하고 싶어요. 아저씨도 원하잖아요, 안 그래요?

가늘고 하얀 손이 다가오더니 어깨를 타고 올라와 다시 목을 얽고 매달린다. 우연의 요구는 오만하리만치 순수하고 즉물적이었으며, 그만큼 무모하고 타협이 없었다. 부끄러워하지 않고, 두려워하지도 않았다.

벽을 등지고 선 이원은, 더 이상 물러나지 못했다. 가슴에 달라붙어 뺨을 비비는 이 약해 빠진 몸뚱이를 모질게 후려쳐 떼어 내지도 못했다. 짠물에 함빡 잠겨 반들거리는 저 새까만 눈동자만 보면 정신이 무너지는 것 같다. 이원은 작은 몸을 끌어안은 채 헐떡이며 이를 갈았다.

제기랄.

그는 다시 우연을 힘껏 끌어안고 입을 맞췄다. 거대한 폭풍이 자신과 우연을 함께 감아올린다. 머릿속은 이미 해일이 휩쓸고 간 바닷가처럼 쑥대밭이다. 지분, 유미현, 경영권, 메세나, 세경그룹, 홀딩스, 지주사 지배권, 유산, 부담부 상속, 약혼, 결혼. 산산이 깨어진 낱말들이 온 하늘을 가득 채웠고, 사금파리를 잔뜩 머금은 폭풍은 무자비하게 몸을 두들겼다.

쾅! 쾅쾅!

요란한 소리가 두 사람 사이를 파고들었다. 매달려 있던 작은 몸이 딱딱하게 굳었다. 이원은 황급히 우연의 몸을 떼어 내고 뒤를 돌아보았다. 쾅쾅! 쾅쾅쾅! 문짝이 부서질 듯이 요란하게 흔들리고 있었다.

"강 관장! 최 실장! 들어오지 마세요!"

이원은 고함을 지르며 우연의 옷매무새를 추스르고, 급히 손수건을 꺼내 목의 붉은 자국을 감싸 주었다. 우연은 눈을 커다랗게 뜬 채 와들와들 떨기 시작했다.

"우……연아? 왜……?"

이원은 우연의 급작스러운 변화를 이해할 수 없었다. 왜 이러지? 뭐가 무서운 걸까? 이곳은 내 방이고, 내 허락 없이는 아무도 들어올 수 없는 곳인데?

쾅쾅, 쾅쾅쾅.

아니다, 이해할 수 있다. 저 소리는 불길하다.

"들어오지 마시라 했습니다!"

이원이 문으로 다가서는 순간 와지끈, 문짝이 바닥에 나뒹굴었다.

"……씨발, 이거 뭐야? 너 이 새끼 지금 뭐 하는 짓이야?"

그의 앞에는, 키 작고 어깨가 딱 바라진 사내가 시뻘게진 얼굴로 시근대며 서 있었다.

〈2권에서 계속〉